每日讀詩詞

唐詩鑑賞辭典

第一卷

雲想衣裳花想容

程千帆 等著

虞世南　王績　王梵志　寒山　上官儀　盧照鄰　駱賓王　杜審言

蘇味道　**王勃**　楊炯　劉希夷　宋之問　沈佺期　郭震　李適之

陳子昂　**賀知章**　沈如筠　張若虛　張說 蘇頲　張敬忠　**張九齡**

王之渙　**孟浩然**　李頎　綦毋潛　**王昌齡**　祖詠　**王維**　丘為　**李白**

劉眘虛　王灣　**崔顥**　孫逖　崔國輔　王翰　張旭　戎昱　**高適**

無名氏　儲光羲　張謂　萬楚　暢諸　常建　**劉長卿**　李治

目錄

李冶 825

寄校書七兄（無事烏程縣） 825

撰稿人（以姓氏筆畫為序）

王 松　王運熙　王啟興　王季思　王治芳　王思宇　王振漢　文達三　孔壽山　左成文

朱世英　安 旗　馬君驊　馬茂元　李 琳　李元洛　李廷先　李敬一　李景白　吳小如

吳小林　吳文治　吳企明　吳汝煜　吳調公　吳翠芬　杜 超　何慶善　何國治　余恕誠

宋 廓　沈 暉　沈祖棻　沈熙乾　宛敏灝　宛新彬　汪湧豪　林東海　林家英　周 海

周汝昌　周篤文　周振甫　周嘯天　周錫炎　周錫韍　周溶泉　尚永亮　金程宇　施紹文

施蟄存　姚奠中　胡 同　胡國瑞　俞平伯　孫 靜　孫藝秋　孫其芳　袁行霈　倪其心

徐 燕　徐永年　徐永端　徐竹心　徐傳禮　徐應佩　徐定祥　徐培均　高志忠　唐永德

范之麟　范民聲　曹 旭　曹慕樊　陶光友　陶道恕　陶慕淵　張志岳　張明非　張秉戍

張金海　張錫厚　張燕瑾　陳長明　陳永正　陳邦炎　陳志明　陳伯海　陳邇冬　陳貽焮

常振國　崔 閩　程千帆　傅如一　傅庚生　傅經順　傅思鈞　黃寶華　黃清士　黃清發

馮偉民　馮鐘芸　喬象鐘　湯貴仁　綘 雲　賈文昭　葛曉音　趙慶培　趙孝思　趙其鈞

褚斌杰　廖仲安　劉文忠　劉永年　劉學鍇　劉樹勛　劉逸生　劉惠芳　劉德重　蔡義江

蔡厚示　鄧光禮　鄭慶篤　鄭國銓　賴漢屏　霍松林　閻昭典　錢仲聯　韓小默　蕭哲庵

蕭滌非　龐 堅　饒芃子

逸，愛好自然，詩中的代表人物形象是隱士；或者表現為追求功名，嚮往邊塞，詩中的代表人物形象是俠少。這，實質上也就反映了他們由於生活道路的千差萬別而形成的得意與失意、出世與入世兩種互相矛盾的思想感情。不同的生活道路與不同的生活態度，使他們或者成為高蹈的退守者，或者成為熱情的進取者，或者因時變化，兩者兼之。前人所謂「盛唐氣象」，在很大的程度上，指的就是這種富於浪漫氣息的精神面貌。

孟浩然、王維、常建、儲光羲等的許多作品，都極為成功地描繪了幽靜的景色，藉以反映其寧謐的心境。這種詩使人脫離現實鬥爭，但對於熱中奔競、趨炎附勢者流，也具有清涼劑的作用，而其所提供的自然美的享受則是不可替代的。這些人是以寫田園山水詩得名的陶淵明、謝靈運、謝朓的後繼者，氣象的渾穆或有不及，而措語的精深華妙則有過之。其後的韋應物、柳宗元在這方面是他們的追隨者。

但王維卻在描摹自然、歌頌隱逸之外，還曾將其詩筆擴展到更廣闊的生活領域。在另外許多同樣成功的篇章中，他反映了當時人們的進取精神和悲壯情懷。王維在高蹈者孟浩然等和進取者高適、岑參、李頎、王昌齡等之間，恰好是一座橋樑。所以有些評論家就一方面將其與孟浩然相提並論，合稱「王孟」；而另一方面，又將其與高適等相提並論，合稱「王李高岑」。當然，這種提法也包含有對詩歌樣式的考慮在內。王維是兼有五、七言古今體之長的，而王孟並提，偏指五律；王李高岑並提，則偏指七古。

集中反映了盛唐時代積極進取精神的，是出自王李高岑等人之手的邊塞詩。這類詩篇，塑造了許多邊庭健兒的英雄形象。詩人歌頌從軍報國、建功立業，卻並不無原則地謳歌戰爭，往往還反對開邊。在寫勝利的喜悅或失敗的痛苦時，也反映了戰爭對廣大人民和平生活的干擾和破壞。這些詩交織著英雄氣概與兒女心腸，極悲涼慷慨、纏綿宛轉之情。其源出於鮑照、劉琨，更上一點，還可以追溯到建安作家群，雖然那時寫邊塞的作品還很缺少愛情成分。

借詩中隱士和俠少的形象來說明安史亂前的浪漫傾向，並不等於認為當時詩歌中所反映的僅止於這兩類人的生活，也絕非那些詩人描寫的題材如此狹窄。否則，許多繁麗的社會風光和莽蒼的邊塞景色會出自佛教徒王維和道教徒李頎筆下，而著名的七絕組詩〈從軍行〉和〈長信秋詞〉乃是王昌齡一人的手筆，就不免費解了。

但浪漫主義詩歌的最高成就卻不能不推李白。自從賀知章稱之為「謫仙人」，後人又尊為「詩仙」，這就構成了一種錯覺，好像李白之所以偉大，就在他的人和詩具有他人所無的超現實性。這是可悲的誤會。事實上，沒有一位偉大的浪漫主義者是超現實的，李白何能例外？開元、天寶時代的其他詩人往往在高蹈與進取之間徘徊，以包含希冀的痛苦或歡欣來搖蕩心靈，醞釀歌吟。李白卻既毫不掩蓋他對功名事業的嚮往，同時又因為自己絕對無法接受那些取得富貴利祿的附加條件而棄之如敝屣。他熱愛現實生活中一切美好的事物，而對其中不合理的現象毫無顧忌地投之以輕蔑。這種已被現實牢籠，卻不願意接受，反過來卻想征服現實的態度，乃是後代人民反抗黑暗勢力與庸俗風習的一股強大的精神力量。這也許就是李白的獨特性，和杜甫那種始終以嚴肅的、悲憫的心情注視、關心和反映國家、人民的命運那種現實主義精神，是相反而又相成的。

安史之亂是唐帝國由盛轉衰的界標，也是唐代文學發展的一個轉折點。活動於開元、天寶時代的重要詩人，除孟浩然外，大都死於亂後。他們都經歷了這場由於統治者的昏聵荒淫而造成的地方軍閥叛亂。在亂前，他們當中的多數人為社會表面的安定繁榮所迷惑，一意追求自適其適的浪漫生活，亂後卻喪失了過那種生活所憑依的許多條件，就轉為意志消沉，再也唱不出熱烈高昂或優游自在的歌了。而另外少數人，則亂前原就比較清醒，在朝野沉酣中，對潛在的嚴重危機已有預感。殘酷的戰爭、苦難的環境使他們受到鍛鍊、教育，使他們在經歷危機的同時也產生了希望，使他們終於敢於正視慘淡的人生，堅決地站出來，為國家的安危、人民的哀樂而歌唱。杜甫，就是這少數人中的傑出代表。他以積極的入世精神，勇敢而忠實地反映現實生活，即使在大局極端危急的情況之下，也從來沒有失去信心。而其所具有「盡得古今之體勢，而兼人人之所獨專」（元稹〈唐工部員外郎杜甫墓誌銘〉）的高妙藝術手段，又足以充分地將這種高貴的思想感情表達出來。杜詩的認識作用、借鑑作用、教育作用和美感作用都是難以企及的。這就是後人尊之為「詩聖」，將其作品尊為「詩史」的理由。

李詩大源出於《楚辭》，杜詩大源出於《詩經》和漢樂府，二人又在不同方面受到《文選》很深的影響。安史亂前以李白為代表的浪漫主義和亂後以杜甫為代表的現實主義雙峰對峙，在詩歌創作方面，顯示了盛唐之所以為盛。

代宗大曆時期（七六六～七七九）的作者，由於生活在一個遭受了極大破壞的社會裡，物質精神兩方面都未免貧乏。他們既不能如杜甫那樣，在困厄之中依然奮發，所以便繼承了王維、劉長卿諸人作品中適合於他們生活情調的部分，而著眼用力於寫日常生活。時序的遷流、節物的變化、人事的升沉離合等方面的描繪，貫串於憫亂哀時的情緒之中，便形成大曆詩歌的基調。詩人對這些方面具有特殊的敏感，寄以沉重的感慨，體物甚是工緻，抒情頗為深刻，因而其作品富有人情味。那是一個從噩夢中醒來卻又陷落在空虛的現實裡因而令人不能不憂傷的時代，詩人具有這樣的心情，是不足為異的。錢起、郎士元、李端、韋應物、司空曙、盧綸、戴叔倫、李益等的作品，雖然各有自己的個性，卻都帶有這種烙印。而韋應物之澄淡，李益之悲慨，尤為後人所稱賞。

由德宗到穆宗約計四十餘年，這時，一度中衰的詩壇又逐漸重振旗鼓。其中憲宗元和時期（八〇六～八二〇）最為興盛，所謂「詩到元和體變新」（白居易〈餘思未盡加為六韻重寄微之〉）。雖然白居易所說「新體」可能僅指以自己為代表的那一類詩，然而按照我們今天的理解，元和新體主要指兩個詩派：一派以白居易為首，元稹、張籍、王建、李紳等為羽翼；另一派以韓愈為首，孟郊、賈島、盧仝、李賀等為羽翼。其源都出於杜甫。從此以後，杜甫在詩壇上的影響就變得非常突出，而且歷久不衰。

白派詩人對杜甫的繼承側重在他敢於正視現實、抨擊黑暗這一方面，並且進一步努力使自己的語言變得更為通俗流暢，生動感人。他們的樂府敘事詩，無論在題材的廣闊上，或組織的複雜上、風格的平易上都有所發展，因而容易為讀者所愛好和接受。與此相反，韓派詩人則繼承了杜甫在藝術上刻意求新，富於創造性的精神，而特別致力於在杜甫胸中筆下還沒有來得及開拓的境界。在內容上，他們寫險怪，寫幽僻，寫苦澀，寫冷豔，甚至寫凶狠。在形式上，他們以散文句法入詩，並且大量使用一些非前人詩中所習見的詞語。他們想透過自己的創造，迫使人們同意詩是可以這樣寫的。這個願望，到了宋朝，在理論上和實踐上獲得了部分詩人的承認。在韓派中，李賀在意境和語言上的創新顯得比他家更為突出。除了這兩大派之外，柳宗元、劉禹錫也是這一時期有成就的詩人。柳詩峻潔而清腴，模山範水之篇，上承謝靈運。劉詩簡練而沉著，諷刺時政之作，下啟蘇東坡。

文宗到宣宗（八二六～八五九）的三十餘年裡，是杜牧和李商隱活躍的時代。杜牧出於杜、韓，而在風格上將清新峻拔熔為一爐方面有新的發展，這正適合於表達他詩中較為豐富的政治抱負和激情。李商隱則尤長於七律，在這種樣式已經杜甫作了多方面開拓之後，還有可喜的發展。他以精心的結構、瑰麗的語言、沉鬱的風格發抒自己的身世之感、宗國之哀，足以接席杜甫而無愧。雖然有時措意過深，不免晦澀難懂，和李賀一樣被人所詬病，但懂與不懂，不單是作者一方面的問題，讀者也有一個正確對待和習慣於新的表現手法的問題。與李商隱齊名的溫庭筠，情思才力，都比不上李，但其輕豔的作風對唐末詩人頗有影響。

懿宗即位以迄唐亡（八五九～九〇七），詩人雖多，成就不大。其間不少作者，追蹤元白，以通俗的語言反映社會問題，如杜荀鶴、羅隱、于濆、聶夷中等；還有一些人則以悽婉輕豔的風格傷悼亂離，如司空圖、吳融、韓偓、韋莊等。而皮日休和陸龜蒙則每於吟詠個人生活的悠閒時，顯出不忘世事的沉痛，有異於其他作家。但這些人都無法和他們的前輩較量。到了北宋，五七言古今體詩才又以一種新的面貌出現。

以上，是對唐詩流變的一個掛一漏萬式的敘述，聊供讀者參考。

時代與時代之間，作家與作家之間，從主體看，盛衰、高下的差別當然是存在的。但就每一位詩人來說，卻總有一些很好的或較好的作品，足供後人欣賞。這部《唐詩鑑賞辭典》就旨在介紹唐詩之精華。它搜集了一百九十多位詩人的一千一百餘篇作品，出自大家、名家之手，流傳萬口的名篇，固然都在網羅之列；同時，也選採了許多不見錄於一般選本的遺珠。這樣，就較為完整地體現了唐詩的風貌。這是值得重視的。至於賞析文字頗多勝解，而且清晰明瞭，繁簡適中；正文之外，又附錄了唐詩研究參考書目等多種有用的資料，也頗有特色，頗為可取。

總之，這是一部有益的書。這本書將獲得讀者的歡迎，是無疑的。

程千帆

一九八二年十一月一日

虞世南

【作者小傳】（五五八～六三八）字伯施，越州餘姚（今屬浙江杭州）人。官至祕書監，封永興縣子，人稱「虞永興」。能文辭，工書法。編有《北堂書鈔》一百六十卷。《全唐詩》存其詩一卷。（新、舊《唐書》本傳）

蟬

虞世南

垂緌飲清露，流響出疏桐。

居高聲自遠，非是藉秋風。

這首託物寓意的小詩，是唐人詠蟬詩中年代最早的一首，很為後世人稱道。

首句「垂緌飲清露」，「緌」（音同蕤）是古人結在頷下的帽帶下垂部分，蟬的頭部有伸出的觸鬚，形狀好像下垂的冠纓，故說「垂緌」。古人認為蟬生性高潔，棲高飲露，故說「飲清露」。這一句表面上是寫蟬的形狀與食性，實際上處處含比興象徵。「垂緌」暗示顯宦身分（古代常以「冠纓」指代貴宦）。這顯貴的身分地位在一般人心目中，是和「清」有矛盾甚至不相容的，但在作者筆下，卻把它們統一在「垂緌飲清露」的形象中了。這「貴」與「清」的統一，正是為三、四兩句的「清」無須藉「貴」作反鋪墊，筆意頗為巧妙。

次句「流響出疏桐」寫蟬聲之遠傳。梧桐是高樹，著一「疏」字，更見其枝幹的高挺清拔，且與末句「秋風」相應。「流響」，狀蟬聲的長鳴不已，悅耳動聽，著一「出」字，把蟬聲傳送的意態形象化了，彷彿使人感受到蟬聲的響度與力度。這一句雖只寫聲，但從中卻可想見人格化了的蟬那種清華雋朗的高標逸韻。有了這一句對蟬聲遠傳的生動描寫，三、四兩句的發揮才字字有根。

「居高聲自遠，非是藉秋風」，這是全篇比興寄託的點睛之筆。它是在上兩句的基礎上引發出來的詩的議論。蟬聲遠傳，一般人往往以為是借助於秋風的傳送，詩人卻別有會心，強調這是由於「居高」而自能致遠。這種獨特的感受蘊含一個真理：立身品格高潔的人，並不需要某種外在的憑藉（例如權勢地位、有力者的幫助等），自能聲名遠播，正像三國魏曹丕在《典論·論文》中所說的那樣，「不假良史之辭，不託飛馳之勢，而聲名自傳於後」。這裡所突出強調的是人格的美，人格的力量。兩句中的「自」字、「非」字，一正一反，相互呼應，表達出對人的內在品格的熱情讚美和高度自信，表現出一種雍容不迫的風度氣韻。唐太宗曾經屢次稱賞虞世南的「五絕」（德行、忠直、博學、文辭、書翰），詩人筆下的人格化的「蟬」，可能帶有自況的意味吧。清沈德潛說：「詠蟬者每詠其聲，此獨尊其品格。」（《唐詩別裁集》）這確是一語破的之論。

清施補華《峴傭說詩》云：「三百篇比興為多，唐人猶得此意。同一詠蟬，虞世南『居高聲自遠，非是藉秋風』，是清華人語；駱賓王『露重飛難進，風多響易沉』，是患難人語；李商隱『本以高難飽，徒勞恨費聲』，是牢騷人語。比興不同如此。」這三首詩都是唐代託詠蟬以寄意的名作，由於作者地位、遭際、氣質的不同，雖同樣工於比興寄託，卻呈現出殊異的面貌，構成富有個性特徵的藝術形象，成為唐代文壇「詠蟬」詩的三絕。

（劉學鍇）

王績

【作者小傳】（約五八九～六四四）字無功，絳州龍門（今山西河津）人。王通之弟。嘗居東皋，號東皋子。仕隋為祕書省正字，唐初以原官待詔門下省。後棄官還鄉。放誕縱酒，其詩多以酒為題材，讚美嵇康、阮籍和陶潛，表現對現實不滿，但也流露出頹放消極思想。原有集，已散佚，後人輯有《東皋子集》（一名《王無功集》）。（新、舊《唐書》本傳、《唐才子傳》卷一）

野望 王績

東皋薄暮望，徙倚欲何依。樹樹皆秋色，山山唯落暉。
牧人驅犢返，獵馬帶禽歸。相顧無相識，長歌懷采薇。

〈野望〉寫的是山野秋景，在閒逸的情調中，帶幾分徬徨和苦悶，是王績的代表作。

「東皋薄暮望，徙倚欲何依。」皋是水邊地。東皋，指他家鄉絳州龍門的一個地方。他歸隱後常遊北山、東皋，自號「東皋子」。「徙倚」，是徘徊的意思。「欲何依」，化用三國曹操〈短歌行〉中「月明星稀，烏鵲南飛，繞樹三匝，何枝可依」的意思，表現了百無聊賴的徬徨心情。

下面四句寫薄暮中所見景物：「樹樹皆秋色，山山唯落暉。牧人驅犢返，獵馬帶禽歸。」舉目四望，到處是一片秋色，在夕陽的餘暉中越發顯得蕭瑟。在這靜謐的背景之上，牧人與獵馬的特寫，帶著牧歌式的田園氣氛，使整個畫面活動了起來。這四句詩宛如一幅山家秋晚圖，光與色，遠景與近景，靜態與動態，搭配得恰到好處。

然而，王績還不能像晉陶淵明那樣從田園中找到慰藉，所以最後說：「相顧無相識，長歌懷采薇。」說自己在現實中孤獨無依，只好長吟「采薇」之詩以寄意了。《詩經．召南．草蟲》有云：「陟彼南山，言采其薇。未見君子，我心傷悲。」他正是傷心缺少這種知音和知心啊！

讀熟了唐詩的人，也許並不覺得這首詩有什麼特別的好處。可是，如果沿著詩歌史的順序，從南朝的宋、齊、梁、陳一路讀下來，忽然讀到這首〈野望〉，便會為它的樸素而叫好。南朝詩風大多華靡豔麗，好像渾身裹著綢緞的珠光寶氣的貴婦。從貴婦堆裡走出來，忽然遇見一位荊釵布裙的村姑，她那不施脂粉的樸素美就會產生特別的魅力。王績的〈野望〉便有這樣一種樸素的好處。

這首詩的體裁是五言律詩。自從南朝齊永明年間，沈約等人將聲律的理論運用到詩歌創作當中，律詩這種新的體裁就已醞釀著了。到初唐的沈佺期、宋之問手裡，律詩遂定型化，成為一種重要的詩歌體裁。而早於沈、宋六十餘年的王績，已經能寫出〈野望〉這樣成熟的律詩，說明他是一個勇於嘗試新形式的人。這首詩首尾兩聯抒情言事，中間兩聯寫景，經過情——景——情這一反復，詩的意思更深化了一層。這正符合律詩的一種基本章法。（袁行霈）

秋夜喜遇王處士　王績

北場芸藿罷，東皋刈黍歸。
相逢秋月滿，更值夜螢飛。

由隋入唐的王績，詩風樸素自然，洗去齊梁華靡浮豔舊習，在唐初詩壇上獨樹一幟。這首描寫田園生活情趣的小詩，在質樸平淡中蘊含著豐富雋永的詩情，頗能代表他的藝術風格。

前兩句寫農事活動歸來。北場、東皋，不過泛說屋北的場圃，家東的田野，並非實指的地名。「東皋」，暗用晉陶淵明〈歸去來辭〉「登東皋以舒嘯」的詩句，點明歸隱躬耕的身分。芸（通「耘」）藿，就是鋤豆，它和「刈黍」一樣，都是秋天的農事活動。這兩句平平敘述，沒有任何刻畫渲染，平淡到幾乎不見有詩。但正是在這種隨意平淡的語調和舒緩從容的節奏中，透露出詩人對田園生活的習慣和一片蕭散自得、悠閒自如的情趣。王績歸隱的生活條件是優裕的。參加「芸藿」、「刈黍」一類田間勞動，在他不過是田園生活一種輕鬆愉快的點綴。這種生活所造成的心境的和諧平衡，正是下兩句所描繪的「秋夜喜遇」情景的背景與條件。

「相逢秋月滿，更值夜螢飛。」帶著日間田野勞動後的輕微疲乏和快意安恬，懷著對歸隱田園生活的欣然自適，兩位鄉居的老朋友在這寧靜美好的秋夜不期而遇了。這是一個滿月之夜。整個村莊和田野籠罩在一片明月的清輝之中，顯得格外靜謐、安閒、和諧。這裡那裡，又穿梭似地飛舞著星星點點的秋螢，織成一幅幅變幻不定的光的圖案。它們的出現，給這寧靜安閒的山村秋夜增添了流動的意致和欣然的生意，使它不致顯得單調與冷寂。同時，這局部的流動變幻又反過來更襯出了整個秋夜山村的寧靜安恬。這裡，對兩人相遇的場面沒有作任何正面描寫，也沒有一筆正寫「喜」字，但透過這幅由溶溶明月、點點流螢所組成的山村秋夜畫圖，借助於「相逢」、「更值」這些感情色彩濃郁的詞語的點染，詩人那種沉醉於眼前美好景色中的快意微醺，那種心境與環境契合無間的舒適安恬，以及共對如此良夜幽景的兩位朋友別有會心的微笑和得意忘言的情景，都已經鮮明地呈現在讀者面前了。

王績受老莊思想影響較深。他的不少詩篇儘管流露出對封建禮教羈束的不滿，卻又往往表現出遺世獨立的思想。他的名篇〈野望〉同樣不免有這種傾向。這首小詩，雖寫田園隱居生活，卻表現了鄉居秋夜特有的美以及對這種美的心領神會，色調明朗，富於生活氣息。他的詩有真率自然、不假雕飾之長，但有時卻過於率直質樸而乏餘韻。這首詩則既保持樸素自然的優點，又融情入景，似不經意地點染出富於含蘊的意境。從田園詩的發展上看，陶詩重在寫意，王維的田園詩則著意創造情景交融的優美意境。王績的這首詩不妨看作王維田園詩的先聲。我們從詩中還可以看到陶詩的影響，但它從整體上說，已經是屬於未來的詩歌發展時代的作品了。（劉學鍇）

王梵志

【作者小傳】僧人。原名梵天，衛州黎陽（今河南浚縣）人。約生於隋時，初唐時在世。其詩語言淺近，大半類於佛家偈語。有集，敦煌殘卷中尚保存甚多，另唐宋詩話、筆記亦引有若干詩篇。（《桂苑叢談》、《雲溪友議》卷下〈蜀僧喻〉）

吾富有錢時

王梵志

吾富有錢時，婦兒看我好。吾若脫衣裳，與吾疊袍襖。
吾出經求去，送吾即上道。將錢入舍來，見吾滿面笑。
繞吾白鴿旋，恰似鸚鵡鳥。邂逅暫時貧，看吾即貌哨。
人有七貧時，七富還相報。圖財不顧人，且看來時道。

王梵志是唐初的一位白話詩人。這首慨嘆人情冷暖的詩作，乍讀起來，全篇既沒有精彩的警句，也很少環境氛圍的描繪，似乎是平平淡淡，語不驚人；實際上它以「直說」見長，指事狀物，淺切形象；信口信手，率然成章；言近旨遠，發人深省，別具一種淡而有味的詩趣。

全詩結構緊湊，層次分明，步步圍繞主題，寫得頗有情致。首段六句，作者以概述的筆調，指出妻室兒女態度好壞的關鍵在於一個「錢」字。擁有錢財時，一切都好，妻室兒女也顯得十分殷勤。假如要脫衣服，很快就會有人把脫下的袍襖摺疊得整整齊齊；假如離家出外經商，還要一直送到大路旁邊。詩人在這裡選取習見的生活現象，以凝練的筆觸，不加修飾地敘寫出各種場景，給人以平凡而生動的感覺。

接著，作者利用貼切的比喻，進一步刻畫出金錢引起的種種媚態：「將錢入舍來，見吾滿面笑。繞吾白鴿旋，恰似鸚鵡鳥。」當攜帶金錢回到家中時，一個個笑臉相迎，像白鴿那樣盤旋在你的周圍，又好似學舌的鸚鵡在你耳邊喋喋不休。人們向來把鴿子當成嫌貧愛富的鳥類，而鸚鵡則被視作多嘴饒舌、獻媚逢迎的形象。因此詩人用「白鴿」、「鸚鵡」來形容見錢眼開的貪財者。

最後六句，概括全篇主旨，也是王梵志對世情險薄的憤激之語。句中的「邂逅」，不期而至的意思；「貌哨」，指臉色難看；皆為唐人口語。這幾句詩說的是：當我偶然陷入貧窮之時，你們的臉色為何變得這樣地難看，要知道人在最窮的時候，也可能會有極富的機會。他直率地警告那些庸俗的貪財者，如果只為貪圖錢財，而毫不顧及人的情義，那就看看來時的報應吧！這裡，詩人率直地寫下了他的憤激之情。

這首詩在藝術表現上明顯的特點是：以銳敏的觀察力捕捉生活中某些不大為人重視的動作和事理，運用通俗凝練的語言，設想奇巧的對比描寫，著墨不多，無意於渲染，但是那種貪錢者的醜態便躍然紙上。與此同時，詩人的不平之氣也豁然而出。作者有著比較嫻熟的駕馭民間語言的能力，出語自然，質直素樸，言近旨遠，從而開創唐代以俗語俚詞入詩的通俗詩派，為唐詩的發展作出了貢獻。（張錫厚）

詩（選二首） 王梵志

我有一方便，價值百疋練。相打長取弱，至死不入縣。

他人騎大馬，我獨跨驢子。回顧擔柴漢，心下較些子。

王梵志的詩作在唐初流傳極廣，後來卻一直被封建正統派視為「下里巴人」，不能進入詩歌藝術堂奧。現存梵志詩相當大一部分從內容上說，是勸世勸善的詩體道德箴言，這類詩較少文學價值。梵志詩最有文學價值的，當推那些有意無意作出的世態人情的幽默、諷刺畫。這裡所選的兩首詩（前一首錄自敦煌卷子本《王梵志詩》卷第三，後一首錄自宋費袞《梁谿漫志》卷十）就是。

第一首用第一人稱語氣寫來，類乎戲曲的「道白」。自誇有一處世法寶，這就是與世無爭、息事寧人。這種舊時代人的一種「共相」，在詩人筆下得到個性化的表現。「與世無爭」的概念並未直接說出，而透過詩中人活生生的語言「相打長取弱，至死不入縣」來表述。「取弱」，服輸之意。被人欺負到極點，卻死也不肯上縣衙門申訴，寧願吃虧。這是進一步寫「相打長取弱」，連「忍無可忍」的意氣也沒有。詩歌形象打上了弱者的烙印，散發著生活氣息（「相打」、「取弱」、打官司都來自生活）。透過人物的語言，詩人畫出了一個甘居弱小、不與人爭的小人物形象。

第二首也用第一人稱寫，但展現的卻是一幅有趣的「三人行」的戲劇性場面。「騎大馬」者與「擔柴漢」，是貧富懸殊的兩極。而作為這兩極間的騎驢者，他的心情是多麼矛盾：他比上不足，頗有些不滿（這從「獨」字的語氣上可以會出），但當他看到擔柴漢時，便又立刻心安理得起來。「較些子」為唐人俗語，即「較好一些」的意思。詩人這裡運用的手法是先平列出三個形象，末句一點即收，饒有情趣。章法也很獨到。

兩首詩的共同點是真實地或略帶誇張地寫出了世人行為和心理上的某種通病，令人忍俊不禁，於笑中又有所反省。值得特別指出的是，兩首詩均可作兩種理解：既可看作是正經的、勸喻的，又可以讀為揶揄的、諷刺的。但作正面理會則淺，作反面理會則妙不可言。如「我有一方便」一首，作勸人忍讓看便淺，作弱者的處世哲學之解剖看則鞭辟入裡。「他人騎大馬」一首，作勸人知足看便淺，作中庸者的漫畫像看，則維妙維肖。

平心而論，梵志這兩首詩未必沒有勸世的意思，說不定詩人對筆下人物還很欣賞同情。但是，詩人沒有作概念化的枯燥說教，而採用了「象教」——即將理予以形象地顯現。而他所取的又並非憑空結想的概念化形象，而是直接從平素對生活的敏銳觀察和積累中擷取來的。它本身不唯真實，而且典型。當詩人只滿足於把形象表現出來而不加評論時，這些形象對於詩人的思想也就具有了某種相對獨立性和靈活性。當讀者從全新的、更高的角度來觀察它們時，就會發現許多包含在形象中，然而不一定為作者所意識到的深刻的意蘊。王梵志這種性格解剖式的筆調犀利的幽默小品，比一語破的、鋒芒畢露的諷刺之作更耐讀，更高一籌。（周嘯天）

寒山

【作者小傳】一稱寒山子。傳為唐太宗貞觀中人，今人推測為代宗大曆（七六六～七七九）時人。居始豐縣（今浙江天臺）寒岩。好吟詩唱偈，與國清寺僧拾得交友。其詩多表現山林隱逸之趣和佛教的出世思想，對世態亦有所譏刺。語言通俗詼諧，近王梵志。有詩三百餘首，後人輯為《寒山子詩集》。（《宋高僧傳》卷十九、《景德傳燈錄》卷二七）

杳杳寒山道 寒山

杳杳寒山道，落落冷澗濱。啾啾常有鳥，寂寂更無人。
淅淅風吹面，紛紛雪積身。朝朝不見日，歲歲不知春。

寒山是貞觀時代的詩僧。長期住在天臺山寒岩，詩就寫刻在山石竹木之上，盈六百首，現存三百餘首。其詩語言明淺如話，有鮮明的樂府民歌風。內容除用形象演說佛理之外，多描述世態人情，山水景物。詩風幽冷，別具境界。這首〈杳杳寒山道〉，很能代表他的風格。

詩的內容，寫寒岩左近高山深壑中的景色，最後見出心情，通篇浸透了寒意。首聯寫山水。「杳杳」言山路深暗幽遠，「落落」言澗邊寂寥冷落。詩一開始就把讀者帶進一個冷森森的境界，頓覺寒氣逼人。次聯寫山中幽靜，用輕細的鳥鳴聲反襯四周的冷寂。三聯寫山中氣候，用風雪的凜冽寫出環境的冷峻。尾聯結到感受：山幽林茂，不易見到陽光；心如古井，不關心春來秋去。前七句渲染環境的幽冷，後一句見出詩人超然物外的冷淡心情。

這首詩除了用景物渲染氣氛、以氣氛烘托心情這種傳統的表現手法之外，使用疊字是它的特點。通篇句首都用疊字，是不多見的。清顧炎武《日知錄》說：「詩用疊字最難。〈衛風・碩人〉……連用六疊字，可謂複而不厭，賾而不亂矣。」他提出了用疊字的要求：複而不厭，賾（音同責）而不亂。要做到這一點，關鍵在於變化。寒山這首詩使用疊字，就很富於變化。「杳杳」具有幽暗的色彩感；「落落」具有空曠的空間感；「啾啾」言有聲；「寂寂」言無聲；「淅淅」寫風的動態感；「紛紛」寫雪的飛舞狀；「朝朝」和「歲歲」雖同指時間，又有長短的區別。八組疊字，各具情狀。就詞性看，這些疊字有形容詞、副詞、擬聲詞、名詞，也各不相同。就描摹對象看，或山或水，或鳥或人，或風或雪，或境或情，也不一樣。這樣就顯得變化多姿，字雖重複而不會使人厭煩，繁賾而井然不亂。

使用疊字的效果，大抵像使用對偶排比一樣，能獲得整齊的形式美，增進感情的強度。寒山這首詩中的疊字，大都帶有一種幽冷寂寥的感情色彩，接連使用，使詩籠罩著一層濃烈的氣氛。再如，「朝」和「歲」，單個的名詞，本來不帶感情色彩，但一經疊用，出現在上述特定的氣氛中，就顯得時間的無限延長，心情的守一、執著，也就加強了詩意，具有感情色彩了。

這首詩還由於使用疊字，增強了它的音樂美。借助於音節的複沓，讀起來和諧貫串，一氣盤旋，並借助於形式上的劃一，把本來分散的山、水、風、雪、境、情，組織成一個整體，迴環往復，連綿不斷。（賴漢屏）

上官儀

【作者小傳】（約六〇五～六六四）字游韶，陝州陝縣（今屬河南）人。唐太宗貞觀進士。官弘文館直學士、西臺侍郎等職。高宗永徽時，見惡於武則天，麟德時又被告發與廢太子忠通謀，下獄死，籍其家。詩多應制、奉和之作，婉媚工整，時稱「上官體」。又歸納六朝以來詩歌中對仗方法，提出「六對」及「八對」之說，對律詩的形成頗有影響。原有集，已失傳。《全唐詩》存其詩一卷。（新、舊《唐書》本傳）

入朝洛堤步月

上官儀

脈脈廣川流，驅馬歷長洲。
鵲飛山月曙，蟬噪野風秋。

上官儀是初唐宮廷作家，齊梁餘風的代表詩人，其詞綺錯婉媚，有「上官體」之稱。唐劉餗《隋唐嘉話》載，「高宗承貞觀之後，天下無事。上官侍郎儀獨持國政。嘗凌晨入朝，巡洛水堤，步月徐轡」，即興吟詠了這首詩。當時一起等候入朝的官僚們，覺得「音韻清亮」，「群公望之，猶神仙焉」。可知這詩是上官儀為西臺侍郎時所作，在唐高宗龍朔年間（六六一～六六三），正是他最得意之際。

這首詩是寫他在東都洛陽皇城外等候入宮朝見時的情懷。唐初，百官上早朝並沒有待漏院可供休息，必須在破曉前趕到皇城外等候。東都洛陽的皇城，傍洛水，城門外便是天津橋。唐代宮禁戒嚴，天津橋入夜落鎖，斷絕交通，到天明才開鎖放行。所以上早朝的百官都在橋下洛堤上隔水等候放行入宮。雖然一例等候洛堤，但上官儀氣派自非他官可比。

詩的前二句寫驅馬沿洛堤來到皇城外等候。廣川指洛水，長洲謂洛堤。洛堤是官道，路面鋪沙，以便車馬通行，故喻稱「長洲」。首句不僅以洛水即景起興，謂洛水含情不語地流著；更是化用〈古詩．迢迢牽牛星〉「盈盈一水間，脈脈不得語」，以男女喻君臣，暗示皇帝對自己的信任，流露著承恩得意的神氣。因而接著寫驅馬洛堤，用一個「歷」字，表現出一種心意悠然、鎮定自若的風度。

後二句是即景抒懷。這是秋天的一個凌晨，曙光已見，月掛西山，宿鳥出林，寒蟬嘶鳴，野外晨風吹來，秋意更盛。在寫景中，巧用了兩個前人的詩意。第三句寫凌晨，用了曹操〈短歌行〉：「月明星稀，烏鵲南飛，繞樹三匝，何枝可依。山不厭高，海不厭深，周公吐哺，天下歸心。」原意是借夜景以憂慮天下士人不安，要禮賢下士以攬人心。這裡取其意而謂曙光已見，鵲飛報喜，見出天下太平景象，又流露著自己執政治世的氣魄。末句寫秋意，用了陳朝張正見〈賦新題得寒樹晚蟬疏〉：「寒蟬噪楊柳，朔吹犯梧桐。……還因搖落處，寂寞盡秋風。」原意諷喻寒士失意不平，這裡藉以暗示在野失意者的不平之鳴，為這太平盛世帶來噪音，而令這位宰相略有不安，稍露不悅。

總起來看，這詩確屬上官儀得意時的精心之作。它的意境和情調都不高，在得意倨傲、自尊自貴之中，向帝王婉轉獻媚，對貧寒作勢利眼。不過，它也有認識意義，倒是真實地為這類得勢當權的宮廷文人留下一幅生動寫照。從藝術上看，這寥寥二十字，不只是「音韻清亮」，諧律上口，而且巧於構思，善於用事，精心修辭，把當時的得意神氣表現得相當突出，難怪那些有幸親聆的官僚們望之「猶神仙焉」。（倪其心）

盧照鄰

【作者小傳】（約六三〇～六八〇後）字昇之，號幽憂子，幽州范陽（今河北涿縣）人。曾任新都尉。後為風痹症所困，投潁水而死。與王勃、楊炯、駱賓王以文詞齊名，並稱「初唐四傑」。原有集，已散佚，後人輯有《幽憂子集》。（新、舊《唐書》本傳、《唐才子傳》卷一）

長安古意

盧照鄰

長安大道連狹斜，青牛白馬七香車。玉輦縱橫過主第，金鞭絡繹向侯家。
龍銜寶蓋承朝日，鳳吐流蘇帶晚霞。百丈遊絲爭繞樹，一群嬌鳥共啼花。
遊蜂①戲蝶千門側，碧樹銀臺萬種色。複道交窗作合歡，雙闕連甍②垂鳳翼。
梁家畫閣天中起，漢帝金莖雲外直。樓前相望不相知，陌上相逢詎相識？
借問吹簫向紫煙，曾經學舞度芳年。得成比目何辭死，願作鴛鴦不羨仙。
比目鴛鴦真可羨，雙去雙來君不見？生憎帳額繡孤鸞，好取門簾帖雙燕。

雙燕雙飛繞畫梁，羅幃翠被鬱金香。片片行雲著蟬鬢，纖纖初月上鴉黃。
鴉黃粉白車中出，含嬌含態情非一。妖童寶馬鐵連錢，娼婦盤龍金屈膝。
御史府中烏夜啼，廷尉門前雀欲棲。隱隱朱城臨玉道，遙遙翠幰沒金堤。
挾彈飛鷹杜陵北，探丸借客渭橋西。俱邀俠客芙蓉劍，共宿娼家桃李蹊。
娼家日暮紫羅裙，清歌一囀口氛氳。北堂夜夜人如月，南陌朝朝騎似雲。
南陌北堂連北里，五劇三條控三市。弱柳青槐拂地垂，佳氣紅塵暗天起。
漢代金吾千騎來，翡翠屠蘇鸚鵡杯。羅襦寶帶為君解，燕歌趙舞為君開。
別有豪華稱將相，轉日回天不相讓。意氣由來排灌夫，專權判不容蕭相。
專權意氣本豪雄，青虬紫燕坐春風。自言歌舞長千載，自謂驕奢凌五公。
節物風光不相待，桑田碧海須臾改。昔時金階白玉堂，即今唯見青松在。
寂寂寥寥揚子居，年年歲歲一床書。獨有南山桂花發，飛來飛去襲人裾。

〔註〕①「遊蜂」一作「啼花」。②甍（音同蒙），屋脊。

漢魏六朝以來就有不少以長安、洛陽一類名都為背景，描寫上層社會驕奢豪貴生活的作品，有的詩篇還透過對比寓諷，如晉左思〈詠史〉一首：「濟濟京城內，赫赫王侯居。冠蓋蔭四術，朱輪竟長衢。朝集金張館，暮宿許史廬。南鄰擊鐘磬，北里吹笙竽。寂寂楊子宅，門無卿相輿。寥寥空宇中，所講在玄虛。言論準宣尼，辭賦擬相如。悠悠百世後，英名擅八區。」盧照鄰此詩即用傳統題材以寫當時長安現實生活中的形形色色，託「古意」實抒今情。全詩可分四部分。

第一部分（從「長安大道連狹斜」到「娼婦盤龍金屈膝」）鋪陳長安豪門貴族爭競豪奢、追逐享樂的生活。首句就極有氣勢地展開大長安的平面圖，四通八達的大道與密如蛛網的小巷交織著。次句即入街景，那是無數的香車寶馬，川流不息。這樣簡勁地總提綱領，以後則灑開筆墨，恣肆汪洋地加以描寫：玉輦縱橫、金鞭絡繹、龍銜寶蓋、鳳吐流蘇……真如文漪落霞，舒卷絢爛。這些執「金鞭」，乘「玉輦」，車飾華貴，出入於公主第宅、王侯之家的，當然不是等閒人物。「縱橫」可見其人數之多，「絡繹」不絕，那追歡逐樂的生活節奏是旋風般疾速的。這種景象從「朝日」初昇到「晚霞」將合，二六時中無時或已。在長安，不但人是忙碌的，連景物也繁富而熱鬧：寫「遊絲」是「百丈」，寫「嬌鳥」則成群，「爭」字「共」字，俱顯鬧市之鬧意。寫景俱有陪襯之功用。以下寫長安的建築，而由「花」帶出蜂蝶，乘蜂蝶遊蹤帶出常人無由見到的宮禁景物，筆致靈活。作者並不對宮室結構全面鋪寫，只展現出幾個特寫鏡頭：宮門，五顏六色的樓臺，雕刻精工的合歡花圖案的窗櫺，飾有金鳳的雙闕的寶頂……使人透過這些接連閃過的金碧輝煌的局部，概見壯麗的宮殿的全景。寫到豪門第宅，筆調更為簡括：「梁家（借窮極土木的漢代梁冀指長安貴族）畫閣天中起」，其勢巍峨可比漢宮銅柱。這文采飛動的筆墨，紛至沓來的景象，幾令人目不暇接而心花怒放。於是，在通衢大道與小街曲巷的平面上，矗立起畫棟飛簷的華美建築，成為立體的大「舞臺」，這是上層社會的極樂世界。這部分花不少筆墨寫出的市景，也構成全詩的背景，下一部分的各色人物仍是在這背景上活動的。

長安是一片人海，人之眾多竟至於「樓前相望不相知，陌上相逢詎相識」。這裡「豪貴驕奢，狹邪豔冶，無所不有」（清沈德潛《唐詩別裁集》），寫來夠瞧的。作者對豪貴的生活也沒有全面鋪寫，卻用大段文字寫豪門的歌兒舞女，透過她們的情感、生活以概見豪門生活之一斑。這裡有人一見鍾情，打聽得那仙子弄玉（「吹簫向紫煙」）般美貌的女子是貴家舞女，引起他的熱戀：「得成比目何辭死，願作鴛鴦不羨仙。」那舞女也是心領神會：「比目鴛鴦真可羨，雙去雙來君不見？生憎帳額繡孤鸞，好取門簾帖雙燕。」「借問」四句與「比目」四句，用內心獨白式的語言，是一唱一和，男有心女有意。「比目」、「鴛鴦」、「雙燕」一連串作雙成對的事物與「孤鸞」的對比，「何辭死」、「不羨仙」、「真可羨」、「好取」、「生憎」的果決反覆的表態，極寫出愛戀的狂熱與痛苦。這些專寫「男女」的詩句，誠如近人聞一多讚嘆的，比起「相看氣息望君憐，誰能含羞不自前」（梁簡文帝〈烏棲曲〉）一類「病態的無恥」，「如今這是什麼氣魄！對於時人那虛弱的感情，這真有起死回生的力量」（〈宮體詩的自贖〉）。透過對舞女心思的描寫，從側面反映出長安人們對於情愛的渴望。以下以雙燕為引，寫到貴家歌舞女的閨房（「羅幃翠被鬱金香」），是那樣香豔；寫到她們的梳妝（「片片行雲著蟬鬢，纖纖初月上鴉黃」），是那樣妖嬈，「含嬌含態情非一」呵。打扮好了，於是載入香車寶馬，隨高貴的主人出遊了。這一部分結束的二句「妖童寶馬鐵連錢（鐵青色而有錢狀斑紋的馬），娼婦盤龍金屈膝（刻龍紋的環紐，車飾。「屈膝」同「屈戌」，即環紐）」與篇首「青牛白馬七香車」回應，標誌著對長安白晝鬧熱的描寫告一段落。下一部分寫長安之夜，不再涉及豪門情事，是為讓更多種類的人物登場「表演」，同時，從這些人的享樂生活也不難推知豪門的情況。可見用筆繁簡之妙。

第二部分（從「御史府中烏夜啼」到「燕歌趙舞為君開」）主要以市井娼家為中心，寫形形色色人物的夜生活。《漢書．朱博傳》說長安御史府中柏樹上有烏鴉棲息數以千計，《史記．汲鄭列傳》說翟公為廷尉罷官後門可羅雀，這部分開始二句即活用典故。「烏夜啼」與「隱隱朱城臨玉道，遙遙翠幰沒金堤」寫出黃昏景象，表明時間進入暮夜。「雀欲棲」則暗示御史、廷尉一類執法官門庭冷落，沒有權力。夜長安遂成為冒險家的樂園，這裡有挾彈飛鷹的浪蕩公子，有暗算公吏的不法少年（漢代長安少年有謀殺官吏為人報仇的組織，行動前設赤白黑三種彈丸，摸取以分派任務，故稱「探丸借客」），有仗劍行遊的俠客……這些白天各在一方的人氣味相投，似乎邀約好一樣，夜來都在娼家聚會了。用「桃李蹊」指娼家，不特因桃李可喻豔色，而且因「桃李不言，下自成蹊」的成語，暗示那也是人來人往、別有一種鬧熱的去處。人們在這裡迷戀歌舞，陶醉於氛氳的口香，拜倒在紫羅裙下。娼門內「北堂夜夜人如月」，似乎青春可以永保；娼門外「南陌朝朝騎似雲」，似乎門庭不會冷落。這裡點出從「夜」到「朝」，與前一部分「龍銜」二句點出從「朝」到「晚」，時間上彼此連續，可見長安人的享樂是夜以繼日，周而復始。長安街道縱橫，市面繁榮（「五劇」、「三條」、「三市」指各種街道），而娼家特多（「南陌北堂連北里」），幾成社交中心。除了上述幾種逍遙人物，還有大批禁軍軍官（「金吾」）玩忽職守來此飲酒取樂。這裡是各種貨色的大展覽。《史記．滑稽列傳》寫道：「日暮酒闌，合尊促坐，男女同席，履舄交錯。杯盤狼藉，堂上燭滅」，「羅襦襟解，微聞薌（香）澤」，這裡「羅襦寶帶為君解」，即用其一二字面暗示同樣場面。古時燕、趙二國歌舞發達且多佳人，故又以「燕歌趙舞」極寫其聲色娛樂。這部分，長安各色人物搖鏡頭式地一幕幕出現，「透過『五劇三條』的『弱柳青槐』來『共宿娼家桃李蹊』」。誠然，這不是一場美麗的熱鬧。但這癲狂中有戰慄，墮落中有靈性」（聞一多，同上），絕非貧血而萎靡的宮體詩所可比擬。

第三部分（從「別有豪華稱將相」至「即今唯見青松在」）寫長安上層社會除追逐難於滿足的情欲之外，別有一種權力欲，驅使著文武權臣互相傾軋。這些被稱為將相的豪華人物，權傾天子（「轉日回天」），互不相讓。灌夫是漢武帝時將軍，因與竇嬰相結，使酒罵座，為丞相武安侯田蚡族誅（《史記．魏其武安侯列傳》）；蕭何，為漢高祖時丞相，高祖封功臣以其居第一，武臣皆不悅（《史記．蕭丞相世家》）。「意氣」二句用此二典泛指文臣與武將之間的互相排斥、傾軋。其得意者驕橫一時，而自謂富貴千載。這節的「青虬（龍類，指駿馬）紫燕（駿馬名）坐春風」、「自言歌舞長千載」二句又與前兩部分中關於車馬、歌舞的描寫呼應。所以雖寫別一內容，而彼此關聯鉤鎖，並不游離。「自言」而又「自謂」，則諷意自足。以下趁勢轉折，如天驥下坡：「節物風光不相待，桑田碧海須臾改。昔時金階白玉堂，即今唯見青松在（指墓田）。」這四句不唯就「豪華將相」而言，實一舉掃空前兩部分提到的各類角色，恰如清沈德潛所說：「長安大道，豪貴驕奢，狹邪豔冶，無所不有。自嬖寵而俠客，而金吾，而權臣，皆向娼家游宿，自謂可永保富貴矣。然轉瞬滄桑，徒存墟墓，不如讀書自守者之為得也。」（《唐詩別裁集》）四句不但內容上與前面的長篇鋪敘形成對比，形式上也盡洗藻繪，語言轉為素樸了。因而辭采亦有濃淡對比，更突出了那掃空一切的悲劇效果。聞一多指出這種新的演變說，這裡似有「勸百諷一」之嫌，「而宮體詩中講諷刺，多麼生疏的一個消息！」（同上）

第四部分即末四句，在上文今昔縱向對比的基礎上，再作橫向的對比，以窮愁著書的揚雄自況，與長安豪華人物對照作結。這裡顯見左思「濟濟京城內」一詩影響。但左詩八句寫豪華者，八句寫揚雄。而此詩以六十四句篇幅寫豪華者，其內容之豐富，畫面之宏偉，細節之生動都遠非左詩可比；末了以四句寫揚雄，這裡的對比在分量上似不稱而效果更為顯著。前面是長安市上，轟轟烈烈；而這裡是終南山內，「寂寂寥寥」。前面是任情縱欲、倚仗權勢，這裡是清心寡欲、不慕榮利（「年年歲歲一床書」）。而前者聲名俱滅，後者卻以文名流芳百世（「獨有南山桂花發，飛來飛去襲人裾」）。雖以四句對六十四句，自有「秤錘雖小壓千斤」之感。這個結尾不但在迥然不同的生活情趣中寄寓著對驕奢庸俗生活的批判，而且帶有不遇於時者的憤慨寂寥之感和自我寬解的意味。它是此詩歸趣所在。

七古中出現這樣洋洋灑灑的巨製，為初唐前所未見。其淵源可以追溯到兩漢的帝京賦（如〈二京賦〉、〈三都賦〉）。在初唐，由於都市文明的進一步發展，詩人接過漢賦的題材，創作帝京詩，成為一個突出的現象。同類的作品還有駱賓王的〈帝京篇〉等。這首詩更好在感情充沛，力量雄厚。它主要採用賦法，但並非平均使力、鋪陳始終；而是有重點、有細節的描寫，迴環照應，詳略得宜；而結尾又頗具興義，耐人涵泳。它一般以四句一換景或一轉意，詩韻更迭轉換，形成生龍活虎般騰踔的節奏。同時，在轉意換景處多用連珠格（如「……好取門簾帖雙燕。雙燕……」、「……纖纖初月上鴉黃。鴉黃……」），或前分後總的複沓層遞句式（如「得成比目何辭死，願作鴛鴦不羨仙。比目鴛鴦……」、「北堂夜夜人如月，南陌朝朝騎似雲。南陌北堂……」、「意氣由來排灌夫，專權判不容蕭相。專權意氣……」），使意換辭聯，形成一氣到底而又纏綿往復的旋律。這樣，就結束了陳隋「音響時乖，節奏未諧」的現象，「一變而精華瀏亮，抑揚起伏，悉諧宮商，開合轉換，咸中肯綮」（明胡應麟《詩藪．內編》卷三）；所以，胡應麟極口讚嘆道：「七言長體，極於此矣！」（同上）雖然，此詩辭采的華豔富贍，猶有六朝餘習，但大體上能服從新的內容需要；前幾部分鋪陳豪華故多麗句，結尾縱、橫對比則轉清詞，所以不傷於浮豔。聞一多認為，在宮體餘風尚熾的初唐詩壇，盧照鄰「放開粗豪而圓潤的嗓子」，唱出如此歌聲，壓倒那「四面細弱的蟲吟」（同上），在七古發展史上確是可喜的新聲，而就此詩本身的藝術價值而論，也足使他被譽為「不廢江河萬古流」的（杜甫〈戲為六絕句〉）。（周嘯天）

駱賓王

【作者小傳】（約六三八～？）婺州義烏（今屬浙江）人。曾任臨海丞。後隨徐敬業起兵反對武則天，作〈代徐敬業傳檄天下文〉，兵敗後下落不明，或說被殺，或說為僧。為「初唐四傑」之一。有《駱賓王文集》。（新、舊《唐書》本傳、《唐才子傳》卷一）

在獄詠蟬 并序

駱賓王

余禁所禁垣西，是法廳事也，有古槐數株焉。雖生意可知，同殷仲文之古樹；而聽訟斯在，即周召伯之甘棠。每至夕照低陰，秋蟬疏引，發聲幽息，有切嘗聞。豈人心異於曩時，將蟲響悲於前聽。嗟乎！聲以動容，德以象賢。故潔其身也，稟君子達人之高行；蛻其皮也，有仙都羽化之靈姿。候時而來，順陰陽之數；應節為變，審藏用之機。有目斯開，不以道昏而昧其視；有翼自薄，不以俗厚而易其真。吟喬樹之微風，韻資天縱；飲高秋之墜露，清畏人知。僕失路艱虞，遭時徽纆。不哀傷而自怨，未搖落而先衰。聞蟪蛄之流聲，悟平反之已奏；見螳螂之抱影，怯危機之未安。感而綴詩，貽諸知己。庶情沿物應，哀弱羽之飄零；道寄人知，憫餘聲之寂寞。非謂文墨，取代幽憂云爾。

西陸①蟬聲唱，南冠②客思侵③。那④堪玄鬢⑤影，來對白頭吟。

露重飛難進，風多響易沉。無人信高潔，誰為表予心？

〔註〕①西陸：指秋天。《隋書．天文志》：「日循黃道東行……行西陸謂之秋。」②南冠：指囚徒。《左傳．成公九年》：「晉侯觀於軍府，見鍾儀，問之曰：『南冠而縶者誰也？』有司對曰：『鄭人所獻楚囚也。』」③「侵」一作「深」。④「那」一作「不」。⑤玄鬢：指蟬。

這首詩作於高宗儀鳳三年（六七八）。當時駱賓王任侍御史，因上疏論事觸忤武后，遭誣，以貪贓罪名下獄。起二句在句法上用對偶句，在作法上則用起興的手法，以蟬聲來逗起客思。詩一開始即點出秋蟬高唱，觸耳驚心。接下來就點出詩人在獄中深深懷想家園。

三、四兩句，一句說蟬，一句說自己，用「那堪」和「來對」構成流水對，把物我聯繫在一起。詩人幾次諷諫武則天，以至下獄。大好的青春，經歷了政治上的種種折磨已經消逝，頭上增添了星星白髮。在獄中看到這高唱的秋蟬，還是兩鬢烏玄，兩兩對照，不禁自傷老大，同時更因此回想到自己少年時代，也何嘗不如秋蟬的高唱，而今一事無成，甚至入獄。就在這十個字中，詩人運用比興的方法，把這份悽惻的感情，委婉曲折地表達了出來。同時，白頭吟又是樂府曲名。相傳西漢時司馬相如對卓文君愛情不專後，卓文君作〈白頭吟〉以自傷。其詩云：「淒淒復淒淒，嫁娶不須啼。願得一心人，白頭不相離。」（見晉葛洪《西京雜記》）這裡，詩人巧妙地運用了這一典故，進一步比喻執政者辜負了詩人對國家一片忠愛之忱。「白頭吟」三字於此起了雙關的作用，比原意更深入一層。十字之中，什麼「悲」呀、「愁」呀這一類明點的字眼一個不用，意在言外，充分顯示了詩的含蓄之美。

接下來五、六兩句，純用「比」體。兩句中無一字不在說蟬，也無一字不在說自己。「露重」、「風多」比喻環境的壓力，「飛難進」比喻政治上的不得意，「響易沉」比喻言論上的受壓制。蟬如此，我也如此，物我在這裡打成一片，融渾而不可分了。詠物詩寫到如此境界，才算是「寄託遙深」。

詩人寫這首詩時，由於感情充沛，功力深至，故雖在將近結束之時，還是力有餘勁。第七句再接再厲，仍用比體。秋蟬高居樹上，餐風飲露，有誰相信它不食人間煙火呢？這句詩人自喻高潔的品性，不為時人所了解，相反地還被誣陷入獄，「無人信高潔」之語，也是對坐贓的辯白。然而正如戰國時楚屈原〈離騷〉中所說：「世溷濁而不分兮，好蔽美而嫉妒」。在這樣的情況下，有誰來替詩人雪冤呢？只有蟬能為我而高唱，也只有我能為蟬而長吟。末句用問句的方式，蟬與詩人又渾然一體了。

這首詩作於患難之中，感情充沛，取譬明切，用典自然，語多雙關，於詠物中寄情寓興，由物到人，由人及物，達到了物我一體的境界，是詠物詩中的名作。（沈熙乾）

於易水送人

駱賓王

此地別燕丹，壯士髮衝冠。
昔時人已沒，今日水猶寒。

清人陳熙晉說：「臨海少年落魄，薄宦沉淪，始以貢疏被愆，繼因草檄亡命」（《駱臨海集箋注》）。這四句話大致概括了駱賓王悲劇的一生。

駱賓王對自己的際遇憤憤不平，對武則天的統治深為不滿，期待時機，要為匡復李唐王朝，幹出一番事業。可是在這種時機尚未到來之前的那種沉淪壓抑的境遇，更使得詩人陷入徬徨企求的苦悶之中。〈於易水送人〉就是曲折地反映了詩人的這種心境。

據史載，戰國末年荊軻為燕太子丹復仇，欲以匕首威逼秦王，使其歸還諸侯之地。臨行時燕太子丹及高漸離、宋意著白衣冠（喪服）送於易水，高漸離擊筑，荊軻應聲而歌：「風蕭蕭兮易水寒，壯士一去兮不復還。」歌聲悲壯激越，「士皆瞋目，髮盡上指冠」（《史記．刺客列傳》）。這首詩的前二句「此地別燕丹，壯士髮衝冠」，就是寫這件事。「此地」，即詩題中的易水。「壯士髮衝冠」，用來概括那個悲壯的送別場面和人物激昂慷慨的心情，表達了詩人對荊軻的深深崇敬之意。如今在易水邊送別友人，想起了荊軻的故事，這是很自然的。但是，詩的這種寫法卻又給人一種突兀之感，它捨棄了那些朋友交往、別情依依、別後思念等一般送別詩的常見內容，而是芟夷枝蔓，直入史事。這種破空而來的筆法，反映了詩人心中蘊蓄著一股難以遏止的憤激之情，借懷古以慨今，把昔日之易水壯別和今日之易水送人融為一體，從而為下面的抒情準備了條件，醞釀了氣氛。

後二句「昔時人已沒，今日水猶寒」，用對仗的句式，由前一句自然地引出後一句。這後一句也就是全詩的中心所在。它寓情於景，景中帶比，不僅意味著荊軻那種不畏強暴的高風亮節，千載猶存；而且還隱含了詩人對現實環境的深切感受。詩中用「已」、「猶」兩個虛詞，既使句子變得自然流利，也使音節變得紆徐舒緩，讀來給人一種迴腸蕩氣之感，更有力地抒發了抑鬱難申的悲痛。

這首詩題為「送人」，但它並沒有敘述一點朋友別離的情景，也沒有告訴我們送的是何許人。然而，卻完全可以由它的內容想像出那種「慷慨倚長劍，高歌一送君」（王維〈送張判官赴河西〉）的激昂壯別的場景，也可以想見那所送之人，定是肝膽相照的摯友。因為只有這樣，詩人才願意、才能夠在分別之時不可抑制地一吐心中壘塊，而略去一切送別的常言套語。此詩題為送人，卻純是抒懷詠志。作為送別詩的一格，這首絕句可說是開風氣之先。（趙其鈞）

杜審言

【作者小傳】（約六四五～七〇八）字必簡，祖籍襄陽（今屬湖北），遷居河南鞏縣。杜甫祖父。唐高宗咸亨進士。中宗時，因與張易之兄弟交往，被流放峰州。後官修文館直學士。少與李嶠、崔融、蘇味道齊名，稱「文章四友」。其五言律詩，格律謹嚴。宋人輯有《杜審言集》。（新、舊《唐書》本傳、《唐才子傳》卷一）

和晉陵陸丞早春遊望　杜審言

獨有宦遊人，偏驚物候新。雲霞出海曙，梅柳渡江春。
淑氣催黃鳥，晴光轉綠蘋。忽聞歌古調，歸思欲霑襟。

這是一首和詩。原唱是晉陵陸丞作的〈早春遊望〉。晉陵即今江蘇常州，唐代屬江南東道毗陵郡。陸丞，作者的友人，不詳其名，時在晉陵任縣丞。大約武則天永昌元年（六八九）前後，杜審言在江陰縣任職，與陸某是同郡鄰縣的僚友。他們同遊唱和，可能即在其時。陸某原唱已不可知。杜審言這首和詩是用原唱同題抒發自己宦遊江南的感慨和歸思。

詩人在唐高宗咸亨元年（六七〇）中進士後，仕途失意，一直充任縣丞、縣尉之類小官。到永昌元年，他宦遊已近二十年，詩名甚高，卻仍然遠離京洛，在江陰這個小縣當小官，心情很不高興。江南早春天氣，和朋友一起遊覽風景，本是賞心樂事，但他卻像王粲那樣，「雖信美而非吾土兮」（〈登樓賦〉），不如歸去。所以這首和詩寫得別有情致，驚新而不快，賞心而不樂，感受新鮮而思緒淒清，景色優美而情調淡然，甚至於傷感，有滿腹牢騷在言外。

詩一開頭就發感慨，說只有離別家鄉、奔走仕途的遊子，才會對異鄉的節物氣候感到新奇而大驚小怪。言外即謂，如果在家鄉，或是當地人，則習見而不怪。在這「獨有」、「偏驚」的強調語氣中，生動表現出詩人宦遊江南的矛盾心情。這一開頭相當別致，很有個性特點。

中間二聯即寫「驚新」。表面看，這兩聯寫江南新春伊始至仲春二月的物候變化特點，表現出江南春光明媚、鳥語花香的水鄉景色；實際上，詩人是從比較故鄉中原物候來寫異鄉江南的新奇的，在江南仲春的新鮮風光裡有著詩人懷念中原暮春的故土情意，句句驚新而處處懷鄉。

「雲霞」句是寫新春伊始。在古人觀念中，春神東帝，方位在東，日出於東，春來自東。但在中原，新春伊始的物候是「東風解凍，蟄蟲始振，魚上冰，獺祭魚，鴻雁來」（《禮記·月令》），風已暖而水猶寒。而江南水鄉近海，春風春水都暖，並且多雲。所以詩人突出地寫江南的新春是與太陽一起從東方的大海升臨人間的，像曙光一樣映照著滿天雲霞。

「梅柳」句是寫初春正月的花木。同是梅花柳樹，同屬初春正月，在北方是雪裡尋梅，遙看柳色，殘冬未消；而江南已經梅花繽紛，柳葉翩翩，春意盎然，正如詩人在同年正月作的〈大酺〉中所形容的：「梅花落處疑殘雪，柳葉開時任好風。」

接著，寫春鳥。「淑氣」謂春天溫暖氣候。「黃鳥」即黃鶯，又名鶬鶊。仲春二月「鶬鶊鳴」（《禮記·月令》），南北皆然，但江南的黃鶯叫得更歡。西晉詩人陸機〈悲哉行〉說：「蕙草饒淑氣，時鳥多好音。」「淑氣催黃鳥」，便是化用陸詩，而以一個「催」字，突出了江南二月春鳥更其歡鳴的特點。

然後，寫水草。「晴光」即謂春光。「綠蘋」是浮萍。在中原，季春三月「萍始生」（《禮記．月令》），在江南，梁代詩人江淹〈詠美人春遊〉說：「江南二月春，東風轉綠蘋。」這句說「晴光轉綠蘋」，便是化用江詩，也就暗示出江南二月仲春的物候，恰同中原三月暮春，整整早了一個月。

總之，新因舊而見奇，景因情而方驚。驚新由於懷舊，思鄉情切，更覺異鄉新奇。這兩聯寫眼中所見江南物候，也寓含著心中懷念中原故鄉之情，與首聯的矛盾心情正相一貫，同時也自然地轉到末聯。

「古調」是尊重陸丞原唱的用語。詩人用「忽聞」以示意外語氣，巧妙地表現出陸丞的詩在無意中觸到詩人心中思鄉之痛，因而感傷流淚。反過來看，正因為詩人本來思鄉情切，所以一經觸發，便傷心流淚。這個結尾，既點明歸思，又點出和意，結構謹嚴縝密。

前人欣賞這首詩，往往偏愛首、尾二聯，而略過中間二聯。其實，它的構思是完整而有獨創的。起結固然別致，但是如果沒有中間兩聯獨特的情景描寫，整首詩就不會如此豐滿、貫通而別有情趣，也不切題意。從這個意義上說，這首詩的精彩處，恰在中間二聯。（倪其心）

渡湘江　杜審言

遲日園林悲昔遊，今春花鳥作邊愁。
獨憐京國人南竄，不似湘江水北流。

杜審言曾有兩次貶官的經歷，在唐中宗時曾被貶到南方極為偏遠的峰州。這首詩當是他在這次流放途中寫的。他在渡湘江南下時，正值春臨大地，花鳥迎人，看到江水滔滔，朝著與他行進相反的方向流去，不禁對照自己的遭遇，追思昔遊，懷念京國，悲思愁緒，一觸而發。這是一首即景抒情之作。

詩的首句「遲日園林悲昔遊」，是因眼前的春光回憶起往昔的春遊。當年，春日遲遲，園林如繡，遊目騁懷，該是心曠神怡的。而這裡追敘「昔遊」時卻用了一個「悲」字。這個悲，是今日的悲，是從今日的悲追溯昔日的樂；而反過來，也可以說，正因為想起當時的遊樂，就更覺得當前處境之可悲。清吳喬在《圍爐詩話》中說：「情能移境，境亦能移情。」這一句詩是用眼前的情移過去的境，為昔日的歡樂景物注入了今日的悲傷心情。

詩的第二句「今春花鳥作邊愁」，是從昔遊的回憶寫到今春的邊愁。一般說來，鳥語花香是令人歡樂的景物；可是，這些景物卻使詩人更想起自己正在流放去邊疆的途中。鳥語也好，花香也好，在詩人心目中只構成了遠去邊疆的哀愁。這一句詩是以心中的情移眼前的境。詩人緣情寫景，因而景隨情遷。如果就手法來說，以「花鳥」與「邊愁」形成對比，是從反面來襯托邊愁。與杜審言的這句詩有些近似的有杜甫〈春望〉詩中的「感時花濺淚，恨別鳥驚心」一聯，宋司馬光的《續詩話》評這一聯詩說：「花鳥，平時可娛之物，見之而泣，聞之而悲，則時可知矣。」這裡，以花鳥可娛之物來寫「感時」、「恨別」之情，採用的也是反襯法。杜審言是杜甫的祖父，對杜甫有直接影響。「花濺淚」、「鳥驚心」一聯，可能就是從「花鳥作邊愁」這一句化出的。

詩的第三句「獨憐京國人南竄」，是整首詩的中心，起承上啟下作用。上兩句，憶昔遊而悲，見花鳥成愁，以及下一句為江水北流而感嘆，都因為詩人遠離京國，正在南竄途中。上下三句都是圍繞著這一句，從這一句生發的。但這一句還沒有點到〈渡湘江〉這個題目。最後一句「不似湘江水北流」，才提到湘江，點破詩題。而以「水北流」來烘托「人南竄」，也是用反襯手法來加強詩的中心內容。

這首詩，通篇運用反襯、對比的手法。詩的前兩句是今與昔的襯比，哀與樂的襯比，以昔日對照今春，以園遊對照邊愁；詩的後兩句是人與物的襯比，南與北的襯比，以京國逐客對照湘江逝水，以斯人南竄對照江水北流。這是一首很有藝術特色的詩，而出現在七言絕句剛剛定型、開始成熟的初唐，尤其難能可貴。明胡應麟在《詩藪·內編》卷六中說，初唐七絕「初變梁、陳，音律未諧，韻度尚乏。惟杜審言〈渡湘江〉〈贈蘇綰〉①二首，結皆作對，而工緻天然，風味可掬」。在胡所舉的兩首詩中，這首〈渡湘江〉更為可取。（陳邦炎）

〔註〕①〈贈蘇綰書記〉：「知君書記本翩翩，為許從戎赴朔邊。紅粉樓中應計日，燕支山下莫經年。」

蘇味道

【作者小傳】（六四八～七〇五）趙州欒城（今屬河北）人。唐高宗乾封進士。武則天聖曆初居相位。後因親附張易之兄弟，中宗時貶為眉州刺史。少時與李嶠以文辭齊名，號「蘇李」。原有集，已散佚。《全唐詩》存其詩一卷。（新、舊《唐書》本傳）

正月十五日夜

蘇味道

火樹銀花合，星橋鐵鎖開。暗塵隨馬去，明月逐人來。
游妓皆穠李①，行歌盡落梅②。金吾③不禁夜，玉漏④莫相催。

〔註〕①穠李：《詩經．何彼襛矣》：「何彼襛矣，華如桃李。」用桃花和李花的穠豔，形容婦女容顏服飾之美。②落梅：古曲調名。漢樂府《橫吹曲辭》有〈梅花落〉。③金吾：京城裡的禁衛軍。④玉漏：指計時的漏壺，玉是形容質料的精緻華美。

這首詩是描寫長安城裡元宵之夜的景象。據《大唐新語》和《唐兩京新記》記載：每年這天晚上，長安城裡都要大放花燈；前後三天，夜間照例不戒嚴，看燈的真是人山人海。豪門貴族的車馬喧闐，市民們的歌聲笑語，匯成一片，通宵都在熱鬧的氣氛中度過。

春天剛剛才透露一點消息，還不是萬紫千紅的世界，可是明燈錯落，在大路兩旁、園林深處映射出燦爛的輝光，簡直像明豔的花朵一樣。從「火樹銀花」的形容，我們不難想像，這是多麼奇麗的夜景！說「火樹銀花合」，因為四望如一的緣故。王維〈終南山〉「白雲迴望合」，孟浩然〈過故人莊〉「綠樹村邊合」的「合」，用意相同，措語之妙，可能是從這裡得到啟發的。由於到處任人通行，所以城門也開了鐵鎖。崔液〈上元夜〉詩有句云：「玉漏銅壺且莫催，鐵關金鎖徹明開。」可與此相印證。城關外面是城河，這裡的橋，即指城河上的橋。這橋平日是黑沉沉的，今天換上了節日的新裝，點綴著無數的明燈。燈影照耀，城河望去有如天上的星河，所以也就把橋說成「星橋」了。「火樹」、「銀花」、「星橋」都寫燈光，詩人的鳥瞰，首先從這兒著筆，總攝全篇；同時，在「星橋鐵鎖開」這句詩裡說出遊人之盛，這樣，下面就很自然地過渡到節日風光的具體描繪。

人潮一陣陣地湧著，馬蹄下飛揚的塵土也看不清；月光照到人們活動的每一個角落，哪兒都能看到明月當頭。原來這燈火輝煌的佳節，正是風清月白的良宵。在燈影月光的映照下，花枝招展的歌妓們打扮得分外美麗，她們一面走，一面唱著〈梅花落〉的曲調。長安城裡的元宵，真是觀賞不盡的。所謂「歡娛苦日短」，不知不覺便到了深更時分，然而人們卻仍然懷著無限留戀的心情，希望這一年一度的元宵之夜不要匆匆地過去。「金吾不禁」二句，用一種帶有普遍性的心理描繪，來結束全篇，言盡而意不盡，讀之使人有餘音繞樑，三日不絕之感。這詩於鏤金錯彩之中，顯得韻致流溢，也在於此。（馬茂元）

王勃

【作者小傳】（約六五〇～六七六）字子安，絳州龍門（今山西河津）人，王通之孫。唐高宗麟德初應舉及第，曾任虢州參軍。後往交州探父，因溺水，受驚而死。少時即顯露才華。為「初唐四傑」之一。他和盧照鄰等皆企圖改變當時「爭構纖微，競為雕刻」的詩風。其詩偏於描寫個人生活，亦有少數抒發政治感慨、隱寓對豪門世族不滿之作，風格較為清新。但有些詩篇仍流於華豔。原有集，已散佚，明人輯有《王子安集》。（新、舊《唐書》本傳、《唐才子傳》卷一）

詠風

王勃

肅肅涼風生，加我林壑清。驅煙尋澗戶，捲霧出山楹。
去來固無跡，動息如有情。日落山水靜，為君起松聲。

戰國楚宋玉的〈風賦〉云：「夫風者，天地之氣，溥暢而至，不擇貴賤高下而加焉。」本篇所詠的「涼風」，正具有這種平等普濟的美德。炎熱未消的初秋，一陣清風襲來，給人以快意和涼爽。你看那「肅肅」的涼風吹來了，頓時吹散濁熱，使林壑清爽起來。它很快吹遍林壑，驅散澗上的煙雲，使我尋到澗底的人家，捲走山上的霧靄，現出山間的房屋，無怪乎詩人情不自禁地讚美它「去來固無跡，動息如有情」了。這風確乎是「有情」的。當日落西山、萬籟俱寂的時候，它又不辭辛勞地吹響松濤，奏起大自然的雄渾樂曲，給人以歡娛。

詩人以風喻人，託物言志，著意讚美風的高尚品格和勤奮精神。風不捨晝夜，努力做到對人有益。以風況人，有為之士不正當如此嗎？詩人少有才華，而壯志難酬，他曾在著名的〈滕王閣序〉中充滿激情地寫道：「無路請纓，等終軍之弱冠；有懷投筆，慕宗愨之長風。」在這篇中則是借風詠懷，寄託他的「青雲之志」。宋計有功《唐詩紀事》稱此詩「最有餘味，真天才也」。這大概就是其「餘味」之所在了。

此詩的著眼點在「有情」二字。上面從「有情」寫其「加」林壑以清爽，下面復由「有情」讚其「為君起松聲」。透過這種擬人化的手法，把風的形象刻畫得栩栩如生。首句寫風的生起，以「肅肅」狀風勢之速。風勢之緩急，本來是並無目的，但次句用了一個「加」字，就使之化為有意的行動，彷彿風疾馳而來，正是為了使林壑清爽，有意急人所需似的。下面寫風的活動，也是抓住「驅煙」、「捲霧」、「起松聲」等風中的動態景象進行擬人化的描寫。風吹煙霧，風捲松濤，本來都是自然現象，但詩人用了「驅」、「捲」、「尋」、「出」、「為君」等字眼，就把這些自然現象寫成了有意識的活動。它神通廣大，猶如精靈般地出入山澗，驅煙捲霧，送來清爽，並吹動萬山松濤，為人奏起美妙的樂章。在詩人筆下，風的形象被刻畫得維妙維肖了。（閻昭典）

滕王閣詩 王勃

滕王高閣臨江渚，珮玉鳴鸞罷歌舞。畫棟朝飛南浦雲，珠簾暮捲西山雨。
閒雲潭影日悠悠，物換星移幾度秋。閣中帝子今何在？檻外長江空自流。

唐高宗上元二年（六七五），詩人遠道去交趾探父，途經洪州（今江西南昌），參與閻都督宴會，即席作〈滕王閣序〉。序末，附這首凝練、含蓄的詩篇，概括了序的內容。第一句開門見山，用質樸蒼老的筆法，點出了滕王閣的形勢。滕王閣是高祖李淵之子滕王李元嬰任洪州都督時所建，故址在今江西新建西章江門上，下臨贛江，可以遠望，可以俯視。下文的「南浦」、「西山」、「閒雲」、「潭影」和「檻外長江」都從第一句「高閣臨江渚」生發出來。滕王閣的形勢是這樣的好，但是如今閣中有誰來遊賞呢？想當年，建閣的滕王坐著鸞鈴馬車，掛著琳琅玉珮，來到閣上，舉行宴會；如今，他已死去，那種豪華的場面，已經一去不復返了。第一句寫空間，第二句寫時間，第一句興致勃勃，第二句意興闌珊，兩兩對照。詩人運用「隨立隨掃」的方法，使讀者自然產生盛衰無常的感覺。寥寥兩句，已把全詩主題包括無餘。

三、四兩句緊承第二句，更加發揮。閣既無人遊賞，閣內畫棟珠簾當然冷落可憐，只有南浦的雲，西山的雨，暮暮朝朝，與它為伴。這兩句不但寫出滕王閣的寂寞，而且畫棟飛上了南浦的雲，寫出了滕王閣的居高，珠簾捲入了西山的雨，寫出了滕王閣的臨遠，情景交融，寄慨遙深。

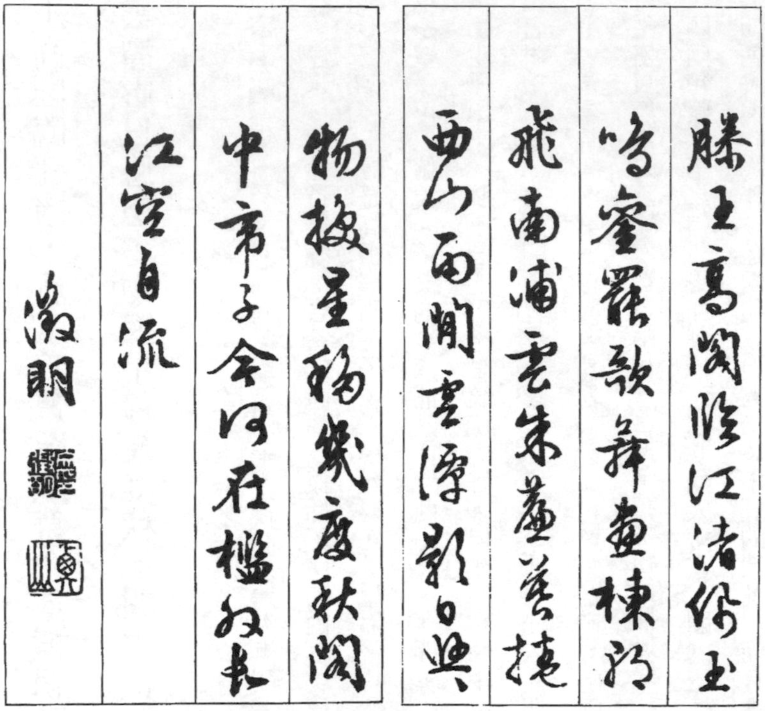
滕王高閣臨江渚佩玉
鳴鸞罷歌舞畫棟朝
飛南浦雲朱簾暮捲
西山雨閒雲潭影日悠
物換星移幾度秋閣
中帝子今何在檻外長
江空自流
徵明

王勃〈滕王閣〉——〔明〕文徵明 書

至此，詩人的作意已全部包含，但表達方法上，還是比較隱藏而沒有點醒寫透，所以在前四句用「渚」、「舞」、「雨」三個比較沉著的韻腳之後，立即轉為「悠」、「秋」、「流」三個漫長柔和的韻腳，利用章節和意義上的配合，在時間方面特別強調，加以發揮，與上半首的偏重空間，有所變化。「閒雲」二字有意無意地與上文的「南浦雲」銜接，「潭影」二字故意避開了「江」字，而把「江」深化為「潭」。雲在天上，潭在地下，一俯一仰，還是在寫空間，但接下來用「日悠悠」三字，就立即把空間轉入時間，點出了時日的漫長，不是一天兩天，而是經年累月，很自然地生出了風物更換季節，星座轉移方位的感慨，也很自然地想起了建閣的人而今安在。這裡一「幾」一「何」，連續發問，表達了緊湊的情緒。最後又從時間轉入空間，指出物要換，星要移，帝子要死去，而檻外的長江，卻是永恆地東流無盡。「檻」字、「江」字回應第一句的高閣臨江，神完氣足。

這首詩一共只有五十六個字，其中屬於空間的有「閣」、「江」、「棟」、「簾」、「雲」、「雨」、「山」、「浦」、「潭影」；屬於時間的有「日悠悠」、「物換」、「星移」、「幾度秋」、「今何在」，這些詞融渾在一起，毫無疊床架屋的感覺。主要的原因，是它們都環繞著一個中心——滕王閣，而各自發揮其眾星拱月的作用。

唐詩多用實字（即名詞），這與喜歡多用虛字（尤其是轉折詞）的宋詩有著明顯的區別。例如，三、四兩句中，除了「飛」字和「捲」字是動詞以外，其餘十二個字都是實字，但兩個虛字就把十二個實字一齊帶動帶活了。唐人的善用實字，實而不實，於此可見。

另外，詩的結尾用對偶句法作結，很有特色。一般說來，對偶句多用來放在中段，起鋪排的作用。這裡用來作結束，而且不像兩扇門一樣地並列（稱為「扇對」），而是一開一合，採取「側勢」，讀者只覺其流動，而不覺其為對偶，顯出了王勃過人的才力。後來杜甫的七言律詩，甚至七言絕句，也時常採用這種手法，如〈聞官軍收河南河北〉「即從巴峽穿巫峽，便下襄陽向洛陽」，〈臘日〉「口脂面藥隨恩澤，翠管銀罌下九霄」，〈江畔獨步尋花其六〉「留連戲蝶時時舞，自在嬌鶯恰恰啼」等。可見王勃對唐詩發展的影響。（沈熙乾）

秋日別薛昇華① 王勃

送送多窮路，遑遑獨問津。悲涼千里道，淒斷百年身。
心事同漂泊，生涯共苦辛。無論去與住，俱是夢中人。

〔註〕①詩題一作〈別薛華〉。

抒寫離情別緒之作，歷代詩歌中不計其數。但是，「詩要避俗，更要避熟」（清劉熙載《藝概·詩概》）。〈秋日別薛昇華〉則堪稱是一首含意雋永，別具一格，意境新穎的送別詩。

首聯即切題。「送送多窮路，遑遑獨問津」，是說送了一程又一程，面前有多少荒寂艱難的路。當友人踽踽獨去，沿途問路時，心情又該是多麼地遑遑不安。此聯中一個「窮」字、一個「獨」字，真乃傳神之筆：窮路淒孤送摯友，把悲苦的心情，渲染得十分真切。但是，它又不僅僅是作者，也是遠行人——薛華心情的真實寫照，語意雙關。

頷聯和頸聯俱是工穩而妥帖的對子。近體詩到初唐四傑手中，已日臻成熟，從此詩亦可略窺一斑。

頷聯「悲涼千里道，淒斷百年身」，緊承上聯「窮路」、「問津」而深入一層述說：在這迢迢千里的行程中，唯有一顆悲涼失意的心作伴，這簡直會拖垮人生不過百年的孱弱身體。詩中「千」字極言其長，並非實指。這二句是作者發自肺腑之語。王勃早年因「戲為文檄英王雞」，竟觸怒了唐高宗，從此不得重用。此詩是王勃入蜀之後的作品，時年僅二十出頭。仕途的坎坷，對於王勃這樣一個少年即負盛名，素有抱負，卻懷才不遇、不得重用的人來說，其感慨之深，內心之苦，是可以想見的。所以，詩意就不能僅僅理解為只是在向遠行人指出可能會遭受的噩運，其實也是作者在短短的人生道路上所親身感受到的切膚之痛。

寫到這兒，作者仍覺得意猶未盡，還不足以傾訴心聲，更不忍與知音就此分手，於是又說：「心事同漂泊，生涯共苦辛。」你我的心情，都像浩渺江水上漂泊不定的一葉小舟；而生活呢，也是一樣的辛酸悽苦。這一方面是同情與勸慰對方，一方面也是用以自慰，大有「涸轍之鮒，相濡以沫」的情意。

但是，離別卻又是不可避免的。這樣，就順理成章地逼出了尾聯「無論去與住，俱是夢中人」兩句：離開的人，還是留下的人，彼此都會在對方的夢中出現。杜甫〈夢李白〉的「故人入我夢，明我長相憶」，便是這個意思。而這篇在訣別之時，斷言彼此都將互相入夢，既明說自己懷友之誠，也告訴對方，我亦深知你對我相思之切。「俱是夢中人」的「俱」字，似乎雙方對等，而由作者這方面寫出，便占得了雙倍的分量。

清袁枚說：「凡作詩，寫景易，言情難。何也？景從外來，目之所觸，留心便得；情從心出，非有一種芬芳悱惻之懷，便不能哀感頑豔。」（《隨園詩話》）此話說得不確的地方是，情和景是不能截然分開的。但是，就「言情難」而言，把這段話用在王勃這首詩中倒是十分妥帖的。由於此詩講究匠心經營，反覆詠嘆遭遇之不幸，仕途之坎坷，絲絲入扣，字字切題，又一氣流轉，綴成渾然一體，確是感人至深。據作者〈秋夜於綿州群官席別薛昇華序〉所說，作者不僅和薛是同鄉、通家，也是良友；又據〈重別薛華〉一詩來看，兩人之間確有非同一般的深情厚誼。而此時王勃正當落魄失意之際，不平則鳴，因此，面對摯友，他以肺腑相傾。寫法上，詩不著意寫惜別之情，而用感人的筆觸，抒發了悲切的身世之感，使人感到這種別離是何等痛苦，更顯出這對摯友的分手之難。詩中所蘊含的深邃而綿邈的情韻，堪稱自出機杼。這首詩與作者的另一首〈送杜少府之任蜀川〉

相比，雖題材同為送別，而風格情調迥異，前後判若兩人。這是由於作者在政治上屢遭挫折，未能擺脫個人的哀傷情緒所致。（施紹文）

送杜少府之任蜀川

王勃

城闕輔三秦①，風煙望五津。與君離別意，同是宦遊人。
海內存知己，天涯若比鄰。無為在歧路，兒女共霑巾。

〔註〕①三秦：泛指當時長安附近的關中之地。古為秦國，秦亡後，項羽分其地為雍、塞、翟三國，故稱「三秦」。

這是一首送別詩。首聯屬「工對」中的「地名對」，極壯闊，極精整。第一句寫長安的城垣、宮闕被遼闊的三秦之地所「輔」（護持、拱衛），氣勢雄偉，點送別之地。第二句裡的「五津」指岷江的五大渡口白華津、萬里津、江首津、涉頭津、江南津，泛指「蜀川」，點杜少府即將宦遊之地；而「風煙」、「望」，又把相隔千里的秦、蜀兩地連在一起。自長安遙望蜀川，視線為迷濛的風煙所遮，微露傷別之意，已攝下文「離別」、「天涯」之魂。

因首聯已對仗工穩，為了避免板滯，故次聯以散調承之，文情跌宕。「與君離別意」承首聯寫惜別之感，欲吐還吞。翻譯一下，那就是：「跟你離別的意緒啊！……」那意緒怎麼樣，沒有說：立刻改口，來了個轉折，用「同是宦遊人」一句加以寬解。我和你同樣遠離故土，宦遊他鄉；這次離別，只不過是客中之別，又何必感傷！

三聯推開一步，奇峰突起。從構思方面看，很可能受了三國魏曹植〈贈白馬王彪〉「丈夫志四海，萬里猶比鄰；恩愛苟不虧，在遠分日親」的啟發。但高度概括，自鑄偉詞，便成千古名句。

尾聯緊接三聯，以勸慰杜少府作結。「在歧路」，點出題面上的「送」字。歧路者，岔路也。古人送行，常至大路分岔處分手，所以往往把臨別稱為「臨歧」。作者在臨別時勸慰杜少府說：只要彼此了解，心心相連，那麼即使一在天涯，一在海角，遠隔千山萬水，而情感交流，不就是如比鄰一樣近嗎？可不要在臨別之時哭鼻子、抹眼淚，像一般小兒女那樣。

南朝的著名文學家江淹在〈別賦〉裡寫了各種各樣的離別，都不免使人「黯然銷魂」。古代的許多送別詩，也大都表現了「黯然銷魂」的情感。王勃的這一首，卻一洗悲酸之態，意境開闊，音調爽朗，獨標高格。（霍松林）

江亭夜月送別二首（其二）　王勃

亂煙籠碧砌，飛月向南端。

寂寞離亭掩，江山此夜寒。

在王勃的《王子安文集》中，可以與上面這首詩參證的江邊送別詩，有〈別人四首〉〈秋江送別二首〉等，都是他旅居巴蜀期間所寫的客中送客之作。與這首詩同題的第一首詩是：

江送巴南水，山橫塞北雲。

津亭秋月夜，誰見泣離群？

兩詩合看，大致可知寫詩的背景，即送客之地是巴南，話別之所是津亭，啟行之時是秋夜，分手之處是江邊，而行人所去之地則可能是塞北，此一去將有巴南、塞北之隔。

清沈德潛在《唐詩別裁集》中選錄了兩首中的第一首，但就兩詩比較而言，其實以第二首為勝。第一首詩最後用「誰見泣離群」一句來表達離情，寫得比較平實淺露，缺乏含蓄深婉、一唱三嘆的韻味，沈德潛也不得不指出其用意「未深」；而在寫景方面，「山橫塞北雲」一句寫的是千里外的虛擬景，沒有做到與上下兩句所寫的當前實景水乳交融，形成一個完美和諧的特定境界，因而也不能與詩篇所要表達的離情互為表裡，收到景與情會的效果。而在藝術上達到了這一要求的，應當推第二首。在此詩中，詩人的離情不是用「泣離群」之類的話來直接表達的，而是透過對景物的描繪來間接表達。詩人在江邊送走行人後，環顧離亭，仰望明月，遠眺江山，感懷此夜，就身邊眼前的景色描繪出一幅畫面優美、富有情味的江干月夜圖。通篇看來都是寫景，而詩人送別後的留連顧望之狀、淒涼寂寞之情，自然浮現紙上，是一首寓情於景、景中見情的佳作，兼有耐人尋味的深度和美感。

詩的前兩句「亂煙籠碧砌，飛月向南端」，以煙籠月移，顯示送別後夜色的深沉；後兩句「寂寞離亭掩，江山此夜寒」，以亭掩夜寒，顯示人去後周圍的冷寂。這四句詩，分別來看，首句寫的是地面景，次句寫的是天空景，第三句寫的是近處景，末句寫的是遠方景，看似各自獨立的四個畫面，而又相互關聯，融合為一。清人黃叔燦在《唐詩箋註》中指出這首詩的「『寂寞』句根首句，『江山』句頂次句」。這是說，一、三兩句都是寫離亭，而門戶深掩之景是與煙籠碧砌之景相照應的；二、四兩句都是寫從離亭眺望所見，而江山夜寒之景又是與中天月馳之景相綰合的。這是一、三兩句之間與二、四兩句之間的承接關係。其實，一、二兩句之間與三、四兩句之間也有其內在聯繫。地面的煙霧往往隨夜深月轉而加濃，杜牧〈泊秦淮〉詩中的「煙籠寒水月籠沙」句和五代後唐李存勗〈憶仙姿〉詞中的「殘月落花煙重」句，都是如實地寫出了煙霧與夜月的關係。同時，當行人未去、匆匆話別之際，是無暇遠眺周圍景色的，只有在行人已去、惘惘若失之時，才會從凝望中產生這種江山夜寒之感。宋謝逸〈千秋歲〉詞中的「人散後，一鉤新月天如水」句，所寫的感受也與此相似。

黃叔燦在《唐詩箋註》中還稱讚這首詩末句中的「寒」字之妙，指出：「一片離情，俱于此字托出矣。」這個「寒」字的確是一個畫龍點睛的字，正如近代王國維在《人間詞話》中所說，著此一字而「境界全出」。但詩中的任何一個字，都不可能離開句和篇而孤立地起作用。這個「寒」字在本句內還因「此夜」兩字而注入離情，說明這不是通常因夜深感覺到的膚體寒冷，而是在這個特定的離別之夜獨有的內心感受。而且，這首詩中可以拈出的透露離情的字眼，還不只一個「寒」字。首句寫煙而曰「亂」煙，既是形容夜煙彌漫，也表達了詩人心情的迷亂。次句寫月而曰「飛」月，既是說明時間的推移，也暗示詩人佇立凝望時產生的聚散匆匆之感。第三句寫離亭掩而加了「寂寞」二字，既是寫外界的景象，也是寫內心的情懷。從整首詩看，詩人就是運用這樣一些字眼把畫面點活，把送別後的孤寂悵惘之情融化入景色的描寫之中。而這首詩的妙處更在於這融化的手法運用得渾然無跡，從而使詩篇見空靈蘊藉之美。（陳邦炎）

山中

王勃

長江悲已滯，萬里念將歸。
況屬高風晚，山山黃葉飛。

這是一首抒寫旅愁歸思的詩，大概作於王勃被廢斥後在巴蜀作客期間。

詩的前半首是一聯對句。詩人以「萬里」對「長江」，是從地理概念上寫遠在異鄉、歸路迢迢的處境；以「將歸」對「已滯」，是從時間概念上寫客旅久滯、思歸未歸的狀況。兩句中的「悲」和「念」二字，則是用來點出因上述境況而產生的感慨和意願。詩的後半首，即景點染，用眼前「高風晚」、「黃葉飛」的深秋景色，進一步烘托出這個「悲」和「念」的心情。

首句「長江悲已滯」，在字面上也許應解釋為因長期滯留在長江邊而悲嘆。可以參證的有他的〈羈遊餞別〉詩中的「遊子倦江干」及〈別人四首〉之四中的「霧色籠江際」、「何為久留滯」諸句。但如果與下面「萬里」句合看，可能詩人還想到長江萬里、路途遙遠而引起羈旅之悲。這首詩的題目是〈山中〉，也可能是詩人在山上望到長江而起興，是以日夜滾滾東流的江水來對照自己長期滯留的旅況而產生悲思。與這句詩相似的有杜甫〈成都府〉詩中的「大江東流去，遊子日月長」，以及謝朓〈暫使下都夜發新林至京邑贈西府同僚〉的名句「大江流日夜，客心悲未央」。這裡，「長江」與「已滯」以及「大江」與「遊子」、「客心」的關係，詩人自己可以有各種聯想，也任讀者作各種聯想。在一定範圍內，理解可以因人而異，即所謂「詩無達詁」。

次句「萬里念將歸」，似出自戰國楚宋玉〈九辯〉「登山臨水兮送將歸」句。而〈九辯〉的「送將歸」，至少有兩種不同的解釋：一為送別將歸之人；一為送別將盡之歲。至於這句詩裡的「將歸」，如果從前面提到的〈羈遊餞別〉〈別人四首〉以及《王子安文集》中另外一些客中送別的詩看，可以採前一解釋；如果從本詩後半首的內容看，也可以取後一解釋。但聯繫本句中的「念」字，則以解釋為思歸之念較好，也就是說，這句的「將歸」和上句的「已滯」一樣，都指望遠懷鄉之人，即詩人自己。但另有一說，把上句的「已滯」看作在異鄉的客子之「悲」，把這句的「將歸」看作萬里外的家人之「念」，似也可通。這又是一個詩無達詁的例子。

三、四兩句「況屬高風晚，山山黃葉飛」，寫詩人在山中望見的實景，也含有從〈九辯〉「悲哉，秋之為氣也，蕭瑟兮，草木搖落而變衰」兩句化出的意境。就整首詩來說，這兩句所寫之景是對一、二兩句所寫之情起襯映作用的，而又有以景寓情的成分。這裡，秋風蕭瑟、黃葉飄零的景象，既用來襯映旅思鄉愁，也可以說是用來比擬詩人的蕭瑟心境、飄零旅況。當然，這個比擬是若即若離的。同時，把「山山黃葉飛」這樣一個純景色描寫的句子安排在篇末，在寫法上又是以景結情。南宋沈義父在《樂府指迷》中說：「結句須要放開，含有餘不盡之意，以景結尾最好。」這首詩的結句就有宕出遠神、耐人尋味之妙。

詩歌常常是抒情與寫景兩相結合、交織成篇的。明代謝榛在《四溟詩話》中說：「作詩本乎情、景。……景乃詩之媒，情乃詩之胚，合而為詩。」這首詩，前半抒情，後半寫景。但詩人在山中、江邊望見的高風送秋、黃葉紛飛之景，正是產生久客之悲、思歸之念的觸媒；而他登山臨水之際又不能不是以我觀物，執筆運思之時也不能不是緣情寫景，因此，後半首所寫之景又必然以前半首所懷之情為胚胎。詩中的情與景是互相作用、彼此滲透、融合為一的。前半首的久客思歸之情，正因深秋景色的點染而加濃了它的悲愴色彩；後半首的風吹葉落之景，也因旅思鄉情的注入而加強了它的感染力量。

王勃還有一首〈羈春〉詩：「客心千里倦，春事一朝歸。還傷北園裡，重見落花飛。」詩的韻腳與這首〈山中〉詩完全相同，抒寫的也是羈旅之思，只是一首寫於暮春，一首寫於晚秋，季節不同，用來襯托情意的景物就有「落花飛」與「黃葉飛」之異。兩詩參讀，有助於進一步了解詩人的感情並領會詩筆的運用和變化。（陳邦炎）

楊炯

【作者小傳】（六五〇～六九三後）華陰（今屬陝西）人。十歲舉神童。唐高宗上元進士，授校書郎，後官盈川令。為「初唐四傑」之一。擅長五律。其邊塞詩氣勢較勝，但有些作品未能盡脫綺豔之風。原有集，已散佚，明人輯有《盈川集》。（新、舊《唐書》本傳、《唐才子傳》卷一）

從軍行　楊炯

烽火照西京①，心中自不平。牙璋辭鳳闕，鐵騎繞龍城②。

雪暗凋旗畫，風多雜鼓聲。寧為百夫長③，勝作一書生。

〔註〕①西京：長安。②龍城：匈奴名城。這裡泛指敵方要塞。③百夫長：泛指低級軍官。

這首詩借用樂府舊題〈從軍行〉，描寫一個讀書士子從軍邊塞、參加戰鬥的全過程。僅僅四十個字，既揭示出人物的心理活動，又渲染了環境氣氛，筆力極其雄勁。

前兩句寫邊報傳來，激起了志士的愛國熱情。詩人並不直接說明軍情緊急，卻說「烽火照西京」，透過「烽火」這一形象化的景物，把軍情的緊急表現出來了。一個「照」字渲染了緊張氣氛。「心中自不平」，是由烽火而引起的，國家興亡，匹夫有責，他不願再把青春年華消磨在筆硯之間。一個「自」字，表現了書生那種由衷的愛國激情，寫出了人物的精神境界。首二句交代了整個事件展開的背景。第三句「牙璋辭鳳闕」，描寫軍隊辭京出師的情景。「牙璋」是皇帝調兵的符信，分凹凸兩塊，分別掌握在皇帝和主將手中。「鳳闕」是皇宮的代稱。這裡，詩人用「牙璋」、「鳳闕」兩詞，顯得典雅、穩重，既說明出征將士懷有崇高的使命，又顯示出師場面的隆重和莊嚴。第四句「鐵騎繞龍城」，顯然唐軍已經神速地到達前線，並把敵方城堡包圍得水洩不通。「鐵騎」、「龍城」相對，渲染出龍爭虎鬥的戰爭氣氛。一個「繞」字，又形象地寫出了唐軍包圍敵人的軍事態勢。五、六兩句開始寫戰鬥，詩人卻沒有從正面著筆，而是透過景物描寫進行烘托。「雪暗凋旗畫，風多雜鼓聲」，前句從人的視覺出發：大雪彌漫，遮天蔽日，使軍旗上的彩畫都顯得黯然失色；後句從人的聽覺出發：狂風呼嘯，與雄壯的進軍鼓聲交織在一起。兩句詩，有聲有色，各臻其妙。詩人別具機杼，以象徵軍隊的「旗」和「鼓」，表現出征將士冒雪同敵人搏鬥的堅強無畏精神和在戰鼓聲激勵下奮勇殺敵的悲壯激烈場面。詩的最後兩句：「寧為百夫長，勝作一書生。」直接抒發從戎書生保邊衛國的壯志豪情。艱苦激烈的戰鬥，更增添了他對這種不平凡的生活的熱愛，他寧願馳騁沙場，為保衛邊疆而戰，也不願作置身書齋的書生。

這首短詩，寫出書生投筆從戎，出塞參戰的全過程。能把如此豐富的內容，濃縮在有限的篇幅裡，可見詩人的功力。首先詩人抓住整個過程中最有代表性的片斷，作了形象概括的描寫。至於書生是怎樣投筆從戎的，他又是怎樣告別父老妻室的，一路上行軍的情況怎樣……詩人一概略去不寫。其次，詩採取了跳躍式的結構，從一個典型場景跳到另一個典型場景，跳躍式地發展前進。如第三句剛寫了辭京，第四句就已經包圍了敵人，接著又展示了激烈戰鬥的場面。然而這種跳躍是十分自然的，每一個跨度之間又給人留下了豐富的想像餘地。

同時，這種跳躍式的結構，使詩歌具有明快的節奏，如山崖上飛流驚湍，給人一種一氣直下、一往無前的氣勢，有力地突現出書生強烈的愛國激情和唐軍將士氣壯山河的精神面貌。

初唐四傑很不滿當時纖麗綺靡的詩風，他們曾在詩歌的內容和形式上作過頗有成效的開拓和創新，楊炯此詩的風格就很雄渾剛健，慷慨激昂。尤其是這樣一首描寫金鼓殺伐之事的詩篇，卻用具有嚴格規矩的律詩形式來寫，很不簡單。律詩一般只要求中間兩聯對仗，這首詩除第一聯外，三聯皆對。不僅句與句對，而且同一句中也對，如「牙璋」對「鳳闕」，「鐵騎」對「龍城」。整齊的對仗，使詩更有節奏和氣勢，這在詩風綺靡的初唐詩壇上是很難能可貴的。（張燕瑾）

劉希夷

【作者小傳】（六五一～約六七九）汝州（今河南臨汝）人。唐高宗上元進士。善彈琵琶。其詩以歌行見長，多寫閨情，辭意柔婉華麗，且多感傷情調。原有集，已失傳。《全唐詩》存其詩一卷。（《舊唐書》卷一九〇〈喬知之傳〉附、《唐才子傳》卷二）

代悲白頭翁

劉希夷

洛陽城東桃李花，飛來飛去落誰家？洛陽女兒惜①顏色，行逢②落花長嘆息。
今年花落顏色改，明年花開復誰在？已見松柏摧為薪，更聞桑田變成海。
古人無復洛城東，今人還對落花風。年年歲歲花相似，歲歲年年人不同。
寄言全盛紅顏子，應憐半死白頭翁。此翁白頭真可憐，伊昔紅顏美少年。
公子王孫芳樹下，清歌妙舞落花前。光祿池臺開③錦繡，將軍樓閣畫神仙。
一朝臥病無相識，三春行樂在誰邊？宛轉蛾眉能幾時？須臾鶴髮亂如絲。
但看古來歌舞地，唯有黃昏鳥雀悲。

〔註〕①一作「好」。②一作「坐見」。③一作「文」。

這是一首擬古樂府，題又作〈代白頭吟〉。〈白頭吟〉是漢樂府相和歌辭楚調曲舊題，古辭寫女子毅然與負心男子決裂。劉希夷這首詩則從女子寫到老翁，詠嘆青春易逝、富貴無常。構思獨創，抒情宛轉，語言優美，音韻和諧，藝術性較高，在初唐即受推崇，歷來傳為名篇。

詩的前半寫洛陽女子感傷落花，抒發人生短促、紅顏易老的感慨；後半寫白頭老翁遭遇淪落，抒發世事變遷、富貴無常的感慨，以「但看古來歌舞地，唯有黃昏鳥雀悲」總結全篇意旨。在前後的過渡，以「寄言全盛紅顏子，應憐半死白頭翁」二句，點出紅顏女子的未來不免是白頭老翁的今日，白頭老翁的往昔實即是紅顏女子的今日。詩人把紅顏女子和白頭老翁的具體命運加以典型化，表現出這是一大群處於社會下層的男女老少的共同命運，因而提出應該同病相憐，具有「醒世」的作用。

詩的前半首化自東漢宋子侯的樂府歌辭〈董嬌嬈〉，但經過劉希夷的再創作，更為概括典型。作為前半的結語，「年年歲歲」二句是精警的名句，比喻精當，語言精粹，令人警省。「年年歲歲」、「歲歲年年」的顛倒重複，不僅排沓迴蕩，音韻優美，更在於強調了時光流逝的無情事實和聽天由命的無奈情緒，真實動情。「花相似」、「人不同」的形象比喻，突出了花卉盛衰有時而人生青春不再的對比，耐人尋味。結合後半寫白頭老翁的遭遇，可以體會到，詩人不用「女子」和「春花」對比，而用泛指名詞「人」和「花」對比，不僅是由於七言詩字數的限制，更由於要包括所有不能掌握自己命運的可憐人，其中也包括了詩人自己。也許，因此產生了不少關於這詩的附會傳說。如唐劉肅《大唐新語》、唐孟棨《本事詩》所云：詩人自己也覺得這兩句詩是一種不祥的預兆，即所謂「詩讖」，一年後，詩人果然被害。這類無稽之談的產生與流傳，既反映人們愛惜詩人的才華，同情他的不幸，也表明這詩情調也過於傷感了。

此詩融會漢魏歌行、南朝近體及梁、陳宮體的經驗，而自成一種清麗婉轉的風格。它還汲取樂府詩的敘事間發議論、古詩的以敘事方式抒情的手法，又能巧妙交織運用各種對比，發揮對偶、用典的長處，是這詩的突出成就。劉希夷生前似未成名，而在死後，孫季良編選《正聲集》，「以希夷為集中之最，由是稍為時人所稱」（《大唐新語》）。可見他一生遭遇壓抑，是他產生消極感傷情緒的思想根源。這詩濃厚的感傷情緒，反映了古代束縛戕害人才的事實。（倪其心）

宋之問

【作者小傳】（約六五六～約七一三）一名少連，字延清，汾州西河（今山西汾陽）人，一說虢州弘農（今河南靈寶）人。唐高宗上元進士，官至考功員外郎。曾先後諂事張易之和太平公主。睿宗時貶欽州，賜死。詩與沈佺期齊名，多歌功頌德之作，文辭華靡。放逐途中諸詩則表現了感傷情緒。律體形式完整，對律詩體制的定型頗有影響。原有集，已散佚，明人輯有《宋之問集》。（新、舊《唐書》本傳、《唐才子傳》卷一）

送杜審言　宋之問

臥病人事絕，嗟君萬里行。河橋不相送，江樹遠含情。

別路追孫楚，維舟①弔屈平。可惜龍泉劍，流落在豐城。

〔註〕①維舟，繫舟、停船之意。

杜審言和宋之問均是初唐詩人，又都致力於律詩的創作。他們在文學上志同道合，在政治上也有許多一致的地方。公元六九八年，杜審言坐事貶吉州（今江西吉安）司戶參軍，宋之問寫此詩以贈。

這首詩情真意切，樸實自然，較之宋之問的某些應制詩，算是別具一格了。詩的前四句通俗曉暢，選詞用字，不事雕飾，抒發感慨，委婉深沉。首聯直起直落，抒寫自如。當時，作者臥病在家，社會交往甚少，自不免孤零寂寞之感；偏偏這時又傳來了友人因貶謫而遠行的消息，那更是惆悵倍增。「臥病人事絕，嗟君萬里行」，正如實地反映了詩人作此詩時的處境和心情。「嗟」字用得好，自然而又蘊藉：一是惜別，因同知己離別而悵惘；二是傷懷，為故人被貶而感傷；三是慨嘆，由友人被貶而感慨宦海沉浮，寵辱無常。這一「嗟」字，直貫篇末，渲染了一種悲涼沉重的氣氛。有的本子誤作「聞」字，則膚淺刻露，索然無味了。

別離固已難堪，如能舉杯餞行，面訴衷曲，亦可稍慰離懷；但作者又因病不能相送，寂寞感傷之外，又增添一種遺憾之情。「河橋不相送」一語平平道來，作者的思想感情卻曲折起伏，波瀾迭出。第四句別開生面，寫出了想像中的送別情景：友人去遠了，送行者亦已紛紛離開，河橋景色，一如平常，唯有那江邊垂柳，臨風依依，惜別之情，似無窮盡，歷時既久而難以逝去。這一筆表明作者身雖未去河橋，而其心已飛往江濱，形象而含蓄地寫出了自己與友人的深厚情誼，使「送別」二字有了著落，與第三句對照起來看，又是一層波瀾。律詩要求中間兩聯對仗，這首詩的第二聯對偶雖不甚工緻，但流走勻稱，宛轉如意，說明作者於此重在達意抒情，而不拘泥於形式上的刻意求工，這也體現了初期律詩創作中比較舒展自由的特色。

後四句接連用典。此詩用典，熨帖工穩，不傷晦澀，仍保持了全詩自然樸素的風格。第三聯用的是孫楚和屈原（名平，字原）的典故。孫楚，西晉文學家，名重一時，但「多所凌傲，缺鄉曲之譽」，年四十始參鎮東軍事。屈原才華卓絕，遭讒被逐，流落沅湘，自沉汨羅而死。賈誼貶長沙王太傅時，途經湘水，感懷身世，曾作〈弔屈原賦〉。杜審言也是個「恃才謇傲」的人，而眼下面臨的卻是一種逆境。此番由洛陽流貶吉州，正好取道兩湖，浪跡瀟湘，沿途恰是前賢足跡所到之處，撫今思昔，能不感慨係之！「別路追孫楚，維舟弔屈平」，既暗點友人的貶謫，交代其行蹤，更是以孫楚、屈原的身世遭遇，喻友人才學之高超，仕途之坎坷，以及世道之不平，寄託了作者對友人的同情和惋惜。

結尾仍用典。《晉書·張華傳》：「斗牛之間常有紫氣……（豫章人雷煥）曰：『寶劍之精，上徹於天耳。』……（華）問曰：『在何郡？』煥曰：『在豫章豐城。』……華大喜，即補煥為豐城令。煥到縣，掘獄屋基，入地四丈餘，得一石函，光氣非常，中有雙劍，並刻題，一曰龍泉，一曰太阿。其夕，斗牛間氣不復見焉。」豐城（今屬江西）與杜審言的貶謫地吉州同屬江西。作者在此用龍泉劍被埋沒的故事，分明是喻友人的懷才不遇，進一步豐富了上聯的寓意；但同時也發展了上聯的思想：龍泉劍終於被有識之士發現，重見光明，那麼友人也終將脫穎而出，再得起用，於憤懣不平中寄託了對友人的深情撫慰與熱切期望。

宋之問在律詩的定型上有過重要貢獻，但其創作並未完全擺脫六朝綺靡詩風的影響。這首詩音韻和諧，對仗勻稱，而又樸素自然，不尚雕琢，可以說是宋之問律詩中的佳作之一，代表了作者在這一詩體上所取得的成就。（徐定祥）

題大庾嶺北驛　宋之問

陽月南飛雁，傳聞至此回。我行殊未已，何日復歸來？
江靜潮初落，林昏瘴不開。明朝望鄉處，應見隴頭梅。

這是宋之問流放欽州（治所在今廣西欽州東北）途經大庾嶺時，題於嶺北驛的一首五律。大庾嶺在今江西大庾，嶺上多生梅花，又名梅嶺。古人認為此嶺是南北的分界線，因有十月北雁南歸至此，不再過嶺的傳說。

本來，在武后、中宗兩朝，宋之問頗得寵幸，睿宗執政後，卻成了謫罪之人，發配嶺南，其心中的痛苦哀傷自是可知。所以當他到達大庾嶺北驛時，眼望那蒼茫山色、長天雁群，想到明日就要過嶺，一嶺之隔，與中原便咫尺天涯，頓時遷謫失意的痛苦，懷土思鄉的憂傷一起湧上心頭。悲切之音脫口而出：「陽月南飛雁，傳聞至此回。我行殊未已，何日復歸來？」陽月（農曆十月）雁南飛至此而北回，而我呢，卻像「孤雁獨南翔」（三國魏曹丕〈雜詩〉），非但不能滯留，還要翻山越嶺，到那荒遠的瘴癘之鄉；群雁北歸有定期，而我呢，何時才能重來大庾嶺，再返故鄉和親人團聚！由雁而後及人，詩人用的是比興手法。兩兩相形，沉鬱、幽怨，人不如雁的感慨深蘊其中。這一鮮明對照，把詩人那憂傷、哀怨、思念、嚮往等等痛苦複雜的內心情感表現得含蓄委婉而又深切感人。

人雁比較以後，五、六兩句，詩人又點綴了眼前景色：「江靜潮初落，林昏瘴不開。」黃昏到來了，江潮初落，水面平靜得令人寂寞，林間瘴氣繚繞，一片迷濛。這景象又給詩人平添了一段憂傷。因為江潮落去，江水尚有平靜的時候，而詩人心潮起伏，卻無一刻安寧。叢林迷暝，瘴氣如煙，故鄉何在，望眼難尋；前路如何，又難以卜知。失意的痛苦，鄉思的煩惱，面對此景就更使他不堪忍受。

惱人的景象，愁殺了這位落魄南去的逐臣，昏暗的境界，又恰似他內心的迷離惝怳。因此，這二句寫景接上二句的抒情，轉承得實在好，以景襯情，渲染了淒涼孤寂的氣氛，烘托出悲苦的心情，使抒情又推進一層，更加深刻細膩，更加強烈具體了。

最後二句，詩人又從寫景轉為抒情。他在心中暗暗祈願：「明朝望鄉處，應見隴頭梅。」明晨踏上嶺頭的時候，再望一望故鄉吧！雖然見不到她的蹤影，但嶺上盛開的梅花該是可以見到的！《荊州記》載，南北朝時詩人陸凱有這樣一首詩：「折梅逢驛使，寄與隴頭人。江南無所有，聊贈一枝春。」顯然，詩人暗用了這一典故。雖然家不可歸，但他多麼希望也能寄一枝梅，安慰家鄉的親人啊！情致悽婉，綿長不斷，詩人懷鄉之情已經升發到最高點，然而卻收得含吐不露。宋人沈義父說：「以景結尾最好」，「含有餘不盡之意」。（《樂府指迷》）這一聯恰好如此，詩人沒有接續上文去寫實景，而是拓開一筆，寫了想像，虛擬一段情景來關合全詩。這樣不但深化了主題，而且情韻醇厚，含悠然不盡之意，令人神馳遐想。

全詩寫的是「愁」，卻未著一「愁」字。儘管如此，人們還是感到愁緒滿懷，悽惻纏綿。為什麼會產生這樣的魅力呢？因為「善言情者，吞吐深淺，欲露還藏，便覺此衷無限。善道景者，絕去形容，略加點綴，即真相顯然，生韻亦流動矣。」（明陸時雍《詩鏡總論》）。這首詩正是在道景言情上別具匠心。詩人以情布景，又以景襯情，使情景融合，寫出了真實的感受，因而情真意切，動人心弦。（張秉戍）

早發始興江口至虛氏村作

宋之問

候曉逾閩嶂①，乘春望越臺。宿雲鵬際落，殘月蚌中開。
薜荔搖青氣，桄榔翳碧苔。桂香多露裛，石響細泉回。
抱葉玄猿嘯，銜花翡翠來。南中雖可悅，北思日悠哉。
鬒髮俄成素，丹心已作灰。何當首歸路，行剪故園萊。

〔註〕①一作「閩嶠」。

本篇作於詩人貶官南行途中。從詩中對所寫景物表現出來的新鮮感看來，似為他初貶嶺南時所作。開頭四句，點題中的「早發」，交代了時間是在「春」、「曉」，並以晨空特有的「宿雲」、「殘月」極力渲染早發時的景象。「閩嶂」本指閩地的山嶺，有時也可用作「嶺嶂」的意思，泛指南國的山嶺。這裡用以借指從始興縣的江口地方至虛氏村途中經過的高山峻嶺。「越臺」即越王臺，又作粵王臺，是漢高祖時南越王趙佗在廣州越秀山上所建的臺榭。從詩題看，當時詩人已經抵達虛氏村，村子離動身地點江口在一日行程之內，距離廣州尚有數百里之遙，是無法望見越王臺的。所謂「望」，只是瞻望前途的意思。「宿雲」是隔宿之雲。

《莊子．逍遙遊》寫大鵬鳥，說它「翼若垂天之雲」。這裡見雲而生鵬翼的聯想，句意只是說宿雲漸漸消散，天空變得明朗起來。古人以為，月亮的盈虧與蚌蛤的虛實相統一，月圓時蚌蛤實，月虧時蚌蛤虛。所以，第四句，詩人由「殘月」而生「蚌中開」的聯想。宋之問與沈佺期一樣，上承齊梁餘緒，講究詞采聲律，從「宿雲」二句的鋪張筆法中，也可想見其「如錦繡成文」（《新唐書》本傳）的詩風。

從「薜荔搖青氣」開始的六句極寫賞心悅目的南國景色，鋪排有序，很見功力。前三句寫樹，錯落有致：「薜荔」是一種木本蔓生植物，常繞樹或緣壁生長。句中用一個富有動感並充滿了生命力的「搖」字，生動地描畫出了枝葉攀騰、扶搖直上與青氣鬱勃、無以自守的情態。「桄榔」則是一種亭亭玉立的喬木，與蔓生的薜荔對舉，構圖相當優美。加之碧苔依樹，古色古香，與「薜荔」句表現出來的盎然生趣亦復形成鮮明的對照。「桂香」句既為畫面添枝加葉，又使淡淡幽香透出畫面。句中的「裛」（音同溢），通「浥」，打濕的意思。在上三句中，詩人用筆由視覺而到嗅覺；在下三句中，「石響」句更進而寫到聽覺，由泉水奔瀉的「石響」又轉而看到迴環流轉的細泉。「抱葉」二句轉寫動物：黑毛猴子攀附著樹枝在叫喚，翡翠鳥銜著花在飛來飛去。這就使畫面更充滿活力，線條、色彩、音響以至整個情調更其動人了。

讀到最後六句時，人們恍然大悟，原來詩人前面的鋪排繪景是為了後面的寫情抒懷。「南中」句使全詩的感情為之一頓，承上啟下。「南中可悅」四字總括前面寫景的筆墨，「雖」字是句中之眼，轉出後面的許多文章。「北思」句直承「雖」字。從末句的「故園」可知，詩人的「北思」是思念故鄉而非朝廷。「鬒（音同縝）髮」，黑髮。「鬒髮」二句說明貶謫對他的打擊，黑髮俄頃變白，丹心已成死灰。在文勢上，這兩句稍作頓挫，用以托住「南中」二句陡然急轉之勢，並暗示官場的榮辱無常，更增強了自己的思鄉之情。末兩句的感情直承「鬒髮」二句，並與「北思」二字相呼應。詩人直抒胸臆道：何時能走向返回故鄉的路呢？「剪萊」，即除草。

「行剪故園萊」，與謝朓的「去剪北山萊」、王績的「去剪故園萊」同義，都是要歸隱田園的意思。從文勢上來說，最後六句渾然一體，同時又有內在的節奏。比之於水勢，「南中」二句似高江急峽，大起大落，「鬒髮」二句江面漸寬，水勢漸緩，至末兩句化成一片汪洋，隱入無邊的平蕪之中。

此詩用詞的豔麗雕琢與結構的高妙，可以使我們對宋之問詩風略解一二。詩用的是以景襯情的寫法。詩人不惜濃墨重彩去寫景，從而使所抒之情越發顯得真摯深切。然而對於今天的讀者來說，這首詩的價值倒不在於詩人抒發了何種思想感情，而在於詩中對南中景物的出色描繪。詩人筆下的樹木、禽鳥、泉石所構成的統一畫面是南國所特有的，其中的一草一木無不滲透著詩人初見時所特有的新鮮感。特定的情與特有的景相統一，使這首詩有著很強的藝術魅力。（陳志明）

靈隱寺 宋之問

鷲嶺鬱岧嶢，龍宮鎖寂寥。樓觀滄海日，門對浙江潮。
桂子月中落，天香雲外飄。捫蘿登塔遠，刳木取泉遙。
霜薄花更發，冰輕葉未凋。夙齡尚遐異，搜對滌煩囂。
待入天臺路，看余度石橋。

靈隱寺在杭州西湖西北武林山下，始建於東晉時。據《咸淳臨安志》，在東晉咸和元年（三二六），印度僧人慧理，看到這座山，驚嘆道：「此是中天竺國（古印度）靈鷲山之小嶺，不知何年飛來，佛在世日，多為仙靈所隱……」於是籌建了靈隱寺。

「鷲嶺鬱岧嶢，龍宮鎖寂寥」，「鷲嶺」即印度靈鷲山，這裡借指飛來峰。岧嶢（音同迢遙），山勢高峻貌；冠一「鬱」字，見其高聳而又具有蔥蘢之美。「龍宮」，相傳龍王曾請佛祖講經說法，這裡借指靈隱寺。寂寥，佛家以「清靜」為本，冠一「鎖」字，更見佛殿的肅穆空寂。這兩句，借用佛家掌故而能詞如己出；先寫山，後寫寺，山寺相映生輝，更見清嘉勝境。「樓觀滄海日，門對浙江潮」，是詩中名句。入勝境而觀佳處，開人心胸，壯人豪情，怡人心境，它以對仗工整和景色壯觀而博得世人的稱賞。據說這兩句詩一出，競相傳抄，還有人附會為他人代作（如宋李頎《古今詩話》認為這兩句詩是當時在靈隱寺出家為僧的駱賓王所代作）。接下去，進一步刻畫靈隱一帶特有的靈秀：「桂子月中落，天香雲外飄。」傳說，在靈隱寺和天竺寺，每到秋爽時刻，常有似豆的顆粒從天空飄落，傳聞那是從月宮中落下來的。「天香」，即異香，此指祭神禮佛之香。上句寫桂子從天上飄落人間，下句寫佛香上飄九重，給這個佛教勝地蒙上了空靈神祕的色彩。

寫詩如作畫，要有主體，有旁襯，有烘托。詩的前六句是詩的主體。下面八句是寫詩人在靈隱山一帶尋幽搜勝的情景和感想：「捫蘿登塔遠，刳（音同枯）木取泉遙。霜薄花更發，冰輕葉未凋」四句是說，詩人在靈隱山上，時而攀住藤蘿爬上高塔望遠；時而循著引水瓠木尋求幽景名泉；時而觀賞那迎冰霜盛開的山花和未凋的紅葉。這四句雖為旁襯之筆，但透過對詩人遊蹤的描寫，不是更能使人想見靈隱寺的環境之幽美嗎？「夙齡尚遐異，搜對滌煩囂」，是說自己自幼就喜歡遠方的奇異之景，今日有機會面對這愜意的景色正好洗滌我心中塵世的煩惱了。「待入天臺路，看余度石橋」。天臺山是佛教天臺宗的發源地，坐落在浙江天臺縣。天臺山的楢溪上有石橋，下臨陡峭山澗。這兩句，乍看似乎離開了對靈隱寺的描寫，而實際上是說因遊佛教勝地而更思佛教勝地。乍看「若離」，而實「不離」。這種若即若離的結尾，最得詠物之妙，它很好地烘托了靈隱的秀色。南宋張炎在《詞源．詠物》條下說：「體認稍真，則拘而不暢；模寫差遠，則晦而不明；要須收縱聯密，用事合題。一段意思，全在結句，斯為絕妙。」「看余度石橋」不正是詩人遊興極濃的藝術再現嗎？以一幅想像中的遊蹤圖結束全篇，給人以新鮮之感。（傳經順）

渡漢江 宋之問

嶺外音書斷，經冬復歷春。
近鄉情更怯，不敢問來人。

這是宋之問於中宗神龍二年（七〇六）奉恩旨從瀧州（治今廣東羅定市東南）貶所北歸，途經漢江（指襄陽附近的一段漢水）時寫的一首詩。

前兩句追敘貶居嶺南的情況。貶斥蠻荒，本就夠悲苦的了，何況又和家人音訊隔絕，彼此未卜存亡，更何況又是在這種情況下經冬歷春，挨過漫長的時間。作者沒有平列空間的懸隔、音書的斷絕、時間的久遠這三層意思，而是依次層遞，逐步加以展示，這就強化和加深了貶居遐荒期間孤孑、苦悶的感情和對家鄉、親人的思念。「斷」字、「復」字，似不著力，卻很見作意。作者困居貶所時那種與世隔絕的處境，失去任何精神慰藉的生活情景，以及度日如年、難以忍受的精神痛苦，都歷歷可見，鮮明可觸。這兩句平平敘起，從容承接，沒有什麼驚人之筆，往往容易為讀者輕易放過。其實，它在全篇中的地位、作用很重要。有了這個背景，下兩句出色的抒情才字字有根。

宋之問的家鄉一說在汾州（今山西汾陽附近），一說在弘農（今河南靈寶西南），離詩中的「漢江」都比較遠。所謂「近鄉」，只是從心理習慣而言，正像今天家居北京的人，一過了黃河就感到「近鄉」一樣（宋之問這次也並未北歸家鄉，而是匿居洛陽）。按照常情，後兩句似乎應該寫成「近鄉情更切，急欲問來人」，然而作者所寫的卻完全出乎常情：「近鄉情更怯，不敢問來人。」仔細尋味，又覺得只有這樣，才合乎前兩句所揭示的「規定情景」。因為作者貶居嶺外，又長期接不到家人的任何音訊，一方面固然日夜思念家人，另一方面又時刻擔心家人，怕他們由於自己的牽累或其他原因遭到不幸。「音書斷」的時間越長，這種思念和擔心也越向兩極發展，形成既切盼音書，又怕音書到來的矛盾心理。這種矛盾心理，在由貶所北歸的路上，特別是渡過漢江，接近家鄉之後，有了進一步的戲劇性發展：原先的擔心、憂慮和模糊的不祥預感，此刻似乎馬上就會被路上所遇到的某個熟人所證實；而長期來夢寐以求的與家人團聚的願望則立即會被粉碎。因此，「情更切」變成了「情更怯」，「急欲問」變成了「不敢問」。這是在「嶺外音書斷」這種特殊情況下心理矛盾發展的必然。透過「情更怯」與「不敢問」，讀者可以強烈感觸到詩人此際強自抑制的急切願望和由此造成的精神痛苦。這種抒寫，是真切、富於情致和耐人咀嚼的。

宋之問這次被貶瀧州，是因為他媚附武后的男寵張易之，可以說罪有應得。但這首詩卻往往引起讀者感情上的共鳴。其中一個重要的原因，是作者在表達思想感情時，已經捨去了一切與自己的特殊經歷、特殊身分有關的生活素材，所表現的僅僅是一個長期客居異鄉、久無家中音信的人，在行近家鄉時所產生的一種特殊心理狀態。而這種心理感情，卻具有極大的典型性和普遍性。形象大於思維的現象，似乎往往和作品的典型性、概括性聯結在一起。這首詩便是一例。人們愛拿杜甫〈述懷〉中的詩句「自寄一封書，今已十月後。反畏消息來，寸心亦何有」和這首詩作類比，這正說明性質很不相同的感情，有時可以用類似方式來表現，而它們所概括的客觀生活內容可以是不相上下的。（劉學鍇）

沈佺期

【作者小傳】（約六五六～七一三）字雲卿，相州內黃（今屬河南）人。唐高宗上元進士，官至太子少詹事。曾因貪汙及諂附張易之，被流放驩州。詩與宋之問齊名，多應制之作。流放時期的作品，則多對其境遇表示不滿。律體謹嚴精密，對律詩體制的定型頗有影響。原有集，已散失，明人輯有《沈佺期集》。（新、舊《唐書》本傳、《唐才子傳》卷一）

雜詩三首（其三）　沈佺期

聞道黃龍戍①，頻年不解兵。可憐閨裡月，長在漢家營②。
少婦今春意，良人昨夜情。誰能將旗鼓，一為取龍城③。

〔註〕①黃龍戍：唐時東北要塞，在今遼寧開原西北。②「漢家」的「漢」既指漢族，也指漢朝。這裡是以漢代唐，避免直指。③龍城：匈奴名城，秦漢時匈奴祭祀的地方。這裡借指敵方要地。

這是沈佺期的傳世名作之一。詩人類似「無題」的〈雜詩〉共有三首，都寫閨中怨情，流露出明顯的反戰情緒。這一首詩除了怨恨「頻年不解兵」外，還希望有良將早日結束戰事，是思想上較為積極的一首，藝術上也頗具特色。

首聯敘事，交代背景：黃龍戍一帶，常年戰事不斷，至今沒有止息。一種強烈的怨戰之情溢於字裡行間。

頷聯抒情，借月抒懷，說今夜閨中和營中同在這一輪明月的照耀下，有多少對征夫思婦兩地對月相思。在征夫眼裡，這個昔日和妻子在閨中共同賞玩的明月，不斷地到營裡照著他，好像懷著無限深情；而在閨中思婦眼裡，似乎這眼前明月，再不如往昔美好，因為那象徵著昔日夫妻美好生活的圓月，早已離開深閨，隨著良人遠去漢家營了。這一聯明明是寫情，卻偏要處處說月；字字是寫月，卻又筆筆見人。短短十個字，內涵極為豐富：既寫出了夫婦分離的現在，也觸及到了夫婦團聚的過去；既輪廓鮮明地畫出了異地同視一輪明月的一幅月下相思圖，也使人聯想起夫婦相處時的月下雙照的動人景象。透過暗寓著對比的畫面，詩人不露聲色地寫出閨中人和征夫相互思念的綿邈深情。

抒寫至此，詩人意猶未盡，頸聯又以含蓄有致的筆法進一步補足詩意。「春」而又「今」，「夜」而又「昨」，分別寫出少婦「意」和良人「情」，其妙無比。四季之中最撩人情思的無過於春，而今春的大好光陰虛度，少婦怎不倍覺惆悵！萬籟無聲的長夜最為牽愁惹恨，那昨夜夫妻惜別的情景，彷彿此刻仍在征夫面前浮現。「今春意」與「昨夜情」互文對舉，共同形容「少婦」與「良人」。聯繫前面的「頻年」、「長在」，可知所謂「今春」、「昨夜」只是舉例式的寫法。在「頻年不解兵」的年代裡，長期分離的夫婦又何止千千萬萬，他們是春春如此思念，夜夜這般傷懷啊！

這一聯說閨中少婦和營中良人的相思。雙方的離情別意之中包含著一個共同的心願，這就是末聯所寫的：「誰能將旗鼓，一為取龍城。」「將」是帶領的意思。古代軍隊以旗鼓為號令，這裡的「旗鼓」指代軍隊。希望有良將帶兵，一舉克敵，使家人早日團聚，人民安居樂業。這是寫透夫婦別離的痛苦以後，自然生出的一層意思，揭示出詩的主旨，感慨深沉。

這首詩構思新穎精巧，特別是中間四句，在「情」、「意」二字上著力，翻出新意，更為前人所未道。詩中所抒之情與所傳之意彼此關聯，由情生意，由意足情，勢若轉圜，極為自然。從文氣上看，一、二聯都是十字句，自然渾成，一氣貫通，語勢較和緩；第三聯是對偶工巧的兩個短句，有如急管繁弦，顯得氣勢促迫；末聯採用散行的句子，文氣重新變得和緩起來。全詩以問句作結，越發顯得言短意長，含蘊不盡。（陳志明）

夜宿七盤嶺

沈佺期

獨遊千里外，高臥七盤西。山月臨窗近，天河入戶低。
芳春平仲綠，清夜子規啼。浮客空留聽，褒城聞曙雞。

沈佺期這首五律寫旅途夜宿七盤嶺上的情景，抒發惆悵不寐的愁緒。「七盤嶺」，在今四川廣元東北，又名五盤嶺，有石蹬七盤而上，嶺上有七盤關。據本詩末句「褒城聞曙雞」，褒城在今陝西漢中北，七盤嶺在其西南。夜宿七盤嶺，則已過褒城，離開關中，而入蜀境。這詩或作於詩人此次入蜀之初。

首聯破題，說自己將作遠遊，此刻夜宿七盤嶺。「獨遊」顯出無限失意的情緒，而「高臥」則不僅點出住宿高山，更有謝安「高臥東山」的意味，表示將「獨遊」聊作隱遊，進一步點出失意的境遇。次聯即寫夜宿所見的遠景，生動地表現出「高臥」的情趣，月亮彷彿就在窗前，銀河好像要流進房門那樣低。三聯是寫夜宿的節物觀感，纖巧地抒發了「獨遊」的愁思。「平仲」是銀杏的別稱。西晉左思〈吳都賦〉寫江南四種特產樹木說：「平仲桾櫏，松梓古度。」舊註說：「平仲之實，其白如銀。」這裡即用以寫南方異鄉樹木，兼有寄託自己清白之意。「子規」即杜鵑鳥，相傳是古蜀王望帝杜宇之魂化成，暮春鳴聲悲哀如喚「不如歸去」，古以為蜀鳥的代表，多用作離愁的寄託。這裡，詩人望著濃綠的銀杏樹，聽見悲啼的杜鵑聲，春夜獨宿異鄉的愁思和惆悵，油然彌漫。末聯承「子規啼」，寫自己正沉浸在杜鵑悲啼聲中，雞叫了，快要上路了，這七盤嶺上不寐的一夜，更加引起對關中故鄉的不勝依戀。「浮客」即遊子，詩人自指。南朝宋謝惠連〈西陵遇風獻康樂〉說：「淒淒留子言，眷眷浮客心。……靡靡即長路，戚戚抱遙悲。」此化用其意。「空留聽」是指杜鵑催歸，而自己不能歸去。過「褒城」便是入蜀境，雖在七盤嶺還可聞見褒城雞鳴，但詩人已經入蜀遠別關中了。

這首詩是初唐五律的名篇，格律已臻嚴密，但顯然尚留發展痕跡。通首對仗，力求工巧，有齊梁餘風。它表現出詩人有較高的才能，巧於構思，善於描寫，工於駢偶，精於聲律。詩人抓住夜宿七盤嶺這一題材的特點，巧妙地在「獨遊」、「高臥」上做文章。首聯點出「獨遊」、「高臥」；中間兩聯即寫「高臥」、「獨遊」的情趣和愁思，寫景象顯出「高臥」，寫節物襯托「獨遊」；末聯以「浮客」應「獨遊」，以「褒城」應「高臥」作結。結構完整，針跡細密。同時，它通篇對仗，鏗鏘協律，而文氣流暢，寫景抒懷，富有情趣和意境。在初唐宮廷詩壇上，沈佺期是以工詩著名的，張說曾誇獎他說：「沈三兄詩，直須還他第一！」（見唐劉餗《隋唐嘉話》）這未免過獎，但也可說明，沈詩確有較高的藝術技巧。這首詩也可作一例。（倪其心）

獨不見① 沈佺期

盧家少婦鬱金堂②，海燕雙棲玳瑁梁。九月寒砧催木葉，十年征戍憶遼陽③。
白狼河北音書斷，丹鳳城④南秋夜長。誰謂含愁獨不見，更教明月照流黃⑤！

〔註〕①詩題一作「古意呈補闕喬知之」。②盧家少婦鬱金堂：蕭衍〈河中之水歌〉曰：「河中之水向東流，洛陽女兒名莫愁……十五嫁為盧家婦，十六生兒字阿侯。盧家蘭室桂為梁，中有鬱金蘇合香。」③遼陽：在今遼寧省境，為當時邊防要地；下句的白狼河（今名大凌河），即在這裡。④丹鳳城：指長安。傳說秦穆公的女兒弄玉善吹簫，引來鳳凰集於城上，後來稱京城為丹鳳城。⑤流黃，黃絲絹。

這首七律，借用了樂府古題〈獨不見〉。宋郭茂倩《樂府詩集》解題云：「傷思而不得見也。」本詩的主人公是一位長安少婦，她所「思而不得見」的是征戍遼陽十年不歸的丈夫。詩人以委婉纏綿的筆調，描述女主人公在寒砧處處、落葉蕭蕭的秋夜，身居華屋之中，心馳萬里之外，輾轉反側，久不能寐的孤獨愁苦情狀。

「盧家少婦鬱金堂，海燕雙棲玳瑁梁。」盧家少婦，名莫愁，梁武帝蕭衍詩中的人物，後來用作少婦的代稱。鬱金是一種香料，和泥塗壁能使室內芳香；玳瑁是一種海龜，龜甲極美觀，可作裝飾品。開頭兩句以重彩濃筆誇張地描繪女主人公閨房之美：四壁以鬱金香和泥塗飾，頂梁也用玳瑁殼裝點起來，多麼芬芳，多麼華麗啊！連海燕也飛到梁上來安棲了。「雙棲」兩字，暗用比興。看到梁上海燕那相依相偎的柔情蜜意，這位「莫愁」女也許有所感觸吧？此時，又聽到窗外西風吹落葉的聲音和頻頻傳來的擣衣的砧杵之聲。秋深了，天涼了，家家戶戶忙著準備禦寒的冬衣，有征夫遊子在外的人家，就更要格外加緊啊！這進一步勾起少婦心中之愁。「寒砧催木葉」，造句十分奇警。分明是蕭蕭落葉催人擣衣而砧聲不止，詩人卻故意主賓倒置，以渲染砧聲所引起的心理反響。事實上，正是寒砧聲、落葉聲匯集起來在催動著閨中少婦的相思，促使她更覺內心的空虛寂寞，更覺不見所思的愁苦。夫婿遠戍遼陽，一去就是十年，她的苦苦相憶，也已整整十年了！

頸聯出句的「白狼河北」正應上聯的遼陽。十年了，夫婿音訊斷絕，他現在處境怎樣？命運是吉是兇？幾時才能歸來？還有無歸來之日？……一切一切，都在茫茫未卜之中，叫人連懷念都沒有一個準著落。因此，這位長安城南的思婦，在這秋夜空閨之中，心境就不單是孤獨、寂寥，也不只是思念、盼望，而且在擔心，在憂慮，在惴惴不安，愈思愈愁，愈想愈怕，以至於不敢想像了。上聯的「憶」字，在這裡有了更深一層的表現。

寒砧聲聲，秋葉蕭蕭，叫盧家少婦如何入眠呢！更有那一輪惱人的明月，竟也來湊趣，透過窗紗把流黃幃帳照得明晃晃的炫人眼目，給人愁上添愁。前六句是詩人充滿同情的描述，到這結尾兩句則轉為女主人公愁苦已極的獨白，她不勝其愁而遷怒於明月了。詩句構思新巧，比之前人寫望月懷遠的意境大大開拓一步，從而增強了抒情色彩。

這首詩，人物心情與環境氣氛密切結合。「海燕雙棲玳瑁梁」烘托「盧家少婦鬱金堂」的孤獨寂寞，寒砧木葉、城南秋夜，烘托「十年征戍憶遼陽」、「白狼河北音書斷」的思念憂愁，尾聯「含愁獨不見」的情語借助「明月照流黃」的景物渲染，便顯得餘韻無窮。論手法，則有反面的映照（「海燕雙棲」），有正面的襯托（「木葉」、「秋夜長」），多方面多角度地抒寫了女主人公「思而不得見」的愁腸。詩雖取材於閨閣生活，語言也未脫盡齊梁以來的浮豔習氣，卻顯得境界廣遠，氣勢飛動，讀起來給人一種「順流直下」（明胡應麟《詩藪．內編》卷五）之感。（趙慶培）

郭震

【作者小傳】（六五六～七一三）字元振，魏州貴鄉（今河北大名）人。唐高宗咸亨進士。武則天大足元年（七〇一）任涼州都督、隴右諸軍州大使。中宗神龍中遷安西大都護。玄宗先天元年（七一二）任朔方軍大總管。次年因事流新州，旋又起為饒州司馬，病死途中。《全唐詩》存其詩一卷。（新、舊《唐書》本傳）

古劍篇

郭震

君不見昆吾①鐵冶飛炎煙，紅光紫氣俱赫然。
良工鍛鍊凡幾年，鑄得寶劍名龍泉。龍泉顏色如霜雪，良工咨嗟嘆奇絕。
琉璃玉匣②吐蓮花，錯鏤金環映明月。正逢天下無風塵③，幸得周防君子身。
精光黯黯青蛇色，文章④片片綠龜鱗。非直結交游俠子，亦曾親近英雄人。
何言中路遭棄捐，零落飄淪古獄邊。雖復沉埋無所用，猶能夜夜氣衝天。

〔註〕①昆吾：傳說中的山名。相傳山有積石，冶煉成鐵，鑄出寶劍光如水精，削玉如泥。②琉璃玉匣：晉葛洪《西京雜記》載，漢高祖斬白蛇，劍以五色琉璃為匣。③風塵：指戰爭。④文章：指劍上花紋。

這是一首詠物言志詩。相傳是郭震受武則天召見時寫的，「則天覽而佳之，令寫數十本，遍賜學士李嶠、閻朝隱等」（張說〈兵部尚書代國公贈少保郭公行狀〉）。從此，這首詩廣傳於世。

「古劍」是指古代著名的龍泉寶劍。據傳是吳國干將和越國歐冶子二人，用昆吾所產精礦，冶煉多年而鑄成，備受時人讚賞。據《晉書．張華傳》載，後來淪落埋沒在豐城的一個古牢獄的廢墟下，直到晉朝宰相張華夜觀天象，發現在斗宿、牛宿之間有紫氣上衝於天，後經雷煥判斷是「寶劍之精，上徹於天」，這才重新被發掘出來。這首詩就是化用上述傳說，借歌詠龍泉劍以寄託自己的理想和抱負，抒發不遇的感慨。

詩人用古代造就的寶劍比喻當時淪沒的人才，貼切而易曉。從託物言志看，詩的開頭借干將鑄劍故事以喻自己素質優秀，陶冶不凡；其次讚美寶劍的形制和品格，以自顯其一表人才，風華並茂；再次稱道寶劍在太平年代雖乏用武之地，也曾為君子佩用，助英雄行俠，以顯示自己操守端正，行為俠義；最後用寶劍淪落的故事，以自信終究不會埋沒，吐露不平。顯然，作者這番夫子自道，理直氣壯地表明：人才早已造就、存在並起過作用，可惜被埋沒了，必須正視這一現實；應當珍惜、辨識、發現人才，把埋沒的人才挖掘出來。這就是它的主題思想，也是它的社會意義。不難理解，在當時，面對至高至尊的皇帝陛下，敢於寫出這樣寓意顯豁、思想尖銳、態度嚴正的詩歌，其見識、膽略、豪氣是可貴可敬的。對於壓抑於下層的士子來說，更會深受感奮。這首詩的意義和影響由此，成功也由此。

張說評述郭震「文章有逸氣，為世所重」。所謂「逸氣」，即指其作品氣勢不羈，風格豪放。〈古劍篇〉

的特點，正如此評，其突出處恰在氣勢和風格。由於這詩是借詠劍以發議論，吐不平，因而求鮮明，任奔放，不求技巧，不受拘束。詩人所注重的是比喻貼切，意思顯豁，主題明確。詩中雖然化用傳說，不乏想像，頗有誇張，富於浪漫色彩。例如讚美寶劍冶煉，稱道寶劍品格，形容寶劍埋沒等，都有想像和誇張。但是，筆觸所到，議論即見，形象鮮明，思想犀利，感情奔放，氣勢充沛，往往從劍中見人，達到見人而略劍的效果。實際上，這首詩在藝術上的成就，主要不在形式技巧，而在豐滿地表現出詩人的形象，體現為一種典型，一種精神，因而能打動人。「文以氣為主」，「風格即人」，此詩可作一例。（倪其心）

李適之

【作者小傳】（?~七四七）一名昌，隴西成紀（今甘肅秦安）人，生於京兆府（今陝西西安）。唐玄宗開元中累官通州刺史，擢秦州都督，轉陝州刺史，入為河南尹，拜御史大夫，歷刑部尚書。天寶元年（七四二）拜左相，後為李林甫構陷，罷知政事，尋貶宜春太守。喜賓客，善飲酒。《全唐詩》存其詩二首。（新、舊《唐書》本傳、《唐詩紀事》卷二〇）

罷相

李適之

避賢初罷相，樂聖且銜杯。
為問門前客，今朝幾個來？

這是一首因事而寫的諷刺詩。

李適之從唐玄宗天寶元年（七四二）至五載擔任左相。他是皇室後裔，入相前長期擔任刺史、都督的州職，是一位「以強幹見稱」的能臣幹員。而他性情簡率，不務苛細，待人隨和，雅好賓客，「飲酒一斗不亂，夜則宴賞，晝決公務，庭無留事」（《舊唐書》），又是一位分公私、別是非、寬嚴得當的長官。為相五年中，他與權奸李林甫「爭權不協」，而與清流名臣韓朝宗、韋堅等交好，所以「時譽美之」。但他清醒了解朝廷尖銳複雜的政治鬥爭和自己所處的地位，只自忠誠治理事務，不充諍臣，不為強者。因此，當他的友好韋堅等先後被李林甫誣陷構罪，他就「懼不自安，求為散職」。而在天寶五載，當他獲准免去左相職務，改任清要的太子少保時，感到異常高興而慶幸，「遽命親故歡會」，並寫了這首詩。

就詩而論，表現曲折，但詩旨可知，含譏刺，有機趣，允稱佳作。作者要求罷相，原為畏懼權奸，躲避鬥爭，遠禍求安。而今如願以償，自感慶幸。倘使詩裡直截把這樣的心情寫出來，勢必更加得罪李林甫。所以作者設遁辭，用隱喻，曲折表達。「避賢」是成語，意思是給賢者讓路。「樂聖」是雙關語，「聖」即聖人，但這裡兼用兩個代稱，一是唐人稱皇帝為「聖人」，二是沿用曹操的臣僚的隱語，稱清酒為「聖人」。所以詩的開頭兩句的意思是說，自己的相職一罷免，皇帝樂意我給賢者讓了路，我也樂意自己盡可喝酒了，公私兩便，君臣皆樂，值得慶賀，那就舉杯吧。顯然，把懼姦說成「避賢」，誤國說成「樂聖」，反話正說，曲折雙關，雖然知情者、明眼人一讀便知，也不失機智俏皮，但終究是弱者的譏刺，有難言的苦衷，針砭不力，反而示弱。所以作者在後兩句機智地巧作加強。

前兩句說明設宴慶賀罷相的理由，後兩句是關心親故來赴宴的情況。這在結構上順理成章，而用口語寫問話，也生動有趣。但宴慶罷相，事已異常；所設理由，又屬遁辭；而實際處境，則是權姦弄權，恐怖高壓。因此，儘管李適之平素「夜則宴賞」，天天請賓客喝酒，但「今朝幾個來」，確乎是個問題。宴請的是親故賓客，大多是知情者，懂得這次赴宴可能得罪李林甫，惹來禍害。敢來赴宴，便見出膽識，不怕風險。這對親故是考驗，於作者為慰勉，向權奸則為示威，甚至還意味著嘲弄至尊。倘使這二句真如字面意思，只是慶賀君臣皆樂的罷相，則親故常客自然也樂意來喝這杯酒，主人無須顧慮來者不多而發這一問。所以這一問便突兀，顯出異常，從而暗示了宴慶罷相的真實原因和性質，使上兩句閃爍不定的遁辭反語變得傾向明顯，令有心人一讀便知。作者以俚語直白設此一問，不止故作滑稽，更有加強譏刺的用意。

由於使用反語、雙關語和俚語，這詩蒙上插科打諢的打油詩格調，因而前人有嫌它過顯不雅的，也有說它怨意不深的。總之是認為它並未見佳。但杜甫〈飲中八仙歌〉寫到李適之時卻特地稱引此詩，有「銜杯樂聖稱避賢」句，可算知音。而這詩得能傳誦至今，更重要的原因在事不在詩。由於這詩，李適之在罷相後被認為與韋堅等相善，誣陷株連，被貶後自殺。因而這詩便更為著名。（倪其心）

陳子昂

【作者小傳】（六五九～七〇〇）字伯玉，梓州射洪（今屬四川）人。少任俠。唐睿宗文明進士，以上書論政，為武則天所讚賞，拜麟臺正字，轉右拾遺。敢於陳述時弊。曾隨武攸宜擊契丹。後解職回鄉，為縣令段簡誣，入獄，憂憤而死。於詩標舉漢魏風骨，強調興寄，反對柔靡之風，是唐代詩歌革新的先驅。有《陳伯玉集》。（新、舊《唐書》本傳）

感遇詩三十八首（其二）　陳子昂

蘭若生春夏，芊蔚何青青！幽獨空林色，朱蕤冒紫莖。
遲遲白日晚，嫋嫋秋風生。歲華盡搖落，芳意竟何成！

這首五言詩通篇詠香蘭杜若。香蘭和杜若都是草本植物，秀麗芬芳。蘭若之美，固然在其花色的秀麗，但好花還須綠葉扶。花葉掩映，枝莖交合，蘭若才顯得絢麗多姿。所以作品首先從蘭若的枝葉上著筆，選用了「芊蔚」與「青青」兩個同義詞來形容花葉的茂盛，中間貫一「何」字，充滿讚賞之情。

如果說「芊蔚何青青」是用以襯托花色之美的話，那麼「朱蕤（音同綏）冒紫莖」則是由莖及花，從正面刻畫了。這一筆著以「朱」、「紫」，濃墨重彩地加以描繪，並下一「冒」字，將「朱蕤」、「紫莖」聯成一體。全句的意思是：朱紅色的花下垂，覆蓋著紫色的莖，不但畫出了蘭若的風姿，而且突出了它花簇紛披的情態。蘭若不像菊花那樣昂首怒放，自命清高；也不像牡丹那般濃妝豔抹，富麗堂皇。蘭若花紅莖紫，葉兒青青，顯得幽雅清秀，獨具風采。「幽獨空林色」，詩人讚美蘭若秀色超群，以群花的失色來反襯蘭若的卓然風姿。其中對比和反襯手法的結合運用，大大增強了藝術效果。特下「幽獨」二字，可見詩中孤芳自賞的命意。

詩的前四句讚美蘭若風采的秀麗，後四句轉而感嘆其芳華的零落。「遲遲白日晚，嫋嫋秋風生」。由夏入秋，白天漸短。「遲遲」二字即寫出了這種逐漸變化的特點。用「嫋嫋」來形容秋風乍起、寒而不冽，形象十分傳神。然而「嫋嫋秋風」並不平和。「悲哉，秋之為氣也！蕭瑟兮，草木搖落而變衰」（戰國楚宋玉〈九辯〉），芬芳的鮮花自然也凋零了。

〈感遇〉是陳子昂所寫的以感慨身世及時政為主旨的組詩，共三十八首，本篇為其中的第二首。詩中以蘭若自比，寄託了個人的身世之感。陳子昂頗有政治才幹，但屢受排擠壓抑，報國無門，四十一歲為射洪縣令段簡所害。這正像秀美幽獨的蘭若，在風刀霜劍的摧殘下枯萎凋謝了。

此詩全用比興手法，詩的前半著力讚美蘭若壓倒群芳的風姿，實則是以其「幽獨空林色」比喻自己出眾的才華。後半以「白日晚」、「秋風生」寫芳華逝去，寒光威迫，充滿美人遲暮之感。「歲華」、「芳意」用語雙關，借花草之凋零，悲嘆自己的年華流逝，理想破滅，寓意悽婉，寄慨遙深。從形式上看，這首詩頗像五律，而實際上卻是一首五言古詩。它以效古為革新，繼承了三國魏阮籍〈詠懷〉的傳統手法，託物感懷，寄意深遠。和初唐詩壇上那些「彩麗競繁」（陳子昂〈與東方左史虯修竹篇并書〉）、吟風弄月之作相比，它顯得格外充實而清新，正像芬芳的蘭若，散發出誘人的清香。（閻昭典）

感遇詩三十八首（其四）　陳子昂

樂羊為魏將，食子殉軍功。骨肉且相薄，他人安得忠？

吾聞中山相①，乃屬放麑②翁。孤獸猶不忍，況以奉君終。

〔註〕①相：當時諸侯王子都有太傅，稱為相。②麑（音同尼）：幼鹿。

這是〈感遇詩〉的第四首。詩人拈出兩則對比鮮明的歷史故事，夾敘夾議，借古諷今，抒寫自己對時事的深沉感慨。全詩質樸雄健，寄寓遙深。詩中寫了兩個歷史人物：樂羊和秦西巴。樂羊是戰國時魏國的將軍，魏文侯命他率兵攻打中山國。樂羊的兒子在中山國，中山國君就把他殺死，煮成肉羹，派人送給樂羊。樂羊為了表示自己忠於魏國，就吃了一杯兒子的肉羹。魏文侯重賞了他的軍功，但是懷疑他心地殘忍，因而並不重用他。秦西巴是中山國君的侍衛。中山君孟孫到野外去打獵，得到一隻小鹿，就交給秦西巴帶回去。老母鹿一路跟著，悲鳴不止。秦西巴心中不忍，就把小鹿放走了。中山君以為秦西巴是個忠厚慈善的人，以後就任用他做太傅，教育王子。

一個為了貪立軍功，居然忍心吃兒子的肉羹。骨肉之情薄到如此，這樣的人，對別人豈能有忠心呢？一個憐憫孤獸，擅自將國君的獵物放生，卻意外地提拔做王子的太傅。這樣的人，對一隻孤獸尚且有惻隱之心，何況對他的國君呢？他肯定是能忠君到底的。

現在要研究的是：陳子昂為什麼要寫這兩個歷史故事？他當時「遇」到了什麼事，因而有「感」要發呢？原來武則天為了奪取政權，殺了許多唐朝的宗室，甚至殺了太子李宏、李賢、皇孫李重潤。上行下效，滿朝文武大臣為了效忠於武則天，幹了許多自以為「大義滅親」的殘忍事。例如大臣崔宣禮犯了罪，武后想赦免他，而崔宣禮的外甥霍獻可卻堅決要求判處崔宣禮以死刑，頭觸殿階流血，以表示他不私其親。陳子昂對這種殘忍姦偽的政治風氣十分憤怒。但是他不便正面譴責，因而寫了這首詩。這首詩從表面上看，似乎是一首詠史詩，實質上是一首針砭當時政治風氣的諷喻詩。清代陳沆《詩比興箋》說它「刺武后寵用酷吏淫刑以逞也」，是道出了作者旨意的。（施蟄存）

感遇詩三十八首（其二十三）　陳子昂

翡翠巢南海，雄雌珠樹①林。何知美人意，驕愛比黃金？
殺身炎洲裡，委羽玉堂陰，旖旎②光首飾，葳蕤③爛錦衾。
豈不在遐遠？虞羅忽見尋。多材信為累，嘆息此珍禽。

〔註〕①珠樹：即三珠樹，古代傳說中的樹名。《山海經．海外南經》：「三珠樹在厭火北，生赤水上。其為樹如柏，葉皆為珠。」②旖旎（音同以你）：本為旌旗隨風飄揚貌，引申為柔美貌，猶言婀娜。③葳蕤（音同威綏）：草木茂盛枝葉下垂貌。

這是一首寓言詩。全詩雙關到底，句句是說鳥，也句句是寫人。詩一開始就突出了詩的主角——羽毛赤青相雜的翡翠鳥。這種鳥生在南方，猶如詩人的出生地四川位於帝都長安的西南一樣。翡翠鳥築巢在神話中名貴的三珠樹上，猶如詩人的品格高超，不同流俗。這鳥本來自由自在，雌雄雙飛，不幸為美人所喜愛，比之於黃金一般，於是這鳥就倒楣了，猶如詩人不幸為武則天所賞識，不能不在她的統治下做官一樣。翡翠鳥為什麼會被美人喜愛呢？由於它的羽毛長得漂亮，既可以使美人的首飾臨風招展，婀娜生光，又可以使美人的錦被結綵垂花，斑爛增豔。這兩句比喻詩人的才華文采，被統治者用來點綴昇平，增飾「治績」。所以作為鳥，就不免在炎熱的南方被殺，而將它的毛羽呈送到玉堂深處，妝點在美人的頭上與床上；作為人，就不免為統治者所強迫，名列朝班，喪失了在政治上抉擇的自由。有人要說，翡翠鳥既然知道自己將受到殺身之禍，何不遠走高飛呢？可憐，這鳥兒巢居南海，還能算不遠嗎？沒有用，虞人（周禮職掌打獵的官名）還是用羅網來找到了它。這裡比喻詩人雖想隱遁，但還是難逃統治者的籠絡。怪來怪去怪誰呢？不論是鳥是人，總是自己有了才華，反為才華所累，正如象有齒，麝有香，因而遭受到殺身之禍一樣。看了這名貴小鳥的遭遇，哪能不連聲嘆息呢？嘆鳥即所以嘆人，亦即詩人的自嘆。清吳汝綸認為「此言士不幸見知於武后」，宋人劉辰翁認為「多是嘆世，而卒不免」，將陳子昂比為揚雄之不幸而作莽（王莽）大夫。這些看法，都和詩人的原意是吻合的。

故事結束之後，最末第二句「多材信為累」，才把作者的正意點出。一經點明，立即收住，這正是寓言的手法。這一寓言情節簡單，但詩人敘述時卻沒有平鋪直敘。開首二句敘述翡翠鳥的安樂生活，第三、四句立即以問句作一轉折，五、六兩句馬上把首二句的和平愉快氣氛打破，落入了殘酷的結局，「炎洲」二字呼應「南海」，「玉堂」與「珠樹林」對照，雖則兩者都是豪華富貴的環境，而「珠樹林」中是雌雄雙棲，「玉堂陰」處是殺身委羽，詩人採用對比的手法，為下文的「嘆息」伏根。七、八兩句，表面寫得很繁華熱鬧，但美人頭上、床上的「旖旎」、「葳蕤」，是犧牲了雙飛雙宿的小鳥的生命換得來的，熱鬧繁華的背後，正是淒冷悲慘。第九句照文理應該發一個問題：「為什麼不遠走高飛呢？」這裡詩人用精簡的手法，省去問題，而用「豈不在遐遠？虞羅忽見尋」這兩句答案，使節省掉的問題，仍能於無字句中托出。這裡自問自答，又是一個轉折，然後落出正意：「多材信為累」，而以「嘆息」作為結束，用「珍禽」兩個代用詞，反應起筆的「翡翠」。「多材信為累」這一句，已由鳥說到人，平庸的寫法，接下去可以發揮一下，而詩人卻馬上收住，一筆揚開，仍歸之於鳥。短短十二句詩，結構上卻這樣地起伏不平，大有尺幅千里之勢。

這首詩內在的怨傷情緒是很濃重的，但在表現的方式上，卻採用了緩和的口氣，「溫柔敦厚」，「哀而不傷」，自是五言古詩的正聲。（沈熙乾）

薊丘覽古贈盧居士藏用七首：燕昭王 并序　陳子昂

丁酉歲，吾北征，出至薊門，歷觀燕之舊都，其城池霸業，跡已蕪沒矣，乃慨然仰歎，憶昔樂生、鄒子。群賢之遊盛矣。因登薊丘，作七詩以志之，寄終南盧居士，亦有軒轅之遺跡也。

南登碣石館，遙望黃金臺。丘陵盡喬木，昭王安在哉？
霸圖今已矣，驅馬復歸來。

這詩乍讀平淡無奇，細想卻含蘊深廣。

武則天萬歲通天二年（六九七），武后派建安郡王武攸宜北征契丹，陳子昂隨軍參謀。武攸宜出身親貴，全然不曉軍事。陳子昂屢獻奇計，不被理睬，剴切陳詞，反遭貶斥，徙署軍曹。他有感於燕昭王招賢振興燕國的故事，寫下了這首詩歌。燕昭王，是戰國時燕國的君主。公元前三一二年執政後，廣招賢士，使原來國勢衰敗的燕國逐漸強大起來，並且打敗了當時的強國——齊國。

「南登碣石館，遙望黃金臺」。碣石館，即碣石宮。燕昭王時，梁人鄒衍入燕，昭王築碣石宮親師事之。「黃金臺」也是燕昭王所築。昭王置金於臺上，在此延請天下奇士。未幾，召來了樂毅等賢豪之士，昭王親為推轂，國勢驟盛。以後，樂毅麾軍伐齊，連克齊城七十餘座，使齊幾乎滅亡。詩人寫兩處古跡，集中表現了燕昭王求賢若渴禮賢下士的明主風度。從「登」和「望」兩個動作中，可知詩人對古人何等嚮往！當然，這裡並不是單純地發思古之幽情，詩人如此強烈地推崇古人，是因為深深地感到現今世路的坎坷，其中有著深沉的自我感慨。

次二句「丘陵盡喬木，昭王安在哉」，抒發了世事滄桑的感喟。詩人遙望黃金臺，只見起伏不平的丘陵上長滿了喬木，當年置金的臺已不見，燕昭王到哪裡去了呢？這表面上全是實景描寫，但卻寄託著詩人對現實的不滿。為什麼樂毅事魏，未見奇功，在燕國卻做出了驚天動地的業績呢？道理很簡單，是因為燕昭王知人善任。因此，這兩句明謂不見「昭王」，實是詩人以樂毅自比而發的牢騷，也是感慨自己生不逢時，英雄無用武之地。此詩雖為武攸宜「輕易無將略」而發，但詩中卻將其置於不屑一顧的地位，從而更顯示了詩人的豪氣雄風。詩最後以弔古傷今作結：「霸圖今已矣，驅馬復歸來。」詩人作此詩的前一年，契丹攻陷營州，並威脅檀州諸郡，而朝廷派來征戰的將領卻如此昏庸，這怎麼不叫人為國運而擔憂？因而詩人只好感慨「霸圖」難再，國事日非了。同時，面對危局，詩人的安邦經世之策又不被納用，反遭武攸宜的壓抑，更使人感到前路茫茫。「已矣」二字，感慨至深。這「驅馬歸來」，表面是寫覽古歸營，實際上也暗示了歸隱之意。武則天神功元年（六九七），唐結束了對契丹的戰爭，此後不久，詩人也就解官歸里了。

這篇覽古之詩，一無藻飾詞語，頗富英豪被抑之氣，讀來令人喟然生慨。韓愈〈薦士〉詩說：「國朝盛文章，子昂始高蹈。」明胡應麟《詩藪．內編》卷二說：「唐初承襲梁隋，陳子昂獨開古雅之源。」陳子昂的這類詩歌，有「獨開古雅」之功，有「始高蹈」的特殊地位。（傅經順）

登幽州臺歌

陳子昂

前不見古人，後不見來者。

念天地之悠悠，獨愴然而涕下！

〈登幽州臺歌〉這首短詩，由於深刻地表現了詩人懷才不遇、寂寞無聊的情緒，語言蒼勁奔放，富有感染力，成為歷來傳誦的名篇。

陳子昂是一個具有政治見識和政治才能的文人。他直言敢諫，對武后朝的不少弊政，常常提出批評意見，不為武則天採納，並曾一度因「逆黨」株連而下獄。他的政治抱負不能實現，反而受到打擊，這使他心情非常苦悶。

武則天萬歲通天元年（六九六），契丹李盡忠、孫萬榮等攻陷營州。武則天委派武攸宜率軍征討，陳子昂在武攸宜幕府擔任參謀，隨同出征。武為人輕率，少謀略。次年兵敗，情況緊急，陳子昂請求遣萬人作前驅以擊敵，武不允。稍後，陳子昂又向武進言，不聽，反把他降為軍曹。詩人接連受到挫折，眼看報國宏願成為泡影，因此登上薊北樓（即幽州臺，遺址在今北京市），慷慨悲吟，寫下了〈登幽州臺歌〉以及〈薊丘覽古贈盧居士藏用七首〉等詩篇。

「前不見古人，後不見來者。」這裡的古人是指古代那些能夠禮賢下士的賢明君主。〈薊丘覽古贈盧居士藏用七首〉與〈登幽州臺歌〉是同時之作，其內容可資參證。〈薊丘覽古〉七首，對戰國時代燕昭王禮遇樂毅、郭隗，燕太子丹禮遇田光等歷史事跡，表示無限欽慕。但是，像燕昭王那樣前代的賢君既不復可見，後來的賢明之主也來不及見到，自己真是生不逢時；當登臺遠眺時，只見茫茫宇宙，天長地久，不禁感到孤單寂寞，悲從中來，愴然流淚了。本篇以慷慨悲涼的調子，表現了詩人失意的境遇和寂寞苦悶的情懷。這種悲哀常常為舊社會許多懷才不遇的人士所共有，因而獲得廣泛的共鳴。

本篇在表現上也很出色。上兩句俯仰古今，寫出時間綿長；第三句登樓眺望，寫出空間遼闊。在廣闊無垠的背景中，第四句描繪了詩人孤單寂寞、悲哀苦悶的情緒，兩相映照，分外動人。念這首詩，我們會深刻地感受到一種蒼涼悲壯的氣氛，面前彷彿出現了一幅北方原野的蒼茫廣闊的圖景，而在這個圖景面前，兀立著一位胸懷大志卻因報國無門而孤獨悲傷的詩人形象，因而深深為之激動。

在用詞造語方面，此詩深受《楚辭》、特別是其中〈遠遊〉篇的影響。〈遠遊〉有云：「惟天地之無窮兮，哀人生之長勤。往者余弗及兮，來者吾不聞。」本篇語句即從此化出，然而意境卻更蒼茫遒勁。

同時，在句式方面，採取了長短參錯的楚辭體句法。上兩句每句五字，三個停頓，其式為：

前——不見——古人，後——不見——來者。

後兩句每句六字，四個停頓，其式為：

念——天地——之——悠悠，獨——愴然——而——涕下！

前兩句音節比較急促，傳達了詩人生不逢時、抑鬱不平之氣；後兩句各增加了一個虛字（「之」和「而」），多了一個停頓，音節就比較舒徐流暢，表現了他無可奈何、曼聲長嘆的情景。全篇前後句法長短不齊，音節抑揚變化，互相配合，增強了感染力。（王運熙）

晚次樂鄉縣

陳子昂

故鄉杳無際，日暮且孤征。川原迷舊國，道路入邊城。
野戍荒煙斷，深山古木平。如何此時恨，噭噭夜猿鳴。

陳子昂的詩，大多以素淡的筆墨抒寫真情實感，質樸明朗，蒼涼激越。而這首五律，無論從結構的嚴謹或情韻的悠長上說，都在陳詩中別具一格，值得重視。

詩題中的樂鄉縣，唐時屬山南道襄州，故城在今湖北荊門北九十里。從詩中所寫情況看來，本篇是詩人從故鄉蜀地東行，途經樂鄉縣時所作。「次」是停留的意思。

首聯說，故鄉早已在遠方消失，暮色蒼茫之中自己還在孤獨地行進著。「杳」，遙遠。詩人從「故鄉」落筆，以「日暮」相承，為全詩定下了抒寫「日暮鄉關何處是」（崔顥〈黃鶴樓〉）的傷感情調。首句中的「杳無際」，聯繫著回頭望的動作，雖用賦體，卻出於深情。次句以「孤征」承「日暮」，日暮時還在趕路，本已夠悽苦的了，何況又是獨自一人，更是倍覺淒涼。以下各聯層層剝進，用淡筆寫出極濃的鄉愁。

第三句承第一句，第四句承第二句，把異鄉孤征的感覺寫得更具體。三句中的「舊國」，即首句中的「故鄉」。故鄉看不到了，眼前所見河流、平原無不是陌生的景象，因而行之若迷。四句中的「邊城」，意為邊遠之城。樂鄉縣在先秦時屬楚，對中原說來是邊遠之地。「道路」即二句中的「孤征」之路，暮靄之中終於來到了樂鄉城內。

接著，詩人又放眼四圍：入城前見到過的野外戍樓上的縷縷荒煙，這時已在視野中消失；深山上參差不齊的林木，看上去也模糊一片。以「煙斷」、「木平」寫夜色的濃重，極為逼真。煙非自斷，而是被夜色遮斷；木非真平，而是被夜色盪平。尤其是一個「平」字，用得出神入化。南朝梁鍾嶸論詩，有所謂「自然英旨」的說法（見《詩品序》）。「平」字用得既巧密又渾成，可以說是深得自然英旨的詩家妙筆。頸聯這兩句的精彩處還在於，在寫景的同時，又將詩人的鄉愁剝進了一層。「野戍荒煙」與「深山古木」，原是孤征道路上的一點可憐的安慰，這時就要全部被夜色所吞沒，不用說，隨著夜的降臨，詩人的鄉情也愈來愈濃重了。

寫完以上六句，詩人還一直沒有明白說出自己的感情。但當他面對寂寥夜幕時，隱忍已久的感情再也無法控制。一個抒情性的設問句「如何此時恨」，便在感情波濤的推掀下，從滿溢著的心湖中自然地汩汩流出。詩人覺得，最使他動情的，無過於深山密林中傳來的一聲又一聲猿鳴的「噭（音同叫）」聲了。詩人自問自答，將蕩開的筆墨收攏，瀉情入景，以景寫情，寫出了情景交融的末一句。入暮以後漸入靜境，啼聲必然清亮而悽婉，這就使詩意更為深長悠遠，抒發了無盡的鄉思之愁。從全詩形象來看，前面六句訴諸視覺，最後這一句則訴諸聽覺，在畫面之外復又響起聲音，從而使質樸的形象蘊有無窮的意味。前面說到，這首詩情韻悠長，正是表現在這寓情於景，以聲音作結的末一句中。需要指出的是，最末一句詩出於南朝沈約的〈石塘瀨聽猿〉詩，字面全同，而所寫情景各異。由於陳子昂用人若己，妙過前人，因而這一詩句得以廣為流傳，沈約的原詩反倒少為人知了。

縱觀全詩結構，是以時間為線索串連起來的。第二句的「日暮」，是時間的開始；中間「煙斷」、「木平」的描寫，說明夜色漸濃；至末句，直接拈出「夜」字結束全詩。通篇又可以分成寫景與抒情兩個部分，前六句寫景，末兩句抒情。詩人根據抒情的需要取景入詩，又在寫景的基礎上抒情，所以彼此銜接，自然密合。再次，第七句插入一個設問句式，使詩作結構獲得了開合動蕩之美，嚴謹之中又有流動變化之趣。最後，以答句作結，粗粗看來，只是近承上一問句，再加推敲，又可發現，句中的「噭噭」、「猿鳴」遠應前一句的「深山古木」，「夜」字關合篇首「日暮」，「夜猿鳴」的意境又與篇首的日暮鄉情遙相呼應。句句溝通，字字關聯，嚴而不死，活而不亂。

綜上可見，此詩筆法細膩，結構完整，由於採用寓情於景的手法，又有含而不露的特點。這些，與筆法粗獷並與直抒見長的〈登幽州臺歌〉比較起來，自然是大相徑庭的。但也由此使我們能夠比較全面地窺見詩人豐富的個性與多方面的藝術才能。（陳志明）

送魏大從軍

陳子昂

匈奴猶未滅，魏絳復從戎。悵別三河道，言追六郡雄。
雁山橫代北，狐塞接雲中。勿使燕然上，惟留漢將功。

這是一首贈別詩，出征者是陳子昂的友人魏大（姓魏，在兄弟中排行第一，故稱）。此詩不落一般送別詩纏綿於兒女情長、悽苦悲切的窠臼，從大處著眼，激勵出征者立功沙場，並抒發了作者的慷慨壯志。

首二句「匈奴猶未滅，魏絳復從戎」，讀來震撼人心。借此，我們可以清楚地意識到邊境上軍情的緊急，也可以感覺到詩人激烈跳動的脈搏。首句暗用漢代威震敵膽的驃騎將軍霍去病「匈奴未滅，無以家為」的典故，抒發了以天下為己任的豪情。此處「匈奴」二字，是以漢代唐，借指當時進犯邊境的民族。詩人又把春秋時曾以和戎政策消除了晉國邊患的魏絳比作魏大，變「和戎」為「從戎」，典故活用，鮮明地表示出詩人對這次戰爭的看法，同時也從側面說明，魏大從戎，是禦邊保國的壯舉。

三、四兩句中，「三河道」點出送別的地點。古稱河東、河內、河南為三河，大致指黃河流域中段平原地區。《史記．貨殖列傳》說「夫三河在天下之中，若鼎足，王者所更居也」，此處概指在都城長安送客的地方。「六郡」，指金城、隴西、天水、安定、北地、上郡。「六郡雄」，原指上述地方的豪傑，這裡專指西漢時在邊地立過功的趙充國。兩句的旨意是：與友人分別於繁華皇都，彼此心裡總不免有些悵惘；但為國效力，責無旁貸，兩人執手相約：要像漢代名將、號稱六郡雄傑的趙充國那樣去馳騁沙場，殺敵立功。此二句雖有惆悵之感，而氣概卻是十分雄壯的。

「雁山橫代北，狐塞接雲中。」這兩句是寫魏大從軍所往之地。一個「橫」字，寫出雁門山地理位置之重要，它橫亙在代州北面；一個「接」字，既逼真地描繪出飛狐塞的險峻，又點明飛狐塞是遙接雲中郡，連成一片的。它們組成了中原地區（三河道）的天然屏障。此處的景物並不在眼前，而是在詩人的想像之中，它可以是實寫，也可以是虛寫。地理位置的重要，山隘的險峻，暗示魏大此行責任之重大。這就為結句作了鋪墊。

因此，「勿使燕然上，惟留漢將功」二句作結，便如瓜熟蒂落，極其自然。此處運用的典故，說的是東漢時的車騎將軍竇憲，他曾經以卓越的戰功，大破匈奴北單于，又乘勝追擊，登上燕然山（今蒙古人民共和國境內的杭愛山），刻石紀功而還。作者又一次激勵友人，希望他揚名塞外，不要使燕然山上只留漢將功績，也要有我大唐將士的赫赫戰功。這在語意上，又和開頭二句遙相呼應。

全詩一氣呵成，充滿了奮發向上的精神，表現出詩人「感時思報國，拔劍起蒿萊」（〈感遇詩三十八首〉其三十五）的思想情操。感情豪放激揚，語氣慷慨悲壯，英氣逼人，讀來如聞戰鼓，有氣壯山河之勢。（施紹文）

春夜別友人二首（其二） 陳子昂

銀燭吐青煙，金樽對綺筵。離堂思琴瑟，別路繞山川。
明月隱高樹，長河沒曉天。悠悠洛陽道，此會在何年。

這首送別詩，一開頭便寫別筵將盡，分手在即的撩人心緒和寂靜狀態。作者抓住這一時刻的心理狀態作為詩意的起點，徑直但卻自然地進入感情的高潮，情懷頗為深摯。「銀燭吐青煙」，著一「吐」字，使人想見離人相對無言，悵然無緒，目光只是凝視著銀燭的青煙出神的神情。「金樽對綺筵」，用一「對」字，其意是面對華筵，除卻頻舉金樽「勸君更盡一杯酒」（王維〈送元二使安西〉）的意緒而外，再也沒有什麼可以勉強相慰的話了。此中境界，於沉靜之中更見別意的深沉。

頷聯「離堂思琴瑟，別路繞山川」，「琴瑟」指朋友宴會之樂，源出《詩經．小雅．鹿鳴》「我有嘉賓，鼓瑟鼓琴」，是借用絲弦樂器演奏時音韻諧調來比擬情誼深厚的意思。「山川」表示道路遙遠，與「琴瑟」作為對仗，相形之下，不由使人泛起內心的波瀾：「離堂」把臂，傷「琴瑟」之分離；「別路」迢遙，恨「山川」之繚繞。這兩句著意寫出了離情的纏綿，令人感慨欷歔。

頸聯「明月隱高樹，長河沒曉天」，承上文寫把臂送行，從室內轉到戶外的所見。這時候，高高的樹蔭遮掩了西向低沉的明月；耿耿的長河淹沒在破曉的曙光中。這裡一個「隱」字，一個「沒」字，表明時光催人離別，不為離人暫停須臾，難捨難分時刻終於到來了。

結尾兩句寫目送友人沿著這條悠悠無盡的洛陽古道踽踽而去，不由興起不知何年何月再能相聚之感。末句著一「何」字，強調後會難期，流露了離人之間的隱隱哀愁。

這首詩中作者沒有套用長吁短嘆的哀傷語句，卻在沉靜之中展露深摯的情愫。而要達到這樣的境界，應不慍不火。「火」則悲吟太過而感情淺露；「慍」則缺乏蘊藉而情致不深。此詩寫離情別緒意態從容而頗合體度，有如琵琶弦上的淙淙清音，氣象至為雍雅，不作哀聲而多幽深的情思。（陶慕淵）

賀知章

【作者小傳】（約六五九～約七四四）字季真，自號四明狂客，越州永興（今浙江杭州蕭山）人。武則天証聖進士，官至祕書監。後還鄉為道士。好飲酒，與李白友善。與張若虛、張旭、包融齊名，號「吳中四士」。詩多祭神樂章和應制之作；寫景抒情之作，較清新通俗。《全唐詩》存其詩一卷。（新、舊《唐書》本傳、《唐才子傳》卷三）

詠柳

賀知章

碧玉妝成一樹高，萬條垂下綠絲絛。
不知細葉誰裁出，二月春風似剪刀。

這是一首詠物詩，寫的是早春二月的楊柳。

寫楊柳，該從哪兒著筆呢？毫無疑問，它的形象美是在於那曼長披拂的枝條。一年一度，它長出了嫩綠的新葉，絲絲下垂，在春風吹拂中，有著一種迷人的意態。這是誰都能欣賞的。古典詩詞中，借用這種形象美來形容、比擬美人苗條的身段，婀娜的腰肢，也是我們所經常看到的。這詩別出新意，翻轉過來。「碧玉妝成一樹高」，一開始，楊柳就化身為美人而出現；「萬條垂下綠絲縧（音同掏）」，這千條萬縷的垂絲，也隨之而變成了她的裙帶。上句的「高」字，襯托出美人婷婷嫋嫋的風姿；下句的「垂」字，暗示出纖腰在風中款擺。詩中沒有「楊柳」和「腰肢」字樣，然而這早春的垂柳以及柳樹化身的美人，卻給寫活了。《南史》說劉悛之為益州刺史，獻蜀柳數株，「枝條甚長，狀若絲縷」。齊武帝把這些楊柳種植在太昌靈和殿前玩賞，說它「風流可愛」。這裡把柳條說成「綠絲縧」，可能是暗用這個關於楊柳的著名典故。但這是化用，看不出一點痕跡的。

「碧玉妝成」引出了「綠絲縧」，「綠絲縧」引出了「誰裁出」，最後，那視之無形的不可捉摸的「春風」，也被用「似剪刀」形象化地描繪了出來。這「剪刀」裁製出嫩綠鮮紅的花花草草，給大地換上了新妝，它正是自然活力的象徵，是春給予人們美的啟示。從「碧玉妝成」到「剪刀」，我們可以看出詩人一系列構思的過程。詩歌裡所出現的一連串的形象，是一環緊扣一環的。

也許有人會懷疑：古代有不少著名的美女，柳，為什麼單單要用碧玉來比呢？這有兩層意思：一是碧玉這名字和柳的顏色有關，「碧」和下句的「綠」是互相生發、互為補充的。二是碧玉這個人在人們頭腦中永遠留下年輕的印象。提起碧玉，就會聯想到「碧玉破瓜時，郎為情顛倒……碧玉小家女，不敢攀貴德」這首廣泛流傳的樂府吳聲歌曲古辭〈碧玉歌〉，還有「碧玉小家女，來嫁汝南王」（南朝梁蕭繹〈采蓮賦〉）之類的詩句。碧玉在古代文學作品裡，幾乎成了年輕貌美的女子的泛稱。用碧玉來比柳，人們就會想像到這美人還未到豐容盛鬋的年華；這柳也還是早春稚柳，沒有到密葉藏鴉的時候；和下文的「細葉」、「二月春風」又是有聯繫的。（馬茂元）

回鄉偶書二首

賀知章

少小離鄉老大回，鄉音無改①鬢毛衰。
兒童相見不相識，笑問客從何處來。

離別家鄉歲月多，近來人事半消磨②。
唯有門前鏡湖水，春風不改舊時波。

〔註〕①一作「難改」。②一作「銷磨」。

賀知章在唐玄宗天寶三載（七四四），辭去朝廷官職，告老返回故鄉越州永興（今浙江杭州蕭山區），時已八十六歲。這時，距他離鄉已有五十多個年頭了。人生易老，世事滄桑，心頭有無限感慨。〈回鄉偶書〉的「偶」字，不只是說詩作得之偶然，還洩漏了詩情來自生活、發於心底的這一層意思。

第一首寫於初來乍到之時，抒寫久客傷老之情。在第一、二句中，詩人置身於故鄉熟悉而又陌生的環境之中，一路迤邐行來，心情頗不平靜：當年離家，風華正茂；今日返歸，鬢毛疏落，不禁感慨係之。首句用「少小離鄉」與「老大回」的句中自對，概括寫出數十年久客他鄉的事實，暗寓自傷「老大」之情。次句以「鬢毛衰（音同催，疏落之意）」頂承上句，具體寫出自己的「老大」之態，並以不變的「鄉音」映襯變化了的「鬢毛」，言下大有「我不忘故鄉，故鄉可還認得我嗎」之意，從而為喚起下兩句兒童不相識而發問作好鋪墊。

三、四句從充滿感慨的一幅自畫像，轉而為富於戲劇性的兒童笑問的場面。「笑問客從何處來」，在兒童，這只是淡淡的一問，言盡而意止；在詩人，卻成了重重的一擊，引出了他的無窮感慨，自己的老邁衰頹與反主為賓的悲哀，盡都包含在這看似平淡的一問中了。全詩就在這有問無答處悄然作結，而弦外之音卻如空谷傳響，哀婉備至，久久不絕。

就全詩來看，一、二句尚屬平平，三、四句卻似峰迴路轉，別有境界。後兩句的妙處在於背面敷粉，了無痕跡：雖寫哀情，卻借歡樂場面表現；雖為寫己，卻從兒童一面翻出。而所寫兒童問話的場面又極富於生活的情趣，即使我們不為詩人久客傷老之情所感染，卻也不能不被這一饒有趣味的生活場景所打動。

第二首可看作是第一首的續篇。詩人到家以後，透過與親朋的交談得知家鄉人事的種種變化，在嘆息久客傷老之餘，又不免發出人事無常的慨嘆來。「離別家鄉歲月多」，相當於上一首的「少小離鄉老大回」。詩人之不厭其煩重複這同一意思，無非是因為一切感慨莫不是由於數十年背井離鄉引起。所以下一句即順勢轉出有關人事的議論。「近來人事半消磨」一句，看似抽象、客觀，實則包含了許多深深觸動詩人感情的具體內容，「訪舊半為鬼」（杜甫〈贈衛八處士〉）時發出的陣陣驚呼，因親朋沉淪而引出的種種嗟嘆，無不包孕其中。唯其不勝枚舉，也就只好籠而統之地一筆帶過了。

三、四句筆墨蕩開，詩人的目光從人事變化轉到了對自然景物的描寫上。鏡湖，在今浙江紹興會稽山的北麓，周圍三百餘里。賀知章的故居即在鏡湖之旁。雖然闊別鏡湖已有數十個年頭，而在四圍春色中鏡湖的水波卻一如既往。詩人獨立鏡湖之旁，一種「物是人非」的感觸自然湧上了他的心頭，於是又寫下了「唯有門前鏡湖水，春風不改舊時波」的詩句。詩人以「不改」反襯「半消磨」，以「唯有」進一步發揮「半消磨」之意，強調除湖波以外，昔日的人事幾乎已經變化淨盡了。從直抒的一、二句轉到寫景兼議論的三、四句，彷彿閑閑道來，不著邊際，實則這是妙用反襯，正好從反面加強了所要抒寫的感情，在湖波不改的襯映下，人事日非的感慨顯得愈益深沉了。

還需注意的是詩中的「歲月多」、「近來」、「舊時」等表示時間的詞語貫穿而下，使全詩籠罩在一種低迴沉思、若不勝情的氣氛之中。與第一首相比較，如果說詩人初進家門見到兒童時也曾感到過一絲置身於親人之中的欣慰的話，那麼，到他聽了親朋介紹以後，獨立於波光粼粼的鏡湖之旁時，無疑已愈來愈感傷了。

宋代陸游〈文章〉說過：「文章本天成，妙手偶得之。」〈回鄉偶書〉二首之成功，歸根結底在於詩作展現的是一片化境。詩的感情自然、逼真，語言聲韻彷彿自肺腑自然流出，樸實無華，毫不雕琢，讀者在不知不覺之中被引入了詩的意境。像這樣源於生活、發於心底的好詩，是十分難得的。（陳志明）

沈如筠

【作者小傳】句容（今屬江蘇）人。唐玄宗時尚在世。曾任橫陽縣主簿。《全唐詩》存其詩四首。（《新唐書·藝文志四》、《包融詩》附注、《唐詩紀事》卷一五）

閨怨二首（其一）　沈如筠

雁盡書難寄，愁多夢不成。
願隨孤月影，流照伏波營①。

〔註〕①伏波營：劉永濟《唐人絕句精華》稱：「天寶中討南詔（南詔國），故用伏波事。」「伏波」，指東漢伏波將軍馬援，他南征交趾，有功，被封為新息侯。用「伏波營」代指詩中征人所在軍營，既是唐詩中以漢代唐的慣例，又說明征人戍守的是南疆，細味詩意，思婦當自北望南。而南去傳書之「雁盡」，其季節似在春天。

這是一個皓月當空的夜晚，丈夫戍守南疆，妻子獨處空閨，想像著憑藉雁足給丈夫傳遞一封深情的書信；可是，春宵深寂，大雁都回到自己的故鄉去了，斷鴻過盡，傳書無人，此情此景，更添人愁緒。詩一開頭，就用雁足傳書的典故來表達思婦想念征夫的心情，十分貼切。「書難寄」的「難」字，細緻地描述了思婦的深思遐念和傾訴無人的隱恨。正是這無限思念的愁緒攪得她難以成寐，因此，想像著借助夢境與親人作短暫的團聚也不可能。「愁多」，表明她感情複雜，不能盡言。正因為「愁多」，「夢」便不成；又因為「夢不成」，則愁緒更「多」。思婦「憂愁不能寐，攬衣起徘徊」（漢古詩〈明月何皎皎〉），在「出戶獨彷徨」（同上）之中，舉頭唯見一輪孤月懸掛天上。「此時相望不相聞，願逐月華流照君」（張若虛〈春江花月夜〉），於是她很自然地產生出「願隨孤月影，流照伏波營」的念頭了。她希望自己能像月光一樣，灑瀉到「伏波營」中親人的身上。

這首詩為思婦代言，表達了對征戍在外的親人的深切懷念，寫來曲折盡致，一往情深。其曲折之處表現為層次遞進的分明。全詩四句可分為三層，首二句寫愁怨，第二句比第一句所表達的感情更深一層。因為，「雁盡書難寄」，信使難托，固然令人遺恨，而求之於夢幻聊以自慰亦復不可得，就不免反令人可悲了！三、四句則在感情上又進了一層，進一步由「愁」而轉為寫「解愁」，當然，這種幻想，顯然是不能成為事實的。這三個層次的安排，就把思婦的內心活動表現得十分細膩、真實。

詩寫得情意動人。三、四兩句尤為精妙，「孤月」之「孤」，流露了思婦的孤單之感。但是，明月是可以跨越時空的隔絕，人們可以千里相共的。願隨孤月，流照親人，寫她希望從愁怨之中解脫出來，顯出思婦的感情十分真摯。

詩沒有單純寫主人公的愁怨和哀傷，也沒有僅憑旁觀者的同情心來運筆，而是透過人物內心獨白的方式，著眼於對主人公純潔、真摯、高尚的思想感情的描寫，格調較高，不失為一首佳作。（李敬一）

張若虛

【作者小傳】（約六六〇～七二〇）揚州（今屬江蘇）人。官兗州兵曹。與賀知章、張旭、包融齊名，號「吳中四士」。《全唐詩》存其詩二首，〈春江花月夜〉為人傳誦。（《舊唐書》卷一九〇中〈賀知章傳〉、《新唐書》卷一四九〈劉晏傳〉、《唐詩紀事》卷一七）

春江花月夜

張若虛

春江潮水連海平，海上明月共潮生。灩灩隨波千萬里，何處春江無月明。
江流宛轉繞芳甸，月照花林皆似霰。空裡流霜不覺飛，汀上白沙看不見。
江天一色無纖塵，皎皎空中孤月輪。江畔何人初見月？江月何年初照人？
人生代代無窮已，江月年年祇相似。不知江月待何人，但見長江送流水。
白雲一片去悠悠，青楓浦上不勝愁。誰家今夜扁舟子？何處相思明月樓？
可憐樓上月徘徊，應照離人妝鏡臺。玉戶簾中卷不去，擣衣砧上拂還來。

此時相望不相聞，願逐月華流照君。鴻雁長飛光不度，魚龍潛躍水成文。
昨夜閒潭夢落花，可憐春半不還家。江水流春去欲盡，江潭落月復西斜。
斜月沉沉藏海霧，碣石瀟湘無限路。不知乘月幾人歸，落月搖情滿江樹。

聞一多先生譽為「詩中的詩，頂峰上的頂峰」（〈宮體詩的自贖〉）的〈春江花月夜〉，一千多年來使無數讀者為之傾倒。一生僅留下兩首詩的張若虛，也因這一首詩，「孤篇橫絕，竟為大家」（王闓運《論唐詩諸家源流——答陳完夫問》）。

詩篇題目就令人心馳神往。春、江、花、月、夜，這五種事物集中體現了人生最動人的良辰美景，構成了誘人探尋的奇妙的藝術境界。

詩人入手擒題，一開篇便就題生發，勾勒出一幅春江月夜的壯麗畫面：江潮連海，月共潮生。這裡的「海」是虛指。江潮浩瀚無垠，彷彿和大海連在一起，氣勢宏偉。這時一輪明月隨潮湧生，景象壯觀。一個「生」字，就賦予了明月與潮水以活潑潑的生命。月光閃耀千萬里之遙，哪一處春江不在明月朗照之中！江水曲曲彎彎地繞過花草遍生的春之原野，月色瀉在花樹上，像撒上了一層潔白的雪。詩人真可謂是丹青妙手，輕輕揮灑一筆，便點染出春江月夜中的奇異之「花」。同時，又巧妙地繳足了「春江花月夜」的題面。詩人對月光的觀察極其精微：月光蕩滌了世間萬物的五光十色，將大千世界浸染成夢幻一樣的銀灰色。因而「流霜不覺飛」，「白沙看不見」，渾然只有皎潔明亮的月光存在。細膩的筆觸，創造了一個神話般美妙的境界，使春江花月夜顯得格外幽美恬靜。這八句，由大到小，由遠及近，筆墨逐漸凝聚在一輪孤月上了。

清明澄澈的天地宇宙，彷彿使人進入了一個純淨的世界，這就自然地引起了詩人的遐思冥想：「江畔何人初見月？江月何年初照人？」詩人神思飛躍，但又緊緊聯繫著人生，探索著人生的哲理與宇宙的奧祕。這種探索，古人也已有之，如三國魏曹植〈送應氏〉「天地無終極，人命若朝霜」，阮籍〈詠懷〉「人生若塵露，天道邈悠悠」等等，但詩的主題多半是感慨宇宙永恆，人生短暫。張若虛在此處卻別開生面，他的思想沒有陷入前人窠臼，而是翻出了新意：「人生代代無窮已，江月年年祇相似。」個人的生命是短暫即逝的，而人類的存在則是綿延久長的，因之「代代無窮已」的人生就和「年年祇相似」的明月得以共存。這是詩人從大自然的美景中感受到的一種欣慰。詩人雖有對人生短暫的感傷，但並不是頹廢與絕望，而是緣於對人生的追求與熱愛。全詩的基調是「哀而不傷」，使我們得以聆聽到初盛唐時代之音的迴響。

「不知江月待何人，但見長江送流水」，這是緊承上一句的「祇相似」而來的。人生代代相繼，江月年年如此。一輪孤月徘徊中天，像是等待著什麼人似的，卻又永遠不能如願。月光下，只有大江急流，奔騰遠去。隨著江水的流動，詩篇遂生波瀾，將詩情推向更深遠的境界。江月有恨，流水無情，詩人自然地把筆觸由上半篇的大自然景色轉到了人生圖像，引出下半篇男女相思的離愁別恨。

「白雲」四句總寫在春江花月夜中思婦與遊子的兩地思念之情。「白雲」、「青楓浦」託物寓情。白雲飄忽，象徵「扁舟子」的行蹤不定。「青楓浦」為地名，但「楓」、「浦」在詩中又常用為感別的景物、處所。「誰家」、「何處」二句互文見義，正因不止一家、一處有離愁別恨，詩人才提出這樣的設問。一種相思，牽出兩地離愁，一往一復，詩情蕩漾，曲折有致。

以下「可憐」八句承「何處」句，寫思婦對離人的懷念。然而詩人不直說思婦的悲和淚，而是用「月」來烘托她的懷念之情，悲淚自出。詩篇把「月」擬人化，「徘徊」二字極其傳神：一是浮雲遊動，故光影明滅不定；二是月光懷著對思婦的憐憫之情，在樓上徘徊不忍去。它要和思婦作伴，為她解愁，因而把柔和的清輝灑在妝鏡臺上、玉戶簾上、擣衣砧上。豈料思婦觸景生情，反而思念尤甚。她想趕走這惱人的月色，可是月色「卷不去」、「拂還來」，真誠地依戀著她。這裡「卷」和「拂」兩個痴情的動作，生動地表現出思婦內心的惆悵和迷惘。月光引起的情思在深深地攪擾著她，此時此刻，月色不也照著遠方的愛人嗎？共望月光而無法相知，只好依託明月遙寄相思之情。望長空，鴻雁遠飛，飛不出月的光影，飛也徒勞；看江面，魚兒在深水裡躍動，只是激起陣陣波紋，躍也無用。「尺素在魚腸，寸心憑雁足」（南朝梁．王僧孺〈詠擣衣〉）。向以傳信為任的魚雁，如今也無法傳遞音訊——該又平添幾重愁苦！

最後八句寫遊子，詩人用落花、流水、殘月來烘托他的思歸之情。「扁舟子」連做夢也念念歸家——花落幽潭，春光將老，人還遠隔天涯，情何以堪！江水流春，流去的不僅是自然的春天，也是遊子的青春、幸福和憧憬。江潭落月，更襯托出他悽苦的寞寞之情。沉沉的海霧隱遮了落月；碣石、瀟湘，天各一方，道路是多麼遙遠。「沉沉」二字加重地渲染了他的孤寂；「無限路」也就無限地加深了他的鄉思。他思忖：在這美好的春江花月之夜，不知有幾人能乘月歸回自己的家鄉！他那無著無落的離情，伴著殘月之光，灑滿在江邊的樹林之上……

「落月搖情滿江樹」，這結句的「搖情」——不絕如縷的思念之情，將月光之情、遊子之情、詩人之情交織成一片，灑落在江樹上，也灑落在讀者心上，情韻裊裊，搖曳生姿，令人心醉神迷。

〈春江花月夜〉在思想與藝術上都超越了以前那些單純模山範水的景物詩，「羨宇宙之無窮，哀吾生之須臾」的哲理詩，抒兒女別情離緒的愛情詩。詩人將這些屢見不鮮的傳統題材，注入了新的含義，融詩情、畫意、哲理為一體，憑藉對春江花月夜的描繪，盡情讚嘆大自然的奇麗景色，謳歌人間純潔的愛情，把對遊子思婦的同情心擴大開來，與對人生哲理的追求、對宇宙奧祕的探索結合起來，從而匯成一種情、景、理水乳交融的幽美而邈遠的意境。詩人將深邃美麗的世界特意隱藏在惝怳迷離的氛圍之中，整首詩篇彷彿籠罩在一片空靈而迷茫的月色裡，吸引著讀者去探尋其中美的真諦。

全詩緊扣春、江、花、月、夜的背景來寫，而又以月為主體。「月」是詩中情景兼融之物，它跳動著詩人的脈搏，在全詩中猶如一條生命紐帶，通貫上下，觸處生神，詩情隨著月輪的生落而起伏曲折。月在一夜之間經歷了升起——高懸——西斜——落下的過程。在月的照耀下，江水、沙灘、天空、原野、楓樹、花林、飛霜、白雲、扁舟、高樓、鏡臺、砧石、長飛的鴻雁、潛躍的魚龍、不眠的思婦以及漂泊的遊子，組成了完整的詩歌形象，展現出一幅充滿人生哲理與生活情趣的畫卷。這幅畫卷在色調上是以淡寓濃，雖用水墨勾勒點染，但「墨分五彩」，從黑白相輔、虛實相生中顯出絢爛多彩的效果，宛如一幅淡雅的水墨畫，體現出春江花月夜清幽的意境美。

詩的韻律節奏也饒有特色。詩人灌注在詩中的感情旋律極其悲慨激盪，但那旋律既不是哀絲豪竹，也不是急管繁弦，而是像小提琴奏出的小夜曲或夢幻曲，含蘊，雋永。詩的內在感情是那樣熱烈、深沉，看來卻是自然的、平和的，猶如脈搏跳動那樣有規律，有節奏，而詩的韻律也相應地揚抑迴旋。全詩共三十六句，四句一換韻，共換九韻。以平聲庚韻起首，中間為仄聲霰韻，平聲真韻，仄聲紙韻，平聲尤韻、灰韻、文韻、麻韻，最後以仄聲遇韻結束。詩人把陽轍韻與陰轍韻交互雜沓，高低音相間，依次為洪亮級（庚、霰、真）——細微級（紙）——柔和級（尤、灰）——洪亮級（文、麻）——細微級（遇）。全詩隨著韻腳的轉換變化，平仄的交錯運用，一唱三嘆，前呼後應，既迴環反復，又層出不窮，音樂節奏感強烈而優美。這種語音與韻味的變化，又是切合著詩情的起伏，可謂聲情與文情絲絲入扣，宛轉諧美。

〈春江花月夜〉是《樂府詩集．清商曲辭．吳聲歌曲》舊題。創制者是誰，說法不一。或說「未詳所起」；或說陳後主所作；或說隋煬帝所作。今據宋郭茂倩《樂府詩集》所錄，除張若虛這一首外，尚有隋煬帝二首，諸葛穎一首，張子容二首，溫庭筠一首。它們或顯得格局狹小，或顯得脂粉氣過濃，遠不及張若虛此篇。這一舊題，到了張若虛手裡，突發異彩，獲得了不朽的藝術生命。時至今日，人們甚至不再去考索舊題的原始創制者究竟是誰，而把〈春江花月夜〉這一詩題的真正創制權歸之於張若虛了。（吳翠芬）

張說

【作者小傳】（六六七～七三〇）字道濟，一字說之，洛陽（今屬河南）人。武則天時應詔對策，「說所對第一，後署乙等」，授太子校書郎。中宗時任黃門侍郎等職。睿宗時進同中書門下平章事，勸睿宗以太子隆基（玄宗）監國。玄宗時，任中書令，封燕國公。擅長文辭，與襲封許國公的蘇頲並稱為「燕許大手筆」。其詩多應制之作。被貶岳州時的作品，較有特色。有《張說之文集》。（新、舊《唐書》本傳）

蜀道後期　張說

客心爭日月，來往預期程。

秋風不相待，先至洛陽城。

這首詩是張說在校書郎任內出使西川時寫的。張說在校書郎任內曾兩度到西川，其〈過蜀道山〉〈蜀道二首〉和〈再使蜀道〉等詩可以為證。〈再使蜀道〉中云：「芸閣有儒生，軺車倦馳逐。青春客岷嶺，白露搖江服。」「芸閣」指的正是祕書郎或校書郎。〈蜀道後期〉雖只寥寥二十字，卻頗能看出他寫詩的技巧和才華。

一個接受任務到遠地辦事的人，總是懷著對親人的眷戀，一到目的地，就掐指盤算著回歸的日期，這種心情是很自然的。但張說能把這種幽隱的心情「發而為詩」，而且壓縮在兩句話裡，卻不簡單。

「客心爭日月，來往預期程。」「客心」是旅外遊子之心，「爭日月」，像同時間進行一場爭奪戰。這「爭」字實在下得好，把處在這種地位的遊子的心情充分表露出來了。「來往預期程」，是申說自己所以「爭日月」的緣故。公府的事都有個時間規定，那就要事先進行準備，作出計劃，所以說是「預」。十個字把詩人當時面臨的客觀情況，心裡的籌劃、掂量，都寫進去了，簡練明白，手法很高明。

這十個字又是下文的伏筆。本來使蜀的日程安排是十分緊湊的，然而詩人回歸之心更急切，他要力爭按時回洛陽。他是洛陽人，在洛陽有家，預期回歸，與家人團聚。

下文忽然來個大轉折：「秋風不相待，先至洛陽城。」不料情況突變，原定秋前趕回洛陽的希望落空了。遊子之心，當然悵惘。然而詩人卻有意把人的感情隱去，繞開一筆，埋怨起秋風來了：這秋風呵，也是夠無情的，它就不肯等我一等，逕自先回洛陽城去了。這一筆，妙在避開了率直無味的毛病，而且把人格化了的秋風形容為「無情的秋風」。這秋風先至，自然要引起許多煩惱。可以試想，秋風一至洛陽，親人們必然要翹首企盼；而自己未能如約的苦衷就更不用說了。淡淡一筆，情致雋永深厚。

在這裡，詩人到底是埋怨秋風，還是抒發心中的煩惱？詩中沒有明說，頗費人尋繹，正是所謂「含不盡之意，見於言外」（宋歐陽修《六一詩話》）。不過可以想見，詩人對於這次情況的突然變化，確實感到意外，或有點不滿，不過他用的是「含蓄」的語言罷了。

張說早些時就寫過一首〈被使在蜀〉詩：「即今三伏盡，尚自在臨邛。歸途千里外，秋月定相逢。」歸期定在秋月，即此詩所謂「預期程」。不料時屆秋令，秋風已起，比詩人「先至洛陽城」，他卻落後了，即詩題所謂「後期」。秋風本是按時而起，無所謂「先」；只因詩人歸期「後」了，便顯出秋風的「先」來。兩首合看，於詩中的情味當有更深的體會。（劉逸生）

送梁六自洞庭山　張說

巴陵一望洞庭秋，日見孤峰水上浮。
聞道神仙不可接，心隨湖水共悠悠。

宋代嚴羽有一段論詩名言：「盛唐諸人惟在興趣，羚羊掛角，無跡可求。故其妙處，透澈玲瓏，不可湊泊，如空中之音，相中之色，水中之月，鏡中之象，言有盡而意無窮。」（《滄浪詩話》）離了具體作品，這話似玄乎其玄；一當聯繫實際，便覺精闢深至。且以這首標誌七絕進入盛唐的力作來解剖一下吧。

這是作者謫居岳州（即巴陵，治今湖南岳陽）的送別之作。梁六為作者友人潭州（治今湖南長沙）刺史梁知微，時途經岳州入朝。洞庭山（君山）靠巴陵很近，所以題云「自洞庭山」相送。詩中送別之意，若不從興象風神求之，那真是「無跡可求」的。

謫居送客，看征帆遠去，該是何等悽婉的懷抱？（元辛文房《唐才子傳》謂張說「晚謫岳陽，詩益悽婉」。）「天涯一望斷人腸」（孟浩然《送杜十四之江南》），首句似乎正要這麼說。但只說到「巴陵一望」，後三字忽然咽了下去，成了「洞庭秋」，純乎是即目所見之景了。這寫景不渲染，不著色，只是簡淡。然而它能令人聯想到「嫋嫋兮秋風，洞庭波兮木葉下」（《楚辭・湘夫人》）的情景，如見湖上秋色，從而體味到「巴陵一望」中「目眇眇兮愁予」的情懷。這不是景中具意麼？只是「不可湊泊」，難以尋繹罷了。

氣蒸雲夢、波撼岳陽的洞庭湖上，有座美麗的君山，日日與它見面，感覺也許不那麼新鮮。但在送人的今天看來，是異樣的。說穿來就是愈覺其「孤」。否則，何以不說「日見『青山』水上浮」呢？若要說這「孤峰」就是詩人在自譬，倒未見得。其實何須用意，只要帶了「有色眼鏡」觀物，物必著我之色彩。因此，由峰之孤足見送人者心情之孤。「詩有天機，待時而發，觸物而成，雖幽尋苦索，不易得也」（明謝榛《四溟詩話》），卻於有意無意得之。

關於君山傳說很多，一說它是湘君姊妹遊息之所（雍陶〈題君山〉「疑是水仙梳洗處」），一說「其下有金堂數百間，玉女居之」（東晉王嘉《拾遺記》），這些神仙荒忽之說，使本來實在的君山變得有幾分縹緲。「水上浮」的「浮」字，除了表現湖水動蕩給人的實感，也微妙傳達這樣一種迷離撲朔之感。

詩人目睹君山，心接傳說，不禁神馳。三句遂由實寫轉虛寫，由寫景轉抒情。從字面上似離送別題意益遠，然而，「聞道神仙——不可接」所流露的一種難以追攀的莫名惆悵，不與別情有微妙的關係麼？作者同時送同一人作的〈岳州別梁六入朝〉云：「夢見長安陌，朝宗實盛哉！」不也有同一種欽羨莫及之情麼？送人入朝原不免觸動謫宦之感，而去九重帝居的人，在某種意義上也算「登仙」。說「夢見長安陌」是實寫，說「神仙不可接」則頗涉曲幻。羨仙乎？戀闕乎？「詩以神行，使人得其意於言之外，若遠若近，若無若有」（清屈紹隆《粵遊雜詠》），這也就是所謂盛唐興象風神的表現。

神仙之說是那樣虛無縹緲，洞庭湖水是如此廣遠無際，詩人不禁心事浩茫，與湖波俱遠。豈止「神仙不可接」而已，眼前，友人的征帆已「隨湖水」而去，變得「不可接」了，自己的心潮怎能不隨湖水一樣悠悠不息呢？「心隨湖水共悠悠」，這個「言有盡而意無窮」的結尾，令人聯想到「唯見長江天際流」（李白〈黃鶴樓送孟浩然之廣陵〉），而用意更為隱然；叫人聯想到「唯有相思似春色，江南江北送君歸」（王維〈送沈子福之江東〉），比義卻不那麼明顯。濃厚的別情渾融在詩境中，「如空中之音，相中之色，水中之月，鏡中之象」，死扣不著，妙悟得出。借宋葉夢得的話來說，此詩之妙「正在無所用意，猝然與景相遇，藉以成章，不假繩削，故非常情所能到」（《石林詩話》）。

明胡應麟說：「唐初五言絕，子安（王勃）諸作已入妙境。七言初變梁陳，音律未諧，韻度尚乏」，「至張說〈巴陵〉之什（按即此詩），王翰〈出塞〉之吟，句格成就，漸入盛唐矣。」（《詩藪‧內編》卷六）他對此詩所作的評價是公允的。七絕的「初唐標格」結句「多為對偶所累，成半律詩」（明楊慎《升庵詩話》），此詩則通體散行，風致天然，「惟在興趣」，全是盛唐氣象了。作者張說不僅是開元名相，也是促成文風轉變的關鍵人物。其律詩「變沈宋典整前則，開高岑清矯後規」（明胡震亨《唐音癸籤》卷五），亦繼往而開來。而此詩則又是七絕由初入盛里程碑式的作品。（周嘯天）

蘇頲

【作者小傳】（六七〇～七二七）字廷碩，京兆武功（今屬陝西）人。武則天朝進士，襲封許國公。玄宗開元間居相位時，與宋璟合作，共理政事，朝廷重要文件多出其手。當時和封燕國公的張說並稱為「燕許大手筆」。原有集，已佚，後人輯有《蘇廷碩集》。（新、舊《唐書》本傳）

奉和春日幸望春宮應制　蘇頲

東望望春春可憐，更逢晴日柳含煙。宮中下見南山盡，城上平臨北斗懸。細草偏承①回輦處，飛花故落奉觴前②。宸遊對此歡無極，鳥哢歌聲雜管弦③。

〔註〕①一作「遍承」。②一作「輕花微落奉觴前」或「飛花故落舞筵前」。③哢，鳥鳴。一作「鳥哢聲聲入管絃」。

這是一首奉和應制詩，是臣下奉命應和皇帝首唱之作。這類詩的思想內容大抵是歌功頌德，粉飾太平，幾無可取。但是要寫得冠冕華貴，雍容典麗，得體而不作寒乞相，縝密而有詩趣，卻也不大容易。

原唱題曰「春日幸望春宮」。皇帝駕臨其處叫作「幸」。「望春宮」是唐代京城長安郊外的行宮，有南、北兩處，此指南望春宮，在東郊萬年縣（今陝西長安東），南對終南山。這詩便是歌詠皇帝春遊望春宮，頌聖德，美昇平。它緊扣主題，構思精巧，堂皇得體，頗費工夫，也見出詩人的才能技巧。

首聯點出「春日幸望春宮」。「望望」、「春春」，不連而疊，音節響亮。「東望望春」，既說「向東眺望望春宮」，又謂「向東眺望，望見春光」，一詞兼語，語意雙關。而春光可愛，打動聖上遊興，接著便說更逢天氣晴朗，春色含情，恰好出遊，如合聖意。這一開頭，點題破題，便顯出詩人的才思和技巧。

次聯寫望春宮所見。從望春宮南望，終南山盡在眼前；而回望長安城，皇都與北斗相應展現。這似乎在寫即日實景，很有氣派。但造意鑄詞中，有實有虛，巧用典故，旨在祝頌，卻顯而不露。「南山」、「北斗」，詞意雙關。「南山」用《詩經．小雅．天保》：「如南山之壽，不騫不崩。」原意即謂祝禱國家「基業長久，且又堅固，不騫虧，不崩壞」。此寫終南山，兼用〈天保〉語意，以寓祝禱。「北斗」用《三輔黃圖》所載，漢長安城，「南為南斗形，北為北斗形」，故有「斗城」之稱。長安北城即皇城，故「北斗」實則皇帝所居紫禁城。「晴日」是看不見北斗星的。此言「北斗懸」，是實指皇城，虛擬天象，意在歌頌，而運詞巧妙。

三聯寫望春宮中飲宴歌舞，承恩祝酒。詩人隨從皇帝入宮飲宴，觀賞歌舞，自須感恩戴德，獻杯祝頌。倘使直白寫出，便有寒乞氣。因此詩人巧妙地就「望春」做文章，用花草作比喻，既切題，又得體。「回輦處」即謂進望春宮，「奉觴前」是說飲宴和祝酒。「細草」顯然自比，見得清微；「飛花」則喻歌姬舞女，顯出花容嬌姿；而「偏承」點出「獨蒙恩遇」之意，「故落」點明「故意求寵」之態。細草以清德獨承，飛花恃美色故落，臣、姬有別，德、色殊遇，以見自重，以頌聖明。其取喻用詞，各有分寸，生動妥帖，不乞不諛，而又渲染出一派君臣歡宴的遊春氣氛。所以末聯便以明確的歌頌結束。「宸遊」即謂天遊，指皇帝此次春遊。君臣同樂，聖心歡喜無比，人間萬物歡唱，天下歌舞昇平。

這是一首盛世的歌功頌德之作，多少見出一些開明政治的氣氛，情調比較自然歡暢，語言典麗而明快。雖然浮華誇張的粉飾不多，但思想內容也實無可取。並且由於是奉和應制之作，拘於君臣名分，終究不免感恩承歡，因此詩人的才能技巧，主要用於追求藝術形式的精美得當，實質上這是一首精巧的形式主義作品。不過，唐詩有此一種，不妨一讀，以賞奇，以廣見。（倪其心）

汾上驚秋　蘇頲

北風吹白雲，萬里渡河汾。

心緒逢搖落，秋聲不可聞。

按照題目的標示，這首五絕大概是寫詩人在汾水上驚覺秋天的來臨，抒發歲暮時邁的感慨。詩的內容似乎也即如此。其實它有興寄，有深意，是一首頗具特色的即興詠史詩。

汾水在今山西省。這詩所說的「河汾」，是指汾水流入黃河的一段。這河、汾沿岸，便是漢、唐的河東郡。河東郡有個汾陰縣（今山西萬榮南）。漢武帝元鼎四年（前一一三）夏天，方士奏報祥瑞，在汾陰掘獲黃帝鑄造的寶鼎。武帝大喜，秋天親自來到汾陰，祭祀土神后土，還和群臣在船中飲宴賦詩，作〈秋風辭〉。

開元時期的唐玄宗雄心勃勃，大有追步漢武帝之意。開元十一年（七二三）二月，玄宗來到汾陰祭祀后土，並下令改稱汾陰為寶鼎縣。蘇頲其時正在禮部尚書任上，當也從駕參加了這個祭祀盛典。蘇頲長期充任中樞要職，甚受玄宗器重。大概就在從駕祭祀后土之後，忽然被調離朝廷，出京入蜀，任益州大都督府長史，到開元十三年才又調回長安。外放的兩年，是他一生仕履中最感失意的時期。這詩可能就是這一兩年中的一個秋天所作的。

明瞭上述背景，就較易切實地理解這詩所蘊含的複雜心情，也可以體會詩人所以採取這種虛虛實實，若即若離，似明而晦，欲言而咽的表現手法的用意。前二句顯然化用了〈秋風辭〉的詩意，首句即「秋風起兮白雲飛」，後有「泛樓船兮濟河汾」，從而概括地暗示著當年漢武帝到汾陰祭后土的歷史往事，同時也令人不難聯想到唐玄宗欲效漢武帝的作為。兩者何其相似，歷史彷彿重演。這意味著什麼，又啟示些什麼，詩人並不予點破，留給讀者自行理會。然而題目卻點出了一個「驚」字，表明詩人的思緒是受了震驚的。難道是由於個人遭遇而被震驚了嗎？就字面意思看，似乎有點像是即景自況。他在汾水上被北風一吹，一陣寒意使他驚覺到秋天來臨；而他當時正處於一生最感失意的境地，出京外放，恰如一陣北風把他這朵白雲吹得老遠，來到了這汾水上。這也合乎題目標示的「汾上驚秋」。因此，前二句的含意是複雜的。總的來說，是在即景起興中抒發著歷史的聯想和感慨，在關切國家的隱憂中交織著個人失意的哀愁。可謂百感交集，愁緒紛亂。

為了使讀者體會這種心情，詩人在後二句便明確加以說穿了。「心緒」此處謂愁緒紛亂。「搖落」用〈秋風辭〉中「草木黃落」句意，又同本於戰國楚宋玉〈九辯〉語「悲哉，秋之為氣也，蕭瑟兮，草木搖落而變衰」。這裡用以指蕭瑟天氣，也以喻指自己暮年失意的境遇，所以說「逢」。「逢」者，愁緒又加上挫折之謂，暗示出「心緒」並非只是個人的失意。「秋聲」即謂北風，其聲肅殺，所以「不可聞」。聽了這肅殺之聲，只會使愁緒更紛亂，心情更悲傷。這就清楚地表明了前二句所蘊含的複雜心情的性質和傾向。

實際上，這詩的表現手法和抒情特點，都比較接近三國魏阮籍的〈詠懷詩〉。讀者從它的抒情形象中感覺到詩人有寄託，有憂慮，有感傷；但究竟為什麼，是難以確切肯定的。他採用這種手法，可能是以久與政事的經驗，熟悉歷史的知識，意識到漢、唐兩代的兩個盛世皇帝之間有某種相似，彷彿受到歷史的某種啟示，隱約感到某種憂慮，然而他還說不清楚，也無可奈何，因此只能寫出這種感覺和情緒。而恰是這一點，卻構成了一種獨有的藝術特點：以形象來表示，讓讀者去理會。（倪其心）

張敬忠

【作者小傳】京兆（今陝西西安）人。曾官監察御史。唐玄宗開元中為平盧節度使。《全唐詩》存其詩二首。（《新唐書》卷一一一《張仁願傳》）

邊詞　張敬忠

五原春色舊來遲，二月垂楊未掛絲。
即今河畔冰開日，正是長安花落時。

張敬忠是初唐一位不大出名的詩人，《全唐詩》僅錄存其詩二首。據《新唐書·張仁願傳》記載，中宗神龍三年（七〇七），張仁願任朔方軍總管時，曾奏用當時任監察御史的張敬忠分判軍事。這首〈邊詞〉，大約就是他在朔方軍幕任職時的作品。

首句中的「五原」，就是今內蒙古自治區的五原縣。張仁願任朔方總管時為防禦突厥而修築的著名的三受降城之一——西受降城，就在五原西北。這一帶地處塞漠，北臨大磧，氣候嚴寒，風物荒涼，春色姍姍來遲，所以說「五原春色舊來遲」。著「舊來」二字，不但見此地的荒寒自古迄今如斯，而且表明詩人對此早有所聞。

這一句是全篇總冒，以下三句即對春色之來遲進行具體描繪。

次句「二月垂楊未掛絲」，是說仲春二月，內地已經是桃紅柳綠，春光爛漫，這裡卻連垂楊尚未吐葉掛絲。柳色向來是春天的標誌，詩人總是首先在柳色中發現春意，發現春天的腳步、聲音和身影。抓住「垂楊未掛絲」這個典型事物，便非常簡括地寫出邊地春遲的特點，令人宛見在無邊荒漠中，幾株垂柳在凜冽的寒風中搖曳著光禿禿的空枝，看不到一點綠色的荒寒景象。

三、四兩句仍緊扣「春遲」寫邊地風物，卻又另換一副筆墨：透過五原與長安不同景物的對照，來突出強調北邊的春遲。次句與三、四兩句之間，包含著一個時間的差距。河畔冰開，長安花落，暗示時令已值暮春。在荒寒的北邊，到這時河冰剛剛解凍，春天的腳步聲雖已隱約可聞，春天的身影、春天的色彩卻仍然未能望見，而皇都長安，這時早已姹紫嫣紅開過，春事闌珊了。這個對照，不僅進一步突出了邊地春遲，而且寓含了戍守荒寒北邊的將士對帝京長安的懷念。

面對五原春遲、北邊荒寒的景象，詩人心裡所喚起的並不是沉重的嘆息與憂傷，也不是身處窮荒絕域的孤寂與淒涼。這裡是荒寒的，但荒寒中又寓有它所特具的遼闊與壯美；這裡是孤寂的，但孤寂中又透露出邊地的寧靜和平，沒有刀光劍影、烽火煙塵；這裡的春天來得特別晚，但春天畢竟要降臨。「河畔冰開」，帶給人的是對春天的展望，而不是「莫言塞北無春到，縱有春來何處知」（李益〈度破訥沙〉）這樣沉重的嘆息。近人劉永濟說：「此邊詞而不言邊塞之苦。但用對比手法將河畔與長安兩兩相形而意在言外，且語意和平，可想見唐初國力之盛」。（《唐人絕句精華》）這是深解詩味的精到評論。清沈德潛評道：「不須用意。」（《唐詩別裁集》）說的也正是此詩於不經意中見詩人氣度與時代風神的特點。如果我們把這首詩和王之渙的〈涼州詞〉對照起來讀，便不難發現它們的聲息相通之處：儘管都寫了邊地的荒寒，流露的思想感情卻是對邊塞風物的欣賞。在這一點上，〈邊詞〉可以說是開盛唐風氣之先的。

這首詩散起對結，結聯又用一意貫串、似對非對的流水對，是典型的「初唐標格」。這種格式，對於表現深沉凝重的思想感情可能有一定局限，但卻特別適合表現安恬愉悅、明朗樂觀的思想感情。詩的風調輕爽流利，意致自然流動，音律和婉安恬，與它所表現的感情和諧統一，讓人感到作者是用一種坦然的態度對待「春色舊來遲」、「垂楊未掛絲」的景象。特別是三、四兩句，在「河畔冰開日」與「長安花落時」的工整對仗之前，分別用「即今」、「正是」這樣輕鬆流易的詞語勾連呼應，構成了一種顧盼自如的風神格調。「治世之音安以樂」（《毛詩序》），這首詩可以作為一個典型的例證。不妨說，它是初唐標格與盛唐氣象的結合。（劉學鍇）

張九齡

【作者小傳】（六七八～七四〇）一名博物，字子壽，韶州曲江（今屬廣東）人。武則天長安進士，始調校書郎，累官至中書侍郎同中書門下平章事。玄宗開元二十四年（七三六）為李林甫所譖，罷相。其〈感遇詩〉以格調剛健著稱。有《曲江集》。（新、舊《唐書》本傳）

感遇十二首（其一）　張九齡

蘭葉春葳蕤，桂華秋皎潔。欣欣此生意，自爾為佳節。
誰知林棲者，聞風坐相悅。草木有本心，何求美人折？

張九齡遭讒貶謫後所作的〈感遇〉詩十二首，樸素遒勁，寄慨遙深。此為第一首，詩以比興手法，抒發了詩人孤芳自賞，不求人知的情感。

詩一開始，用整齊的偶句，突出了兩種高雅的植物——春蘭與秋桂。戰國楚屈原〈九歌．禮魂〉中，有「春蘭兮秋菊，長無絕兮終古」句。張九齡是廣東曲江人，其地多桂，即景生情，就地取材，把秋菊換成了秋桂，師古而不泥古。蘭桂對舉，蘭舉其葉，桂舉其花，這是由於對偶句的關係，互文以見義，其實是各各兼包花葉，概指全株。蘭用「葳蕤」來形容，具有茂盛而兼紛披的意思，「葳蕤」兩字點出蘭草迎春勃發，具有無限的生機。桂用「皎潔」來形容，桂葉深綠，桂花嫩黃，相映之下，自然有皎明潔淨的感覺。「皎潔」兩字，精練簡要地點出了秋桂清雅的特徵。

蘭桂兩句分寫之後，用「欣欣此生意」一句一統，不論葳蕤也好，皎潔也好，都表現出欣欣向榮的生命活力。第四句「自爾為佳節」又由統而分。「佳節」回應起筆兩句中的春、秋，說明蘭桂都各自在適當的季節而顯示它們或葳蕤或皎潔的生命特點。（「自」當「各自」解，「爾」當「如此」解，即代表「葳蕤」和「皎潔」。）這裡一個「自」字，不但指蘭桂各自適應佳節的特性，而且還表明了蘭桂各自榮而不媚，不求人知的品質，替下文的「草木有本心，何求美人折」作了伏筆。

起首四句，單寫蘭桂而不寫人，但第五句卻用「誰知」突然一轉，引出了居住於山林之中的美人，即那些引蘭桂風致為同調的隱逸之士。「誰知」兩字對蘭桂來說，大有出乎意料之外的感覺。美人由於聞到了蘭桂的芬香，因而發生了愛慕之情。「坐」，猶殊也，這裡表示愛慕之深。詩從無人到有人，是一個突轉，詩情也因之而起波瀾。「聞風」二字本於《孟子．盡心》，其中說：「聖人百世之師也，伯夷柳下惠是也，故聞伯夷之風者，頑夫廉，懦夫有立志，聞柳下惠之風者，薄夫敦，鄙夫寬。奮乎百世之上，百世之下聞者莫不興起也。」張九齡就把這章中的「聞風」毫不費力地拉來用了，用得這樣恰如其分，用得這樣自然，用得這樣使讀者毫不覺得他在用典故，這也是值得一提的。

最後二句：「草木有本心，何求美人折？」「何求」又作一轉折。林棲者既然聞風相悅，那麼，蘭桂若有知覺，應該很樂意接受美人折花欣賞了。然而詩卻不順此理而下，而是又忽開新意。蘭逢春而葳蕤，桂遇秋而皎潔，這是它們的本性，而並非為了博得美人的折取欣賞。很清楚，詩人以此來比喻賢人君子的潔身自好，進德修業，也只是盡他作為一個人的本分，而並非借此來博得外界的稱譽、提拔，以求富貴利達。全詩的主旨，到此方才點明；而文章脈絡也一貫到底。上文的「欣欣此生意，自爾為佳節」，與這裡的「草木有本心」互為照應；上文的「誰知林棲者，聞風坐相悅」，又與「美人折」同意相見。這最後十個字，總結上文，滴水不漏。

古體詩而只寫八句，算是短小的了，而張九齡在寥寥短章中，獅子搏兔，也用全力。詩前二句是起，三、四句是承，五、六句是轉，七、八句是合，結構嚴謹。而且做到了意盡詞盡，無一字落空。表現形式上，運用了比興手法，詞意和平溫雅，不激不昂，使讀者毫不覺得在詠物的背後，講著高雅的生活哲理。（沈熙乾）

感遇十二首（其四）　張九齡

孤鴻海上來，池潢不敢顧。側見雙翠鳥，巢在三珠樹。
矯矯珍木巔，得無金丸懼？美服患人指，高明逼神惡。
今我遊冥冥，弋者何所慕！

這是一首寓言詩，大約是唐玄宗開元二十四年（七三六），李林甫、牛仙客執政後，詩人被貶為荊州長史時所寫。詩中以孤鴻自喻，以雙翠鳥喻其政敵李林甫、牛仙客，說明一種哲理，同時也隱寓自己的身世之感。二年後詩人就去世了，這首詩該是他晚年心境的吐露。

詩一開始就將孤鴻與大海對比。滄海是這樣地大，鴻雁是這樣地小，這已經襯托出人在宇宙之間是何等地渺小了。何況這是一隻離群索處的孤雁，海愈見其大，雁愈見其小，相形之下，更突出了它的孤單寥落。可見「孤鴻海上來」這五個字，並非平淡寫來，其中滲透了詩人的情感。第二句「池潢不敢顧」，突然一折，為下文開出局面。這隻孤鴻經歷過大海的驚濤駭浪，何至見到區區城牆外的護城河水，也不敢回顧一下呢？這裡是象徵詩人在人海中由於經歷風浪太多，而格外有所警惕，同時也反襯出下文的雙翠鳥，恍如燕巢幕上自以為安樂，而不知烈火就將焚燒到它們。

而且，這一隻孤鴻連雙翠鳥也不敢正面去看一眼呢！「側見」兩字顯出李林甫、牛仙客的氣焰熏天，不可一世。他們竊據高位，就像一對身披翠色羽毛的翠鳥，高高營巢在神話中所說的珍貴的三珠樹上。可是，不要太得意了！你們閃光的羽毛這樣顯眼，難道就不怕獵人們用金彈丸來獵取嗎？「矯矯珍木巔，得無金丸懼」這兩句，詩人假托孤鴻的嘴，以溫厚的口氣，對他的政敵提出了誠懇的勸告。不憤怒，也不幸災樂禍，這是正統儒家的修養，也就是所謂溫柔敦厚的詩教。然後很自然地以「美服患人指，高明逼神惡」這兩句，點出了全詩的主題思想，忠告他的政敵：才華和鋒芒的外露，就怕別人將以你為獵取的對象；竊據高明的地位，就怕別人不能容忍而對你厭惡。這裡「高明」兩字是暗用漢揚雄〈解嘲〉中「高明之家，鬼瞰其室」的典故，但用得很渾成，使讀者不覺其用典，即便不知原典，也無妨於對詩句的欣賞。

忠告雙翠鳥的話，一共四句，前兩句代它們擔憂，後兩句正面提出他那個時代的處世真諦。然則，孤鴻自己將採取怎樣的態度呢？它既不重返海面，也不留連池潢，它將沒入於蒼茫無際的太空之中，獵人們雖然渴想獵取它，可是又將從何處去獵取它呢？「今我游冥冥，弋者何所慕」，純以鴻雁口吻道出，情趣盎然。全詩就在蒼茫幽渺的情調中結束。

這首詩開始四句敘事，簡潔乾淨，第五句「矯矯珍木巔」句中的「矯矯」兩字，上承「翠鳥」，下啟「美服」；「珍木巔」三字，上承「三珠樹」，下啟「高明」。可見詩人行文的縝密。後六句都是孤鴻的獨白，其中四句對翠鳥說，二句專說鴻雁自己。「今我游冥冥」句，用「冥冥」兩字來對襯上文的「矯矯」兩字，疊字的對比呼應，又一次顯出了詩人的細針密縷。這首詩勁煉質樸，寄託遙深。它借物喻人，而處處意存雙關，分不出物和人來，而且語含說理和勸誡，頗得詩人敦厚之旨。（沈熙乾）

感遇十二首（其七）　張九齡

江南有丹橘，經冬猶綠林。豈伊地氣暖，自有歲寒心。
可以薦嘉客，奈何阻重深！運命唯所遇，循環不可尋。
徒言樹桃李，此木豈無陰？

讀著張九齡這首歌頌丹橘的詩，很容易想到屈原的〈橘頌〉。屈原生於南國，橘樹也生於南國，他的那篇〈橘頌〉一開頭就說：「后皇嘉樹，橘徠服兮。受命不遷，生南國兮。」其託物喻志之意，灼然可見。張九齡也是南方人，而他的謫居地荊州的治所江陵（即楚國的郢都），本來是著名的產橘區。他的這首詩一開頭就說：「江南有丹橘，經冬猶綠林」。其託物喻志之意，尤其明顯。屈原《九歌．湘夫人》的名句告訴我們：「嫋嫋兮秋風，洞庭波兮木葉下。」可見即使在南國，一到深秋，一般樹木也難免搖落，又哪能經得住嚴冬的摧殘？而丹橘呢，卻「經冬猶綠林」。一個「猶」字，充滿了讚頌之意。

丹橘經冬猶綠，究竟是由於獨得地利呢？還是出乎本性？如果是地利使然，也就不值得讚頌。所以詩人發問道：難道是由於「地氣暖」的緣故嗎？先以反詰語一「縱」，又以肯定語「自有歲寒心」一「收」，跌宕生姿，富有波瀾。「歲寒心」，一般是講松柏的。《論語．子罕》：「歲寒然後知松柏之後凋也。」東漢劉楨〈贈從弟〉：「豈不罹凝寒，松柏有本性。」張九齡特地要讚美丹橘和松柏一樣具有耐寒的節操，是含有深意的。

漢代古詩有一篇〈橘柚垂華實〉，詩中說橘柚「委身玉盤中，歷年冀見食」，表達了作者不為世用的憤懣。張九齡所說的「可以薦嘉客」，也就是「冀見食」的意思。「經冬猶綠林」，不以歲寒而變節，已值得讚頌；結出累累碩果，只求貢獻於人，更顯出品德的高尚。按說，這樣的嘉樹佳果是應該薦之於嘉賓的，然而卻為重山深水所阻隔，為之奈何！讀「奈何阻重深」一句，如聞慨嘆之聲。

丹橘的命運、遭遇，在心中久久縈迴，詩人思緒難平，終於想到了命運問題：「運命唯所遇，循環不可尋。」看來運命的好壞，是由於遭遇的不同，而其中的道理，如周而復始的自然之理一樣，是無法追究的。這兩句詩感情很複雜，看似無可奈何的自遣之詞，又似有難言的隱衷，委婉深沉。最後詩人以反詰語氣收束全詩：「徒言樹桃李，此木豈無陰？」人家只忙於栽培那些桃樹和李樹，硬是不要橘樹，難道橘樹不能遮蔭，沒有用處嗎？在前面，已寫了它有「經冬猶綠林」的美蔭，又有「可以薦嘉客」的佳實，而「所遇」如此，這到底為什麼？《韓非子．外儲說左下》裡講了一個寓言故事：陽虎對趙簡主說，他曾親手培植一批人才，但他遇到危難時，他們都不幫助他。因而感嘆道：「虎不善樹人。」趙簡主道：「樹橘柚者，食之則甘，嗅之則香；樹枳棘者，成而刺人。故君子慎所樹。」只樹桃李而偏偏排除橘柚，這樣的「君子」，總不能說「慎所樹」吧！

杜甫在〈八哀詩八首．故右僕射相國張公九齡〉一詩中稱讚張九齡「詩罷地有餘，篇終語清省」。後一句，是說他的詩語言清新而簡練；前一句，是說他的詩意餘象外，給讀者留有馳騁想像和聯想的餘地。讀這首詩，我們不就很自然地聯想到當時朝政的昏闇和詩人坎坷的身世嗎！這首詩平淡而渾成，短短的篇章中，時時用發問的句子，具有正反起伏之勢，而詩的語氣卻是溫雅醇厚，憤怒也罷，哀傷也罷，總不著痕跡，不露圭角，達到了爐火純青的地步。（霍松林）

湖口望廬山瀑布水

張九齡

萬丈紅泉落①，迢迢半紫氛。奔飛下雜樹②，灑落出重雲。
日照虹霓似，天清風雨聞。靈山多秀色，空水共氤氳。

〔註〕①一作「萬丈洪泉落」。②一作「奔飛流雜樹」。

湖口即鄱陽湖口，唐為江州戍鎮，歸洪州大都督府統轄。這詩約為張九齡出任洪州都督轉桂州都督前後所作。

張九齡在此之前，有一段曲折的經歷。唐玄宗開元十一年（七二三），張說為宰相，張九齡深受器重，引為本家，擢任中書舍人。開元十四年，張說被劾罷相，他也貶為太常少卿。不久，出為冀州刺史。他上疏固請改授江南一州，以便照顧家鄉年老的母親。唐玄宗「優制許之，改為洪州都督，俄轉桂州都督，仍充嶺南道按察使」（《舊唐書・張九齡傳》）。這是一段使他對朝廷深為感戴的曲折遭遇。驟失宰相的依靠，卻獲皇帝的恩遇，說明他的才德經受了考驗。為此，他躊躇滿志，在詩中微妙地表達了這種情懷。

這詩描寫的是廬山瀑布水的遠景，從不同角度，以不同手法，取大略細，寫貌求神，重彩濃墨，渲染烘托，以山相襯，與天相映，寫出了一幅雄奇絢麗的廬山瀑布遠景圖；而寓比寄興，景中有人，象外有音，節奏舒展，情調悠揚，賞風景而自憐，寫山水以抒懷，又處處顯示著詩人為自己寫照。

詩人欣賞瀑布，突出讚嘆它的氣勢、風姿、神采和境界。首聯寫瀑布從高高的廬山落下，遠望彷彿來自半天之上。「萬丈」指山高，「迢迢」謂天遠，從天而降，氣勢不凡；而「紅泉」、「紫氛」相映，光彩奪目。次聯寫瀑布的風姿：青翠高聳的廬山，雜樹叢生，雲氣繚繞。遠望瀑布，或為雜樹遮斷，或被雲氣掩住，不能看清全貌。但詩人以其神寫其貌，形容瀑布是奔騰流過雜樹，瀟灑脫出雲氣，其風姿多麼豪放有力，泰然自如。三聯寫瀑布的神采聲威。陽光照耀，遠望瀑布，若彩虹當空，神采高瞻；天氣晴朗，又似聞其響若風雨，聲威遠播。末聯讚嘆瀑布的境界：廬山本屬仙境，原多秀麗景色，而以瀑布最為特出。它與天空連成一氣，真是天地和諧化成的精醇，境界何等恢宏闊大。《易．繫辭》：「天地絪緼，萬物化醇。」此用其詞，顯然寄託著詩人的理想境界和政治抱負。

但總起來看，詩中所寫瀑布水，來自高遠，穿過阻礙，擺脫迷霧，得到光照，更聞其聲，積天地化成之功，不愧為秀中之傑。這不正是詩人遭遇和情懷的絕妙的形象比喻嗎？所以他在攝取瀑布水什麼景象，採用什麼手法，選擇什麼語言，表現什麼特點，實則都依照自己的遭遇和情懷來取捨的。這也是本詩具有獨特的藝術成就的主要原因。既然瀑布景象就是詩人自我化身，則比喻與被比者一體，其比興寄託也就易於不露斧鑿痕跡。

作為一首山水詩，它的藝術是獨特而成功的。乍一讀，它好像只是在描寫、讚美瀑布景象，有一種欣賞風景、吟詠山水的名士氣度。稍加吟味，則可感覺其中蘊激情，懷壯志，顯出詩人胸襟開闊，風度豪放，豪情滿懷，其藝術效果是奇妙有味的。「詩言志」，山水即人，這首山水詩是一個成功的例證。（倪其心）

望月懷遠

張九齡

海上生明月，天涯共此時。情人怨遙夜，竟夕起相思。

滅燭憐光滿，披衣覺露滋。不堪盈手贈，還寢夢佳期。

這是一首月夜懷念遠人的詩。起句「海上生明月」意境雄渾闊大，是千古佳句。它和南朝宋謝靈運的〈登池上樓〉「池塘生春草」、〈歲暮〉「明月照積雪」，南朝齊謝朓的〈暫使下都夜發新林至京邑贈西府同僚〉「大江流日夜」以及作者自己的「孤鴻海上來」等名句一樣，看起來平淡無奇，沒有一個奇特的字眼，沒有一分點染的色彩，脫口而出，卻自然具有一種高華渾融的氣象。這一句完全是景，點明題中的「望月」。第二句「天涯共此時」，即由景入情，轉入「懷遠」。前乎此的有南朝宋謝莊〈月賦〉中的「隔千里兮共明月」，後乎此的有宋蘇軾〈水調歌頭〉詞中的「但願人長久，千里共嬋娟」，都是寫月的名句，其旨意也大抵相同。但由於各人以不同的表現方法，表現在不同的體裁中，謝莊是賦，蘇軾是詞，張九齡是詩，相體裁衣，各極其妙。這兩句把詩題的情景，一起就全部收攝，卻又毫不費力，仍是張九齡作古詩時渾成自然的風格。

從月出東斗直到月落烏啼，是一段很長的時間，詩中說是「竟夕」，亦即通宵。這通宵的月色對一般人來說，可以說是漠不相關的，而遠隔天涯的兩個互相思念的友人，則在月下久不能寐，只覺得長夜漫漫，故而落出一個「怨」字。「情人」，指感情深厚的朋友。三、四兩句，就以「怨」字為中心，以「情人」與「相思」呼應，以「遙夜」與「竟夕」呼應，上承起首兩句，一氣呵成。這兩句採用流水對，自然流暢，具有古詩氣韻。

竟夕相思不能入睡，怪誰呢？是屋裡燭光太耀眼嗎？於是滅燭，披衣步出門庭，光線還是那麼明亮。這天涯共對的一輪明月竟是這樣撩人心緒，使人見到它那姣好圓滿的光華，更難以入睡。夜已深了，氣候更涼一些了，露水也沾濕了身上的衣裳。這裡的「滋」字不僅是潤濕，而且含滋生不已的意思。「露滋」二字寫盡了「遙夜」、「竟夕」的精神。「滅燭憐光滿，披衣覺露滋」，兩句細巧地寫出了深夜對月不眠的實情實景。

相思不眠之際，有什麼可以相贈呢？一無所有，只有滿手的月光。這月光飽含我滿腔的心意，可是又怎麼贈送給你呢？還是睡罷！睡了也許能在夢中與你相聚。「不堪」兩句，構思奇妙，意境幽清，沒有深摯情感和切身體會，恐怕是寫不出來的。這裡詩人暗用晉陸機〈安寢北堂上〉「照之有餘輝，攬之不盈手」兩句詩意，翻古為新，悠悠托出不盡情思。詩至此戛然而止，只覺餘韻嫋嫋，令人回味不已。（沈熙乾）

歸燕詩　張九齡

海燕何微眇，乘春亦暫來。豈知泥滓賤，只見玉堂開。
繡戶時雙入，華軒日幾回。無心與物競，鷹隼莫相猜。

這是一首詠物詩。所詠的是將要歸去的燕子，卻並沒有工細地描繪燕子的體態和風神，而是敘述和議論多於精工細雕的刻畫，如不解其寄託的深意，便覺質木無文。然而，它確是一首妙用比興、寓意深長的詠物詩。

宋阮閱《詩話總龜》卷十七引《明皇雜錄》，說「張九齡在相，有謇諤匪躬之誠。明皇怠於政事，李林甫陰中傷之。方秋，明皇令高力士持白羽扇賜焉。九齡作〈歸燕詩〉貽林甫。」從上面所記本事推知，這首詩應寫於張九齡被罷相的前夕。張九齡是唐玄宗開元年間的名相，以直言敢諫著稱。由於李林甫等毀謗，玄宗漸漸疏遠他。開元二十四年（七三六），張九齡被罷相，〈歸燕詩〉大約寫於這年秋天。

詩從海燕「微眇」寫起，隱寓詩人自己出身微賤，是從民間來的，不像李林甫那樣出身華貴。「乘春亦暫來」句，表明自己在聖明的時代暫時來朝廷做官，如燕子春來秋去，是不會久留的。中間四句，以燕子不知「泥滓」之賤，只見「玉堂」開著，便一日數次出入其間，銜泥作窠，來隱寓自己在朝廷為相，日夜辛勞，慘淡經營。「繡戶」、「華軒」和「玉堂」，都是隱喻朝廷。末句是告誡李林甫：我無心與你爭權奪利，你不必猜忌、中傷我，我要退隱了。當時大權已經落在李林甫手中，張九齡自知不可能有所作為，他不得不退讓，實則並非沒有牢騷和感慨。劉禹錫〈弔張曲江序〉說張九齡被貶之後，「有拘囚之思，託諷禽鳥，寄詞草樹，鬱鬱然與騷人同風」。這是知人之言。用這段話來評〈歸燕詩〉同樣是適合的，〈歸燕詩〉就是「託諷禽鳥」之作。

這首律詩對仗工整，語言樸素，風格清淡，如「輕縑素練」（張說評張九齡語）一般。它名為詠物，實乃抒懷，既寫燕，又寫人，句句不離燕子，卻又是張九齡的自我寫照。作者的匠心，主要就表現在他選擇了最能摹寫自己的形象的外物——燕子。句句詩不離燕子，但又不黏於燕子，達到不即不離的藝術境界。（劉文忠）

賦得自君之出矣 張九齡

自君之出矣，不復理殘機。
思君如滿月，夜夜減清輝。

〈自君之出矣〉是樂府詩雜曲歌辭名。賦得是一種詩體。張九齡摘取古人成句作為詩題，故題首冠以「賦得」二字。

首句「自君之出矣」，即拈用成句。良人離家遠行而未歸，表明了一個時間概念。良人離家有多久呢？詩中沒有說，只寫了「不復理殘機」一句，發人深思：首先，織機殘破，久不修理，表明良人離家已很久，女主人長時間沒有上機織布了；其次，如果說，人去樓空給人以空虛寂寥的感受，那麼，君出機殘也同樣使人感到景象殘舊衰颯，氣氛落寞冷清；再次，機上布織來織去，始終未完成，它彷彿在訴說，女主人心神不定，無心織布，內心極其不平靜。以上，是對事情起因的概括介紹，接著，詩人便用比興手法描繪她心靈深處的活動：「思君如滿月，夜夜減清輝。」古詩十九首中〈行行重行行〉，以「相去日已遠，衣帶日已緩」直接描摹思婦的消瘦形象，寫得相當具體突出。這裡，詩人則用團圞的皎皎明月象徵思婦情操的純潔無邪，忠貞專一。她日日夜夜思念，容顏都憔悴了，宛如那團圞圓月，在逐漸減弱其清輝，逐漸變成了缺月。「夜夜減清輝」，寫得既含蓄婉轉，又真摯動人。比喻美妙熨帖，想像新穎獨特，饒富新意，給人以鮮明的美的感受。整首詩顯得清新可愛，充滿濃郁的生活氣息。（何國治）

王之渙

【作者小傳】（六八八～七四二）字季淩，晉陽（今山西太原）人，後徙絳。官文安縣尉。豪放不羈，常擊劍悲歌。其詩多被當時樂工制曲歌唱，以描寫邊疆風光著稱。《全唐詩》存其詩六首。（《唐詩紀事》卷二六、《唐才子傳》卷三）

登鸛雀樓① 王之渙

白日依山盡，黃河入海流。
欲窮千里目，更上一層樓。

〔註〕①此詩作者一作朱斌，題為〈登樓〉。

鸛雀樓，又名鸛鵲樓，據《清一統志》記載，樓的舊址在山西蒲州（今永濟縣，唐時為河中府）西南，黃河中高阜處，時有鸛雀棲其上，遂名。宋沈括在《夢溪筆談》中記述：「河中府鸛雀樓三層，前瞻中條，下瞰大河。唐人留詩者甚多。」王之渙的這首五絕是「唐人留詩」中的不朽之作。

詩的前兩句「白日依山盡，黃河入海流」，寫的是登樓望見的景色，寫得景象壯闊，氣勢雄渾。這裡，詩人運用極其樸素、極其淺顯的語言，既高度形象又高度概括地把進入廣大視野的萬里河山，收入短短十個字中；而我們在千載之下讀到這十個字時，也如臨其地，如見其景，感到胸襟為之一開。首句寫遙望一輪落日向著樓前一望無際、連綿起伏的群山西沉，在視野的盡頭冉冉而沒。這是天空景、遠方景、西望景。次句寫目送流經樓前下方的黃河奔騰咆哮、滾滾南來，又在遠處折而東向，流歸大海。這是由地面望到天邊，由近望到遠，由西望到東。這兩句詩合起來，就把上下、遠近、東西的景物，全都容納進詩筆之下，使畫面顯得特別寬廣，特別遼遠。就次句詩而言，詩人身在鸛雀樓上，不可能望見黃河入海，這是詩人目送黃河遠去天邊而產生的意中景，是把當前景與意中景融合為一的寫法。這樣寫，更增加了畫面的廣度和深度。杜甫在〈戲題王宰畫山水圖歌〉中有「尤工遠勢古莫比，咫尺應須論萬里」兩句，雖是論畫，也可以用來論詩。王之渙的這兩句寫景詩就做到了縮萬里於咫尺，使咫尺有萬里之勢。

詩筆到此，看似已經寫盡了望中的景色，但不料詩人在後半首裡，以「欲窮千里目，更上一層樓」這樣兩句即景生意的詩，把詩篇推引入更高的境界，向讀者展示了更大的視野。這兩句詩，既別翻新意，出人意表，又與前兩句詩承接得十分自然、十分緊密；同時，在收尾處用一「樓」字，也起了點題作用，說明這是一首登樓詩。從這後半首詩，可推知前半首寫的可能是在第二層樓所見，而詩人還想進一步窮目力所及看盡遠方景物，更登上了樓的頂層。詩句看來只是平鋪直敘地寫出了這一登樓的過程，而含意深遠，耐人探索。這裡有詩人的向上進取的精神、高瞻遠矚的胸襟，也道出了要站得高才看得遠的哲理。

就全詩而言，這首詩是日僧空海在《文鏡祕府論》中所說的「景入理勢」。有人說，詩忌說理。這應當只是說，詩歌不要生硬地、枯燥地、抽象地說理，而不是在詩歌中不能揭示和宣揚哲理。像這首詩，把道理與景物、情事融化得天衣無縫，使讀者並不覺得它在說理，而理自在其中。這是根據詩歌特點、運用形象思維來顯示生活哲理的典範。

這首詩在寫法上還有一個特點：它是一首全篇用對仗的絕句。清沈德潛在《唐詩別裁集》中選錄這首詩時曾指出：「四語皆對，讀去不嫌其排，骨高故也。」絕句總共只有兩聯，而兩聯都用對仗，如果不是氣勢充沛，一意貫連，很容易雕琢呆板或支離破碎。這首詩，前一聯用的是正名對，所謂「正正相對」，語句極為工整，又厚重有力，就更顯示出所寫景象的雄大；後一聯用的是流水對，雖兩句相對，而沒有對仗的痕跡。詩人運用對仗的技巧也是十分成熟的。

宋沈括《夢溪筆談》中指出，唐人在鸛雀樓所留下的詩中，「唯李益、王之渙、暢當三篇，能狀其景」。按：暢當應為暢諸之誤。李益的詩是一首七律，〈同崔邠登鸛雀樓〉：「鸛雀樓西百尺檣，汀洲雲樹共茫茫。漢家簫鼓空流水，魏國山河半夕陽。事去千年猶恨速，愁來一日即為長。風煙併起思歸望，遠目非春亦自傷。」暢諸的詩是一首五律，也題作〈登鸛雀樓〉：「城樓多峻極，列酌恣登攀。迥臨飛鳥上，高謝世塵間。天勢圍平野，河流入斷山。今年菊花事，併是送君還。」詩境也很壯闊，不失為一首名作，但有王之渙的這首詩在前，比較之下，終輸一籌，不得不讓王詩獨步千古。（陳邦炎）

涼州詞 王之渙

黃河遠上白雲間，一片孤城萬仞山。
羌笛何須怨楊柳，春風不度玉門關。

據唐人薛用弱《集異記》記載：玄宗開元中，王之渙與高適、王昌齡到旗亭（即酒樓）飲酒，遇梨園伶人唱曲宴樂，三人便私下約定以伶人演唱各人所作詩篇的情形定詩名高下。結果三人的詩都被唱到了，而諸伶中最美的一位女子所唱則為「黃河遠上白雲間」。王之渙甚為得意，這就是著名的「旗亭畫壁」故事。此事未必實有。但表明王之渙這首〈涼州詞〉在當時已成為廣為傳唱的名篇。

詩的首句抓住自下（游）向上（游）、由近及遠眺望黃河的特殊感受，描繪出「黃河遠上白雲間」的動人畫面：洶湧澎湃、波浪滔滔的黃河竟像一條絲帶迤邐飛上雲端。寫得真是神思飛躍，氣象開闊。詩人的另一名句「黃河入海流」，其觀察角度與此正好相反，是自上（游）而下（游）的目送；而李白〈將進酒〉的「黃河之水天上來」，雖也寫觀望上游，但視線運動卻又由遠及近，與此句不同。「黃河入海流」和「黃河之水天上來」，同是著意渲染黃河一瀉千里的氣派，表現的是動態美。而「黃河遠上白雲間」，方向與河的流向相反，意在突出其源遠流長的閒遠儀態，表現的是一種靜態美；同時展示了邊地廣漠壯闊的風光，不愧為千古奇句。

次句「一片孤城萬仞山」出現了塞上孤城，這是此詩主要意象之一，屬於「畫卷」的主體部分。「黃河遠上白雲間」是它遠大的背景，「萬仞山」是它靠近的背景。在遠川高山的反襯下，益見此城地勢險要、處境孤危。

「一片」是唐詩習用語詞，往往與「孤」連文（如「孤帆一片」、「一片孤雲」等等），這裡相當於「一座」，而在辭采上多一層「單薄」的意思。這樣一座漢北孤城，當然無民居，而是戍邊的堡壘，同時暗示讀者詩中有征夫在。「孤城」作為古典詩歌語彙，具有特定涵義。它往往與離人愁緒聯結在一起，如杜甫〈秋興八首〉其二「夔府孤城落日斜，每依北斗望京華」、王維〈送韋評事〉「遙知漢使蕭關外，愁見孤城落日邊」等等。第二句「孤城」意象先行引入，為下兩句進一步刻畫征夫的心理作好了準備。

詩起於寫山川的雄闊蒼涼，承以戍守者處境的孤危。第三句忽而一轉，引入羌笛之聲。羌笛所奏乃〈折楊柳〉曲調，這就不能不勾起征夫的離愁了。此句係化用樂府橫吹曲辭〈折楊柳歌辭〉「上馬不捉鞭，反折楊柳枝。蹀座吹長笛，愁殺行客兒」的詩意。折柳贈別的風習在唐時最盛，人們不但見了楊柳會引起別愁，連聽到「折楊柳」的笛曲也會觸動離恨。而「羌笛」句不說「聞折柳」卻說「怨楊柳」，造語尤妙。這就避免直接用曲調名，化板為活，且能引發更多的聯想，深化詩意。玉門關外，春風不度，楊柳不青，離人想要折一枝楊柳寄情也不能，這就比折柳送別更為難堪。征人懷著這種心情聽曲，似乎笛聲也在「怨楊柳」，流露的怨情是強烈的，而以「何須怨」的寬解語委婉出之，深沉含蓄，耐人尋味。這第三句以問語轉出了如此濃郁的詩意，末句「春風不度玉門關」也就水到渠成。用「玉門關」一語入詩也與征人離思有關。《後漢書．班超傳》云：「不敢望到酒泉郡，但願生入玉門關。」所以末句正寫邊地苦寒，含蓄著無限的鄉思離情。如果把這首〈涼州詞〉與中唐以後的某些邊塞詩（如張喬〈河湟舊卒〉「十萬漢軍零落盡，獨吹邊曲向殘陽」）加以比較，就會發現，此詩雖極寫戍邊者不得還鄉的怨情，但寫得悲壯蒼涼，沒有衰颯頹唐的情調，表現出盛唐詩人廣闊的心胸。即使寫悲切的怨情，也是悲中有壯，悲涼而慷慨。「何須怨」三字不僅見其手法的委婉蘊藉，也可看到當時邊防將士在鄉愁難禁時，也意識到衛國戍邊責任的重大，方能如此自我寬解。也許正因為〈涼州詞〉情調悲而不失其壯，所以能成為「唐音」的典型代表。（周嘯天）

宴詞 王之渙

長堤春水綠悠悠，畎①入漳河一道流。

莫聽聲聲催去櫂，桃溪淺處不勝舟。

〔註〕①畎（音同犬）：田間溝渠。

長堤逶迤，水色碧明，東風鼓帆，桃花逐波。這首寫於宴席上的七絕所展示的，不正是一幅色調清麗明快的水彩畫嗎？然而，它的主題卻是「離愁」。

春天萬象復蘇，生機盎然，可是詩人看到的卻是碧澄的河水「悠悠」地流去了。詩人從首句起就試著撩撥讀者聯想的心弦，一個「綠」字點明「春水」特色，也暗示了詩人一片惜別深情。次句「畎入漳河一道流」，詩人擴大視野，寓情於景，以景抒情，仍以春景喚起人們聯想。你看，那夾著田畝的涓涓渠水宛如一條細長的飄帶，緩緩匯入漳河，一起向遠方流去，一望無際的碧野顯得多麼柔和協調。然而眼前美景卻激起詩人的無限憂思，春水猶能跟漳河「一道流」，而詩人卻不能與友人同往，該是何等遺憾！想到好景不長，盛筵難再，一縷縷愁思油然而起。由於移情的作用，讀者不由自主地和詩人的心緒貼近了。三、四句，詩人一下子從視覺轉到聽覺和想像上。儘管添愁助恨的櫂聲緊緊催促，還是不要去理睬它吧！要不然越來越多的離愁別恨一齊載到船上，船兒就會漸漸過「重」，就怕這桃花溪太淺，載不動這滿船的離愁啊！詩人以「莫聽」這樣勸慰的口吻，將許多難以言傳的情感蘊含於內，情致委婉動人。詩中以「溪淺」反襯離愁之深，以桃花隨溪水漂流的景色寄寓詩人的傷感。至此，通篇沒有一個「愁」字，讀者卻已透過詩中描繪的畫面，充分領略詩人的滿腹愁緒了。

這首匠心獨運的小詩含蓄蘊藉。詩人從「看到的」、「聽到的」，最終寫到「想到的」，不直接由字面訴說離愁，讀之卻自然知其言愁，意境深邃，啟迪人思，耐人玩味。（宛新彬）

孟浩然

【作者小傳】（六八九～七四〇）以字行，襄州襄陽（今屬湖北）人。早年隱居鹿門山。年四十，乃遊長安，應進士不第。嘗於太學賦詩，一座嗟伏。張九齡鎮荊州，署為從事。病疽背卒。曾遊歷東南各地，詩與王維齊名，稱為「王孟」。其詩清淡雅致，長於寫景，多反映隱逸生活。有《孟浩然集》。（新、舊《唐書》本傳、《唐才子傳》卷二）

秋登萬山寄張五　孟浩然

北山白雲裡，隱者自怡悅。相望始登高，心隨雁飛滅①。
愁因薄暮起，興是清秋發。時見歸村人，平沙渡頭歇。
天邊樹若薺，江畔洲如月。何當載酒來，共醉重陽節。

〔註〕①此二句一作「相望試登高，心飛逐鳥滅。」

這是一首懷人之作。張五名子容，隱居於襄陽峴山南約兩里的白鶴山。孟浩然園廬在峴山附近，因登峴山

孟浩然像——清刊本《古聖賢像傳略》

對面的萬山以望張五，並寫詩寄意。全詩情隨景生，而景又烘托情，兩者緊密聯繫，真做到了情景交融，渾然一體。情飄逸而真摯，景清淡而優美，為孟詩代表作之一。

晉代陶弘景〈詔問山中何所有賦詩以答〉云：「山中何所有，嶺上多白雲。只可自怡悅，不堪持贈君。」

孟浩然這首詩開頭兩句就從陶詩脫化而來。

三、四兩句起，進入題意。「相望」表明了對張五的思念。由思念而「登萬山」遠望，望而不見友人，但見北雁南飛。詩人的心啊，似乎也隨鴻雁飛去，消逝在遙遠的天際。這是寫景，又是抒情，情景交融。雁也看不見了，而又近黃昏時分，心頭不禁泛起淡淡的哀愁，然而，清秋的山色卻使人逸興勃發。

「時見歸村人，平沙渡頭歇。天邊樹若薺（音同計），江畔洲如月」，是寫從山上四下眺望。天至薄暮，村人勞動一日，三三兩兩逐漸歸來。他們有的行走於沙灘，有的坐歇於渡頭，顯示出人們的行動從容不迫，帶有幾分悠閒。再放眼向遠處望去，一直看到「天邊」，那天邊的樹看去細如薺菜，而那白色的沙洲，在黃昏的朦朧中卻清晰可見，似乎蒙上了一層月色。

這四句詩是全篇精華所在。在這些描述中，作者既未著力刻畫人物的動作，也未著力描寫景物的色彩。用樸素的語言，如實地寫來，是那樣平淡，那樣自然。既能顯示出農村的靜謐氣氛，又能表現出自然界的優美景象。正如皮日休〈郢州孟亭記〉所謂：「遇景入詠，不拘奇抉異。……涵涵然有干霄之興，若公輸氏當巧而不巧者也。」清沈德潛《唐詩別裁集》評孟詩為「語淡而味終不薄」，這實為孟詩的重要特徵之一。

在這四句詩裡，作者創造出一個高遠清幽的境界，這同〈宿業師山房待丁大不至〉「松月生夜涼，風泉滿清聽」、「微雲淡河漢，疏雨滴梧桐」（殘句，見唐王士源〈孟浩然集序〉）、〈宿建德江〉「野曠天低樹，江清月近人」等詩的意境，是頗為近似的。正所謂「誦之，有泉流石上、風來松下之音」（明陸時雍《詩鏡總論》）。這代表了孟詩風格的一個重要方面。

「何當載酒來，共醉重陽節」，照應開端數句。既明點出「秋」字，更表明了對張五的思念，從而顯示出友情的真摯。（李景白）

夏日南亭懷辛大

孟浩然

山光忽西落，池月漸東上。散髮乘夕涼，開軒臥閒敞。
荷風送香氣，竹露滴清響。欲取鳴琴彈，恨無知音賞。
感此懷故人，中宵勞夢想。

浩然詩的特色是「遇景入詠，不拘奇抉異」（皮日休〈郢州孟亭記〉），雖只就閒情逸致作輕描淡寫，往往能引人漸入佳境。〈夏日南亭懷辛大〉是有代表性的名篇。

詩的內容可分兩部分，既寫夏夜水亭納涼的清爽閒適，同時又表達對友人的懷念。「山光忽西落，池月漸東上」，開篇就是遇景入詠，細味卻不只是簡單寫景，同時寫出詩人的主觀感受。「忽」、「漸」二字運用之妙，在於它們不但傳達出夕陽西下與素月東升給人實際的感覺（一快一慢）；而且，「夏日」可畏而「忽」落，明月可愛而「漸」起，只表現出一種心理的快感。「池」字表明「南亭」傍水，亦非虛設。

近水亭臺，不僅「先得月」，而且是先退涼的。詩人沐浴之後，洞開亭戶，「散髮」不梳，靠窗而臥，使人想起晉陶潛〈與子儼等疏〉的一段名言：「五、六月中北窗下臥，遇涼風暫至，自謂是羲皇上人。」三、四句不但寫出一種閒情，同時也寫出一種適意——來自身心兩方面的快感。

進而，詩人從嗅覺、聽覺兩方面繼續寫這種快感：「荷風送香氣，竹露滴清響。」荷花的香氣清淡細微，所以「風送」時聞；竹露滴在池面其聲清脆，所以是「清響」。滴水可聞，細香可嗅，使人感到此外更無聲息。詩句表達的境界宜乎「一時嘆為清絕」（清沈德潛《唐詩別裁集》）。寫荷以「氣」，寫竹以「響」，而不及視覺形象，恰是夏夜給人的真切感受。

「竹露滴清響」，那樣悅耳清心。這天籟似對詩人有所觸動，使他想到音樂，「欲取鳴琴彈」了。琴，這古雅平和的樂器，只宜在恬淡閒適的心境中彈奏。據說古人彈琴，先得沐浴焚香，摒去雜念。而南亭納涼的詩人，此刻已自然進入這種心境，正宜操琴。「欲取」而未取，舒適而不擬動彈，但想想也自有一番樂趣。不料卻由「鳴琴」之想牽惹起一層淡淡的悵惘，像平靜的井水起了一陣微瀾。相傳楚人鍾子期通曉音律。伯牙鼓琴，志在高山，子期品道：「巍巍乎若太山」；志在流水，子期品道：「湯湯乎若流水。」子期死而伯牙絕弦，不復演奏。（見《呂氏春秋．本味》）這就是「知音」的出典。由境界的清幽絕俗而想到彈琴，由彈琴想到「知音」，而生出「恨無知音賞」的缺憾，這就自然而然地由水亭納涼過渡到懷人上來。

此時，詩人是多麼希望有朋友在身邊，閒話清談，共度良宵。可人期不來，自然會生出惆悵。「懷故人」的情緒一直帶到睡下以後，進入夢鄉，居然會見了親愛的朋友。詩以有情的夢境結束，極有餘味。

孟浩然善於捕捉生活中的詩意感受。此詩不過寫一種閒適自得的情趣，兼帶點無知音的感慨，並無十分厚重的思想內容；然而寫各種感覺細膩入微，詩味盎然。文字如行雲流水，層遞自然，由境及意而達於渾然一體，極富於韻味。詩的寫法上又吸收了近體的音律、形式的長處，中六句似對非對，具有素樸的形式美；而誦讀起來諧於脣吻，又「有金石宮商之聲」（宋嚴羽《滄浪詩話》）。（周嘯天）

彭蠡湖中望廬山①

孟浩然

太虛生月暈，舟子知天風。掛席候明發，渺漫平湖中。
中流見匡阜，勢壓九江雄。黯黮凝黛色，崢嶸當曙空。
香爐初上日，瀑水噴成虹。久欲追尚子，況茲懷遠公。
我來限於役，未暇息微躬。淮海途將半，星霜歲欲窮。
寄言巖棲者，畢趣當來同。

〔註〕①彭蠡湖：古澤藪名，即今江西鄱陽湖。

這首詩是作者漫遊東南各地、途經鄱陽湖時的作品。

孟浩然寫山水詩往往善於從大處落筆，描繪大自然的廣闊圖景。第一、二兩句就寫得氣勢磅礴，格調雄渾。遼闊無邊的太空，懸掛著一輪暈月，景色微帶朦朧，預示著「天風」將要來臨。「月暈而風」，這一點，「舟子」是特別敏感的。這就為第三句「掛席候明發」開闢了道路。第四句開始進入題意。雖然沒有點明彭蠡湖，但「渺漫」這個雙聲詞，已顯示出煙波茫茫的湖面。

「中流見匡阜，勢壓九江雄」，進一步扣題。「匡阜」是廬山的別稱。作者「見匡阜」是在「中流」，表明船在行進中。「勢壓九江雄」的「壓」字，寫出了廬山的巍峨高峻。「壓」字之前，配以「勢」字，頗有雄鎮長江之濱，有意「壓」住滔滔江流的雄偉氣勢。這不僅把靜臥的廬山寫活了，而且顯得那樣虎虎有生氣。

以下四句，緊扣題目的「望」字。浩渺大水，一葉扁舟，遠望高山，卻是一片「黛色」。這一「黛」字用得好。「黛」為青黑色，既點出蒼翠濃郁的山色，又暗示出凌晨的昏暗天色。隨著時間的推移，東方漸漸顯露出魚肚白。高聳的廬山，在「曙空」中，顯得分外嫵媚。

天色漸曉，紅日東升，廬山又是一番景象。崔巍的香爐峰，抹上一層日光，讀者是不難想像其美麗的。而「瀑水噴成虹」的景象更使人讚嘆不已。以虹為喻，不僅表現廬山瀑布之高，而且顯示其色。飛流直下，旭日映照，煙水氤氳，色如雨後之虹，高懸天空，是多麼絢麗多彩。

這樣秀麗的景色，本該使人留連忘返，然而，卻勾起了作者的滿腹心事。「久欲追尚子，況茲懷遠公」，表明了作者早有超脫隱逸的思想。「尚子」指尚長，東漢隱士；「遠公」指慧遠，東晉高僧，他本來是要到羅浮山去建寺弘道的，然而「及屆潯陽，見廬峰清淨，足以息心」（南朝梁釋慧皎《高僧傳》），便毅然棲息東林。「追」、「懷」二字，包含了作者對這兩位擺脫世俗的隱士、高僧是多麼敬仰和愛戴；詩人望廬山，思伊人，多麼想留在廬山歸隱呀，然而卻沒有，為什麼呢？

「我來限於役」以下四句，便回答了這個問題。作者之所以不能「息微躬」是因為「於役」，他還要繼續到長江下游江浙等廣大地區去漫遊，現在整個行程還不到一半，而一年的時間卻要結束了。「淮海」、「星霜」這個對偶句，用時間與地域相對，極為工穩而自然，這就更突出了時間與空間的矛盾，從而顯示出作者急迫漫遊的心情。這對「久欲追尚子」兩句說來是一個轉折，表現了隱逸與漫遊的心理矛盾。

「寄言巖棲者，畢趣當來同」，對以上四句又是一個轉折。「巖棲者」自然是指那些隱士、高僧。「畢趣」的「畢」應作「盡」講，「趣」指隱逸之趣。意思是儘管現在不留在廬山，但將來還是要與「巖棲者」共同歸隱的，表現出對廬山的神往之情。

這雖是一首古詩，但對偶句相當多，工穩、自然而且聲調優美。譬如「黯黮凝黛色，崢嶸當曙空」中的「黯黮（音同暗坦）」與「崢嶸」，都是疊韻詞；形容顏色的兩字，都帶「黑」旁，形容山高的兩字都帶「山」旁。不僅意義、詞性、聲調相對，連字形也相對了。《全唐詩》稱孟詩「佇興而作，造意極苦」，於此可見一斑。

此詩結構極為緊密。由「月暈」而推測到「天風」，由「舟子」而寫到「掛席」，坐船當是在水上，到「中流」遂見廬山。這種聯繫都是極為自然的。廬山給人第一個印象是氣勢雄偉；由黎明到日出，才看到它的嫵媚多姿、絢麗多彩。見廬山想到「尚子」和「遠公」，然後寫到自己思想上的矛盾。順理成章，句句相連，環環相扣，過渡自然，毫無跳躍的感覺。作者巧妙地把時間的推移，空間的變化，思想的矛盾，緊密地結合起來。這正是它結構之所以緊密的祕密所在。（李景白）

夜歸鹿門歌

孟浩然

山寺鳴鐘晝已昏，漁梁渡頭爭渡喧。人隨沙岸向江村，余亦乘舟歸鹿門。鹿門月照開煙樹，忽到龐公棲隱處。巖扉松徑長寂寥，唯有幽人自來去①。

〔註〕①一作「夜來去」。

孟浩然家在襄陽城南郊外，峴山附近，漢江西岸，名曰「南園」或「澗南園」。題中鹿門山則在漢江東岸，沔水南畔與峴山隔江相望，距離不遠，乘船前往，數時可達。漢末著名隱士龐德公，因拒絕徵辟，攜家隱居鹿門山，從此鹿門山就成了隱逸聖地。孟浩然早先一直隱居峴山南園的家裡，四十歲赴長安謀仕不遇，遊歷吳、越數年後返鄉，決心追步鄉先賢龐德公的行跡，特為在鹿門山闢一住處。偶爾也去住住，其實是個標榜歸隱性質的別業，所以題曰「夜歸鹿門」，雖有紀實之意，而主旨卻在標明這首詩是歌詠歸隱的情懷志趣。

「漁梁」是地名，詩人從峴山南園渡漢江往鹿門，途經沔水口，可以望見漁梁渡頭。首二句即寫傍晚江行見聞，聽著山寺傳來黃昏報時的鐘響，望見渡口人們搶渡回家的喧鬧。這悠然的鐘聲和塵雜的人聲，顯出山寺的僻靜和世俗的喧鬧，兩相對照，喚起聯想，使詩人在船上閒望沉思的神情，瀟灑超脫的襟懷，隱然可見。三、四句就說世人回家，自己離家去鹿門，兩樣心情，兩種歸途，表明自己隱逸的志趣，恬然自得。五、六句是寫夜晚攀登鹿門山山路，「鹿門月照開煙樹」，朦朧的山樹被月光映照得格外美妙，詩人陶醉了。忽然，很快地，彷彿在不知不覺中就到了歸宿地，原來龐德公就是隱居在這裡，詩人恍然大悟了。這微妙的感受，親切的體驗，表現出隱逸的情趣和意境，隱者為大自然所融化，至於忘乎所以。末二句便寫「龐公棲隱處」的境況，點破隱逸的真諦。這「幽人」，既指龐德公，也是自況，因為詩人徹底領悟了「遁世無悶」的妙趣和真諦，躬身實踐了龐德公「採藥不返」的道路和歸宿。在這個天地裡，與塵世隔絕，唯山林是伴，只有他孤獨一人寂寞地生活著。

顯然，這首詩的題材是寫「夜歸鹿門」，讀來頗像一則隨筆素描的山水小記。但它的主題是抒寫清高隱逸的情懷志趣和道路歸宿。詩中所寫從日落黃昏到月懸夜空，從漢江舟行到鹿門山途，實質上是從塵雜世俗到寂寥自然的隱逸道路。詩人以談心的語調，自然的結構，省淨的筆墨，疏豁的點染，真實地表現出自己內心的體驗和感受，動人地顯現出恬然超脫的隱士形象，形成一種獨到的意境和風格。前人說孟浩然詩「氣象清遠，心悰孤寂」，而「出語灑落，洗脫凡近」（明胡震亨《唐音癸籤》引徐獻忠語）。這首七古倒很能代表這些特點。從藝術上看，詩人把自己內心體驗感受，表現得平淡自然，優美真實，技巧老到，深入淺出，是成功的，也是諧和的。也正因為詩人真實地抒寫出隱逸情趣，脫盡塵世煙火，因而表現出消極避世的孤獨寂寞的情緒。（倪其心）

望洞庭湖贈張丞相

孟浩然

八月湖水平，涵虛混太清。氣蒸雲夢澤①，波撼岳陽城。
欲濟無舟楫，端居恥聖明。坐觀垂釣者，徒有羨魚情。

〔註〕①雲夢：水澤名。古代雲、夢二澤，長江之南為夢澤，長江之北為雲澤，後淤積為陸地，並稱為雲夢澤，約為今洞庭湖北岸一帶地區。

這是一首干謁詩。唐玄宗開元二十一年（七三三），孟浩然西遊長安，寫了這首詩贈當時在相位的張九齡，目的是想得到張的賞識和錄用，只是為了保持一點身分，才寫得那樣委婉，極力泯滅那干謁的痕跡。

秋水盛漲，八月的洞庭湖漲得滿滿的，和岸上幾乎平接。遠遠望去，水天一色，洞庭湖和天空接合成了完完整整的一塊。開頭兩句，寫得洞庭湖極開朗也極涵渾，汪洋浩闊，與天相接，潤澤著廣袤大地，容納了大大小小的河流。

三、四句實寫湖。「氣蒸」句寫出湖的豐厚的蓄積，彷彿廣大的沼澤地帶，都受到湖的滋養哺育，才顯得那樣草木繁茂，鬱鬱蒼蒼。而「波撼」兩字放在「岳陽城」上，襯托湖的澎湃動蕩，也極為有力。人們眼中的這一座湖濱城，好像瑟縮不安地匍匐在它的腳下，變得異常渺小了。這兩句被稱為描寫洞庭湖的名句。但兩句仍有區別：上句用寬廣的平面襯托湖的浩闊，下句用窄小的立體來反映湖的聲勢。詩人筆下的洞庭湖不僅廣大，而且還充滿活力。

下面四句，轉入抒情。「欲濟無舟楫」，是從眼前景物觸發出來的，詩人面對浩浩的湖水，想到自己還是在野之身，要找出路卻沒有人接引，正如想渡過湖去卻沒有船隻一樣。「端居恥聖明」，是說在這個「聖明」的太平盛世，自己不甘心閒居無事，要出來做一番事業。這兩句是正式向張丞相表白心事，說明自己目前雖然是個隱士，可是並非本願，出仕求官還是心焉嚮往的，不過還找不到門路而已。

於是下面再進一步，向張丞相發出呼籲。「垂釣者」暗指當朝執政的人物，其實是專就張丞相而言。這最後兩句，意思是說：執政的張大人啊，您能出來主持國政，我是十分欽佩的，不過我是在野之身，不能追隨左右，替你效力，只有徒然表示欽羨之情罷了。這幾句話，詩人巧妙地運用了「臨河而羨魚，不如歸家織網」（《淮南子．說林訓》）的古語，另翻新意；而且「垂釣」也正好同「湖水」照應，因此不大露出痕跡，但是他要求援引的心情是不難體味的。

作為干謁詩，最重要的是要寫得得體，稱頌對方要有分寸，不失身分。措辭要不卑不亢，不露寒乞相，才是第一等文字。這首詩委婉含蓄，不落俗套，自有特色。（劉逸生）

秦中感秋寄遠上人　孟浩然

一丘①常欲臥，三徑②苦無資。北土非吾願，東林③懷我師。

黃金燃桂盡④，壯志逐年衰。日夕涼風至，聞蟬但益悲。

〔註〕①一丘：《晉書．謝鯤傳》：「明帝問曰：『論者以君方庾亮，自謂何如？』答曰：『端委廟堂，使百僚準則，鯤不如亮。一丘一壑，自謂過之。』」意指隱居山林。②三徑：《三輔決錄》卷一：「蔣詡歸鄉里，荊棘塞門，舍中有三徑，不出，唯求仲、羊仲從之遊。」後便指歸隱後所住的田園。③東林：晉時刺史桓伊為高僧慧遠於廬山東面建房殿，是為東林寺。④黃金燃桂盡：《戰國策．楚策》：「楚國之食貴於玉，薪貴於桂。」這裡喻處境窘困。

從這首詩的內容看，當為孟浩然在長安落第之後的作品。詩中充滿了失意、悲哀與追求歸隱的情緒，是一首坦率的抒情詩。

第一聯從正面寫「所欲」。作者的所欲，本為隱逸，但詩中不用隱逸而用「一丘」、「三徑」的典故。「一丘」頗具山野形象，「三徑」自有園林風光。用形象以表明隱逸思想，是頗為自然的。然而「苦無資」三字卻又和所欲發生了矛盾，透露出作者窮困潦倒的景況。

「北土非吾願」，是從反面寫「不欲」。「北土」指「秦中」，亦即京城長安，是士子追求功名之地，這裡用以代替做官。此句表明了不願做官的思想。因而，詩人身在長安，不由懷念起廬山東林寺的高僧來了。「東林懷我師」是虛寫，一個「懷」字，表明了對「我師」的尊敬與愛戴，暗示追求隱逸的思想，並緊扣詩題中的「寄遠上人」。這二句，用「北土」以對「東林」，用「非吾願」以對「懷我師」，對偶相當工穩。同時正反相對，相得益彰，更能突出詩人的思想感情。

詩人進而抒寫自己滯留帝京的景況和遭遇。「黃金燃桂盡」，表現了旅況的窮困；「壯志逐年衰」，表現了心意的灰懶。對偶不求工穩，流暢自然，意似順流而下，這正是所謂「高下相須，自然成對」（南朝梁劉勰《文心雕龍．麗辭》）。

七句寫「涼風」，八句寫「蟬鳴」。這些景物，表現出秋天的景象，恰好扣住題目的「感秋」。涼風瑟瑟，蟬鳴嘶嘶，很容易使人產生哀傷的情緒。再加以作者身居北土，旅況艱難，官場失意，呼籲無門，怎能不「益悲」呢？

這首詩最顯著的特點，在於直抒胸臆。情之難抒，在於抽象。詩人常借用具體事物的形象描寫以抒發感情，表達感情的詞語往往一字不用。而此詩卻一反這種通常的寫法。對「一丘」稱「欲」，對「無資」稱「苦」；對「北土」則表示「非吾願」，思「東林」自然「懷我師」；求仕進而不能，遂使壯志衰頹；流落秦中，窮愁潦倒；感涼風、聞蟬聲而「益悲」。這種寫法，有如畫中白描，不加潤色，直寫心中的哀愁苦悶。而讀來並不感到抽象，反而覺得詩人的率真，詩風的明朗。（李景白）

宿桐廬江寄廣陵舊遊

孟浩然

山暝聽猿愁，滄江①急夜流。風鳴兩岸葉，月照一孤舟。
建德非吾土，維揚憶舊遊。還將兩行淚，遙寄海西頭。

〔註〕①「滄」同「蒼」，指暗綠的江水。

這首詩在意境上顯得清寂或清峭，情緒上則帶著比較重的孤獨感。

詩題點明是乘舟停宿桐廬江的時候，懷念廣陵（即揚州）友人之作。桐廬江為錢塘江流經桐廬縣一帶的別稱。「山暝聽猿愁，滄江急夜流。」首句寫日暮、山深、猿啼。詩人佇立而聽，感覺猿啼似乎聲聲都帶著愁情。環境的清寥，情緒的黯淡，於一開始就顯露了出來。次句滄江夜流，本來已給舟宿之人一種不平靜的感受，再加上一個「急」字，這種不平靜的感情，便簡直要激盪起來了，它似乎無法控制，而像江水一樣急於尋找它的歸宿。接下去，「風鳴兩岸葉，月照一孤舟。」語勢趨向自然平緩了。但風不是徐吹輕拂，而是吹得木葉發出鳴聲，其急也應該是如同江水的。有月，照說也還是一種慰藉，但月光所照，唯滄江中之一葉孤舟，詩人的孤寂感，就更加被深深觸動了。如果將後兩句和前兩句聯繫起來，則可以進一步想像風聲伴著猿聲是作用於聽覺的，月湧江流不僅作用於視覺，同時還必然有置身於舟上的動蕩不定之感。這就構成一個深遠清峭的意境，而一種孤獨感和情緒的動蕩不寧，都蘊含其中了。

詩人何以在宿桐廬江時有這樣的感受呢？「建德非吾土，維揚憶舊遊。」建德當時為桐廬鄰縣，這裡即指桐廬江流境。維揚，揚州的古稱。按照詩人的訴說，一方面是因為此地不是自己的故鄉，「雖信美而非吾土兮」（王粲〈登樓賦〉），有獨客異鄉的惆悵；另一方面，是懷念揚州的老朋友。這種思鄉懷友的情緒，在眼前這特定的環境下，相當強烈，不由得潸然淚下。他幻想憑著滄江夜流，把自己的兩行熱淚帶向大海，帶給在大海西頭的揚州舊友。

這種悽惻的感情，如果說只是為了思鄉和懷友，恐怕是不夠的。孟浩然出遊吳越，是他四十歲去長安應試失敗後，為了排遣苦悶而作長途跋涉的。〈自洛之越〉「山水尋吳越，風塵厭洛京」，這種漫遊，就不免罩上一種悒悒不歡的情緒。然而在詩中，詩人只淡淡地把「愁」說成是懷友之愁，而沒有往更深處去揭示。這可以看作孟浩然寫詩「淡」的地方。孟浩然作詩，原是「遇景入詠」（皮日休〈郢州孟亭記〉），不習慣於攻苦著力的。然而，這樣淡一點著筆，對於這首詩卻是有好處的。一方面，對於他的老朋友，只要點到這個地步，朋友自會了解；另一方面，如果真把那種求仕失敗的心情，說得過於刻露，反而會帶來塵俗乃至寒傖的氣息，破壞詩所給人的清遠的印象。

除了感情的表達值得我們注意以外，詩人在用筆上也有輕而淡的一面。全詩讀起來只有開頭兩句「山暝聽猿愁，滄江急夜流」中的「愁」、「急」二字給人以經營錘鍊的感覺，其餘即不見有這樣的痕跡。特別是後半抒情，更像是脫口而出，跟朋友談心。但即使是開頭的經營，看來也不是追求強刺激，而是為了讓後面發展得更自然一些，減少文字上的用力。因為這首詩，根據詩題「宿桐廬江寄廣陵舊遊」，寫不好可能使上下分離，前面是「宿」，下面是「寄」，前後容易失去自然的過渡和聯繫。而如果在開頭不顧及後面，單靠後面來彌補這種聯繫，肯定會分外顯得吃力。現在頭一句著一個「愁」字，便為下面作了張本。第二句寫滄江夜流，著一

「急」字，就暗含「客心悲未央」（南朝齊謝朓〈暫使下都夜發新林至京邑贈西府同僚〉）的感情，並給傳淚到揚州的想法提供了根據。同時，從環境寫起，寫到第四句，出現了「月照一孤舟」，這舟上作客的詩人所面臨的環境既然是那樣孤寂和清峭，從而生出「建德非吾土，維揚憶舊遊」的想法便非常自然了。因此，可以說這首詩後面用筆的輕和淡，跟開頭稍稍用了一點力氣，是有關係的。沒有開頭這點代價，後面說不定就要失去渾成和自然。

孟浩然「遇景入詠」，是在真正有所感時才下筆的。詩興到時，他也不屑於去深深挖掘，只是用淡淡的筆調把它表現出來。那種不過分衝動的感情，和渾然而就的淡淡詩筆，正好吻合，韻味彌長。這首詩也表現了這一特色。（余恕誠）

早寒江上有懷

孟浩然

木落雁南度，北風江上寒①。我家襄水曲，遙隔楚雲端。

鄉淚客中盡，歸帆②天際看。迷津欲有問，平海夕漫漫。

〔註〕①「木落」二句：南朝宋鮑照〈登黃鶴磯〉詩有「木落江渡寒，雁還風送秋」句。此二句當從此處脫化而來。②一作「孤帆」。

這是一首抒情詩。根據詩的內容看，大約是作者漫遊長江下游時的作品。當時正是秋季，天卻相當寒冷。睹物傷情，不免想到故鄉，引起了思鄉之淚。再加以當時作者奔走於長江下游各地，既為隱士，而又想求官；既羨慕田園生活，而又想在政治上有所作為。因而此詩流露的感情是相當複雜的。

「木落雁南度，北風江上寒」，這兩句是寫景。作者捕捉了當時帶有典型性的事物，點明季節。木葉漸脫，北雁南飛，這是最具代表性的秋季景象。但是單說秋，還不能表現出「寒」，作者又以「北風」呼嘯來渲染，自然使人覺得寒冷，這就點出了題目中的「早寒」。

落木蕭蕭，鴻雁南翔，北風呼嘯，天氣寒冷，活畫出一幅深秋景象。處身於這種環境中，很容易引起悲哀的情緒，所謂「悲落葉於勁秋」（晉陸機〈文賦〉），是有一定道理的。何況遠離故土，思想處於矛盾之中的作者呢！這是一種「興」起的手法，詩很自然地進入第二聯。作者面對眼前景物，思鄉之情，不免油然而生。「襄水」，亦即「襄河」。漢水在襄陽一帶水流曲折，所以作者以「曲」概括之。「遙隔」兩字，不僅表明了遠，而且表明了兩地隔絕，不能歸去。這個「隔」字，已透露出思鄉之情。作者家住襄陽，古屬楚國，故詩中稱「楚雲端」，既能表現出地勢之高（與長江下游相比），又能表現出仰望之情，可望而不可即，也能透露出思鄉的情緒。「我家襄水曲，遙隔楚雲端」，看來句意平淡，但細細咀嚼，是很能體味到作者錬句之妙、造意之苦的。

如果說第二聯只是透露一些思鄉的消息，帶有含蓄的意味，而又未點明；那麼第三聯的「鄉淚客中盡」，不僅點明了鄉思，而且把這種感情一洩無餘了。不僅自己這樣思鄉，而且家人也在想望著自己的歸去，遙望著「天際」的「歸帆」。家人的想望，自然是假托之詞，然而使思鄉的感情，抒發得更為強烈了。

「迷津欲有問」，是用《論語．微子》孔子使子路問津的典故。長沮、桀溺是隱者，而孔子則是積極想從政的人。長沮、桀溺不說津（渡口）的所在，反而嘲諷孔子棲棲遑遑，奔走四方，以求見用，引出了孔子的一番慨嘆。雙方是隱居與從政的衝突。如今孟浩然奔走於東南各地（最後還到長安應進士舉），境況頗與孔子相似，瞻念前途渺茫，故以「平海夕漫漫」作結。滔滔江水，與海相平，漫漫無邊，加以天色陰暗，已至黃昏。這種景色，完全烘托出作者迷茫的心情。

本詩二、三兩聯都是自然成對，毫無斧鑿痕跡。第二聯兩句都是指襄陽的地位，信手拈來，就地成對，極為自然。第三聯「鄉淚」是情，「歸帆」是景，以情對景，扣合自然，充分表達了作者的感情。最後又以景作結，把思歸的哀情和前路茫茫的愁緒都寄寓在這迷茫的黃昏江景中了。（李景白）

留別王維

孟浩然

寂寂竟何待，朝朝空自歸。欲尋芳草去，惜與故人違。

當路誰相假？知音世所稀。只應守寂寞，還掩故園扉。

據《舊唐書．文苑傳》載，孟浩然「年四十，來遊京師，應進士不第，還襄陽」。這首詩便是臨行前留給王維的，怨懟之中，又帶有辛酸意味，感情真摯動人。

第一聯寫落第後的景象：門前冷落，車馬稀疏。「寂寂」兩字，既是寫實，又是寫虛，既表現了門庭的景象，又表現了作者的心情。一個落第士子，又有誰來理睬，又有誰來陪伴？只有孤單單地「空自歸」了。在這種情形下，長安雖好，也沒有什麼可留戀的。他考慮到返回故鄉了，「竟何待」正是他考試不中必然的想法。

第二聯寫惜別之情。「芳草」一詞，來自〈離騷〉，東漢王逸認為用以比喻忠貞，而孟浩然則用以代表自己歸隱的理想。「欲尋芳草去」，表明他又考慮歸隱了。「惜與故人違」，表明了他同王維友情的深厚。一個「欲」字，一個「惜」字，充分地顯示出作者思想上的矛盾與鬥爭，也深刻地反映出作者的惜別之情。

「當路誰相假？知音世所稀」兩句，說明歸去的原因。語氣沉痛，充滿了怨懟之情，辛酸之淚。一個「誰」字，反詰得頗為有力，表明他切身體會到世態炎涼、人情如水的滋味。能了解自己心事，賞識自己才能的人，只有王維，這的確是太少了！一個「稀」字，準確地表達出知音難遇的社會現實。這在古代是具有典型意義的。

這一聯是全詩的重點，就是由於這兩句，使得全詩才具有一種強烈的怨懟、憤懣的氣氛。真摯的感情，深刻的體驗，是頗能感動讀者的，特別是對於那些有類似遭遇的人，更容易引起共鳴。如果再從結構上考慮，這一聯正是全詩的樞紐。由落第而思歸，由思歸而惜別，從而在感情上產生了矛盾，這都是順理成章的。只是由於體驗到「當路誰相假？知音世所稀」這一冷酷的現實，自知功名無望，才下定決心再回襄陽隱居。這一聯正是第四聯的依據。

「只應守寂寞，還掩故園扉」，表明了歸隱的堅決。「只應」二字，是耐人尋味的，它表明了在作者看來歸隱是唯一應該走的道路。也就是說，赴都應舉是人生道路上的一場誤會，所以決然地「還掩故園扉」了。

綜觀全詩，既沒有優美的畫面，又沒有華麗辭藻，語句平淡，平淡得近乎口語。對偶也不求工整，卻極其自然，毫無斧鑿痕跡。然而卻把落第後的心境，表現得頗為深刻。言淺意深，頗有餘味，耐人咀嚼。（李景白）

與諸子登峴山①

孟浩然

人事有代謝，往來成古今。江山留勝跡，我輩復登臨。
水落魚梁②淺，天寒夢澤③深。羊公碑尚在，讀罷淚沾襟。

〔註〕①峴山：又稱峴首山，在湖北襄陽南。②魚梁：指魚梁洲。《水經注．沔水》：「沔水中有魚梁洲，龐德公所居。」③夢澤：古代有雲、夢二澤，後淤積為陸地，約為今洞庭湖北岸一帶地區。

這是一首弔古傷今的詩。所謂弔古，是憑弔峴首山的羊公碑。據《晉書．羊祜傳》，羊祜鎮荊襄時，常到此山置酒言詠。有一次，他對同遊者喟然嘆曰：「自有宇宙，便有此山。由來賢達勝士，登此遠望如我與卿者多矣，皆湮滅無聞，使人悲傷！」羊祜生前有政績，死後，襄陽百姓於峴山建碑立廟，「歲時饗祭焉。望其碑者，莫不流涕。」作者登上峴首山，見到羊公碑，自然會想到羊祜。由弔古而傷今，不由感嘆起自己的身世來。

「人事有代謝，往來成古今」，是一個平凡的真理。大至朝代更替，小至一家興衰，以及人們的生老病死、悲歡離合，人事總是不停止地變化著，有誰沒有感覺到呢？寒來暑往，春去秋來，時光也不停止地流逝著，這又有誰沒有感覺到呢？首聯憑空落筆，似不著題，卻引出了作者的浩瀚心事。

第二聯緊承第一聯。「江山留勝跡」是承「古」字，「我輩復登臨」是承「今」字。作者的傷感情緒，便是來自今日的登臨。

第三聯寫登山所見。「淺」指水，由於「水落」，魚梁洲更多地呈露出水面，故稱「淺」；「深」指夢澤，遼闊的雲夢澤，一望無際，令人感到深遠。登山遠望，水落石出，草木凋零，一片蕭條景象。作者抓住了當時當地所特有的景物，提煉出來，既能表現出時序為嚴冬，又烘托了作者心情的傷感。

「羊公碑尚在」，一個「尚」字，十分有力，它包含了複雜的內容。羊祜鎮守襄陽，是在晉初，而孟浩然寫這首詩卻在盛唐，中隔四百餘年，朝代的更替，人事的變遷，是多麼巨大！然而羊公碑卻還屹立在峴首山上，令人敬仰。與此同時，又包含了作者傷感的情緒。四百多年前的羊祜，為國（指晉）效力，也為人民做了一些好事，是以名垂千古，與山俱傳；想到自己至今仍為「布衣」，無所作為，死後難免湮沒無聞，這和「尚在」的羊公碑，兩相對比，令人傷感，因之，就不免「讀罷淚沾襟」了。

這首詩前兩聯具有一定的哲理性，後兩聯既描繪了景物，富有形象，又飽含了作者的激情，這就使得它成為詩人之詩而不是哲人之詩。同時，語言通俗易懂，感情真摯動人，以平淡深遠見長。清沈德潛評孟浩然詩，「從靜悟得之，故語淡而味終不薄」（《唐詩別裁集》）。這首詩的確有如此情趣。（李景白）

晚泊潯陽望廬山

孟浩然

掛席幾千里，名山都未逢。泊舟潯陽郭，始見香爐峰。

嘗讀遠公傳，永懷塵外蹤。東林精舍近，日暮空聞鐘。

這首詩色彩淡素，渾成無跡，清沈德潛《唐詩別裁集》嘆為「天籟」之作。上來四句，頗有氣勢，尺幅千里，一氣直下。詩人用淡筆隨意一揮，便把這江山勝處的風貌勾勒出來了，而且還傳遞了神情。

試想在那千里煙波江上，揚帆而下，心境何等悠然。一路上也未始無山，但總不見名山，直到船泊潯陽（治今江西九江市）城下，頭一抬，那秀拔挺出的廬山就在眼前突兀而起：「啊，香爐峰，這才見到了你，果然名不虛傳！」四句詩，一氣呵成，到「始」字輕輕一點，舟中主人那欣然怡悅之情就顯示出來了。

香爐峰是廬山的秀中之秀，在不少詩人的歌詠中常見它美好的身影。在李白筆下，〈望廬山瀑布水〉「日照香爐生紫煙」，香爐峰青銅般的顏色，被紅日映照，從雲環霧繞中透射出紫色的煙霞，這色彩何等濃麗。李白用的是七彩交輝的濃筆，表現出他熱烈奔放的激情和瑰瑋絢爛的詩風。而此時的孟浩然只是怡悅而安詳地觀賞，領略這山色之美。因而他用的純乎是水墨的淡筆，那麼含蓄、空靈。從悠然遙望廬山的神情中，隱隱透出一種悠遠的情思。

詩人以上半首敘事，略微見景，稍帶述情，落筆空靈；下半首以情帶景，情是內在的，他又以空靈之筆來寫，確如昔人評曰：「一片空靈」（高步瀛《唐宋詩舉要》卷四引）。

香爐峰煙雲飄逸，遠「望」著的詩人，神思也隨之悠然飄忽，引起種種遐想。詩人想起了東晉高僧慧遠，他愛廬山，刺史桓伊為他在這裡建造了一座禪舍名「東林精舍」。據云那處所是：「洞盡山美，卻負香爐之峰，傍帶瀑布之壑……清泉環階，白雲滿室。」到這兒來的人都感到「神清而氣肅」（南朝梁釋慧皎《高僧傳》）。這地方如此清幽，使人絕棄塵俗，當然也是為那些山林隱逸之士所嚮往的了。孟浩然是一位「紅顏棄軒冕，白首臥松雲」（李白〈贈孟浩然〉）的人物，所以他那「永懷塵外蹤」的情懷是不難理解的。

詩人在遐想，深深懷念這位高僧的塵外幽蹤。這時，夕陽斜照，忽然隱隱約約聽到從遠公安禪之地的東林寺裡傳來陣陣鐘聲，東林精舍近在眼前，而遠公早作古人。高人不見，空聞鐘聲，心中不禁興起一種無端的悵惘。「空」字情韻極為豐富。這兒是倒裝句法，應該是先聞東林之鐘然後得知精舍已「近」。這一結餘音嫋嫋，含有不盡之意。且點出東林精舍，正是作者嚮往之處。「日暮」二字說明聞鐘的時刻，「聞鐘」又渲染了「日暮」的氣氛，加深了深遠的意境；同時，也是點題。

這首詩，詩人寫來毫不費力，真有「揮毫落紙如雲煙」（杜甫〈飲中八仙歌〉）之妙。詩人寫出了「晚泊潯陽」時的所見、所聞、所思，流露出對隱逸生活的欽羨。然而儘管「精舍」很「近」，詩人卻不寫登臨拜謁，筆墨下到「空聞」而止，「望」而不即，悠然神遠。難怪主「神韻」說的清人王士禛《分甘餘話》極為讚賞此詩，把它與李白的〈夜泊牛渚懷古〉並舉，用以說明司空圖《二十四詩品》中所謂「不著一字，盡得風流」的妙境，還說：「詩至此，色相俱空，正如羚羊掛角，無跡可求，畫家所謂逸品是也。」（錢仲聯、徐永端）

題大禹寺義公禪房

孟浩然

義公習禪寂，結宇依空林。戶外一峰秀，階前眾壑深。

夕陽連雨足，空翠落庭陰。看取蓮花淨，方知不染心。

這是一首題贊詩，也是一首山水詩。義公是位高僧，禪房是他坐禪修行的屋宇。這詩透過描寫義公禪房的山水環境，襯托出義公的清德高風，情調古雅，瀟灑物外，而表現自然明快，詞句清淡秀麗，是孟詩的代表作之一。

「禪寂」是佛家語，佛教徒坐禪入定，思惟寂靜，所謂「一心禪寂，攝諸亂意」（《維摩詰經》）。義公為了「習禪寂」，在空寂的山林裡修築禪房，「依空林」點出禪房的背景，以便自如地轉向中間兩聯描寫禪房前景。

禪房的前面是高雅深邃的山景。開門正望見一座挺拔秀美的山峰，臺階前便與一片深深的山谷相連。人到此地，瞻仰高峰，注目深壑，自有一種斷絕塵想的意緒，神往物外的志趣。而當雨過天晴之際，夕陽徐下時分，天宇方沐，山巒清淨，晚霞夕嵐，相映絢爛。此刻，幾縷未盡的雨絲拂來，一派空翠的水氣飄落，禪房庭上，和潤陰涼，人立其間，更見出風姿情采，方能體味義公的高超眼界和絕俗襟懷。

描寫至此，禪房山水環境的美妙，義公眼界襟懷的清高，都已到好處。然而實際上，中間二聯只是描寫讚美山水，無一字贊人。因此，詩人再用一筆點破，說明寫景是寫人，贊景以贊人。不過詩人不是直白道破，而是巧用佛家語。「蓮花」指通常所說的「青蓮」，是佛家語。其梵語音譯為「優鉢羅」。青蓮花清淨香潔，不染纖塵，佛家用它比喻佛眼，所謂菩薩「目如廣大青蓮華葉」（《妙法蓮華經．妙音菩薩品》）。這兩句的含意是說，義公選取了這樣美妙的山水環境來修築禪房，可見他具有佛眼般清淨的眼界，方知他懷有青蓮花一樣纖塵不染的胸襟。這就點破了寫景的用意，結出了本詩的主題。

作為一首題贊詩，詩人深情讚美了一位虔誠的和尚，也有以寄託詩人自己的隱逸情懷。作為一首山水詩，詩人以清詞麗句，素描淡抹，寫出了一幀詩意濃厚的山林晚晴圖。空林一屋，遠峰近壑，晚霞披灑，空翠迷濛，自然幽雅，風光閒適，別有一種生意，引人入勝，至今仍不失為精品。（倪其心）

過故人莊

孟浩然

故人具雞黍，邀我至田家。綠樹村邊合，青山郭外斜。開軒面場圃，把酒話桑麻。待到重陽日，還來就菊花。

清沈德潛稱孟浩然的詩「語淡而味終不薄」（《唐詩別裁集》）。也就是說，讀孟詩，應該透過它淡淡的外表，去體會內在的韻味。〈過故人莊〉在孟詩中雖不算是最淡的，但它用省淨的語言，平平地敘述，幾乎沒有一個誇張的句子，沒有一個使人興奮的詞語，也已經可算是「淡到看不見詩」（聞一多《唐詩雜論．孟浩然》）的程度了。它的詩味究竟表現在哪裡呢？

「故人具雞黍，邀我至田家。」這一開頭似乎就像是日記本上的一則記事。故人「邀」而我「至」，文字上毫無渲染，招之即來，簡單而隨便。這正是不用客套的至交之間可能有的形式。而以「雞黍」相邀，既顯出田家特有風味，又見待客之簡樸。正是這種不講虛禮和排場的招待，朋友的心扉才往往更能為對方敞開。這個開頭，不甚著力，平靜而自然，但對於將要展開的生活內容來說，卻是極好的導入，顯示了氣氛特徵，又有待下文進一步豐富、發展。

「綠樹村邊合，青山郭外斜。」走進村裡，顧盼之間竟是這樣一種清新愉悅的感受。這兩句上句漫收近景，綠樹環抱，顯得自成一統，別有天地；下句輕宕筆鋒，郭外的青山依依相伴，則又讓村莊不顯得孤獨，並展示了一片開闊的遠景。這個村莊坐落平疇而又遙接青山，使人感到清淡幽靜而絕不冷奧孤僻。正是由於「故人莊」出現在這樣的自然和社會環境中，所以賓主臨窗舉杯，「開軒面場圃，把酒話桑麻」，才更顯得暢快。這裡「開軒」二字也似乎是很不經意地寫入詩的，但上面兩句寫的是村莊的外景，此處敘述人在屋裡飲酒交談，軒窗一開，就讓外景映入了戶內，更給人以心曠神怡之感。對於這兩句，人們比較注意「話桑麻」，認為是「相見無雜言」（陶淵明〈歸田園居〉），忘情在農事上了，誠然不錯。但有了軒窗前的一片打穀場和菜圃，在綠陰環抱之中，又給人以寬敞、舒展的感覺。話桑麻，就更讓你感到是田園。於是，我們不僅能領略到更強烈的農村風味、勞動生產的氣息，甚至彷彿可以嗅到場圃上的泥土味，看到莊稼的成長和收穫，乃至地區和季節的特徵。有這兩句和前兩句的結合，綠樹、青山、村舍、場圃、桑麻和諧地打成一片，構成一幅優美寧靜的田園風景畫，而賓主的歡笑和關於桑麻的話語，都彷彿縈繞在我們耳邊。它不同於純然幻想的桃花源，而是更富有盛唐社會的現實色彩。正是在這樣一個天地裡，這位曾經慨嘆過「當路誰相假，知音世所稀」（〈留別王維〉）的詩人，不僅把政治追求中所遇到的挫折，把名利得失忘卻了，就連隱居中孤獨抑鬱的情緒也丟開了。從他對青山綠樹的顧盼，從他與朋友對酒而共話桑麻，似乎不難想見，他的思緒舒展了，甚至連他的舉措都靈活自在了。農莊的環境和氣氛，在這裡顯示了它的征服力，使得孟浩然似乎有幾分皈依了。

「待到重陽日，還來就菊花」。孟浩然深深為農莊生活所吸引，於是臨走時，向主人率真地表示將在秋高氣爽的重陽節再來觀賞菊花。淡淡兩句詩，故人相待的熱情，作客的愉快，主客之間的親切融洽，都躍然紙上了。這不禁又使人聯想起杜甫的〈遭田父泥飲美嚴中丞〉：「月出遮我留，仍嗔問升斗。」杜詩田父留人，情切語急；孟詩與故人再約，意舒詞緩。杜之鬱結與孟之恬淡之別，從這裡或許可以窺見一些消息吧。

一個普通的農莊，一回雞黍飯的普通款待，被表現得這樣富有詩意。描寫的是眼前景，使用的是口頭語，描述的層次也是完全任其自然，筆筆都顯得很輕鬆，連律詩的形式也似乎變得自由和靈便了。只覺得這種淡淡的平易近人的風格，與他描寫的對象——樸實的農家田園和諧一致，表現了形式對內容的高度適應，恬淡親切卻又不是平淺枯燥。它是在平淡中蘊藏著深厚的情味。一方面固然是每個句子都幾乎不見費力錘鍊的痕跡，另一方面每個句子又都不曾顯得薄弱。比如，詩的頭兩句只寫友人邀請，卻能顯出樸實的農家氣氛；三、四句只寫綠樹青山，卻能見出一片天地；五、六句只寫把酒閒話，卻能表現心情與環境的愜意的契合；七、八句只說重陽再來，卻自然流露對這個村莊和故人的依戀。這些句子平衡均勻，共同構成一個完整的意境，把恬靜秀美的農村風光和淳樸誠摯的情誼融成一片。這是所謂「章法之妙，不見句法」（清沈德潛《說詩晬語》）。「不拘奇抉異……若公輸氏當巧而不巧者也」（皮日休《郢州孟亭記》）。他把藝術美深深地融入整個詩作的血肉之中，顯得自然天成。這種不炫奇獵異，不賣弄技巧，也不光靠一兩個精心製作的句子去支撐門面，是藝術水平高超的表現。譬如一位美人，她的美是通體上下，整個兒的，不是由於某一部位特別動人。她並不靠搔首弄姿，而是由於一種天然的顏色和氣韻使人驚嘆。正是因為有真彩內映，所以出語灑落，渾然省淨，使全詩從「淡抹」中顯示了它的魅力，而不再需要「濃飾盛妝」了。（余恕誠）

舟中曉望　孟浩然

掛席東南望，青山水國遙。舳艫爭利涉，來往接風潮。

問我今何適？天臺訪石橋。坐看霞色曉，疑是赤城標。

孟浩然詩多寫自己的日常生活，常常「遇景入詠，不拘奇抉異」（皮日休〈郢州孟亭記〉），故詩味的淡泊往往叫人可意會而不可言傳。這首〈舟中曉望〉，就記錄著他約在唐玄宗開元十五年（七二七）自越州水程往遊天臺山的旅況。實地登覽在大多數人看來要有奇趣得多，而他更樂於表現名山在可望而不可即時的旅途況味。船在拂曉時揚帆出發，一天的旅途生活又開始了。「掛席東南望」，開篇就揭出「望」字，是何等情切。詩人大約又一次領略了〈渡浙江問舟中人〉「時時引領望天末，何處青山是越中」的心情。「望」字是一篇的精神所在。此刻詩人似乎望見了什麼，又似乎什麼也沒望見，因為水程尚遠，況且天剛破曉。這一切意味都包含在「青山——水國——遙」這五個平常的字構成的詩句中。

既然如此，只好暫時忍耐些，抓緊趕路吧。第二聯寫水程，承前聯「水國遙」來。「利涉」一詞出自《易·需卦》「利涉大川」，意思是卦象顯吉，宜於遠航。那就高興地趁好日子兼程前進吧。舳艫，一種方長船。「爭利涉」以一個「爭」字表現出心情迫切、興致勃勃，而「來往接風潮」則以一個「接」字表現出一個常與波濤為伍的旅人的安定與愉悅感，跟上句相連，便有乘風破浪之勢。

讀者到此自然而然想要知道他「何往」了，第三聯於是轉出一問一答來。這其實是詩人自問自答：「問我今何適？天臺訪石橋。」這裡遙應篇首「東南望」，點出天臺山，於是首聯何所望，次聯何所往，都得到解答。天臺山是東南名山，石橋尤為勝跡。據《太平寰宇記》引《啟蒙注》：「天臺山去天不遠，路經油溪水，深險清冷。前有石橋，路徑不盈尺，長數十丈，下臨絕澗，惟忘身然後能濟。濟者梯巖壁，援葛蘿之莖，度得平路，見天臺山蔚然綺秀，列雙嶺於青霄。上有瓊樓、玉闕、天堂、碧林、醴泉，仙物畢具也。」這一聯初讀似口頭常語，無多少詩味。然而只要聯想到這些關於名山勝跡的奇妙傳說，就會體味到「天臺訪石橋」一句話中微帶興奮與誇耀的口吻，感到作者的陶醉和神往。而詩的意味就在那無字處，在詩人出語時那神情風采之中。

正因為詩人是這樣陶然神往，眼前出現的一片霞光便引起他一個動人的猜想：「坐看霞色曉，疑是赤城標。」朝霞映紅的天際，是那樣璀璨美麗，那大約就是赤城山的尖頂所在吧！「赤城」山在天臺縣北，屬於天臺山的一部分，山中石色皆赤，狀如雲霞。因此在詩人的想像中，映紅天際的不是朝霞，而當是山石發出的異彩。這想像雖絢麗，然而語言省淨，表現樸質，沒有用一個精美的字面，體現了孟詩「當巧不巧」的特點。尾聯雖承「天臺」而來，卻又緊緊關合篇首。「坐看」照應「望」字，但表情有細微的差異。一般說，「望」比較著意，而且不一定能「見」，有張望尋求的意味；而「看」則比較隨意，與「見」字常常相聯。「坐看霞色曉」，是一種怡然欣賞的態度。可這裡看的並不是「赤城」，只是詩人那麼猜想罷了。如果說首句由「望」引起的懸念到此已了結，那麼「疑」字顯然又引起新的懸念，使篇中無餘字而篇外有餘韻，寫出了旅途中對名山嚮往的心情，十分傳神。

此詩似乎信筆寫來，卻首尾銜接，承轉分明，篇法圓緊；它形象質樸，卻又真彩內映；它沒有警句鍊字，卻有興味貫串全篇。從聲律角度看，此詩是五言律詩（平仄全合），然而通體散行，中兩聯不作駢偶。這當然與近體詩剛剛完成，去古未遠，聲律尚寬有關；同時未嘗不出於內容的要求。這樣，它既有音樂美，又灑脫自然。「自是六朝短古，加以聲律，便覺神韻超然。」（明胡應麟《詩藪·內編》卷二）（周嘯天）

歲暮歸南山

孟浩然

北闕休上書，南山歸敝廬。不才明主棄，多病故人疏。
白髮催年老，青陽逼歲除。永懷愁不寐，松月夜窗虛。

約在玄宗開元十六年（七二八），四十歲的孟浩然來長安應進士舉落第了，心情很苦悶。他曾「為文三十載，閉門江漢陰」（〈秦中苦雨思歸贈袁左丞、賀侍郎〉），學得滿腹文章，又得到王維、張九齡為之延譽，已經頗有詩名。這次應試失利，使他大為懊喪，他想直接向皇帝上書，又很猶豫。這首詩是在這樣心緒極端複雜的情況下寫出來的。他有一肚子的牢騷而又不好發作，因而以自怨自艾的形式抒發仕途失意的幽思。表面上是一連串的自責自怪，骨子裡卻是層出不盡的怨天尤人；說的是自己一無可取之言，怨的是才不為世用之情。

字面上說「北闕休上書」，實際上表達的正是「魏闕心常在，金門詔不忘」（〈自潯陽泛舟經明海〉）的情意。只不過這時他才發覺以前的想法太天真了；原以為有了唐太宗時馬周「直犯龍顏請恩澤」的先例，唐天子便會代代如此；現在才發現，現實是這樣令人失望。因而一腔幽憤，從這「北闕休上書」的自艾之言中傾出。明乎此，「南山歸敝廬」本非所願，不得已也。諸般矛盾心緒，一語道出，讀來自有餘味。

三、四句具體回述失意的緣由。「不才明主棄」，感情十分複雜，有反語的性質而又不盡是反語。詩人自幼抱負非凡，「執鞭慕夫子，捧檄懷毛公。感激遂彈冠，安能守固窮」（〈書懷貽京邑同好〉）！他也自讚「詞賦頗亦工」。其志如此，其才如此，何謂「不才」！因此，說「不才」既是謙詞，又兼含了有才不被人識、良驥未遇伯樂的感慨。而這個不識「才」的不是別人，正是「明主」。可見，「明」也是「不明」的微詞，帶有埋怨意味的。此外，「明主」這一諛詞，也確實含有諛美的用意，反映他求仕之心尚未滅絕，還希望皇上見用。這一句，寫得有怨悱，有自憐，有哀傷，也有懇請，感情相當複雜。而「多病故人疏」比上句更為委婉深致，一波三折：本是怨「故人」不予引薦或引薦不力，而詩人卻說是因為自己「多病」而疏遠了故人，這是一層；古代，「窮」、「病」相通，借「多病」說「途窮」，自見對世態炎涼之怨，這又是一層；說因「故人疏」而不能使明主明察自己，這又是一層。這三層含義，最後一層才是主旨。

求仕情切，宦途渺茫，鬢髮已白，功名未就，詩人怎能不憂慮焦急！五、六句就是這種心境的寫照。「白髮」、「青陽」（春日），本是無情物，綴以「催」、「逼」二字，恰切地表現了詩人不願以白衣終老此生而又無可奈何的複雜感情。

也正是由於詩人陷入了不可排解的苦悶之中，才使他「永懷愁不寐」，寫出了思緒縈繞，焦慮難堪之情態。「松月夜窗虛」，更是匠心獨運，它把前面的意思放開，卻正襯出了怨憤的難解。看似寫景，實是抒情：一則補充了上句中的「不寐」，再則情景渾一，餘味無窮——那迷濛空寂的夜景，與內心落寞惆悵的心緒是何等相似！「虛」字更是語涉雙關，把院落的空虛，靜夜的空虛，仕途的空虛，心緒的空虛，包容無餘。

這首詩看似語言顯豁，實則含蘊豐富。層層輾轉表達，句句語涉數意，構成悠遠深厚的風格。

相傳，孟浩然曾被王維邀至內署，恰遇玄宗到來，玄宗索詩，孟浩然就讀了這首〈歲暮歸南山〉，玄宗聽後生氣地說：「卿不求仕，而朕未嘗棄卿，奈何誣我？」（《新唐書．文藝下》）可見此詩儘管寫得含蘊婉曲，玄宗還是聽出了弦外之音。結果，孟浩然被放還了。當時抑制人才的現象，於此可見一斑。（傅經順、崔閩）

春曉

孟浩然

春眠不覺曉，處處聞啼鳥。
夜來風雨聲，花落知多少？

〈春曉〉這首小詩，初讀似覺平淡無奇，反覆讀之，便覺詩中別有天地。它的魅力不在於華麗的辭藻，不在於奇絕的手法，而在於它的韻味。整首詩的風格就像行雲流水一樣平易自然，然而悠遠深厚，獨臻妙境。千百年來，人們傳誦它，探討它，彷彿在這短短的四行詩裡，蘊涵著開掘不完的藝術寶藏。

自然而無韻致，則流於淺薄；若無起伏，便失之平直。〈春曉〉既有優美的韻致，行文又起伏跌宕，所以詩味醇永。詩人要表現他喜愛春天的感情，卻又不說盡，不說透，「迎風戶半開」（崔鶯鶯〈答張生〉），讓讀者去捉摸、去猜想，處處表現得隱秀曲折。

「情在詞外日隱，狀溢目前日秀。」（宋張戒《歲寒堂詩話》引劉勰云）寫情，詩人選取了清晨睡起時剎那間的感情片段進行描寫。這片段，正是詩人思想活動的啟始階段、萌芽階段，是能夠讓人想像他感情發展的最富於生發性的頃刻。詩人抓住了這一剎那，卻又並不鋪展開去，他只是向讀者透露出他的心跡，把讀者引向他感情的軌道，就撒手不管了，剩下的，該由讀者沿著詩人思維的方向去豐富和補充了。

寫景，他又只選取了春天的一個側面。春天，有迷人的色彩，有醉人的芬芳，詩人都不去寫。他只是從聽覺角度著筆，寫春之聲：那處處啼鳥，那瀟瀟風雨。鳥聲婉轉，悅耳動聽，是美的。加上「處處」二字，啁啾

孟浩然〈春曉〉——明刊本《唐詩畫譜》

起落，遠近應和，就更使人有置身山陰道上，應接不暇之感。春風春雨，紛紛灑灑，但在靜謐的春夜，這沙沙聲響卻也讓人想見那如煙似夢般的淒迷意境，和微雨後的眾卉新姿。這些都只是詩人在室內的耳聞，然而這陣陣春聲卻逗露了無邊春色，把讀者引向了廣闊的大自然，使讀者自己去想像、去體味那鶯囀花香的爛熳春光，這是用春聲來渲染戶外春意鬧的美好景象。這些景物是活潑跳躍的，生機勃勃的。它寫出了詩人的感受，表現了詩人內心的喜悅和對大自然的熱愛。

宋人葉紹翁〈遊園不值〉詩中的「春色滿園關不住，一枝紅杏出牆來」，是古今傳誦的名句。其實，在寫法上是與〈春曉〉有共同之處的。葉詩是透過視覺形象，由伸出牆外的一枝紅杏，把人引入牆內，讓人想像牆內；孟詩則是透過聽覺形象，由陣陣春聲把人引出屋外，讓人想像屋外。只用淡淡的幾筆，就寫出了晴方好、雨亦奇的繁盛春意。兩詩都表明，那盎然的春意，自是阻擋不住的，你看，它不是衝破了圍牆屋壁，展現在你的眼前、縈迴在你的耳際了嗎？

清施補華曰：「詩猶文也，忌直貴曲。」（《峴傭說詩》）這首小詩僅僅四行二十個字，寫來卻曲屈通幽，迴環波折。首句破題，寫春睡的香甜；也流露著對朝陽明媚的喜愛；次句即景，寫悅耳的春聲，也交代了醒來的原因；三句轉為寫回憶，末句又回到眼前，由喜春翻為惜春。愛極而惜，惜春即是愛春——那瀟瀟春雨也引起了詩人對花木的擔憂。時間的跳躍，陰晴的交替，感情的微妙變化，都很富有情趣，能給人帶來無窮興味。

〈春曉〉的語言平易淺近，自然天成，一點也看不出人工雕琢的痕跡。而言淺意濃，景真情真，就像是從詩人心靈深處流出的一股泉水，晶瑩透澈，灌注著詩人的生命，跳動著詩人的脈搏。讀之，如飲醇醪，不覺自醉。詩人情與境會，覓得大自然的真趣，大自然的神髓。「文章本天成，妙手偶得之」（宋陸游〈文章〉），這是最自然的詩篇，是天籟。（張燕瑾）

洛中訪袁拾遺不遇　孟浩然

洛陽訪才子，江嶺作流人。
聞說梅花早，何如北地春？

這首詩裡包含了相當複雜的情緒，既有不平，也有傷感；感情深沉，卻含而不露，是一首精練而含蓄的小詩。

前兩句完全點出題目。「洛陽」指明地點，緊扣題目的「洛中」，「才子」即指袁拾遺；「江嶺作流人」，暗點「不遇」，已經作了「流人」，自然無法相遇了。

這兩句是對偶句。孟浩然是襄陽人，如今到了洛陽，特意來拜訪袁拾遺，足見二人感情之厚。稱之為「才子」，暗用晉潘岳〈西征賦〉賈誼「洛陽之才子」的典故。以袁拾遺與賈誼相比，足以說明作者對袁拾遺景仰之深。

「江嶺」指大庾嶺，過此即是嶺南地區，唐代罪人往往流放於此。用「江嶺」與「洛陽」相對，用「才子」與「流人」相對，揭露了當時政治的黑暗、君主的昏庸。「才子」是難得的，本來應該重用，然而卻作了「流人」，由「洛陽」而遠放「江嶺」，這是極不合理的社會現實，何況這個「流人」又是自己的摯友呢。這兩句對比強烈，凸顯出作者心中的不平。

「聞說梅花早，何如北地春」兩句，寫得灑脫飄逸，聯想自然。大庾嶺古時多梅，又因氣候溫暖，梅花早開。從上句「早」字，見出下句「北地春」中藏一「遲」字。早開的梅花，是特別引人喜愛的。可是流放嶺外，怎及得留居北地故鄉呢？此詩由「江嶺」而想到早梅，從而表現了對友人的深沉懷念。而這種懷念之情，並沒有付諸平直的敘述，而是借用嶺外早開的梅花娓娓道出。詩人極言嶺上早梅之好，而仍不如北地花開之遲，便有波瀾，更見感情的深摯。

全詩四句，貫穿著兩個對比。用人對比，從而顯示不平；用地對比，從而顯示傷感。從寫法上看，「聞說梅花早」是縱筆，是一揚，從而逗出洛陽之春。那江嶺上的早梅，固然逗人喜愛，但洛陽春日的旖旎風光，更使人留戀，因為它是這位好友的故鄉。這就達到了由縱而收、由揚而抑的目的。結尾一個詰問句，使得作者的真意更加鮮明，語氣更加有力，傷感的情緒也更加濃厚。（李景白）

宿建德江

孟浩然

移舟泊煙渚，日暮客愁新。
野曠天低樹，江清月近人。

這是一首抒寫羈旅之思的詩。建德江，指新安江流經建德（今屬浙江）的一段江水。這首詩不以行人出發為背景，也不以船行途中為背景，而是以舟泊暮宿為背景。它雖然露出一個「愁」字，但立即又將筆觸轉到景物描寫上去了。可見它在選材和表現上都是頗有特色的。

詩的起句「移舟泊煙渚」，「移舟」，就是移舟近岸的意思；「泊」，這裡有停船宿夜的含意。行船停靠在江中的一個煙霧朦朧的小洲邊，這一面是點題，另一面也就為下文的寫景抒情作了準備。

第二句「日暮客愁新」，「日暮」顯然和上句的「泊」、「煙」有聯繫，因為日暮，船需要停宿；也因為日落黃昏，江面上才水煙濛濛。同時「日暮」又是「客愁新」的原因。「客」是詩人自指。若按舊日作詩的所謂起、承、轉、合的格式，這第二句就將承、轉兩重意思糅合在一句之中了，這也是少見的一格。為什麼「日暮」會撩起「客愁新」呢？我們可以讀一讀《詩經．王風．君子于役》裡的一段：「君子于役，不知其期，曷至哉？雞棲于塒，日之夕矣，羊牛下來，君子于役，如之何勿思？」這裡寫一位婦女，每當到夕陽西下、雞進籠舍、牛羊歸欄的時刻，她就更加思念在外服役的丈夫。借此，我們不也正可以理解此時旅人的心情嗎？本來行船停下來，應該靜靜地休息一夜，消除旅途的疲勞，誰知在這眾鳥歸林、牛羊下山的黃昏時刻，那羈旅之愁又驀然而生。接下去，詩人以一個對句鋪寫景物，似乎要將一顆愁心化入那空曠寂寥的天地之中。所以清沈德潛說：「下半寫景，而客愁自見。」（《唐詩別裁集》）第三句寫日暮時刻，蒼蒼茫茫，曠野無垠，放眼望去，遠處的天空顯得比近處的樹木還要低。「低」和「曠」是相互依存、相互映襯的。第四句寫夜已降臨，高掛在天上的明月，映在澄清的江水中，和舟中的人是那麼近。「近」和「清」也是相互依存、相互映襯的。「野曠天低樹，江清月近人」，這種極富特色的景物，只有人在舟中才能領略得到。詩的第二句就點出「客愁新」，這三、四句好似詩人懷著愁心，在這廣袤而寧靜的宇宙之中，經過一番上下求索，終於發現了還有一輪孤月此刻和他是那麼親近！寂寞的愁心似乎尋得了慰藉，詩也就戛然而止了。

然而，言雖止，意未盡。試想，此刻那親近的明月會在詩人的心中引起什麼呢？似有一絲喜悅，一點慰藉，但終究驅散不了團團新愁。新愁知多少？「皇皇三十載，書劍兩無成。山水尋吳越，風塵厭洛京。」（〈自洛之越〉）詩人曾帶著多年的準備、多年的希望奔入長安，而今卻只能懷著一腔被棄置的憂憤南尋吳越。此刻，他孑然一身，面對著這四野茫茫、江水悠悠、明月孤舟的景色，那羈旅的惆悵，故鄉的思念，仕途的失意，理想的幻滅，人生的坎坷……千愁萬緒，不禁紛至沓來，湧上心頭。「江清月近人」，這畫面上讓我們見到的是清澈平靜的江水，以及水中的明月伴著船上的詩人；可那畫面上見不到而應該體味到的，則是詩人的愁心已經隨著江水流入思潮翻騰的海洋。這一隱一現，一虛一實，相互映襯，相互補充，正構成一個人宿建德江，心隨明月去的意境。是的，這「宿」而「未宿」，不正意味深長地表現出「日暮客愁新」嗎？「人稟七情，應物斯感；感物吟志，莫非自然。」（南朝梁劉勰《文心雕龍．明詩》）孟浩然的這首小詩正是在這種情景相生、思與境諧的「自然流出」之中，顯示出一種風韻天成、淡中有味、含而不露的藝術美。（趙其鈞）

送杜十四之江南 孟浩然

荊吳相接水為鄉，君去春江正淼茫。
日暮征帆何處泊？天涯一望斷人腸。

這是一首送別詩。揆之元楊載《詩法家數》：「凡送人多托酒以將意，寫一時之景以興懷，寓相勉之詞以致意」。如果說這是送別詩常見的寫法，那麼，相形之下，孟浩然這首詩就顯得頗為出格了。

詩題一作「送杜晃進士之東吳」。唐時所謂「進士」，實後世所謂舉子（舉進士）。得第者則稱「前進士」。看來，杜晃此去東吳，是落魄的。

詩開篇就是「荊吳相接水為鄉」，既未點題意，也不言別情，全是送者對行人一種寬解安慰的語氣。「荊」指荊襄一帶，「吳」指東吳。「荊吳相接」，恰似說「天涯若比鄰」（王勃〈送杜少府之任蜀川〉），「扁舟乘月暫來去，誰道滄江吳楚分」（王昌齡〈送李五〉）。說兩地，實際已暗關送別之事。但先作寬慰，超乎送別詩常法，卻別具生活情味：落魄遠遊的人不是最需要精神上的支持與鼓勵麼？這裡就有勸杜晃放開眼量的意思。長江中下游地區，素稱水鄉。不說「水鄉」而說「水為鄉」，意味雋永：以水為鄉的荊吳人對漂泊生活習以為常，不以暫離為憾事。這樣說來雖含「扁舟乘月暫來去」之意，卻又不著一字，造語洗練、含蓄。此句初讀似信口而出的常語，細咀其味無窮。若作「荊吳相接為水鄉」，則詩味頓時「死於句下」。

「君去春江正淼茫」。此承「水為鄉」說到正題上來，話仍平淡。「君去」是眼前事，「春江淼茫」是眼前景，寫來幾乎不用費心思。但這尋常之事與尋常之景聯繫在一起，又產生一種味外之味。春江淼茫，正好行船。這是喜「君去」得航行之便呢？是恨「君去」太疾呢？景中有情在，讓讀者自去體味。這就是「素處以默，妙機其微」（司空圖《二十四詩品·沖淡》）了。

到第三句，撇景入情。朋友剛才出發，便想到「日暮征帆何處泊」，聯繫上句，這一問來得十分自然。春江淼茫與征帆一片，形成一個強烈對比。闊大者愈見闊大，渺小者愈見渺小。「念去去，千里煙波」（宋柳永〈雨霖鈴·寒蟬凄切〉），真有點擔心那征帆晚來找不到停泊的處所。句中表現出對朋友一片殷切的關心。同時，揣度行蹤，可見送者的心追逐友人東去，又表現出一片依依惜別之情。這一問實在是情至之文。

前三句飽含感情，但又無跡可尋，直是含蓄。末句則卒章顯意：朋友別了，「孤帆遠影碧空盡」（李白〈黃鶴樓送孟浩然之廣陵〉），送行者放眼天涯，極視無見，不禁心潮洶湧。第四句將惜別之情上升到頂點，所謂「不勝歧路之泣」（蔣仲舒評）。「斷人腸」點明別情，卻並不傷於盡露。原因在於前三句已將此情孕育充分，結句點破，恰如水庫開閘，感情的洪流一湧而出，源源不斷。若無前三句的蓄勢，就達不到這樣持久動人的效果。

此詩前三句全出以送者口吻，「其淡如水，其味彌長」，已經具有詩人風神散朗的自我形象。而末句「天涯一望」四字，更勾畫出「解纜君已遙，望君猶佇立」（王維〈齊州送祖三〉）的送者情態，十分生動。讀者在這裡看到的，「說是孟浩然的詩，倒不如說是詩的孟浩然，更為準確」（聞一多《唐詩雜論·孟浩然》）。全篇用散行句式，如行雲流水，近歌行體，寫得頗富神韻，不獨在謀篇造語上出格而已。（周嘯天）

渡浙江問舟中人　孟浩然

潮落江平未有風，扁舟共濟與君同。
時時引領望天末，何處青山是越中？

孟浩然詩主要以五言擅場，風格渾融沖淡。詩人將自己特有的沖淡風格施之七絕，往往「造境飄逸，初似常語」而「其神甚遠」（陳延傑《論唐人七絕》）。此詩就是這樣的高作。

孟浩然於唐玄宗開元初至開元十二、三年間，數度出入於張說幕府，但並不得意，於是有吳越之遊。開元十三年（七二五）秋自洛首途，沿汴河南下，經廣陵渡江至杭州，然後，渡浙江之越州（今紹興）。詩即作於此時。

在杭州時，詩人有句道「今日觀溟漲」（〈與杭州薛司戶登樟亭樓作〉），可見渡浙江（錢塘江）前曾遇潮漲。一旦潮退，舟路已通，詩人便迫不及待登舟續行。首句就直陳其事，它由三個片語組成：「潮落」、「江平」、「未有風」。初讀似平平淡淡的常語，然而細味，這樣三頓形成短促的節奏，正成功地寫出為潮信阻留之後重登旅途者愜意的心情。可見有時語調也有助於表現詩意。

錢塘江江面寬闊，而渡船不大。一葉「扁舟」，是坐不了許多人的。「舟中人」當是來自四方的陌生人。「扁舟共濟與君同」，頗似他們見面的寒暄。這話淡得有味：雖說彼此素昧平生，卻在今天走到同條船上來了，「同船過渡三分緣」，一種親睦之感在陌生乘客中油然而生。尤其因舟小客少，更見有同舟共濟的親切感。所以問姓初見，就傾蓋如故地以「君」相呼。這樣淡樸的家常話，居然將承平時代那種淳厚世風與人情味維妙維肖地傳達出來，誰能說它是一味沖淡？

當彼岸已隱隱約約看得見一帶青山，更激起詩人的好奇與猜測。越中山川多名勝，是前代詩人謝靈運遨遊歌詠過的地方，於是，他不禁時時引領翹望天邊：哪兒應該是越中——我嚮往已久的地方呢？他大約猜不出，只是神往心醉。這裡並沒有窮形極象的景物描寫，唯略點「青山」字樣，而越中山水之美盡從「時時引領望天末」的遊子的神情中絕妙傳出。可謂外淡內豐，似枯實腴。「引領望天末」，本是晉陸機〈擬蘭若生朝陽〉成句。詩人信手拈來，加「時時」二字，口語味濃，如自己出，描狀生動。注意吸取前人有口語特點、富於生命力的語彙，加以化用，是孟浩然特擅的本領。

「何處青山是越中？」是「問舟中人」，也是詩的結句。使用問句作結，語意親切，最易打通詩與讀者的間隔。一問便結，令讀者心蕩神馳，使意境頓形高遠。全詩運用口語，敘事、寫景、抒情全是樸素的敘寫筆調，而意境渾融、高遠、豐腴、完滿。「寄至味於淡泊」（蘇軾〈書黃子思詩集後〉評韋應物、柳宗元語），對此詩也是確評。

（周嘯天）

李頎

【作者小傳】（約六九〇～七五一）郡望趙郡（今河北趙縣），家居河南潁陽（今河南登封）。曾因結交杜陵輕薄子而傾財破產，之後於潁陽閉戶十年苦讀，登唐玄宗開元進士，曾任新鄉縣尉。所作邊塞詩，風格豪放，七言歌行尤具特色。與王維、王昌齡、高適等人交遊。寄贈友人之作，刻畫人物形貌神情頗為生動。有《李頎詩集》。（《唐詩紀事》卷二〇、《唐才子傳》卷二、李頎〈緩歌行〉）

古從軍行

李頎

白日登山望烽火，黃昏飲馬傍交河。行人刁斗風沙暗，公主琵琶幽怨多。
野雲萬里無城郭，雨雪紛紛連大漠。胡雁哀鳴夜夜飛，胡兒眼淚雙雙落。
聞道玉門猶被遮，應將性命逐輕車。年年戰骨埋荒外，空見蒲桃入漢家。

〈從軍行〉是樂府古題。此詩寫當代之事，由於怕觸犯忌諱，所以題目加上一個「古」字。它對當代帝王的好大喜功，窮兵黷武，視人民生命如草芥的行徑，加以諷刺，悲多於壯。

詩開頭首先寫緊張的從軍生活。白天爬上山去觀望四方有無舉烽火的邊警；黃昏時候又到交河邊上讓馬飲水（交河在今新疆吐魯番西面，這裡借指邊疆上的河流）。三、四句的「刁斗」，是古代軍中銅制炊具，容量一斗。白天用以煮飯，晚上敲擊代替更柝。「公主琵琶」是指漢朝公主遠嫁烏孫國時所彈的琵琶曲調，當然，這不會是歡樂之聲，而只是哀怨之調。一、二句寫「白日」和「黃昏」的情況，那麼夜晚又如何呢？三、四句接著描繪：風沙彌漫，一片漆黑，只聽得見軍營中巡夜的打更聲和那如泣如訴的幽怨的琵琶聲。景象是多麼肅穆而淒涼！「行人」，是指出征將士，這樣就與下一句的公主出塞之聲，引起共鳴了。

接著，詩人又著意渲染邊陲的環境。軍營所在，四顧荒野，無城郭可依，「萬里」極言其遼闊；雨雪紛紛，以至與大漠相連，其淒冷酷寒的情狀亦可想見。以上六句，寫盡了從軍生活的艱苦。接下來，似乎應該正面點出「行人」的哀怨之感了。可是詩人卻別具機杼，背面敷粉，寫出了「胡雁哀鳴夜夜飛，胡兒眼淚雙雙落」兩句。胡雁胡兒都是土生土長的，尚且哀啼落淚，何況遠戍到此的「行人」呢？兩個「胡」字，有意重複，「夜夜」、「雙雙」又有意用疊字，有著烘雲托月的力量。

面對這樣惡劣的環境，誰不想班師復員呢？可是辦不到。「聞道玉門猶被遮」一句，筆一折，似當頭一棒，打斷了「行人」思歸之念。據《史記·大宛傳》記載，漢武帝太初元年（前一〇四），漢軍攻大宛，攻戰不利，請求罷兵。漢武帝聞之大怒，派人遮斷玉門關，下令：「軍有敢入者輒斬之。」這裡暗刺當朝皇帝一意孤行，窮兵黷武。隨後，詩人又壓一句，罷兵不能，「應將性命逐輕車」，只有跟著本部的將領「輕車將軍」去與敵軍拚命。這一句其分量壓倒了上面八句。下面一句，再接再厲。拚命死戰的結果如何呢？無外乎「戰骨埋荒外」。詩人用「年年」兩字，指出了這種情況的經常性。全詩一步緊一步，由軍中平時生活，到戰時緊急情況，最後說到死，為的是什麼？這十一句的壓力，逼出了最後一句的答案：「空見蒲桃入漢家。」

「蒲桃」就是現在的葡萄。漢武帝時為了求天馬（即今阿拉伯馬），開通西域，便亂啟戰端。當時隨天馬入中國的還有「蒲陶」（葡萄）和「苜宿」的種子，漢武帝把它們種在離宮別館之旁，彌望皆是。這裡「空見蒲桃入漢家」一句，用此典故，譏諷好大喜功的帝王，犧牲了無數人的性命，換到的是什麼呢？只有區區的蒲桃而已。言外之意，可見帝王是怎樣的草菅人命了。

此詩全篇一句緊一句，句句蓄意，直到最後一句，才畫龍點睛，顯出此詩巨大的諷喻力。詩巧妙地運用音節來表情達意。第一句開頭兩字「白日」都是入聲，具有開場鼓板的意味。三、四兩句中的「刁斗」和「琵琶」，運用雙聲，以增強音節美。中段轉入聲韻，「雙雙落」是江陽韻與入聲的配合，猶如雲鑼與鼓板合奏，一廣一窄，一放一收，音節最美。中段入聲韻後，末段卻又選用了張口最大的六麻韻。以五音而論，首段是羽音，中段是角音，末段是商音，音節錯落，各極其致。全詩先後用「紛紛」、「夜夜」、「雙雙」、「年年」等疊字，不但強調了語意，而且疊字疊韻，在音節上生色不少。（沈熙乾）

送陳章甫

李頎

四月南風大麥黃，棗花未落桐陰長。青山朝別暮還見，嘶馬出門思舊鄉。
陳侯①立身何坦蕩，虬鬚虎眉仍大顙②。腹中貯書一萬卷，不肯低頭在草莽。
東門酤酒飲我曹，心輕萬事如鴻毛。醉臥不知白日暮，有時空望孤雲高。
長河浪頭連天黑，津口停舟渡不得。鄭國遊人未及家，洛陽行子空嘆息。
聞道故林相識多，罷官昨日今如何？

〔註〕①陳侯：對陳章甫的尊稱。②虬：蜷曲。大顙（音同嗓）：寬額頭。

李頎的送別詩，以善於描述人物著稱。本詩即為一首代表作。

陳章甫是個很有才學的人，原籍不在河南，不過長期隱居嵩山。他曾應制科及第，但因沒有登記戶籍，吏部不予錄用。經他上書力爭，吏部辯駁不了，特為請示執政，破例錄用。這事受到天下士子的讚美，使他名揚天下。然其仕途並不通達，因此無意官事，仍然經常住在寺院郊外，活動於洛陽一帶。這首詩大約作於陳章甫罷官後登程返鄉之際，李頎送他到渡口，以詩贈別。前人多以為陳章甫此次返鄉是回原籍江陵老家，但據詩中所云「舊鄉」、「故林」，似指河南嵩山而言。詩中稱陳章甫為「鄭國遊人」、自稱「洛陽行子」，可見雙方同為天涯淪落人，情意是很密切的。

詩的開頭四句，輕快舒坦，充滿鄉情。入夏，天氣清和，田野麥黃，道路蔭長，騎馬出門，一路青山作伴，更懷念往日隱居舊鄉山林的悠閒生活。這裡有一種曠達的情懷，顯出隱士的本色，不介意仕途得失。然後八句詩，用生動的細節描繪，高度的概括，讚美陳章甫的志節操守，見出他坦蕩無羈、清高自重的思想性格。前四句寫他的品德、容貌、才學和志節。說他有君子坦蕩的品德，儀表堂堂，滿腹經綸，不甘淪落草野，倔強地要出山入仕。「不肯低頭在草莽」，顯然指他抗議無籍不被錄用一事。後四句寫他的形跡脫略，胸襟清高，概括他仕而實隱的情形，說他與同僚暢飲，輕視世事，醉臥避官，寄託孤雲，顯出他入仕後與官場汙濁不合，因而借酒隱德，自持清高。不言而喻，這樣的思想性格和行為，注定他遲早要離開官場。這八句是全詩最精彩的筆墨，詩人首先突出陳的立身坦蕩，然後寫容貌抓住特徵，又能表現性格；寫才學強調志節，又能顯出神態；寫行為則點明處世態度，寫遭遇就側重思想傾向。既扣住送別，又表明罷官返鄉的情由。「長河」二句是賦而比興，既實記渡口適遇風浪，暫停擺渡，又暗喻仕途險惡，無人援濟。因此，行者和送者，罷官者和留官者，陳章甫和詩人，都在渡口等候，都沒有著落。一個「未及家」，一個「空嘆息」，都有一種惆悵。而對這種失意的惆悵，詩人以為毋須介意，因此，末二句以試問語氣寫世態炎涼，料想陳返鄉後的境況，顯出一種泰然處之的豁達態度，輕鬆地結出送別。

就全篇而言，詩人以曠達的情懷，知己的情誼，藝術的概括，生動的描寫，表現出陳章甫的思想性格和遭遇，令人同情，深為不滿。而詩的筆調輕鬆，風格豪爽，不為失意作苦語，不因離別寫愁思，在送別詩中確屬別具一格。（倪其心）

聽安萬善吹觱篥歌

李頎

南山截竹為觱篥①，此樂本自龜茲②出。流傳漢地曲轉奇，涼州胡人為我吹。傍鄰聞者多嘆息，遠客思鄉皆淚垂。世人解聽不解賞，長飆風中自來往。枯桑老柏寒颼飀，九雛鳴鳳亂啾啾。龍吟虎嘯一時發，萬籟百泉相與秋。忽然更作〈漁陽摻〉，黃雲蕭條白日暗。變調如聞〈楊柳〉春，上林繁花照眼新。歲夜高堂列明燭，美酒一杯聲一曲。

〔註〕①觱篥（音同必力）：亦作「篳篥」或「悲篥」，又名「笳管」。簧管古樂器，今已失傳。以竹為主，上開八孔（前七後一），管口插有蘆制的哨子。②龜茲（音同求慈）：古西域城國名，在今新疆庫車縣一帶。

李頎有三首涉及音樂的詩。一首寫琴（〈琴歌〉），以動靜二字為主，全從背景著筆。一首寫胡笳（〈聽董大彈胡笳聲兼寄語弄房給事〉），以兩賓托出一主，正寫胡笳。這一首寫觱篥，以賞音為全詩筋脊，正面著墨。三首詩的機軸，極容易相同，詩人卻寫得春蘭秋菊，各極一時之妙。這首詩的轉韻尤為巧妙，一共只有十八句，依詩情發展，變換了七個不同的韻腳，聲韻意境，相得益彰。

「南山截竹為觱篥」，先點出樂器的原材料；「此樂本自龜茲出」，說明樂器的出處。兩句從來源寫起，用筆質樸無華，選用入聲韻，與琴歌、胡笳歌起筆相同。這是李頎的特點，寫音樂的詩，總是以板鼓開場。接下來轉入低微的四支韻，寫觱篥的流傳、吹奏者及其音樂效果。「流傳漢地曲轉奇，涼州胡人（指安萬善）為我吹。傍鄰聞者多嘆息，遠客思鄉皆淚垂」，寫出樂曲美妙動聽，有很強的感染力量，人們都被深深地感動了。下文忽然提高音節，用高而沉的上聲韻一轉，說人們只懂得一般地聽聽而不能欣賞樂聲的美妙，以致安萬善所奏觱篥仍然不免寥落之感，獨來獨往於暴風之中。「長飄風中自來往」這一句中的「自」字，著力尤重。

行文至此，忽然咽住不說下去，而轉入流利的十一尤韻描摹觱篥的各種聲音了。觱篥之聲，有的如寒風吹樹，颼飀作聲；樹中又分闊葉落葉的枯桑，細葉長綠的老柏，其聲自有區別，用筆極細。有的如鳳生九子，各發雛音，有的如龍吟，有的如虎嘯，有的還如百道飛泉，和秋天的各種聲響交織在一起。四句正面描摹變化多端的觱篥之聲。

接下來仍以生動形象的比擬來寫變調。先一變沉著，後一變熱鬧。沉著的以〈漁陽摻（音同燦）〉鼓來相比，恍如沙塵滿天，雲黃日暗，用的是往下咽的聲音；熱鬧的以〈楊柳枝〉曲來相比，恍如春日皇家的上林苑中，百花齊放，用的是生氣盎然的十一真韻。接著，詩人忽然從聲音的陶醉之中，回到了現實世界。楊柳繁花是青春景象，而現在是什麼季節呢？「歲夜」二字點出這時正是除夕，而且不是做夢，清清楚楚是在明燭高堂，於是詩人產生了「浮生若夢，為歡幾何」的想法。盡情地欣賞罷！「美酒一杯聲一曲」，寫出詩人對音樂的喜愛，與上文伏筆「世人解聽不解賞」一句呼應，顯出詩人與「世人」的不同，於是安萬善就不必有長飄風中踽踽涼涼自來往的感慨了。由於末了這兩句是寫「汲汲顧影，惟日不足」的心情，所以又選用了短促的入聲韻，仍以板鼓收場，前後相應，見出詩人的著意安排。

這首詩與詩人其他兩首寫音樂的詩最大的不同，除了轉韻頻繁以外，主要的還是在末兩句詩人動了感情。琴歌中詩人只是淡淡地指出了別人的雲山千里，奉使清淮，自己並未動情；胡笳歌中詩人也只是勸房給事脫略功名，並未觸及自己。這一首卻不同了。時間是除夕，堂上是明燭高燒，詩人是在守歲，一年將盡夜，哪有不起韶光易逝、歲月蹉跎之感！在這樣的情況之下，作何排遣呢？「美酒一杯聲一曲」，正是「對此茫茫，不覺百端交集」（《世說新語．言語》）之際，無可奈何之一法。這一意境是前二首中所沒有的，詩人只用十四個字在最後略略一提，隨即放下，其用意之隱曲，用筆之含茹，也是前兩首中所沒有的。

孟浩然〈聽鄭五愔彈琴〉曾有「一杯彈一曲，不覺夕陽沉」之句，北宋晏殊〈浣溪沙〉詞中也有「一曲新詞酒一杯，去年天氣舊亭臺，夕陽西下幾時回」之句，取材與用字，都和李頎這兩句相同。但同一惘惘不堪之情，李頎以高華的字面，挺健的句法暗表，孟浩然則以舒徐的態度，感慨的口氣微吟，晏殊則以委婉的情致，搖曳的風調細說。風格不同，卻有一脈相通之處。（沈熙乾）

古意 李頎

男兒事長征，少小幽燕客。賭勝馬蹄下，由來輕七尺。殺人莫敢前，鬚如蝟毛磔。

黃雲隴底白雲飛，未得報恩不得歸。遼東小婦年十五，慣彈琵琶能歌舞。今為羌笛出塞聲，使我三軍淚如雨。

此詩題為「古意」，標明是一首擬古詩。開始六句，把一個在邊疆從軍的男兒描寫得神形畢肖，栩栩如生，活躍在讀者眼前。第一句「男兒」兩字先給讀者一個大丈夫的印象。第二句「少小幽燕客」，交代從事長征的男兒是自古多慷慨悲歌之士的幽燕一帶人，為下面描寫他的剛勇獷悍張本。這兩句總領以下四句。他在馬蹄之下與夥伴們打賭比輸贏，從來就不把七尺之軀看得那麼重，所以一上戰場就奮勇殺敵，殺得敵人不敢向前。「賭勝馬蹄下，由來輕七尺，殺人莫敢前」，這三句把男兒的氣概表現得淋漓盡致。這樣一個男兒，誰都想見識見識吧！可是詩不可能如畫那樣，通體寫出，只能抓特徵。於是抓住鬍鬚來描繪。然而三綹五綹長鬚，不但年齡不符合，而且風度也太飄逸了，因此詩人塑造了短鬚的形象。「鬚如蝟毛磔（音同哲）」五字，寫出鬚又短、又多、又硬的特徵，那才顯出他勇猛剛烈的氣概和殺敵時鬚髯怒張的神氣，簡潔、鮮明而有力地突出了這一從軍塞上的男兒的形象。這裡為了與詩情協調，詩人採用簡短的五言句和短促扎實的入聲韻，加強了詩歌的藝術效果。

接下去，詩人又用「黃雲隴底白雲飛」一句替詩的主人公布置了一幅背景。閉目一想，一個虬髯男兒，胯下是高頭戰馬，手中是雪亮單刀，背後是遼闊的原野，昏黃的雲天，這氣象是何等地雄偉莽蒼。但這一句的妙處，還不僅如此。塞上多風沙，沙捲入雲，所以雲色是發黃的，而內地的雲則是純白的。這一句中黃雲白雲表面似乎在寫景，實則兩兩對照，寓情於景，寫得極為精細。開首六句寫這男兒純是粗線條、硬作風，可是這遠征邊塞的男兒，難道竟無一些思鄉之念嗎？且看男兒在向前看一看那隴上黃雲之後，也還不免回首一望故鄉。故鄉何在？但見一片白雲，於是不能不引起思鄉之感。這一層意思，詩人以最精練最含蓄的手法，表達在文字的空隙中，於無文字處見功夫。但如果接下去，寫思鄉念切，急於求歸，那又不像是這樣一個男兒的身份了，所以在這欲吐不吐、欲轉不轉之際，用「未得報恩不得歸」七個字一筆拉轉，說明這一男兒雖未免偶爾思鄉，但因為還沒有報答國恩，所以也就堅決不想回去。這兩個「得」字，都發自男兒內心，連用在一句之中，更顯出他斬釘截鐵的決心，同時又有意無意地與上句的連用兩個「雲」字相互映帶。前六句節奏短促，寫這兩句時，景中含有情韻，所以詩人在這裡改用了七言句，又換了平聲韻中調門低、尾聲飄的五微韻。但由於第八句中意旨還是堅決的，所以插用兩個入聲的「得」字，使悠揚之中，還有凜洌的勁道。

一般想法，再寫下去，該是根據「未得報恩不得歸」而加以發揮了。然而，出乎意外，突然出現了一個年僅十五的「遼東小婦」，面貌身段不必寫，人們從她的妙齡和「慣彈琵琶能歌舞」，自可想像得出。隨著「遼東小婦」的出場，又給人們帶來了動人的「羌笛出塞聲」。前十句，有人物，有布景，有色彩，而沒有聲音：「今為羌笛出塞聲」這一句，少婦吹出了笛聲，於是乎全詩就有聲有色。「羌笛」是邊疆上的樂器，「出塞」又是邊疆上的樂調，與上文的「幽燕」、「遼東」貫串在一起。這笛聲是那樣地哀怨、悲涼，勾起征人思鄉的無限情思，聽了這一曲，不由「使我三軍淚如雨」了。這裡，詩人實際上要寫這一個少年男兒的落淚，可是這樣一個硬漢，哪有一聽少婦羌笛就會激動的道理？所以詩人不從正面寫這個男兒的落淚，而寫三軍將士落淚，非但落，而且落得如雨滂沱。在這樣盡人都受感動的情況之下，這一男兒自不在例外，這就不用明點了。這種烘雲托月的手法，含蓄而精練，功力極深，常人不易做到。此外這四句採用了上聲的七韻，「五」、「舞」、「雨」三個字，收音都是向下咽的，因而收到了情韻並茂的效果。

全詩十二句，奔騰頓挫而又飄颻含茹。首起六句，一氣貫注，到「鬚如蝟毛磔」一句頓住，「黃雲隴底白雲飛」一句忽然飄宕開去，「未得報恩不得歸」一句，又是一個頓挫。以下擲筆凌空，忽現遼東小婦，一連兩句似與上文全無干涉，「今為羌笛出塞聲」一句用「今」字點醒，「羌笛」、「出塞」又與上文的「幽燕」、「遼東」呼應。最後用「使我三軍淚如雨」一句總結，把首句的少年男兒包含在內，挽住上面的突接，全篇血脈豁然貫通。寥寥短章之中，能有這樣尺幅千里之勢，這在李頎以前的七言古詩中是沒有的。（沈熙乾）

送劉昱　李頎

八月寒葦花，秋江浪頭白。北風吹五兩，誰是潯陽客？
鸕鷀山頭微雨晴，揚州郭裡暮潮生。行人夜宿金陵渚，試聽沙邊有雁聲。

劉昱不知何許人，從詩中可考見的，他與李頎是朋友，但關係並不十分密切，兩人當時同在鎮江、揚州這一帶。八月間，劉昱溯江西上，準備到九江去，李頎作此詩送別。詩在有情無情之間，著筆淡永，但也並不是敷衍應酬。

詩一開頭，就以景襯情，渲染了離別的氣氛：「八月寒葦花，秋江浪頭白。」八月秋意涼，岸邊的葦花是白色的，江中的浪頭也是白色的，再加上秋風瑟瑟，於是，浪花借助風力打濕葦花，葦花則隨風而撲向浪花，兩者似乎渾然一「白」了。這「白」，不是嚴冬霜雪之白，也不是三春柳絮梨花之白，而是涼秋八月之白，既不絢爛，也不凜冽，而是素淨蕭疏。其時，「北風吹五兩」。五兩，是古代的候風器，用雞毛五兩（或八兩）繫於高竿頂上而成。北風吹動船桅上的「五兩」，似乎在催趕著離客。「誰是潯陽客」，表明了船的去處。潯陽，即九江，在鎮江的西南方，北風恰是順風。看來，船就要趁好風而開動了。那麼，「誰是潯陽客」？當然是劉昱。這一點，詩人明白，讀者也明白。然而詩卻故意用設問句式，使文氣突起波瀾，增強了韻味。八月風高，葦寒浪白，誰又願意風行水宿呢？眼前劉昱偏偏要冒風波而遠去潯陽，因而「誰是」一問，言外之意，還是希望劉昱且住為佳。詩心至此而更曲，詩味至此而更永。

可是劉昱究竟是留不住的。北風吹著五兩，何況雨止潮生，又具備了揚帆啟碇的條件。「鷓鴣山頭微雨晴，揚州郭裡暮潮生」，這兩句並不是泛泛寫景，而是既暗示離客之將行，又補點出啟行的地點（鷓鴣山當在鎮江一帶，其地已不可考）。而詩由此也已從前面的入聲十一陌韻而轉用八庚韻，給人以清新之感，與這兩句所表現的秀麗景色是十分和諧的。於是，劉昱在這風高潮漲、雨霽天晴之時走了。詩人佇立凝望著遠去的客船，不禁想道：今宵客船會在哪裡夜泊呢？「行人夜宿金陵渚，試聽沙邊有雁聲。」一般送客詩，往往易落入送別時依依不捨，分別後惆悵獨歸這一窠臼，而李頎卻把豐富的想像力運用到行客身上，代行人設想。身在此，而心隨友人遠去。後來北宋柳永〈雨霖鈴．寒蟬凄切〉詞中的「今宵酒醒何處？楊柳岸，曉風殘月」，用的也是這種手法。詩人推想劉昱今夜大概可以停泊金陵江邊了，那時，耳邊會傳來一陣陣淒涼的雁叫聲。葦中有雁，這是常見的，因而詩人由鎮江江邊的蘆葦，很容易聯想到雁。但僅僅這樣理解還不夠。雁是合群性的禽鳥，夜宿葦中也是群棲的，群棲時一般不發聲，如果發出鳴聲，那一定是失群了。劉昱單身往潯陽，無異於孤雁離群，那麼夜泊聞雁，一定會聯想到鎮江的那些朋友，甚或深悔此行。「試」字，即暗含此意。反過來，留著的人都思念劉昱，這就不必說了。末句既以「雁」字呼應蘆葦，又從雁聲發生聯想，委婉蘊藉，毫無顯豁呈露之氣，別有一番情味，開後來神韻之風。（沈熙乾）

聽董大彈胡笳聲兼寄語弄房給事

李頎

蔡女昔造胡笳聲，一彈一十有八拍。胡人落淚沾邊草，漢使斷腸對歸客。
古戍蒼蒼烽火寒，大荒沉沉飛雪白。先拂商弦後角羽，四郊秋葉驚摵摵。
董夫子，通神明，深山竊聽來妖精。言遲更速皆應手，將往復旋如有情。
空山百鳥散還合，萬里浮雲陰且晴。嘶酸雛雁失群夜，斷絕胡兒戀母聲。
川為淨其波，鳥亦罷其鳴。烏孫部落家鄉遠，邏娑沙塵哀怨生。
幽音變調忽飄灑，長風吹林雨墮瓦。迸泉颯颯飛木末，野鹿呦呦走堂下。
長安城連東掖垣，鳳凰池對青瑣門。高才脫略名與利，日夕望君抱琴至。

李頎此詩，約作於玄宗天寶六、七載（七四七～七四八）間。董大即董庭蘭，是當時著名的琴師。所謂「胡笳聲」，也就是〈胡笳弄〉，是按胡笳聲調翻為琴曲的。所以董大是彈琴而非吹奏胡笳。

這首七言古體長詩，透過董大彈奏〈胡笳弄〉這一歷史名曲，來讚賞他高妙動人的演奏技藝，也以此寄房給事（房琯），帶有為他得遇知音而高興的心情。

詩開首不提「董大」而說「蔡女」，起勢突兀。蔡女指東漢末年的蔡琰（文姬）。文姬歸漢時，感笳之音，翻笳調入琴曲，作〈胡笳十八拍〉（拍，等於段）。三、四兩句，是說文姬操琴時，胡人、漢使悲切斷腸的場面，反襯琴曲的感人魅力。五、六兩句反補一筆，寫出文姬操琴時荒涼淒寂的環境，蒼蒼古戍、沉沉大荒、烽火、白雪，交織成一片黯淡悲涼的氣氛，使人越發感到樂聲的哀婉動人。以上六句為第一段，詩人對「胡笳聲」的來由和藝術效果作了十分生動的描述，把讀者引入了一個幽邃的境界。讀者要問：如此深摯有情的〈胡笳弄〉，作為一代名師的董庭蘭又彈得如何呢？於是，詩人順勢而下，轉入正面敘述。從蔡女到董大，遙隔數百年，一曲琴音，把兩者巧妙地聯繫起來。

「先拂商弦後角羽」至「野鹿呦呦走堂下」為第二段。董大彈琴，確實身手不凡。「先拂」句是寫彈琴開始時的動作。古琴七弦，配宮、商、角、徵、羽及變宮、變徵為七音。董大輕輕地拂拭琴弦，次序是由商弦到角弦，意為曲調開始時遲緩而低沉。琴聲一起，「四郊秋葉」被驚得摵摵（音同社）而下。一個「驚」字，出神入化，極為生動。詩人不由得讚嘆起「董夫子」來，說他的演奏簡直像是「通神明」，不只驚動了人間，連深山妖精也悄悄地來偷聽了！「言遲」兩句概括董大的技藝。「言遲更速」、「將往復旋」，指法是如此嫻熟，得心應手，那抑揚頓挫的琴音，洋溢著激情，像是從演奏者的胸中流淌出來。

董大的指法使人眼花繚亂，那麼琴聲究竟如何呢？詩人不從正面著手，卻以種種形象的描繪，來烘托那悽惻動聽的聲音。琴聲忽縱忽收時，就像空廓的山間，群鳥散而復聚。曲調低沉時，就像浮雲蔽天；清朗時，又像雲開日出。嘶啞的琴聲，彷彿是失群的雛雁，在暗夜裡發出辛酸的哀鳴，嘶酸的音調，正是胡兒戀母聲的繼續。詩到此忽然宕開一筆，又聯想起當年文姬與胡兒訣別時的情景，照應了第一段蔡女琴聲，而且以雛雁喻胡兒，更使人感覺到琴音的悲切。接著二句，引自然界景物來反襯琴聲的巨大魅力。琴聲迴蕩，河水為之滯流，百鳥為之罷鳴，世間萬物都為琴聲所感動了，這不是「通神明」了嗎？其實，川不會真靜，鳥不會罷鳴，只是因為琴聲迷住了聽者，「洋洋乎，盈耳哉」（《論語．泰伯》），唯有琴聲而已。詩人接著指出，董大的彈琴不僅僅是動聽而已，他還能完美地傳遞出琴曲的神韻。側耳細聽，那幽咽的聲音，充滿著漢朝烏孫公主遠託異國、唐朝文成公主遠渡沙塵到邏娑（拉薩的另一音譯）那樣的異鄉哀怨之情。這與蔡女造〈胡笳弄〉的心情是十分合拍的。

直到「幽音」以下四句，詩人才從正面描寫琴聲，而且運用了許多形象的比喻。「幽音」是深沉的音，但一經變調，就忽然「飄灑」起來。忽而像「長風吹林」，忽而像雨打屋瓦，忽而像掃過樹梢的泉水颯颯而下，忽而像野鹿跑到堂下發出呦呦的鳴聲。輕快悠揚，變幻無窮，怎不使聽者心醉入迷呢？

這一段，詩人洋洋灑灑，酣暢淋漓，從不同的角度表現董大彈奏〈胡笳弄〉的情景。由於董大爐火純青的技藝，蔡女「十八拍」豐富的琴韻得到充分的體現。詩人對董大的讚慕之情，自在不言之中。最後四句，是「兼寄房給事」的。唐朝帝都長安，皇宮面南坐北，禁中左右兩掖分別為門下、中書兩省。「鳳凰池」指的是中書省，青瑣門是門下省的闕門。給事中正是門下省之要職。詩沒有提人而人在其中，而且暗示其密邇宮廷，官位令人豔羨。最後，詩以贊語作結。房不僅才高，而且不重名利，超逸脫略。這樣的高人，正日夜盼望著你抱琴而去呢！這裡也暗示董庭蘭得遇知音，可幸可羨。而李頎對董大彈〈胡笳弄〉的欣賞，以及所作的傳神的描摹，自然也非知音莫能為。

值得特別注意的是，這首詩關聯著三方面——董庭蘭、蔡琰和房琯。寫董庭蘭的技藝，要透過他演奏〈胡笳弄〉來寫。要寫〈胡笳弄〉，便自然和蔡琰聯繫起來，既聯繫她的創作，又聯繫她的身世、經歷和她所處的特殊環境。全詩的特色就在於巧妙地把演技、琴聲、歷史背景以及琴聲所再現的歷史人物的感情結合起來，筆姿縱橫飄逸，忽天上，忽地下，忽歷史，忽目前，既周全細緻又自然渾成。最後對房給事含蓄的稱揚，既為董庭蘭祝賀，也多少寄託著作者的一點傾慕之情。李頎此時雖久已去官，但並未忘情宦事，他是多麼希望能得遇知音而一顯身手啊！（姚奠中）

送魏萬之京

李頎

朝聞遊子唱離歌，昨夜微霜初渡河。鴻雁不堪愁裡聽，雲山況是客中過。
關城樹色催寒近，御苑砧聲向晚多。莫見長安行樂處，空令歲月易蹉跎。

魏萬後改名魏顥。他曾求仙學道，隱居王屋山。唐玄宗天寶十三載（七五四），因慕李白名，南下到吳、越一帶訪尋，最後在廣陵（今江蘇揚州）與李白相遇，計程不下三千里。李白很賞識他，並把自己的詩文讓他編成集子，臨別時，還寫了一首〈送王屋山人魏萬還王屋〉的長詩送他。魏萬比李頎晚一輩，然而從此詩看，兩人像是情意十分密切的「忘年交」。李頎晚年家居潁陽而常到洛陽，此詩可能就寫於洛陽。

一開首，「朝聞遊子唱離歌」，先說魏萬的走，後用「昨夜微霜初渡河」，點出魏萬前一夜渡河來的景象，用倒戟而入的筆法，極為得勢，寫出深秋時節蕭瑟的氣氛。

秋夜微霜，摯友別離，自然地逗出了一個「愁」字。「鴻雁不堪愁裡聽」，是緊接第二句，渲染氛圍。「雲山況是客中過」，接寫正題，照應第一句。大雁，秋天南去，春天北歸，飄零不定，有似旅人。它那嘹唳的雁聲，從天末飄來，使人覺得悵惘悽切。而滿腹惆悵的人，當然就更難忍受了。雲山，一般是令人嚮往的風景，而對於落寞失意的人，坐對雲山，便會感到前路茫茫，黯然神傷。他鄉遊子，於此為甚。這是李頎以自己的心情來體會對方。「不堪」、「況是」兩個虛詞前後呼應，往復頓挫，情切而意深。

五、六兩句，詩人對遠行客又作了充滿情意的推想：「關城樹色催寒近，御苑砧聲向晚多」。從洛陽西去要經過古函谷關和潼關，涼秋九月，草木搖落，一片蕭瑟，標誌著寒天的到來。本來是寒氣使樹變色，但寒不可見而樹色可見，好像樹色帶來寒氣，見樹色而知寒近，是樹色把寒催來的。一個「催」字，把平常景物寫得有情有感，十分生動。傍晚砧聲之多，為長安特有，「長安一片月，萬戶擣衣聲」（李白〈子夜吳歌．秋歌〉）。然而詩人為什麼不用城關雄偉、御苑清華這樣的景色來介紹長安，卻只突出了「御苑砧聲」，發人深想。魏萬前此，大概沒有到過長安，而李頎已多次到過京師，在那裡曾「傾財破產」，歷經辛酸。兩句推想中，詩人平生感慨，盡在不言之中。「催寒近」、「向晚多」六個字相對，暗含著歲月不待、年華易老之意，順勢引出了結尾二句。

「莫見長安行樂處，空令歲月易蹉跎」，純然是長者的語氣，予魏萬以親切的囑咐。這裡用「行樂處」三字虛寫長安，與上二句中的「御苑砧聲」相應，一虛一實，恰恰表明了詩人的旨意。他諄諄告誡魏萬：長安雖是「行樂處」，但不是一般人可以享受的。不要把寶貴的時光，輕易地消磨掉，要抓緊時機成就一番事業。可謂語重心長。

這首詩以長於鍊句而為後人所稱道。詩人把敘事、寫景、抒情交織在一起。如次聯兩句用了倒裝手法，加強、加深了描寫。先寫感官接觸到的物象「鴻雁」、「雲山」，然後寫「愁裡聽」、「客中過」，這就由景生情，合於認識規律，容易喚起人們的共鳴。同樣，第三聯的「關城樹色」和「御苑玷聲」，雖是記憶中的形象，聯繫氣候、時刻等環境條件，有聲有色，非常自然。而「催」字、「向」字，更見推敲之功。（姚奠中）

綦毋潛

【作者小傳】（六九二～約七四九）字孝通，虔州南康（今屬江西）人。唐玄宗開元進士，曾任校書郎、右拾遺，終官著作郎。其詩喜寫方外之情和山林孤寂之境，流露出追慕隱逸之意。《全唐詩》存其詩一卷。（《元和姓纂》卷二、《唐才子傳》卷二）

春泛若耶溪

綦毋潛

幽意無斷絕，此去隨所偶。晚風吹行舟，花路入溪口。
際夜轉西壑，隔山望南斗。潭煙飛溶溶，林月低向後。
生事且彌漫，願為持竿叟。

這首五言古體詩大約是詩人歸隱後的作品。若耶溪在今浙江紹興市東南，相傳為西施浣紗處，水清如鏡，照映眾山倒影，窺之如畫。詩人在一個春江花月之夜，泛舟溪上，自然會滋生出無限幽美的情趣。

開篇「幽意無斷絕」句，以「幽意」二字透露了全詩的主旨，即幽居獨處，不與世事，放任自適的意趣。這種「幽意」支配著他的人生，不曾「斷絕」，因此，他這次出遊只是輕舟蕩漾，任其自然，故云「此去隨所偶」。「偶」即「遇」。詩人在這裡流露出一種隨遇而安的情緒。

以下寫泛舟的時間和路線，描寫沿岸景物。「晚風吹行舟，花路入溪口」，[illegible]

任憑輕風吹送，轉入春花夾岸的溪口，恍如進入了武陵桃源勝境，多麼清幽，多麼閒適！「晚」字點明泛舟的時間，「花」字切合題中的「春」，看似信筆寫來，卻又顯得用心細緻。「際夜轉西壑，隔山望南斗」，寫出遊程中時間的推移和景致的轉換。「際夜」，是到了夜晚，說明泛舟時間之久，正是「幽意無斷絕」的具體寫照。「西壑」，是舟行所至的另一境地，當置身新境，心曠神怡之時，抬頭遙望南天斗宿，不覺已經「隔山」了。「潭煙飛溶溶，林月低向後」二句，是用淡墨描繪的如畫夜景。「潭煙」，是溪上的水霧；「溶溶」，是夜月之下霧氣朦騰的景狀。而著一「飛」字，把水色的閃耀，霧氣的飄流，月光的灑瀉，都寫活了。「林月低向後」，照應「際夜」，夜深月沉，舟行向前，兩岸樹木伴著月亮悄悄地退向身後。這景象是美的，又是靜的。

詩人以春江、月夜、花路、扁舟等景物，創造了一種幽美、寂靜而又迷濛的意境。而懷著隱居「幽意」的泛舟人，置身於這種境界之中，此刻有何感受呢？「生事且彌漫，願為持竿叟」。啊，人生世事正如溪水上彌漫無邊的煙霧，縹緲迷茫，我願永作若耶溪溪邊一位持竿而釣的隱者。「持竿叟」，又應附近地域的嚴子陵富春江隱居垂釣的故實，表明詩人心跡。末二句抒發感慨極其自然，由夜景的清雅更覺世事的囂囂，便自然地追慕「幽意」的人生。

唐人殷璠說綦毋潛「善寫方外之情」（《河嶽英靈集》）。作者超然出世的思想感情給若耶溪的景色抹上一層孤清、幽靜的色彩。但是，由於作者描寫的是一個春江花月之夜，又是懷著追求和滿足的心情來描寫它，因而這夜景被狀寫得清幽而不荒寂，有一種不事雕琢的自然美，整首詩也就顯得「舉體清秀，蕭蕭跨俗」（明胡震亨《唐音癸籤》引殷璠語），體現出一種興味深長的清悠的意境。在寫法上，詩人緊扣住題目中一個「泛」字，在曲折迴環的扁舟行進中對不同的景物進行描寫，因而所寫的景物雖然寂靜，但整體上卻有動勢，恍惚流動，迷濛縹緲，呈現出隱約跳動的畫面，給人以輕鬆暢適的感受和美的欣賞。（李敬一）

王昌齡

【作者小傳】（約六九八～約七五六）字少伯，京兆長安（今陝西西安）人。唐玄宗開元進士，補校書郎，改汜水尉，再遷江寧丞。晚年貶龍標尉。因世亂還鄉，道出亳州，為刺史閭丘曉所殺。其詩擅長七絕，邊塞詩氣勢雄渾，格調高昂。也有憤慨時政及刻畫宮怨之作。原有集，已散佚，明人輯有《王昌齡集》。（新、舊《唐書》本傳、《唐才子傳》卷二）

從軍行七首（其一）

王昌齡

烽火城西百尺樓，黃昏獨坐海風秋。
更吹羌笛關山月，無那①金閨萬里愁。

〔註〕①無那：無奈，指無法消除思親之愁。

〈從軍行〉組詩是王昌齡採用樂府舊題寫的邊塞詩，共有七首。這一首，刻畫了邊疆戍卒懷鄉思親的深摯感情。

這首小詩，筆法簡潔而富蘊意，寫法上很有特色。詩人巧妙地處理了敘事與抒情的關係。前三句敘事，描寫環境，採用了層層深入、反覆渲染的手法，創造氣氛，為第四句抒情做鋪墊，突出了抒情句的地位，使抒情句顯得格外警拔有力。「烽火城西」，一下子就點明了這是在青海烽火城西的望臺上。荒寂的原野，四顧蒼茫，只有這座百尺高樓。這種環境很容易引起人的寂寞之感。時令正值秋季，涼氣侵人，正是遊子思親、思婦念遠的季節。時間又逢黃昏，「雞棲於塒，日之夕矣，羊牛下來。君子于役，如之何勿思！」（《詩經．王風．君子于役》）這樣的時刻常常觸發人們思念于役在外的親人。而此時此刻，久戍不歸的征人恰恰「獨坐」在孤零零的戍樓上。天地悠悠，牢落無偶，思親之情正隨著青海湖方向吹來的陣陣秋風任意翻騰。上面所描寫的，都是透過視覺所看到的環境，沒有聲音，還缺乏立體感。接著詩人寫道：「更吹羌笛關山月」。在寂寥的環境中，傳來了陣陣嗚嗚咽咽的笛聲，就像親人在呼喚，又像是遊子的嘆息。這縷縷笛聲，恰似一根導火線，使邊塞征人積鬱在心中的思親感情，再也控制不住，終於來了個大爆發，引出了詩的最後一句。這一縷笛聲，對於「獨坐」在孤樓之上的聞笛人來說是景，但這景又飽含著吹笛人所抒發的情，使環境更具體、內容更豐富了。詩人用這亦情亦景的句子，不露痕跡，完成了由景入情的轉折過渡，何等巧妙，何等自然！

在表現征人思想活動方面，詩人運筆也十分委婉曲折。環境氛圍已經造成，為抒情鋪平墊穩，然後水到渠成，直接描寫邊人的心理，「無那金閨萬里愁」。作者所要表現的是征人思念親人、懷戀鄉土的感情，但不直接寫，偏從深閨妻子的萬里愁懷反映出來。而實際情形也是如此：妻子無法消除的思念，正是征人思歸又不得歸的結果。這一曲筆，把征人和思婦的感情完全交融在一起了。就全篇而言，這一句如畫龍點睛，立刻使全詩神韻飛騰，而更具動人的力量了。（張燕瑾）

從軍行七首（其二）　王昌齡

琵琶起舞換新聲，總是關山舊別情。
撩亂邊愁聽不盡，高高秋月照長城。

此詩截取了邊塞軍旅生活的一個片斷，透過寫軍中宴樂表現征戍者深沉、複雜的感情。

「琵琶起舞換新聲」。隨舞蹈的變換，琵琶又翻出新的曲調，詩境就在一片樂聲中展開。琵琶是富於邊地風味的樂器，而軍中置酒作樂，常常少不了「胡琴琵琶與羌笛」（岑參〈白雪歌送武判官歸京〉）。這些器樂，對征戍者來說，帶著異域情調，容易喚起強烈感觸。既然是「換新聲」，總能給人以一些新的情趣、新的感受吧？不，「總是關山舊別情」。邊地音樂主要內容，可以一言以蔽之，「舊別情」而已。因為藝術反映實際生活，征戍者誰個不是離鄉背井乃至別婦拋雛？「別情」實在是最普遍、最深厚的感情和創作素材。所以，琵琶盡可換新曲調，卻換不了歌詞包含的情感內容。唐《樂府古題要解》云：「〈關山月〉，傷離別也。」句中「關山」在字面的意義外，雙關〈關山月〉曲調，含意更深。

此句的「舊」對應上句的「新」，成為詩意的一次波折，造成抗墜揚抑的音情，特別是以「總是」作有力轉接，效果尤顯。次句既然強調別情之「舊」，那麼，這樂曲是否太乏味呢？不，「撩亂邊愁聽不盡」。那曲調無論什麼時候，總能擾得人心煩亂不寧。所以那奏不完、「聽不盡」的曲調，實叫人又怕聽，又愛聽，永遠動情。這是詩中又一次波折，又一次音情的抑揚。「聽不盡」三字，是怨？是嘆？是讚？意味深長。作「奏不完」解，自然是偏於怨嘆；然作「聽不夠」講，則又含有讚美了。所以這句提到的「邊愁」既是久戍思歸的苦情，又未嘗沒有更多的意味。當時北方邊患未除，尚不能盡息甲兵，言念及此，征戍者也會心不寧、意不平的。前人多只看到它「意調酸楚」的一面，未必十分全面。

詩前三句均就樂聲抒情，說到「邊愁」用了「聽不盡」三字，那麼結句如何以有限的七字盡此「不盡」就最見功力。詩人這裡輕輕宕開一筆，以景結情。彷彿在軍中置酒飲樂的場面之後，忽然出現一個月照長城的莽莽蒼蒼的景象：古老雄偉的長城綿亙起伏，秋月高照，景象壯闊而悲涼。對此，你會生出什麼感想？是無限的鄉愁？是立功邊塞的雄心和對於現實的幽怨？也許，還應加上對於家國山川風物的深沉的愛，等等。

讀者也許會感到，在前三句中的感情細流一波三折地發展（「換新聲」——「舊別情」——「聽不盡」）後，到此卻匯成一汪深沉的湖水，蕩漾迴旋。「高高秋月照長城」，這裡離情入景，使詩情得到昇華。正因為情不可盡，詩人「以不盡盡之」（劉熙載《藝概．詩概》），「思入微茫，似脫實黏」（黃叔燦《唐詩箋註》），才使人感到那樣豐富深刻的思想感情，征戍者的內心世界表達得入木三分。此詩之臻於七絕上乘之境，除了音情曲折外，這絕處生姿的一筆也是不容輕忽的。（周嘯天）

從軍行七首（其四）

王昌齡

青海長雲暗雪山，孤城遙望玉門關。
黃沙百戰穿金甲，不破樓蘭終不還。

讀唐代邊塞詩，往往因為詩中所涉及的地名古今雜舉、空間懸隔而感到困惑。懷疑作者不諳地理，因而不求甚解者有之，曲為之解者亦有之。這首詩就有這種情形。

前兩句提到三個地名。雪山即河西走廊南面橫亙延伸的祁連山脈。青海與玉門關東西相距數千里，卻同在一幅畫面上出現，於是對這兩句就有種種不同的解說。有的說，上句是向前極目，下句是回望故鄉。這很奇怪。青海、雪山在前，玉門關在後，則抒情主人公回望的故鄉該是玉門關西的西域，那不是漢兵，倒成胡兵了。另一說，次句即「孤城玉門關遙望」之倒文，而遙望的對象則是「青海長雲暗雪山」，這裡存在兩種誤解：一是把「遙望」解為「遙看」，二是把對西北邊陲地區的概括描寫誤解為抒情主人公望中所見，而前一種誤解即因後一種誤解而生。一、二兩句，不妨設想成次第展現的廣闊地域的畫面：青海湖上空，長雲彌漫；湖的北面，橫亙著綿延千里的隱隱的雪山；越過雪山，是矗立在河西走廊荒漠中的一座孤城；再往西，就是和孤城遙遙相對的軍事要塞——玉門關。這幅集中了東西數千里廣闊地域的長卷，就是當時西北邊塞戍邊將士生活、戰鬥的典型環境。它是對整個西北邊陲的一個鳥瞰，一個概括。為什麼特別提及青海與玉門關呢？這跟當時民族之間戰爭的態勢有關。唐代西、北方的強敵，一是吐蕃，一是突厥。河西節度使的任務是隔斷吐蕃與突厥的交通，一鎮兼顧西方、北方兩個強敵，主要是防禦吐蕃，守護河西走廊。「青海」地區，正是吐蕃與唐軍多次作戰的場所；而「玉門關」外，則是突厥的勢力範圍。所以這兩句不僅描繪了整個西北邊陲的景象，而且點出了「孤城」南拒吐蕃，西防突厥的極其重要的地理形勢。這兩個方向的強敵，正是戍守「孤城」的將士心之所繫，宜乎在畫面上出現青海與玉門關。與其說，這是將士望中所見，不如說這是將士腦海中浮現出來的畫面。這兩句在寫景的同時滲透豐富複雜的感情：戍邊將士對邊防形勢的關注，對自己所擔負的任務的自豪感、責任感，以及戍邊生活的孤寂、艱苦之感，都融合在悲壯、開闊而又迷濛暗淡的景色裡。

三、四兩句由情景交融的環境描寫轉為直接抒情。「黃沙百戰穿金甲」，是概括力極強的詩句。戍邊時間之漫長，戰事之頻繁，戰鬥之艱苦，敵軍之強悍，邊地之荒涼，都於此七字中概括無遺。「百戰」是比較抽象的，冠以「黃沙」二字，就突出了西北戰場的特徵，令人宛見「日暮雲沙古戰場」（〈從軍行七首〉其三）的景象；「百戰」而至「穿金甲」，更可想見戰鬥之艱苦激烈，也可想見這漫長的時間中有一系列「白骨亂蓬蒿」（〈塞下曲四首〉其二）式的壯烈犧牲。但是，金甲儘管磨穿，將士的報國壯志卻並沒有銷磨，而是在大漠風沙的磨煉中變得更加堅定。「不破樓蘭終不還」，就是身經百戰的將士豪壯的誓言。上一句把戰鬥之艱苦，戰事之頻繁越寫得突出，這一句便越顯得鏗鏘有力，擲地有聲。一、二兩句，境界闊大，感情悲壯，含蘊豐富；三、四兩句之間，顯然有轉折，二句形成鮮明對照。「黃沙」句儘管寫出了戰爭的艱苦，但整個形象給人的實際感受是雄壯有力，而不是低沉傷感的。因此末句並非嗟嘆歸家無日，而是在深深意識到戰爭的艱苦、長期的基礎上所發出的更堅定、深沉的誓言。盛唐優秀邊塞詩的一個重要的思想特色，就是在抒寫戍邊將士的豪情壯志的同時，並不迴避戰爭的艱苦，本篇就是一個顯例。可以說，三、四兩句這種不是空洞膚淺的抒情，正需要有一、二兩句那種含蘊豐富的大處落墨的環境描寫。典型環境與人物感情高度統一，是王昌齡絕句的一個突出優點，這在本篇中也有明顯的體現。

（劉學鍇）

從軍行七首（其五） 王昌齡

大漠風塵日色昏，紅旗半卷出轅門。
前軍夜戰洮河北，已報生擒吐谷渾。

讀過《三國演義》的人，可能對第五回關雲長「酒當溫時斬華雄」印象深刻。這對塑造關羽英雄形象是很精彩的一節。但書中並沒有正面描寫單刀匹馬的關羽與領兵五萬的華雄如何正面交手，而是用了這樣一段文字：

「（關羽）出帳提刀，飛身上馬。眾諸侯聽得關外鼓聲大振，喊聲大舉，如天摧地塌，岳撼山崩，眾皆失驚。正欲探聽，鸞鈴響處，馬到中軍，雲長提華雄之頭，擲於地上，其酒尚溫。」

這段文字，筆墨非常簡練，從當時的氣氛和諸侯的反應中，寫出了關羽的神威。論其客觀藝術效果，比寫揮刀大戰數十回合，更加引人入勝。羅貫中的這段文字，當然有他匠心獨運之處，但如果就避開正面鋪敘，透過氣氛渲染和側面描寫，去讓人想像戰爭場面這一點來看，卻不是他的首創。像王昌齡的這首〈從軍行〉，應該說已早著先鞭，並且是以詩歌形式取得成功的。

「大漠風塵日色昏」，由於西北部的阿爾泰山、天山、昆侖山均呈自西向東或向東南走向，在河西走廊和青海東部形成一個大喇叭口，風力極大，狂風起時，飛沙走石。因此，「日色昏」接在「大漠風塵」後面，並不是指天色已晚，而是指風沙遮天蔽日。但這不光表現氣候的暴烈，它作為一種背景出現，還自然對軍事形勢起著烘托、暗示的作用。在這種情勢下，唐軍採取什麼行動呢？不是轅門緊閉，被動防守，而是主動出征。為了減少風的強大阻力，加快行軍速度，戰士們半捲著紅旗，向前挺進。這兩句於「大漠風塵」之中，渲染紅旗指引的一支勁旅，好像不是自然界在逞威，而是這支軍隊捲塵挾風，如一柄利劍，直指敵營。這就把讀者的心弦扣得緊緊的，讓人感到一場惡戰已迫在眉睫。這支橫行大漠的健兒，將要演出怎樣一種驚心動魄的場面呢？在這種懸想之下，再讀後兩句：「前軍夜戰洮河北，已報生擒吐谷渾。」這可以說是一落一起。讀者的懸想是緊跟著剛才那支軍隊展開的，可是在沙場上大顯身手的機會卻並沒有輪到他們。就在中途，捷報傳來，前鋒部隊已在夜戰中大獲全勝，連敵酋也被生擒。情節發展得既快又不免有點出人意料，但卻完全合乎情理，因為前兩句所寫的那種大軍出征時迅猛、凌厲的聲勢，已經充分暗示了唐軍的士氣和威力。這支強大剽悍的增援部隊，既襯托出前鋒的勝利並非偶然，又能見出唐軍兵力綽綽有餘，勝券在握。

從描寫看，詩人所選取的對象是未和敵軍直接交手的後續部隊，而對戰果輝煌的「前軍夜戰」只從側面帶出。這是打破常套的構思。如果改成從正面對夜戰進行鋪敘，就不免會顯得平板，並且在短小的絕句中無法完成。現在避開對戰爭過程的正面描寫，從側面進行烘托、點染，就把絕句的短處變成了長處。它讓讀者從「大漠風塵日色昏」和「夜戰洮河北」去想像前鋒的仗打得多麼艱苦，多麼出色。從「已報生擒吐谷渾」去體味這次出征多麼富有戲劇性。一場激戰，不是寫得聲嘶力竭，而是出以輕快跳脫之筆，讓讀者去體會、遐想。這一切，在短短的四句詩裡表現出來，在構思和驅遣語言上的難度，應該說是超過「溫酒斬華雄」那樣一類小說故事的。

（余恕誠）

出塞二首（其一）　王昌齡

秦時明月漢時關，萬里長征人未還。
但使龍城①飛將在，不教胡馬度陰山②。

〔註〕①龍城：或解釋為匈奴祭天之處，其故地在今蒙古人民共和國鄂爾渾河西側的和碩柴達木湖附近；或解釋為盧龍城，在今河北省喜峰口附近一帶，為漢代右北平郡所在地。《史記．李將軍傳》說：「廣居右北平，匈奴聞之，號曰『漢之飛將軍』，避之數歲，不敢入右北平。」後一解較合理。②陰山：在今內蒙古自治區中部。

這是一首名作，明代詩人李攀龍曾經推獎它是唐人七絕的壓卷之作。清沈德潛《說詩晬語》說：「『秦時明月』一章，前人推奬之而未言其妙，蓋言師勞力竭，而功不成，由將非其人之故；得飛將軍備邊，邊烽自熄，即高常侍〈燕歌行〉歸重『至今人說李將軍』也。防邊築城，起於秦漢，明月屬秦，關屬漢，詩中互文。」他這段話批評李攀龍只知推獎此詩而未言其妙，可是他自己也只是說明了全詩的主旨，並沒有點出作者的匠心。

沈氏歸納的全詩主旨基本上是對的，但這個主旨的思想是很平凡的。為什麼這樣平凡的思想竟能寫成為一首壓卷的絕作呢？

原來，這首詩裡，有一句最美最耐人尋味的詩句，即開頭第一句：「秦時明月漢時關」。這句詩有什麼妙處呢？得從詩題說起。此詩題名〈出塞〉，一望而知是一首樂府詩。樂府詩是要譜成樂章廣泛傳唱的，為入譜傳唱的需要，詩中就往往有一些常見習用的詞語。王昌齡這首詩也不例外。你看這開頭一句中的「明月」和「關」兩個詞，正是有關邊塞的樂府詩裡很常見的詞語。《樂府詩集·橫吹曲辭》裡不是就有〈關山月〉嗎？唐《樂府古題要解》說：「關山月，傷離別也。」無論征人思家，思婦懷遠，往往都離不了這「關」和「月」兩個字。「關山三五月，客子憶秦川」（南朝陳徐陵〈關山月〉），「關山夜月明，秋色照孤城」（北周王褒〈關山月〉），「關山萬里不可越，誰能坐對芳菲月」（隋盧思道〈從軍行〉），「隴頭明月迥臨關，隴上行人夜吹笛」（王維〈隴頭吟〉），例子舉不勝舉。看清這一點之後，你就明白這句詩的新鮮奇妙之處，就是在「明月」和「關」兩個詞之前增加了「秦」及「漢」兩個時間性的限定詞。這樣從千年以前、萬里之外下筆，自然形成一種雄渾蒼茫的獨特的意境，借用前代評詩慣用的詞語來說，就是「發興高遠」，使讀者把眼前明月下的邊關同秦代築關備胡，漢代在關內外與胡人發生諸多戰爭的悠久歷史自然聯繫起來。這樣一來，「萬里長征人未還」，就不只是當代的人們，而是自秦漢以來世世代代的人們共同的悲劇；希望邊境有「不教胡馬度陰山」的「龍城飛將」，也不只是漢代的人們，而是世世代代人們共同的願望。平凡的悲劇，平凡的希望，都隨著首句「秦」、「漢」這兩個時間限定詞的出現而顯示出很不平凡的意義。這句詩聲調高昂，氣勢雄渾，也足以統攝全篇。

詩歌之美，詩歌語言之美，往往就表現在似乎很平凡的字上，或者說，就表現在把似乎很平凡的字用在最確切最關鍵的地方。而這些地方，往往又最能體現詩人高超的造詣。（廖仲安）

采蓮曲二首（其二）

王昌齡

荷葉羅裙一色裁，芙蓉向臉兩邊開。
亂入池中看不見，聞歌始覺有人來。

如果把這首詩看作一幅「採蓮圖」，畫面的中心自然是採蓮少女們。但作者卻自始至終不讓她們在這幅活動的畫面上明顯地出現，而是讓她們夾雜在田田荷葉、豔豔荷花叢中，若隱若現，若有若無，使採蓮少女與美麗的大自然融為一體，使全詩別具一種引人遐想的優美意境。這樣的藝術構思，是獨具匠心的。

一開頭就巧妙地把採蓮少女和周圍的自然環境組成一個和諧統一的整體，「荷葉羅裙一色裁，芙蓉向臉兩邊開。」說女子的羅裙綠得像荷葉一樣，不過是個普通的比喻；而這裡寫的是採蓮少女，置身蓮池，說荷葉與羅裙一色，那便是「本地風光」，是「賦」而不是「比」了，顯得生動喜人，兼有素樸和美豔的風致。次句的芙蓉即荷花。說少女的臉龐紅潤豔麗如同出水的荷花，這樣的比喻也不算新鮮。但「芙蓉向臉兩邊開」卻又不單是比喻，而是描繪出一幅美麗的圖景：採蓮少女的臉龐正掩映在盛開的荷花中間，看上去好像鮮豔的荷花正朝著少女的臉龐開放。把這兩句聯成一體，讀者彷彿看到，在那一片綠荷紅蓮叢中，採蓮少女的綠羅裙已經融入田田荷葉之中，幾乎分不清孰為荷葉，孰為羅裙；而少女的臉龐則與鮮豔的荷花相互照映，人花難辨。讓人感到，這些採蓮女子簡直就是美麗的大自然的一部分，或者說竟是荷花的精靈。這描寫既具有真切的生活實感，

王昌齡〈采蓮曲〉——明刊本《唐詩畫譜》

又帶有濃郁的童話色彩。

第三句「亂入池中看不見」，緊承前兩句而來。亂入，即雜入、混入之意。荷葉、羅裙，芙蓉、人面，本就恍若一體，難以分辨，只有在定睛細察時才勉強可辨；所以稍一錯神，採蓮少女又與綠荷紅蓮渾然為一，忽然不見蹤影了。這一句所寫的正是佇立凝望者在剎那間所產生的一種人花莫辨，是耶非耶的感覺，一種變幻莫測的驚奇與悵惘。這是通常所說「看花了眼」時常有的情形。然而，正當踟躕悵惘、望而不見之際，蓮塘中歌聲四起，忽又恍然大悟，「看不見」的採蓮女子仍在這田田荷葉、豔豔荷花之中。「始覺有人來」要和「聞歌」聯在一起體味。本已「不見」，忽而「聞歌」，方知「有人」；但人卻又仍然掩映於荷葉荷花之中，故雖聞歌而不見她們的身姿面影。這真是所謂「菱歌唱不徹，知在此塘中」（崔國輔〈小長干曲〉）了。這一描寫，更增加了畫面的生動意趣和詩境的含蘊，令人宛見十畝蓮塘，荷花盛開，菱歌四起的情景，和觀望者聞歌神馳、佇立凝望的情狀，而採蓮少女們充滿青春活力的歡樂情緒也洋溢在這聞歌而不見人的荷塘之中。直到最後，作者仍不讓畫的主角明顯出現在畫面上，那目的，除了把她們作為美麗的大自然的化身之外，還因為這樣描寫，才能留下悠然不盡的情味。（劉學鍇）

春宮曲 王昌齡

昨夜風開露井桃，未央前殿月輪高。
平陽歌舞新承寵，簾外春寒賜錦袍。

天寶年間，唐玄宗寵納楊玉環，淫佚無度，詩人以漢喻唐，拉出漢武帝寵幸衛子夫、遺棄陳皇后的一段情事，為自己的諷刺詩罩上了一層「宮怨」的煙幕。更為巧妙的是，詩人寫宮怨，字面上卻看不出一點怨意，只是從一個失寵者的角度，著力描述新人受寵的情狀，這樣，「只說他人之承寵，而己之失寵，悠然可會」（清沈德潛《唐詩別裁集》）。

全詩通篇都是失寵者對「昨夜」的追述之詞。「昨夜風開露井桃」點明時令，切題中「春」字；露井（沒有井亭覆蓋的井）旁邊的桃樹，在春風的吹拂下，綻開了花朵。「未央前殿月輪高」點明地點，切題中「宮」字。未央宮的前殿，月輪高照，銀光鋪灑。字面上看來，兩句詩只是淡淡地描繪了一幅春意融融、安詳和穆的自然景象，觸物起興，暗喻歌女承寵，有如桃花沾沐雨露之恩而開放，是興而兼比的寫法。月亮，對於人們來說，本無遠近、高低之分，這裡偏說「未央前殿月輪高」，因為那裡是新人受寵的地方，是這個失寵者心嚮往之而不得近的所在，所以她只覺得月是彼處高，儘管無理，但卻有情。

後兩句寫新人的由來和她受寵的具體情狀。衛子夫原為平陽公主的歌女，因妙麗善舞，被漢武帝看中，召入宮中，大得寵幸。「新承寵」一句，即就此而發。為了具體說明新人的受寵，第四句選取了一個典型的細節。露井桃開，可知已是春暖時節，但寵意正濃的皇帝猶恐簾外春寒，所以特賜錦袍，見出其過分的關心。透過這一細節描寫，新人受寵之深，顯而易見。另外，由「新承寵」三字，人們自然會聯想起那個剛剛失寵的舊人。此時此刻，她可能正站在月光如水的幽宮簷下，遙望未央殿，耳聽新人的歌舞嬉戲之聲而黯然神傷，其孤寂、愁慘、怨悱之情狀，更是可想而知的了。正是因為有見於此，前人評論此詩，多認為是詩人代失寵的舊人抒發妒嫉、怨恨之情的。清王堯衢《古唐詩合解》云：「不寒而寒，賜非所賜，失寵者思得寵者之榮，而愈加愁恨，故有此詞也。」這些說法，儘管不為無見，但此詩的旨意乃敘春宮中未承寵幸的宮人的怨思，從而諷刺皇帝沉溺聲色，喜新厭舊。這種似此實彼、言近旨遠的手法，正體現出王昌齡七絕詩「深情幽怨，意旨微茫，令人測之無端，玩之不盡」（清沈德潛《唐詩別裁集》）的特色。（崔閩）

西宮春怨

王昌齡

西宮夜靜百花香，欲捲珠簾春恨長。
斜抱雲和①深見月，朦朧樹色隱昭陽②。

〔註〕①樂器，《舊唐書．音樂志》：「如箏稍小，曰雲和，樂府所不用。」②昭陽舍，趙飛燕姊妹居住的宮殿。

這首詩以一個「春色惱人眠不得」的花月良宵為背景，描寫一個被幽閉在深宮裡的少女的一連串動作和意態，運思深婉，刻畫入微，使讀者如臨其境，如見其人，並看到了她的曲折複雜的內心活動。

詩的首句「西宮夜靜百花香」，點明季節，點明時間，把讀者帶進了一個花氣襲人的春夜。這一句，就手法而言，它是為了反襯出詩中人的孤獨淒涼的處境；就內容而言，它與下文緊密銜接，由此引出了詩中人的矛盾心情和無限幽恨。作者的構思和用詞是極其精細的。這裡，不寫花的顏色，只寫花的香氣，因為一般說來，在夜色覆蓋下，令人陶醉的不是色而是香，更何況從下面一句看，詩中人此時在珠簾未捲的室內，觸發她的春怨的就只可能是隨風飄來的陣陣花香了。

照理說，在百花開放的時節，在如此迷人的夜晚，作為一個正在好動、愛美年齡的少女，既然還沒有就寢，早該到院中去觀賞了，但她卻為什麼一直把自己關在室內呢？這可能是她並不知道戶外景色這般美好，更可能是有意逃避，為怕惱人的春色勾起自己心事，倒不如眼不見心不煩。可是，偏偏有花香透簾而入，使她又不能不動觀賞的念頭。詩的第二句「欲捲珠簾春恨長」，正是寫她動念後的內心活動。這時，她雖然無心出戶，倒也曾想把珠簾捲起遙望一番，但這裡只說「欲捲」，看來並沒有真的去捲。其實，捲簾不過舉手之勞，為什麼始而欲捲，終於不捲呢？其原因為：不見春景，已是春恨綿綿，當然不必再去添加煩惱了。

但如此良宵，美景當前，悶坐在重簾之內，又會感到時間難熬，愁恨難遣。詩的第三句「斜抱雲和深見月」，就是詩中人決心不捲珠簾而又百無聊賴之餘的舉動和情態。看來，她是一位有音樂素養的少女，此時不禁拿起樂器，想以音樂打發時間、排遣愁恨；可是，欲彈輒止，並沒有真個去彈奏，只是把它斜抱在胸前，凝望著夜空獨自出神罷了。這一「斜抱雲和」的描寫，正如明譚元春在《唐詩歸》中所說，「以態則至媚，以情則至苦」。可以與這句詩合參的有崔國輔的〈古意〉「下簾彈箜篌，不忍見秋月」以及李白的〈玉階怨〉「卻下水晶簾，玲瓏望秋月」。所寫情事雖然各有不同，但都道出了幽囚在深宮中的怨女的極其微妙、也極其痛苦的心情。

月下，她凝望的是什麼，又望到了什麼呢？詩的末句「朦朧樹色隱昭陽」，就是她隔簾望見的景色。這一句，既是以景結情，又是景中見情。句中特別值得玩味的是點出了皇帝所在的昭陽宮。這與作者另一首〈長信秋詞〉的結尾「臥聽南宮清漏長」句中點出南宮的意義是相同的。它暗示詩中人所凝望的是皇帝的居處，而這正是她的怨情所指。但是，禁閉著大批宮人的西宮與昭陽殿之間隔著重重門戶，距離本來就很遙遠，更何況又在夜幕籠罩之中，詩中人所能望見的只是一片朦朦朧朧的樹影而已。這是透過一層、深入一步的寫法，寫詩中人想把怨情傾注向昭陽宮，而這個昭陽宮卻望都望不見，這就加倍說明了她的處境之可憐。

清沈德潛《說詩晬語》說：「王龍標絕句，深情幽怨，意旨微茫。」明陸時雍《詩鏡總論》也說：「王龍標七言絕句，自是唐人〈騷〉語，深情苦恨，襀襞重重，使人測之無端，玩之無盡。」這首〈西宮春怨〉是當之無愧的。（陳邦炎）

長信秋詞①五首（其二） 王昌齡

金井梧桐秋葉黃，珠簾不捲夜來霜。
熏籠②玉枕無顏色，臥聽南宮清漏長。

〔註〕①長信宮，漢代宮殿。趙飛燕姊弟驕妒，班婕妤「恐久見危，求共養太后長信宮。」（《漢書．外戚傳》）②供熏香或取暖用之竹籠。

這首宮怨詩，運用深婉含蓄的筆觸，採取以景托情的手法，寫一個被剝奪了青春、自由和幸福的少女，在淒涼寂寞的深宮中，形孤影單、臥聽宮漏的情景。這是從這位少女的悲慘的一生中剪取下來的一個不眠之夜。

在這個不眠之夜裡，詩中人憂思如潮，愁腸似結，她的滿腔怨情該是傾吐不盡的。這首詩只有四句，總共二十八個字，照說，即令字字句句都寫怨情，恐怕還不能寫出她的怨情於萬一。可是，作者竟然不惜把前三句都用在寫景上，只留下最後一句寫到人物，而且就在這最後一句中也沒有明寫怨情。這樣寫，乍看像是離開了這首詩所要表現的主題，其實卻更顯得有力，更深刻地表現了主題。這是因為：前三句雖是寫景，卻並非為寫景而寫景，它們是為襯托最後人物的出場。就通首詩而言，四句詩是融合為一的整體，不論寫景與寫人，都是為托出怨情。

這首詩，題為「秋詞」。它的首句就以井邊梧桐、秋深葉黃點破題，同時起了渲染色彩、烘托氣氛的作用，把讀者引入一個蕭瑟冷寂的環境之中。次句更以珠簾不捲、夜寒霜重表明時間已是深夜，從而把這一環境描畫得更為淒涼。接下來，詩筆轉向室內。室內可寫的景物應當很多，而作者只選中了兩件用具。其寫熏籠，是為了進一步烘染深宮寒夜的環境氣氛；寫玉枕，是使人聯想到床上不眠之人的孤單。作者還用了「無顏色」三字來形容熏籠、玉枕。這既是實寫，又是虛寫。實寫，一是說明這是一個冷宮，室內的用具都已年久陳舊，色彩黯淡；二是說明時間已到深夜，爐火、燈光都已微弱，周圍的物品也顯得黯然失色。虛寫，則不必是器物本身「無顏色」，而是伴對此器物之人的主觀感覺，是她的黯淡心情的反映。寫到這裡，詩中之人已經呼之欲出了。最後，讀者終於在熏籠畔、玉枕上看到了一位孤眠不寐的少女。這時，回過頭來看前三句詩，才知道作者是遙遙著筆、逐步收縮的。詩從戶外井邊，寫到門戶之間的珠簾，再寫到室內的熏籠、床上的玉枕，從遠到近，句句換景，句句騰挪，把讀者的視線最後引向一點，集中到這位女主角身上。這樣，就使人物的出場，既有水到渠成之妙，又收引滿而發之效。

在以濃墨重筆點染背景，描畫環境，從而逼出人物後，作者在末句詩中，只以客觀敘述的口氣寫這位女主角正在臥聽宮漏。其表現手法是有案無斷，含而不吐，不去道破怨情而怨情自見。這一句中的孤眠不寐之人的注意點是漏聲，吸引讀者注意力的也是漏聲，而作者正是在漏聲上以暗筆來透露怨情、表現主題的。他在漏聲前用了一個「清」字，在漏聲後用了一個「長」字。這是暗示：由於詩中人心境淒清、愁恨難眠，才會感到漏聲淒清，漏聲漫長。同時，這句詩裡還著意指出，所聽到的漏聲是從皇帝的居處——南宮傳來的。這「南宮」兩字在整首詩中是畫龍點睛之筆，它點出了詩中人的怨情所注。這些暗筆的巧妙運用，這一把怨情隱藏在字裡行間的寫法，就使詩句更有深度，在篇終處留下了不盡之意、弦外之音。（陳邦炎）

長信秋詞五首（其三）　王昌齡

奉帚平明金殿開，且將團扇共裴回。
玉顏不及寒鴉色，猶帶昭陽日影來。

〈長信秋詞〉是擬托漢代班婕妤在長信宮中某一個秋天的事情而寫作的。古樂府歌辭中有〈怨歌行〉一篇，其辭是：「新裂齊紈素，皎潔如霜雪。裁為合歡扇，團團似明月。出入君懷袖，動搖微風發。常恐秋節至，涼飆奪炎熱。棄捐篋笥中，恩情中道絕。」此詩相傳是班婕妤所作，以秋扇之見棄，比君恩之中斷。王昌齡這篇詩寫宮廷婦女的苦悶生活和幽怨心情，即就〈怨歌行〉的寓意而加以渲染，借長信故事反映唐代宮廷婦女的生活。

詩中前兩句寫天色方曉，金殿已開，就拿起掃帚打掃，這是每天刻板的工作和生活；打掃之餘，別無他事，就手執團扇，且共徘徊，這是一時的偷閒和沉思。徘徊，寫心情之不定；團扇，喻失寵之可悲。說「且將」則更見出孤寂無聊，唯有袖中此扇，命運相同，可以徘徊與共而已。

後兩句進一步用一個巧妙的比喻來發揮這位宮女的怨情，仍承用班婕妤故事。昭陽，漢宮殿，即趙飛燕姊妹所居。時當秋日，故鴉稱寒鴉。古代以日喻帝王，故日影即指君恩。寒鴉能從昭陽殿上飛過，所以它們身上還帶有昭陽日影，而自己深居長信，君王從不一顧，則雖有潔白如玉的容顏，倒反而不及渾身烏黑的老鴉了。

她怨恨的是，自己不但不如同類的人，而且不如異類的物——小小的、醜陋的烏鴉。按照一般情況，「擬人必於其倫」（《禮記．曲禮下》），也就是以美的比美的，醜的比醜的，可是玉顏之白與鴉羽之黑，極不相類；不但不類，而且相反，拿來作比，就使讀者增強了感受。因為如果都是玉顏，則雖略有高下，未必相差很遠，那麼，她的怨苦，她的不甘心，就不會如此深刻了，而上用「不及」，下用「猶帶」，以委婉含蓄的方式表達了其實是非常深沉的怨憤。凡此種種，都使得這首詩成為宮怨詩的佳作。

孟遲的〈長信宮〉和這首詩極其相似：「君恩已盡欲何歸？猶有殘香在舞衣。自恨身輕不如燕，春來還繞御簾飛。」首句是說由得寵而失寵。「欲何歸」，點出前途茫茫之感。次句對物傷情，檢點舊日舞衣，餘香尚存，但已無緣再著，憑藉它去取得君王的寵愛了。後兩句以一個比喻說明，身在冷宮，不能再見君王之面，還不如輕盈的燕子，每到春來，總可以繞著御簾飛翔。不以得寵的宮嬪作比，而以無知的燕子對照，以顯示怨情之深，構思也很巧、很切。

但若與王詩比較，就可以找出它們之間的異同和差距來。兩詩都用深入一層的寫法，不說己不如人，而嘆人不如物，這是相同的。但燕子輕盈美麗，與美人相近，而寒鴉則醜陋粗俗，與玉顏相反，因而王詩的比喻，顯得更為深刻和富於創造性，這是一。其次，明說自恨不如燕子之能飛繞御簾，含意一覽無餘；而寫寒鴉猶帶日影，既是實寫景色，又以日影暗喻君恩，多一層曲折，含意就更為豐富。前者是比喻本身的因襲和創造的問題，後者是比喻的含意深淺或厚薄的問題。所以孟遲這篇詩，雖也不失為佳作，但與王詩一比，就不免相形見絀了。（沈祖棻）

長信秋詞五首（其四） 王昌齡

真成薄命久尋思，夢見君王覺後疑。

火照西宮知夜飲，分明複道奉恩時。

同樣是抒寫失寵宮嬪的幽怨，表現她們內心的深刻痛苦，在王昌齡筆下，卻很少雷同重複。〈長信秋詞五首〉從五個不同的角度寫了宮怨，這一首則帶有更多的直接抒情和細緻刻畫心理的特點。

第一句就單刀直入，抒寫失寵宮嬪的內心活動。「真成薄命」，是說想不到竟真是個命運不幸的失寵者。這個開頭，顯得有些突兀，讓人感到其中有很多省略。看來她不久前還是得寵者。但宮嬪得寵與否，往往取決於君主一時好惡，或純出偶然的機緣。因此這些完全不能掌握自己命運的宮嬪就特別相信命運。得寵，歸之幸運；失寵，歸之命薄。而且就在得寵之時，也總是提心吊膽地過日子，生怕失寵的厄運會突然降臨在自己頭上。「真成薄命」這四個字，恰似這位失寵宮嬪內心深處一聲沉重的嘆息，把她那種時時擔心厄運降臨，而當厄運終於落到頭上時既難以置信，又不得不痛苦地承認的複雜心理和盤托出了。這樣的心理刻畫，是很富包蘊的。

失寵的命運降臨之後，她陷入久久的尋思。因「思」而入「夢」，夢中又在重溫過去的歡樂，表現出對命運的希冀，對君主的幻想，而在自己心中重新編織得寵的幻影。但幻夢畢竟代替不了現實，一覺醒來，眼前面對的仍是寂寞的長信宮殿，梧桐秋葉，珠簾夜霜，聽到的仍是悠長淒涼的銅壺清漏。於是又不得不懷疑自己這種僥倖的希望原不過是無法實現的幻夢。以上兩句，把女主人公曲折複雜的心理刻畫得細緻入微而又層次分明。

就在這位失寵者由思而夢，由夢而疑，心靈上備受痛苦煎熬的時刻，不遠的西宮那邊卻向她展示了一幅燈火輝煌的圖景。不用說，此刻西宮中又正在徹夜宴飲，重演「平陽歌舞新承寵」（王昌齡〈春宮曲〉）的場面了。這情景對她來說是那樣地熟悉，使她一下子就喚起了對自己「新承寵」時的記憶，彷彿回到了當初在複道（宮中樓閣間架空的通道）承受君主恩寵的日子。可是這一切此刻又變得那樣遙遠，承寵的場面雖在重演，但華美的西宮已經換了新主。「分明」二字，意餘言外，耐人咀嚼。它包含了失寵者在寂寞淒涼中對往事歷歷分明的記憶和無限的追戀，也蘊含著往事不可回復的深沉感慨和無限悵惘，更透露出不堪回首往事的深刻哀傷。

這裡隱含著好幾重對比。一重是失寵者與新承寵者的對比；一重是失寵者過去「複道奉恩」的歡樂和目前寂處冷宮的淒涼的對比；還有一重，則是新承寵者的現在和她將來可能遇到的厄運之間的對比。新承寵者今天正在重演自己的過去，焉知將來又不重演自己的今天呢？這一層意思，隱藏得比較深，但卻可以意會。

這重重對比映襯，把失寵宮嬪在目睹西宮夜飲的燈光火影時內心的複雜感情表現得極為細膩深刻，確實稱得上是「深情幽怨，意旨微茫，令人測之無端，玩之無盡」（清沈德潛《唐詩別裁集》），但卻不讓人感到刻意雕琢，用力刻畫。詩人似乎只是把女主人公此刻所看到、所自然聯想到的情景輕輕和盤托出，只用「知」和「分明」這兩個詞語略略透露一點內心活動的消息，其餘的一切全部蘊含在渾融的詩歌意境中讓讀者自己去摸索、體會。正因為這樣，這首帶有直接抒情和細緻刻畫心理特點的詩才能做到刻而不露，保持王昌齡七絕含蓄蘊藉的一貫風格。（劉學鍇）

青樓曲二首 王昌齡

白馬金鞍從武皇，旌旗十萬宿長楊。
樓頭小婦鳴箏坐，遙見飛塵入建章。

馳道楊花滿御溝，紅妝縵綰上青樓。
金章紫綬千餘騎，夫婿朝回初拜侯。

〈青樓曲〉第一首在讀者眼前展現了兩個場景：一個是白馬金鞍上的將軍，正率領著千軍萬馬，在長安大道上前進，漸走漸遠，到後來就只見馬後揚起的一線飛塵；一個是長安大道旁邊的一角青樓，樓上的少婦正在彈箏，那優美的箏聲並沒有因樓外的熱烈場景而中斷，好像這一切早就在她意料之中似的。前面的場景是那麼熱烈、雄偉，給人以壯麗的感覺；後面的場景又顯得端莊、平靜，給人以優美的感覺。這兩種不同的意境，前後互相映襯，對照鮮明。

詩人是怎樣把這兩個不同的場景剪接在一個畫面上的呢？這就是透過樓頭少婦的神態，把長安大道上的壯麗場景，從她的眼神中反映出來。表面上她好像無動於衷，實際上卻抑制不住內心的欣羨，於是就情不自禁地一路目送著那馬上將軍和他身後的隊伍，直到飛塵滾滾，人影全無，還沒有收回她的視線。「樓頭小婦鳴箏坐，遙見飛塵入建章。」我們彷彿還聽到她從箏弦上流出的愉快的樂聲。

這少婦跟馬上將軍有什麼關係，為什麼如此關注他的行動呢？這可從〈青樓曲〉的第二首中找到答案。原來那馬上的將軍是她的夫婿，他正立功回來，封侯拜爵，連他部隊裡許多騎將都受到封賞。「春風得意馬蹄疾」（孟郊〈登科後〉），他們經過馳道回來時，把滿路楊花都吹散到御溝裡去了。

把這兩首詩合起來看，前一首描繪的當是一支皇家大軍凱旋的場景。由於這次勝利的不平常，連皇帝都親自出迎了，作為將領的妻子，她內心的激動可想而知。詩人未用一句話直接抒寫她內心的激動，只是寫她從樓頭看到的熱烈場景，讀者卻可想像到她面對這熱烈場景時的內心感受。這正如北宋詩人梅堯臣對詩創作所概括的兩句話：「狀難寫之景，如在目前，含不盡之意，見於言外。」（宋歐陽修《六一詩話》）

長楊是西漢皇家射獵、校武的大苑子，建章宮是漢武帝建造的，都在西漢都城長安的近郊。盛唐詩人慣以漢武帝比唐玄宗，此詩也如此。詩人是借用漢武帝時期的歷史畫卷反映盛唐時期的現實面貌。

這幅描寫大軍凱旋的歷史畫卷，使人聯想到唐代前期國容威赫，實力強大。試想一支千軍萬馬的軍隊，如果沒有統一的指揮，嚴明的紀律，怎能夠旗幟鮮明、隊伍整齊地前進，連樓頭彈箏少婦都絲毫不受驚動？詩裡還映現了唐代都城長安的一片和平景象。不言而喻，這支強大的軍隊，維護了人民和平美好的生活。從樓頭少婦的眼中也反映出當時社會的尚武風氣。唐代前期，接受了西晉以來以及南北朝長期分裂的痛苦教訓，整軍經武，保持了國家的統一與強盛。「聘得良人，為國願長征。」（敦煌曲子詞）在這盛極一時的帝國裡，成為當時的社會風尚。在這兩首詩中，一種為國立功的光榮感，很自然地從一個征人家屬的神態中流露出來，反映出盛唐社會生活的一個側面。（王季思）

閨怨　王昌齡

閨中少婦不曾①愁，春日凝妝上翠樓。
忽見陌頭楊柳色，悔教夫婿覓封侯。

〔註〕①劉永濟《唐人絕句精華》注：「不曾」一本作「不知」。作「不曾」與凝妝上樓，忽見春光，頓覺孤寂，因而引起懊悔之意，相貫而有力。

王昌齡善於用七絕細膩而含蓄地描寫宮閨女子的心理狀態及其微妙變化。這首〈閨怨〉和〈長信秋詞〉等宮怨詩，都是素負盛譽之作。

題稱「閨怨」，一開頭卻說「閨中少婦不曾愁」，似乎故意違反題面。其實，作者這樣寫，正是為了表現這位閨中少婦從「不曾愁」到「悔」的心理變化過程。丈夫從軍遠征，離別經年，照說應該有愁。之所以「不曾愁」，除了這位女主人公正當青春年少，還沒有經歷多少生活波折，和家境比較優裕（從下句「凝妝上翠樓」可以看出）之外，根本原因還在於那個時代的風氣。唐代前期國力強盛，從軍遠征，立功邊塞，成為當時人們「覓封侯」的一條重要途徑。「功名祇向馬上取，真是英雄一丈夫」（岑參〈送李副使赴磧西官軍〉），成為當時許多人的生活理想。在這種時代風尚影響下，「覓封侯」者和他的「閨中少婦」對這條生活道路是充滿了浪漫主義幻想的。從末句「悔教」二字看，這位少婦當初甚至還可能對她的夫婿「覓封侯」推波助瀾。一個對生活、對前

王昌齡〈閨怨〉——明刊本《唐詩畫譜》

途充滿樂觀展望的少婦，在一段時間「不曾愁」是完全合乎情理的。

第一句點出「不曾愁」，第二句緊接著用春日登樓賞景的行動具體展示她的「不曾愁」。一個春天的早晨，她經過一番精心的打扮、著意的妝飾，登上了自家的高樓。「翠樓」即青樓，古代顯貴之家樓房多飾青色，這裡因平仄要求用「翠」，且與女主人公的身份、與時令季節相應。春日而凝妝登樓，當然不是為了排遣愁悶（遣愁何必凝妝），而是為了觀賞春色以自娛。這一句寫少婦青春的歡樂，正是為下面青春的虛度、青春的怨曠蓄勢。

第三句是全詩轉關。陌頭柳色是最常見的春色，登樓覽眺自然會看到它，「忽見」二字乍讀似乎有些突兀。關鍵就在於這「陌頭楊柳色」所引起的聯想與感觸，與少婦登樓前的心理狀態大不相同。「忽見」，是不經意地流目矚望而適有所遇，而所遇者——普普通通的陌頭楊柳竟勾起她許多從未明確意識到的感觸與聯想。「楊柳色」雖然在很多場合下可以作為「春色」的代稱，但也可以聯想起蒲柳先衰，青春易逝；聯想起千里懸隔的夫婿和當年折柳贈別，這一切，都促使她從內心深處冒出以前從未明確意識到而此刻卻變得非常強烈的念頭，「悔教夫婿覓封侯」。這也就是題目所說的「閨怨」。

本來要凝妝登樓，觀賞春色，結果反而惹起一腔幽怨，這變化發生得如此迅速而突然，彷彿難以理解。詩的好處正在這裡：它生動地顯示了少婦心理的迅速變化，卻不說出變化的具體原因與具體過程，留下充分的想像餘地讓讀者去仔細尋味。

短篇小說往往截取生活中的一個橫斷面，加以集中表現，使讀者從這個橫斷面中窺見全豹。絕句在這一點上有些類似短篇小說。這首詩正是抓住閨中少婦心理發生微妙變化的刹那，使讀者從突變聯想到漸進，從一剎那窺見全過程。這就很耐人尋味。（劉學鍇）

聽流人水調子 王昌齡

孤舟微月對楓林，分付鳴箏與客心。
嶺色千重萬重雨，斷弦收與淚痕深。

這首詩大約作於王昌齡晚年赴龍標（今湖南黔陽）貶所途中，寫聽箏樂而引起的感慨。

首句寫景，並列三個意象（孤舟、微月、楓林）。古典詩歌中，本有借月光寫客愁的傳統。而江上見月，月光與水光交輝，更易牽惹客子的愁情。王昌齡似乎特別偏愛這樣的情景：〈送魏二〉「憶君遙在瀟湘月，愁聽清猿夢裡長」，〈盧溪主人〉「行到荊門上三峽，莫將孤月對猿愁」，等等，都將客愁與江月聯在一起。而「孤舟微月」也是寫這種意境，「愁」字未明點，是見於言外的。「楓林」暗示了秋天，也與客愁有關。這種闊葉樹生在江邊，遇風發出一片肅殺之聲（戴叔倫〈三閭廟〉「日暮秋煙起，蕭蕭楓樹林」），真叫人感到「青楓浦上不勝愁」（張若虛〈春江花月夜〉）呢。「孤舟微月對楓林」，集中秋江晚來三種景物，就構成極淒清的意境（這種手法，後來在元人馬致遠〈天淨沙〉中有最盡致的發揮），上面的描寫為箏曲的演奏安排下一個典型的環境。此情此境，只有音樂能排遣異鄉異客的愁懷了。「分付」即發付，安排。彈箏者於此也就暗中登場。「分付」同「與」字照應，意味著奏出的箏曲與遷客心境相印。詩題「水調子」（即水調歌，屬樂府商調曲）本來哀切，此時又融入流落江湖的樂人（「流人」）的主觀感情，怎能不引起「同是天涯淪落人」（白居易〈琵琶行〉）的遷謫者內心的共鳴呢？這裡的「分付」和「與」，下字皆靈活，它們既含演奏彈撥之意，其意味又絕非演奏彈撥一類實在的詞語所能傳達於萬一的。它們的作用，已將景色、箏樂與聽者心境緊緊勾連，使之融成一境。「分付」雙聲，「鳴箏」疊韻，使詩句鏗鏘上口，富於樂感。詩句之妙，恰如明人鍾惺所說：「『分付』字與『與』字說出鳴箏之情，卻解不出」（《唐詩歸》）。所謂「解不出」，乃是說它可意會而難言傳，不像實在的詞語那樣易得確解。

次句剛寫入箏曲，三句卻提到「嶺色」，似乎又轉到景上。其實，這裡與首句寫景性質不同，可說仍是寫「鳴箏」的繼續。也許晚間真的飛了一陣雨，使嶺色處於有無之中。也許只不過是「微月」如水的清光造成的幻景，層層山嶺好像迷濛在霧雨之中。無論是哪種境況，對遷客的情感都有陪襯烘托的作用。此外，更大的可能是奇妙的音樂造成了這樣一種「石破天驚逗秋雨」（李賀〈李憑箜篌引〉）的感覺。「千重萬重雨」不僅寫嶺色，也兼形箏聲（猶如〈琵琶行〉「大弦嘈嘈如急雨」）；不僅是視覺形象，也是音樂形象。「千重」、「萬重」的複疊，給人以樂音繁促的暗示，對彈箏「流人」的複雜心緒也是一種暗示。在寫「鳴箏」之後，這樣將「嶺色」與「千重萬重雨」並置一句中，省去任何敘寫、關聯詞語，造成詩句多義性，含蘊豐富，打通了視聽感覺，令人低迴不已。

彈到激越處，箏弦突然斷了。但聽者情緒激動，不能自已。這裡不說淚下之多，而換言「淚痕深」，造語形象新鮮。「收與」、「分付與」用字同妙，它使三句的「雨」與此句的「淚」搭成譬喻關係。似言聽箏者的淚乃是箏弦收集嶺上之雨化成，無怪乎其多了。這想像新穎獨特，發人妙思。「只說聞箏下淚，意便淺。說淚如雨，語亦平常。看他句法字法運用之妙，便使人涵泳不盡。」（清黃生《唐詩摘鈔》）此詩從句法、音韻到通感的運用，頗具特色，而且都服務於意境的創造，渾融含蓄，而非刻露，明胡應麟《詩藪·內編》卷六稱之為「連城之璧，不以追琢減稱」，可謂知言。（周嘯天）

送魏二 王昌齡

醉別江樓橘柚香，江風引雨入舟涼。

憶君遙在瀟湘月，愁聽清猿夢裡長。

詩作於王昌齡貶龍標尉時。

送別魏二在一個清秋的日子（從「橘柚香」見出）。餞宴設在靠江的高樓上，空中飄散著橘柚的香氣，環境幽雅，氣氛溫馨。這一切因為朋友即將分手而變得尤為美好。這裡敘事寫景已暗挑依依惜別之情。「今日送君須盡醉，明朝相憶路漫漫」（賈至〈送李侍郎赴常州〉），首句「醉」字，暗示著「酒深情亦深」。「方留戀處，蘭舟催發」（柳永〈雨霖鈴．寒蟬淒切〉），送友人上船時，眼前秋風瑟瑟，「寒雨連江」，氣候已變。次句字面上只說風雨入舟，卻兼寫出行人入舟；逼人的「涼」意，雖是身體的感覺，卻也雙關著心理的感受。「引」字與「入」字呼應，有不疾不徐，颯然而至之感，善狀秋風秋雨特點。此句寓情於景，句法字法運用皆妙，耐人涵泳。

按通常作法，後二句似應歸結到惜別之情。但詩人卻將眼前情景推開，以「憶」字勾勒，從對面生情，為行人虛構了一個境界：在不久的將來，朋友夜泊在瀟湘（瀟水在零陵縣與湘水會合，稱瀟湘）之上，那時風散雨收，一輪孤月高照，環境如此淒清，行人恐難成眠吧。即使他暫時入夢，兩岸猿啼也會一聲一聲闖入夢境，令他睡不安恬，因而在夢中也擺不脫愁緒。詩人從視（月光）、聽（猿聲）兩個方面，刻畫出一個典型的旅夜孤寂的環境。月夜泊舟已是幻景，夢中聽猿，更是幻中有幻。所以詩境頗具幾分朦朧之美，有助於表現惆悵別情。

末句的「長」字狀猿聲相當形象，使人想起《水經注．江水》關於三峽猿聲的描寫：「常有高猿長嘯，屬引淒異，空谷傳響，哀轉久絕。」「長」字作韻腳用在此詩之末，更有餘韻不絕之感。

詩的前半寫實景，後半乃虛擬。它借助想像，擴大意境，深化主題。透過造境，「道伊旅況愁寂而已，惜別之情自寓」（《唐詩絕句類選》敖英評），「代為之思，其情更遠」（明陸時雍《唐詩鏡》）。在構思上是頗有特色的。

（周嘯天）

芙蓉樓送辛漸二首（其一）① 王昌齡

寒雨連江②夜入吳，平明送客楚山孤。
洛陽親友如相問，一片冰心在玉壺。

〔註〕①劉永濟《唐人絕句精華》云：「此昌齡方自龍標貶所歸吳，次晨即於芙蓉樓餞別辛漸之作。」可資參考。②一作「寒雨連天」。

題中芙蓉樓原名西北樓，遺址在潤州（今江蘇鎮江）西北，登臨可以俯瞰長江，遙望江北。這首詩大約作於唐玄宗開元二十九年（七四一）以後。王昌齡當時為江寧（今江蘇南京市）丞，辛漸是他的朋友，這次擬由潤州渡江，取道揚州，北上洛陽。王昌齡可能陪他從江寧到潤州，然後在此分手。這詩原題共兩首，第二首說到頭天晚上詩人在芙蓉樓為辛漸餞別，這一首寫的是第二天早晨在江邊離別的情景。

「寒雨連江夜入吳」，迷濛的煙雨籠罩著吳地江天，織成了無邊無際的愁網。夜雨增添了蕭瑟的秋意，也渲染出離別的黯淡氣氛。那寒意不僅瀰漫在滿江煙雨之中，更沁透在兩個離人的心頭。「連」字寫出雨勢之大，詩人因離情縈懷而一夜未眠的情景也自可想見。但是，這一幅水天相連、浩渺迷茫的長江夜雨圖，不也展現了一種極其高遠壯闊的境界嗎？中晚唐詩和婉約派宋詞往往將雨聲寫在窗下梧桐、簷前鐵馬、池中殘荷等等瑣物上，而王昌齡卻並不實寫如何感知秋雨來臨的細節，他只是將聽覺視覺和想像概括成連江的雨勢，以大片淡墨染出滿紙煙雨，這就用浩大的氣魄烘托了「平明送客楚山孤」的開闊意境。

清晨，天色已明，辛漸即將登舟北歸。詩人遙望江北的遠山，想到行人不久便將隱沒在楚山之外，孤寂之感油然而生。在遼闊的江面上，進入詩人視野的當然不止是孤峙的楚山，浩蕩的江水本來是最易引起別情似水的聯想的，唐人由此而得到的名句也多得不可勝數。然而王昌齡沒有將別愁寄予隨友人遠去的江水，卻將離情凝注在矗立於蒼莽平野的楚山之上。因為友人回到洛陽，即可與親友相聚，而留在吳地的詩人，卻只能像這孤零零的楚山一樣，佇立在江畔空望著流水逝去。一個「孤」字如同感情的引線，自然而然牽出了後兩句臨別叮嚀之辭：「洛陽親友如相問，一片冰心在玉壺。」

早在六朝劉宋時期，詩人鮑照〈代白頭吟〉就用「清如玉壺冰」來比喻高潔清白的品格。自從開元宰相姚崇作〈冰壺誡〉以來，盛唐詩人如王維、崔顥、李白等都曾以冰壺自勵，推崇光明磊落、表裡澄澈的品格。王昌齡托辛漸給洛陽親友帶去的口信不是通常的平安竹報，而是傳達自己依然冰清玉潔、堅持操守的信念，是大有深意的。據《唐才子傳》和《河嶽英靈集》載，王昌齡曾因不拘小節，「謗議騰沸，兩竄遐荒」，開元二十七年被貶嶺南即是第一次，從嶺南歸來後，他被任為江寧丞，幾年後再次被貶謫到更遠的龍標，可見當時他正處於眾口交毀的惡劣環境之中。詩人在這裡以晶瑩透明的冰心玉壺自喻，正是基於他與洛陽詩友親朋之間的真正了解和相互信任，這絕不是洗刷讒名的表白，而是蔑視謗議的自譽。因此詩人從清澈無瑕、澄空見底的玉壺中捧出一顆晶亮純潔的冰心以告慰友人，這就比任何相思的言辭都更能表達他對洛陽親友的深情。

即景生情，情蘊景中，本是盛唐詩的共同特點，而深厚有餘，優柔舒緩，「盡謝爐錘之跡」（明胡應麟《詩藪·內編》卷六）又是王詩的獨特風格。本詩那蒼茫的江雨和孤峙的楚山，不僅烘托出詩人送別時的淒寒孤寂之情，更展現了詩人開朗的胸懷和堅強的性格。屹立在江天之中的孤山與冰心置於玉壺的比象之間又形成一種有意無意的照應，令人自然聯想到詩人孤介傲岸、冰清玉潔的形象，使精巧的構思和深婉的用意融化在一片清空明澈的意境之中，所以渾然天成，不著痕跡，含蓄蘊藉，餘韻無窮。（葛曉音）

送柴侍御

王昌齡

流水通波接武岡，送君不覺有離傷。
青山一道同雲雨，明月何曾是兩鄉。

王昌齡是一位很重友情的詩人，單就他的絕句而論，寫送別、留別的就不少，而且還都寫得情文並茂，各具特色。

「離愁漸遠漸無窮」（宋歐陽修〈踏莎行·候館梅殘〉），這句話不是沒有道理的。因為「遠」，就意味著空間距離之大，相見之難。所以不少送別一類的詩詞就往往在這個「遠」字上做文章。比如：岑參〈奉送賈侍御使江外〉「荊南渭北難相見，莫惜衫襟著酒痕。」賈至〈送李侍郎赴常州〉「雪晴雲散北風寒，楚水吳山道路難。」（宋歐陽修〈踏莎行·候館梅殘〉）「平蕪盡處是春山，行人更在春山外。」它們都是以不同的形象著意表現一個「遠」字，而那別時之難，別後之思，便盡在不言之中了。然而，王昌齡的這首〈送柴侍御〉倒是別開蹊徑的。

從詩的內容來看，這首詩大約是詩人貶龍標（今湖南黔陽縣）尉時的作品。這位柴侍御可能是從龍標前往武岡（今屬湖南），詩是王昌齡為他送行而寫的。起句「流水通波接武岡」（一作「沅水通流接武岡」），點出了友人要去的地方，語調流暢而輕快。「流水」與「通波」蟬聯而下，顯得江河相連，道無艱阻，再加上一個「接」字，更給人一種兩地比鄰相近之感。這是為下一句作勢。所以第二句便說「送君不覺有離傷」。「誰謂波瀾才一水，已覺山川是兩鄉」（王勃〈秋江送別二首〉其二）。龍標、武岡雖然兩地相「接」，但畢竟是隔山隔水的「兩鄉」。於是詩人再用兩句申述其意，「青山一道同雲雨，明月何曾是兩鄉」。筆法靈巧，一句肯定，一句反詰，反覆致意，懇切感人。如果說詩的第一句意在表現兩地相近，那麼這兩句更是雲雨相同，明月共睹，「物因情變」，兩地竟成了「一鄉」。這種遷想妙得的詩句，既富有濃郁的抒情韻味，又有它鮮明的個性。它固然不同於賈至〈送李侍郎赴常州〉「今日送君須盡醉，明朝相憶路漫漫」那種面臨山川阻隔的遠離之愁；但也不像高適〈別董大二首〉其一「莫愁前路無知己，天下何人不識君」那麼豪爽、灑脫。它是用豐富的想像，去創造各種形象，以化「遠」為「近」，使「兩鄉」為「一鄉」。語意新穎，出人意料，然亦在情理之中，因為它蘊涵的正是人分兩地、情同一心的深情厚誼。而這種情誼不也就是別後相思的種子嗎！又何況那青山雲雨、明月之夜，更能撩起人們對友人的思念，「欲問吳江別來意，青山明月夢中看」（王昌齡〈李四倉曹宅夜飲〉）。所以這三、四兩句，一面是對朋友的寬慰，另一面已將深摯不渝的友情和別後的思念，滲透在字裡行間了。說到這裡，我們便可以感到詩人未必沒有「離傷」，但是為了寬慰友人，也只有將它強壓心底，不讓它去觸發、去感染對方。更可能是對方已經表現出「離傷」之情，才使得工於用意、善於言情的詩人，不得不用那些離而不遠，別而未分，既樂觀開朗又深情婉轉的語言，以減輕對方的離愁。這不是更體貼、更感人的友情麼？因此，「送君不覺有離傷」，它既不會被柴侍御、也不會被讀者誤認為詩人寡情，恰恰相反，人們於此感到的倒是無比的親切和難得的深情。這便是生活的辯證法，藝術的辯證法。這種「道是無情還有情」（劉禹錫〈竹枝詞二首〉其一）的抒情手法，比那一覽無餘的直說，不是更生動、更耐人尋味嗎？（趙其鈞）

祖詠

【作者小傳】（六九九？～七四六？）洛陽（今屬河南）人，後遷居汝水以北。唐玄宗開元進士，與王維、儲光羲友善，其詩善狀景繪物，多表現隱逸生活。明人輯有《祖詠集》。（《唐詩紀事》卷二〇、《唐才子傳》卷一）

望薊門 祖詠

燕臺一去①客心驚，笳鼓②喧喧漢將營。萬里寒光生積雪，三邊③曙色動危旌。
沙場烽火連胡月，海畔雲山擁薊城。少小雖非投筆吏，論功還欲請長纓。

〔註〕①一作「燕臺一望」。②一作「簫鼓」。③三邊：古稱幽州、并州、涼州為三邊。這裡泛指當時東北、北方、西北邊防地帶。

唐代的范陽道，以今北京西南的幽州為中心，統率十六州，為東北邊防重鎮。它主要的防禦對象是契丹。玄宗開元二年（七一四），即以并州節度大使薛訥同紫微黃門三品，將兵禦契丹；二十二年，幽州節度使張守珪斬契丹王屈烈及可突幹。這首詩的寫作時期，大約在這二十年之間，其時祖詠當係遊宦范陽。

燕臺原為戰國時燕昭王所築的黃金臺，這裡代稱燕地，用以泛指平盧、范陽這一帶。「燕臺一去」猶說「一到燕臺」，四字倒裝，固然是詩律中平仄聲排列的要求，更重要的是，起筆即用一個壯大的地名，能增加全詩的氣勢。詩人初來聞名已久的邊塞重鎮，遊目縱觀，眼前是遼闊的天宇，險要的山川，不禁激情滿懷。一個「驚」字，道出他這個遠道而來的客子的特有感受。這是前半首主旨所在，開出下文三句。

客心因何而驚呢？首先是因為漢家大將營中，吹笳擊鼓，喧聲重疊。此句運用南朝梁人曹景宗〈光華殿侍宴賦競病韻詩〉的詩意：「去時兒女悲，歸來笳鼓競。借問行路人，何如霍去病？」表現軍營中號令之嚴肅。但僅僅如此，還未足以體現這個「驚」字。三、四兩句更進一步，寫這笳鼓之聲，是在嚴冬初曉之時發出的。這冬季本已甚寒，何況又下雪，何況又是多少天來的積雪，何況又不止一處兩處的雪，而是連綿千萬里的雪。這些雪下得如此之廣，又積得如此之厚，不說它是怎樣地冷了，就是雪上反映出的寒光，也足以令人兩眼生花。「萬里寒光生積雪」這一句就這樣分作四層，來托出一個「驚」字。這是往遠處望。至於向高處望，則見朦朧曙色中，一切都顯得模模糊糊，唯獨高懸的旗幟在半空中獵獵飄揚。這種肅穆的景象，暗寫出漢將營中莊重的氣派和嚴整的軍容。邊防地帶如此的形勢和氣氛，自然令詩人心靈震撼了。

以上四句已將「驚」字寫足，五、六兩句便轉。處在條件如此艱苦，責任如此重大的情況下，邊防軍隊卻是意氣昂揚。笳鼓喧喧已顯出軍威赫然，而況烽火燃處，緊與胡地月光相連，雪光、月光、火光三者交織成一片，不僅沒有塞上苦寒的悲涼景象，而且壯偉異常。這是向前方望。「沙場烽火連胡月」是進攻的態勢。詩人又向周圍望：「海畔雲山擁薊城」，又是那麼穩如磐石。薊門的南側是渤海，北翼是燕山山脈，帶山襟海，就像天生是來拱衛大唐的邊疆重鎮的。這是說防守的形勢。這兩句，一句寫攻，一句說守；一句人事，一句地形。在這樣有力有利氣勢的感染下，便從驚轉入不驚，於是領出下面兩句，寫「望」後之感。詩人雖則早年並不如東漢時定遠侯班超初因家貧常為官傭書（抄書）以供養，後來投筆從戎，定西域三十六國，可是見此三邊壯氣，卻也雄心勃勃，要學西漢時濟南書生終軍，向皇帝請發長纓，縛番王來朝，立一下奇功了。末二句一反起句的「客心驚」，水到渠成，完滿地結束全詩。

這首詩從軍事上落筆，著力勾畫山川形勝，意象雄偉闊大。全詩緊扣一個「望」字，寫望中所見，抒望中所感，格調高昂，感奮人心。詩中多用實字，全然沒有堆砌湊泊之感；意轉而辭句中卻不露轉折之痕，於筆仗端凝之中，有氣脈空靈之妙。此即駢文家所謂「潛氣內轉」，亦即古文家所謂「突接」，正是盛唐詩人的絕技。

（沈熙乾）

終南望餘雪　祖詠

終南陰嶺秀，積雪浮雲端。
林表明霽色，城中增暮寒。

據宋計有功《唐詩紀事》卷二十記載，這首詩是祖詠在長安應試時作的。按照規定，應該作成一首六韻十二句的五言排律，但他只寫了這四句就交卷。有人問他為什麼，他說：「意盡。」即意思已經完滿了。這真是無話即短，不必畫蛇添足。

題意是望終南餘雪。從長安城中遙望終南山，所見的自然是它的「陰嶺」（山北叫「陰」）；而且，唯其「陰」，才有「餘雪」。「陰」字下得很確切。「秀」是望中所得的印象，既讚頌了終南山，又引出下句。「積雪浮雲端」，就是「終南陰嶺秀」的具體內容。這個「浮」字下得多生動！自然，積雪不可能浮在雲端。這是說：終南山的陰嶺高出雲端，積雪未化。雲，總是流動的；而高出雲端的積雪又在陽光照耀下寒光閃閃，不正給人以「浮」的感覺嗎？讀者也許要說：「這裡並沒有提到陽光呀！」是的，這裡是沒有提，但下句卻作了補充。「林表明霽色」中的「霽色」，指的就是雨雪初晴時的陽光給「林表」塗上的色彩。

「明」字當然下得好，但「霽」字更重要。作者寫的是從長安遙望終南餘雪的情景。終南山距長安城南約六十里，從長安城中遙望終南山，陰天固然看不清，就是在大晴天，一般看到的也是籠罩終南山的濛濛霧靄；

只有在雨雪初晴之時，才能看清它的真面目。賈島的〈望山〉詩裡是這樣寫的：「日日雨不斷，愁殺望山人。天事不可長，勁風來如奔。陰霾一以掃，浩翠寫國門。長安百萬家，家家張屏新。」久雨新晴，終南山翠色欲流，長安百萬家，家家門前張開一面新嶄嶄的屏風，多好看！唐時如此，現在仍如此，久住西安的人，都有這樣的經驗。所以，如果寫從長安城中望終南餘雪而不用一個「霽」字，卻說望見終南陰嶺的餘雪如何如何，那就不是客觀真實了。

祖詠不僅用了「霽」，而且選擇的是夕陽西下之時的「霽」。怎見得？他說「林表明霽色」，而不說山腳、山腰或林下「明霽色」，這是很費推敲的。「林表」承「終南陰嶺」而來，自然在終南高處。只有終南高處的林表才「明霽色」，表明西山已銜半邊日，落日的餘光平射過來，染紅了林表，不用說也照亮了浮在雲端的積雪。而結句的「暮」字，也已經呼之欲出了。

前三句，寫「望」中所見；末一句，寫「望」中所感。俗諺有云：「下雪不冷消雪冷。」又云：「日暮天寒。」一場雪後，只有終南陰嶺尚餘積雪，其他地方的雪正在消融，吸收了大量的熱，自然要寒一些；日暮之時，又比白天寒；望終南餘雪，寒光閃耀，就令人更增寒意。做望終南餘雪的題目，寫到因望餘雪而增加了寒冷的感覺，意思的確完滿了；何必死守清規戒律，再湊幾句呢？

清王士禛在《漁洋詩話》卷上裡，把這首詩和晉陶潛的〈癸卯歲十二月中作與從弟敬遠〉「傾耳無希聲，在目皓已潔」，王維的〈冬晚對雪憶胡居士家〉「灑空深巷靜，積素廣庭閒」等並列，稱為詠雪的「最佳」作，不算過譽。（霍松林）

王維

【作者小傳】（約七〇一～七六一）字摩詰，原籍祁（今屬山西），其父遷居蒲州（今山西永濟），遂為河東人。唐玄宗開元進士。張九齡執政，擢右拾遺。累官至給事中。安祿山叛軍陷長安時曾受職，亂平後，降為太子中允。後官至尚書右丞，故亦稱王右丞。中年後居藍田輞川，過著亦官亦隱的優游生活。詩與孟浩然齊名，世稱「王孟」。前期寫過一些以邊塞為題材的詩篇。但其作品最主要的則為山水詩，透過田園山水的描繪，宣揚隱士生活和佛教禪理；體物精細，狀寫傳神，具有獨特成就。兼通音樂，工書畫。有《王右丞集》。（新、舊《唐書》本傳、《唐才子傳》卷二）

隴西行① 王維

十里一走馬，五里一揚鞭。都護軍書至，匈奴圍酒泉。
關山正飛雪，烽火斷無煙②。

〔註〕①〈隴西行〉：樂府舊題，又稱〈步出夏門行〉，屬相和歌辭瑟調曲。②一作「烽戍斷無煙」。

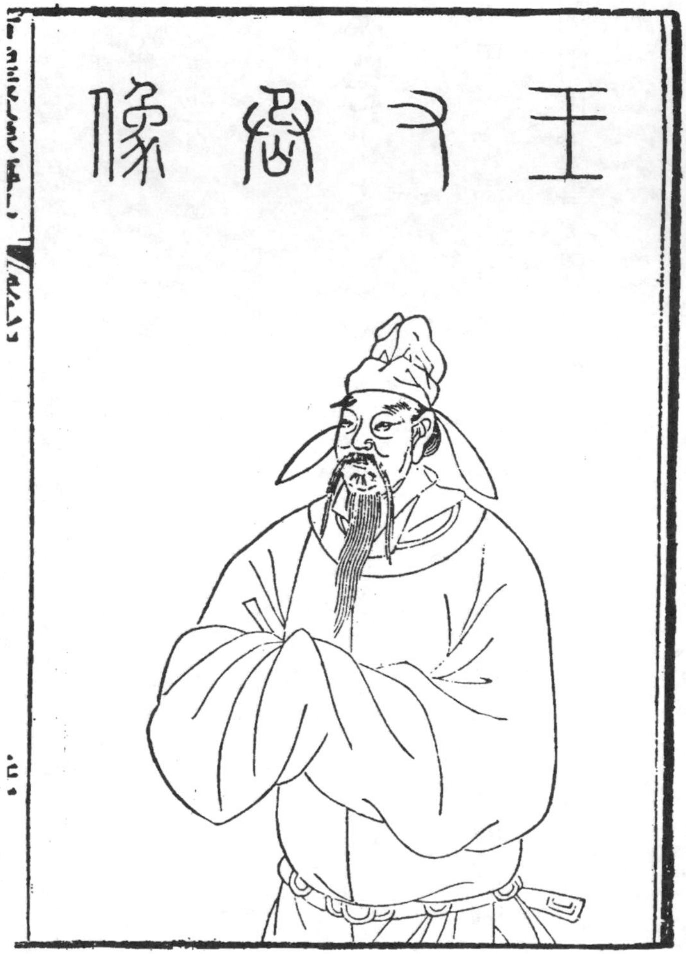

王維像——清刊本《古聖賢像傳略》

這是王維用樂府舊題寫的一首邊塞詩。

詩一開頭，便寫告急途中，軍使躍馬揚鞭，飛馳而來，一下子就把讀者的注意力緊緊吸引住了。一、二句形容在「一走馬」、「一揚鞭」的瞬息之間，「十里」、「五里」的路程便風馳電掣般地一閃而過，以誇張的語言渲染了十萬火急的緊張氣氛，給人以極其鮮明而飛動的形象感受。中間兩句，點明了騎者的身份和告急的事由。一個「圍」字，可見形勢的嚴重。一個「至」字，則交代了軍使經過「走馬」、「揚鞭」的飛馳疾驅，終於將軍書及時送到。最後兩句，補充交代了氣候對烽火報警的影響。按理，應當先見烽火，後到軍書。然而現在，在接到軍書之後，舉目西望，卻只見漫天飛雪，一片迷茫，望斷關山，不見烽煙。是因雪大點不著烽火呢，還是點著了也望不見呢？反正是烽火聯繫中斷了。這就更突出了飛馬傳書的刻不容緩。寫到這裡，全詩便戛然而止了，結得乾脆利落，給讀者留下了想像的餘地。儘管寫形勢危急，氣氛緊張，而詩中表現的情緒卻是熱烈、鎮定和充滿自信的。

這首詩，取材的角度很有特色。它反映的是邊塞戰爭，但並不正面描寫戰爭。詩人的著眼點既不在軍書送出前邊關如何被圍，也不在軍書送至後援軍如何出動，而是僅僅擷取軍使飛馬告急這樣一個片斷、一個側面來寫，至於前前後後的情況，則讓讀者自己用想像去補充。這種寫法，節奏短促，一氣呵成，篇幅集中而內蘊豐富，在構思上也顯得不落俗套。（劉德重）

送別

王維

下馬飲①君酒，問君何所之？君言不得意，歸臥南山陲。

但去莫復問，白雲無盡時。

〔註〕①飲：這裡是使動用法，「使……飲」的意思。

這首詩寫送友人歸隱，看似語句平淡無奇，細細讀來，卻是詞淺情深，含著悠然不盡的意味。

「下馬飲君酒，問君何所之？」第一句敘事。一開始就寫飲酒餞別，是點題。第二句設問，問君到哪裡去。由此引出下面的答話，過渡到寫歸隱。這一質樸無華的問語，表露了作者對友人關切、愛護的深厚情意。送別者的感情起始就滲透在字裡行間。

「君言不得意，歸臥南山陲。」「不得意」三字，顯然是有深意的。不僅交代友人歸隱的原因，表現他失意不滿的情緒；同時也從側面表達詩人自己對現實憤懣不平的心情。這三字是理解這首詩題旨的一把鑰匙。詩人在得知友人「不得意」的心情後，勸慰道：「但去莫復問，白雲無盡時。」你只管去吧，我不再苦苦尋問了，其實你何必以失意為念呢？那塵世的功名利祿總是有盡頭的，只有山中的白雲才沒有窮盡之時，足以供你娛樂排遣了。這兩句表現了作者很複雜的思想感情：既有對友人的安慰，又有自己對隱居的欣羡；既有對人世榮華富貴的否定，又似乎帶有一種無可奈何的情緒。聯繫前面「不得意」三字看來，在這兩句詩中，更主要的則是對朋友的同情之心，並蘊含著詩人自己對現實的憤激之情，這正是此詩的著意之處和題旨所在。從寫法上看，前面四句，寫得比較平淡，似乎無甚意味，至此兩句作結，詩意頓濃，韻味驟增，含不盡之意見於言外。當然，這兩句也不是憑空而起的，而是由前面看似平淡的四句發展而來的，如果沒有前四句作鋪墊，這兩句結尾也就不會給人這樣強的「清音有餘」（明謝榛《四溟詩話》）的感覺。（吳小林）

青溪

王維

言①入黃花川②，每逐青溪③水。隨山將萬轉，趣④途無百里。
聲喧亂石中，色靜深松裡。漾漾泛菱荇，澄澄映葭葦。
我心素已閒，清川澹如此。請留盤石上，垂釣將已矣。

〔註〕①言：發語詞，無意義。②黃花川：在今陝西鳳縣東北黃花鎮附近。③青溪：在今陝西沔縣之東。④趣：通「趨」。

詩題一作〈過青溪水作〉，大約是王維初隱藍田（今屬陝西）南山時所作。此詩寫了一條不甚知名的溪水，卻很能體現王維山水詩的特色。

看來王維曾不只一次地循青溪入黃花川遊歷。這一段路程雖長不及百里，但溪水隨著山勢盤曲蛇行，千迴萬轉，頗為蜿蜒多姿。王維另有一首〈自大散以往深林密竹蹬道盤曲四五十里至黃牛嶺見黃花川〉，也說那裡的山路「危徑幾萬轉」，可與此詩的「隨山將萬轉」對看。

詩開頭四句對青溪作總的介紹後，接著採用「移步換形」的寫法，順流而下，描繪了溪水一幅幅各具特色的畫面。你看，當它在山間亂石中穿過時，水勢湍急，潺潺的溪流聲忽然變成了一片喧譁。「喧」字造成了強烈的聲感，給人以如聞其聲的感受。當它流經松林中的平地時，這同一條青溪卻又顯得那麼嫻靜、安謐，幾乎沒有一點聲息。澄碧的溪水與兩岸鬱鬱蔥蔥的松色相映，融成一片，色調特別幽美、和諧。這一聯中一動一靜，以動襯靜，聲色相通，極富於意境美。再看，當青溪緩緩流出松林，進入開闊地帶後，又是另一番景象：水面上浮泛著菱葉、荇菜等水生植物，一片蔥綠，水流過處，微波蕩漾，搖曳生姿；再向前走去，水面又似明鏡般地清澈碧透，岸邊淺水中的蘆花、葦葉，倒映如畫，天然生色。這一聯，「漾漾」繪水動貌，「澄澄」狀水靜貌，也是一動一靜，極為傳神。詩人筆下的青溪，既喧鬧，又沉靜，既活潑，又安詳，既幽深，又素淨，從不斷的流動變化中，表現出了鮮明個性和盎然生意，讀後令人油然而生愛悅之情。

其實，青溪並沒有什麼奇景，它那素淡的景致，為什麼在詩人的眼中、筆下，會具有如此的魅力呢？誠如近代王國維所說：「一切景語，皆情語也。」（《人間詞話》）王維也正是從青溪素淡的天然景致中，發現了與他那恬淡的心境、閒逸的情趣高度和諧一致的境界。「我心素已閒，清川澹如此。」詩人正是有意借青溪來為自己寫照，以清川的淡泊來印證自己的素願，心境、物境在這裡已融合為一了。最後，詩人暗用了東漢嚴子陵垂釣富春江的典故，也想以隱居青溪來作為自己的歸宿了。這固然說明詩人對青溪的喜愛，更反映了他在仕途失意後自甘淡泊的心情。這一點，寫來含而不露，耐人尋味。

這首詩，自然、清淡、素雅，寫景抒情均不刻意為之，表面上看似不著力，而讀來韻味雋永醇厚，平淡而有思致。前人評王右丞「如秋水芙蕖，倚風自笑」（清賀裳《載酒園詩話》），是最恰當不過的。（劉德重）

渭川田家 王維

斜陽①照墟落②，窮巷牛羊歸。野老念牧童，倚杖候荊扉。

雉雊③麥苗秀，蠶眠桑葉稀。田夫荷鋤至④，相見語依依。

即此羨閒逸，悵然吟〈式微〉⑤。

〔註〕①一作「斜光」。②墟落：村落。③雉雊（音同夠）：野雞鳴叫。《詩．小雅．小弁》：「雉之朝雊，尚求其雌。」④一作「荷鋤立」。⑤一作「歌式微」。

夕陽西下、夜幕將臨之際，詩人面對一幅恬然自樂的田家晚歸圖，油然而生羨慕之情。詩的核心是一個「歸」字。

詩人一開頭，首先描寫夕陽斜照村落的景象，渲染暮色蒼茫的濃烈氣氛，作為總背景，統攝全篇。接著，詩人一筆就落到「歸」字上，描繪了牛羊徐徐歸村的情景，使人很自然地聯想起《詩經．王風．君子于役》裡的幾句詩：「雞棲于塒，日之夕矣，羊牛下來。君子于役，如之何勿思？」詩人痴情地目送牛羊歸村，直至沒入深巷。就在這時，詩人看到了更為動人的情景：柴門外，一位慈祥的老人拄著拐杖，正迎候著放牧歸來的小孩。這種樸素的散發著泥土芬芳的深情，感染了詩人，他似乎也分享到了牧童歸家的樂趣。頓時，他感到這田野上的一切生命，在這黃昏時節，似乎都在思歸。不是嗎？麥地裡的野雞叫得多動情啊，那是在呼喚自己的配偶呢；桑林裡的桑葉已所剩無幾，蠶兒開始吐絲作繭，營就自己的安樂窩，找到自己的歸宿了。田野上，農夫們三三兩兩，扛著鋤頭下地歸來，在田間小道上偶然相遇，親切絮語，簡直有點樂而忘歸呢。詩人目睹這一切，聯想到自己的處境和身世，十分感慨。自唐玄宗開元二十五年（七三七）宰相張九齡被排擠出朝廷之後，王維深感政治上失去依傍，進退兩難。在這種心緒下他來到原野，看到人皆有所歸，唯獨自己尚徬徨中路，怎能不既羨慕又惆悵？所以詩人感慨係之地說：「即此羨閒逸，悵然吟〈式微〉。」其實，農夫們並不閒逸。但詩人覺得和自己擔驚受怕的官場生活相比，農夫們安然得多，自在得多，故有閒逸之感。〈式微〉是《詩經．邶風》中的一篇，詩中反覆詠嘆：「式微，式微，胡不歸？」詩人藉以抒發自己亟欲歸隱田園的心情，不僅在意境上與首句「斜陽照墟落」相照映，而且在內容上也落在「歸」字上，使寫景與抒情契合無間，渾然一體，畫龍點睛式地揭示了主題。讀完這最後一句，才恍然大悟：前面寫了那麼多的「歸」，實際上都是反襯，以人皆有所歸，反襯自己獨無所歸；以人皆歸得及時、親切、愜意，反襯自己歸隱太遲以及自己混跡官場的孤單、苦悶。這最後一句是全詩的重心和靈魂。如果以為詩人的本意就在於完成那幅田家晚歸圖，這就失之於膚淺了。

全詩不事雕繪，純用白描，自然清新，詩意盎然。（傅如一）

春中田園作

王維

屋上春鳩鳴，村邊杏花白。持斧伐遠揚①，荷鋤覘②泉脈。

歸燕識故巢，舊人看新曆。臨觴忽不御，惆悵遠行客③。

〔註〕①遠揚，長而高的桑枝。《詩經．豳風．七月》：「取彼斧斨，以伐遠揚」。②覘（音同沾），觀察。③一作「思遠客」。

這是一首春天的頌歌。從詩所展現的環境和情調看，似較〈輞川集〉的寫作時間要早些。在這首詩中，詩人只是平平地敘述，心情平靜地感受著、品味著生活的滋味。

冬天很難見到的斑鳩，隨著春的來臨，很早就飛到村莊來了，在屋上不時鳴叫著；村中的杏花也趕在桃花之前爭先開放，開得雪白一片，整個村子掩映在一片白色杏花之中。開頭兩句十個字，透過鳥鳴、花開，就把春意寫得很濃了。接著，詩人由春天的景物寫到農事，好像是春鳩的鳴聲和耀眼的杏花，使得農民在家裡待不住了，他們有的拿著斧子去修整桑枝，有的扛著鋤頭去察看泉水的通路。整桑理水是經冬以後，農事的序幕。

歸燕、新曆更是春天開始的標誌。燕子回來了，飛上屋梁，在巢邊呢喃地叫著，似乎還能認識它的故巢，而屋中的舊主人卻在翻看新一年的日曆。舊人、歸燕，和平安定，故居依然，但「東風暗換年華」（秦觀〈望海潮〉），生活在自然地和平地更替與前進。對著故巢、新曆，燕子和人將怎樣規劃和建設新的生活呢？這是用極富詩意的筆調，寫出春天的序幕。不是嗎？新曆出現在人們面前的時候，不就像春天的布幕在眼前拉開了一樣嗎？

詩的前六句，都是寫詩人所看到的春天的景象。結尾兩句，寫自己的感情。詩人覺得這春天田園的景象太美好了，「木欣欣以向榮，泉涓涓而始流」（晉陶淵明〈歸去來兮辭〉），一切是那樣富有生氣，充滿著生活之美。他很想開懷暢飲，可是，對著酒又停住了，想到那離開家園作客在外的人，無緣享受與領略這種生活，不由得為之惋惜、惆悵。

這首詩春天的氣息很濃，而詩人只是平靜地淡淡地描述，始終沒有渲染春天的萬紫千紅。但從淡淡的色調和平靜的活動中卻成功地表現了春天的到來。詩人憑著他敏銳的感受，捕捉的都是春天較早發生的景象，彷彿不是在欣賞春天的外貌，而是在傾聽春天的脈搏，追蹤春天的腳步。詩中無論是人是物，似乎都在春天的啟動下，滿懷憧憬，展望和追求美好的明天，透露出唐代前期的社會生活和人的精神面貌的某些特徵。人們的精神狀態也有點像萬物欣欣然地適應著春天，顯得健康、飽滿和開展。（余恕誠）

新晴野望①　王維

新晴原野曠，極目無氛垢。郭門臨渡頭，村樹連谿口。
白水明田外，碧峰出山後。農月無閒人，傾家事南畝。

〔註〕①詩題一作「新晴晚望」。

這是一首田園詩，描寫初夏的鄉村，雨後新晴，詩人眺望原野所見到的景色。詩的開頭兩句，總寫新晴野望時的感受：經過雨水的沖滌，空氣中無絲毫塵埃，顯得特別明淨清新；極目遠眺，原野顯得格外空曠開闊。詩人一下子就抓住了環境的特徵，僅僅用「原野曠」、「無氛垢」六個字，便把此情此境真切地再現出來；而且將讀者也引進這一特定情境中去，隨著詩人一起遠眺。

縱目四望，周圍是一片多麼秀麗的景色啊！遠處，可以遙遙望見臨靠著河邊渡頭的城門樓；近處，可以看到村邊的綠樹緊連著溪流的入河口。這在平時都不能看得如此清晰分明。田野外面，銀白色的河水閃動著粼粼波光，因為雨後水漲，晴日輝映，比平時顯得明亮；山脊背後，一重重青翠的峰巒突兀而出，峰巒疊現，遠近相襯，比平時更富於層次感。這一組風景鏡頭，緊緊扣住了雨後新晴的景物特點。隨著目之所及，由遠而近，又由近及遠，有層次，有格局，有色彩，有亮度，意境清幽秀麗，儼然構成了一幅天然絕妙的圖畫。

然而，這樣一幅畫，還只能說是靜物寫生，雖則秀美，畢竟顯得有點空曠，缺乏活力。王維作為山水詩和山水畫的大師，是深深懂得這一點的。因而在最後兩句中，他便給這幅靜態畫面加上了動態的人物：「農月無閒人，傾家事南畝。」雖然是虛寫，卻給原野平添了無限生意，能讓人想見初夏田間活躍的情狀並感受到農忙勞動的氣氛。這樣一筆，整個畫面都活起來了。

這首詩基調明朗、健康，表現了詩人愛自然、愛田園、愛生活的思想感情。詩人對自然美有敏銳的感受，他善於抓住景物特徵，注意動靜結合，進行層次分明的描繪，給讀者以美的享受。（劉德重）

夷門歌 王維

七雄雄雌猶未分，攻城殺將何紛紛。秦兵益圍邯鄲急，魏王不救平原君。
公子為嬴停駟馬，執轡愈恭意愈下。亥為屠肆鼓刀人，嬴乃夷門抱關者。
非但慷慨獻良謀①，意氣兼將生命酬。向風刎頸送公子，七十老翁何所求！

〔註〕①一作「奇謀」。

題材的因襲，包括不同文學形式對同一題材的移植、改編，都有一個再創造的過程。王維〈桃源行〉固然是成功的一例，而他的這首〈夷門歌〉同樣也是故事新編式的傑作。

此詩題材出自《史記．魏公子列傳》，即信陵君竊符救趙的歷史故事。但從〈魏公子列傳〉到〈夷門歌〉，有一重要更動：故事主人公由公子無忌（信陵君）變為夷門俠士侯嬴，從而成為主要是對布衣之士的一曲贊歌。從藝術手法上看，將史傳以二千餘字篇幅記載的故事改寫成不足九十字的小型敘事詩，對題材的重新處理，特別是剪裁提煉上「縮龍成寸」的特殊本領，令人嘆絕。

詩共十二句，四句一換韻，按韻自成段落。

「七雄雄雌猶未分，攻城殺將何紛紛。秦兵益圍邯鄲急，魏王不救平原君。」首四句交代故事背景。細分，則前兩句寫七雄爭霸天下的局勢，後兩句寫「竊符救趙」的緣起。粗線勾勒，筆力雄健，「敘得峻潔」（清姚鼐語）。「何紛紛」三字將攻城殺將、天下大亂的局面形象地表出。傳云：「魏安釐王二十年，秦昭王已破趙長平軍，又進兵圍邯鄲（趙都）」，詩只言「圍邯鄲」，然而「益急」二字傳達出一種緊迫氣氛，表現出趙國的燃眉之「急」來。於是，與「魏王不救平原君」的輕描淡寫，對照之下，又表現出一種無援的絕望感。

趙魏脣齒相依，趙國平原君（趙國賢公子）又是魏國信陵君的姊夫。無論就公義私情而言，「不救」都說不過去。無奈魏王懼虎狼之強秦，不敢發兵。但詩筆到此忽然頓斷，另開一線，寫信陵君禮賢下士，並引入主角侯生。「公子為嬴停駟馬，執轡愈恭意愈下。亥為屠肆鼓刀人，嬴乃夷門抱關者。」信陵君之禮遇侯嬴，事本在秦兵圍趙之前，故這裡是倒插一筆。其作用是，暫時中止前面敘述，造成懸念，同時運用「切割」時間的辦法形成跳躍感，使短篇產生不短的效果，即在後文接敘救趙事時，給讀者以一種隔了相當一段時間的感覺。信陵君結交侯生事，在《史記》有一段膾炙人口的、繪聲繪色的描寫。詩中卻把諸多情節，如公子置酒以待，親自駕車相迎，侯生不讓並非禮地要求枉道會客等等，一概略去，單挑面對侯生的傲慢「公子執轡愈恭」的細節作突出刻畫。又巧妙運用「愈恭」、「愈下」兩個「愈」字，顯示一個時間進程（事件發展過程）。略去的情節，借助於啟發讀者的聯想得到補充，便有語短事長的效果。兩句敘事極略，但緊接二句交代侯嬴身份兼及朱亥，不避繁複，又出人意外地詳細。「嬴乃夷門抱關者也」，「臣乃市井鼓刀屠者」，都是史傳中人物原話。「點化二豪之語，對仗天成，已徵墨妙」（清趙殿成《王右丞詩集箋注》），而唱名的方式，使人物情態躍然紙上，頗富戲劇性。兩句妙在強調二人卑微的地位，從而突出卑賤者的智勇；同時也突出了公子不以富貴驕士的精神。兩人在竊符救趙中扮演著關鍵角色，故強調並不多餘。這段的一略一詳，正是「難說處一語而盡，易說處莫便放過」（宋姜夔〈白石道人詩說〉），貴在匠心獨運。

「非但慷慨獻良謀，意氣兼將生命酬。向風刎頸送公子，七十老翁何所求！」最後一段專寫侯生，既緊承前段又遙接篇首，回到救趙事上來。「獻奇謀」，指侯嬴為公子策劃竊符及賺晉鄙軍一事，這是救趙的關鍵之舉。「意氣」句則指侯嬴於公子至晉鄙軍之日北向自剄事。其自刎的動機，是因既得信陵君知遇，又已申燕刀一割之用，平生意願已足，生命已屬多餘，故作者著力表現這一點。末二句議論更作波瀾，說明侯生義舉全為意氣所激，並非有求於信陵君。慷慨豪邁，有濃郁抒情風味，故歷來為人傳誦。二句分用謝承《後漢書》楊喬語（「侯生為意氣刎頸」）和《晉書．段灼傳》語（「七十老公復何所求哉！」）而使人不覺，用事自然入妙。詩前兩段鋪敘、穿插，已蓄足力量，末段則以「非但」、「兼將」遞進語式，把詩情推向高峰。以樂曲為比方，有的曲子結尾要拖一個尾聲，有的則在激越處戛然而止。這首詩採取的正是後一種結尾，它如裂帛一聲，忽然結束，卻有「慷慨不可止」之感，這手法與悲壯的情事正好相宜。

把一個有頭有尾的史傳故事，擇取三個重要情節來表現，組接巧妙，語言精練，人物形象鮮明，是〈夷門歌〉成功之處。這首詩代表著王維早年積極進取的一面。唐代是中下層地主階級知識分子在政治上揚眉吐氣的時代，這時出現為數不少的歌詠游俠的詩篇，絕不是偶然的。〈夷門歌〉故事新編，融入了新的歷史內容。清吳汝綸評此詩「敘古事而別有寄託」（高步瀛《唐宋詩舉要》卷二引），是很有見地的。（周嘯天）

隴頭吟① 王維

長安②少年游俠客，夜上戍樓看太白③。隴頭明月迥臨關，隴上行人夜吹笛。關西老將不勝愁，駐馬聽之雙淚流。身經大小百餘戰，麾下偏裨萬戶侯。蘇武纔為典屬國④，節旄落盡海西頭。

〔註〕①〈隴頭吟〉：樂府舊題。胡才甫《滄浪詩話箋注》說：「按《樂府詩集》，〈隴頭吟〉無古辭。〈隴頭〉二首，其一題陳後主作，又注一本無名氏。疑即此首。」②「長安」一作「長城」。③太白：即金星。古人認為它主兵象，可據以預測戰事。④典屬國：漢代掌管藩屬國家事務的官職，品位不高。

這是王維用樂府舊題寫的一首邊塞詩，題目一作〈邊情〉。

一、二兩句，先寫一位充滿游俠豪氣的長安少年夜登戍樓觀察「太白」（金星）的星象，表現了他渴望建立邊功、躍躍欲試的壯志豪情。起句很有氣勢。然而，底下突然筆鋒一轉，順著長安少年的思緒，三、四句緊接著出現了月照隴山的遠景：淒清的月夜，荒涼的邊塞，在這裡服役的「隴上行人」正在用嗚咽的笛聲寄託自己的愁思。如果說，長安少年頭腦裡裝的是幻想；那麼，隴上行人親身經受的便是現實：兩者的差別何等懸殊！寫到這裡，作者的筆鋒又一轉：由吹笛的隴上行人，引出了聽笛的關西老將。承轉也頗頓挫有力。這位關西老將「身經大小百餘戰」，曾建立過累累軍功，這不正是長安少年所追求的目標嗎？然而老將立功之後又如何呢？

部下的偏裨副將，有的已成了萬戶侯，而他卻沉淪邊塞！關西老將聞笛駐馬而不禁淚流，這當中包含了多少辛酸苦辣！這四句，是全詩的重點，寫得悲愴鬱憤。關西老將為什麼會有如此遭遇呢？詩中雖未明言，但最後引用了蘇武的典故，是頗含深意的。蘇武出使匈奴被留，在北海邊上持節牧羊十九年，以致符節上的旄纓都落盡了，如此盡忠於朝廷，報效於國家，回來以後，也不過只做了個典屬國那樣的小官。表面看來，這似乎是安慰關西老將的話，但實際上，引蘇武與關西老將類比，恰恰說明了關西老將的遭遇不是偶然的、個別的。功大賞小，功小賞大，朝廷不公，古來如此。這就深化了詩的主題，賦予了它更廣泛的社會意義。

清人方東樹推崇這首詩說：「起勢翩然，關西句轉收，渾脫沉轉，有遠勢，有厚氣，此短篇之極則。」（《昭昧詹言》）在十句詩中，作者把長安少年、隴上行人、關西老將這三種類型的人物，戍樓看星、月夜吹笛、駐馬流淚這三個不同的生活場景，巧妙地集中在一起，自然而然地形成了鮮明的對照。這就很容易使人聯想到：今日的長安少年，安知不是明日的隴上行人，後日的關西老將？而今日的關西老將，又安知不是昨日的隴上行人，前日的長安少年？詩的主旨是發人深省的。（劉德重）

老將行

王維

少年十五二十時，步行奪得胡馬騎。射殺山中①白額虎，肯數鄴下黃鬚兒。
一身轉戰三千里，一劍曾當百萬師。漢兵奮迅如霹靂，虜騎崩騰畏蒺藜。
衛青不敗由天幸，李廣無功緣數奇。自從棄置便衰朽，世事蹉跎成白首。
昔時飛箭無全目，今日垂楊生左肘。路旁時賣故侯瓜，門前學種先生柳。
蒼茫古木連窮巷，寥落寒山對虛牖。誓令疏勒出飛泉，不似潁川空使酒。
賀蘭山下陣如雲，羽檄交馳日夕聞。節使三河募年少，詔書五道出將軍。
試拂鐵衣如雪色，聊持寶劍動星文②。願得燕弓射天將，恥令越甲鳴吾君。
莫嫌舊日雲中守，猶堪一戰取功勛。

〔註〕①一作「中山」。②星文，即劍上所刻的星紋。

這首詩敘述了一位老將的經歷。他一生東征西戰，功勛卓著，結果卻落得個「無功」被棄、不得不以躬耕叫賣為業的可悲下場。邊烽再起，他又不計恩怨，請纓報國。作品揭露了統治者的賞罰蒙昧，冷酷無情，歌頌了老將的高尚節操和愛國熱忱。

全詩分三段。開頭十句為第一段，是寫老將青壯年時代的智勇、功績和不平遭遇。先說他少時就有李廣之智勇，「步行」奪得過敵人的戰馬，引弓射殺過山中最兇猛的「白額虎」。接著改用曹操的次子曹彰故事。彰綽號黃鬚兒，奮勇破敵，卻功歸諸將。詩人借用這兩個典故，描繪老將的智勇才德。接下去，以「一身轉戰三千里」，見其征戰勞苦；「一劍曾當百萬師」，見其功勛卓著；「漢兵奮迅如霹靂」，見其用兵神速，如迅雷之勢；「虜騎崩騰畏蒺藜」，見其巧布鐵蒺藜陣，克敵制勝。但這樣難得的良將，卻無寸功之賞，所以詩人又借用歷史故事抒發自己的感慨。漢武帝的貴戚衛青所以屢戰不敗，立功受賞，官至大將軍，實由「天幸」；而與他同時的著名戰將李廣，不但未得封侯授爵，反而得罪、受罰，最後落得個刎頸自盡的下場，是因「數奇」。這裡的「天幸」，既指幸運之「幸」，又指皇帝寵幸；「數奇」，既指運氣不好，又指皇恩疏遠，都是語意雙關的。詩人借李廣與衛青的典故，暗示統治者用人唯親，賞罰失據，寫出了老將的不平遭遇。

中間十句為第二段，寫老將被遺棄後的清苦生活。自從被棄置之後老將便「衰朽」了，歲月蹉跎，心情不好，連頭髮都白了。他昔日雖有后羿射雀而使其雙目不全的本領，但久不習武，雙臂就如同生了瘍瘤，很不利落了。古人常以「柳」諧「瘤」，並且「楊」、「柳」通假。在這裡詩人以「楊」諧「瘍」（瘡）是照顧到詩的平仄聲調。老將被棄，瘍生左肘，卻還得自尋生計，「路旁時賣故侯瓜」。「故侯」，指秦東陵侯召平，秦破，為布衣，種瓜於長安東城。這裡說他不僅種瓜，而且「路旁時賣」，可知生活沒有著落；「門前學種先生柳」，也是指他以耕作為業的意思。陶淵明門前有五柳，因自號「五柳先生」。至於住處則是「蒼茫」一片「古木」叢中的「窮巷」，窗子面對著的則是「寥落寒山對虛牖（音同友，窗戶）」，這更見世態炎涼，門前冷落，從無賓客往還。但是老將並未因此消沉頹廢，他仍然想「誓令疏勒出飛泉」，像後漢名將耿恭那樣，在匈奴疏勒城水源斷絕後，與戰士們同甘共苦，終於又得泉水卻敵立功；而決不像前漢潁川人灌夫那樣，解除軍職之後，使酒罵坐，發洩怨氣。

最末十句為第三段，是寫邊烽未熄，老將時時懷著請纓殺敵的愛國衷腸。先說西北賀蘭山一帶陰霾沉沉，陣戰如雲，告急的文書不斷傳進京師；次寫受帝命而徵兵的軍事長官從三河（河南、河內、河東）一帶徵召大批青年入伍，諸路將軍受詔命分兵出擊。最後寫老將，他再也待不住了，先是「試拂鐵衣如雪色」，把昔日的鎧甲磨擦得雪亮閃光；繼之是「聊持寶劍動星文」，又練起了武功。他的宿願本就是能得到燕產強勁的名弓「射天將」（「天將」一作「大將」），擒賊擒王，消滅入寇的渠魁；並且「恥令越甲鳴吾君」，絕不讓外患造成對朝廷的威脅。結尾為老將再次表明態度：「莫嫌舊日雲中守，猶堪一戰立功勛」。借用西漢魏尚的故事，表明只要朝廷肯任用老將，他一定能殺敵立功，報效祖國。魏尚曾任雲中太守，深得軍心，匈奴不敢犯邊，後被削職為民，經馮唐為其抱不平，才官復舊職。

這首詩十句一段，章法整飭，大量使事用典，從不同的角度和方面，刻畫出「老將」的形象，增加了作品的容涵量，完滿地表達了作品的主題。清沈德潛《唐詩別裁集》謂「此種詩純以對仗勝」。詩中對偶工巧自然，如同靈氣周運全身，使詩人所表達的內容，猶如璞玉磨琢成器，達到了理正而文奇，意新而詞高的境界。（傅經順）

桃源行

王維

漁舟逐水愛山春，兩岸桃花夾去津①。坐看紅樹不知遠，行盡青溪不見人。
山口潛行始隈隩，山開曠望旋平陸。遙看一處攢雲樹，近入千家散花竹。
樵客初傳漢姓名，居人未改秦衣服。居人共住武陵源②，還從物外③起田園。
月明松下房櫳靜，日出雲中雞犬喧。驚聞俗客爭來集，競引還家問都邑。
平明閭巷掃花開，薄暮漁樵乘水入。初因避地去人間，及至成仙遂不還。
峽裡誰知有人事，世中遙望空雲山。不疑靈境難聞見，塵心未盡思鄉縣。
出洞無論隔山水，辭家終擬長游衍。自謂經過舊不迷，安知峰壑今來變。
當時只記入山深，青溪幾度④到雲林。春來遍是桃花水，不辨仙源何處尋。

〔註〕①一作「古津」。②武陵源：相傳在今湖南桃源西南，晉時屬武陵郡。③物外：世外。④一作「幾曲」。

這是王維十九歲時寫的一首七言樂府詩，題材取自晉陶淵明的敘事散文〈桃花源記〉。清人吳喬在《圍爐詩話》中曾說：「意喻之米，飯與酒所同出。文喻之炊而為飯，詩喻之釀而為酒。」好的詩應當像醇酒，讀後能令人陶醉。因此，要將散文的內容改用詩歌表現出來，絕不僅僅是一個改變語言形式的問題，還必須進行藝術再創造。王維這首〈桃源行〉，正是由於成功地進行了這種藝術上的再創造，因而具有獨立的藝術價值，得以與散文〈桃花源記〉並世流傳。

〈桃源行〉所進行的再創造，主要表現在開拓詩的意境；而這種詩的意境，又主要透過一幅幅形象的畫面體現出來。

詩一開始，就展現了一幅「漁舟逐水」的生動畫面：遠山近水，紅樹青溪，一葉漁舟，在夾岸的桃花林中悠悠行進。詩人用豔麗的色調，繪出了一派大好春光，為漁人「坐看紅樹」、「行盡青溪」作了鋪陳。這裡，絢爛的景色和盎然的意興融成一片優美的詩的境界，而事件的開端也蘊含其中了。散文中所必不可少的交代：「晉太元中，武陵人，捕魚為業，緣溪行，忘路之遠近……」在詩中都成了釀「酒」的原材料，化為言外意、畫外音，讓讀者自己去想像、去體會了。在畫面與畫面之間，詩人巧妙地用一些概括性、過渡性的描敘，來牽引連結，並提供線索，引導著讀者的想像，循著情節的發展向前推進。「山口」、「山開」兩句，便起到了這樣的作用。它透過概括描敘，使讀者想像到漁人棄舟登岸、進入幽曲的山口躡足潛行，到眼前豁然開朗、發現桃源的經過。這樣，讀者的想像便跟著進入了桃源，被自然地引向下一幅畫面。這時，桃源的全景呈現在人們面前了：遠處高大的樹木像是攢聚在藍天白雲裡，近處滿眼則是遍生於千家的繁花、茂竹。這兩句，由遠及近，雲、樹、花、竹，相映成趣，美不勝收。畫面中，透出了和平、恬靜的氣氛和欣欣向榮的生機，讓你馳騁想像，去領悟，去意會，去思而得之，而所謂詩的韻致、「酒」的醇味，也就蘊含其中了。接著，我們又可以想像到，漁人一步步進入這幅圖畫，開始見到了其中的人物。「樵客初傳漢姓名，居人未改秦衣服」，寫出了桃源中人發現外來客的驚奇和漁人乍見「居人」所感到服飾上的明顯不同，隱括了散文中「不知有漢，無論魏晉」的意思。

中間十二句，是全詩的主要部分。「居人共住武陵源」，承上而來，另起一層意思，然後點明這是「物外起田園」。接著，便連續展現了桃源中一幅幅景物畫面和生活畫面。月光，松影，房櫳沉寂，桃源之夜一片靜謐；太陽，雲彩，雞鳴犬吠，桃源之晨一片喧鬧。兩幅畫面，各具情趣。夜景全是靜物，晨景全取動態，充滿著詩情畫意，表現出王維獨特的風格。漁人，這位不速之客的闖入，自然也使桃源中人感到意外。「驚聞」二句也是一幅形象的畫面，不過畫的不是景物而是人物。「驚」、「爭」、「集」、「競」、「問」等一連串動詞，把人們的神色動態和感情心理刻畫得活靈活現，表現出桃源中人淳樸、熱情的性格和對故土的關心。「平明」二句進一步描寫桃源的環境和生活之美好。「掃花開」、「乘水入」，緊扣住了桃花源景色的特點。「初因避地去人間，及至成仙遂不還」兩句敘事，追述了桃源的來歷；「峽裡誰知有人事，世間遙望空雲山」，在敘事中夾入情韻悠長的詠嘆，文勢活躍多姿。

最後一層，詩的節奏加快。作者緊緊扣住人物的心理活動，將漁人離開桃源、懷念桃源、再尋桃源以及峰壑變幻、遍尋不得、悵惘無限這許多內容，一口氣抒寫下來，情、景、事在這裡完全融合在一起了。「不疑」六句，在敘述過程中，對漁人輕易離開「靈境」流露了惋惜之意，對雲山路杳的「仙源」則充滿了嚮往之情。然而，時過境遷，舊地難尋，桃源何處？這時，只剩下了一片迷惘。最後四句，作為全詩的尾聲，與開頭遙相照應。開頭是無意迷路而偶從迷中得之，結尾則是有意不迷而反從迷中失之，令人感喟不已！「春來遍是桃花水」，詩筆飄忽，意境迷茫，給人留下了無窮的回味。

試將這首〈桃源行〉詩與陶淵明〈桃花源記〉作比較，可以說二者都很出色，各有特點。散文長於敘事，講究文理文氣，故事有頭有尾，時間、地點、人物、事件都交代得具體清楚。而這些，在詩中都沒有具體寫到，卻又使人可以從詩的意境中想像到。詩中展現的是一個個畫面，造成詩的意境，調動讀者的想像力，去想像、玩味那畫面以外的東西，並從中獲得一種美的感受。這就是詩之所以為詩吧。

王維這詩中把桃源說成「靈境」、「仙源」，今人多有非議。其實，詩中的「靈境」，也有雲、樹、花、竹、雞犬、房舍以及閭巷、田園，桃源中人也照樣日出而作，日落而息，處處洋溢著人間田園生活的氣息。它反映了王維青年時代美好的生活理想，其主題思想，與散文〈桃花源記〉應當說基本上是一致的。

這首詩透過形象的畫面來開拓詩境，可以說，是王維「詩中有畫」的特色在早年作品中的反映。此外，全詩三十二句，四句或六句一換韻，平仄相間，轉換有致。詩的筆力舒健，從容雅致，游刃有餘，頗為後人稱道。清人王士禛說：「唐宋以來，作〈桃源行〉最傳者，王摩詰（維）、韓退之（愈）、王介甫（安石）三篇。觀退之、介甫二詩，筆力意思甚可喜。及讀摩詰詩，多少自在；二公便如努力挽強，不免面赤耳熱。此盛唐所以高不可及。」（《池北偶談》）這「多少自在」四字，便是極高的評價。清人翁方綱也極口推崇道：這首詩「古今詠桃源事者，至右丞而造極。」（《石洲詩話》）可謂定評。（劉德重）

輞川閒居贈裴秀才迪

王維

寒山轉蒼翠，秋水日潺湲。倚杖柴門外，臨風聽暮蟬。
渡頭餘落日，墟里上孤煙。復值接輿醉，狂歌五柳前。

《新唐書．王維傳》：「別墅在輞川，地奇勝。……與裴迪遊其中，賦詩相酬為樂。」這首詩即與裴迪相酬為樂之作。

這是一首詩、畫、音樂完美結合的五律。首聯和頸聯寫景，描繪輞川附近山水田園的深秋暮色；頷聯和尾聯寫人，刻畫詩人和裴迪兩個隱士的形象。風光人物，交替行文，相映成趣，形成物我一體、情景交融的境界，抒寫詩人的閒居之樂和對友人的真切情誼。

「寒山轉蒼翠，秋水日潺湲。」首聯寫山中秋景。時在水落石出的寒秋，山間泉水不停歇地潺潺作響；隨著天色向晚，山色也變得更加蒼翠。不待頷聯說出「暮」字，已給人以時近黃昏的印象。「轉」和「日」用得巧妙。轉蒼翠，表示山色愈來愈深，愈來愈濃；山是靜止的，著一「轉」字，便憑藉顏色的漸變而寫出它的動態。日潺湲，就是日日潺湲，每日每時都在喧響；水是流動的，用一「日」字，卻令人感覺它始終如一的守恆。寥寥十字，勾勒出一幅有色彩，有音響，動靜結合的畫面。

「渡頭餘落日，墟里上孤煙。」頸聯寫原野暮色。夕陽欲落，炊煙初升，這是田野黃昏的典型景象。渡頭在水，墟里在陸；落日屬自然，炊煙屬人事：景物的選取是很見匠心的。「墟里上孤煙」，顯係從晉陶淵明〈歸田園居〉其一「曖曖遠人村，依依墟里煙」點化而來。但陶句是擬人化地表現遠處村落上方炊煙縈繞、不忍離去的情味，王句卻是用白描手法表現黃昏第一縷炊煙裊裊升到半空的景象，各有各的形象，各有各的意境。這一聯是王維修辭的名句，歷來被人稱道。「渡頭餘落日」，精確地剪取落日行將與水面相切的一瞬間，富有包孕地顯示了落日的動態和趨向，在時間和空間上都為讀者留下想像的餘地。「墟里上孤煙」，寫的也是富有包孕的片刻。「上」字，不僅寫出炊煙悠然上升的動態，而且顯示已經升到相當的高度。

首、頸兩聯，以寒山、秋水、落日、孤煙等富有季節和時間特徵的景物，構成一幅和諧靜謐的山水田園風景畫。但這風景並非單純的孤立的客觀存在，而是畫在人眼裡，人在畫圖中，一景一物都經過詩人主觀的過濾而帶上了感情色彩。

那麼，詩人的形象是怎樣的呢？請看頷聯：「倚杖柴門外，臨風聽暮蟬。」這就是詩人的形象。柴門，表現隱居生活和田園風味；倚杖，表現年事已高和意態安閒。柴門之外，倚杖臨風，聽晚樹鳴蟬、寒山泉水，看渡頭落日、墟里孤煙，那安逸的神態，瀟灑的閒情，和〈歸去來兮辭〉「策扶老以流憩，時矯首而遐觀」的陶淵明不是有幾分相似嗎？

事實上，王維對那位「古今隱逸詩人之宗」，也是十分仰慕的，就在這首詩中，不僅仿效了陶的詩句，而且在尾聯引用了陶的典故：「復值接輿醉，狂歌五柳前。」陶文〈五柳先生傳〉的主人公，是一位忘懷得失、詩酒自娛的隱者，「宅邊有五柳樹，因以為號焉」。實則這位先生正是陶淵明的自我寫照；而王維自稱五柳，就是以陶淵明自況的。接輿，是春秋時代「鳳歌笑孔丘」的楚國狂士，詩人把沉醉狂歌的裴迪與楚狂接輿相比，乃是對這位年輕朋友的讚許。陶淵明與接輿——王維與裴迪，個性雖大不一樣，但那超然物外的心跡卻是相近相親的。所以，「復值接輿醉」的「復」字，並非表示又一次遇見裴迪，而是表示詩人情感的加倍和進層：既賞佳景，更遇良朋，輞川閒居之樂，至於此極啊！末聯生動地刻畫了裴迪的狂士形象，表明了詩人對他的由衷的好感和歡迎，詩題中的「贈」字，也便有了著落。

頷聯和尾聯，對兩個人物形象的刻畫，也不是孤立進行，而是和景物描寫密切結合的。柴門、暮蟬、晚風、五柳，有形無形，有聲無聲，都是寫景。五柳，雖是典故，但對王維說來，模仿陶淵明筆下的人物，植五柳於柴門之外，不也是自然而然的嗎？（趙慶培）

酬張少府

王維

晚年唯好靜，萬事不關心。自顧無長策，空知返舊林。

松風吹解帶，山月照彈琴。君問窮通理，漁歌入浦深。

這是一首贈友詩。題目冠以「酬」字，當是張少府先有詩相贈，王維再寫此詩為酬。

這首詩，一上來就說，自己人到晚年，唯好清靜，對什麼事情都漠不關心了。乍一看，生活態度消極之至，但這是表面現象。仔細推求起來，這「唯好靜」的「唯」字大有文章。是確實「只」好靜呢，還是「動」不了才「只得」好靜呢？既云「晚年」，那麼中年呢？早年呢？為什麼到了晚年變得「唯好靜」起來呢？底下三、四兩句，透露了個中消息。

王維早年，原也有過政治抱負，在張九齡任相時，他對現實充滿希望。然而，沒過多久，張九齡罷相貶官，朝政大權落到奸相李林甫手中，忠貞正直之士一個個受到排斥、打擊，政治局面日趨黑暗，王維的理想隨之破滅。在嚴酷的現實面前，他既不願意同流合汙，又感到自己無能為力，「自顧無長策」，就是他思想上矛盾、苦悶的反映。他表面上說自己無能，骨子裡隱含著牢騷。儘管在李林甫當政時，王維並未受到迫害，實際上還升了官，但他內心的矛盾和苦悶卻越來越加深了。出路何在？對於這個正直而又軟弱，再加上長期接受佛教影響的知識分子來說，自然就只剩下跳出是非圈子，返回舊時的園林歸隱這一途了。「空知返舊林」的「空」字，含有「徒然」的意思。理想落空，歸隱何益？然而又不得不如此。在他那恬淡好靜的外表下，內心深處的隱痛和感慨，還是依稀可辨的。那麼，王維接下來為什麼又肯定、讚賞那種「松風吹解帶，山月照彈琴」的隱逸生活和閒適情趣呢？聯繫上面的分析，我們可以體會到，這實際上是他在苦悶之中追求精神解脫的一種表現，既含有消極因素，又含有與官場生活相對照、隱示厭惡與否定官場生活的意味。擺脫了現實政治的種種壓力，迎著松林吹來的清風解帶敞懷，在山間明月的伴照下獨坐彈琴，自由自在，悠然自得，這是多麼令人舒心愜意啊！「松風」、「山月」均含有高潔之意。王維追求這種隱逸生活和閒適情趣，說他逃避現實也罷，自我麻醉也罷，無論如何，總比同流合汙、隨波逐流好吧？在前面四句抒寫胸臆之後，抓住隱逸生活的兩個典型細節加以描繪，展現了一幅鮮明生動的形象畫面，將松風、山月都寫得似通人意，情與景相生，意和境相諧，主客觀融為一體，這就大大增強了詩的形象性。從寫詩的技巧上來說，也是很高明的。

最後，「君問窮通理，漁歌入浦深」，回到題目上來，用一問一答的形式，照應了「酬」字；同時，又妙在以不答作答：您要問有關窮通的道理嗎？我可要唱著漁歌向河浦的深處逝去了。末句五字，又淡淡地勾出一幅畫面，用它來結束全詩，可真有點「韻外之致」、「味外之旨」（司空圖《與李生論詩書》）的「神韻」呢！這裡的「漁歌」，又暗用《楚辭．漁父》的典故：「漁父莞爾而笑，鼓枻而去，乃歌曰：『滄浪之水清兮，可以濯吾纓；滄浪之水濁兮，可以濯吾足。』遂去，不復與言。」王逸《楚辭章句》注曰：水清「喻世昭明，沐浴升朝廷也」；水濁「喻世昏闇，宜隱遁也」。也就是「天下有道則見，無道則隱」（《論語．泰伯》）的意思。王維避免對當世發表議論，隱約其詞，似乎在說：通則顯，窮則隱，豁達者無可無不可，何必以窮通為懷呢？而聯繫上文來看，又似乎在說：世事如此，還問什麼窮通之理，不如跟我一塊歸隱去吧！這就又多少帶有一些與現實不合作的意味了。詩的末句，含蓄而富有韻味，耐人咀嚼，發人深思，正是這樣一種妙結。（劉德重）

送梓州李使君　王維

萬壑樹參天，千山響杜鵑。山中一夜雨①，樹杪百重泉。
漢女輸橦布，巴人訟芋田。文翁翻教授，不敢倚先賢。

〔註〕①一作「山中一半雨」。

贈別之作，多從眼前景物寫起，即景生情，抒發惜別之意。王維此詩，立意則不在惜別，而在勸勉，因而一上來就從懸想著筆，遙寫李使君赴任之地梓州（治今四川三臺縣）的自然風光，形象逼真，氣韻生動，令人神往。

開頭兩句互文見義，起得極有氣勢：萬壑千山，到處是參天的大樹，到處是杜鵑的啼聲。既有視覺形象，又有聽覺感受，讀來使人恍如置身其間，大有耳目應接不暇之感。這兩句氣象闊大，神韻俊邁，被後世詩評家引為律詩工於發端的範例。

首聯從大處落筆，起勢不凡；頷聯則從細處著墨，承接尤佳，不愧大家手筆。詩人展現了一幅絕妙的奇景：一夜透雨過後，山間飛泉百道，遠遠望去，好似懸掛在樹梢上一般，充分表現出山勢的高峻突兀和山泉的雄奇秀美。「山中」句承首聯「山」字，「樹杪（音同秒）」句承首聯「樹」字，兩句又一瀉而下，天然工巧。這兩聯挺拔流動，自然奇妙，畫面、意境、氣勢、結構、語言俱佳。前人所謂「起四句高調摩雲」（高步瀛《唐宋詩舉要》）

引紀昀語），「興來神來，天然入妙，不可湊泊」（清王士禛《古夫于亭雜錄》），誠非虛誇。

作者以欣羨的筆調描繪蜀地山水景物之後，詩的後半首轉寫蜀中民情和使君政事。梓州是少數民族聚居之地，那裡的婦女，按時向官府交納用橦木花織成的布匹；蜀地產芋，那裡的人們又常常會為芋田發生訴訟。「漢女」、「巴人」、「橦布」、「芋田」，處處緊扣蜀地特點，而徵收賦稅，處理訟案，又都是李使君就任梓州刺史以後所掌管的職事，寫在詩裡，非常貼切。最後兩句，運用有關治蜀的典故。「文翁」是漢景帝時的蜀郡太守，他曾興辦學校，教育人才，使蜀郡「由是大化」（《漢書·循吏傳》）。王維以此勉勵李使君，希望他效法文翁，翻新教化，而不要倚仗文翁等先賢原有的政績，泰然無為。聯繫上文來看，既然蜀地環境如此之美，民情風土又如此之淳，到那裡去當刺史，自然更應當恪盡職事，有所作為。寓勸勉於用典之中，寄厚望於送別之時，委婉而得體。

這首贈別詩寫得很有特色。前半首懸想梓州山林奇勝，是切地；頸聯敘寫蜀中民風，是切事；尾聯用典，以文翁擬李使君，官同事同，是切人。這樣寫來，神完氣足，精當不移。詩中所表現的情緒積極開朗，格調高遠，是唐代送別佳篇。（劉德重）

過香積寺

王維

不知香積寺，數里入雲峰。古木無人徑，深山何處鐘。

泉聲咽危石，日色冷青松。薄暮空潭曲，安禪制毒龍。

詩題〈過香積寺〉的「過」，與孟浩然〈過故人莊〉的「過」相同，意謂「訪問」、「探望」。

既是去訪香積寺，卻又從「不知」說起；「不知」而又要去訪，見出詩人的灑脫不羈。因為「不知」，詩人便步入茫茫山林中去尋找，行不數里就進入白雲繚繞的山峰之下。此句正面寫人入雲峰，實際映襯香積寺之深藏幽邃。還未到寺，已是如此雲封霧罩，香積寺之幽遠可想而知矣。

接著四句，是寫詩人在深山密林中的目見和耳聞。先看三、四兩句。古樹參天的叢林中，杳無人跡；忽然又飄來一陣隱隱的鐘聲，在深山空谷中迴響，使得本來就很寂靜的山林又蒙上了一層迷惘、神祕的情調，顯得越發安謐。「何處」二字，看似尋常，實則絕妙：由於山深林密，使人不覺鐘聲從何而來，只有「嗡嗡」的聲音在四周繚繞；這與上句的「無人」相應，又暗承首句的「不知」。有小徑而無人行，聽鐘鳴而不知何處，再襯以周遭參天的古樹和層巒疊嶂的群山。這是多麼荒僻而又幽靜的境界！

五、六兩句，仍然意在表現環境的幽冷，而手法和上兩句不同。詩人以倒裝句，突出了入耳的泉聲和觸目的日色。「咽」字在這裡下得極為準確、生動：山中危石聳立，流泉自然不能輕快地流淌，只能在嶙峋的岩石間艱難地穿行，彷彿痛苦地發出幽咽之聲。詩人用「冷」來形容「日色」，豈不謬哉？然而仔細玩味，這個「冷」字實在太妙了。夕陽西下，昏黃的餘暉塗抹在一片幽深的松林上，這情狀，豈能不「冷」？

詩人涉荒穿幽，直到天快黑時才到香積寺，看到了寺前的水潭。「空潭」之「空」不能簡單地理解為「什麼也沒有」。王維詩中常用「空」字，如〈鹿柴〉「空山不見人」、〈山居秋暝〉「空山新雨後」、〈鳥鳴澗〉「夜靜春山空」之類，都含有寧靜的意思。暮色降臨，面對空闊幽靜的水潭，看著澄清透澈的潭水，再聯繫到寺內修行學佛的僧人，詩人不禁想起佛教的故事：在西方的一個水潭中，曾有一毒龍藏身，累累害人。佛門高僧以無邊的佛法制服了毒龍，使其離潭他去，永不傷人。佛法可以制毒龍，亦可以克制世人心中的欲念啊。「安禪」為佛家術語，即安靜地打坐，在這裡指佛家思想。「毒龍」用以比喻世俗人的欲望。

王維晚年詩筆常帶有一種恬淡寧靜的氣氛。這首詩，就是以他沉湎於佛學的恬靜心境，描繪出山林古寺的幽邃環境，從而造成一種清高幽僻的意境。近代王國維謂「一切景語，皆情語也」（《人間詞話》）。這首詩的前六句純乎寫景，然無一處不透露詩人的心情，可以說，王維是把〈酬張少府〉「晚年唯好靜」的情趣融化到所描寫的景物中去了。因此最後「安禪制毒龍」，便是詩人心跡的自然流露。

詩採用由遠到近、由景入情的寫法，從「入雲峰」到「空潭曲」逐步接近香積寺，最後則吐露「安禪制毒龍」的情思。這中間過渡毫無痕跡，渾然天成。詩人描繪幽靜的山林景色，並不一味地從寂靜無聲上用力，反而著意寫了隱隱的鐘聲和嗚咽的泉聲；這鐘聲和泉聲非但沒有沖淡整個環境的平靜，反而增添了深山叢林的僻靜之感。這就是通常所講的「鳥鳴山更幽」（南北朝王籍〈入若耶溪〉）的境界吧。（唐永德）

山居秋暝 王維

空山新雨後，天氣晚來秋。明月松間照，清泉石上流。
竹喧歸浣女，蓮動下漁舟。隨意春芳歇，王孫自可留。

這首山水名篇，於詩情畫意之中寄託著詩人高潔的情懷和對理想境界的追求。

「空山新雨後，天氣晚來秋。」詩中明明寫有浣女漁舟，詩人怎下筆說是「空山」呢？原來山中樹木繁茂，掩蓋了人們活動的痕跡，正所謂「空山不見人，但聞人語響」（〈鹿柴〉）啊！又由於這裡人跡罕到，「峽裡誰知有人事，世中遙望空雲山」（〈桃源行〉），一般人自然不知山中有人了。「空山」二字點出此處有如世外桃源。山雨初霽，萬物為之一新，又是初秋的傍晚，空氣之清新，景色之美妙，可以想見。

「明月松間照，清泉石上流。」天色已暝，卻有皓月當空；群芳已謝，卻有青松如蓋。山泉清冽，淙淙流瀉於山石之上，有如一條潔白無瑕的素練，在月光下閃閃發光，多麼幽清明淨的自然美啊！王維的〈濟上四賢詠三首：鄭霍二山人〉曾經稱讚兩位賢隱士的高尚情操，謂其「息陰無惡木，飲水必清源」。詩人自己也是這種心志高潔的人，他曾說：「寧棲野樹林，寧飲澗水流。不用坐粱肉，崎嶇見王侯。」（〈獻始興公〉）這月下青松和石上清泉，不正是他所追求的理想境界嗎？這兩句寫景如畫，隨意揮灑，毫不著力。像這樣又動人又自然的寫景，達到了爐火純青的地步，非一般人所能學到。

「竹喧歸浣女，蓮動下漁舟。」竹林裡傳來了一陣陣的歌聲笑語，那是一些天真無邪的姑娘們洗罷衣服笑逐著歸來了；亭亭玉立的荷葉紛紛向兩旁披分，掀翻了無數珍珠般晶瑩的水珠，那是順流而下的漁舟劃破了荷塘月色的寧靜。在這青松明月之下，在這翠竹青蓮之中，生活著這樣一群無憂無慮、勤勞善良的人們。這純潔美好的生活圖景，反映了詩人過安靜純樸生活的理想，同時也從反面襯托出他對汙濁官場的厭惡。這兩句寫得很有技巧，而用筆不露痕跡，使人不覺其巧。詩人先寫「竹喧」、「蓮動」，因為浣女隱在竹林之中，漁舟被蓮葉遮蔽，起初未見，等到聽到竹林喧聲，看到蓮葉紛披，才發現浣女、漁舟。這樣寫更富有真情實感，更富有詩意。

詩的中間兩聯同是寫景，而各有側重。頷聯側重寫物，以物芳而明志潔；頸聯側重寫人，以人和而望政通。同時，二者又互為補充，泉水、青松、翠竹、青蓮，可以說都是詩人高尚情操的寫照，都是詩人理想境界的環境烘托。

既然詩人是那樣地高潔，而他在那貌似「空山」之中又找到了一個稱心的世外桃源，所以就情不自禁地說：「隨意春芳歇，王孫自可留」！本來，《楚辭．招隱士》說：「王孫兮歸來，山中兮不可以久留！」詩人的體會恰好相反，他覺得「山中」比「朝中」好，潔淨純樸，可以遠離官場而潔身自好，所以就決然歸隱了。

這首詩的一個重要手法，是以自然美來表現詩人的人格美和一種理想中的社會之美。表面看來，這首詩只是用「賦」的方法模山範水，對景物作細緻感人的刻畫，實際上通篇都是比興。詩人透過對山水的描繪寄慨言志，含蘊豐富，耐人尋味。（傅如一）

終南別業

王維

中歲頗好道，晚家南山陲。興來每獨往，勝事空自知。
行到水窮處，坐看雲起時。偶然值林叟，談笑無還期。

王維晚年官至尚書右丞，職務可謂不小。其實，由於政局變化反覆，他早已看到仕途的艱險，便想超脫這個煩擾的塵世。他吃齋奉佛，悠閒自在，大約四十歲後，就開始過著亦官亦隱的生活。這首詩描寫的，就是那種自得其樂的閒適情趣。

開頭兩句「中歲頗好道，晚家南山陲」，敘述自己中年以後即厭塵俗，而信奉佛教。「晚」是晚年；「南山陲」指輞川別墅所在地。此處原為宋之問別墅，王維得到這個地方後，完全被那裡秀麗、寂靜的田園山水陶醉了。他在〈山中與裴秀才迪書〉的信中說：「足下方溫經，猥不敢相煩。輒便往山中，憩感配寺，與山僧飯訖而去。北涉玄灞，清月映郭；夜登華子岡，輞水淪漣，與月上下。寒山遠火，明滅林外；深巷寒犬，吠聲如豹；村墟夜舂，復與疏鐘相間。此時獨坐，僮僕靜默，多思曩昔，攜手賦詩，步仄徑，臨清流也。」

從這段描述，我們就可知道詩中第二聯「興來每獨往，勝事空自知」中透露出來的閒情逸致了。上一句「獨往」，寫出詩人的勃勃興致；下一句「自知」，又寫出詩人欣賞美景時的樂趣。詩人同調無多，興致來時，唯有獨遊，賞景怡情，能自得其樂，隨處若有所得，不求人知，自己心會其趣而已。

第三聯，即言「勝事自知」。「行到水窮處」，是說隨意而行，走到哪裡算哪裡，然而不知不覺，竟來到流水的盡頭，看是無路可走了，於是索性就地坐了下來……

「坐看雲起時」，是心情悠閒到極點的表示。雲本來就給人以悠閒的感覺，也給人以無心的印象，因此晉陶潛〈歸去來兮辭〉才有「雲無心以出岫」的話。透過這一「行」、一「到」、一「坐」、一「看」的描寫，詩人此時心境的閒適也就明白揭出了。此二句深為後代詩家讚賞。近人俞陛雲說：「行至水窮，若已到盡頭，而又看雲起，見妙境之無窮。可悟處世事變之無窮，求學之義理亦無窮。此二句有一片化機之妙。」（《詩境淺說》）這是很有見地的。再從藝術上看，這二句詩真是詩中有畫，天然便是一幅山水畫。毋怪宋代《宣和畫譜》指出：「故『落花寂寂啼山鳥，楊柳青青渡水人』，又與『行到水窮處，坐看雲起時』及『白雲迴望合，青靄入看無』之類，以其句法，皆所畫也。」

最後一聯「偶然值林叟，談笑無還期」，突出了「偶然」二字。其實不止遇見這林叟是出於偶然，本來出遊便是乘興而去，帶有偶然性；「行到水窮處」自然又是偶然。「偶然」二字實在是貫穿上下，成為此次出遊的一個特色。而且正因處處偶然，所以處處都是「無心的遇合」，更顯出心中的悠閒，如行雲自由翱翔，如流水自由流淌，形跡毫無拘束。它寫出了詩人那種天性淡逸，超然物外的風采，對於我們了解王維的思想是有認識意義的。（劉逸生）

歸嵩山作 王維

清川帶長薄①，車馬去閑閑。流水如有意，暮禽相與還。
荒城臨古渡，落日滿秋山。迢遞嵩高下，歸來且閉關。

〔註〕①長薄：綿延的草木叢。

這首詩寫作者辭官歸隱途中所見的景色和心情。嵩山，古稱「中嶽」，在今河南登封縣北。

「清川帶長薄，車馬去閑閑。」首聯描寫歸隱出發時的情景，扣題目中的「歸」字。清澈的河川環繞著一片長長的草木叢生的草澤地，離歸的車馬緩緩前進，顯得那樣從容不迫。這裡所寫望中景色和車馬動態，都反映出詩人歸山出發時一種安詳閒適的心境。

中間四句進一步描摹歸隱路途中的景色。第三句「流水如有意」承「清川」，第四句「暮禽相與還」承「長薄」，這兩句又由「車馬去閑閑」直接發展而來。這裡移情及物，把「流水」和「暮禽」都擬人化了，彷彿它們也富有人的感情：河川的清水在流淌，傍晚的鳥兒飛回綿延茂盛的草木叢中棲息，它們好像和詩人結伴而歸。兩句表面上是寫「水」和「鳥」有情，其實還是寫作者自己有情：一是體現詩人歸山開始時悠然自得的心情，二是寓有作者的寄託。「流水」句比喻一去不返的意思，表示自己歸隱的堅決態度；「暮禽」句包含「鳥倦飛而知還」之意，流露出自己退隱的原因是對現實政治的失望、厭倦。所以此聯也不是泛泛地寫景，而是景中有情，言外有意的。

「荒城臨古渡，落日滿秋山。」這一聯運用的還是寓情於景的手法。兩句十個字，寫了四種景物——荒城、古渡、落日、秋山，構成了一幅具有季節、時間、地點特徵而又色彩鮮明的圖畫：荒涼的城池臨靠著古老的渡口，落日的餘暉灑滿了蕭颯的秋山。這是傍晚野外的秋景圖，是詩人在歸隱途中所看到的充滿黯淡淒涼色彩的景物，對此加以渲染，正反映了詩人感情上的波折變化，襯托出作者越接近歸隱地就越發感到淒清的心境。

「迢遞嵩高下，歸來且閉關。」「迢遞」是形容山高遠的樣子，對山勢作了簡練而又形象的描寫。「嵩高」，即嵩山。前句交代歸隱的地點，點出題目中的「嵩山」二字。「歸來」，寫明歸山過程的終結，點出題目中的「歸」字。「閉關」，不僅指關門的動作，而且含有閉門謝客的意思。後句寫歸隱後的心情，表示要與世隔絕，不再過問社會人事，最終點明辭官歸隱的宗旨，這時感情又趨向沖淡平和。

整首詩寫得很有層次。隨著詩人的筆端，既可領略歸山途中的景色移換，也可隱約觸摸到作者感情的細微變化：由安詳從容，到淒清悲苦，再到恬靜淡泊。說明作者對辭官歸隱既有閒適自得，積極嚮往的一面，也有憤激不平，無可奈何而求之的一面。詩人隨意寫來，不加雕琢，可是寫得真切生動，含蓄雋永，不見斧鑿的痕跡，卻又有精巧蘊藉之妙。清沈德潛說：「寫人情物性，每在有意無意間。」（《唐詩別裁集》）元方回說：「不求工而未嘗不工。」（《瀛奎律髓》）正道出了這首詩不工而工，恬淡清新的特點。（吳小林）

終南山 王維

太乙①近天都，連山接海隅。白雲迴望合，青靄入看無。
分野中峰變，陰晴眾壑殊。欲投人處宿，隔水問樵夫。

〔註〕①一作「太一」。

藝術創作，貴在以個別顯示一般，以不全求全，劉勰所謂「以少總多」，古代畫論家所謂「意餘於象」，都是這個意思。作為詩人兼畫家的王維，很懂得此中奧祕，因而能用只有四十個字的一首五言律詩，為偌大一座終南山傳神寫照。

首聯「太乙近天都，連山接海隅」，先用誇張手法勾畫了終南山的總輪廓。這個總輪廓，只能得之於遙眺，而不能得之於逼視。所以，這一聯顯然是寫遠景。

「太乙」是終南山的別稱。終南雖高，去天甚遙，說它「近天都」，當然是誇張。但這是寫遠景，從平地遙望終南，其頂峰的確與天連接，因而說它「近天都」，正是以誇張寫真實。「連山接海隅」也是這樣。終南山西起甘肅天水，東止河南陝縣，遠遠未到海隅。說它「接海隅」，固然不合事實，說它「與他山連接不斷，直到海隅」，又何嘗符合事實？然而這是寫遠景，從長安遙望終南，西邊望不到頭，東邊望不到尾。用「連山接海隅」寫終南遠景，雖誇張而愈見真實。

次聯寫近景，「白雲迴望合」一句，「迴望」既與下句「入看」對偶，則其意為「回頭望」，王維寫的是入終南山而「迴望」，望的是剛走過的路。詩人身在終南山中，朝前看，白雲彌漫，看不見路，也看不見其他景物，彷彿再走幾步，就可以浮游於白雲的海洋；然而繼續前進，白雲卻繼續分向兩邊，可望而不可即；回頭看，分向兩邊的白雲又合攏來，匯成茫茫雲海。這種奇妙的境界，凡有遊山經驗的人都不陌生，而除了王維，又有誰能夠只用五個字就表現得如此真切呢？

「青靄入看無」一句，與上句「白雲迴望合」是「互文」，它們交錯為用，相互補充。詩人走出茫茫雲海，前面又是濛濛青靄，彷彿繼續前進，就可以摸著那青靄了；然而走了進去，卻不但摸不著，而且看不見；回過頭去，那青靄又合攏來，濛濛漫漫，可望而不可即。

這一聯詩，寫煙雲變滅，移步換形，極富含孕。即如終南山中千巖萬壑，蒼松古柏，怪石清泉，奇花異草，值得觀賞的景物還多，一切都籠罩於茫茫「白雲」、濛濛「青靄」之中，看不見，看不真切。唯其如此，才更令人神往，更急於進一步「入看」。另一方面，已經看見的美景仍然使人留戀，不能不「迴望」，「迴望」而「白雲」、「青靄」俱「合」，則剛才呈現於眉睫之前的景物或籠以青紗，或裹以冰綃，由清晰而朦朧，由朦朧而隱沒，更令人回味無窮。這一切，詩人都沒有明說，但他卻在已經勾畫出來的「象」裡為我們留下了馳騁想像的廣闊天地。

第三聯高度概括，尺幅萬里。首聯寫出了終南山的高和從西到東的遠，這是從山北遙望所見的景象。至於終南從北到南的闊，則是用「分野中峰變」一句來表現。遊山而有「分野中峰變」的認識，則詩人立足「中峰」，縱目四望之狀已依稀可見。終南山東西之綿遠如彼，南北之遼闊如此，只有立足於「近天都」的「中峰」，才能收全景於眼底；而「陰晴眾壑殊」，就是盡收眼底的全景。所謂「陰晴眾壑殊」，當然不是指「東邊日出西邊雨」（劉禹錫〈竹枝詞二首〉其一），而是以陽光的或濃或淡、或有或無來表現千巖萬壑的千形萬態。

對於尾聯，歷來有不同的理解、不同的評價。有些人認為它與前三聯不統一、不相稱，從而持否定態度。清王夫之辯解說：「『欲投人處宿，隔水問樵夫』，則山之遼廓荒遠可知，與上六句初無異致，且得賓主分明，非獨頭意識懸相描摹也。」（《薑齋詩話》卷下）清沈德潛也說：「或謂末二句似與通體不配。今玩其語意，見山遠而人寡也，非尋常寫景可比。」（《唐詩別裁集》）

這些意見都不錯，然而「玩其語意」，似乎還可以領會到更多的東西。第一，「欲投人處宿」這個句子分明有個省略了的主詞「我」，因而有此一句，便見得「我」在遊山，句句有「我」，處處有「我」，以「我」觀物，因景抒情。第二，「欲投人處宿」而要「隔水問樵夫」，則「我」還要留宿山中，明日再遊，而山景之賞心悅目，詩人之避喧好靜，也不難於言外得之。第三，詩人既到「中峰」，則「隔水問樵夫」的「水」實際上是深溝大澗；那麼，他怎麼會發現那個「樵夫」呢？「樵夫」必砍樵，就必然有樹林，有音響。詩人尋聲辨向，從「隔水」的樹林裡欣然發現樵夫的情景，不難想見。既有「樵夫」，則知不太遙遠的地方必然有「人處」，因而問何處可以投宿，「樵夫」口答手指，詩人側首遙望的情景，也不難想見。

總起來看，這首詩的主要特點和優點是善於「以不全求全」，從而收到了「以少總多」、「意餘於象」的效果。（霍松林）

觀獵 王維

風勁角弓鳴，將軍獵渭城。草枯鷹眼疾，雪盡馬蹄輕。

忽過新豐市，還歸細柳營。迴看射雕處，千里暮雲平。

詩題一作〈獵騎〉。從詩篇遒勁有力的風格看，當是王維前期作品。詩的內容不過是一次普通的狩獵活動，卻寫得激情洋溢，豪興遄飛。至於其藝術手法，幾令清人沈德潛嘆為觀止：「章法、句法、字法俱臻絕頂。盛唐詩中亦不多見。」（《唐詩別裁集》）

詩開篇就是「風勁角弓鳴」，未及寫人，先全力寫其影響：風呼，弦鳴。風聲與角弓（用角裝飾的硬弓）聲彼此相應：風之勁由弦的震響聽出；弦鳴聲則因風而益振。「角弓鳴」三字已帶出「獵」意，能使人想像那「馬作的盧飛快，弓如霹靂弦驚」（宋辛棄疾〈破陣子〉）的射獵場面。勁風中射獵，該具備何等手眼！這又喚起讀者對獵手的懸念。待聲勢俱足，才推出射獵主角來：「將軍獵渭城」。將軍的出現，恰合讀者的期待。這發端的一筆，勝人處全在突兀，能先聲奪人，「直疑高山墜石，不知其來，令人驚絕」（清方東樹《昭昧詹言》）。兩句「若倒轉便是凡筆」（《唐詩別裁集》）。

渭城為秦時咸陽故城，在長安西北，渭水北岸。其時平原草枯，積雪已消，冬末的蕭條中略帶一絲兒春意。「草枯」、「雪盡」四字如素描一般簡潔、形象，頗具畫意。「鷹眼」因「草枯」而特別銳利，「馬蹄」因「雪盡」

而絕無滯礙，頷聯體物極為精細。三句不言鷹眼「銳」而言眼「疾」，意味獵物很快被發現，緊接以「馬蹄輕」三字則見獵騎迅速追蹤而至。「疾」、「輕」下字俱妙。兩句使人聯想到南朝宋鮑照〈擬古三首〉其一寫獵名句：「獸肥春草短，飛鞚越平陸」。但這裡發現獵物進而追擊的意思是明寫在紙上的，而王維卻將同一層意思隱然句下，使人尋想，便覺詩味雋永。三、四句初讀似各表一意，對仗銖兩悉稱；細繹方覺意脈相承，實屬「流水對」。如此精妙的對句，實不多見。

以上寫出獵，只就「角弓鳴」、「鷹眼疾」、「馬蹄輕」三個細節點染，不寫獵獲的場面。一則由於獵獲之意見於言外；二則射獵之樂趣，遠非實際功利所可計量，只就獵騎英姿與影響寫來自佳。

頸聯緊接「馬蹄輕」而來，意思卻轉折到罷獵還歸。雖轉折而與上文意脈不斷，自然流走。「新豐市」故址在今陝西臨潼縣，「細柳營」在今陝西長安縣，兩地相隔七十餘里。此二地名俱見《漢書》，詩人興會所至，一時匯集，典雅有味，原不必指實。言「忽過」，言「還歸」，則見返營馳騁之疾速，真有瞬息「千里」之感。「細柳營」本是漢代周亞夫屯軍之地，用來就多一重意味，似謂詩中狩獵的主人公亦具名將之風度，與其前面射獵時意氣風發、颯爽英姿，形象正相吻合。這兩句連上兩句，既生動描寫了獵騎情景，又真切表現了主人公的輕快感覺和喜悅心情。

寫到獵歸，詩意本盡。尾聯卻更以寫景作結，但它所寫非營地景色，而是遙遙「迴看」向來行獵處之遠景，已是「千里暮雲平」。此景遙接篇首。首尾不但彼此呼應，而且適成對照：當初是風起雲湧，與出獵緊張氣氛相應；此時是風定雲平，與獵歸後躊躇容與的心境相稱。寫景俱是表情，於景的變化中見情的消長，堪稱妙筆。「射鵰處」語有出典，《北史．斛律光傳》載北齊斛律光校獵時，於雲表見一大鳥，射中其頸，形如車輪，旋轉而下，乃是一雕，因被人稱為「射雕手」。此言「射雕處」，有暗示將軍的膂力強、箭法高之意。詩的這一結尾搖曳生姿，饒有餘味。

綜觀全詩，半寫出獵，半寫獵歸，起得突兀，結得意遠；中兩聯一氣流走，承轉自如，有格律束縛不住的氣勢，又能首尾迴環映帶，體合五律，這是章法之妙。詩中藏三地名而使人不覺，用典渾化無跡，寫景俱能傳情，至如三、四句既窮極物理又意見於言外，這是句法之妙。「枯」、「盡」、「疾」、「輕」、「忽過」、「還歸」，遣詞用字準確錘鍊，咸能照應，這是字法之妙。所有這些手法，又都妙能表達詩中人生氣遠出的意態與豪情。所以，此詩完全當得起盛唐佳作的稱譽。（周嘯天）

漢江臨汎① 王維

楚塞三湘②接，荊門九派③通。江流天地外，山色有無中。
郡邑浮前浦，波瀾動遠空。襄陽好風日，留醉與山翁。

〔註〕①元方回《瀛奎律髓》題作〈漢江臨眺〉。漢江：即漢水。②楚塞：指古代楚國地界。三湘：湘水合灕水稱灕湘，合蒸水稱蒸湘，合瀟水稱瀟湘，故又稱三湘。③荊門：在今湖北荊門南。九派：九條支流。《文選》東晉郭璞〈江賦〉：「流九派乎潯陽。」李善注引應劭《漢書》注：「江自盧江潯陽分為九也。」

這首〈漢江臨汎〉可謂王維融畫法入詩的力作。

「楚塞三湘接，荊門九派通」，語工形肖，一筆勾勒出漢江雄渾壯闊的景色，作為畫幅的背景。汎舟江上，縱目遠望，只見莽莽古楚之地和從湖南方面奔湧而來的「三湘」之水相連接，洶湧漢江入荊江而與長江九派匯聚合流。詩雖未點明漢江，但足已使人想像到漢江橫臥楚塞而接「三湘」、通「九派」的浩渺水勢。詩人將不可目擊之景，予以概寫總述，收漠漠平野於紙端，納浩浩江流於畫邊，為整個畫面渲染了氣氛。

「江流天地外，山色有無中」，以山光水色作為畫幅的遠景。漢江滔滔遠去，好像一直湧流到天地之外去了，兩岸重重青山，迷迷濛濛，時隱時現，若有若無。前句寫出江水的流長邈遠，後句又以蒼茫山色烘托出江勢的浩瀚空闊。詩人著墨極淡，卻給人以偉麗新奇之感，其效果遠勝於重彩濃抹的油畫和色調濃麗的水彩。而其「勝」，就在於畫面的氣韻生動。難怪明王世貞說：「江流天地外，山色有無中，是詩家俊語，卻入畫三昧。」說得很中肯。首聯寫眾水交流，密不間髮，此聯開闊空白，疏可走馬，畫面上疏密相間，錯綜有致。

接著，詩人的筆墨從「天地外」收攏，寫出眼前波瀾壯闊之景：「郡邑浮前浦，波瀾動遠空。」這裡，詩人筆法飄逸流動。明明是所乘之舟上下波動，卻說是前面的城郭在水面上浮動；明明是波濤洶湧，浪拍雲天，卻說成天空也為之搖蕩起來。詩人故意用這種動與靜的錯覺，進一步渲染了磅礴水勢。「浮」、「動」兩個動詞下得極妙，使詩人筆下之景都動起來了。

「襄陽好風日，留醉與山翁。」山翁，即山簡，晉人。《晉書．山簡傳》說他曾任征南將軍，鎮守襄陽。當地習氏的園林，風景很好，山簡常到習家池上大醉而歸。詩人要與山簡共謀一醉，流露出對襄陽風物的熱愛之情。此情也融合在前面的景色描繪之中，充滿了積極樂觀的情緒。

這首詩給我們展現了一幅色彩素雅、格調清新、意境優美的水墨山水畫。畫面布局，遠近相映，疏密相間，加之以簡馭繁，以形寫意，輕筆淡墨，又融情於景，情緒樂觀，這就給人以美的享受。王維同時代的殷璠在《河嶽英靈集》中說：「維詩詞秀調雅，意新理愜，在泉為珠，著壁成繪。」此詩很能體現這一特色。（徐應佩、周溶泉）

使至塞上　王維

單車欲問邊，屬國①過居延。征蓬出漢塞，歸雁入胡天。
大漠孤煙直②，長河落日圓。蕭關逢候騎③，都護在燕然④。

〔註〕①屬國：典屬國的簡稱。本為秦漢時官名，這裡代指使臣，是王維自指。②孤煙直：直上的燧煙。宋陸佃《埤雅》：「古之烽火用狼糞，取其煙直而聚，雖風吹之不斜。」③蕭關：在今寧夏回族自治區固原縣東南。候騎（音同計）：騎馬的偵察兵。④都護：當時邊疆重鎮都護府的長官，這裡指河西節度使。燕（音同煙）然：即杭愛山，在今蒙古人民共和國境內。後漢車騎將軍竇憲大破匈奴北單于，曾登燕然山刻石記功。這裡借指最前線，並非實指。

開元二十五年（七三七）河西節度副大使崔希逸戰勝吐蕃，唐玄宗命王維以監察御史的身份出塞宣慰，察訪軍情。這實際是將王維排擠出朝廷。這首詩作於赴邊途中。

「單車欲問邊」，輕車前往，向哪裡去呢？「屬國過居延」，居延在今甘肅張掖縣西北，遠在西北邊塞，在這裡並非實指，只是用來泛指邊疆之地。

「征蓬出漢塞，歸雁入胡天」，詩人以「蓬」、「雁」自比，說自己像隨風而去的蓬草一樣出臨「漢塞」，像振翮北飛的「歸雁」一樣進入「胡天」。古詩中多用飛蓬比喻漂流在外的遊子，這裡卻是比喻一個負有朝廷使命的大臣，正是暗寫詩人內心的激憤和抑鬱。與首句的「單車」相呼應。萬里行程只用了十個字輕輕帶過。然後抓住沙漠中的典型景物進行刻畫：「大漠孤煙直，長河落日圓。」最後兩句寫到達邊塞：「蕭關逢候騎，都護在燕然。」到了邊塞，卻沒有遇到將官，偵察兵告訴使臣：首將正在燕然前線。

詩人把筆墨重點用在了他最擅勝場的方面——寫景。作者出使，恰在春天。途中見數行歸雁北翔，詩人即景設喻，用歸雁自比，既敘事，又寫景，一筆兩到，貼切自然。尤其是「大漠孤煙直，長河落日圓」一聯，寫進入邊塞後所看到的塞外奇特壯麗的風光，畫面開闊，意境雄渾，近代王國維稱之為「千古壯觀」的名句。邊疆沙漠，浩瀚無邊，所以用了「大漠」的「大」字。邊塞荒涼，沒有什麼奇觀異景，烽火臺燃起的那一股濃煙就顯得格外醒目，因此稱作「孤煙」。一個「孤」字寫出了景物的單調，緊接一個「直」字，卻又表現了它的勁拔、堅毅之美。沙漠上沒有山巒林木，那橫貫其間的黃河，就非用一個「長」字不能表達詩人的感覺。落日，本來容易給人以感傷的印象，這裡用一「圓」字，卻給人以親切溫暖而又蒼茫的感覺。一個「圓」字，一個「直」字，不僅準確地描繪了沙漠的景象，而且表現了作者的深切的感受。詩人把自己的孤寂情緒巧妙地溶化在廣闊的自然景象的描繪中。《紅樓夢》第四十八回裡香菱談詩說：「『大漠孤煙直，長河落日圓。』想來『煙』如何『直』？『日』自然是『圓』的。這『直』字似無理，『圓』字似太俗。合上書一想，倒像是見了這景的。要說再找兩個字換這兩個，竟再找不出兩個字來。」這就是「詩的好處，有口裡說不出來的意思，想去卻是逼真的；又似乎無理的，想去竟是有理有情的」。可謂道出了這兩句詩高超的境界。（張燕瑾）

秋夜獨坐　王維

獨坐悲雙鬢，空堂欲二更。雨中山果落，燈下草蟲鳴。
白髮終難變，黃金不可成。欲知除老病，唯有學無生。

王維中年奉佛，詩多禪意。這詩題曰「秋夜獨坐」，就像僧徒坐禪。而詩中寫時邁人老，感慨人生，斥神仙虛妄，悟佛義根本，是詩人現身說法的禪意哲理之作，情理都無可取，但在藝術表現上較為真切細微，傳神如化，歷來受到讚賞。

前二聯寫沉思和悲哀。這是一個秋天雨夜，更深人寂，詩人獨坐在空堂上，潛心默想。這情境彷彿就是佛徒坐禪，然而詩人卻是陷於人生的悲哀。他看到自己兩鬢花白，人一天天老了，不能長生；夜又將二更，時光一點點消逝，無法挽留。一個人就是這樣地在歲月無情流逝中走向老病去世。這冷酷的事實使他自覺無力而陷於深刻的悲哀。此時此刻，此情此景，他越發感到孤獨空虛，需要同情勉勵，啟發誘導。然而除了詩人自己，堂上只有燈燭，屋外聽見雨聲。於是他從雨聲想到了山裡成熟的野果，好像看見它們正被秋雨摧落；從燈燭的一線光亮中得到啟發，注意到秋夜草野裡的鳴蟲也躲進堂屋來叫了。詩人的沉思，從人生轉到草木昆蟲的生存，雖屬異類，卻獲同情，但更覺得悲哀，發現這無知的草木昆蟲同有知的人一樣，都在無情的時光、歲月的消逝中零落哀鳴。詩人由此得到啟發誘導，自以為覺悟了。

王維〈秋夜獨坐〉——明刊本《唐詩畫譜》

後二聯便是寫覺悟和學佛。詩人覺悟到的真理是萬物有生必有滅，大自然是永存的，而人及萬物都是短暫的。人，從出生到老死的過程不可改變。詩人從自己嗟老的憂傷，想到了宣揚神仙長生不老的道教。詩人感嘆「黃金不可成」，就是否定神仙方術之事，指明煉丹服藥祈求長生的虛妄，而認為只有信奉佛教，才能從根本上消除人生的悲哀，解脫生老病死的痛苦。佛教講滅寂，要求人從心靈中清除七情六欲，是謂「無生」。倘使果真如此，當然不僅根除老病的痛苦，一切人生苦惱也都不再覺得了。詩人正是從這個意義上去皈依佛門的。

整首詩寫出一個思想覺悟即禪悟的過程。從情入理，以情證理。詩的前半篇表現詩人沉思而悲哀的神情和意境，形象生動，感受真切，情思細微，藝術上是頗為出色的；而後半篇則純屬說教，歸納推理，枯燥無味，缺陷也是比較明顯的。（倪其心）

送祕書晁監還日本國　王維

積水不可極，安知滄海東！九州何處遠？萬里若乘空。
向國唯看日，歸帆但信風。鰲身映天黑，魚眼射波紅。
鄉樹扶桑外，主人孤島中。別離方異域，音信若為通！

阿倍仲麻呂，日本人，一名仲滿。唐玄宗開元五年（七一七）隨日本遣唐使來中國留學，取漢名晁衡（一名朝衡）。歷仕玄宗、肅宗、代宗三朝，任祕書監，兼衛尉卿等職。代宗大曆五年（七七〇）卒於長安。玄宗天寶十二載（七三五），晁衡乘船回國探親。臨行前，玄宗、王維、包佶等人都作詩贈別，表達了對這位日本朋友深摯的情誼，其中以王維這一首寫得最為感人。

古代贈別詩通常以交代送別的時間、地點、環境發端，借景物描寫來烘染離情別意。這首詩不同，開頭便是一聲深沉的慨嘆：茫茫滄海簡直不可能達到盡頭，又怎麼能知道那滄海以東是怎樣一番景象呢！突如其來，噴薄而出，令人心神為之一震。三、四兩句一問一答，寄寓詩人深情。「九州」，代指中國。大意是說：中國以外，哪裡最為遙遠呢？恐怕就要算迢迢萬里之外的日本了，現在友人要去那裡，真像登天一樣難啊！頭四句極寫大海的遼闊無垠和日本的渺遠難即，造成一種令人惆悵、迷惘、惴惴不安的濃重氛圍，使讀者剛接觸到作品就從情緒上受到了強烈的感染。

接下來四句，是寫想像中友人渡海的情景。在當時的技術條件下，橫渡大海到日本去是一種極為冒險、生死未卜的事情。通常是正面實寫海上的景象，諸如氣候的無常、風濤的險惡等等，藉以表達對航海者的憂慮和懸念。例如林寬的〈送人歸日東〉：「滄溟西畔望，一望一心摧！地即同正朔，天教阻往來。波翻夜作電，鯨吼晝可雷。門外人參徑，到時花幾開？」其中第三聯寫得驚耳怵目，扣人心弦，應當說是相當精警的句子。但是，無論語言是怎樣地鋪張揚厲，情感是怎樣地激宕淋漓，要在一首短詩中把海上航行中將要遇到的無數艱難險阻說完道盡，畢竟是辦不到的。所以，王維採用了另外一種別開生面的手法：避實就虛，從有限中求無限。「向國唯看日，歸帆但信風」，要說的意思只開了一個頭便立即帶住，讓讀者自己去思索、聯想、補充、豐富。《新唐書·東夷傳》云：「（日本）使者自言，國近日所出，以為名。」這裡「日」字雙關，兼指太陽和日本國。試想，航海者就憑幾片風帆、數支櫓槳，隨風飄流，不是艱險已極嗎？不作正面描繪，只提供聯想線索；不言艱險而艱險之狀自明，不說憂慮而憂慮之情自見，正是這兩句詩高明的地方。

最有特色的，還是「鰲身映天黑，魚眼射波紅」兩句。在這裡，詩人不只是沒有實寫海上景象，而且虛構了兩種怪異的景物：能把天空映黑的巨鰲，眼裡紅光迸射的大魚，同時展現出四種色彩：黑，紅，藍（天），碧（波），構成了一幅光怪陸離、恢宏闊大的動的圖畫。你看，波濤不停地奔湧，巨鰲與大魚不停地出沒，四種色彩不斷地交織和變幻。這就不能不使人產生一種神祕、奇詭、恐怖的感覺。詩人借怪異的景物形象和交織變幻的色彩刺激讀者的感官，喚起讀者的情感體驗，把海上航行的艱險和對友人安危的憂慮直接傳達給了讀者。千百年來，歷代的詩論家們公認王維「詩中有畫」，但往往沒有注意到，他的「詩中畫」大多是「繪畫所描繪不出的畫境」。這首詩即是如此。人們公認王維是著色的高手。但往往沒有注意到，他筆下的色彩不是客觀對象的一種消極的附屬物，而是創造環境氛圍、表現主觀情感的積極手段。這兩句詩利用色彩本身的審美特性來表情達意，很富創造性，有很高的借鑑價值。

最後兩句，詩人設想晁衡戰勝艱難險阻，平安回到祖國，但又感嘆無法互通音訊。這就進一步突出了依依難捨的深情。

這是一曲兩國的友誼之歌。通篇沒有用一個概念性的語詞來明言所表現的究竟是什麼情感，但我們從目的地的渺遠、航程的艱險和詩人的聲聲喟嘆中，可以明確無誤地體會到，這是一種悵惘、憂愁、懸念、惜別等等雜糅交織的至精至誠的情誼。司空圖《二十四詩品》說：「不著一字，盡得風流。語不涉難己，已不堪憂。（一作「語不涉己，若不堪憂」）」正好道出了這首詩的表情特點。（文達三）

奉和聖製從蓬萊向興慶閣道中留春雨中春望之作應制

王維

渭水自縈秦塞曲，黃山舊遶漢宮斜。鑾輿迥出千門柳，閣道迴看上苑花。雲裡帝城雙鳳闕，雨中春樹萬人家。為乘陽氣行時令，不是宸遊重物華。

這首詩題中的蓬萊宮，即唐大明宮。唐代宮城在長安東北，而大明宮又在宮城東北。興慶宮在宮城東南角。唐玄宗開元二十三年（七三五），從大明宮經興慶宮，一直到城東南的風景區曲江，築閣道相通。帝王后妃，可由閣道直達曲江。王維的這首七律，就是唐玄宗由閣道出遊時在雨中春望賦詩的一首和作。所謂「應制」，指應皇帝之命而作。當時以同樣題目寫詩的，還有李憕等人，可以說是由唐玄宗發起的一次比較熱鬧的賽詩活動。

王維的詩，高出眾人一籌，發揮了他作為一個畫家善於取景布局的特長，緊緊扣住題目中的「望」字去寫，寫得集中，勾勒出了一個完整的畫面。

「渭水自縈秦塞曲，黃山舊遶漢宮斜。」詩一開頭就寫出由閣道中向西北眺望所見的景象。視線越過長安城，將城北地區的形勝盡收眼底。首句寫渭水曲折地流過秦地，次句指渭水邊的黃山，盤繞在漢代黃山宮腳下。渭水、黃山和秦塞、漢宮，作為長安的陪襯和背景出現，不僅顯得開闊，而且因為有「秦」、「漢」這樣的詞語，還帶上了一層濃厚的歷史色彩。詩人馳騁筆力，寫出這樣廣闊的大背景之後，才回筆寫春望中的人：「鑾輿迥出千門柳，閣道迴看上苑花。」因為閣道架設在空中，等於現在所說的天橋，所以閣道上的皇帝車駕，也就高出了宮門柳樹之上。在這樣高的立足點上迴看宮苑和長安更是一番景象。這裡用一個「花」字透露了繁盛氣氛，「花」和「柳」又點出了春天。

「雲裡帝城雙鳳闕，雨中春樹萬人家。」這兩句仍然是迴看中的景象，而且是最精彩的鏡頭。它要是緊接在一、二句所勾勒的大背景後出現，本來也是可以的。但經過三、四兩句迴旋，到這裡再出現，就更給人一種高峰突起、耳目為之聳動的感覺。看，雲霧低迴繚繞，盤旋在廣闊的長安城上，雲霧中托出一對高聳的鳳闕，像要淩空飛起；在茫茫的春雨中，萬家攢聚，無數株春樹，受著雨水滋潤，更加顯得生機勃發。這是一幅帶著立體感的春雨長安圖。由於雲遮霧繞，一般的建築，在視野內變得模糊了，只有鳳闕更顯得突出，更具有飛動感；由於春雨，滿城在由雨簾構成的背景下，春樹、人家和宮闕，互相映襯，更顯出帝城的闊大、壯觀和昌盛。這兩句不僅把詩題的「雨中春望」寫足了，也透露了這個春天風調雨順，為過渡到下文作了準備。「為乘陽氣行時令，不是宸遊重物華。」古代按季節規定關於農事的政令叫時令。這裡的意思是說，這次天子出遊，本是因為陽氣暢達，順天道而行時令，並非為了賞玩景物。這是一種所謂寓規於頌，把皇帝的春遊，說成是有政治意義的活動。

古代應制詩，幾乎全部是歌功頌德之詞。王維這首詩也不例外。詩的結尾兩句明顯地表現了這種局限。不過這首詩似乎並不因此就成為應該完全否定的虛偽的頌歌。我們今天讀起來，對詩中描寫的景象仍然感到神往，甚至如果在春雨中登上北京景山俯瞰故宮及其周圍的時候，還能夠聯想到「雲裡帝城雙鳳闕，雨中春樹萬人家」這樣的詩句。王維的這種詩，不使人感到是可厭的頌詞，依舊具有藝術生命力。王維善於抓住眼前的實際景物進行渲染。比如用春天作為背景，讓帝城自然地染上一層春色；用雨中雲霧繚繞的實際景象，來表現氤氳祥瑞的氣氛，這些都顯得真切而非虛飾。這是因為王維兼有詩人和畫家之長，在選取、再現帝城長安景物的時候，構圖上既顯得闊大美好，又足以傳達處於興盛時期帝都長安的神采。透過詩的飽滿而又飛動的形象，似乎可以窺見八世紀中期唐帝國的面影，它在有意無意中對於那個比較興盛的時代寫下了一曲頌歌。（余恕誠）

和賈舍人早朝大明宮之作　王維

絳幘雞人送曉籌①，尚衣方進翠雲裘。九天閶闔開宮殿，萬國衣冠拜冕旒。
日色才臨仙掌動，香煙欲傍袞龍浮。朝罷須裁五色詔，佩聲歸到鳳池頭。

〔註〕①一作「報曉籌」。

賈至寫過一首〈早朝大明宮呈兩省僚友〉，全詩是：「銀燭朝天紫陌長，禁城春色曉蒼蒼。千條弱柳垂青瑣，百囀流鶯滿建章。劍佩聲隨玉墀步，衣冠身惹御爐香。共沐恩波鳳池裡，朝朝染翰侍君王。」當時頗為人注目，杜甫、岑參、王維都曾作詩相和。王維的這首和作，利用細節描寫和場景渲染，寫出了大明宮早朝時莊嚴華貴的氣氛，別具特色。

詩一開頭，詩人就選擇了「報曉」和「進翠雲裘」兩個細節，顯示了宮廷中莊嚴、肅穆的特點，製造早朝的氣氛。古代宮中，於天將亮時，有頭戴紅巾（絳幘）的衛士，於朱雀門外高聲喊叫，以警百官，稱為「雞人」。「曉籌」即更籌，是夜間計時的竹籤。這裡以「雞人」送「曉籌」報曉，突出了宮中的「肅靜」。尚衣局是專門掌管皇帝衣服的。「翠雲裘」是繡有彩飾的皮衣。「進」字前著一「方」字，表現宮中官員各遵職守，工作有條不紊。中間四句正面寫早朝。詩人以概括敘述和具體描寫，表現場面的宏偉莊嚴和帝王的尊貴。層層疊疊的宮殿大門如九重天門，迤邐打開，深邃偉麗；萬國的使節拜倒丹墀，朝見天子，威武莊嚴。以九天閶闔喻天子住處，大筆勾勒了「早朝」圖的背景，氣勢非凡。「宮殿」即題中的大明宮，唐代亦稱蓬萊宮，因宮後蓬萊池得名，是皇帝接受朝見的地方。「萬國衣冠拜冕旒」，標誌大唐鼎盛的氣象。「冕旒（音同流）」本是皇帝戴的帽子，此代指皇帝。在「萬國衣冠」之後著一「拜」字，利用數量上眾與寡、位置上卑與尊的對比，突出了大唐帝國的威儀，在一定程度上反映了真實的歷史背景。

如果說頷聯是從大處著筆，那麼頸聯則是從細處落墨。大處見氣魄，細處顯尊嚴，兩者互相補充，相得益彰。作者於大中見小，於小中見大，給人一種親臨其境的真實感。「仙掌」是形狀如扇的儀仗，用以擋風遮日。日光才臨，仙掌即動，「臨」和「動」，關聯得十分緊密，充分顯示皇帝的驕貴。「袞龍」亦稱「龍袞」，是皇帝的龍袍。「傍」字寫飄忽的輕煙，頗見情態。「香煙」照應賈至詩中的「衣冠身惹御爐香」。賈至詩以霑沐皇恩為意，故以「身惹御爐香」為榮；王維詩以帝王之尊為內容，故著「欲傍」為依附之意。作者透過仙掌擋日、香煙繚繞製造了一種皇庭特有的雍容華貴氛圍。

結尾兩句又關照賈至的「共沐恩波鳳池裡，朝朝染翰侍君王」。賈至時任中書舍人，其職責是給皇帝起草詔書文件，所以說「朝朝染翰侍君王」，歸結到中書舍人的職責。王維的和詩也說，「朝罷」之後，皇帝自然會有事詔告，所以賈至要到中書省的所在地鳳池去用五色紙起草詔書了。「佩聲」，是以身上佩帶的飾物發出的聲音代人，這裡即代指賈至。不言人而言「佩聲」，於「佩聲」中藏人的行動，使「歸」字產生具體生動的效果。

這首詩寫了早朝前、早朝中、早朝後三個階段，寫出了大明宮早朝的氣氛和皇帝的威儀，同時，還暗示了賈至的受重用和得意。這首和詩不和其韻，只和其意，雍容偉麗，造語堂皇，格調十分諧和。明代胡震亨《唐音癸籤》說：「盛唐人和詩不和韻。」於此可窺一斑。（湯貴仁）

酬郭給事

王維

洞門高閣靄餘輝，桃李陰陰柳絮飛。禁裡疏鍾官舍晚，省中啼鳥吏人稀。
晨搖玉珮趨金殿，夕奉天書拜瑣闈。強欲從君無那老，將因臥病解朝衣。

這首酬和詩，是王維晚年酬贈與給事中郭某的。「給事」，即「給事中」，是唐代門下省的要職，常在皇帝周圍，掌宣達詔令，駁正政令之違失，地位是十分顯赫的。王維的後半生，雖然過著半官半隱的生活，然而在官場上卻是「昆仲宦遊兩都，凡諸王駙馬豪右貴勢之門，無不拂席迎之」（《舊唐書．王維傳》）。因此，在他的詩作中，這類應酬的題材甚多。這首詩，既頌揚了郭給事，同時也表達了王維想辭官隱居的思想。寫法上，詩人又別具機杼。最突出的是捕捉自然景象，狀物以達意，使那頌揚之情，完全寓於對景物的描繪中，從而達到了避俗從雅的效果。

詩的前兩句著意寫郭給事的顯達。第一句「洞門高閣」，是皇家的寫照，「餘輝」恰是皇恩普照的象徵。第二句「桃李陰陰」，是說郭給事桃李滿天下，而「柳絮飛」是指那些門生故吏個個飛揚顯達。這樣，前後兩句，形象地描繪出郭給事上受皇恩之曝，下受門生故吏擁戴，突出了他在朝中的地位。

詩的三、四句寫郭給事居官的清廉閒靜。如果說前兩句的景狀是華豔的，這兩句就轉為恬淡了。一個「疏」字，一個「稀」字，正好點染了這種閒靜的氣氛。詩人描寫「省中啼鳥」這個現象，意味甚濃。一般說，官衙內總是政務繁忙，人來人往，現在居然可以聽到鳥兒的鳴叫聲，不正活畫出郭給事為官的閒靜嗎？

王維作詩，善於抓住自然界中平凡無奇的景或物，賦予它們某種象徵意義。「省中啼鳥」，看起來是描寫了景致，其實，是暗喻郭給事政績卓著，時世太平，以致衙內清閒。雖是諛詞，卻不著一點痕跡。

五、六兩句，直接寫郭給事本人。早晨朝服盛裝，恭恭敬敬地去上朝面君，傍晚捧著皇帝的詔令向下宣達。他那恭謹的樣子，用一個「趨」和一個「拜」字生動地描寫出來了。「晨」、「夕」兩字，則使人感到他時時緊隨皇帝左右，處於怎樣一種令人矚目的地位！從全詩結構看，這裡是極揚一筆，為最後點出全詩主旨作好準備。

詩的末兩句作了一個急轉，從謙恭的語氣中寫出了詩人自己的意向：我雖想勉力追隨你，無奈年老多病，還是讓我辭官歸隱吧！這是全詩的主旨，集中地反映了詩人的出世思想。唐人的很多酬贈詩中，往往在陳述了對酬者的仰慕之後，立即表達希冀引薦提拔的用意。然而王維此詩，卻一反陳套，別開生面。（李琳）

出塞作

王維

居延城外獵天驕，白草連山①野火燒。暮雲空磧②時驅馬，秋日平原好射雕。
護羌校尉朝乘障，破虜將軍夜渡遼。玉靶角弓珠勒馬，漢家將賜霍嫖姚。

〔註〕①一作「白草連天」。②磧（音同企），沙漠或礫漠。

本詩原註說：「時為御史監察塞上作。」唐玄宗開元二十五年（七三七）三月，河西節度副大使崔希逸在青海戰敗吐蕃，王維以監察御史的身份，奉使出塞宣慰，這詩就寫在此時。

前四句寫邊境紛擾、戰火將起的形勢。「天驕」原為匈奴自稱，這裡借稱唐朝的吐蕃。「居延城外獵天驕，白草連山野火燒」，寫居延關外長滿白草的廣闊原野上燃起了熊熊獵火，吐蕃正在這裡打獵，這是緊張局勢的一個信號。寫打獵聲勢之盛，正是渲染邊關劍拔弩張之勢。這兩句詩很容易使人聯想起高適〈燕歌行〉「單于獵火照狼山」之句，古詩中常常以「獵火」來暗指戰火。「暮雲空磧時驅馬，秋日平原好射雕」，進一步描寫吐蕃的獵手們在暮雲低垂，空曠無邊的沙漠上驅馬馳騁，在秋天草枯，動物沒有遮蔽之處的平原上射獵。這一聯像兩幅生動傳神、極具典型意義的塞上風俗畫，寫出吐蕃健兒那種盤馬彎弓、勇猛強悍的樣子，粗豪雄放；也暗示邊情的緊急，為詩的下半部分作了鋪墊。

前四句刻畫形象，有聲有色，是實寫；後四句便採用虛寫，寫唐軍針對這種緊張形勢而進行軍事部署。

「護羌校尉朝乘障，破虜將軍夜渡遼。」這兩句，對仗精工，很有氣勢。「護羌校尉」和「破虜將軍」都是漢代武官名，這裡借指唐軍將士。「障」是障堡，邊塞上的防禦工事。登障堡，渡遼河，都不是實指，而是泛寫，前者著重說防禦，後者主要講出擊，一個「朝」字和一個「夜」字，突出軍情的緊迫，進軍的神速，表現了唐軍昂揚奮發的士氣，雷厲風行的作風。此聯對軍事行動本身沒有作具體的描寫，而只是選取具有典型意義的事物，作概括而又形象的敘說，就把唐軍緊張調動，英勇作戰，並取得勝利的情景寫出來了，收到了詞約義豐的效果。「玉靶角弓珠勒馬，漢家將賜霍嫖姚。」「漢家」借指唐朝，「霍嫖姚」即漢代曾作過嫖姚校尉的霍去病，借謂崔希逸。這兩句是說，朝廷將把鑲玉柄的劍，以角裝飾的弓和戴著珠勒口的駿馬，賜給得勝的邊帥崔希逸。在詩尾才點出賞功慰軍的題旨，收結頗為得體。

這詩寫得很有特色，它反映當前的戰鬥情況，用兩相對比的寫法，先寫吐蕃的強悍，氣勢咄咄逼人，造成心理上的緊張；再寫唐軍雍容鎮靜，應付裕如，有攻有守，以一種壓倒對方的凌厲氣勢奪取最後的勝利。越是渲染對方氣焰之盛，越能襯托唐軍的英勇和勝利的來之不易，最後寫勞軍，也就順理成章，水到渠成，只須輕輕點染，詩旨全出。清方東樹評論此詩說：「前四句目驗天驕之盛，後四句侈陳中國之武，寫得興高采烈，如火如錦，乃稱題。收賜有功得體。渾顥流轉，一氣噴薄，而自然有首尾起結章法，其氣若江海之浮天。」（高步瀛《唐宋詩舉要》引《昭昧詹言》）這段評論是中肯的。（吳小林）

春日與裴迪過新昌里訪呂逸人不遇

王維

桃源一向絕風塵，柳市南頭訪隱淪。到門不敢題凡鳥，看竹何須問主人。
城上青山如屋裡，東家流水入西鄰。閉戶著書多歲月，種松皆作老龍鱗。

王維和裴迪是知交，早年一同住在終南山，常相唱和，以後，兩人又在輞川山莊「浮舟往來，彈琴賦詩，嘯詠終日」（《舊唐書．王維傳》）。新昌里在長安城內。呂逸人即呂姓隱士，事跡未詳。這首詩極贊呂逸人閉戶著書的隱居生活，顯示了作者豔羨「絕風塵」的情懷。

「桃源一向絕風塵，柳市南頭訪隱淪。」借晉陶淵明〈桃花源記〉中的桃花源，比況呂逸人的住處，著一虛筆；於長安柳市之南尋訪呂逸人，跟一實筆。一虛一實，既寫出呂逸人長期「絕風塵」的超俗氣節，又顯示了作者傾慕嚮往的隱逸之思。

「到門不敢題凡鳥，看竹何須問主人。」訪人不遇，本有無限懊惱，然而詩人卻不說，反而拉出歷史故事來繼續說明對呂逸人的仰慕之情，可見其尋逸之心的誠篤真摯。「凡鳥」是「鳳」字的分寫。據《世說新語．簡傲》記載，三國魏時的嵇康和呂安是莫逆之交，一次，呂安訪嵇康未遇，康兄嵇喜出迎，呂安於門上題「鳳」字而去，這是嘲諷嵇喜是「凡鳥」。王維「到門不敢題凡鳥」，則是表示對呂逸人的尊敬。「看竹」事見《晉書．王羲之傳》。王羲之之子王徽之聞吳中某家有好竹，坐車直造其門觀竹，「諷嘯良久」。而此詩「何須問主人」

是活用典故，表示即使沒有遇見主人，看看他的幽雅居處，也會使人產生高山仰止之情。

上一聯借用典故，來表示對呂逸人的敬仰，是虛寫。「城上青山如屋裡，東家流水入西鄰」，寫呂逸人居所的環境，是實寫。「城上」，一作「城外」。「青山如屋裡」，生動地點明呂逸人居所出門即見山，暗示與塵市遠離；流水經過東家流入西鄰，可以想見呂逸人居所附近流水淙淙，環境清幽，真是一個依山傍水的絕妙境地。青山嫵媚，流水多情。兩句環境描寫，一則照應開篇的絕風塵，二則抒寫了隱逸生活的情趣。

「閉戶著書多歲月，種松皆作老龍鱗。」最後從正面寫隱逸。呂逸人無求於功名，不碌碌於塵世，長時間閉戶著書，是真隱士而不是走「終南捷徑」的假隱士，這就更為詩人所崇尚。松皮作龍鱗，標誌手種松樹已老，說明時間之長，顯示呂逸人隱居之志的堅貞和持久。「老龍鱗」給「多歲月」作補充，並照應開頭的「一向絕風塵」，全詩結構嚴謹完整。

這首詩，句句流露出對呂逸人的欽羨之情，以至青山、流水、松樹，都為詩人所愛慕，充分表現了詩人歸隱皈依的情思。描寫中虛實結合，有上下句虛實相間的，也有上下聯虛實相對的，筆姿靈活，變化多端，既不空泛，又不呆滯，頗有情味。（湯貴仁）

積雨輞川莊作

王維

積雨空林煙火遲，蒸藜①炊黍餉東菑②。漠漠水田飛白鷺，陰陰夏木囀黃鸝。

山中習靜觀朝槿③，松下清齋折露葵④。野老與人爭席罷，海鷗何事更相疑？

〔註〕①藜：一種草本植物，嫩葉新苗皆可食。②菑（音同滋）：已開墾一年的土地，這裡泛指田畝。③朝槿：即木槿，落葉灌木，夏秋之際開花，朝開暮謝，古人以為人生無常的象徵。④露葵：即綠葵，一種綠色蔬菜，可以煮來佐餐。

輞川莊，在今陝西藍田終南山中，是王維隱居之地。《舊唐書．王維傳》記載：「維兄弟俱奉佛，居常蔬食，不茹葷血，晚年長齋，不衣文彩。」在這首七律中，詩人把自己幽雅清淡的禪寂生活與輞川恬靜優美的田園風光結合起來描寫，創造了一個物我相愜、情景交融的意境。

「積雨空林煙火遲，蒸藜炊黍餉東菑。」首聯寫田家生活，是詩人山上靜觀所見：正是連雨時節，天陰地濕，空氣潮潤，靜謐的叢林上空，炊煙緩緩升起來，山下農家正燒火做飯呢。女人家蒸藜炊黍，把飯菜準備好，便提攜著送往東菑——東面田頭，男人們一清早就去那裡勞作了。詩人視野所及，先寫空林煙火，一個「遲」字，不僅把陰雨天的炊煙寫得十分真切傳神，而且透露了詩人閒散安逸的心境；再寫農家早炊、餉田以至田頭野餐，展現一系列人物活動畫面，秩序井然而富有生活氣息，使人想見農婦田夫那怡然自樂的心情。

頷聯寫自然景色，同樣是詩人靜觀所得：「漠漠水田飛白鷺，陰陰夏木囀黃鸝。」看吧，廣漠空濛、布滿積水的平疇上，白鷺翩翩起飛，意態是那樣閒靜瀟灑；聽啊，遠近高低，蔚然深秀的密林中，黃鸝互相唱和，歌喉是那樣甜美快活。輞川之夏，百鳥飛鳴，詩人只選了形態和習性迥然不同的黃鸝、白鷺，聯繫著它們各自的背景加以描繪：雪白的白鷺，金黃的黃鸝，在視覺上自有色彩濃淡的差異；白鷺飛行，黃鸝鳴囀，一則取動態，一則取聲音；「漠漠」，形容水田廣布，視野蒼茫；「陰陰」，描狀夏木茂密，境界幽深。兩種景象互相映襯，互相配合，把積雨天氣的輞川山野寫得畫意盎然。所謂「詩中有畫」，這便是很好的例證。

唐人李肇因見李嘉祐集中有「水田飛白鷺，夏木囀黃鸝」的詩句，便譏笑王維「好取人文章嘉句」（《國史補》卷上）；明人胡應麟力闢其說：「摩詰盛唐，嘉祐中唐，安得前人預偷來者？此正嘉祐用摩詰詩。」（《詩藪．內編》卷五）按，嘉祐與摩詰同時而稍晚，誰襲用誰的詩句，這很難說；然而，從藝術上看，兩人詩句還是有高下的。宋人葉夢得說：「此兩句好處，正在添『漠漠』『陰陰』四字，此乃摩詰為嘉祐點化，以自見其妙。如李光弼將郭子儀軍，一號令之，精采數倍。」（《石林詩話》卷上）「漠漠」有廣闊意，「陰陰」有幽深意，「漠漠水田」、「陰陰夏木」比之「水田」和「夏木」，畫面就顯得開闊而深邃，富有境界感，渲染了積雨天氣空濛迷茫的色調和氣氛。

如果說，首聯所寫農家無憂無慮的勞動生活已引起詩人的濃厚興趣和欣羨之情，那麼，面對這黃鸝、白鷺的自由自在的飛鳴，詩人自會更加陶醉不已。而且這兩聯中，人物活動也好，自然景色也好，並不是客觀事物的簡單摹擬，而是經過詩人心靈的感應和過濾，染上了鮮明的主觀色彩，體現了詩人的個性。對於「晚年唯好靜，萬事不關心」（〈酬張少府〉）的王維來說，置身於這世外桃源般的輞川山莊，真可謂得其所哉了，這不能不使他感到無窮的樂趣。下面兩聯就是抒寫詩人隱居山林的禪寂生活之樂的。

「山中習靜觀朝槿，松下清齋折露葵。」詩人獨處空山之中，幽棲松林之下，參木槿而悟人生短暫，採露葵以供清齋素食。這情調，在一般世人看來，未免過分孤寂寡淡了吧？然而早已厭倦塵世喧囂的詩人，卻從中領略到極大的興味，比起那紛紛擾擾、爾虞我詐的名利場，何啻天壤雲泥！

「野老與人爭席罷，海鷗何事更相疑？」野老是詩人自謂。詩人快慰地宣稱：我早已去機心，絕俗念，隨緣任遇，於人無礙，與世無爭了，還有誰會無端地猜忌我呢？庶幾乎可以免除塵世煩惱，悠悠然耽於山林之樂了。《莊子·雜篇·寓言》載：楊朱去從老子學道，路上旅舍主人歡迎他，客人都給他讓座；學成歸來，旅客們卻不再讓座，而與他「爭席」，說明楊朱已得自然之道，與人們沒有隔膜了。《列子·黃帝篇》載：海上有人與鷗鳥相親近，互不猜疑。一天，父親要他把海鷗捉回家來，他又到海濱時，海鷗便飛得遠遠的，心術不正破壞了他和海鷗的親密關係。這兩個充滿老莊色彩的典故，一正用，一反用，兩相結合，抒寫詩人淡泊自然的心境。而這種心境，正是上聯所寫「清齋」、「習靜」的結果。

這首七律，形象鮮明，興味深遠，表現了詩人隱居山林、脫離塵俗的閒情逸致，是王維田園詩的一首代表作。從前有人把它推為全唐七律的壓卷，說成「空古準今」的極致，固然是出於士大夫的偏嗜；而有人認為「淡雅幽寂，莫過右丞〈積雨〉」，讚賞這首詩的深邃意境和超邁風格，藝術見解還是不錯的。（清趙殿成《王右丞集箋注》卷十）（趙慶培）

息夫人　王維

莫以今時寵，能忘舊日恩。
看花滿眼淚，不共楚王言。

中國古典詩歌，包括唐詩在內，敘事詩很不發達。特別是近體詩，由於篇幅和格律的限制，更難於敘事。但在唐詩發展過程中，有一個現象值得注意，即其中某些小詩，雖然篇幅極為有限，卻仍企圖反映一些曲折、複雜的事件；如果對這些事件推根求源，展開聯想，則似乎要有相當篇幅的敘事詩才能敘述得了。王維這首五絕就是這樣。

息夫人本是春秋時息國君主的妻子。公元前六八〇年，楚王滅了息國，將她據為己有。她在楚宮裡雖生了兩個孩子，但默默無言，始終不和楚王說一句話。「莫以今時寵，能忘舊日恩」，說不要以為你今天的寵愛，就能使我忘掉舊日的恩情。這像是息夫人內心的獨白，又像是詩人有意要以這種弱小者的心聲，去讓那些強暴貪婪的統治者喪氣。「莫以」、「能忘」，構成一個否定的條件句，以新寵並不足以收買息夫人的心，反襯了舊恩的珍貴難忘，顯示了淫威和富貴並不能徹底征服弱小者的靈魂。「看花滿眼淚，不共楚王言。」舊恩難忘，而新寵實際上是一種侮辱。息夫人在富麗華美的楚宮裡，看著本來使人愉悅的花朵，卻是滿眼淚水，對追隨在她身邊的楚王始終不共一言。「看花滿眼淚」，跟後來杜甫〈春望〉「感時花濺淚」的寫法差不多。由於這一句只點出精神的極度痛苦，並且在沉默中極力地自我克制著，卻沒有交代流淚的原因，就為後一句蓄了勢。「不共楚王言」，是在寫她「滿眼淚」之後，這個「無言」的形象，就顯得格外深沉。這沉默中包含著人格的汙損，精神的創痛，也許是由此而蓄積在心底的怨憤和仇恨。詩人塑造了一個受著屈辱，但在沉默中反抗的婦女形象，在藝術上別有其深沉動人之處。

王維寫這首詩，並不單純是歌詠歷史。唐孟棨《本事詩》記載：「寧王憲（玄宗兄）貴盛，寵妓數十人，皆絕藝上色。宅左有賣餅者妻，纖白明媚，王一見屬意，厚遺其夫取之，寵惜逾等。環歲，因問之：『汝復憶餅師否？』默然不對。王召餅師，使見之。其妻注視，雙淚垂頰，若不勝情。時王座客十餘人，皆當時文士，無不棲異。王命賦詩，王右丞維詩先成，云云（按即〈息夫人〉）。……王乃歸餅師，以終其志。」對照之下，可以看出，王維在短短的四句詩裡，實際上概括了類似這樣一些社會悲劇。它不是敘事詩，但卻有很不平常的故事，甚至比一些平淡的敘事詩還要曲折和扣人心弦一些。這種帶「小說氣」的詩，有些類似摺子戲，可以看作近體詩敘述故事的一種努力。限於篇幅，它不能有頭有尾地敘述故事，但卻抓住或虛構出人物和故事中最富有衝突性、最富有包蘊的一剎那，啟發讀者從一鱗半爪去想像全龍。這種在抒情詩中包含著故事，帶著「小說氣」的現象，清人紀昀在評李商隱的詩時曾予以指出。但它的濫觴卻可能很早了。王維這首詩就領先了一百多年。只不過王維這類詩數量不能和李商隱相比，又寫得比較渾成，濃厚的抒情氣氛掩蓋了小說氣，因而前人較少從這方面加以注意。（余恕誠）

輞川集：孟城坳　王維

新家孟城口，古木餘衰柳。
來者復為誰，空悲昔人有。

此詩是〈輞川集〉裡的第一首。輞川在今陝西藍田西南，是一個山清水秀的地方。孟城坳即孟城口，就在輞川風景區內。

這首小詩寫得精練含蓄，耐人尋味。王維新近搬到孟城口，卻可嘆那裡只有疏落的古木和枯萎的柳樹。這裡的「衰」字，不僅僅說「柳」而已，而是暗示出一片衰敗凋零的景象。有衰必有盛，而何以由盛而至衰，令人不堪目睹呢？這就透露出悲哀的感情。

接著詩人給自己排解：我在這裡安家是暫時的，以後來住的還不知是誰，我又何苦去悲哀呢？過去那種古樹參天、楊柳依依的盛景，原是前人所有的，我又何必為前人所有而悲呢？這豈非徒然傷感嗎？

晉王羲之〈蘭亭集序〉裡講到聚會時的「欣於所遇」，到「情隨事遷」的感慨，即一喜一悲，認為：「後之視今，亦猶今之視昔，悲夫！」王維在這裡感嘆盛景被破壞，含有今之視昔而悲之意；而「來者」，自然又會有後之視今的感嘆。這是發人深思的。

孟城口本為初唐詩人宋之問的別墅。宋曾以文才出眾和媚附權貴而顯赫一時，後兩度貶謫，客死異鄉。這所輞川別墅也就隨之荒蕪了。如今王維搬入此處，觸景傷情，透露出他難言的心曲。此時，李林甫擅權，張九齡罷相，這使王維帶著深深的失望和隱憂退隱輞川，故當他看到目前這一衰敗景象時，心緒再也不能平靜，很自然地想到別墅的舊主人，自己今日為「昔人」宋之問而悲，以後的「來者」是否又會為自己而悲？這正是詩人不願去思考而又難以擺脫的思緒。詩人言「空悲」，實際上是一種更深沉的悲，是一種潛隱在心底的痛苦。後來，王維經常在輞川一帶逍遙吟誦，但始終無法消釋這種沉鬱而又幽憤的心情。（周振甫）

輞川集·鹿柴

王維

空山不見人，但聞人語響。
返景①入深林，復照青苔上。

〔註〕①返景，日光反照。

這是王維後期的山水詩代表作——五絕組詩〈輞川集〉二十首中的第四首。鹿柴（音同寨），是輞川的地名。詩裡描繪的是鹿柴附近的空山深林在傍晚時分的幽靜景色。第一句「空山不見人」，先正面描寫空山的杳無人跡。王維似乎特別喜歡用「空山」這個詞語，但在不同的詩裡，它所表現的境界卻有區別。〈山居秋暝〉「空山新雨後，天氣晚來秋」，側重於表現雨後秋山的空明潔淨；〈鳥鳴澗〉「人閒桂花落，夜靜春山空」，側重於表現夜間春山的寧靜幽美；而「空山不見人」，則側重於表現山的空寂清冷。由於杳無人跡，這並不真空的山在詩人的感覺中竟顯得空廓虛無，宛如太古之境了。「不見人」，把「空山」的意蘊具體化了。

如果只讀第一句，也許會覺得它比較平常，但在「空山不見人」之後緊接「但聞人語響」，卻境界頓出。「但聞」二字頗可玩味。通常情況下，寂靜的空山儘管「不見人」，卻非一片靜默死寂。啾啾鳥語，唧唧蟲鳴，瑟瑟風聲，潺潺水響，相互交織，大自然的聲音其實是非常豐富多彩的。然而，現在這一切都杳無聲息，只是偶爾傳來一陣人語聲，卻看不到人影（由於山深林密）。這「人語響」，似乎是破「寂」的，實際上是以局部的、暫時的「響」反襯出全域的、長久的空寂。空谷傳音，愈見空谷之空；空山人語，愈見空山之寂。人語響過，空山復歸於萬籟俱寂的境界；而且由於剛才那一陣人語響，這時的空寂感就更加突出。

三、四句由上幅的描寫空山傳語進而描寫深林返照，由聲而色。深林，本來就幽暗，林間樹下的青苔，更突出了深林的不見陽光。寂靜與幽暗，雖分別訴之於聽覺與視覺，但它們在人們總的印象中，卻常屬於一類，因此幽與靜往往連類而及。按照常情，寫深林的幽暗，應該著力描繪它不見陽光，這兩句卻特意寫返景射入深林，照映在青苔上。猛然一看，會覺得這一抹斜，給幽暗的深林帶來一線光亮，給林間青苔帶來一絲暖意，或者說給整個深林帶來一點生意。但細加體味，就會感到，無論就作者的主觀意圖或作品的客觀效果來看，都恰與此相反。一味的幽暗有時反倒使人不覺其幽暗，而當一抹餘暉射入幽暗的深林，斑斑駁駁的樹影照映在樹下的青苔上時，那一小片光影和大片的無邊的幽暗所構成的強烈對比，反而使深林的幽暗更加突出。特別是這「返景」，不僅微弱，而且短暫，一抹餘暉轉瞬逝去之後，接踵而來的便是漫長的幽暗。如果說，一、二句是以有聲反襯空寂；那麼三、四句便是以光亮反襯幽暗。整首詩就像是在絕大部分用冷色的畫面上摻進了一點暖色，結果反而使冷色給人的印象更加突出。

靜美和壯美，是大自然的千姿百態的美的兩種類型，其間本無軒輊之分。但靜而近於空無，幽而略帶冷寂，則多少表現了作者美學趣味中不健康的一面。同樣寫到「空山」，同樣側重於表現靜美，〈山居秋暝〉色調明朗，在幽靜的基調上浮動著安恬的氣息，蘊含著活潑的生機；〈鳥鳴澗〉雖極寫春山的靜謐，但整個意境並不幽冷空寂，素月的清輝，桂花的芬芳，山鳥的啼鳴，都帶有春的氣息和夜的安恬；而〈鹿柴〉則不免帶有幽冷空寂的色彩，儘管還不至於幽森枯寂。

王維是詩人、畫家兼音樂家。這首詩正體現出詩、畫、樂的結合。無聲的靜寂，無光的幽暗，一般人都易於覺察；但有聲的靜寂，有光的幽暗，則較少為人所注意。詩人正是以他特有的畫家、音樂家對色彩、聲音的敏感，才把握住了空山人語響和深林入返照的一刹那間所顯示的特有的幽靜境界。而這種敏感，又和他對大自然的細緻觀察、潛心默會分不開。（劉學鍇）

輞川集：欒家瀨

王維

颯颯秋雨中，淺淺石溜瀉。
跳波自相濺，白鷺驚復下。

山谷中的溪水蜿蜒曲折，深淺變化莫測，有時出現一深潭，有時出現一淺瀨。所謂瀨，就是指從石沙灘上急急溜瀉的流水。這流水雖然湍急，但明澈清淺，游魚歷歷可數，鷺鷥常在這裡覓食。牠把長腳靜靜插在水中，樹枝似的一動不動，直到麻痹大意的游魚游到嘴邊，才猛然啄取。正當鷺鷥全神貫注地等候的時候，急流猛然與堅石相擊，濺起的水珠像小石子似的擊在鷺鷥身上，嚇得牠「撲漉」一聲，展翅驚飛。當牠明白過來這是一場虛驚之後，便又安詳地飛了下來，落在原處。於是，小溪又恢復了原有的寧靜。

〈欒家瀨〉這首小詩寫的就是這麼一個有趣的情景。「颯颯秋雨中」，這一句看似平淡無奇，其實是緊要之筆。因為有這場秋雨，溪水才流得更急，才能濺起跳珠，驚動白鷺。「淺淺石溜瀉」，正面描繪欒家瀨水流的狀態。「淺淺（音同尖）」，同「濺濺」，水流急的樣子。「瀉」字也極傳神，湍急的流水從石上一滑而過，一瀉而逝。正因為水流很急，自然引出水石相擊、「跳波自相濺」的奇景。前三句，實際上都是為第四句作鋪墊，為烘托「白鷺驚復下」而展開的環境描寫。白鷺受驚而飛，飛而復下，這是全詩形象的主體，詩人著意描寫的也就是這場虛驚。詩人巧妙地以寧中有驚、以驚見寧的手法，透過「白鷺驚復下」的一場虛驚來反襯欒家瀨的安寧和靜穆。在這裡，沒有任何潛在的威脅，可以過著無憂無慮的寧靜生活。這正是此時走出政治漩渦的詩人所追求的理想境界。（傅如一）

輞川集：白石灘

王維

清淺白石灘，綠蒲向堪把。
家住水東西，浣紗明月下。

這詩描寫白石灘月夜景色，清新可喜，頗堪玩味。

白石灘，輞水邊上由一片白石形成的淺灘，是著名的輞川二十景之一。王維的山水詩很注意表現景物的光線和色彩，這首詩就是用暗示的手法寫月夜的光線。透過刻畫沉浸在月色中的景物，暗示出月光的皎潔、明亮。如頭兩句「清淺白石灘，綠蒲向堪把」，寫灘上的水、水底的石和水中的蒲草，清晰如畫。何以夜色之中，能看得如此分明？這不正暗示月光的明亮嗎？唯其月明，照徹灘水，水才能見其「清」，灘才能顯其「淺」，而水底之石也才能現其「白」。不僅如此，從那鋪滿白石的水底，到那清澈透明的水面，還可以清清楚楚地看到生長其中的綠蒲——它們長得又肥又嫩，差不多已可以用手滿把地採摘了。這裡，特別值得注意的是一個「綠」字：光線稍弱，綠色就會發暗；能見其綠，足見月光特別明亮。月之明，水之清，蒲之綠，石之白，相映相襯，給人造成了極其鮮明的視覺感受。

前兩句，是靜態的景物描寫。後兩句，作者給白石灘添上了活動的人物，使整個畫面充滿了生氣。「家住水東西，浣紗明月下」，寫一群少女，有的家住水東，有的家住水西，她們趁著月明之夜，不約而同地來到白石灘上洗衣浣紗。是什麼把她們吸引出來的呢？不正是那皎潔的明月嗎？這就又透過人物的行動，暗示了月光的明亮。這種寫法，跟〈鳥鳴澗〉中的「月出驚山鳥」以鳥驚來寫月明，頗相類似。

此詩的意境跟〈山居秋暝〉中的「明月松間照，清泉石上流。竹喧歸浣女，蓮動下漁舟」近似，而與〈輞川集〉中那些清冷幽僻的詩作不同，它富有生活氣息，表現了一種自然、純真的美，也寄託著詩人對這種自然、純真的美的追求。（劉德重）

輞川集：竹里館　王維

獨坐幽篁裡，彈琴復長嘯。

深林人不知，明月來相照。

這首小詩總共四句。拆開來看，既無動人的景語，也無動人的情語；既找不到哪個字是詩眼，也很難說哪一句是警策。

詩中寫到景物，只用六個字組成三個詞，就是：「幽篁」、「深林」、「明月」。對普照大地的月亮，用一個「明」字來形容其皎潔，並無新意巧思可言。至於第一句的「篁」與第三句的「林」，其實是一回事，是重複寫詩人置身其間的竹林，而在竹林前加「幽」、「深」兩字，不過說明其既非北周庾信〈小園賦〉所說的「三竿兩竿之竹」，也非柳宗元〈青水驛叢竹〉詩所說的「簷下疏篁十二莖」，而是一片既幽且深的茂密的竹林。這裡，像是隨意寫出了眼前景物，沒有費什麼氣力去刻畫和塗飾。

詩中寫人物活動，也只用六個字組成三個詞，就是：「獨坐」、「彈琴」、「長嘯」。對人物，既沒有描繪其彈奏舒嘯之狀，也沒有表達其喜怒哀樂之情；對琴音與嘯聲，更沒有花任何筆墨寫出其音調與聲情。

表面看來，四句詩的用字造語都是平平無奇的。但四句詩合起來，卻妙諦自成，境界自出，蘊含著一種特

王維〈竹里館〉——明刊本《唐詩畫譜》

殊的魅力。作為王維〈輞川集〉中的一首名作，它的妙處在於其所顯示的是那樣一個令人自然而然為之吸引的意境。它不以字句取勝，而從整體見美。它的美在神不在貌，領略和欣賞它的美，也應當遺貌取神，而其神是包孕在意境之中的。就意境而言，它不僅如清施補華所說，給人以「清幽絕俗」（《峴傭說詩》）的感受，而且使人感到，這一月夜幽林之景是如此空明澄淨，在其間彈琴長嘯之人是如此安閒自得，塵慮皆空，外景與內情是抿合無間、融為一體的。而在語言上則從自然中見至味，從平淡中見高韻。它的以自然、平淡為特徵的風格美又與它的意境美相輔相成。

可以想見，詩人是在意興清幽、心靈澄淨的狀態下與竹林、明月本身所具有的清幽澄淨的屬性悠然相會，而命筆成篇的。詩的意境的形成，全賴人物心性和所寫景物的內在素質相一致，而不必借助於外在的色相。因此，詩人在我與物會、情與景合之際，就可以如司空圖《二十四詩品．自然》中所說，「俯拾即是，不取諸鄰。俱道適往，著手成春」，進入「薄言情悟，悠悠天鈞」的藝術天地。當然，這裡說「俯拾即是」，並不是說詩人在取材上就一無選擇，信手拈來；這裡說「著手成春」，也不是說詩人在握管時就一無安排，信筆所之。詩中描寫周圍景色，選擇了竹林與明月，是取其與所要顯示的那一清幽澄淨的環境原本一致；詩中抒寫自我情懷，選擇了彈琴與長嘯，則取其與所要表現的那一清幽澄淨的心境互為表裡。這既是即景即事，而其所以寫此景，寫此事，自有其醞釀成熟的詩思。更從全詩的組合看，詩人在寫月夜幽林的同時，又寫了彈琴、長嘯，則是以聲響托出靜境。至於詩的末句寫到月來照，不僅與上句的「人不知」有對照之妙，也起了點破暗夜的作用。這些音響與寂靜以及光影明暗的襯映，在安排上既是妙手天成，又是有匠心運用其間的。（陳邦炎）

輞川集·辛夷塢　王維

木末芙蓉花，山中發紅萼。
澗戶寂無人，紛紛開且落。

這是田園組詩〈輞川集〉二十首中的第十八首。這組詩全是五絕，猶如一幅幅精美的繪畫小品，從多方面描繪了輞川一帶的風物。作者很善於從平凡的事物中發現美，不僅以細緻的筆墨寫出景物的鮮明形象，而且往往從景物中寫出一種環境氣氛和精神氣質。

「木末芙蓉花，山中發紅萼。」「木末」，指樹杪。辛夷花不同於梅花、桃花之類，它的花苞打在每一根枝條的最末端上，形如毛筆，所以用「木末」二字是很準確的。「芙蓉花」，即指辛夷。辛夷含苞待放時，很像荷花箭，花瓣和顏色也近似荷花。裴迪〈輞川集〉和詩有「況有辛夷花，色與芙蓉亂」（〈辛夷塢〉）的句子，可作為注腳。詩的前兩句著重寫花的「發」。當春天來到人間，辛夷在生命力的催動下，欣欣然地綻開神祕的蓓蕾，是那樣燦爛，好似雲蒸霞蔚，顯示著一派春光。詩的後兩句寫花的「落」。這山中的紅萼，點綴著寂寞的澗戶（山澗中的陋室），隨著時間的推移，最後紛紛揚揚地向人間灑下片片落英，了結了它這一年的花期。短短四句詩，在描繪了辛夷花的美好形象的同時，又寫出了一種落寞的景況和環境。

王維的〈輞川集〉給人的印象是對山川景物的留連，但其中也有一部分篇章表現詩人的心情並非那麼寧靜

王維〈辛夷塢〉——明刊本《唐詩畫譜》

淡泊。這些詩集中在組詩的末尾，像〈辛夷塢〉下面一首〈漆園〉：「古人非傲吏，自闕經世務。偶寄一微官，婆娑數株樹。」就頗有些傲世。再下一首，也是組詩的末章〈椒園〉：「桂尊迎帝子，杜若贈佳人。椒漿奠瑤席，欲下雲中君。」就更含有《楚辭》香草美人的情味。裴迪在和詩中乾脆用「幸堪調鼎用，願君垂採摘」，把它的意旨點破。因此，若將這些詩合看，〈辛夷塢〉在寫景的同時也就不免帶有寄託。屈原把辛夷作為香木，多次寫進自己的詩篇，人們對它並不陌生。它每年迎著料峭的春寒，在那高高的枝條上綻葩吐芬。「木末芙蓉花，山中發紅萼」，這個形象給人帶來的正是迎春而發的一派生機和展望。但這一樹芳華所面對的卻是「澗戶寂無人」的環境。全詩由花開寫到花落，而以一句環境描寫插入其中，前後境況迥異，由秀發轉為零落。儘管畫面上似乎不著痕跡，卻能讓人體會到一種對時代環境的寂寞感。陳子昂〈感遇詩三十八首〉其二所謂「歲華盡搖落，芳意竟何成」的感慨，雖沒有直接說出來，但仍能於形象中得到暗示。（余恕誠）

輞川集：漆園　王維

古人非傲吏，自闕經世務。
偶寄一微官，婆娑數株樹。

這是王維〈輞川集〉中的一首。漆園是輞川二十景之一。不過這首詩的著眼點不在描繪漆園的景物，而在透過跟漆園有關的典故，表明詩人的生活態度。

詩的前兩句，反用晉郭璞〈遊仙詩〉「漆園有傲吏」的詩意。據《史記．老莊申韓列傳》載，莊子曾為漆園吏，楚威王遣使聘他為相，他不幹，反而對使者說：「子亟去，無汙我！」這就是後世所稱道的莊子嘯傲王侯的故事。郭璞稱莊子為「傲吏」，其實是讚美他。王維在這裡反其意而用之，說莊子並不是傲吏，他所以不求仕進，是因為自覺缺少經國濟世的本領。這也是一種讚美，不過換了個角度罷了。顯然，王維是借古人以自喻，表白自己的隱居，也決無傲世之意，頗有點看穿悟透的味道。既然如此，那為什麼還要做漆園吏這樣的「微官」呢？三、四句「偶寄一微官，婆娑數株樹」，含蓄地透露了自己的人生態度。這兩句意思說，做一個微不足道的小官，不過是形跡之「偶寄」而已。在王維看來，只要「身心相離，理事俱如」（〈與魏居士書〉），便無可無不可了。做個漆園吏，正好可借漆園隱逸，以「婆娑數株樹」為精神寄託，這樣不是也很不錯嗎？《晉書》中有「此樹婆娑，無復生意」的說法，「婆娑」用以指樹，形容其枝葉紛披，已無生機。郭璞〈客傲〉中又有「莊周偃蹇於漆園，老萊婆娑於林窟」的說法，「婆娑」用以狀人，形容老萊子放浪山林，縱情自適。王維用在這裡，似乎兩者兼而取之：言樹「婆娑」，是以樹喻人；言人「婆娑」，是以樹伴人。總之，做這麼一個小官，與這麼幾棵樹相伴，隱於斯，樂於斯，終於斯，又復何求哉！這就集中地表現了王維隱逸恬退的生活情趣和自甘淡泊的人生態度。

詩的用典自然貼切，且與作者的思想感情、環境經歷融為一體，以至分不清是詠古人還是寫自己，深蘊哲理，耐人尋味。（劉德重）

皇甫嶽雲溪雜題五首：鳥鳴澗

王維

人閒桂花落，夜靜春山空。
月出驚山鳥，時鳴春澗中。

關於這首詩中的桂花，頗有些分歧意見。一種解釋是桂花有春花、秋花、四季花等不同種類，此處所寫的當是春日開花的一種。另一種意見認為文藝創作不一定要照搬生活，傳說王維畫的〈袁安臥雪圖〉，在雪中還有碧綠的芭蕉，現實生活中不可能同時出現的事物，在文藝創作中是允許的。不過，這首詩是王維題友人所居的〈皇甫嶽雲溪雜題五首〉之一。五首詩每一首寫一處風景，接近於風景寫生，而不同於一般的寫意畫，因此，以解釋為山中此時實有的春桂為妥。

桂樹枝葉繁茂，而花瓣細小，花落，尤其是在夜間，並不容易覺察。因此，開頭「人閒」二字不能輕易看過。「人閒」說明周圍沒有人事的煩擾，說明詩人內心的閒靜。有此作為前提，細微的桂花從枝上落下，才被覺察到了。詩人能發現這種「落」，或僅憑花落在衣襟上所引起的觸覺，或憑聲響，或憑花瓣飄墜時所發出的一絲絲芬芳。總之，「落」所能影響於人的因素是很細微的。而當這種細微的因素，竟能從周圍世界中明顯地感覺出來的時候，詩人則又不禁要為這夜晚的靜謐和由靜謐格外顯示出來的空寂而驚嘆了。這裡，詩人的心境和春山的環境氣氛，是互相契合而又互相作用的。

在這春山中，萬籟都陶醉在那種夜的色調、夜的寧靜裡了。因此，當月亮升起，給這夜幕籠罩的空谷，帶來皎潔銀輝的時候，竟使山鳥驚覺起來。鳥驚，當然是由於它們已習慣於山谷的靜默，似乎連月出也帶有新的刺激。但月光之明亮，使幽谷前後景象頓時發生變化，亦可想見。所謂「月明星稀，烏鵲南飛」（三國魏曹操〈短歌行〉）是可以供我們聯想的。但王維所處的是盛唐時期，不同於建安時代的兵荒馬亂，連鳥獸也不免惶惶之感。王維的「月出驚山鳥」，大背景是安定統一的盛唐社會，鳥雖驚，但絕不是「繞樹三匝，何枝可依」。它們並不飛離春澗，甚至根本沒有起飛，只是在林木間偶爾發出叫聲。「時鳴春澗中」，它們與其說是「驚」，不如說是對月出感到新鮮。因而，如果對照曹操的〈短歌行〉，我們在王維這首詩中，倒不僅可以看到春山由明月、落花、鳥鳴所點綴的那樣一種迷人的環境，而且還能感受到盛唐時代和平安定的社會氣氛。

王維在他的山水詩裡，喜歡創造靜謐的意境，這首詩也是這樣。但詩中所寫的卻是花落、月出、鳥鳴，這些動的景物，既使詩顯得富有生機而不枯寂，同時又透過動，更加突出了春澗的幽靜。動的景物反而能取得靜的效果，這是因為事物矛盾的雙方，總是互相依存的。在一定條件下，動之所以能夠發生，或者能夠為人們所注意，正是以靜為前提的。「鳥鳴山更幽」（南北朝王籍〈入若耶溪〉），這裡面是包含著藝術辯證法的。（余恕誠）

山中送別

王維

山中相送罷，日暮掩柴扉。
春草明年綠，王孫歸不歸？

這首〈山中送別〉詩，不寫離亭餞別的情景，而是匠心別運，選取了與一般送別詩全然不同的下筆著墨之點。

詩的首句「山中相送罷」，在一開頭就告訴讀者相送已罷，把送行時的話別場面、惜別情懷，用一個看似毫無感情色彩的「罷」字一筆帶過。這裡，從相送到送罷，跳越了一段時間。而次句從白晝送走行人一下子寫到「日暮掩柴扉」，則又跳越了一段更長的時間。在這段時間內，送行者的所感所想是什麼呢？詩人把生活剪接入詩篇時，剪去了這一切，都當作暗場處理了。

對離別有體驗的人都知道，行人將去的片刻固然令人黯然魂銷，但一種寂寞之感、悵惘之情往往在別後當天的日暮時會變得更濃重、更稠密。在這離愁別恨最難排遣的時刻，要寫的東西也定必是千頭萬緒的；可是，詩只寫了一個「掩柴扉」的舉動。這是山居的人每天到日暮時都要做的極其平常的事情，看似與白晝送別並無關連。而詩人卻把這本來互不關聯的兩件事連在了一起，使這本來天天重複的行動顯示出與往日不同的意味，從而寓別情於行間，見離愁於字裡。讀者自會看到詩中人的寂寞神態、悵惘心情；同時也會想：繼日暮而來的是黑夜，在柴門關閉後又將何以打發這漫漫長夜呢？這句外留下的空白，更是使人低迴想像於無窮的。

詩的三、四兩句「春草明年綠，王孫歸不歸」，從《楚辭．招隱士》「王孫遊兮不歸，春草生兮萋萋」句化來。但賦是因遊子久去而嘆其不歸，這兩句詩則在與行人分手的當天就唯恐其久去不歸。明唐汝詢在《唐詩解》中概括這首詩的內容為：「扉掩於暮，居人之離思方深；草綠有時，行人之歸期難必。」而「歸期難必」，正是「離思方深」的一個原因。「歸不歸」，作為一句問話，照說應當在相別之際向行人提出，這裡卻讓它在行人已去、日暮掩扉之時才浮上居人的心頭，成了一個並沒有問出口的懸念。這樣，所寫的就不是一句送別時照例要講的話，而是「相送罷」後內心深情的流露，說明詩中人一直到日暮還為離思所籠罩，雖然剛剛分手，已盼其早日歸來，又怕其久不歸來了。前面說，從相送到送罷，從「相送罷」到「掩柴扉」，中間跳越了兩段時間；這裡，在送別當天的日暮時就想到來年的春草綠，而問那時歸不歸，這又是從當前跳到未來，跳越的時間就更長了。

王維善於從生活中拾取看似平凡的素材，運用樸素、自然的語言，來顯示深厚、真摯的感情，往往味外有味，令人神遠。這首〈山中送別〉詩就是這樣。（陳邦炎）

雜詩三首（其二）　王維

君自故鄉來，應知故鄉事。
來日綺窗前，寒梅著花未？

詩中的抒情主人公（「我」，不一定是作者），是一個久在異鄉的人，忽然遇上來自故鄉的舊友，首先激起的自然是強烈的鄉思，是亟欲了解故鄉風物、人事的心情。開頭兩句，正是以一種不加修飾、接近於生活的自然狀態的形式，傳神地表達了「我」的這種感情。「故鄉」一詞迭見，正表現出鄉思之殷；「應知」云云，跡近嚕囌，卻表現出了解鄉事之情的急切，透露出一種兒童式的天真與親切。純用白描記言，卻簡潔地將「我」在特定情形下的感情、心理、神態、口吻等表現得栩栩如生，這其實是很省儉的筆墨。

關於「故鄉事」，那是可以開一張長長的問題清單的。初唐的王績寫過一篇〈在京思故園見鄉人問〉，從朋舊童孩、宗族弟侄、舊園新樹、茅齋寬窄、柳行疏密一直問到院果林花，仍然意猶未盡，「羈心只欲問」；而這首詩中的「我」卻撇開這些，獨問對方：「來日綺窗前，寒梅著花未？」彷彿故鄉之值得懷念，就在窗前那株寒梅。這就很有些出乎常情，但又絕非故作姿態。

一個人對故鄉的懷念，總是和那些與自己過去生活有密切關係的人、事、物聯結在一起。所謂「鄉思」，完全是一種「形象思維」，浮現在思鄉者腦海中的，都是一個個具體的形象或畫面。故鄉的親朋故舊、山川景物、風土人情，都值得懷念。但引起親切懷想的，有時往往是一些看來很平常、很細小的情事，這窗前的寒梅便是一例。它可能蘊含著當年家居生活親切有趣的情事。因此，這株寒梅，就不再是一般的自然物，而成了故鄉的一種象徵。它已經被詩化、典型化了。因此這株寒梅也自然成了「我」的思鄉之情的集中寄託。從這個意義上去理解，獨問「寒梅著花未」是完全符合生活邏輯的。

古代詩歌中常有這種質樸平淡而詩味濃郁的作品。它質樸到似乎不用任何技巧，實際上卻包含著最高級的技巧。像這首詩中的獨問寒梅，就不妨看成一種透過「特殊」體現「一般」的典型化技巧，而這種技巧卻是用一種平淡質樸得如敘家常的形式來體現的。這正是所謂寓巧於樸。王績的那首〈在京思故園見鄉人問〉，樸質的程度也許超過這首詩，但它那一連串的發問，其力量卻遠遠抵不上王維的這一問。其中消息，不是正可深長思之的嗎？（劉學鍇）

相思① 王維

紅豆生南國，春來②發幾枝？
願君③多採擷，此物最相思。

〔註〕①詩題亦作〈相思子〉、〈江上贈李龜年〉。②春來：《王右丞集》作「秋來」。③一作「勸君」。

唐代絕句名篇經樂工譜曲而廣為流傳者為數甚多。王維〈相思〉就是梨園弟子愛唱的歌詞之一。據說天寶之亂後，著名歌者李龜年流落江南，經常為人演唱它，聽者無不動容。

紅豆產於南方，結實鮮紅渾圓，晶瑩如珊瑚，南方人常用以鑲嵌飾物。傳說古代有一位女子，因丈夫死在邊地，哭於樹下而死，化為紅豆，於是人們又稱呼它為「相思子」。唐詩中常用它來關合相思之情。而「相思」不限於男女情愛範圍，朋友之間也有相思的，如漢舊題〈李少卿與蘇武詩〉其三「行人難久留，各言長相思」即著例。此詩題一作〈江上贈李龜年〉，可見詩中抒寫的是眷念朋友的情緒。

「南國」（南方）即是紅豆產地，又是朋友所在之地。首句以「紅豆生南國」起興，暗逗後文的相思之情。語極單純，而又富於形象。次句「春來發幾枝」輕聲一問，承得自然，寄語設問的口吻顯得分外親切。然而單問紅豆春來發幾枝，是意味深長的，這是選擇富於情味的事物來寄託情思。「來日綺窗前，寒梅著花未？」（王維〈雜詩三首〉其二）對於梅樹的記憶，反映出了客子深厚的鄉情。同樣，這裡的紅豆是赤誠友愛的一種象徵。這樣寫來，便覺語近情遙，令人神遠。

第三句緊接著寄意對方「多採擷」紅豆，仍是言在此而意在彼。以採擷植物來寄託懷思的情緒，是古典詩歌中常見手法，如漢代〈古詩十九首〉之一：「涉江採芙蓉，蘭澤多芳草。採之欲遺誰？所思在遠道」即著例。「願君多採擷」似乎是說：「看見紅豆，想起我的一切吧。」暗示遠方的友人珍重友誼，語言懇摯動人。這裡只用相思囑人，而自己的相思則見於言外。用這種方式透露情懷，婉曲動人，語意高妙。宋人洪邁編《萬首唐人絕句》，此句作「勸君休採擷」。用「休」字反襯離情之苦，因相思轉怕相思，當然也是某種境況下的人情狀態。其辭雖異，情同一懷。「多採擷」猶言「勿忘我」，「休採擷」猶言「忘記我」，表達的都是相思的深情，手法各有千秋。末句點題，「相思」與首句「紅豆」呼應，既是切「相思子」之名，又關合相思之情，有雙關的妙用。「此物最相思」就像說：只有這紅豆才最惹人喜愛，最叫人忘不了呢。這是補充解釋何以「願君多採擷」的理由。而讀者從話中可以體味到更多的東西。詩人真正不能忘懷的，不言自明。一個副詞「最」，意味極深長，更增加了雙關語中的含蘊。

全詩洋溢著少年的熱情，青春的氣息，滿腹情思始終未曾直接表白，句句話兒不離紅豆，而又「超以象外，得其環中」（司空圖《二十四詩品》），把相思之情表達得入木三分。它「一氣呵成，亦須一氣讀下」，極為明快，卻又委婉含蓄。在生活中，最情深的話往往樸素無華，自然入妙。王維很善於提煉這種素樸而典型的語言來表達深厚的思想感情。所以此詩語淺情深，當時就成為流行名歌是毫不奇怪的。（周嘯天）

書事　王維

輕陰閣小雨，深院晝慵開。
坐看蒼苔色，欲上人衣來。

這是一首即事寫景之作。題為〈書事〉，是詩人就眼前事物抒寫自己頃刻間的感受。

開頭兩句，寫眼前景而傳心中情。濛濛細雨剛剛停止，天色轉為輕陰。雨既止，詩人便緩步走向深院。是到外面去散心嗎？不，雖是白晝，還懶得去開那院門。這裡「閣」，同「擱」，意謂停止。用在此處別有趣味，彷彿是輕陰迫使小雨停止。淡淡兩句，把讀者帶到一片寧靜的小天地中，而詩人好靜的個性和疏懶的情調也在筆墨間自然流露。三、四兩句變平淡為活潑，別開生面，引人入勝。詩人漫無目的在院內走著，然後又坐下來，觀看深院景致。映入眼簾的是一片綠茸茸的青苔，清新可愛，充滿生機。看著，看著，詩人竟產生一種幻覺：那青苔好像要從地上蹦跳起來，像天真爛漫的孩子，親昵地依偎到自己的衣襟上來。這種主觀幻覺，正是雨後深院一派地碧苔青的幽美景色的誇張反映，有力地烘托出深院的幽靜。青苔本是靜景，它怎能給詩人以動的幻覺呢？要知道，經過小雨滋潤過的青苔，輕塵滌淨，格外顯得青翠。它那鮮美明亮的色澤，特別引人注目，讓人感到周圍的一切景物都映照了一層綠光，連詩人的衣襟上似乎也有了一點「綠意」。這是自然萬物在寧靜中蘊含的生機。詩人捕捉住觸發靈感的詩意，透過移情作用和擬人手法，化無情之景為有情之物。「欲上人衣來」

這一神來之筆，巧妙地表達自己欣喜、撫愛的心情和新奇、獨特的感受。

這首小詩神韻天成，意趣橫生。詩人從自我感受出發，極寫深院青苔的美麗、可愛，從中透露出對清幽恬靜生活的陶醉之情，詩人好靜的個性與深院小景渾然交融，創造了一個物我相生、既寧靜而又充滿生命活力的意境。（林家英）

闕題二首（其二）① 王維

荊溪白石出，天寒紅葉稀。

山路元②無雨，空翠濕人衣。

〔註〕①詩題一作〈山中〉。②元：通「原」，原來，本來。

這首小詩描繪初冬時節山中景色。

首句寫山中溪水。荊溪，本名長水，又稱滻水，源出陝西藍田縣西南秦嶺山中，北流至長安東北入灞水。這裡寫的大概是穿行在山中的上游一段。山路往往傍著溪流，山行時很容易首先注意到蜿蜒曲折、似乎與人作伴的清溪。天寒水淺，山溪變成涓涓細流，露出磷磷白石，顯得特別清淺可愛。由於抓住了冬寒時山溪的主要特徵，讀者不但可以想見它清澄瑩澈的顏色，蜿蜒穿行的形狀，甚至彷彿可以聽到它潺潺流淌的聲音。

次句寫山中紅葉。絢爛的霜葉紅樹，本是秋山的特點。入冬天寒，紅葉變得稀少了；這原是不大引人注目的景色。但對王維這樣一位對大自然的色彩有特殊敏感的詩人兼畫家來說，在一片濃翠的山色背景上（這從下兩句可以看出），這裡那裡點綴著的幾片紅葉，有時反倒更為顯眼。它們或許會引起詩人對剛剛逝去的絢爛秋色的遐想呢。所以，這裡的「紅葉稀」，並不給人以蕭瑟、凋零之感，而是引起對美好事物的珍重和留連。

如果說前兩句所描繪的是山中景色的某一兩個局部，那麼後兩句所展示的則是它的全貌。儘管冬令天寒，但整個秦嶺山中，仍是蒼松翠柏，蓊鬱青蔥，山路就穿行在無邊的濃翠之中。蒼翠的山色本身是空明的，不像有形的物體那樣可以觸摸得到，所以說「空翠」。「空翠」自然不會「濕衣」，但它是那樣地濃，濃得幾乎可以溢出翠色的水分，濃得幾乎使整個空氣裡都充滿了翠色的分子，人行空翠之中，就像被籠罩在一片翠霧之中，整個身心都受到它的浸染、滋潤，而微微感覺到一種細雨濕衣似的涼意，所以儘管「山路元無雨」，卻自然感到「空翠濕人衣」了。這是視覺、觸覺、感覺的複雜作用所產生的一種似幻似真的感受，一種心靈上的快感。「空」字和「濕」字的矛盾，也就在這種心靈上的快感中統一起來了。

張旭的〈山中留客〉說：「縱使晴明無雨色，入雲深處亦沾衣。」「沾衣」是實寫，展示了雲封霧鎖的深山另一種美的境界；王維這首詩的「濕衣」卻是幻覺和錯覺，抒寫了濃翠的山色給人的詩意感受。同樣寫山中景物，同樣寫到了沾衣，卻同工異曲，各臻其妙。真正的藝術是永遠不會重複的。

這幅由白石磷磷的小溪、鮮豔的紅葉和無邊的濃翠所組成的山中冬景，色澤斑斕鮮明，富於詩情畫意，毫無蕭瑟枯寂的情調。和作者某些專寫靜謐境界而不免帶有清冷虛無色彩的小詩比較，這一首所流露的感情與美學趣味都似乎要更健康一些。（劉學鍇）

田園樂七首(其六)　王維

桃紅復含宿雨，柳綠更帶朝煙。
花落家童未掃，鶯啼山客猶眠。

〈田園樂〉是由七首六言絕句構成的組詩，寫作者退居輞川別墅與大自然親近的樂趣，所以一題作「輞川六言」。這裡選的是其中一首。詩中寫到春「眠」、「鶯啼」、「花落」、「宿雨」，容易令人想起孟浩然的五絕〈春曉〉。兩首詩寫的生活內容有那麼多相類之處，而意境卻很不相同。彼此相較，最易見出王維此詩的兩個顯著特點。

第一個特點是繪形繪色，詩中有畫。這並不等於說孟詩就無畫，只不過孟詩重在寫意，雖然也提到花鳥風雨，但並不細緻描繪，它的境是讓讀者從詩意間接悟到的。王維此詩可完全不同，它不但有大的構圖，而且有具體鮮明的設色和細節描畫，使讀者先見畫，後會意。寫桃花、柳絲、鶯啼，捕捉住富於春天特徵的景物。這裡，桃、柳、鶯都是確指，比孟詩一般地提到花、鳥更具體，更容易喚起直觀印象。透過「宿雨」、「朝煙」來寫「夜來風雨」，也顯然有同樣效果。在勾勒景物基礎上，進而再著色。「紅」、「綠」兩個顏色字的運用，使景物鮮明怡目，讀者眼前會展現一派柳暗花明的圖畫。「桃之夭夭，灼灼其華」（《詩經．桃夭》），加上「楊柳依依」，

王維〈田園樂〉——明刊本《唐詩畫譜》

景物宜人。著色之後還有進一層的渲染：深紅淺紅的花瓣上略帶隔夜的雨滴，色澤更柔和可愛，雨後空氣澄鮮，彌散著冉冉花香，使人心醉；碧綠的柳絲籠在一片若有若無的水煙中，更裊娜迷人。經過層層渲染、細緻描繪，詩境自成一幅工筆重彩的圖畫；相比之下，孟詩則似不著色的寫意畫。一個妙在有色，一個妙在無色。孟詩從「春眠不覺曉」寫起，先見人，後入境。王詩正好相反，在入境後才見到人。因為有「宿雨」，所以有「花落」。花落就該打掃，然而「家童未掃」。未掃非不掃，乃是因為清晨人尚未起的緣故。這無人過問滿地落花的情景，不是別有一番清幽的意趣麼？這正是王維所偏愛的境界。「未掃」二字有意無意得之，毫不著力，渾然無跡。末了寫到「鶯啼」，鶯啼卻不驚夢，山客猶自酣睡，這正是一幅「春眠不覺曉」的入神圖畫。但與孟詩又有微妙的差異，孟詩從「春眠不覺曉」寫起，其實人已醒了，所以有「處處聞啼鳥」的愉快和「花落知多少」的懸念，其意境可用「春意鬧」的「鬧」字概括。此詩最後才寫到春眠，人睡得酣恬安穩，於身外之境一無所知。花落鶯啼雖有動靜有聲響，只襯托得「山客」的居處與心境越見寧靜，所以其意境主在「靜」字上。王維之「樂」也就在這裡。人們說他的詩有禪味，並沒有錯。崇尚靜寂的思想固有消極的一面，然而，王維詩難能可貴在它的靜境，與寂滅到底有不同。他能透過動靜相成，寫出靜中的生趣，給人的感覺仍是清新明朗的，美的。唐詩有意境渾成的特點，但具體表現時仍有兩類，一種偏於意，讓人間接感到境，如孟詩〈春曉〉就是；另一種偏於境，讓人從境中悟到作者之意，如此詩就是。而由境生情，詩中有畫，是此詩最顯著優點。

第二個特點是對仗工緻，音韻鏗鏘。孟詩〈春曉〉是古體五言絕句，在格律和音律上都很自由。由於孟詩散行，意脈一貫，有行雲流水之妙。此詩則另有一工，因屬近體六言絕句，格律極精嚴。從駢偶上看，不但「桃紅」與「柳綠」、「宿雨」與「朝煙」等實詞對仗工穩，連虛詞的對仗也很經心。如「復」與「更」相對，在句中都有遞進詩意的作用；「未」與「猶」對，在句中都有轉折詩意的作用。「含」與「帶」兩個動詞在詞義上都有主動色彩，使客觀景物染上主觀色彩，十分生動。且對仗精工，看去一句一景，彼此卻又呼應聯絡，渾成一體。「桃紅」、「柳綠」，「宿雨」、「朝煙」，彼此相關，而「花落」句承「桃」而來，「鶯啼」句承「柳」而來，「家童未掃」與「山客猶眠」也都是呼應著的。這裡表現出的是人工剪裁經營的藝術匠心，畫家構圖之完美。對仗之工加上音律之美，使詩句念來鏗鏘上口。古代詩歌以五、七言為主體，六言絕句在歷代並不發達，佳作尤少，王維的幾首可以算是鳳毛麟角了。（周嘯天）

少年行四首（其二） 王維

新豐美酒斗十千，咸陽游俠多少年。
相逢意氣為君飲，繫馬高樓垂柳邊。

〈少年行〉是王維的七絕組詩，共四首，分詠長安少年游俠高樓縱飲的豪情，報國從軍的壯懷，勇猛殺敵的氣概和功成無賞的遭遇。各首均可獨立，合起來又是一個整體，好像人物故事銜接的四扇畫屏。

這是第一首，寫少年游俠的日常生活。要從日常生活的描寫中顯示出少年游俠的精神風貌，選材頗費躊躇。詩人精心選擇了高樓縱飲這一典型場景。游俠重意氣，重然諾，而這種性格又總是和「使酒」密不可分，所謂「三杯吐然諾，五嶽倒為輕」（李白〈俠客行〉）。這就把飲酒的場景寫活，少年游俠的形象也就躍然紙上了。

前兩句分寫「新豐美酒」與「咸陽游俠」。二者本不一定相關，這裡用對舉方式來寫，卻給人這樣的感覺：京華地區，著稱於世的人和物雖多，卻只有少年游俠堪稱人中之傑，新豐美酒堪稱酒中之冠。而這二者，又像「快馬須健兒，健兒須快馬」（隋無名氏〈折楊柳歌辭五首〉）那樣，存在著密不可分、相得益彰的關係。新豐美酒，似乎天生就為少年游俠增色而設；少年游俠，沒有新豐美酒也顯不出他們的豪縱風流。第一句把酒寫得很足，第二句寫游俠，只須從容承接，輕輕一點，少年們的豪縱不羈之氣、揮金如土之概都可想見。同時，這兩句一張一弛的節奏、語調，還構成了一種特有的輕爽流利的風調，吟誦之餘，少年游俠顧盼自如、風流自賞的神情

王維〈少年行〉——明刊本《唐詩畫譜》

也宛然在目了。

前兩句寫了酒，也寫了少年游俠，第三句「相逢意氣為君飲」把二者連結在一起。「意氣」包含的內容很豐富，輕生報國的壯烈情懷，重義疏財的俠義性格，豪縱不羈的氣質，使酒任性的作風，等等，都是俠少的共同特點，都可以包含在這似乎無所不包的「意氣」之中。而這一切，對俠少們來說，無須經過長期交往，只要相逢片刻，攀談數語，就可以彼此傾心，一見如故。這就是所謂「相逢意氣」。路逢知己，彼此都感到要為對方乾上一杯，所以說「為君飲」，這三個字宛然俠少聲口。不過是平常的相逢論交，在詩人筆下，被描繪得多麼有聲有色，多麼富於動作性、戲劇性！

「繫馬高樓垂柳邊」，這是生動精彩的一筆。本來就要借飲酒寫少年游俠，上句又已點明「為君飲」，箭在弦上，落句似必寫宴飲場面。然而作者的筆卻只寫到酒樓前就戛然而止。「三杯吐然諾，五嶽倒為輕。眼花耳熱後，意氣素霓生」（李白〈俠客行〉）等情景統統留到幕後。這樣側面虛寫要比正面實寫宴飲場景有詩意得多，含蘊豐富得多。詩人的意圖，看來是要寫出一種俠少特有的富於詩意的生活情調、精神風貌，而這，不是靠描摹宴飲場面能達到的。虛處傳神，末句所用的正是這種手法。這一句是由馬、高樓、垂柳組成的一幅畫面。馬是俠客不可分的伴侶，寫馬，正所以襯托俠少的英武豪邁。高樓則正是在繁華街市上那所備有新豐美酒的華美酒樓了。高樓旁的垂柳，則與之相映成趣。它點綴了酒樓風光，使之在華美、熱鬧中顯出雅致、飄逸，不流於市井的鄙俗。而這一切，又都是為了創造一種富於浪漫氣息的生活情調，突出俠少的精神風貌。

同樣寫少年游俠，高適的「未知肝膽向誰是，令人卻憶平原君」（〈邯鄲少年行〉），就顯然滲透了詩人自己沉淪不遇的深沉感慨；而王維筆下的少年游俠，則具有相當濃厚的浪漫氣息和理想化色彩。但這種理想化並不給人任何虛假之感，關鍵就在於詩中洋溢著濃郁的生活氣息和詩人對這種生活的詩意感受。（劉學鍇）

九月九日憶山東兄弟　王維

獨在異鄉為異客，每逢佳節倍思親。
遙知兄弟登高處，遍插茱萸少一人。

王維是一位早熟的作家，少年時期就創作了不少優秀的詩篇。這首詩就是他十七歲時的作品。和他後來那些富於畫意、構圖設色非常講究的山水詩不同，這首抒情小詩寫得非常樸素。但千百年來，人們在作客他鄉的情況下讀這首詩，卻都強烈地感受到了它的力量。這種力量，首先來自它的樸質、深厚和高度的藝術概括。

詩因重陽節思念家鄉的親人而作。王維家居蒲州（今山西永濟），在華山之東，所以題稱「憶山東兄弟」。寫這首詩時，他大概正在長安謀取功名。繁華的帝都對當時熱衷仕進的年輕士子雖有很大吸引力，但對一個少年遊子來說，畢竟是舉目無親的「異鄉」；而且越是繁華熱鬧，在茫茫人海中的遊子就越顯得孤孑無親。第一句用了一個「獨」字，兩個「異」字，分量下得很足。對親人的思念，對自己孤孑處境的感受，都凝聚在這個「獨」字裡面。「異鄉為異客」，不過說他鄉作客，但兩個「異」字所造成的效果，卻比一般地敘說他鄉作客要強烈得多。在自然經濟占主要地位的時代，不同地域之間的風土、人情、語言、生活習慣差別很大，離開多年生活的故鄉到異地去，會感到一切都陌生、不習慣，感到自己是漂浮在異地生活中的一葉浮萍。「異鄉」、「異客」，正是樸質而真切地道出了這種感受。作客他鄉者的思鄉懷親之情，有時不一定是顯露的，但一旦遇到某

王維〈九月九日憶山東兄弟〉——清刻本《名家畫稿》

種觸媒——最常見的是「佳節」——就很容易爆發出來，甚至一發而不可抑止。這就是所謂「每逢佳節倍思親」。佳節，往往是家人團聚的日子，而且往往和對家鄉風物的許多美好記憶聯結在一起，所以「每逢佳節倍思親」就是十分自然的了。這種體驗，可以說人人都有，但在王維之前，卻沒有任何詩人用這樣樸素無華而又高度概括的詩句成功地表達過。而一經詩人道出，它就成了最能表現客中思鄉感情的格言式的警句。

前兩句，可以說是藝術創作的「直接法」——幾乎不經任何迂迴，而是直插核心，迅即形成高潮，出現警句。但這種寫法往往使後兩句難以為繼，造成後勁不足。這首詩的後兩句，如果順著「佳節倍思親」作直線式的延伸，就不免蛇足；轉出新意而再形成新的高潮，也很難辦到。作者採取另一種方式：緊接著感情的激流，出現一泓微波蕩漾的湖面，看似平靜，實則更加深沉。

重陽節有登高的風俗，登高時佩戴茱萸囊，據說可以避災。茱萸，一名越椒，一種有香氣的植物。三、四兩句，如果只是一般化地遙想兄弟如何在重陽日登高，佩戴茱萸，而自己獨在異鄉，不能參與，雖然也寫出了佳節思親之情，但會顯得平直，缺乏新意與深情。詩人遙想的卻是：「遍插茱萸少一人」。意思是說，遠在故鄉的兄弟們今天登高時身上都佩戴了茱萸，卻發現少了一位兄弟——自己不在內。好像遺憾的不是自己未能和故鄉的兄弟共度佳節，反倒是兄弟們佳節未能完全團聚；似乎自己獨在異鄉為異客的處境並不值得訴說，反倒是兄弟們的缺憾更須體貼。這就曲折有致，出乎常情。而這種出乎常情之處，正是它的深厚處、新警處。杜甫的〈月夜〉「遙憐小兒女，未解憶長安」，和這兩句異曲同工，而王詩似乎更不著力。（劉學鍇）

送元二使安西①　王維

渭城朝雨浥輕塵，客舍青青柳色新。
勸君更盡一杯酒，西出陽關無故人。

〔註〕①詩題一作〈渭城曲〉。唐代歌曲〈陽關三疊〉即源自此詩。

這是一首送朋友去西北邊疆的詩。安西，是唐中央政府為統轄西域地區而設的安西都護府的簡稱，治所在龜茲城（今新疆庫車）。這位姓元的友人是奉朝廷的使命前往安西的。唐代從長安往西去的，多在渭城送別。渭城即秦都咸陽故城，在長安西北，渭水北岸。

前兩句寫送別的時間、地點、環境氣氛。清晨，渭城客舍，自東向西一直延伸、不見盡頭的驛道，客舍周圍、驛道兩旁的柳樹。這一切，都彷彿是極平常的眼前景，讀來卻風光如畫，抒情氣氛濃郁。「朝雨」在這裡扮演了一個重要的角色。早晨的雨下得不久，剛剛潤濕塵土就停了。從長安西去的大道上，平日車馬交馳，塵土飛揚，而現在，朝雨乍停，天氣清朗，道路顯得潔淨、清爽。「浥輕塵」的「浥」（音同溢）字是濕潤的意思，在這裡用得很有分寸，顯出這雨澄塵而不濕路，恰到好處，彷彿天從人願，特意為遠行的人安排一條輕塵不揚的道路。客舍，本是羈旅者的伴侶；楊柳，更是離別的象徵。選取這兩件事物，自然有意關合送別。它們通常總是和羈愁別恨聯結在一起而呈現出黯然銷魂的情調。而今天，卻因一場朝雨的灑洗而別具明朗清新的風貌——「客舍青青柳色新」。平日路塵飛揚，路旁柳色不免籠罩著灰濛濛的塵霧，一場朝雨，才重新洗出它那青翠的本色，所以說「新」，又因柳色之新，映照出客舍青青來。總之，從清朗的天宇，到潔淨的道路，從青青的客舍，到翠綠的楊柳，構成了一幅色調清新明朗的圖景，為這場送別提供了典型的自然環境。這是一場深情的離別，但卻不是黯然銷魂的離別。相反地，倒是透露出一種輕快而富於希望的情調。「輕塵」、「青青」、「新」等詞語，聲韻輕柔明快，加強了讀者的這種感受。

絕句在篇幅上受到嚴格限制。這首詩，對如何設宴餞別，宴席上如何頻頻舉杯、殷勤話別，以及啟程時如何依依不捨，登程後如何矚目遙望，等等，一概捨去，只剪取餞行宴席即將結束時主人的勸酒辭：再乾了這一杯吧，出了陽關，可就再也見不到老朋友了。詩人像高明的攝影師，攝下了最富表現力的鏡頭。宴席已經進行了很長一段時間，釀滿別情的酒已經喝過多巡，殷勤告別的話已經重複過多次，朋友上路的時刻終於不能不到來，主客雙方的惜別之情在這一瞬間都到達了頂點。主人的這句似乎脫口而出的勸酒辭就是此刻強烈、深摯的惜別之情的集中表現。

三、四兩句是一個整體。要深切理解這臨行勸酒中蘊含的深情，就不能不涉及「西出陽關」。處於河西走廊盡西頭的陽關，和它北面的玉門關相對，從漢代以來，一直是內地出向西域的通道。唐代國勢強盛，內地與西域往來頻繁，從軍或出使陽關之外，在盛唐人心目中是令人嚮往的壯舉。但當時陽關以西還是窮荒絕域，風物與內地大不相同。朋友「西出陽關」，雖是壯舉，卻又不免經歷萬里長途的跋涉，備嘗獨行窮荒的艱辛寂寞。因此，這臨行之際「勸君更盡一杯酒」，就像是浸透了詩人全部豐富深摯情誼的一杯濃郁的感情瓊漿。這裡面，不僅有依依惜別的情誼，而且包含著對遠行者處境、心情的深情體貼，包含著前路珍重的殷勤祝願。對於送行者來說，勸對方「更盡一杯酒」，不只是讓朋友多帶走自己的一分情誼，而且有意無意地延宕分手的時間，好讓對方再多留一刻。「西出陽關無故人」之感，又何嘗只屬於行者呢？臨別依依，要說的話很多，但千頭萬緒，一時竟不知從何說起。這種場合，往往會出現無言相對的沉默，「勸君更盡一杯酒」，就是不自覺地打破這種沉默的方式，也是表達此刻豐富複雜感情的方式。詩人沒有說出的比已經說出的要豐富得多。總之，三、四兩句所剪取的雖然只是一剎那的情景，卻是蘊含極其豐富的一剎那。

這首詩所描寫的是一種最有普遍性的離別。它沒有特殊的背景，而自有深摯的惜別之情，這就使它適合於絕大多數離筵別席演唱，後來編入樂府，成為唐代最流行、傳唱最久的歌曲。（劉學鍇）

送沈子福之江東 王維

楊柳渡頭行客稀，罟師蕩槳向臨圻。
唯有相思似春色，江南江北送君歸。

王維大約在唐玄宗開元二十八、二十九年（七四〇、七四一）知南選，至襄陽（今屬湖北）。他集子裡現存〈漢江臨眺〉〈曉行巴峽〉等詩，可見他在江漢的行蹤不止襄陽一處。沈子福，生平不詳。長江從九江以下往東北方向流。江東，指長江下游以東地區。看詩題和頭兩句的意思，這詩當是作者在長江上游送沈子福順流而下歸江東之作。

渡頭是送客之地，楊柳是渡頭現成之景。唐人有折柳送行的習俗。這裡寫楊柳，不僅寫現成之景，更是烘托送別氣氛。行客已稀，見境地的淒清，反襯出送別友人的依依不捨之情。第一句點明送別之地。第二句醒出「歸江東」題意。罟（音同古）師，漁人，這裡借指船夫。臨圻，當指友人所去之地。

友人乘船而去，詩人依依不捨，望著大江南北兩岸，春滿人間，春光蕩漾，桃紅柳綠，芳草萋萋。這時，詩人感覺到自己心中的無限依戀惜別之情，就像眼前的春色無邊無際。詩人忽發奇想：讓我心中的相思之情也像這無處不在的春色，從江南江北，一齊撲向你，跟隨著你歸去吧！「唯有相思似春色，江南江北送君歸」，多麼美麗的想像，多麼蘊藉而深厚的感情！將自然界的春色比心靈中的感情，即景寓情，情與景妙合無間，極其自然。狀難寫之景如在目前，便算是詩家能事。這裡借難寫之景以抒無形之情，功夫當然又深了一層。寫離情別緒哀而不傷，形象豐滿，基調明快，這是盛唐詩歌的特色。五代牛希濟〈生查子〉有這樣兩句：「記得綠羅裙，處處憐芳草。」寫的是少婦對遠行人臨別的叮嚀：記住我的綠羅裙吧！你無論到哪裡，那裡的芳草都呈現著我的裙色，都凝結著我對你的相思，你要憐惜它啊！——這話也講得非常之含蓄，非常之婉轉，非常之好。與王維「唯有相思似春色，江南江北送君歸」詩句比較，手法相同，思路相近，但感情一奔放一低迴，風格一渾成一婉約，各具姿態，而又同樣具有動人的魅力。（陳貽焮）

伊州歌

王維

清風明月苦相思，蕩子從戎十載餘。
征人去日殷勤囑，歸雁來時數附書。

「伊州」為曲調名。王維的這首絕句是當時梨園傳唱的名歌，語言平易可親，意思顯豁好懂，寫來似不經意。這是藝術上臻於化工、得魚忘筌的表現。

「清風明月」兩句，展現出一位女子在秋夜裡苦苦思念遠征丈夫的情景。它的字句使人想起〈古詩十九首〉「青青河畔草，鬱鬱園中柳。盈盈樓上女，皎皎當窗牖。……蕩子行不歸，空床難獨守」的意境。這裡雖不是春朝，卻是同樣美好的一個秋晚，一個「清風明月」的良宵。雖是良宵美景，然而「十分好月，不照人圓」（辛棄疾〈木蘭花慢．滁州送范倅〉），給獨處人兒更添悽苦。這種借風月以寫離思的手法，古典詩詞中並不少見，王昌齡〈送狄宗亨〉詩云：「送君歸去愁不盡，又惜空度涼風天。」到宋柳永詞〈雨霖鈴．寒蟬凄切〉則更有拓展：「今宵酒醒何處，楊柳岸，曉風殘月。此去經年，應是良辰好景虛設。便縱有千種風情，更與何人說！」意味雖然彼此相近，但「可惜」的意思、「良辰好景虛設」等等意思，在王維詩中表現得更為蘊藉不露。

「一日不見，如三秋兮」（《詩經．采葛》），何況一別就是十來年，「相思」怎得不「苦」？但詩中女子的苦衷遠不止此。

後兩句運用逆挽（即敘事體裁中的「倒敘」）手法，引導讀者隨女主人公的回憶，重睹發生在十年前一幕動人的生活戲劇。也許是在一個長亭前，那送行女子對即將入伍的丈夫說不出更多的話，千言萬語化成一句叮嚀：「當大雁南歸時，書信可要多多地寄啊。」囑是「殷勤囑」，要求是「數（多多）附書」，足見她怎樣地盼望期待了。這一逆挽使讀者的想像在更廣遠的時空馳騁，對「苦相思」三字的體味更加深細了。

這兩句不單純是個送別場面，字裡行間迴蕩著更豐饒的弦外之音。特別把「歸雁來時數附書」的舊話重提，大有文章。那征夫去後是否頻有家書寄內，以慰寂寥呢？恐怕未必。郵遞條件遠不那麼便利；最初幾年音信自然多一些，往後就難說了。久不寫信，即使提筆，反有不知從何說起之感，乾脆不寫的情況也是有的。至於意外的情況就更難說了。總之，那女子舊事重提，不為無因。「苦相思」三字，盡有不同尋俗的具體內容，耐人玩索。

進一步，還可比較類似詩句，岑參〈玉關寄長安李主簿〉「東去長安萬里餘，故人何惜一行書」，張旭〈春草〉「情知海上三年別，不寄雲間一紙書」。岑、張句一樣道出親友音書斷絕的怨苦心情，但都說得直截了當。而王維句卻有一個迴旋，只提叮嚀附書之事，音書阻絕的意思表達得相當曲折，怨意自隱然不露，尤有含蓄之妙。

此詩藝術構思的巧妙，主要表現在「逆挽」的妙用。然而，讀者只覺其平易親切，毫不著意，娓娓動人。這正是詩藝爐火純青的表現。（周嘯天）

丘為

【作者小傳】蘇州嘉興（今屬浙江）人。唐玄宗天寶初進士，曾官太子右庶子。與王維、劉長卿友善。德宗貞元年間卒，年九十六。其詩大抵為五言，多寫田園風物。原有集，已散佚。《全唐詩》存其詩十三首。（《唐詩紀事》卷一七、《唐才子傳》卷二）

尋西山隱者不遇　丘為

絕頂一茅茨，直上三十里。扣關無僮僕，窺室唯案几。
若非巾柴車，應是釣秋水。差池不相見，黽勉①空仰止。
草色新雨中，松聲晚窗裡。及茲契幽絕，自足蕩心耳。
雖無賓主意，頗得清淨理。興盡方下山，何必待之子。

〔註〕①黽（音同敏）勉：勉力，盡力。

這是一首描寫隱逸高趣的詩。從思想上說，這類詩在中國古典詩歌中所在多有，並沒有什麼分外高奇的地方，但細讀起來，又令人感到有些新穎別致。這新穎別致來自什麼地方呢？主要來自構思。我們看，這首詩以「尋西山隱者不遇」為題，到山中專程去尋訪隱者，當然是出於對這位隱者的友情或景仰了，而竟然「不遇」，按照常理，這一定會使訪者產生無限失望、惆悵之情。但卻出人意料之外，這首詩雖寫「不遇」，卻偏偏把隱者的生活和性格表現得歷歷在目；卻又借題「不遇」，而淋漓盡致地抒發了自己的幽情雅趣和曠達的胸懷，似乎比相遇了更有收穫，更為心滿意足。正是由於這一立意的新穎，而使這首詩變得有很強的新鮮感。

詩是從所要尋訪的這位隱者的棲身之所寫起的。開首兩句寫隱者獨居於深山絕頂之上的「一茅茨」之中，離山下有「三十里」之遙。這兩句似在敘事，但實際上意在寫這位隱者的遠離塵囂之心，兼寫尋訪者的不憚艱勞、殷勤遠訪之意。「直上」二字，與首句「絕頂」相照應，點出了山勢的陡峭高峻，也暗示出尋訪者攀登之勞。三、四兩句，寫到門不遇，叩關無僮僕應承，窺室只見几案，杳無人蹤。緊接著下兩句是寫尋訪者停在戶前的踟躕想像之詞：主人既然不在，到哪兒去了呢？若不是乘著柴車出遊，必是臨淵垂釣去了吧？乘柴車出遊，到水邊垂釣，正是一般隱逸之士閒適雅趣的生活。這裡不是正面去寫，而是借尋訪者的推斷寫出，比直接對隱者的生活做鋪排描寫反覺靈活有致。

「差池不相見，黽勉空仰止」，遠路相尋，卻意外錯開而不見，空負了一片景仰之情，失望之心不能沒有。但詩寫至此，卻突然宕了開去，「草色新雨中，松聲晚窗裡。及茲契幽絕，自足蕩心耳。雖無賓主意，頗得清淨理」，由訪人而變成問景，由失望而變得滿足，由景仰隱者，而變得自己來領略隱者的情趣和生活，誰能說作者這次跋涉是入寶山而空返呢？「興盡方下山，何必待之子」，結句暗用了著名的晉王子猷雪夜訪戴的故事。故事出於《世說新語．任誕》，記王子猷（王徽之）居山陰，逢雪夜，詠左思〈招隱詩〉，忽憶起隱居在剡溪的好友戴安道（戴逵），便立時登舟往訪，經夜始至，及至門口又即便返回，人問其故，王子猷回答說：「吾本乘興而行，興盡而返，何必見戴？」詩人採用了這一典故，來自抒曠懷。訪友而意不在友，在於滿足自己的佳趣雅興。讀詩至此，似乎使我們遇到了一位絕不亞於隱者的高士。詩人訪隱居友人，期遇而未遇；讀者由詩人的未遇中，卻不期遇而遇——遇到了一位胸懷曠達，習靜喜幽，任性所之的高雅之士。而詩人在這首詩中所要表達的，也正是這一點。（褚斌杰）

李白

【作者小傳】（七〇一～七六二）字太白，號青蓮居士。祖籍隴西成紀（今甘肅秦安東），隋末其先人流寓碎葉（今托克馬克城），他即於此出生。幼時隨父遷居綿州昌隆（今四川江油）青蓮鄉。二十五歲離蜀，長期在各地漫遊。唐玄宗天寶初供奉翰林。受權貴讒毀，「白自知不為親近所容……懇求還山，帝賜金放還」，僅一年餘即離開長安。安史之亂中，曾為永王李璘幕僚，因璘敗牽累，流放夜郎。中途遇赦東還。晚年漂泊困苦，卒於當塗。詩風雄奇豪放，想像豐富，語言流轉自然，音律和諧多變。善於從民歌、神話中吸取營養和素材，構成其特有的瑰瑋絢爛的色彩，富有積極浪漫主義精神。有《李太白集》。（新、舊《唐書》本傳、《唐才子傳》卷二）

古風五十九首（其一） 李白

大雅久不作，吾衰竟誰陳？王風委蔓草，戰國多荊榛。
龍虎相啖食，兵戈逮狂秦。正聲何微茫，哀怨起騷人。
揚馬激頹波，開流蕩無垠。廢興雖萬變，憲章亦已淪。
自從建安來，綺麗不足珍。聖代復元古，垂衣貴清真。

群才屬休明①，乘運共躍鱗。文質相炳煥②，眾星羅秋旻③。
我志在刪述，垂輝映千春。希聖④如有立，絕筆於獲麟。

〔註〕①休明，美好清明。②炳煥，光彩奪目。③秋旻，即秋天。④希聖，希冀仿效聖人。

宋代程顥曾把《論語》的文章比做玉，《孟子》的文章比做水晶，認為前者溫潤，而後者明銳。一般說來，李白的詩偏於明銳而有鋒芒的一路，但這首詩卻氣息溫潤，節奏和緩，真正做到了「大雅」的風度。

開首二句「大雅久不作，吾衰竟誰陳」，是全詩的綱領：第一句統攝「王風委蔓草」到「綺麗不足珍」，第二句統攝「聖代復元古」到最後「絕筆於獲麟」。這樣開門見山，分寫兩扇，完全是堂堂正正的筆仗。這兩句雖則只有十個字，可是感慨無窮。這裡的「大雅」並不是指《詩經》中的《大雅》，而是泛指雅正之聲。雅聲久矣不起，這是正面的意思，是第一層。然則誰能興起呢？當今之世，捨我其誰？落出「吾」字，表出詩人的抱負，這是第二層。可是詩人這時候，已非少壯，而是如孔子自嘆一樣「甚矣吾衰也，久矣吾不復夢見周公」（《論語．述而》），即使能施展抱負，也已來日無多了，這是第三層。何況茫茫天壤，知我者誰？這一腔抱負，究竟向誰展示、呈獻呢？這是第四層。這四層轉折，一層深一層，一唱三嘆，感慨蒼涼，而語氣卻又渾然閒雅，不露鬱勃牢騷，確是五言古詩的正統風度。

首兩句點明正意以後，第三句起，就抒寫「大雅久不作」了。春秋而後，以關雎麟趾王者之風為代表的詩三百篇已委棄於草莽之中，到了戰國，蔓草更發展為遍地荊棘。三家分晉，七雄爭強，虎鬥龍爭直到狂秦。四句一路順敘下來，托出首句的「久」字，但如再順敘下去，文氣就未免平衍了，所以「正聲何微茫」一句，用頓宕的問嘆，轉一口氣。「正聲」即是「大雅」，「何微茫」即是「久不作」，一面回應上文，一面反跌下句的「哀怨起騷人」。《詩經》本有「哀而不傷，怨而不怒」的說法，這裡把屈原、宋玉，歸之於哀怨，言外之意，還是留正聲於微茫一脈之中。屈、宋都是七雄中楚國的詩人，論時代在秦以前，這裡逆插一句，作為補敘，文勢不平。於是再用順敘談到漢朝，「揚馬激頹波，開流蕩無垠」，說明揚雄、司馬相如，繼楚辭之後，在文風頹靡之中，激起中流，可是流弊所及，正如班固《漢書．藝文志．詩賦略》中所說：「競為侈麗閎衍之辭，沒其風喻之義」，和梁劉勰《文心雕龍．辨騷》所說「馬揚沿波而得奇」一樣，蕩而不返，開出無邊的末流。詩人寫到這裡，不能像賬冊一般一筆一筆開列下去了。於是概括性地總束一下，「廢興雖萬變，憲章亦已淪」，說明以後的變化雖多，但文章法度，總已淪喪。尤其「自從建安來」，三曹七子之後，更是「綺麗不足珍」，這與《文心雕龍．明詩》所說：「晉世群才，稍入輕綺」，「采縟於正始，力柔於建安」，大意相近。詩人反對綺麗侈靡，崇尚清真自然的文藝主張是顯而易見的。詩寫到這裡，自從春秋戰國直到陳隋，去古不可謂不遠，寫足了「大雅久不作」句中的「久」字，於是掉轉筆來，發揮「吾衰竟誰陳」了。

「聖代復元古，垂衣貴清真。群才屬休明，乘運共躍鱗。文質相炳煥，眾星羅秋旻」，這六句鋪敘唐代的文運，詩人故弄狡獪，其實半是假話。唐代是近體律絕詩新興的時代，何嘗有所謂「復元古」？唐太宗以馬上得天下，高宗、中宗、睿宗之間，歷經武后、韋后之變，又何嘗有所謂垂衣裳無為而治天下？王、楊、盧、駱、沈、宋的詩，雖各有勝處，但用「清真」兩字，也只是李白個人的說法，而不足以代表初盛唐的風格。文才處休明之世，乘時運而飛躍，有如鯉魚踴躍於龍門，繁星羅布於秋天。這裡寫唐代的進士科，比較真實，但唐代主要以詩賦取士，文勝於質，又何嘗有所謂「文質相炳煥」？這些還是枝節的問題，如果唐朝統治者真能如李白這六句詩所寫的那樣，李白應該早就復興「大雅」，重振「正聲」，何至於「吾衰竟誰陳」呢？這六句與「吾衰竟誰陳」之間的矛盾，說明了詩人這六句是故布疑局，故意地正反相形的。所以下文從「眾星」中躍出「吾」來，用孔子「述而不作，信而好古」（《論語．述而》）的話，申說自己已無創作之意，只有把「廢興萬變」之中的那些作品，像孔子刪詩一般，把它整理一下，去蕪存菁罷了，這樣庶幾還可以「垂輝映千春」。可是孔子畢竟不是僅僅刪述而已，贊周易、刪詩書、定禮樂之外，最後還是作了流傳千載的《春秋》，直到哀公十四年獵獲麒麟時才絕筆。詩人的抱負，亦正是如此。最後兩句，從「吾衰竟誰陳」，「我志在刪述」的較消沉的想法，又一躍而起，以「希聖如有立，絕筆於獲麟」的斬截之辭，來反振全詩，表示願意盡有生之年，努力在文學上有所建樹。詩人以開創一代詩風為己任，自比孔子，正說明他對自己期許很高。這一「立」字又遙遙與起句的「作」字呼應，氣足神完，於是乎「大雅」又「作」了。

由於這首詩的主意在復振大雅之聲，所以詩人在寫作時，其胸襟風度，也一味的大雅君子之風，不能駿發飄逸，也不能鬱勃牢騷，完全用中鋒正筆。因此，即使在「吾衰竟誰陳」的慨嘆之中，對當代有所不滿，而只能以「聖代復元古」等六句正面頌揚之辭，來微露矛盾之意。這並非詩人故作違心之論，而是寫這首詩的立場使然。千古以來，對此詩都是順口隨便讀過，未嘗抉出其矛盾之處的用心所在，未免辜負了詩人當時以此詩冠全集卷首的苦心了。

全詩一韻到底，音節安雅中和。最後兩句，由於立意的堅決，音調也不自覺地緊急起來，「立」、「絕」、「筆」三個入聲字，湊巧排列在一起，無意中聲意相配，構成了斬釘截鐵的壓軸。（沈熙乾）

古風五十九首（其三）　李白

秦皇掃六合，虎視何雄哉！揮劍①決浮雲，諸侯盡西來。
明斷自天啟，大略駕群才。收兵鑄金人，函谷正東開。
銘功會稽嶺，騁望琅邪臺。刑徒七十萬，起土驪山隈。
尚採不死藥，茫然使心哀。連弩射海魚，長鯨正崔嵬。
額鼻象五嶽，揚波噴雲雷。鬐鬣蔽青天，何由睹蓬萊。
徐市載秦女，樓船幾時回？但見三泉下，金棺葬寒灰。

〔註〕①一作「飛劍」。

此詩主旨是借秦始皇之求仙不成，以規諷唐玄宗之迷信神仙。就思想內容而言，並不算李白一人之特見卓識，但就其動蕩開合的氣勢、驚心動魄的藝術效果而言，實堪稱獨步。全詩大體可分前後兩段，前段為賓，後段為主。主要手法是欲抑先揚，忽翕忽張，最後蓋棺論定。

前段從篇首至「騁望琅邪臺」，頌揚秦皇之雄才大略和統一業績。頭四句極力渲染秦始皇消滅六國平定天下的威風。不言平定四海，而言「掃」空「六合」（包天地四方而言之），首先就張揚了秦皇之赫赫聲威。再用「虎視」形容其勃勃雄姿，更覺咄咄逼人。起二句便有「猛虎攫人之勢」（清浦起龍《讀杜心解》語）。緊接著寫統一天下的具體情事，也就有如破竹了。三句「浮雲」象徵當時天下混亂陰暗的局面，而秦皇拔劍一揮，則寰區大定。一個「決」字，顯得何其果斷，有快刀斬亂麻之感。於是乎天下諸侯皆西來臣屬於秦了。由於字字擲地有力，句句語氣飽滿，不待下兩句讚揚，讚揚之意已溢於言表。「明斷」句一作「雄圖發英斷」，但不管「明斷」、「英斷」也好，「雄圖」、「天啟」、「大略」也好，總算把對政治家的最高贊詞都用上了。詩篇至此，一揚再揚，預為後段的轉折蓄勢。緊接「收兵」二句，寫秦始皇統一天下後所採取的鞏固政權兩大措施，亦是張揚氣派。一是收集天下民間兵器，熔鑄為十二金人，消除反抗力量，使天下「莫予毒也已」（《左傳・僖公二十八年》），於是秦和東方交通的咽喉函谷關便可敞開了。二是於琅邪臺、會稽山等處刻石頌秦功德，為維護統一作輿論宣傳。「會稽嶺」和「琅邪臺」一南一北，相距數千里，詩人緊接寫來，有如信步戶庭之間。「騁望」二字形象生動地展示出秦皇當時志盈意滿的氣概。秦之統一措施甚多，擇其要者，則綱舉目張，敘得簡勁豪邁。對秦皇的歌頌至此臻極，然而物極必反，這猶如漢賈誼〈過秦論〉的開篇，直是轟轟烈烈，使後來的反跌之筆更見有力。

後段十二句，根據歷史事實進行生動藝術描寫，諷刺了秦皇驕奢淫侈及妄想長生的荒唐行為。先揭發其驪山修墓奢靡之事。秦始皇即位第三十五年，發宮刑罪犯七十多萬人建阿房宮和驪山墓，揮霍恣肆，窮極民力。再揭發其海上求仙的愚妄之舉。始皇二十八年（前二一九），齊人徐市（一名「徐福」）說海上有蓬萊等三神山，上有仙人及不死之藥，於是始皇遣徐市帶童男女數千人入海追求，數年無結果。此即「採不死藥」事。「茫然使心哀」是擔心貪欲未必能滿足的恐懼和空虛。這四句對於前段，筆鋒陡轉，真如駿馬注坡。寫始皇既期不死又築高陵，揭示出其自私、矛盾、欲令智昏的內心世界。但詩人並沒有就此草草終篇，在寫其求仙最終破產之前，又掀起一個波瀾。據史載，徐市詐稱求藥不得，是因海中有大魚阻礙之故，於是始皇派人運著連續發射的強弩沿海射魚，在今山東煙臺附近海面射死一條鯨。此節文字運用浪漫想像與高度誇張手法，把獵鯨場面寫得光怪陸離，有聲有色，驚險奇幻：赫然浮現海面上的長鯨，驟然看來好似一尊山岳，它噴射水柱時水波激揚，雲霧彌漫，聲如雷霆，它鬐鬣張開時竟遮蔽了青天……詩人這樣寫，不但使詩篇增添了一種驚險奇幻的神祕色彩，也是製造希望的假像，為篇終致命的一跌作勢。長鯨征服了，不死之藥總可求到吧？結果不然，此後不久，始皇就在巡行途中病死。「但見三泉下，金棺葬寒灰」，這是最後的反跌之筆，使九霄雲上的秦皇跌到地底，真是驚心動魄。以此二句收束築陵、求仙事，筆力陡健，而口吻冷雋。想當初那樣「明斷」的英主，竟會一再被方士欺騙，仙人沒做成，只留下一堆寒冷的骨灰；而「徐市載秦女，樓船幾時回」，讓方士大討其便宜。歷史的嘲弄是多麼無情啊。

此詩雖屬詠史，但並不僅僅為秦始皇而發。唐玄宗和秦始皇就頗相類似：兩人都曾勵精圖治，而後來又變得驕侈無度，最後迷信方士，妄求長生。據《資治通鑑》載：「（玄宗）尊道教，慕長生，故所在爭言符瑞，群臣表賀無虛月。」這種蠢舉，結果必然是貽害於國家。可見李白此詩是有感而發的。全詩史實與誇張、想像結合，敘事與議論、抒情結合，欲抑故揚，跌宕生姿，既有批判現實精神又有浪漫奔放激情，是李白〈古風〉中的力作。（胡國瑞）

古風五十九首（其十五）　李白

燕昭延郭隗，遂築黃金臺。劇辛方趙至，鄒衍復齊來。
奈何青雲士，棄我如塵埃。珠玉買歌笑，糟糠養賢才。
方知黃鵠舉，千里獨徘徊。

這是一首以古諷今、寄慨抒懷的五言古詩。詩的主題是感慨懷才不遇。

前四句用戰國時燕昭王求賢的故事。燕昭王決心洗雪被齊國襲破的恥辱，欲以重禮招納天下賢才。他請郭隗推薦，郭隗說：「王如果要招賢，那就先從尊重我開始。天下賢才見到王對我很尊重，那麼比我更好的賢才也會不遠千里而來了。」於是燕昭王立即修築高臺，置以黃金，大張旗鼓地恭敬郭隗。這樣一來，果然奏效，當時著名游士如劇辛、鄒衍等人紛紛從各國湧來燕國。在這裡，李白的用意是藉以表明他理想的明主和賢臣對待天下賢才的態度。李白認為，燕昭王的英明在於禮賢求賢，郭隗的可貴在於為君招賢。

然而，那畢竟是歷史故事。次四句，詩人便化用前人成語，感諷現實。「青雲士」是指那些飛黃騰達的達官貴人。《史記．伯夷列傳》說：「閭巷之人，欲砥行立名者，非附青雲之士，惡能施於後世哉？」意思是說，下層寒微的士人只有依靠達官貴人，才有可能揚名垂世，否則便被埋沒。李白便發揮這個意思，感慨地說，無奈那些飛黃騰達的顯貴們，早已把我們這些下層士人像塵埃一樣棄置不顧。顯貴之臣如此，那麼當今君主怎樣呢？李白化用三國魏阮籍〈詠懷八十二首〉其三十一諷刺魏王語「戰士食糟糠，賢者處蒿萊」，尖銳指出當今君主也是只管揮霍珠玉珍寶，追求聲色淫靡，而聽任天下賢才過著貧賤的生活。這四句恰和前四句形成鮮明對比。詩人在深深的感慨中，寄寓著尖銳的揭露和諷刺。

現實不合理想，懷才不獲起用，那就只有遠走高飛，別謀出路，但是前途又會怎樣呢？李白用了春秋時代田饒的故事，含蓄地抒寫了他在這種處境中的不盡惆悵。田饒在魯國長久未得到重用，決心離去，對魯哀公說：「臣將去君，黃鵠舉矣！」魯哀公問他「黃鵠舉」是什麼意思。他解釋說，雞忠心為君主效勞，但君主卻天天把它煮了吃掉，這是因為雞就在君主近邊，隨時可得；而黃鵠一舉千里，來到君主這裡，吃君主的食物，也不像雞那樣忠心效勞，卻受到珍貴，這是因為黃鵠來自遠方，難得之故。所以我要離開君主，學黃鵠高飛遠去了。魯哀公聽了，請田饒留下，表示要把這番話寫下來。田饒說：「有臣不用，何書其言！」就離開魯國，前往燕國。燕王立他為相，治燕三年，國家太平。魯哀公為此後悔莫及。（見漢韓嬰《韓詩外傳》）李白在長安，跟田饒在魯國的處境、心情很相似，所以這裡說「方知」，也就是說，他終於體驗到田饒作「黃鵠舉」的真意，也要離開不察賢才的庸主，去尋求實現壯志的前途。但是，田饒處於春秋時代，王室衰微，諸侯逞霸，士子可以周遊列國，以求遂志。而李白卻是生活在統一強盛的大唐帝國，他不可能像田饒那樣選擇君主。因此，他雖有田饒「黃鵠舉」之意，卻只能「千里獨徘徊」，徬徨於茫茫的前途。這末二句，歸結到懷才不遇的主題，也結出了時代的悲劇，形象鮮明，含意無盡。

〈古風〉五十九首都是擬古之作。其一般特點是注重比興，立意諷托，崇尚風骨，氣勢充沛，而語言樸實。這首顯然擬三國魏阮籍〈詠懷〉體，對具體諷刺對象，故意閃爍其詞，但傾向分明，感情激越，手法確似阮詩。這表明李白有很高的詩歌藝術素養和造詣。但從詩的構思和詩人形象所體現的全篇風格來看，這詩又確實保持著李白的獨特風格。如上所述，首四句是詠歷史以寄理想，但手法是似乎直陳史事，不點破用意。次四句是借成語以慨現實，但都屬泛指，讀者難以猜測。末二句是藉故事以寫出路，但只以引事交織描敘，用形象點到即止。總起來看，手法是故擬阮籍的隱晦，而構思則從理想高度來揭露現實的黑暗，表現出李白那種熱情追求理想的思想性格，和他的詩歌藝術的一個主要的風格特徵。（倪其心）

古風五十九首（其十九） 李白

西上①蓮花山，迢迢見明星。素手把芙蓉，虛步躡太清。
霓裳曳廣帶，飄拂昇天行。邀我登雲臺，高揖衛叔卿。
恍恍與之去，駕鴻凌紫冥。俯視洛陽川，茫茫走胡兵。
流血塗野草，豺狼盡冠纓。

〔註〕①一作「西嶽」。

這是一首用遊仙體寫的古詩，大約作於安祿山攻破洛陽以後。詩中表現了詩人獨善兼濟的思想矛盾和憂國憂民的沉痛感情。詩人在想像中登上西嶽華山的最高峰蓮花峰，遠遠看見了明星仙女。「明星」本是華山玉女名，但字面上又給人造成天上明星的錯覺。首二句展現了一個蓮峰插天、明星閃爍的神話世界。玉女的纖纖素手拈著粉紅的芙蓉，凌空而行，遊於高高的太清，雪白的霓裳曳著寬廣的長帶，迎風飄舉，升向天際。詩人用神奇的彩筆，繪出了一幅優雅縹緲的神女飛天圖。

美麗的玉女邀請李白來到華山雲臺峰，與仙人衛叔卿長揖見禮。據《神仙傳》載，衛叔卿曾乘雲車、駕白鹿去見漢武帝，以為皇帝好道，見之必加優禮。但皇帝只以臣下相待，於是大失所望，飄然離去。這裡用衛叔卿的故事暗暗關合著李白自己的遭遇。玄宗天寶初年，詩人不是也曾懷著匡世濟民的宏圖進入帝闕嗎？而終未為玄宗所重用，三年後遭讒離京。所以沒奈何，只好把衛叔卿引為同調，而與之駕鴻雁遊紫冥了。

正當詩人恍惚間與衛叔卿一同飛翔在太空之上的時候，他低頭看到了被胡兵占據的洛陽一帶，人民慘遭屠戮，血流遍野，而逆臣安祿山及其部屬卻衣冠簪纓，坐了朝廷。社會的動亂驚破了詩人幻想超脫現實的美夢，使他猛然從神仙幻境折回，轉而面對戰亂的慘象。詩至此戛然而止，沒有交代自己的去留，但詩中李白正視和關切現實，憂國憂民的心情，是十分明顯的。

在這首〈古風〉裡，詩人出世和用世的思想矛盾是透過美妙潔淨的仙境和血腥汙穢的人間這樣兩種世界的強烈對照表現出來的。這就造成了詩歌情調從悠揚到悲壯的急速變換，風格從飄逸到沉鬱的強烈反差。然而它們卻和諧地統一在一首詩裡，這主要是靠詩人縱橫的筆力、超人的才能和積極的進取精神。

李白後期的遊仙詩，常常在馳騁豐富的想像時，把道家神仙的傳說融入瑰麗奇偉的藝術境界，使抒情主人公帶上濃郁的謫仙色彩。這是和他政治上不得志，信奉道教，長期過著遊山玩水、修道煉丹的隱士生活分不開的。但他借遊仙表現了對現實的反抗和對理想的追求，使魏晉以來宣揚高蹈遺世的遊仙詩獲得了新的生命。〈古風〉其十九便是一個例證。（葛曉音）

古風五十九首（其二十四） 李白

大車揚飛塵，亭午暗阡陌。中貴多黃金，連雲開甲宅。
路逢鬥雞者，冠蓋何輝赫！鼻息干虹蜺，行人皆怵惕。
世無洗耳翁，誰知堯與跖！

唐玄宗的後期，政治由開明轉為腐敗。他寵任宦官，使這些人憑藉權勢，大肆勒索，「於是甲舍、名園、上腴之田為中人所名者，半京畿矣」（《新唐書．宦者傳上》）。唐玄宗還喜好鬥雞之戲，據唐人陳鴻《東城老父傳》云，當時被稱為「神雞童」的賈昌，由於得到皇帝的愛幸，「金帛之賜，日至其家」，有民謠說：「賈家小兒年十三，富貴榮華代不如」。這些宦官和雞童恃寵驕恣，不可一世。其時李白在長安，深感上層統治者的腐敗，這首〈古風〉就是針對當時現實而作的一幅深刻諷刺畫。

詩的前八句寫宦官、雞童的豪華生活和飛揚跋扈的氣焰。詩人對這些得幸小人的生活並沒有進行全面描寫，只是截取了京城大道上的兩個場景，把它巧妙地勾畫在讀者眼前。

第一個場景寫宦官。詩一開始，就像電影鏡頭一樣，推出了一個塵土飛揚的畫面：「大車揚飛塵，亭午暗阡陌」。「亭午」是正午，「阡陌」原指田間小路，這裡泛指京城大道。正午天最亮，卻暗然不見阡陌，可見塵土之大。而這樣大的塵土是「大車」揚起來的，這又寫出了大車之多與行駛的迅疾。這是寫景，為後面即將出現的人物作鋪墊。那麼，是誰這樣肆無忌憚地飛車疾馳呢？詩人指出：「中貴多黃金，連雲開甲宅」。「中貴」，是「中貴人」的省稱，指有權勢的太監。「甲宅」，指頭等的宅第。「連雲」狀其量，宅第高而且廣，直連霄漢。詩人不僅寫出了乘車人是宦官，而且寫出了他們為什麼能如此目中無人，因為他們有勢，有錢，他們正驅車返回豪華的宅第。這裡詩人既沒有直接描寫車中的宦官，也沒有描寫路上的行人，只是透過寫飛揚的塵土、連雲的宅第，來渲染氣氛、顯示人物，有烘雲托月之妙。

另一個場景寫雞童，又換了一副筆墨。寫「中貴」，處處虛筆烘托；對「雞童」卻是用實筆從兩個方面正面描寫：一是寫服飾。「路逢鬥雞者，冠蓋何輝赫！」鬥雞人與宦官不同，他是緩轡放馬而行，好像故意要顯示他的權勢和服飾的華貴。在「亭午」陽光的照耀下，他們的車蓋衣冠何等光彩奪目！二是寫神態。「意態由來畫不成」（宋王安石〈明妃曲二首〉其二），一個人的神情本來是很難描繪的，尤其是在短小的抒情詩裡。但李白寫來卻舉重若輕，他先用了一個誇張的手法，把筆墨放開去。「鼻息干虹蜺」，虹蜺即虹霓，鼻息吹動了天上的雲霞，活現出鬥雞人不可一世的驕橫神態。繼而，詩人又把筆收回來寫實：「行人皆怵惕」，行人沒有一個不惶恐的，進一步用行人的心理把雞童的勢焰襯托得淋漓盡致。真是傳神寫照，健筆縱橫。

最後兩句寫詩人的感慨。「洗耳翁」指許由。據西晉皇甫謐《高士傳》說，堯曾想讓天下給許由，許由不接受，認為這些話汙了他的耳朵，就去水邊洗耳。世上沒有了像許由那樣不慕榮利的人，誰還能分得清聖賢（堯）與盜賊（跖）呢？詩人鄙夷地把宦官、雞童等佞幸小人看成是殘害人民的強盜，同時也暗刺當時最高統治者的不辨「堯與跖」。

這首詩透過對中貴和鬥雞人的描繪，深刻諷刺了佞幸小人得勢後的囂張氣焰，對當時的黑暗政治表示了憤慨。

詩的前八句敘事，後兩句議論。敘事具體、形象，飽含諷刺，最後的議論便成為憤慨的自然噴發，一氣貫注，把感情推向了高潮，由諷刺佞幸小人，擴大為放眼更廣闊的現實，豐富了詩的內容，提高了主題思想的意義。

（張燕瑾）

古風五十九首（其三十一）　李白

鄭客西入關，行行未能已，白馬華山君，相逢平原里，
璧遺鎬池君，明年祖龍死。秦人相謂曰：吾屬可去矣！
一往桃花源，千春隔流水。

欲知李白這一首詩的妙處，且先看詩中這一故事的由來。《史記．秦始皇本紀》：「三十六年（前二一一）秋，使者從關東夜過華陰平舒道，有人持璧遮使者曰：『為吾遺鎬池君。』因言曰：『今年祖龍死。』使者問其故，因忽不見，置其璧去。使者奉璧，具以聞。始皇默然良久，曰：『山鬼固不過知一歲事也。』退言曰：『祖龍者，人之先也。』使御府視璧，乃二十八年行渡江所沉璧也。」另外，《漢書．五行志》引《史記》云：「鄭客從關東來，至華陰，望見素車白馬從華山上下，知其非人，道住，止而待之，遂至，持璧與客曰：『為我遺鎬池君』，因言『今年祖龍死』。」《史記》所載的故事前後比較完整。《漢書》抓住故事的中心，而且由於素車白馬從華山而下這一點染，增強了神話色彩，但仍然只是文章，而不是詩。

李白翻文為詩，主要以《漢書》所載的故事為根據，寫成了這一首詩的前六句。其中第二句是原文所沒有的，實質上詩人把原文字數壓縮了一半，卻無損於故事的完整性，並且詩意盎然，詩情醰永。這就不能不佩服詩人以古為新的手法了。一起「鄭客西入關」一句，為什麼不依原文寫為「鄭客關東來」呢？這是因為「關東來」

只表明出發地，卻不能表出目的地，而「西入關」則包括了「關東來」，平平五字，一石兩鳥，極盡簡括之能事。第二句「行行未能已」原文沒有的，詩人增添了這一句，便寫出了鄭客「行行重行行」的旅途生活；「未能已」三字則又點出了道遠且長，言外還暗示秦法森嚴，行路程期有所規定，不敢超越期限的那種惶恐趕路的心情。就這一句，平添了無限的情意，也就是詩之所以為詩。接下去「白馬華山君，相逢平原里」，兩句與文章的敘述次序恰恰相反。這並不是因為受押韻的牽制，而主要是用倒筆突接的方法，先把鮮明的形象送到讀者的眼前：「唉！來了一位白馬神人！」然後再補敘原委。這樣寫法接法，也是詩的特徵，而非文章的常規。第五句「璧遺鎬池君」，是把原文「持璧與客曰：為我遺鎬池君」十一字刪成五字，凝縮得非常精緻。鎬池君指水神，秦以五行中的水德為王，故水神相當於秦朝的護國神，華山神預將秦的亡徵告知水神。第六句「明年祖龍死」，祖龍即指秦始皇。不必點明，即知為華山君傳語，簡潔了當地預報了秦始皇的死耗。

以上六句，只是李白復述故事，其長處也不過是剪裁、點染得宜，而還不足以見此詩之特點。此詩精神發越之處，主要在後四句，李白的超人之處也在後四句。

東晉詩人陶潛曾寫過一篇〈桃花源記〉，後來的詩人極喜引用，「世外桃源」幾成為盡人皆知的成語。李白想像力過人，把這一故事和上面六句中的故事，摻和在一起，似乎桃源中人所以避秦隱居，就是因為他們得知鄭客從華山君那兒得來祖龍將死、秦將大亂的消息。所以七、八兩句用「秦人相謂曰：吾屬可去矣」，輕輕地把兩個故事天衣無縫地聯繫在一起了。「秦人相謂曰」之前省去了鄭客傳播消息，因而行文更加緊湊。「相謂」二字寫出秦人傳說時的神情，活躍紙上；「吾屬可去矣」一句則寫出了他們堅決而又輕鬆的感情，這些都是此詩神妙之處。

最後，詩人以「一往桃花源，千春隔流水」兩句結住全詩。「春」字，承桃花春開，取春色美好之意。用「千春」而不用「千秋」，說明他對桃花源的讚美。這兩句反映了李白對桃花源的嚮往和對塵世生活的厭惡。是啊，一旦進了世外桃源，就永遠與這混濁紛亂的人寰相隔絕了。

詩人寫詩時可能預感到安史之亂的某些徵兆，所以引喻故事，借古喻今，以表遁世避亂的歸隱思想。結筆悠然而止，不再寫入桃源後的如何如何，不但行文簡潔，而且餘音嫋嫋，也令人起不盡之思。（沈熙乾）

古風五十九首（其三十四）　李白

羽檄如流星，虎符合專城。喧呼救邊急，群鳥皆夜鳴。
白日曜紫微，三公運權衡。天地皆得一，澹然四海清。
借問此何為？答言楚徵兵。渡瀘及五月，將赴雲南征。
怯卒非戰士，炎方難遠行。長號別嚴親，日月慘光晶。
泣盡繼以血，心摧兩無聲。困獸當猛虎，窮魚餌奔鯨。
千去不一回，投軀豈全生！如何舞干戚，一使有苗平！

這首詩是反映征討南詔的事。南詔（在今雲南大理一帶），是唐時西南地區民族建立的一個政權，其王受唐朝廷的冊封。據《資治通鑑》記載，唐玄宗天寶九載（七五〇），楊國忠薦鮮于仲通為劍南節度使，仲通專橫粗暴，失南詔人心，而雲南太守張虔陀又對南詔王閣羅鳳多所凌辱和徵求，遂激起南詔反抗。次年夏，鮮于仲通發兵八萬征討，閣羅鳳遣使謝罪，仲通不准，與閣羅鳳戰於西洱河，慘敗，傷亡六萬。楊國忠為他隱瞞敗跡，又在東西兩京和河南、河北地區大肆徵兵，「人聞雲南多瘴癘，未戰士卒死者什八九，莫肯應募。……於是行者愁怨，父母妻子送之，所在哭聲振野。」。詩即以這一事件為背景，卻不拘泥於其事，而是透過藝術的概括，深入挖掘事件的根源，將矛頭指向唐王朝的國策。

開頭四句展現了一幅緊急軍事行動的場面：軍書飛馳，徵調急切，一片喧呼救邊的叫嚷聲，連棲鳥也不得安巢。短短幾句詩渲染出一種緊迫的氣氛。「羽檄」，已是緊急文書，又以流星喻之，更顯出十萬火急。「喧呼」，已見催迫之狀，又以群鳥驚鳴烘托之，愈見其督驅騷擾之甚，使人有雞飛狗跳之感。這些都是以誇飾的筆墨，給人以強烈的印象。從事情的原委上看，下文「借問」四句言在楚地徵兵，遠征南詔，才是敘事之始。但是詩人沒有從這裡開頭，而是截取一個驚人心目的鏡頭以為開端，將本事留到下面再補敘，避開平鋪直敘的寫法，使詩起得警動有勢，能一下子抓住讀者，是很巧妙的結構。

「白日」四句，突然逆轉，勾勒出一幅承平景象，與前面的戰爭氣氛形成鮮明強烈的對照。前兩句全以天象為喻。以「白日」、「紫微」、「三公」、「權衡」象徵皇帝和朝廷大臣，描繪一幅玉宇清平的景象。語語言天象，即語語言人世。人世的內容透過形象的天象展現出來，確是一種妙運。「天地皆得一」是從老子《道德經》「天得一以清，地得一以寧」二句熔鑄而成，即寰宇清平安寧之意。你看，白日輝耀，可謂君明；三公執樞，可謂臣能；四海清澄，可謂天下安定。如此承平盛世怎麼會突然發生戰爭呢？詩人雖然沒有當即回答，而其不滿之心，指責之情，譏諷之意，已盡在不言之中。

「借問」四句，把興兵討伐南詔的本事補敘明白。古來相傳瀘水有瘴氣，至五月方可渡。「渡瀘及五月」，一個「及」字把統治集團急不可耐的征伐情緒，和盤托出。下面側重寫統治者驅民於死地的罪惡。「怯卒」以下十句是詩人用濃墨重筆著力刻畫之處。前六句寫征行別離之慘。與役者都是未經戰陣的百姓，是為「怯卒」，本不堪行；南方又多瘴癘，觸之則斃，尤不可去。而朝廷必驅而往之，不啻白白送死，所以生離亦即死別。日月都帶上淒慘色調，可見悲怨之氣衝天之狀；淚盡繼之以血，心碎哭亦無聲，足見悲痛欲絕之情。「困獸」四句寫驅遣有去無回之勢。以困獸、窮魚喻怯卒，以猛虎、奔鯨喻悍敵，使不敵之勢，躍然紙上。虎而云猛，鯨而云奔，獸而云困，魚而云窮，有意使桀悍與疲弱相對，更為鮮明。虎為獸中之王，一般獸所難當，何況疲困之獸；鯨為魚中之巨，一般魚所難逃，何況力窮之魚。這兩句充滿誇飾色彩、形象鮮明的比喻，是下文最好的鋪墊，使「千去不一回，投軀豈全身」二句一下子便深印人心。李白的詩筆善誇張，十句詩把驅民於虎口的慘象寫得怵目驚心，可謂對窮兵黷武的血淚批判與控訴。

末二句用舜的典故，披露全詩主旨。據《帝王世紀》記載，舜的時候，有苗氏不服，禹請發兵征討。舜說，不，我修德還不深厚，擅動刀兵，不合於道，於是進一步修明政教。過了三年，他只舉行一次以干（盾）戚（斧）為道具的舞蹈，有苗氏便服威懷德而歸順。作者慨嘆這樣的原則不見了，等於說當時「當國之大臣不能如益之贊禹、禹之佐舜，敷文德以來遠人」（元蕭士贇《分類補註李太白詩》），這正是本詩的主旨所在。現在可以回顧一下「白日」四句，在那一片清平氣象中，似覺缺少點什麼，缺少的就是這「敷文德以來遠人」的國策。這就是前面留給讀者的懸念的答案。至此，主旨已明，懸念已解，詩也就戛然而止。從這一方面看，詩的前後呼應關鎖，也是非常緊密的。（孫靜）

古風五十九首（其四十六） 李白

一百四十年，國容何赫然。隱隱五鳳樓，峨峨橫三川①。
王侯象星月②，賓客如雲煙。鬥雞金宮裡，蹴鞠瑤臺邊。
舉動搖白日，指揮回青天。當塗何翕忽，失路長棄捐。
獨有揚執戟，閉關草《太玄》③。

〔註〕①三川：指流經長安一帶的三條水：涇水、洛水、渭水。②史載開元、天寶年間，宦官「黃衣以上三千員，衣硃紫千餘人，其稱旨輒拜三品將軍，列戟於門。」（《新唐書·宦者傳上》）。③漢代的郎官執戟宿衛宮殿，揚雄曾為郎官，所以稱他揚執戟。《漢書·揚雄傳》載，漢哀帝時，外戚丁明、傅晏和佞幸董賢用事，「諸附離之者，或起家至二千石」，而揚雄則不肯趨附，閉門「草《太玄》，有以自守，泊如也」。

這首詩從內容上看，當作於天寶初李白在長安時期。唐代從開國到這時共一百二十多年，與詩所言年數不合，「四十」二字可能有誤，以古人詩文中常舉成數而言，當為「二十」或「三十」。

唐玄宗開元、天寶年間，進入了歷史上所稱的「盛唐」。一方面唐王朝登上了繁榮昌盛的頂峰，另一方面也漸次呈露出由盛轉衰的危機。詩人以特有的政治敏感，用他的詩筆，為我們展現了一幅繁盛中充斥著腐朽的真實的歷史畫卷。

詩從唐王朝一百多年發展歷史入手。開篇四句是一節，重點在勾勒盛唐時期大唐帝國的輝煌顯赫面貌。詩人只用「一百四十年」五個字，便將「貞觀之治」、「開元之治」等豐富的歷史內容，推入詩句的背後，而用「國容何赫然」一句讚嘆，啟示人們自己去體味、領會，這是虛寫的方法，筆墨非常經濟。然而虛多則易空，故下文「隱隱」二句又轉用實寫的方法，選擇一個極富有表現力的側面——長安都城宮室建築的雄偉壯麗，來給人們以「赫然」「國容」的具體感受。十個字，字字精實。「隱隱」，見出宮室的層疊深邃；「峨峨」，見出樓觀的巍拔飛騫；「五鳳樓」，見出其精工華美之巧；「橫三川」，見出其龍盤虎踞之勢。詩人有意將宏麗建築安放在一個廣闊的背景上，以增其壯偉雄渾之感。短短四句詩，虛實結合，使經過百多年發展的大唐帝國，以其富麗堂皇的面貌、磅礴的氣勢屹立在我們面前，令人不能不佩服詩人巨大的藝術概括力量。

「王侯」以下六句，轉入對權勢者的描寫。「王侯」二句言其眾盛。以燦然羅列的星月狀王侯，亦似見其華耀驕貴之相；以彌漫聚散的雲煙狀賓客，亦似見其趨走奔競之態：都極善用比，有傳神盡相之妙。「鬥雞」二句言其行徑。「金宮」、「瑤臺」都是指帝王所居，「鬥雞」、「蹴鞠」都是遊戲玩好，他們的所作所為無非是憑藉侍從遊樂以邀寵幸。「舉動」二句言其氣焰。「搖白日」、「回青天」，以誇張的筆墨刻畫其權勢之大，氣焰之盛，也隱含可以左右帝王之意。六句詩分三個層次，把王侯權貴的腐朽驕橫形象一筆筆勾勒完足，筆墨很有分量。在章法的承接上，由輝煌的國勢一下子過渡到勢焰熏天的權貴，收到很好的藝術效果：在那繁榮昌盛的背景上，活動著、主宰著的竟是一群腐朽的權貴，不禁使人有大好河山、錦繡前程將被活活斷送之感，而這也正是詩人悲憤之所在。

末四句巧妙地運用揚雄的故事表明詩人的鮮明態度。「當塗」二句熔煉漢揚雄〈解嘲〉中的話：「當塗者升青雲，失路者委溝渠。旦握權則為卿相，夕失勢則為匹夫。」一針見血地指出這班權貴不會有好結局，得意、的日子不會長久。「翕（音同夕）忽」是飛速之意，形容青雲直上。「獨有」二句，詩人以揚雄自比，向權貴們投以輕蔑的目光。借用這個典故，簡約而有力地表現了詩人清操自守和對權貴們鄙視與決絕態度。揚雄閉關草《太玄》時，有人嘲笑他得不到官職，揚雄做〈解嘲〉以答。其中大講得士、失士同國家興亡的關係：「昔三仁去而殷墟，二老歸而周熾，子胥死而吳亡，種、蠡存而越霸」。這不正是唐王朝當時面臨的問題嗎？看來詩人用此典還有更深的含義。

本詩首二句縱觀歷史，次二句橫覽山河，都如登高臨深，有俯視一切的氣概，見出其吞吐千古、囊括六合的胸懷與氣魄。「王侯」六句，一氣貫下，刻畫權勢者們的形象，筆墨酣暢，氣完神足。而正當把權勢者們說到十分興頭上的時候，「當塗」二句卻兜頭一盆冷水澆了下來，使人有一落千丈之感。末二句只客觀地擺出揚雄的典實，冷然作收。但冷靜平實的筆墨中隱含怒目橫眉之氣，柔中有剛。不長的一首詩，寫得騰躍有勢，跌宕多姿，氣勢充沛，見出作者獨具的藝術特色。（孫靜）

遠別離

李白

遠別離，古有皇英之二女；乃在洞庭之南，瀟湘之浦。
海水直下萬里深，誰人不言此離苦？
日慘慘兮雲冥冥，猩猩啼煙兮鬼嘯雨。
我縱言之將何補？
皇穹竊恐不照余之忠誠，雷憑憑兮欲吼怒。
堯舜當之亦禪禹。君失臣兮龍為魚，權歸臣兮鼠變虎。
或云堯幽囚，舜野死。
九疑聯綿皆相似，重瞳孤墳竟何是？
帝子泣兮綠雲間，隨風波兮去無還。
慟哭兮遠望，見蒼梧之深山。
蒼梧山崩湘水絕，竹上之淚乃可滅。

這是一個古老的傳說：帝堯曾經將兩個女兒（長曰娥皇，次曰女英）嫁給舜。舜南巡，死於蒼梧之野。二妃溺於湘江，神遊洞庭之淵，出入瀟湘之浦。這個傳說，使得瀟湘洞庭一帶似乎幾千年來一直被悲劇氣氛籠罩著，「遠別離，古有皇英之二女；乃在洞庭之南，瀟湘之浦。海水直下萬里深，誰人不言此離苦？」一提到這些詩句，人們心理上都會被喚起一種淒迷的感受。那流不盡的清清的瀟湘之水，那浩渺的洞庭，那似乎經常出沒在瀟湘雲水間的兩位帝子，那被她們眼淚所染成的斑竹，都會一一浮現在腦海裡。所以，詩人在點出瀟湘、二妃之後發問：「誰人不言此離苦？」就立即能獲得讀者強烈的感情共鳴。

接著，承接上文渲染瀟湘一帶的景物：太陽慘淡無光，雲天晦暗，猩猩在煙雨中啼叫，鬼魅在呼喚著風雨。但接以「我縱言之將何補」一句，卻又讓人感到不是單純寫景了。陰雲蔽日，那「日慘慘兮雲冥冥」，不像是說皇帝昏聵、政局陰暗嗎？「猩猩啼煙兮鬼嘯雨」，不正像大風暴到來之前的群魔亂舞嗎？而對於這一切，一個連一官半職都沒有的詩人，即使說了，又何補於世，有誰能聽得進去呢？既然「日慘慘」、「雲冥冥」，那麼朝廷又怎麼能區分忠奸呢？所以詩人接著寫道：我覺得皇天恐怕不能照察我的忠心，相反，雷聲殷殷，又響又密，好像正在對我發怒呢。這雷聲顯然是指朝廷上某些有權勢的人的威嚇，但與上面「日慘慘兮雲冥冥，猩猩啼煙兮鬼嘯雨」相呼應，又像是仍然在寫瀟湘洞庭一帶風雨到來前的景象，使人不覺其確指現實。

「堯舜當之亦禪禹，君失臣兮龍為魚，權歸臣兮鼠變虎。」這段議論性很強，很像在追述造成別離的原因：姦邪當道，國運堪憂。君主用臣如果失當，大權旁落，就會像龍化為可憐的魚類，而把權力竊取到手的野心家，則會像鼠一樣變成吃人的猛虎。當此之際，就是堯亦得禪舜，舜亦得禪禹。不要以為我的話是危言聳聽，褻瀆人們心目中神聖的上古三代，證之典籍，確有堯被祕密囚禁、舜野死蠻荒之說啊。《史記．五帝本紀》正義引《竹書紀年》載：堯年老德衰為舜所囚。《國語．魯語》：「舜勤民事而野死。」由於憂念國事，詩人觀察歷史自然別具一副眼光：堯幽囚、舜野死之說，大概都與失權有關吧？「九疑聯綿皆相似，重瞳孤墳竟何是？」舜的眼珠有兩個瞳孔，人稱重華。傳說他死在湘南的九疑山（又名蒼梧山），但九座山峰連綿相似，究竟何處是重華的葬身之地呢？稱舜墓為「孤墳」，並且嘆息死後連墳地都不能為後人確切知道，更顯淒涼。不是死得曖昧，何至如此呢！娥皇、女英二位帝子，在綠雲般的叢竹間哭泣，哭聲隨風波遠逝，去而無應。「見蒼梧之深山」，著一「深」字，令人可以想像群山迷茫，即使二妃遠望也不知其所，這就把悲劇更加深了一步。「蒼梧山崩湘水絕，竹上之淚乃可滅。」斑竹上的淚痕，乃二妃所灑。蒼梧山應該是不會有崩倒之日，湘水也不會有涸絕之時，二妃的眼淚又豈有止期？這個悲劇實在是太深重了！

詩所寫的是二妃的別離，但「我縱言之將何補」一類話，分明顯出詩人是對現實政治有所感而發的。所謂「君失臣」、「權歸臣」是天寶後期政治危機中突出的標誌，並且是李白當時心中最為憂念的一端。元代蕭士贇認為玄宗晚年貪圖享樂，荒廢朝政，把政事交給李林甫、楊國忠，邊防交給安祿山、哥舒翰，「太白此時熟識時病，欲言則懼禍及己，不得已而形之詩章，聊以致其愛君憂國之志而已。所謂皇英之事，特借之以引喻發興」（《分類補註李太白詩》）。這種說法是可信的。李白之所以要危言堯舜之事，意思大概是要強調人君如果失權，即使是聖哲也難保社稷妻子。後來在馬嵬事變中，玄宗和楊貴妃演出一場遠別離的慘劇，可以說是正好被李白言中了。

詩寫得迷離惝怳，但又不乏要把迷陣挑開一點縫隙的筆墨。「我縱言之將何補？皇穹竊恐不照余之忠誠，雷憑憑兮欲吼怒。」這些話很像他在〈梁甫吟〉中所說的「我欲攀龍見明主，雷公砰訇震天鼓……白日不照吾精誠，杞國無事憂天傾。」不過，〈梁甫吟〉是直說，而〈遠別離〉中的這幾句隱隱呈現在重重迷霧之中，一方面起著點醒讀者的作用，一方面又是在述及造成遠別離的原因時，自然地帶出的。詩仍以敘述二妃別離之苦開始，以二妃慟哭遠望終結，讓悲劇故事籠括全篇，保持了藝術上的完整性。

詩人是明明有許多話急於要講的。但他知道即使是把喉嚨喊破了，也絕不會使唐玄宗醒悟，真是「言之何補」！況且詩人自己也心緒如麻，不想說，但又不忍不說。因此，寫詩的時候不免若斷若續，似吞似吐。元代范梈說：「此篇最有楚人風。所貴乎楚言者，斷如復斷，亂如復亂，而辭意反復行乎其間者，實未嘗斷而亂也；使人一唱三嘆，而有遺音。」（據瞿蛻園、朱金城《李白集校注》轉引）這是很精到的見解。詩人把他的情緒，採用楚歌和騷體的手法表現出來，使得斷和續、吞和吐、隱和顯，消魂般的淒迷和預言式的清醒，緊緊結合在一起，構成深邃的意境和強大的藝術魅力。（余恕誠）

蜀道難 李白

噫吁嚱，危乎高哉！蜀道之難難於上青天！蠶叢及魚鳧①，開國何茫然！

爾來四萬八千歲，不與秦塞通人煙。西當太白有鳥道，可以橫絕峨眉巔。

地崩山摧壯士死②，然後天梯石棧相鉤連。

上有六龍回日③之高標，下有衝波逆折之回川。

黃鶴之飛尚不得過，猿猱欲度愁攀援。青泥何盤盤，百步九折縈巖巒。

捫參歷井④仰脅息，以手撫膺坐長嘆。問君西遊何時還？畏途巉巖不可攀。

但見悲鳥號古木，雄飛雌從繞林間。又聞子規⑤啼夜月，愁空山。

蜀道之難難於上青天，使人聽此凋朱顏！

連峰去天不盈尺，枯松倒掛倚絕壁。飛湍瀑流爭喧豗⑥，砯⑦崖轉石萬壑雷。

其險也如此，嗟爾遠道之人，胡為乎來哉！

劍閣崢嶸而崔嵬，一夫當關，萬夫莫開。所守或匪親，化為狼與豺，
朝避猛虎，夕避長蛇，磨牙吮血，殺人如麻。錦城雖云樂，不如早還家。
蜀道之難難於上青天，側身西望長咨嗟！

〔註〕①蠶叢、魚鳧（音同福），皆古蜀王之名。西漢揚雄《蜀王本紀》：「蜀之先，稱王者有蠶叢、柏濩、魚鳧、開明。……從開明上至蠶叢，積三萬四千歲。」②五丁開山故事，見於東晉常璩《華陽國志．蜀志》：「時蜀有五丁力士，能移山，舉萬鈞……秦惠王知蜀王好色，許嫁五女於蜀，蜀遣五丁迎之，還到梓潼，見一大蛇入穴中，一人攬其尾掣之，不禁，至五人相助，大呼拽蛇，山崩時壓殺五人及秦五女，并將從而山分為五嶺，直頂上有平石。」③傳說中太陽由六龍馬車所載。《太平御覽．天部三．日上》，《淮南子》注：「日乘車駕以六龍，羲和御之。日至此而薄于虞泉，羲和至此而回六螭，即六龍也。」④參星與井星為蜀、秦分野，指由秦入蜀，亦指山勢之高，可以觸摸星宿。⑤子規，即杜鵑鳥，相傳為古蜀王望帝杜宇死後所化。⑥喧豗（音同輝），即喧鬧聲。⑦砯（音同乒），水擊石聲。

這首詩，大約是唐玄宗天寶初年，李白第一次到長安時寫的。〈蜀道難〉是他襲用樂府古題，展開豐富的想像，著力描繪了秦蜀道路上奇麗驚險的山川，並從中透露了對社會的某些憂慮與關切。

詩人大體按照由古及今，自秦入蜀的線索，抓住各處山水特點來描寫，以展示蜀道之難。

從「噫吁嚱」到「然後天梯石棧相鉤連」為一個段落。一開篇就極言蜀道之難，以感情強烈的詠嘆點出主題，為全詩奠定了雄放的基調。以下隨著感情的起伏和自然場景的變化，「蜀道之難難於上青天」的詠嘆反覆出現，像一首樂曲的主旋律一樣激盪著讀者的心弦。

為什麼說蜀道的難行比上天還難呢？這是因為自古以來秦、蜀之間被高山峻嶺阻擋，由秦入蜀，太白峰首

當其衝，只有高飛的鳥兒能從低缺處飛過。太白峰在秦都咸陽西南，是關中一帶的最高峰。民諺云：「武公太白，去天三百。」詩人以誇張的筆墨寫出了歷史上不可逾越的險阻，並融匯了五丁開山的神話，點染了神奇色彩，猶如一部樂章的前奏，具有引人入勝的妙用。下面即著力刻畫蜀道的高危難行了。

從「上有六龍回日之高標」至「使人聽此凋朱顏」為又一段落。這一段極寫山勢的高危，山高寫得愈充分，愈可見路之難行。你看那突兀而立的高山，高標接天，擋住了太陽神的運行；山下則是衝波激浪、曲折迴旋的河川。詩人不但把誇張和神話融為一體，直寫山高，而且襯以「回川」之險。唯其水險，更見山勢的高危。詩人意猶未足，又借黃鶴與猿猱來反襯。山高得連千里翱翔的黃鶴也不得飛度，輕疾敏捷的猿猴也愁於攀援，不言而喻，人行走就難上加難了。以上用虛寫手法層層映襯，下面再具體描寫青泥嶺的難行。

青泥嶺，「懸崖萬仞，山多雲雨，行者屢逢泥淖」（《元和郡縣圖誌》），為唐代入蜀要道。詩人著重就其峰路的縈迴和山勢的峻危來表現人行其上的艱難情狀和畏懼心理，捕捉了在嶺上曲折盤桓、手捫星辰、呼吸緊張、撫胸長嘆等細節動作加以摹寫，寥寥數語，便把行人艱難的步履、惶悚的神情，繪聲繪色地刻畫出來，困危之狀如在目前。

至此，蜀道的難行似乎寫到了極處。但詩人筆鋒一轉，借「問君」引出旅愁，以憂切低昂的旋律，把讀者帶進一個古木荒涼、鳥聲悲悽的境界。杜鵑鳥空谷傳響，充滿哀愁，使人聞聲失色，更覺蜀道之難。詩人借景抒情，用「悲鳥號古木」、「子規啼夜月」等感情色彩濃厚的自然景觀，渲染了旅愁和蜀道上空寂蒼涼的環境氣氛，有力地烘托了蜀道之難。

然而，逶迤千里的蜀道，還有更為奇險的風光。自「連峰去天不盈尺」至全篇結束，主要從山川之險來揭示蜀道之難，著力渲染驚險的氣氛。如果說「連峰去天不盈尺」是誇飾山峰之高，「枯松倒掛倚絕壁」則是襯托絕壁之險。

詩人先托出山勢的高險，然後由靜而動，寫出水石激盪、山谷轟鳴的驚險場景。好像一串電影鏡頭：開始是山巒起伏、連峰接天的遠景畫面；接著平緩地推成枯松倒掛絕壁的特寫；而後，跟蹤而來的是一組快鏡頭，飛湍、瀑流、懸崖、轉石，配合著萬壑雷鳴的音響，飛快地從眼前閃過，驚險萬狀，目不暇接，從而造成一種勢若排山倒海的強烈藝術效果，使蜀道之難的描寫，簡直達到了登峰造極的地步。如果說上面山勢的高危已使人望而生畏，那麼此處山川的險要更令人驚心動魄了。

風光變幻，險象叢生。在十分驚險的氣氛中，最後寫到蜀中要塞劍閣，在大劍山和小劍山之間有一條三十里長的棧道，群峰如劍，連山聳立，削壁中斷如門，形成天然要塞。因其地勢險要，易守難攻，歷史上在此割據稱王者不乏其人。詩人從劍閣的險要引出對政治形勢的描寫。他化用西晉張載〈劍閣銘〉中「形勝之地，匪親勿居」的語句，勸人引為鑑戒，警惕戰亂的發生，並聯繫當時的社會背景，揭露了蜀中豺狼的「磨牙吮血，殺人如麻」，從而表達了對國事的憂慮與關切。唐天寶初年，太平景象的背後正潛伏著危機，後來發生的安史之亂，證明詩人的憂慮是有現實意義的。

李白以變化莫測的筆法，淋漓盡致地刻畫了蜀道之難，藝術地展現了古老蜀道逶迤、崢嶸、高峻、崎嶇的面貌，描繪出一幅色彩絢麗的山水畫卷。詩中那些動人的景象宛如歷歷在目。

李白之所以描繪得如此動人，還在於融貫其間的浪漫主義激情。詩人寄情山水，放浪形骸。他對自然景物不是冷漠地觀賞，而是熱情地讚嘆，藉以抒發自己的理想和感受。那飛流驚湍、奇峰險壑，賦予了詩人的情感氣質，因而才呈現出飛動的靈魂和瑰偉的姿態。詩人善於把想像、誇張和神話傳說融為一體，寫景抒情。言山之高峻，則曰「上有六龍回日之高標」；狀道之險阻，則曰「地崩山摧壯士死，然後天梯石棧相鉤連」……詩人「驅走風雲，鞭撻海嶽」（明陸時雍《詩鏡總論》評李白七古語），從蠶叢開國說到五丁開山，由六龍回日寫到子規夜啼，天馬行空般地馳騁想像，創造出博大浩渺的境界，充滿了浪漫主義色彩。透過奇麗峭拔的山川景物，彷彿可以看到詩人那「興酣落筆搖五嶽，詩成笑傲凌滄洲」（李白〈江上吟〉）的高大形象。

唐以前的〈蜀道難〉作品，簡短單薄。李白對樂府古題有所創新和發展，用了大量散文化詩句，字數從三言、四言、五言、七言，直到九言，參差錯落，長短不齊，形成極為奔放的語言風格。詩的用韻，也突破了梁陳時代舊作一韻到底的程式。後面描寫蜀中險要環境，一連三換韻腳，極盡變化之能事。所以唐人殷璠編《河嶽英靈集》稱此詩「奇之又奇，自騷人以還，鮮有此體調」。

關於本篇，前人有種種寓意之說，斷定是專為某人某事而作的。明人胡震亨、顧炎武認為，李白「自為蜀詠」，「別無寓意」。今人有謂此詩表面寫蜀道艱險，實則寫仕途坎坷，反映了詩人在長期漫遊中屢逢蹭蹬的生活經歷和懷才不遇的憤懣，迄無定論。（閻昭典）

梁甫吟

李白

長嘯梁甫吟，何時見陽春？

君不見朝歌屠叟辭棘津，八十西來釣渭濱！

寧羞白髮照清水？逢時壯氣思經綸。廣張三千六百釣，風期暗與文王親。

大賢虎變愚不測，當年頗似尋常人。

君不見高陽酒徒起草中，長揖山東隆準公①！

入門不拜騁雄辯，兩女輟洗來趨風。東下齊城七十二，指揮楚漢如旋蓬。

狂客落魄尚如此，何況壯士當群雄！

我欲攀龍見明主，雷公砰訇震天鼓，帝旁投壺多玉女。

三時大笑開電光，倏爍晦冥起風雨。閶闔九門不可通，以額扣關閽者怒。

白日不照吾精誠，杞國無事憂天傾。猰貐②磨牙競人肉，騶虞③不折生草莖。

手接飛猱搏彫虎，側足焦原④未言苦。智者可卷愚者豪，世人見我輕鴻毛。

力排南山三壯士，齊相殺之費二桃⑤。吳楚弄兵無劇孟，亞夫咍爾⑥為徒勞。

梁甫吟，聲正悲。

張公兩龍劍，神物合有時。風雲感會起屠釣，大人峴屼⑦當安之。

〔註〕①隆準，即高鼻，指劉邦。《史記．高祖本紀》：「高祖為人，隆準而龍顏，美鬚髯。」「高陽酒徒」酈食其之事，據《史記．酈生陸賈列傳》載，酈生入謁，沛公方倨床使兩女子洗足，酈生入，則長揖不拜……酈生曰……不宜倨見長者。」於是沛公輟洗，起攝衣，延酈生上坐，謝之。②猰貐（音同訝宇）：古代傳說中一種吃人的野獸。《爾雅．釋獸》：「猰貐，類貙，虎爪，食人，迅走。」③騶（音同鄒）虞：古代傳說中的一種仁獸，不吃生物，不在草上踐踏。這裡用來比喻仁慈的統治者。④焦原：傳說中春秋時莒國的一塊大石名。它寬五十步，下面是百丈深溪，無人敢近。⑤據《晏子春秋》記載：春秋時齊景公手下有公孫接、田開疆、古冶子三個力能搏虎的勇士，都曾立過大功。有一次相國晏子見他們不懂君臣、尊卑之別，產生了疑忌，就建議景公除掉他們。辦法是由景公派人賞賜給他們兩只桃子，叫他們三人「計功而食桃」。公孫接和田開疆都以為自己功大，各拿了一隻桃子，而古冶子認為自己的功勞更大，要二人退出桃子。二人感到羞愧而自殺。古冶子因二人之死而無顏獨生，同樣自殺身亡。⑥劇孟：西漢初，吳楚七國叛亂，漢景帝派竇嬰、周亞夫前去討伐。周亞夫在將到河南時，找到俠士劇孟，笑吳楚不用劇孟而起兵，實是徒勞。咍，譏笑。⑦即「臲卼」（音同聶勿），動搖不安之意。

〈梁甫吟〉是古代用作葬歌的一支民間曲調，音調悲切悽苦。古辭今已不傳，宋郭茂倩《樂府詩集》收有諸葛亮所作一首，寫春秋時齊相晏子「二桃殺三士」事，透過對死者的傷悼，譴責讒言害賢的陰謀。李白這首也有「力排南山三壯士，齊相殺之費二桃」之句，顯然是襲用了諸葛亮那首的立意。詩大概寫在李白「賜金放還」，剛離開長安之後。詩中抒寫遭受挫折以後的痛苦和對理想的期待，氣勢奔放，感情熾熱，是李白的代表作之一。

開頭兩句：「長嘯梁甫吟，何時見陽春？」「長嘯」是比高歌更為淒厲激越的感情抒發。詩一上來就單刀直入，顯示詩人此時心情極不平靜，為全詩定下了感情的基調。戰國楚宋玉〈九辯〉中有「恐溘死不得見乎陽春」之句，故「見陽春」有從埋沒中得到重用，從壓抑中得以施展抱負的意思。以下詩句，全是由此生發。

接著，連用兩組「君不見」提出兩個歷史故事。一是說西周呂望（一名「呂尚」，即姜太公）長期埋沒民間，五十歲在棘津當小販，七十歲在朝歌當屠夫，八十歲時還垂釣於渭水之濱，釣了十年（每天一釣，十年共三千六百釣），才得遇文王，遂展平生之志。一是說秦末的酈食其，劉邦原把他當作一個平常儒生，看不起他，但這位自稱「高陽酒徒」的儒生，不僅憑雄辯使劉邦改變了態度，以後還說服齊王率七十二城降漢，成為楚漢相爭中的風雲人物。詩人引用這兩個歷史故事，實際上寄寓著自己的理想與抱負：「大賢虎變愚不測，當年頗似平常人」，「狂客落魄尚如此，何況壯士當群雄」。他不相信自己會長期淪落，毫無作為。詩人對前途有著堅定的信念，所以這裡聲調高亢昂揚，語言節奏也較爽利明快，中間雖曾換過一次韻，但都押平聲韻，語氣還是舒展平坦的。

自「我欲攀龍見明主」句起，詩人一下子從樂觀陷入了痛苦。加上改用了仄聲韻，語氣拗怒急促，更使人感到猶如一陣淒風急雨劈面打來。這一段寫法上很像戰國楚屈原的〈離騷〉，詩人使自己置身於惝怳迷離、奇幻多變的神話境界中，透過描寫奇特的遭遇來反映對現實生活的感受。你看，他為了求見「明主」，依附著夭矯的飛龍來到天上。可是，凶惡的雷公砰訇（音同轟）擂起天鼓，用震耳欲聾的鼓聲來恐嚇他，他想求見的那位「明主」，也只顧同一班女寵作投壺的遊戲。他們高興得大笑時天上閃現出耀眼的電光，一時惱怒又使天地昏闇，風雨交加。儘管如此，詩人還是不顧一切以額叩關，冒死求見，不料竟觸怒了守衛天門的閽者。在這段描寫中，詩人的感情表現得那麼強烈，就像浩蕩江水從寬廣的河床突然進入峽谷險灘一樣，漩渦四起，奔騰湍急，不可抑止。詩人在天國的遭遇，實際上就是在現實生活中的遭遇，他借助於幻設的神話境界，盡情傾訴了胸中的忿懣與不平。

自「白日不照吾精誠」以下十二句又另作一段。在這段中，詩人透過各種典故或明或暗地抒寫了內心的憂慮和痛苦，並激烈地抨擊了現實生活中的不合理現象：上皇不能體察我對國家的一片精誠，反說我是「杞人憂天」。權奸們像惡獸猰貐那樣磨牙厲齒殘害人民，而詩人的理想則是以仁政治天下。他自信有足夠的才能和勇氣去整頓乾坤，就像古代能用左手接飛猱、右手搏彫虎的勇士那樣，雖置身於危險的焦原仍不以為苦。詩意像是宕起，可是馬上又重重地跌了下來。在現實的生活中，只有庸碌之輩可以趾高氣揚，真有才能的人反而只能收起自己的聰明才智，世人就把我看得輕如鴻毛。古代齊國三個力能排山的勇士被相國晏子設計害死，可見有才能的人往往受到猜疑。明明有劇孟這樣的能人而摒棄不用，國家的前途真是不堪設想了。這一段行文的顯著特點是句子的排列突破了常規。如果要求意思連貫，那麼「手接飛猱」兩句之後，應接寫「力排南山」兩句，「智者可卷」兩句之後，應接寫「吳楚弄兵」兩句。可是詩人卻故意把它們作上下錯落的排列，避免了平鋪直敘。詩人那股洶湧而來的感情激流，至此一波三折，成迂迴盤旋之勢，更顯得恣肆奇橫，筆力雄健。這段的語氣節奏也隨著感情發展而跌宕起伏，忽而急促，忽而舒展，忽而押平聲韻，忽而換仄聲韻，短短十二句竟三易其韻，極盡變化之能事。

最後一段開頭，「梁甫吟，聲正悲」，直接呼應篇首兩句，語氣沉痛而悲愴。突然，詩人又筆鋒一折，「張公兩龍劍」以下四句仍是信心百倍地回答了「何時見陽春」這一設問。詩人確信，正如干將、莫邪二劍不會久沒塵土，我同「明主」一時為小人阻隔，終當有會合之時。既然做過屠夫和釣徒的呂望最後仍能際會風雲，建立功勛，那自己也就應該安時俟命，等待風雲感會的一天到來。飽經挫折的詩人雖然沉浸在迷惘和痛苦之中，卻仍用各種辦法自我慰藉，始終沒有放棄對理想的追求。

寫長篇歌行最忌呆滯平板，這首詩最大的藝術特色正在於布局奇特，變化莫測。它通篇用典，但表現手法卻不時變換。呂望和酈食其兩個故事是正面描寫，起「以古為鑑」的作用，接著借助於種種神話故事，寄寓自己的痛苦遭遇，第三段則把幾個不相連屬的典故交織在一起，正如清人沈德潛說的「後半拉雜使事，而不見其跡，以氣勝也」（《唐詩別裁集》），因而詩的意境顯得奇幻多姿，錯落有致：它時而和風麗日，春意盎然，時而濁浪翻滾，險象紛呈；時而語淺意深，明白如話，時而杳冥惝怳，深不可測。加上語言節奏的不斷變化起伏，詩人強烈而又複雜的思想感情表現得淋漓盡致。（范民聲）

烏夜啼 李白

黃雲城邊烏欲棲，歸飛啞啞枝上啼。機中織錦秦川女，碧紗如煙隔窗語。停梭悵然憶遠人，獨宿空房淚如雨。

傳說李白在天寶初年到長安，賀知章讀了他的〈蜀道難〉、〈烏棲曲〉、〈烏夜啼〉等詩後，大為嘆賞，說他是「天上謫仙人也」，於是在唐玄宗面前推薦了他。〈烏夜啼〉為樂府舊題，內容多寫男女離別相思之苦。李白這首的主題也與前代所作相類，但言簡意深，別出新意，遂為名篇。

「黃雲城邊烏欲棲，歸飛啞啞枝上啼」，起首兩句繪出一幅秋林晚鴉圖，夕曛暗淡，返照城闉，成群的烏鴉從天際飛回，盤旋著，啞啞地啼叫。「烏欲棲」，正是將棲未棲，叫聲最喧囂、最煩亂之時，無所憂愁的人聽了，也會感物應心，不免惆悵，更何況是心緒愁煩的離人思婦呢？在這黃昏時候，烏鴉尚知要回巢，而遠在天涯的征夫，到什麼時候才能歸來呵？起首兩句，描繪了環境，渲染了氣氛，在有聲有色的自然景物中蘊含著的愁緒牽引了讀者。

「機中織錦秦川女，碧紗如煙隔窗語」，這織錦的秦川女，固可指為苻秦時嫁給秦州刺史竇滔的蘇蕙，更可看作唐時關中一帶征夫遠戍的思婦。詩人對秦川女的容貌服飾，不作任何具體的描寫，只讓你站在她的閨房之外，在暮色迷茫中，透過煙霧般的碧紗窗，依稀看到她伶俜的身影，聽到她低微的語音。這樣的處理手法，確是匠心獨運。因為在本詩中要讓讀者具體感受的，並不是這女子的外貌，而是她的內心，她的思想感情。

「停梭悵然憶遠人，獨宿空房淚如雨。」這個深鎖閨中的女子，她的一顆心牢牢地繫在遠方的丈夫身上，「我心匪石，不可轉也」，「我心匪席，不可卷也」（《詩經．邶風．柏舟》），悲愁鬱結，無從排解。追憶昔日的恩愛，感念此時的孤獨，種種的思緒湧上心來，怎不淚如雨呢？這如雨的淚也沉重地滴到詩人的心上，促使你去想一想造成她不幸的原因。到這裡，詩人也就達到他預期的藝術效果了。

五、六兩句，有幾種異文。如敦煌唐寫本作「停梭問人憶故夫，獨宿空床淚如雨」，五代韋縠《才調集》卷六注「一作『停梭向人問故夫，知在流沙淚如雨』」等，可能都出於李白原稿。異文與通行本相比，有兩點不同：一是「隔窗語」不是自言自語，而是與窗外人對話；二是征夫的去向，明確在邊地的流沙。仔細吟味，通行本優於各種異文，沒有「窗外人」更顯秦川女的孤獨寂寞；遠人去向不具寫，更增相憶的悲苦。可見在本詩的修改上，李白是經過推敲的。清沈德潛評此詩說：「蘊含深遠，不須語言之煩。」（《唐詩別裁集》）說得言簡意賅。短短六句詩，起手寫情，布景出人，景裡含情；中間兩句，人物有確定的環境、身份和身世，而且繪影繪聲，想見其人；最後點明主題，卻又包含著許多意內而言外之音。詩人不僅不替她和盤托出，作長篇的哭訴，而且還為了增強詩的概括力量，放棄了看似具體實是平庸的有局限性的寫法。從上述幾種異文的對比中，便可明白這點。（徐永年）

烏棲曲

李白

姑蘇臺上烏棲時，吳王宮裡醉西施。吳歌楚舞歡未畢，青山欲銜半邊日。
銀箭金壺漏水多，起看秋月墜江波。東方漸高奈樂何！

《烏棲曲》是樂府《清商曲辭·西曲歌》舊題。現存南朝梁簡文帝、徐陵等人的古題，內容大都比較靡豔，形式則均為七言四句，兩句換韻。李白此篇，不但內容從舊題的歌詠豔情轉為諷刺宮廷淫靡生活，形式上也作了大膽的創新。

相傳吳王夫差耗費大量人力物力，用三年時間，築成橫亙五里的姑蘇臺（舊址在今蘇州市西南姑蘇山上），上建春宵宮，與寵妃西施在宮中為長夜之飲。詩的開頭兩句，不去具體描繪吳宮的豪華和宮廷生活的淫靡，而是以洗練而富於含蘊的筆法，勾畫出日落烏棲時分姑蘇臺上吳宮的輪廓和宮中美人西施醉態朦朧的剪影。「烏棲時」，照應題面，又點明時間。詩人將吳宮設置在昏林暮鴉的背景中，無形中使「烏棲時」帶上某種象徵色彩，使人們隱約感受到包圍著吳宮的幽暗氣氛，聯想到吳國日暮黃昏的沒落趨勢。而這種環境氣氛，又正與「吳王宮裡醉西施」的縱情享樂情景形成鮮明對照，暗含樂極悲生的意蘊。這層象外之意，貫串全篇，但表現得非常隱微含蓄。

「吳歌楚舞歡未畢，青山欲銜半邊日。」對吳宮歌舞，只虛提一筆，著重寫宴樂過程中時間的流逝。沉醉在狂歡極樂中的人，往往意識不到這一點。輕歌曼舞，朱顏微酡，享樂還正處在高潮之中，卻忽然意外地發現，西邊的山峰已經吞沒了半輪紅日，暮色就要降臨了。「未」字、「欲」字，緊相呼應，微妙而傳神地表現出吳王那種惋惜、遺憾的心理。而落日銜山的景象，又和第二句中的「烏棲時」一樣，隱約透出時代沒落的面影，使得「歡未畢」而時已暮的描寫，帶上了為樂難久的不祥暗示。

「銀箭金壺漏水多，起看秋月墜江波。」續寫吳宮荒淫之夜。宮體詩的作者往往熱衷於展覽豪華頹靡的生活，李白卻巧妙地從側面淡淡著筆。「銀箭金壺」，指宮中計時的銅壺滴漏。銅壺漏水越來越多，銀箭的刻度也隨之越來越上升，暗示著漫長的秋夜漸次消逝，而這一夜間吳王、西施尋歡作樂的情景便統統隱入幕後。一輪秋月，在時間的默默流逝中越過長空，此刻已經逐漸黯淡，墜入江波，天色已近黎明。這裡在景物描寫中夾入「起看」二字，不但點醒景物所組成的環境後面有人的活動，暗示靜謐皎潔的秋夜中隱藏著淫穢醜惡，而且揭示出享樂者的心理。他們總是感到享樂的時間太短，晝則望長繩繫日，夜則盼月駐中天，因此當他「起看秋月墜江波」時，內心不免浮動著難以名狀的悵恨和無可奈何的悲哀。這正是末代統治者所特具的頹廢心理。「秋月墜江波」的悲涼寂寥意象，又與上面的日落烏棲景象相應，使滲透在全詩中的悲涼氣氛在迴環往復中變得越來越濃重了。

詩人諷刺的筆鋒並不就此停住，他有意突破〈烏棲曲〉舊題偶句收結的格式，變偶為奇，給這首詩安上了一個意味深長的結尾：「東方漸高奈樂何！」「高」是「皜」的假借字。東方已經發白，天就要亮了，尋歡作樂難道還能再繼續下去嗎？這孤零零的一句，既像是恨長夜之短的吳王所發出的歡樂難繼、好夢不長的嘆喟，又像是詩人對沉溺不醒的吳王敲響的警鐘。詩就在這冷冷的一問中陡然收煞，特別引人注目，發人深省。

這首詩在構思上有顯著的特點，即以時間的推移為線索，寫出吳宮淫佚生活中自日至暮，又自暮達旦的過程。詩人對這一過程中的種種場景，並不作具體描繪渲染，而是緊扣時間的推移、景物的變換，來暗示吳宮荒淫的晝夜相繼，來揭示吳王的醉生夢死，並透過寒林棲鴉、落日銜山、秋月墜江等富於象徵暗示色彩的景物隱寓荒淫縱欲者的悲劇結局。通篇純用客觀敘寫，不下一句貶辭，而諷刺的筆鋒卻尖銳、冷峻，深深刺入對象的精神與靈魂。清人所編《唐宋詩醇》評此詩說：「樂極悲生之意，寫得微婉，荒宴未幾，而麋鹿游於姑蘇矣。全不說破，可謂興寄深微者……末綴一單句，有不盡之妙。」這是頗能抓住本篇特點的評論。

李白的七言古詩和歌行，一般都寫得雄奇奔放，恣肆淋漓，這首〈烏棲曲〉卻偏於收斂含蓄，深婉隱微，成為他七古中的別調。前人或以為它是借吳宮荒淫來託諷唐玄宗的沉湎聲色，這是可能的。玄宗早期勵精圖治，後期荒淫廢政，和夫差先發憤圖強，振吳敗越，後沉湎聲色，反致覆亡有相似之處。據唐孟棨《本事詩》記載，李白初至長安，賀知章見其〈烏棲曲〉，嘆賞苦吟，說：「此詩可以泣鬼神矣。」看來賀知章的「泣鬼神」之評，也不單純是從藝術角度著眼的。（劉學鍇）

戰城南

李白

去年戰，桑乾[1]源；今年戰，蔥河[2]道。
洗兵條支[3]海上波，放馬天山雪中草。
萬里長征戰，三軍盡衰老。
匈奴以殺戮為耕作，古來唯見白骨黃沙田。
秦家築城備胡處，漢家還有烽火然。
烽火然不息，征戰無已時！
野戰格鬥死，敗馬號鳴向天悲。
烏鳶啄人腸，銜飛上掛枯樹枝。
士卒塗草莽，將軍空爾為。
乃知兵者是凶器，聖人不得已而用之。

〔註〕① 桑乾：河名，流經今山西、河北北部，地屬北方。② 蔥河：即蔥嶺河，在今新疆西南部，地屬西方。③ 條支：西域國名，即唐時的大食，在今伊朗境內。唐朝安西都護府下設有條支都督府。

這首詩是抨擊統治者窮兵黷武的。元蕭士贇說：「開元、天寶中，上好邊功，征伐無時，此詩蓋有所諷者也。」（《分類補註李太白詩》）所評頗中肯綮。

天寶年間，唐玄宗輕動干戈，逞威邊遠，而又幾經失敗，給人民帶來深重的災難。一宗宗嚴酷的事實，匯聚到詩人胸中，同他憂國憫民的情懷產生激烈的矛盾。他沉思，悲憤，內心的呼喊傾瀉而出，鑄成這一名篇。

整首詩大體可分為三段和一個結語。

第一段共八句，先從征伐的頻繁和廣遠方面落筆。前四句寫征伐的頻繁。以兩組對稱的句式出現，不僅音韻鏗鏘，而且詩句複沓的重疊和鮮明的對舉，給人以東征西討、轉旆不息的強烈印象，有力地表達了主題。「洗兵」二句寫征行的廣遠。晉左思〈魏都賦〉描寫曹操討滅群雄、威震寰宇的氣勢時說：「洗兵海島，刷馬江洲。」此二句用其意。洗兵，洗去兵器上的汙穢；放馬，牧放戰馬，在條支海上洗兵，天山草中牧馬，其征行之廣遠自見。由戰伐頻繁進至征行廣遠，境界擴大了，內容更深厚了，是善於鋪排點染的筆墨。「萬里」二句是本段的結語。「萬里長征戰」，是征伐頻繁和廣遠的總括，「三軍盡衰老」是長年遠征的必然結果，廣大士兵在無謂的戰爭中耗盡了青春的年華和壯盛的精力。有了前面的描寫，這一聲慨嘆水到渠成，自然堅實，沒有一點矯情的喧呶叫囂之感。

「匈奴」以下六句是第二段，進一步從歷史方面著墨。如果說第一段從橫的方面寫，那麼，這一段便是從縱的方面寫。西漢王褒《四子講德論》說，匈奴「業在攻伐，事在射獵」，「其耒耜則弓矢鞍馬，播種則扞弦掌拊，收秋則奔狐馳兔，穫刈則顛倒殪仆」。以耕作為喻，生動地刻畫出匈奴人的生活與習性。李白將這段妙文熔冶成「匈奴」兩句詩。耕作的結果會是禾黍盈疇，殺戮的結果卻只能是白骨黃沙。語淺意深，含蓄雋永。並且很自然地引出「秦家」二句。秦築長城防禦胡人的地方，漢時仍然烽火高舉。二句背後含有深刻的歷史教訓和詩人深邃的觀察與認識，成為詩中警策之句。沒有正確的政策，爭鬥便不可能停息。「烽火然（同燃）不息，征戰無已時！」這深沉的嘆息是以豐富的歷史事實為背景的。

「野戰」以下六句為第三段，集中從戰爭的殘酷性上揭露不義戰爭的罪惡。「野戰」二句著重勾畫戰場的悲涼氣氛，「烏鳶」二句著重描寫戰場的淒慘景象，二者相互映發，交織成一幅色彩強烈的畫面。戰馬獨存猶感不足，加以號鳴思主，更增強物在人亡的悲悽；烏啄人腸猶以不足，又加以銜掛枯枝，更見出情景的慘酷，都是帶有誇張色彩的濃重筆墨。「士卒」二句以感嘆結束本段。士卒作了無謂的犧牲，將軍呢？也只能一無所獲。

《六韜》說：「聖王號兵為凶器，不得已而用之。」全詩以此語意作結，點明主題。這一斷語屬於理語的範圍，而非形象的描寫。運用不當，易生抽象之弊。這裡不同。有了前三段的具體描寫，這個斷語是從歷史和現實的慘痛經驗中提煉出來，有畫龍點睛之妙，使全詩意旨豁然。有人懷疑這一句是批注語誤入正文，可備一說，實際未必然。

這是一首敘事詩，卻帶有濃厚的抒情性，事與情交織成一片。三段的末尾各以兩句感嘆語作結，每一段是敘事的一個自然段落，也是感情旋律的一個自然起伏。事和情配合得如此和諧，使全詩具有鮮明的節奏感，有「一唱三嘆」之妙。

〈戰城南〉是漢樂府舊題，屬〈鼓吹曲辭〉，為漢〈饒歌〉十八曲之一。漢古辭主要是寫戰爭的殘酷，相當於李白這首詩的第三段。李白不拘泥於古辭，從思想內容到藝術形式都表現出很大的創造性。內容上發展出一、二兩段，使戰爭性質一目了然，又以全詩結語表明自己的主張。藝術上則糅合唐詩發展的成就，由質樸無華變為逸宕流美。如古辭「水深激激，蒲葦冥冥。梟騎戰鬥死，駑馬徘徊鳴」和「野死不葬烏可食，為我謂烏，且為客豪，野死諒不葬，腐肉安能去子逃」，本詩錘鍊為兩組整齊的對稱句，顯得更加凝練精工，更富有歌行奔放的氣勢，顯示出李白的獨特風格。（孫靜）

將進酒

李白

君不見黃河之水天上來，奔流到海不復回。
君不見高堂明鏡悲白髮，朝如青絲暮成雪。
人生得意須盡歡，莫使金樽空對月。
天生我材必有用，千金散盡還復來。
烹羊宰牛且為樂，會須一飲三百杯。
岑夫子，丹丘生，將進酒，杯莫停。
與君歌一曲，請君為我傾耳聽。
鐘鼓饌玉不足貴，但願長醉不願醒①。
古來聖賢皆寂寞，唯有飲者留其名。
陳王昔時宴平樂，斗酒十千恣歡謔。

主人何為言少錢，徑須沽取對君酌。

五花馬，千金裘，呼兒將出換美酒，與爾同銷萬古愁。

〔註〕①一作「不復醒」。

李白詠酒的詩篇極能表現他的個性，這類詩固然數長安放還以後所作思想內容更為深沉，藝術表現更為成熟。《將進酒》即其代表作。

《將進酒》原是漢樂府短簫鐃歌的曲調，「將（音同腔）」意為「願」、「請」，題目意譯即「勸酒歌」，故古詞有「將進酒，乘大白」云。作者這首「填之以申己意」（蕭士贇《分類補註李太白詩》）的名篇，舊說均以為作於天寶間去朝之後（約七五二）。據今人考證，李白曾兩入長安，此詩當為開元間一入長安以後（約七三六）所作。他當時與友人岑勛在嵩山另一好友元丹丘的潁陽山居為客，三人嘗登高飲宴。《酬岑勛見尋就元丹丘對酒相待以詩見招》：「不以千里遙，命駕來相招。中逢元丹丘，登嶺宴碧霄。對酒忽思我，長嘯臨清飆。」人生快事莫若置酒會友，作者又正值「抱用世之才而不遇合」（蕭士贇）之際，於是滿腔不合時宜借酒興詩情，來了一次淋漓盡致的發抒。

詩篇發端就是兩組排比長句，如挾天風海雨迎面撲來。「君不見黃河之水天上來，奔流到海不復回」，潁陽去黃河不遠，登高縱目，故藉以起興。黃河源遠流長，落差極大，如從天而降，一瀉千里，東奔大海。如此壯浪景象，定非肉眼可以窮極，作者是想落天外，「自道所得」，語帶誇張。上句寫大河之來，勢不可擋；下句寫大河之去，勢不可回。一漲一消，形成舒卷往復的詠嘆味，是短促的單句（如〈贈裴十四〉「黃河落天走東海」）所沒有的。緊接著，「君不見高堂明鏡悲白髮，朝如青絲暮成雪」，恰似一波未平、一波又起。如果說前二句為空間範疇的誇張，這二句則是時間範疇的誇張。悲嘆人生短促，而不直言自傷老大，卻說「高堂明鏡悲白髮」，一種搔首顧影、徒呼奈何的情態宛如畫出。將人生由青春至衰老的全過程說成「朝」「暮」間事，把本來短暫的說得更短暫，與前兩句把本來壯浪的說得更壯浪，是「反向」的誇張。於是，開篇的這組排比長句既有比意——以河水一去不返喻人生易逝，又有反襯作用——以黃河的偉大永恆形出生命的渺小脆弱。這個開端可謂悲感已極，卻不墮纖弱，可說是巨人式的感傷，具有驚心動魄的藝術力量，同時也是由長句排比開篇的氣勢感造成的。這種開篇的手法作者常用，他如〈宣州謝朓樓餞別校書叔雲〉「棄我去者昨日之日不可留；亂我心者今日之日多煩憂」，清沈德潛說：「此種格調，太白從心化出。」（《唐詩別裁集》）可見其頗具創造性。此詩兩作「君不見」的呼告（一般樂府詩只於篇首或篇末偶一用之），又使詩句感情色彩大大增強。詩有所謂大開大闔者，此可謂大開。

「夫天地者，萬物之逆旅也；光陰者，百代之過客也」（〈春夜宴從弟桃李園序〉），悲感雖然不免，但悲觀卻非李白性分之所近。在他看來，只要「人生得意」便無所遺憾，當縱情歡樂。五、六兩句便是一個逆轉，由「悲」而翻作「歡」「樂」。從此直到「杯莫停」，詩情漸趨狂放。「人生達命豈暇愁，且飲美酒登高樓」（〈梁園吟〉），行樂不可無酒，這就入題。但句中未直寫杯中之物，而用「金樽」「對月」的形象語言出之，不特生動，更將飲酒詩意化了；未直寫應該痛飲狂歡，而以「莫使」、「空」的雙重否定句式代替直陳，語氣更為強調。「人生得意須盡歡」，這似乎是宣揚及時行樂的思想，然而只不過是表像而已。詩人又用樂觀好強的口吻肯定人生，肯定自我：「天生我材必有用」。這是一個令人擊節讚嘆的句子。「有用」而「必」，一何自信！簡直像是人的價值宣言，而這個人——「我」——是須大寫的。於此，從貌似消極的現象中露出了深藏其內的一種懷才不遇而又渴望用世的積極的本質內容來。正是「長風破浪會有時」（〈行路難三首〉其一），為什麼不為這樣的未來痛飲高歌呢！破費又算得了什麼——「千金散盡還復來」！這又是一個高度自信的驚人之句，能驅使金錢而不為金錢所使，真足令一切凡夫俗子們咋舌。詩如其人，想詩人「曩者遊維揚，不逾一年，散金三十餘萬」（〈上安州裴長史書〉），是何等豪舉。故此句深蘊在骨子裡的豪情，絕非裝腔作勢者可得其萬一。與此氣派相當，作者描繪了一場盛筵，那絕不是「菜要一碟乎，兩碟乎？酒要一壺乎，兩壺乎」，而是整頭整頭地「烹羊宰牛」，不喝上「三百杯」絕不甘休。多痛快的筵宴，又是多麼豪壯的詩句！

至此，狂放之情趨於高潮，詩的旋律加快。詩人那眼花耳熱的醉態躍然紙上，恍惚使人如聞其高聲勸酒：「岑夫子，丹丘生，將進酒，杯莫停」！幾個短句忽然加入，不但使詩歌節奏富於變化，而且寫來逼肖席上聲口。既是生逢知己，又是酒逢對手，不但「忘形到爾汝」（杜甫〈醉時歌〉），詩人甚而忘卻是在寫詩，筆下之詩似乎還原為生活，他還要「與君歌一曲，請君為我傾耳聽」。以下八句就是詩中之歌了。這著想奇之又奇，純係神來之筆。

「鐘鼓饌玉」意即富貴生活（富貴人家吃飯時鳴鐘列鼎，食物精美如玉），可詩人以為「不足貴」，並放言「但願長醉不願醒」。詩情至此，便分明由狂放轉而為憤激。這裡不僅是酒後吐狂言，而且是酒後吐真言了。以「我」天生有用之才，本當位至卿相，飛黃騰達，然而「大道如青天，我獨不得出」（〈行路難三首〉其二）。說富貴「不足貴」，乃出於憤慨。以下「古來聖賢皆寂寞」二句亦屬憤語。詩人曾喟嘆「自言管葛竟誰許」（〈駕去溫泉後贈楊山人〉），所以說古人「寂寞」，也表現出自己「寂寞」，因此才願長醉不醒了。這裡，詩人已是用古人酒杯，澆自己塊壘了。說到「唯有飲者留其名」，便舉出「陳王」曹植作代表。並化用其〈名都篇〉「歸來宴平樂，美酒斗十千」之句。古來酒徒歷歷，何以偏舉「陳王」？這與李白一向自命不凡分不開，他心目中樹為榜樣的是謝安之類高級人物，而這類人物中，「陳王」與酒聯繫較多。這樣寫便有氣派，與前文極度自信的口吻一貫。再者，「陳王」曹植於丕、叡兩朝備受猜忌，有志難展，亦激起詩人的同情。一提「古來聖賢」，二提「陳王」曹植，滿紙不平之氣。此詩開始似只涉人生感慨，而不染政治色彩，其實全篇飽含一種深廣的憂憤和對自我的信念。詩情所以悲而不傷，悲而能壯，即根源於此。

剛露一點深衷，又回到說酒了，而且看起來酒興更高。以下詩情再入狂放，而且愈來愈狂。「主人何為言少錢」，既照應「千金散盡」句，又故作跌宕，引出最後一番豪言壯語：即便千金散盡，也當不惜將出名貴寶物「五花馬」（毛色作五花紋的良馬）、「千金裘」來換取美酒，圖個一醉方休。這結尾之妙，不僅在於「呼兒」、「與爾」，口氣甚大；而且具有一種作者一時可能覺察不到的將賓作主的任誕情態。須知詩人不過是被友招飲的客人，此刻他卻高踞一席，氣使頤指，提議典裘當馬，幾令人不知誰是「主人」。浪漫色彩極濃。快人快語，非不拘形跡的豪邁知交斷不能出此。詩情至此狂放至極，令人嗟嘆詠歌，直欲「手之舞之，足之蹈之」（《詩經·大序》）。情猶未已，詩已告終，突然又迸出一句「與爾同銷萬古愁」，與開篇之「悲」關合，而「萬古愁」的含義更其深沉。這「白雲從空，隨風變滅」（《唐詩別裁集》）的結尾，顯見詩人奔湧跌宕的感情激流。通觀全篇，真是大起大落，非如椽巨筆不辦。

《將進酒》篇幅不算長，卻五音繁會，氣象不凡。它筆酣墨飽，情極悲憤而作狂放，語極豪縱而又沉著。詩篇具有震動古今的氣勢與力量，這誠然與誇張手法不無關係，比如詩中屢用巨額數目字（「千金」、「三百杯」、「斗酒十千」、「千金裘」、「萬古愁」等等）表現豪邁詩情，同時，又不給人空洞浮誇感，其根源就在於它那充實深厚的內在感情，那潛在酒話底下如波濤洶湧的鬱怒情緒。此外，全篇大起大落，詩情忽翕忽張，由悲轉樂，轉狂放，轉憤激，再轉狂放，最後結穴於「萬古愁」，回應篇首，如大河奔流，有氣勢，亦有曲折，縱橫捭闔，力能扛鼎。其歌中有歌的包孕寫法，又有鬼斧神工、「絕去筆墨畦徑」之妙，既非鑱刻能學，又非率爾可到。通篇以七言為主，而以三、五、十言句「破」之，極參差錯綜之致；詩句以散行為主，又以短小的對仗語點染（如「岑夫子，丹丘生」，「五花馬，千金裘」），節奏疾徐盡變，奔放而不流易。清沈德潛《唐詩別裁集》謂「讀李詩者，於雄快之中，得其深遠宕逸之神，才是謫仙人面目」，此篇足以當之。（周嘯天）

行路難三首（其一）　李白

金樽清酒斗十千，玉盤珍饈直萬錢。停杯投箸不能食，拔劍四顧心茫然。
欲渡黃河冰塞川，將登太行雪滿山。閒來垂釣碧溪上，忽復乘舟夢日邊。
行路難，行路難，多歧路，今安在？長風破浪會有時，直掛雲帆濟滄海！

這是李白所寫的三首〈行路難〉的第一首。這組詩從內容看，應該是寫在唐玄宗天寶三載（七四四）李白離開長安的時候。

詩的前四句寫朋友出於對李白的深厚友情，出於對這樣一位天才被棄置的惋惜，不惜金錢，設下盛宴為之餞行。「嗜酒見天真」（杜甫〈寄李十二白二十韻〉）的李白，要是在平時，因為這美酒佳肴，再加上朋友的一片盛情，肯定是會「一飲三百杯」的。然而，這一次他端起酒杯，卻又把酒杯推開了；拿起筷子，卻又把筷子撂下了。他離開坐席，拔下寶劍，舉目四顧，心緒茫然。「停」、「投」、「拔」、「顧」四個連續的動作，形象地顯示了內心的苦悶抑鬱，感情的激盪變化。

接著兩句緊承「心茫然」，正面寫「行路難」。詩人用「冰塞川」、「雪滿山」象徵人生道路上的艱難險阻，具有比興的意味。一個懷有偉大政治抱負的人物，在受詔入京、有幸接近皇帝的時候，皇帝卻不能任用，被「賜金還山」，變相攆出了長安，這不正像遇到冰塞黃河、雪擁太行嗎！但是，李白並不是那種軟弱的性格，從「拔劍四顧」開始，就表示著不甘消沉，而要繼續追求。「閒來垂釣碧溪上，忽復乘舟夢日邊。」詩人在心境茫然之中，忽然想到兩位開始在政治上並不順利，而最後終於大有作為的人物：一位是呂尚（姜太公），九十歲在磻溪釣魚，得遇文王；一位是伊尹，在受湯聘前曾夢見自己乘舟繞日月而過。想到這兩位歷史人物的經歷，又給詩人增強了信心。

「行路難，行路難，多歧路，今安在？」呂尚、伊尹的遇合，固然增加了對未來的信心，但當他的思路回到眼前現實中來的時候，又再一次感到人生道路的艱難。離筵上瞻望前程，只覺前路崎嶇，歧途甚多，要走的路，究竟在哪裡呢？這是感情在尖銳複雜的矛盾中再一次迴旋。但是倔強而又自信的李白，決不願在離筵上表現自己的氣餒。他那種積極用世的強烈要求，終於使他再次擺脫了歧路徬徨的苦悶，唱出了充滿信心與展望的強音：「長風破浪會有時，直掛雲帆濟滄海！」他相信儘管前路障礙重重，但仍將會有一天要像劉宋時宗慤所說的那樣，「願乘長風破萬里浪」（梁沈約《宋書．卷七十六》），掛上雲帆，橫渡滄海，到達理想的彼岸。

這首詩一共十四句，八十二個字，在七言歌行中只能算是短篇，但它跳蕩縱橫，具有長篇的氣勢格局。其重要的原因之一，就在於它百步九折地揭示了詩人感情的激盪起伏、複雜變化。詩的一開頭，「金樽美酒」，「玉盤珍饈」，讓人感覺似乎是一個歡樂的宴會，但緊接著「停杯投箸」、「拔劍四顧」兩個細節，就顯示了感情波濤的強烈衝擊。中間四句，剛剛慨嘆「冰塞川」、「雪滿山」，又恍然神遊千載之上，彷彿看到了呂尚、伊尹由微賤而忽然得到君主重用。詩人心理上的失望與希望、抑鬱與追求，急遽變化交替。「行路難，行路難，多歧路，今安在？」四句節奏短促、跳躍，完全是急切不安狀態下的內心獨白，逼肖地傳達出進退失據而又要繼續探索追求的複雜心理。結尾二句，經過前面的反覆迴旋以後，境界頓開，唱出了高昂樂觀的調子，相信自己的理想抱負總有實現的一天。透過這樣層層疊疊的感情起伏變化，既充分顯示了黑暗汙濁的政治現實對詩人的宏大理想抱負的阻遏，反映了由此而引起的詩人內心的強烈苦悶、憤鬱和不平，同時又突出表現了詩人的倔強、自信和他對理想的執著追求，展示了詩人力圖從苦悶中掙脫出來的強大精神力量。

這首詩在題材、表現手法上都受到南朝宋鮑照〈擬行路難〉的影響，但卻青出於藍而勝於藍。兩人的詩，都在一定程度上反映了統治者對人才的壓抑，而由於時代和詩人精神氣質方面的原因，李詩則揭示得更加深刻強烈，同時還表現了一種積極的追求、樂觀的自信和頑強地堅持理想的品格。因而，和鮑作相比，李詩的思想境界就顯得更高。（余恕誠）

行路難三首（其二） 李白

大道如青天，我獨不得出。羞逐長安社中兒，赤雞白雉①賭梨栗。
彈劍作歌奏苦聲，曳裾王門不稱情。淮陰市井笑韓信，漢朝公卿忌賈生。
君不見昔時燕家重郭隗，擁篲②折節無嫌猜。
劇辛樂毅感恩分，輸肝剖膽效英才。昭王白骨縈蔓草，誰人更掃黃金臺？
行路難，歸去來！

〔註〕①白雉一作「白狗」。②篲（音同慧），掃帚。

「大道如青天，我獨不得出。」這個開頭與〈行路難〉第一首不同。第一首用賦的手法，從筵席上的美酒佳肴寫起，起得比較平。這一首，一開頭就陡起壁立，讓久久鬱積在內心裡的感受，一下子噴發出來。亦賦亦比，使讀者感到它的思想感情內容十分深廣。後來孟郊寫了〈贈崔純亮〉「出門即有礙，誰謂天地寬」的詩句，可能受了此詩的啟發，但氣局比李白差多了。能夠和它相比的，還是李白自己的詩「蜀道之難難於上青天」（〈蜀道難〉）這類詩句，大概只有李白那種胸襟才能寫得出。不過，〈蜀道難〉用徒步上青天來比喻蜀道的艱難，使人直接想到那一帶山川的艱險，卻並不感到文章上有過多的埋伏。而這一首，用青天來形容大道的寬闊，照說這樣的大道是易於行路的，但緊接著卻是「我獨不得出」，就讓人感到這裡面有許多潛臺詞。這樣，這個警句的開頭就引起了人們對下文的注意。

「羞逐」以下六句，是兩句一組。「羞逐」兩句是寫自己的不願意。唐代上層社會喜歡拿鬥雞進行遊戲或賭博。唐玄宗曾在宮內造雞坊，鬥雞的小兒因而得寵。當時有「生兒不用識文字，鬥雞走馬勝讀書」的民謠。如果要去學鬥雞，是可以交接一些紈袴子弟，在仕途上打開一點後門的。但李白對此嗤之以鼻。所以聲明自己羞於去追隨長安里社中的小兒。這兩句和他在〈答王十二寒夜獨酌有懷〉中所說的「君不能狸膏金距學鬥雞，坐令鼻息吹虹霓」是同一個意思。都是說他不屑與「長安社中兒」為伍。那麼，去和那些達官貴人交往呢？「彈劍作歌奏苦聲，曳裾王門不稱情。」「曳裾王門」，即拉起衣服後襟，出入權貴之門。「彈劍作歌」，用的是馮諼的典故。馮諼在孟嘗君門下作客，覺得孟嘗君對自己不夠禮遇，開始時經常彈劍而歌，表示要回去。李白是希望「平交王侯」的，而現在在長安，權貴們並不把他當一回事，因而使他像馮諼一樣感到不能忍受。這兩句是寫他的不稱意。「淮陰市井笑韓信，漢朝公卿忌賈生。」韓信未得志時，在淮陰曾受到一些市井無賴們的嘲笑和侮辱。賈誼年輕有才，漢文帝本打算重用，但由於受到大臣灌嬰、馮敬等的忌妒、反對，後來竟遭貶逐。李白借用了韓信、賈誼的典故，寫出在長安時一般社會上的人對他嘲笑、輕視，而當權者則加以忌妒和打擊。這兩句是寫他的不得志。

「君不見」以下六句，深情歌唱當初燕國君臣互相尊重和信任，流露他對建功立業的渴望，表現了他對理想的君臣關係的追求。戰國時燕昭王為了使國家富強，尊郭隗為師，於易水邊築臺置黃金其上，以招攬賢士。於是樂毅、鄒衍、劇辛紛紛來歸，為燕所用。燕昭王對於他們不僅言聽計從，而且屈己下士，折節相待。當鄒衍到燕時，昭王「擁篲先驅」，親自掃除道路迎接，恐怕灰塵飛揚，用衣袖擋住掃帚，以示恭敬。李白始終希望君臣之間能夠有一種比較推心置腹的關係。他常以伊尹、姜太公、張良、諸葛亮自比，原因之一，也正因為他們和君主之間的關係，比較符合自己的理想。但這種關係在現實中卻是不存在的。唐玄宗這時已經腐化而且昏庸，根本沒有真正的求賢、重賢之心，下詔召李白進京，也只不過是裝出一副愛才的姿態，並要他寫一點歌功頌德的文字而已。「昭王白骨縈蔓草，誰人更掃黃金臺？」慨嘆昭王已死，沒有人再灑掃黃金臺，實際上是表明他對唐玄宗的失望。詩人的感慨是很深的，也是很沉痛的。

以上十二句，都是承接「大道如青天，我獨不得出」，對「行路難」作具體描寫的。既然朝廷上下都不是看重他，而是排斥他，那麼就只有拂袖而去了。「行路難，歸去來！」在當時的情況下，他只有此路可走。這兩句既是沉重的嘆息，也是憤怒的抗議。

這首詩表現了李白對功業的渴望，流露出在困頓中仍然想有所作為的積極用世的熱情，他嚮往像燕昭王和樂毅等人那樣的風雲際會，希望有「輸肝剖膽效英才」的機緣。篇末的「行路難，歸去來」，只是一種憤激之詞，只是比較具體地指要離開長安，而不等於要消極避世，並且也不排斥在此同時他還抱有它日東山再起「直掛雲帆濟滄海」的幻想。（余恕誠）

日出入行①

李白

日出東方隈，似從地底來。歷天又復入西海，六龍所舍安在哉？
其始與終古不息，人非元氣②，安得與之久裴徊？
草不謝榮於春風，木不怨落於秋天。誰揮鞭策驅四運③？萬物興歇皆自然。
羲和！羲和！汝奚汨沒於荒淫之波？
魯陽④何德，駐景揮戈？逆道違天，矯誣實多。
吾將囊括大塊，浩然與溟涬同科！

〔註〕①一作「日出行」。②元氣：古代哲學家常用的術語，認為它是最原始、最本質的因素，混沌一片，浩瀚無邊，天地萬物都是由它派生出來的。③四運：指春、夏、秋、冬四時。④魯陽：即魯陽公。《淮南子．覽冥訓》說魯陽公與韓作戰，十分激烈，時近黃昏，魯陽公援戈一揮，使太陽退了三舍（一舍三十里）。

漢代樂府中也有〈日出入〉篇，它詠嘆的是太陽出入無窮，而人的生命有限，於是幻想騎上六龍成仙上天。李白的這首擬作一反其意，認為日出日落、四時變化，都是自然規律的表現，而人是不能違背和超脫自然規律的，只有委順它、適應它，同自然融為一體，這才符合天理人情。這種思想，表現出一種樸素的唯物主義光彩。

詩凡三換韻，作者抒情言志也隨著韻腳的變換而逐漸推進、深化。前七句，從太陽的東升西落說起，古代神話講，羲和每日趕了六條龍載上太陽神在天空中從東到西行駛。然而李白卻認為，太陽每天從東昇起，「歷天」而西落，這是其本身的規律而不是什麼「神」在指揮、操縱。否則，六條龍又停留在什麼地方呢？「六龍安在」，這是反問句式，實際上否認了六龍存在的可能性，當然，羲和驅日也就荒誕不可信了。太陽運行，終古不息，人非元氣，又怎麼能夠與之同昇共落？「裴徊」（同「徘徊」）兩字用得極妙，太陽東升西落，猶如人之徘徊，多麼形象生動。在這一段中，詩人一連用了「似」、「安在」、「安得」這些不肯定、不確認的語詞，並且連用了兩個問句，這是有意提出問題，藉以引起讀者的深省。詩人故意不作正面的闡述而以反詰的方式提問，又使語氣變得更加肯定有力。

中間四句，是說草木的繁榮和凋落，萬物的興盛和衰歇，都是自然規律的表現，它們自榮自落，榮既不用感謝誰，落也不用怨恨誰，因為根本不存在某個超自然的「神」在那裡主宰著四時的變化更迭。這四句詩是全篇的點題之處、核心所在。「草不」、「木不」兩句，連用兩個「不」字，加強了肯定的語氣，顯得果斷而有力。「誰揮鞭策驅四運」這一問，更增強氣勢。這個「誰」字尤其值得思索。是誰在鞭策四時的運轉呢？是羲和那樣的神嗎？讀者的注意力很快就被吸引到作者的回答上來了：「萬物興歇皆自然」。回答是斷然的，不是神而是自然。此句質樸剛勁，斬釘截鐵，給人以字字千鈞之感。

最後八句中，詩人首先連用了兩個詰問句，對傳說中駕馭太陽的羲和和揮退太陽的大力士魯陽公予以懷疑，投以嘲笑：羲和呵羲和，你怎麼會沉埋到浩渺無際的波濤之中去了呢？魯陽公呵魯陽公，你又有什麼能耐揮戈叫太陽停下來？這是屈原「天問」式的筆法。這裡，李白不僅繼承了屈原浪漫主義的表現手法，而且比屈原更富於探索的精神。李白不單單是提出問題，更重要的是在回答問題。既然宇宙萬物都有自己的規律，那麼硬要違背這種自然規律（「逆道違天」），就必然是不真實的，不可能的，而且是自欺欺人的了（「矯誣實多」）。照李白看來，正確的態度應該是：順應自然規律，同自然（即「元氣」，亦即「溟涬」）融為一體，混而為一，在精神上包羅和佔有（「囊括」）天地宇宙（「大塊」）。人如果做到了這一點，就能夠達到與溟涬「齊生死」的境界了。

西方的文藝理論家在談到積極浪漫主義的時候，常常喜歡用三個「大」來概括其特點：口氣大，力氣大，才氣大。這種特點在李白身上得到了充分的體現。李白詩中曾反覆出現過關於大鵬、天馬、長江黃河和名山大嶺的巨大而宏偉的形象。如果把李白的全部詩作比作交響樂的話，那麼這些宏大形象就是這支交響樂中主導的旋律，就是這支交響樂中非常突出的、經常再現的主題樂章。在這些宏大的形象中，始終跳躍著一個鮮活的靈魂，這，就是詩人自己的個性。詩人寫大鵬：「燀赫乎宇宙，憑陵乎崑崙，一鼓一舞，煙朦沙昏，五嶽為之震盪，百川為之崩奔」（〈大鵬賦〉）；詩人寫天馬：「嘶青雲，振綠髮」，「騰昆侖，歷西極」，「口噴紅光汗溝朱」，「曾陪時龍躍天衢」（〈天馬歌〉）。詩人所寫的山是：「太白與我語，為我開天關。願乘泠風去，直出浮雲間」（〈登太白峰〉）；詩人所寫的水是：「黃河落天走東海，萬里寫入胸懷間」（〈贈裴十四〉）。為什麼李白總愛寫宏偉巨大、不同凡響的自然形象，而在這些形象中又流露出這樣大的口氣，煥發著這樣大的力氣和才氣呢？讀了〈日出入行〉，我們總算找到了理解詩人的鑰匙——「吾將囊括大塊，浩然與溟涬同科！」這是詩人「天地與我並生」、「萬物與我為一」的自我形象。這個能與「溟涬同科」的「自我」，是李白精神力量的源泉，也是他浪漫主義創作方法的思想基礎。

有人認為，〈日出入行〉「似為求仙者發」（清人所編《唐宋詩醇》），可能有一定的道理。李白受老莊影響頗深，也很崇奉道教，一度曾潛心學道，夢想羽化登仙，享受長生之樂。但從這首詩看，他對這種「逆道違天」的思想和行動，是懷疑和否定的。他實際上用自己的詩篇否定了自己的行動。這正反映出詩人的矛盾心理。

這首詩，在表現手法上，把述事、抒情和說理結合起來，既跳開了空泛的抒情，又規避了抽象的說理，而是情中見理，理中寓情，情理相互生發。詩中頻頻出現神話傳說，洋溢著濃郁而熱烈的浪漫主義色彩，而詩人則在對神話傳說中人事的辯駁、揶揄和否定的抒寫中，把「天道自然」的思想輕輕點出，顯得十分自如、貼切，情和理契合無間。詩篇採用了雜言句式，從二字句到九字句都有，不拘一格，靈活自如。其中又或問或答，波瀾起伏，表達了深刻的哲理，而且那樣具有論辯性和說服力。整首詩讀來輕快、活潑而又不失凝重。（王治芳）

北風行 李白

燭龍棲寒門，光曜猶旦開。
日月照之何不及此，唯有北風號怒天上來。燕山雪花大如席，片片吹落軒轅臺。
幽州思婦十二月，停歌罷笑雙蛾摧。倚門望行人，念君長城苦寒良可哀。
別時提劍救邊去，遺此虎文金鞞靫。中有一雙白羽箭，蜘蛛結網生塵埃。
箭空在，人今戰死不復回。不忍見此物，焚之已成灰。
黃河捧土尚可塞，北風雨雪恨難裁！

這是一首樂府詩。清王琦注：「鮑照有〈北風行〉，傷北風雨雪，行人不歸。太白擬之而作。」（《李太白集注》）

李白的樂府詩，不滿足因襲模仿，而能大膽創造，別出新意，被譽為「擅奇古今」（明胡應麟《詩藪·內編》卷二）。他的近一百五十首樂府詩，或「不與本辭為異」（明胡震亨《李詩通》），但在藝術上高出前人；或對原作提煉、深化，熔鑄出新的、寓意深刻的主題。〈北風行〉就屬於這後一類。它從一個「傷北風雨雪，行人不歸」的一般題材中，出神入化，點鐵成金，開掘出控訴戰爭罪惡，同情人民痛苦的新主題，從而賦予比原作深刻得多的思想意義。

這詩一起先照應題目，從北方苦寒著筆。這正是古樂府通常使用的手法，這樣的開頭有時甚至與主題無關，只是作為起興。但這首〈北風行〉還略有不同，它對北風雨雪的著力渲染，倒不只為了起興，也有著借景抒情，烘托主題的作用。

李白是浪漫主義詩人，常常借助於神話傳說。「燭龍棲寒門，光曜猶旦開」，就是引用《淮南子．墬形訓》中的故事：「燭龍在雁門北，蔽於委羽之山，不見日，其神人面龍身而無足。」高誘注：「龍銜燭以照太陰，蓋長千里，視為晝，瞑為夜，吹為冬，呼為夏。」這兩句詩的意思是：燭龍棲息在極北的地方，那裡終年不見陽光，只以燭龍的視瞑呼吸區分晝夜和四季，代替太陽的不過是燭龍銜燭發出的微光。怪誕離奇的神話雖不足憑信，但它所展現的幽冷嚴寒的境界卻借助於讀者的聯想成為真實可感的藝術形象。在此基礎上，作者又進一步描寫足以顯示北方冬季特徵的景象：「日月照之何不及此，唯有北風號怒天上來。燕山雪花大如席，片片吹落軒轅臺。」這幾句意境十分壯闊，氣象極其雄渾。日月不臨既承接了開頭兩句，又同「唯有北風」互相襯托，強調了氣候的寒冷。「號怒」寫風聲，「天上來」寫風勢，此句極盡北風凜冽之形容。對雪的描寫更是大氣包舉，想像飛騰，精彩絕妙，不愧是千古傳誦的名句。詩歌的藝術形象是詩人主觀感情和客觀事物的統一，李白有著豐富的想像，熱烈的情感，自由豪放的個性，所以尋常的事物到了他的筆下往往會出人意表，超越常情。這正是他詩歌浪漫主義的一個特徵。這兩句詩還好在它不單寫景，而且寓情於景。李白〈酬殷明佐見贈五雲裘歌〉另有兩句詩：「瑤臺雪花數千點，片片吹落春風香。」二者同樣寫雪，同樣使用了誇張，連句式也相同，在讀者心中引起的感受卻全然不同。一個喚起了濃郁的春意，一個渲染了嚴冬的淫威。不同的藝術效果皆因作者的情思不同。這兩句詩點出「燕山」和「軒轅臺」，就由開頭泛指廣大北方具體到幽燕地區，引出下面的「幽州思婦」。

作者用「停歌」、「罷笑」、「雙蛾摧」、「倚門望行人」等一連串的動作來刻畫人物的內心世界，塑造了一個憂心忡忡、愁腸百結的思婦形象。這位思婦正是由眼前過往的行人，想到遠行未歸的丈夫；由此時此地的苦寒景象，引起對遠在長城的丈夫的擔心。這裡沒有對長城作具體描寫，但「念君長城苦寒良可哀」一句可以使人想到，定是長城比幽州更苦寒，才使得思婦格外憂慮不安。而幽州苦寒已被作者寫到極致，則長城的寒冷、征人的困境便不言自明。前面的寫景為這裡的敘事抒情作了伏筆，作者的剪裁功夫也於此可見。

「別時提劍救邊去，遺此虎文金鞞靫」，「鞞靫」（音同丙釵）是裝箭的袋子。這兩句是寫思婦憂念丈夫，但路途迢遠，無由得見，只得用丈夫留下的飾有虎紋的箭袋寄託情思，排遣愁懷。這裡僅用「提劍」一詞，就刻畫了丈夫為國慷慨從戎的英武形象，使人對他後來不幸戰死更生同情。因丈夫離家日久，白羽箭上已蛛網塵結。睹物思人，已是黯然神傷，更那堪「箭空在，人今戰死不復回」，物在人亡，倍覺傷情。「不忍見此物，焚之已成灰」一筆，入木三分地刻畫了思婦將種種離愁別恨、憂思懸想統統化為極端痛苦的絕望心情。詩到此似乎可以結束了，但詩人並不止筆，他用驚心動魄的詩句傾瀉出滿腔的悲憤：「黃河捧土尚可塞，北風雨雪恨難裁！」「黃河捧土」是用典，見於《後漢書．朱浮傳》：「此猶河濱之人，捧土以塞孟津，多見其不知量也。」是說黃河邊孟津渡口不可塞。那麼，「奔流到海不復回」的滔滔黃河當更不可塞。這裡卻說即使黃河捧土可塞，思婦之恨也難裁，這就極其鮮明地反襯出思婦愁恨的深廣和她悲憤得不能自已的強烈感情。北風號怒，飛雪漫天，滿目淒涼的景象更加濃重地烘托出悲劇的氣氛，它不僅又一次照應了題目，使首尾呼應，結構更趨完整；更重要的是使景與情極為和諧地交融在一起，使人幾乎分辨不清哪是寫景，哪是抒情。思婦的愁怨多麼像那無盡無休的北風雨雪，真是「此恨綿綿無絕期」！結尾這兩句詩恰似火山噴射著岩漿，又像江河衝破堤防，產生了強烈的震撼人心的力量。

這首詩成功地運用了誇張的手法。魯迅在〈漫談「漫畫」〉一文中說：「『燕山雪花大如席』，是誇張，但燕山究竟有雪花，就含著一點誠實在裡面，使我們立刻知道燕山原來有這麼冷。如果說『廣州雪花大如席』，那就變成笑話了。」只有在真實基礎上的誇張才有生命力。清葉燮的〈原詩〉又說，誇張是「決不能有其事，實為情至之語」。詩中「燕山雪花大如席」和「黃河捧土尚可塞」，說的都是生活中絕不可能發生的事，但讀者從中感到的是作者強烈真實的感情，其事雖「決不能有」，卻變得真實而可以理解，並且收到比寫實強烈得多的藝術效果。此詩信筆揮灑，時有妙語驚人；自然流暢，不露斧鑿痕跡。無怪乎明人胡應麟說李白的樂府詩是「出鬼入神，惝怳莫測」（《詩藪．內編》卷二）。（張明非）

關山月　李白

明月出天山，蒼茫雲海間。長風幾萬里，吹度玉門關。
漢下白登道，胡窺青海灣。由來征戰地，不見有人還。
戍客望邊色，思歸多苦顏。高樓當此夜，嘆息未應閒。

「關山月」是樂府舊題。《樂府古題要解》：「『關山月』，傷離別也。」李白的這首詩，在內容上繼承了古樂府，但又有極大的提高。

開頭四句，可以說是一幅包含著關、山、月三種因素在內的遼闊的邊塞圖景。我們在一般文學作品裡，常常看到「月出東海」或「月出東山」一類描寫，而天山在西部，似乎應該是月落的地方，何以說「明月出天山」呢？原來這是就征人角度說的。征人戍守在天山之西，回首東望，所看到的是明月從天山升起的景象。天山雖然不靠海，但橫亙在山上的雲海則是有的。詩人把似乎是在人們印象中只有大海上空才更常見的雲月蒼茫的景象，與雄渾磅礴的天山組合到一起，顯得新鮮而壯觀。這樣的境界，在一般才力薄弱的詩人面前，也許難乎為繼，但李白有的是筆力。接下去「長風幾萬里，吹度玉門關」，範圍比前兩句更為廣闊。宋代的楊齊賢，好像唯恐「幾萬里」出問題，說是：「天山至玉門關不為太遠，而日幾萬里者，以月如出於天山耳，非以天山為度也。」（《分類補註李太白詩》）用想像中的明月與玉門關的距離來解釋「幾萬里」，看起來似乎穩妥了，但李白是講「長風」之長，並未說到明月與地球的距離。其實，這兩句仍然是從征戍者角度而言的，士卒們身在西北邊疆，月光下佇立遙望故園時，但覺長風浩浩，似掠過幾萬里中原國土，橫度玉門關而來。如果聯繫李白〈子夜吳歌〉中「秋風吹不盡，總是玉關情」來理解，詩的意蘊就更清楚了。這樣，連同上面的描寫，便以長風、明月、天山、玉門關為特徵，構成一幅萬里邊塞圖。這裡表面上似乎只是寫了自然景象，但只要設身處地體會這是征人東望所見，那種懷念鄉土的情緒就很容易感覺到了。

「漢下白登道，胡窺青海灣。由來征戰地，不見有人還。」這是在前四句廣闊的邊塞自然圖景上，疊印出征戰的景象。下，指出兵。漢高祖劉邦領兵征匈奴，曾被匈奴在白登山（今山西大同市西）圍困了七天。而青海灣一帶，則是唐軍與吐蕃連年征戰之地。這種歷代無休止的戰爭，使得從來出征的戰士，幾乎見不到有人生還故鄉。這四句在結構上起著承上啟下的作用，描寫的對象由邊塞過渡到戰爭，由戰爭過渡到征戍者。

「戍客望邊色，思歸多苦顏。高樓當此夜，嘆息未應閒。」戰士們望著邊地的景象，思念家鄉，臉上多現出愁苦的顏色，他們推想自家高樓上的妻子，在此蒼茫月夜，嘆息之聲當是不會停止的。「望邊色」三個字在李白筆下似乎只是漫不經心地寫出，但卻把以上那幅萬里邊塞圖和征戰的景象，跟「戍客」緊緊聯繫起來了。所見的景象如此，所思亦自是廣闊而渺遠。戰士們想像中的高樓思婦的情思和他們的嘆息，在那樣一個廣闊背景的襯托下，也就顯得格外深沉了。

詩人放眼於古來邊塞上的漫無休止的民族衝突，揭示了戰爭所造成的巨大犧牲和給無數征人及其家屬所帶來的痛苦，但對戰爭並沒有作單純的譴責或歌頌，詩人像是沉思著一代代人為它所支付的沉重的代價！在這樣的矛盾面前，詩人，征人，乃至讀者，很容易激起一種渴望。這種渴望，詩中沒有直接說出，但類似〈戰城南〉「乃知兵者是凶器，聖人不得已而用之」的想法，是讀者在讀這篇作品時很容易產生的。

離人思婦之情，在一般詩人筆下，往往寫得纖弱和過於愁苦，與之相應，境界也往往狹窄。但李白卻用「明月出天山，蒼茫雲海間。長風幾萬里，吹度玉門關」的萬里邊塞圖景來引發這種感情。這只有胸襟如李白這樣浩渺的人，才會如此下筆。明代胡應麟評論說：「渾雄之中，多少閒雅。」（《詩藪·內編》卷六）如果把「閒雅」理解為不局促於一時一事，是帶著一種更為廣遠、沉靜的思索，那麼，他的評語是很恰當的。用廣闊的空間和時間做背景，並在這樣的思索中，把眼前的思鄉離別之情融合進去，從而展開更深遠的意境，這是其他一些詩人所難以企及的。（余恕誠）

楊叛兒

李白

君歌〈楊叛兒〉，妾勸新豐酒。何許最關人？烏啼白門柳。
烏啼隱楊花，君醉留妾家。博山爐中沉香火，雙煙一氣凌紫霞。

〈楊叛兒〉本北齊時童謠，後來成為樂府詩題。李白此詩與〈楊叛兒〉童謠的本事無關，而與樂府〈楊叛兒〉關係十分密切。開頭一句中的〈楊叛兒〉，即指以這篇樂府為代表的情歌。「君歌〈楊叛兒〉，妾勸新豐酒。」一對青年男女，一方唱歌，一方勸酒，顯出男女雙方感情非常融洽。

「何許最關人？烏啼白門柳。」白門，本劉宋都城建康（今南京）城門。因為南朝民間情歌常常提到白門，所以成了男女歡會之地的代稱。「最關人」，猶言最牽動人心。是何事物最牽動人心呢？——「烏啼白門柳」。五個字不僅點出了環境、地點，還暗示了時間。烏啼，應是接近日暮的時候。其時、其地、其景，不用說是最關情的了。

「烏啼隱楊花，君醉留妾家。」烏鴉歸巢之後漸漸停止啼鳴，在柳葉楊花之間甜蜜地憩息了。這裡既是寫景，又充滿著比興意味，情趣盎然。這裡的「醉」，當然不排斥酒醉，同時還包括男女之間柔情蜜意的陶醉。

「博山爐中沉香火，雙煙一氣凌紫霞。」沉香，即名貴的沉水香。博山爐是一種爐蓋作重疊山形的熏爐。這兩句承「君醉留妾家」把詩推向高潮，進一步寫男女歡會。對方的醉留，正像沉香投入爐中，愛情的火焰立刻燃燒起來，情意融洽，精神昇華，則像香火化成煙，雙雙一氣，凌入雲霞。

這首詩，形象豐滿，生活氣息濃厚，顯得非常新鮮、活潑，但它卻不同於一般直接歌唱現實生活的作品，而是李白根據古樂府〈楊叛兒〉進行的藝術再創造。古詞為：「暫出白門前，楊柳可藏烏。歡作沉水香，儂作博山爐。」古詞和李白的新作，神貌頗為相近，但藝術感染力有很大差距。李詩一開頭，「君歌〈楊叛兒〉，妾勸新豐酒」就是原樂府中所無。而缺少這兩句，全詩就看不到場面，失去了一開頭就籠罩全篇的男女慕悅的氣氛。第三句「何許最關人」，這是較原詩多出的一句設問，使詩意顯出了變化，表現了雙方在「烏啼白門柳」那種特定的環境下濃烈的感情。第五句「烏啼隱楊花」，從原詩中「藏烏」一語引出，但意境更美。接著，「君醉留妾家」則寫出醉留，意義更顯豁，有助於表現愛情的熾烈和如魚得水的情趣。特別是最後既用「博山爐中沉香火」七字隱括原詩的後半：「君作沉水香，儂作博山爐。」又生發出了「雙煙一氣凌紫霞」的絕妙形容。這一句由前面的比興，發展到帶有較多的象徵意味，使全詩的精神和意趣得到完美的體現。

李白〈楊叛兒〉中一男一女由唱歌勸酒到醉留。這在封建禮教面前是帶有解放色彩的。較之古〈楊叛兒〉，情感更熾烈，生活的調子更加歡快和浪漫。這與唐代經濟繁榮，社會風氣比較開放，顯然有關。（余恕誠）

長干行

李白

妾髮初覆額，折花門前劇①。郎騎竹馬來，繞床弄青梅。
同居長干里，兩小無嫌猜。十四為君婦，羞顏未嘗開。
低頭向暗壁，千喚不一回。十五始展眉，願同塵與灰。
常存抱柱信，豈上望夫臺。十六君遠行，瞿塘灩澦堆。
五月不可觸，猿聲天上哀。門前遲行跡②，一一生綠苔。
苔深不能掃，落葉秋風早。八月蝴蝶黃，雙飛西園草。
感此傷妾心，坐愁紅顏老。早晚下三巴，預將書報家。
相迎不道遠，直至長風沙③。

〔註〕①劇：遊戲。②遲：等待。「遲行跡」，一作「舊行跡」，指與丈夫共同生活時往來留下的足跡。③長風沙：地名，在今安徽安慶市東長江邊上。

這是一首以商婦的愛情和離別為題材的詩。它以女子自述的口吻，抒寫對遠出經商的丈夫的懷念。詩用年齡序數法和四季相思的格調，巧妙地把一些生活片斷（或女主人公擬想中的生活情景）連綴成完整的藝術整體。

詩一開始四句，女子回憶童年時與丈夫一起長大，彼此青梅竹馬、兩小無猜的情景。「十四為君婦」四句，以極細膩的筆觸寫初婚時的情景。儘管對方是童年的夥伴，但出嫁時仍然羞澀不堪。「十五始展眉」四句，抒寫夫婦間婚後發展起來的熾烈愛戀。《莊子．盜跖》云：「尾生與女子期（約會）於梁（橋）下，女子不來，水至不去，抱梁柱而死。」小夫妻但願同生共死，常日懷著尾生抱柱的信念，哪裡曾想到有上望夫臺的今日呢？「十六君遠行」四句，遙思丈夫遠行經商，而所去的方向又是長江三峽那條險途，想到那哀猿長嘯的環境，想到高浪急流下的暗礁灩澦堆，不由得為之擔驚受怕。「門前遲行跡」以下八句，觸景生情，刻骨的相思在煎熬著少婦的心。門前佇立等待時留下的足跡已長滿了青苔，蓋上了落葉，再加上西園雙飛的蝴蝶，格外叫人傷感，因為憂愁的煎熬，自己的容貌也不覺憔悴了。最後四句，寄語遠方親人：您不論什麼時候回來，預先都要給家裡捎封信，我好去迎您，即使到七百里外的長風沙去迎候，也不會嫌遠。

這首詩寫南方女子溫柔細膩的感情，纏綿婉轉，步步深入。配合著舒徐和諧的音節，形象化的語言，在生活圖景刻畫，環境氣氛渲染，人物性格描寫上，顯示了完整性、創造性。清人所編《唐宋詩醇》說：「兒女子情事，直從胸臆間流出。縈迂迴折，一往情深。」評價是很高的。這首詩透過一連串具有典型意義的生活片斷和心理活動的描寫，幾乎展示了女主人公的一部性格發展史。並且，隨著人物的成長，寫出了一對商人家庭的兒女帶有現代色彩的婚姻和愛情。詩中的長干，是一個特殊的生活環境，其地在今南京市，本古金陵里巷，居民多從事商業。古代，在商人、市民中間，禮教的控制是比較弱的。這位長干女子，似乎從小就遠離了禮教的監護，而處於一個比較開放的生活環境，那種青梅竹馬式的童年生活，對於心靈的健康發展是有利的。她新婚時的「羞顏未嘗開」，「低頭向暗壁，千喚不一回」，沒有某些女子因受婚姻迫害的愁苦，而是透過羞澀情態表現了她對於愛情的矜持和性格中淳厚的素質。她婚後「願同塵與灰」、「常存抱柱信」，以及與丈夫離別後的深刻思念，都鮮明生動地表現了真誠平等的相愛和對愛情幸福的熱烈追求和嚮往。這種愛情多少帶有一點脫離禮教的色彩。

八世紀上半葉，大唐帝國經濟繁榮，工商業和城市有進一步的發展。出生在商人家庭的李白，和市民一直有著密切的聯繫，是唐代詩人中最敢於大膽蔑視禮教秩序的人物。可以說他和長干兒女，最早呼吸到一點由市民圈子中產生出來的新鮮空氣。李白的〈長干行〉比白居易〈琵琶行〉要早半個多世紀。而到〈琵琶行〉問世前後，在詩歌和傳奇中寫商婦或妓女等類人物，則幾乎成為一種風尚。與此同時，市民文學也隨著萌生和發展。因此，李白此篇可以說最早在封建正統文學中透露了一些市民氣息，是〈琵琶行〉等一類作品的前驅。（余恕誠）

古朗月行 李白

小時不識月，呼作白玉盤。又疑瑤臺鏡，飛在青雲端。
仙人垂兩足，桂樹何團團。白兔擣藥成，問言與誰餐？
蟾蜍蝕圓影，大明夜已殘。羿昔落九烏，天人清且安。
陰精此淪惑，去去不足觀。憂來其如何？淒愴摧心肝。

這是一首樂府詩。〈朗月行〉是樂府古題，屬〈雜曲歌辭〉。南朝宋鮑照有〈朗月行〉，寫佳人對月弦歌。李白採用這個題目，故稱〈古朗月行〉，但沒有因襲舊的內容。

詩人運用浪漫主義的創作方法，透過豐富的想像，神話傳說的巧妙加工，以及強烈的抒情，構成瑰麗神奇而含意深蘊的藝術形象。詩中先寫兒童時期對月亮稚氣的認識：「小時不識月，呼作白玉盤。又疑瑤臺鏡，飛在青雲端。」以「白玉盤」、「瑤臺鏡」作比，生動地表現出月亮的形狀和月光的皎潔可愛，非常新穎有趣。「呼」、「疑」這兩個動詞，傳達出兒童的天真爛漫之態。這四句詩，看似信手寫來，卻是情采俱佳。然後，又寫月亮的昇起：「仙人垂兩足，桂樹何團團。白兔擣藥成，問言與誰餐？」古代神話說，月中有仙人、桂樹、白兔。當月亮初生的時候，先看見仙人的兩隻腳，而後逐漸看見仙人和桂樹的全形，看見一輪圓月，看見月中白兔在擣藥。詩人運用這一神話傳說，寫出了月亮初生時逐漸明朗和宛若仙境般的景致。然而好景不長，月亮漸漸地由圓而蝕：「蟾蜍蝕圓影，大明夜已殘。」蟾蜍，俗稱癩蛤蟆；「大明」，指月亮。傳說月蝕就是蟾蜍食月所造成，月亮被蟾蜍所齧食而殘損，變得晦暗不明。「羿昔落九烏，天人清且安」，表現出詩人的感慨和希望。古代善射的后羿，射落了九個太陽，只留下一個，使天、人都免除了災難。詩人為什麼在這裡引出這樣的英雄來呢？也許是為現實中缺少這樣的英雄而感慨，也許是希望有這樣的英雄來掃除天下災難吧！然而，現實畢竟是現實，詩人深感失望：「陰精此淪惑，去去不足觀」。月亮既然已經淪沒而迷惑不清，還有什麼可看的呢！不如趁早走開吧。這顯然是無可奈何的辦法，心中的憂憤不僅沒有解除，反而加深了：「憂來其如何？淒愴摧心肝」。詩人不忍一走了之，內心矛盾重重，憂心如焚。

這首詩，大概是李白針對當時朝政黑暗而發的。唐玄宗晚年沉湎聲色，寵幸楊貴妃，權奸、宦官、邊將擅權，把國家搞得烏煙瘴氣。詩中「蟾蜍蝕圓影，大明夜已殘」似是刺這一昏暗局面。清沈德潛說，這是「暗指貴妃能惑主聽」（《唐詩別裁集》）。然而詩人的主旨卻不明說，而是通篇作隱語，化現實為幻景，以蟾蜍蝕月影射現實，說得十分深婉曲折。詩中一個又一個新穎奇妙的想像，展現出詩人起伏不平的感情，文辭如行雲流水，富有魅力，發人深思，體現出李白詩歌的雄奇奔放、清新俊逸的風格。（鄭國銓）

妾薄命　李白

漢帝重阿嬌，貯之黃金屋。咳唾落九天，隨風生珠玉。
寵極愛還歇，妒深情卻疏。長門一步地，不肯暫迴車。
雨落不上天，水覆難再收。君情與妾意，各自東西流。
昔日芙蓉花，今成斷根草。以色事他人，能得幾時好？

〈妾薄命〉為樂府古題之一。李白的這首詩「依題立義」，透過對陳皇后阿嬌由得寵到失寵的描寫，揭示了古代社會中婦女以色事人，色衰而愛弛的悲劇命運。

全詩十六句，每四句基本為一個層次。詩的前四句，先寫阿嬌的受寵，而從「金屋藏嬌」寫起，欲抑先揚，以反襯失寵後的冷落。據《漢武故事》記載：漢武帝劉徹數歲時，他的姑母長公主問他：「兒欲得婦否？」指左右長御百餘人，皆曰：「不用。」最後指其女阿嬌問：「阿嬌好否？」劉徹笑曰：「好！若得阿嬌作婦，當作金屋貯之。」劉徹即位後，阿嬌做了皇后，也曾寵極一時。詩中用「咳唾落九天，隨風生珠玉」兩句誇張的詩句，形象地描繪出阿嬌受寵時的氣焰之盛，真是炙手可熱，不可一世。但是，好景不長。從「寵極愛還歇」以下四句，筆鋒一轉，描寫阿嬌的失寵，俯仰之間，筆底翻出波瀾。嬌妒的陳皇后，為了「奪寵」，曾做了種種努力，她重金聘請司馬相如寫〈長門賦〉，「但願君恩顧妾深，豈惜黃金買詞賦」（李白〈白頭吟〉）；又曾用女巫楚服的法術，「令上意回」。前者沒有收到多大的效果，後者反因此得罪，後來成了「廢皇后」，幽居於長門宮內，雖與皇帝相隔一步之遠，但咫尺天涯，宮車不肯暫迴。「雨落不上天」以下四句，用形象的比喻，極言「令上意回」之不可能，與〈白頭吟〉所謂「東流不作西歸水」、「覆水再收豈滿杯」詞旨相同。這是什麼原因呢？最後四句，詩人用比興的手法，形象地揭示出這樣一條規律：「昔日芙蓉花，今成斷根草。以色事他人，能得幾時好？」這發人深省的詩句，是一篇之警策。它對以色取人者進行了諷刺，同時對「以色事人」而暫時得寵者，也是一個警告。詩人用比喻來說理，用比興來議論，充分發揮形象思維的特點和比興的作用，不去說理，勝似說理，不去議論，而又高於議論，頗得理趣。

這首詩語言質樸自然，氣韻天成，比喻貼切，對比鮮明。得寵與失寵相比，「芙蓉花」與「斷根草」相比，比中見義。全詩半是比擬，從比中得出結論：「以色事他人，能得幾時好？」顯得自然而又奇警——自然得如水到渠成，瓜熟蒂落；奇警處，讀之讓人驚心動魄。（劉文忠）

塞下曲六首（其二）　李白

五月天山雪，無花只有寒。笛中聞折柳，春色未曾看。
曉戰隨金鼓，宵眠抱玉鞍。願將腰下劍，直為斬樓蘭。

〈塞下曲〉出於漢樂府〈出塞〉、〈入塞〉等曲（屬〈橫吹曲〉），為唐代新樂府題，歌辭多寫邊塞軍旅生活。李白所作共六首，此其第一首。作者天才豪縱，作為律詩亦逸氣淩雲，獨闢一境。像這首詩，幾乎完全突破律詩通常以聯為單位作起承轉合的常式。大致講來，前四句起，五、六句為承，末二句作轉合，直是別開生面。

起從「天山雪」開始，點明「塞下」，極寫邊地苦寒。「五月」在內地屬盛暑，而天山尚有「雪」。但這裡的雪不是飛雪，而是積雪。雖然沒有滿空飄舞的雪花（「無花」），卻只覺寒氣逼人。仲夏五月「無花」尚且如此，其餘三時（尤其冬季）寒如之何就可以想見了。所以，這兩句是舉輕而見重，舉隅而反三，語淡意渾。同時，「無花」二字雙關不見花開之意，這層意思緊啟三句「笛中聞折柳」。「折柳」即〈折楊柳〉曲的省稱。這句表面看是寫邊地聞笛，實話外有音，意謂眼前無柳可折，「折柳」之事只能於「笛中聞」。花明柳暗乃春色的表徵，「無花」兼無柳，也就是「春色未曾看」了。這四句意脈貫通，「一氣直下，不就羈縛」（清沈德潛《說詩晬語》），措語天然，結意深婉，不拘格律，如古詩之開篇，前人未具此格。

五、六句緊承前意，極寫軍旅生活的緊張。古代行軍鳴金（錞、鐲之類）擊鼓，以整齊步伐，節止進退。

寫出「金鼓」，則烘托出緊張氣氛，軍紀嚴肅可知。只言「曉戰」，則整日之行軍、戰鬥俱在不言之中。晚上只能抱著馬鞍打盹兒，更見軍中生活之緊張。本來，宵眠枕玉鞍也許更合軍中習慣，不言「枕」而言「抱」，一字之易，緊張狀態尤為突出，似乎一當報警，「抱鞍」者便能翻身上馬，奮勇出擊。起四句寫「五月」以概四時；此二句則只就一「曉」一「宵」寫來，並不鋪敘全日生活，概括性亦強。全篇只此二句作對仗，嚴整的形式適與嚴肅之內容配合，增強了表達效果。

以上六句全寫邊塞生活之艱苦，若有怨思，末二句卻急作轉語，音情突變。這裡用了西漢傅介子的故事。由於樓蘭（西域國名）王貪財，屢遮殺前往西域的漢使，傅介子受霍光派遣出使西域，計斬樓蘭王，為國立功。此詩末二句借此表達了邊塞將士的愛國激情：「願將腰下劍，直為斬樓蘭」。「願」字與「直為」，語氣砍截，慨當以慷，足以振起全篇。這是一詩點睛結穴之處。

這結尾的雄快有力，與前六句的反面烘托之功是分不開的。沒有那樣一個艱苦的背景，則不足以顯如此卓絕之精神。「總為末二語作前六句」（清王夫之《唐詩評選》），此詩所以極蒼涼而極雄壯，意境渾成，如開口便作豪語，轉覺無力。這寫法與「黃沙百戰穿金甲，不破樓蘭終不還」（王昌齡〈從軍行七首〉其四）二語有異曲同工之妙。此詩不但篇法獨造，對仗亦不拘常格，「於律體中以飛動票姚之勢，運曠遠奇逸之思」（清姚鼐《五七言今體詩鈔》），自是五律別調佳作。（周嘯天）

玉階怨

李白

玉階生白露，夜久侵羅襪。
卻下水晶簾，玲瓏望秋月。

〈玉階怨〉，見宋郭茂倩《樂府詩集》，屬相和歌辭楚調曲，與〈婕妤怨〉、〈長信怨〉等曲，從古代所存歌辭看，都是專寫「宮怨」的樂曲。

李白的〈玉階怨〉，雖曲名標有「怨」字，詩作中卻只是背面敷粉，全不見「怨」字。無言獨立階砌，以至冰涼的露水浸濕羅襪；以見夜色之濃，佇待之久，怨情之深。「羅襪」，見人之儀態、身份，有人有神。夜涼露重，羅襪知寒，不說人而已見人之幽怨如訴。二字似寫實，實用三國魏曹子建「凌波微步，羅襪生塵」（〈洛神賦〉）意境。

怨深，夜深，不禁幽獨之苦，乃由簾外而簾內，及至下簾之後，反又不忍使明月孤寂。似月憐人，似人憐月；若人不伴月，則又有何物可以伴人？月無言，人也無言。但讀者卻深知人有無限言語，月也解此無限言語，而寫來卻只是一味望月。此不怨之怨所以深於怨也。

「卻下」二字，以虛字傳神，最為詩家祕傳。此一轉折，似斷實連；似欲一筆蕩開，推卻愁怨，實則經此一轉，字少情多，直入幽微。卻下，看似無意下簾，而其中卻有無限幽怨。本以夜深、怨深，無可奈何而入室。

入室之後，卻又怕隔窗明月照此室內幽獨，因而下簾。簾既下矣，卻更難消受此悽苦無眠之夜，於更無可奈何之中，卻更去隔簾望月。此時憂思徘徊，直如宋李清照〈聲聲慢〉「尋尋覓覓，冷冷清清，淒淒慘慘戚戚」之紛至沓來，如此情思，乃以「卻下」二字出之。「卻」字直貫下句，意謂：「卻下水晶簾」，「卻去望秋月」。在這兩個動作之間，有許多愁思轉折返復，所謂字少情多，以虛字傳神。古代詩藝中有「空谷傳音」之法，似當如此。「玲瓏」形容水晶簾之透明，二字看似不經意之筆，實則極見工力，以隔簾望月，襯托出了人之幽怨。

詩中不見人物姿容與心理狀態，而作者似也無動於衷，只以人物行動見意，引讀者步入詩情之最幽微處，故能不落言筌，為讀者保留想像餘地，使詩情無限遼遠，無限幽深。以此見詩家「不著一字，盡得風流」（司空圖《二十四詩品》）真意。以敘人事之筆抒情，恆見，易；以抒情之筆狀人，罕有，難。

俄國作家契訶夫有「矜持」說，也常聞有所謂「距離」說，兩者頗近似，似應合為一說。即謂作者應與所寫對象，保持一定距離，並保持一定「矜持」與冷靜。如此，則作品無聲嘶力竭之弊，而有幽邃深遠之美，寫難狀之情與難言之隱，使讀者覺得漫天詩思飄然而至，卻又無從於字句間捉摸之。這首〈玉階怨〉含思婉轉，餘韻如縷，正是這樣的佳作。（孫藝秋）

宮中行樂詞八首（其二） 李白

小小生金屋，盈盈在紫微。山花插寶髻，石竹①繡羅衣。
每出深宮裡，常隨步輦歸。只愁歌舞散，化作彩雲飛。

〔註〕①石竹：指石竹花，細葉剪絨，嬌豔便娟。自六朝至宋代，多取其樣繡為衣服圖案。見於歌詠者，如陸龜蒙〈石竹花詠〉：「曾看南朝畫國娃，古羅衣上碎明霞」。宋王安石〈石竹花〉：「已向美人衣上繡」及「繡在羅衣色未真」。

李白〈宮中行樂詞〉，今存八首，據唐孟棨《本事詩》記載，是李白奉詔為唐玄宗所作的遵命文字之一。這一首五律，寫一位年輕甚至幼年宮女。首聯寫風姿儀態。「小小」、「盈盈」，有愛憐意。金屋，用漢武帝及阿嬌事，這裡指深宮。紫微，天子所居。次聯寫幼女服飾。滿衣繡著石竹，滿頭插著山花，一片天真，似不知其身在深宮。

第三聯寫幼女隨步輦出入宮禁的情景。隋代詩人虞世南奉煬帝命嘲司花女袁寶兒的詩：「學畫鴉黃半未成，垂肩嚲袖太憨生。緣憨卻得君王惜，常把花枝傍輦行。」袁寶兒為長安所貢御車女，方十五歲，騃憨多態。時洛陽獻迎輦花，煬帝命袁寶兒持之，號曰司花女。因命虞世南嘲袁寶兒嬌憨之狀，故詩中所寫重在嬌憨二字。李詩這裡用步輦故事，也是暗寫此幼年宮女之嬌憨。步輦，不駕馬，用宮人挽車。這一聯，實際上用虞世南詩意。

前六句是描寫人物，字字有姿態儀容，字字見曼麗風神；點染人物嬌憨天真，頗見作者憐惜之心。最後兩句用點睛法，側寫宮女之風韻神采。以彩雲之輕飛，像人物之去，覺凌波微步，不如此之輕盈。全詩只寫此宮女之嬌憨，只寫其天真無邪，對其輕歌曼舞卻不著一字。只在最後以「愁」表示作者眷念之感，以「彩雲」之絢麗飄逸傳人物之神。李白詩中數用「彩雲」字樣，只此詩為最感人，對後世影響也大。北宋晏幾道〈臨江仙〉「當時明月在，曾照彩雲歸」，即化用此詩結句。

這首詩清麗飄灑，神韻飛逸。把這種宮廷行樂詩，寫得麗而不膩，工而疏宕，前人所謂「麗語難於超妙」（《瀛奎律髓刊誤》紀昀評語），正是作者超群出眾之處。（孫藝秋）

清平調詞三首　李白

雲想衣裳花想容，春風拂檻露華濃。若非群玉山頭見，會向瑤臺月下逢。

一枝紅豔露凝香，雲雨巫山枉斷腸。借問漢宮誰得似？可憐飛燕倚新妝。

名花傾國兩相歡，長得君王帶笑看。解釋春風無限恨，沉香亭北倚闌干。

這三首詩是李白在長安供奉翰林時所作。一日，玄宗和楊妃在宮中觀牡丹花，因命李白寫新樂章，李白奉詔而作。在三首詩中，把木芍藥（牡丹）和楊妃交互在一起寫，花即是人，人即是花，把人面花光渾融一片，同蒙唐玄宗的恩澤。從篇章結構上說，第一首從空間來寫，把讀者引入蟾宮閬苑；第二首從時間來寫，把讀者引入楚襄王的陽臺，漢成帝的宮廷；第三首歸到目前的現實，點明唐宮中的沉香亭北。詩筆不僅揮灑自如，而且相互鉤帶。第一首中的「春風」和第三首中的「春風」，前後遙相呼應。

第一首，一起七字：「雲想衣裳花想容」。把楊妃的衣服，寫成真如霓裳羽衣一般，簇擁著她那豐滿的玉容。「想」字有正反兩面的理解，可以說是見雲而想到衣裳，見花而想到容貌，也可以說把衣裳想像為雲，把容貌想像為花。這樣交互參差，七字之中就給人以花團錦簇之感。接下去「春風拂檻露華濃」，進一步以「露華濃」來點染花容，美麗的牡丹花在晶瑩的露水中顯得更加豔冶，這就使上句更為酣滿，同時也以風露暗喻君王的恩澤，使花容人面倍見精神。下面，詩人的想像忽又升騰到天堂西王母所居的群玉山、瑤臺。「若非」、「會向」，詩人故作選擇，意實肯定：這樣超絕人寰的花容，恐怕只有在上天仙境才能見到！群玉山、瑤臺、月色，一色素淡的字眼，映襯花容人面，使人自然聯想到白玉般的人兒，又像一朵溫馨的白牡丹花。與此同時，詩人又不露痕跡，把楊妃比作天女下凡，真是精妙至極。

第二首，起句「一枝紅豔露凝香」，不但寫色，而且寫香；不但寫天然的美，而且寫含露的美，比上首的「露華濃」更進一層。「雲雨巫山枉斷腸」用楚襄王的故事，把上句的花，加以人化，指出楚王為神女而斷腸，其實夢中的神女，哪裡及得到當前的花容人面！再算下來，漢成帝的皇后趙飛燕，可算得絕代美人了，可是趙飛燕還得倚仗新妝，哪裡及得眼前花容月貌般的楊妃，不需脂粉，便是天然絕色。這一首以壓低神女和飛燕，來抬高楊妃，借古喻今，亦是尊題之法。相傳趙飛燕體態輕盈，能站在宮人手托的水晶盤中歌舞，而楊妃則比較豐肥，固有「環肥燕瘦」之語（楊貴妃名玉環）。後人據此就編造事實，說楊妃極喜此三詩，時常吟哦，高力士因李白曾命之脫靴，認為大辱，就向楊妃進讒，說李白以飛燕之瘦，譏楊妃之肥，以飛燕之私通赤鳳，譏楊妃之宮闈不檢。李白詩中果有此意，首先就瞞不過博學能文的玄宗，而且楊妃也不是毫無文化修養的人。據原詩來看，很明顯是抑古尊今，好事之徒，強加曲解，其實是不可通的。

第三首從仙境古人返回到現實。起首二句：「名花傾國兩相歡，長得君王帶笑看。」「傾國」美人，當然指楊妃，詩到此處才正面點出，並用「兩相歡」把牡丹和「傾國」合為一提，「帶笑看」三字再來一統，使牡丹、楊妃、玄宗三位一體，融合在一起了。由於第二句的「笑」，逗起了第三句的「解釋春風無限恨」，「春風」

兩字即君王之代詞。這一句，把牡丹美人動人的姿色寫得情趣盎然，君王既帶笑，當然「無恨」，「恨」都為之消釋了。末句點明玄宗楊妃賞花地點——「沉香亭北」。花在欄外，人倚欄杆，多麼優雅風流。

這三首詩，語語濃豔，字字流葩；而最突出的是將花與人渾融在一起寫，如「雲想衣裳花想容」，又似在寫花光，又似在寫人面。「一枝紅豔露凝香」，也都是人、物交融，言在此而意在彼。讀這三首詩，如覺春風滿紙，花光滿眼，人面迷離，不待什麼刻畫，而自然使人覺得這是牡丹，這是美人玉色，而不是別的。無怪這三首詩當時就深為唐玄宗所讚賞。（沈熙乾）

丁都護歌 李白

雲陽上征去，兩岸饒商賈。吳牛喘月時，拖船一何苦！
水濁不可飲，壺漿半成土。一唱都護歌，心摧淚如雨。
萬人鑿盤石，無由達江滸。君看石芒碭，掩淚悲千古。

李白反映勞動人民生活的詩作不如杜甫多，此詩寫縴夫之苦，卻是很突出的篇章。

〈丁都護歌〉，也作〈丁督護歌〉，是樂府舊題，屬《清商曲辭．吳聲歌曲》。據傳南朝宋高祖（劉裕）的女婿徐逵之為魯軌所殺，府內直督護丁旿奉旨料理喪事，其後徐妻（劉裕之長女）向丁詢問殮送情況，每發問輒哀嘆一聲「丁督護」，至為淒切。後人依聲制曲，故定名如此。（見《宋書．樂志》）李白以此題寫悲苦時事，可謂「未成曲調先有情」（白居易〈琵琶行〉）了。

「雲陽」（即今江蘇丹陽縣）秦以後為曲阿，天寶初改丹陽，屬江南道潤州，是長江下游商業繁榮區，有運河直達長江。故首二句說自雲陽乘舟北上，兩岸商賈雲集。把縴夫生活放在這商業網點稠密的背景上，與巨商富賈們的生活形成對照，造境便很典型。「吳牛」乃江淮間水牛，「南土多暑而此牛畏熱，見月疑是日，所以見月則喘」（《世說新語．言語》劉孝標注）。這裡巧妙點出時令，說「吳牛喘月時」比直說盛夏酷暑具體形象，效果好得多。寫時與寫地，都不直截、呆板，而是配合寫境傳情，使下面「拖船一何苦」的嘆息語意沉痛。「拖船」與「上征」照應，可見是逆水行舟，特別吃力，縴夫的形象就突現紙上。讀者彷彿看見那襤褸的一群，挽著縴，喘著氣，面朝黃土背朝天，一步一顛地艱難地行進著……

氣候如此炎熱，勞動強度如此大，渴，自然成為縴夫們最強烈的感覺。然而生活條件如何呢？渴極也只能就河取水，可是「水濁不可飲」呵！僅言「水濁」似不足令人注意，於是詩人用最有說服力的形象語言來表現：「壺漿半成土」。這哪是人喝的水呢？只說「不可飲」，言下之意是不可飲而飲之，控訴的力量尤為含蓄。縴夫生活條件惡劣豈止一端，而作者獨取「水濁不可飲」的細節來表現，是因為這細節最具水上勞動生活的特徵；不僅如此，水濁如泥漿，足見天熱水淺，又交代出「拖船一何苦」的另一重原因。

以下兩句寫縴夫的心境。但不是透過直接的心理描寫，而是透過他們的歌聲即拉船的號子來表現的。稱其為「都護歌」，不必指古辭，乃極言其聲淒切哀怨，故口唱心悲，淚下如雨，這也照應了題面。

以上八句就拖船之艱難、生活條件之惡劣、心境之哀傷一一寫來，似已盡致。不料末四句卻翻出更驚心的場面。「萬人繫磐石」，「繫」一作「鑿」，結合首句「雲陽上征」的詩意看，概指採太湖石由運河北運。雲陽地近太湖，而太湖石多孔穴，為建築園林之材料，唐人已珍視。船夫為官吏役使，得把這些開採難盡的石頭運往上游。「磐石」大且多，即有「萬人」之力拖（「繫」）之，亦斷難達於江邊（「江滸」）。此照應「拖船一何苦」句，極言行役之艱巨。「無由達」而竟須達之，更把縴夫之苦推向極端。為造成驚心動魄效果，作者更大書特書「磐石」之多之大，「石芒碭（音同蕩）」（廣大貌）三字形象地表明：這是採之不盡、輸之難竭的，而縴夫之苦亦足以感傷千古矣。

全詩層層深入，處處以形象畫面代替敘寫。篇首「雲陽」二字預作伏筆，結尾以「磐石芒碭」點明勞役性質，把詩情推向極致，有點睛的奇效。通篇無刻琢痕跡，由於所取形象集中典型，寫來「落筆沉痛，含意深遠，此李詩之近杜者」（清人所編《唐宋詩醇》）。（周嘯天）

靜夜思 李白

床前明月光①，疑是地上霜。
舉頭望明月②，低頭思故鄉。

〔註〕①明月光：一作「看月光」。②望明月：一作「望山月」。

明胡應麟說：「太白諸絕句，信口而成，所謂無意於工而無不工者。」（《詩藪．內編》卷六）明王世懋〈藝圃擷餘〉認為：「（絕句）盛唐惟青蓮（李白）、龍標（王昌齡）二家詣極。李更自然，故居王上。」怎樣才算「自然」，才是「無意於工而無不工」呢？這首〈靜夜思〉就是個樣榜。所以胡氏特地把它提出來，說是「妙絕古今」。

這首小詩，既沒有奇特新穎的想像，更沒有精工華美的辭藻；它只是用敘述的語氣，寫遠客思鄉之情，然而它卻意味深長，耐人尋繹，千百年來，如此廣泛地吸引著讀者。

一個作客他鄉的人，大概都會有這樣的感覺吧：白天倒還罷了，到了夜深人靜的時候，思鄉的情緒，就難免一陣陣地在心頭泛起波瀾；何況是月明之夜，更何況是明月如霜的秋夜！

月白霜清，是清秋夜景；以霜色形容月光，也是古典詩歌中經常看到的。例如梁簡文帝蕭綱〈玄圃納涼〉詩中就有「夜月似秋霜」之句；而稍早於李白的唐代詩人張若虛在〈春江花月夜〉裡，用「空裡流霜不覺飛」來寫空明澄澈的月光，給人以立體感，尤見構思之妙。可是這些都是作為一種修辭的手段而在詩中出現的。這詩的「疑是地上霜」，是敘述，而非摹形擬象的狀物之辭，是詩人在特定環境中一剎那間所產生的錯覺。為什麼會有這樣的錯覺呢？不難想像，這兩句所描寫的是客中深夜不能成眠、短夢初回的情景。這時庭院是寂寥的，透過窗戶的皎潔月光射到床前，帶來了冷森森的秋宵寒意。詩人朦朧地乍一望去，在迷離恍惚的心情中，真好像是地上鋪了一層白皚皚的濃霜；可是再定神一看，四周圍的環境告訴他，這不是霜痕而是月色。月色不免吸引著他抬頭一看，一輪娟娟素魄正掛在窗前，秋夜的太空是如此的明淨！這時，他完全清醒了。

秋月是分外光明的，然而它又是清冷的。對孤身遠客來說，最容易觸動旅思秋懷，感到客況蕭條，年華易逝。凝望著月亮，也最容易產生遐想，想到故鄉的一切，想到家裡的親人。想著，想著，頭漸漸地低了下去，完全浸入於沉思之中。

從「疑」到「舉頭」，從「舉頭」到「低頭」，形象地揭示了詩人內心活動，鮮明地勾勒出一幅生動形象的月夜思鄉圖。

短短四句詩，寫得清新樸素，明白如話。它的內容是單純的，但同時卻又是豐富的。它是容易理解的，卻又是體味不盡的。詩人所沒有說的比他已經說出來的要多得多。它的構思是細緻而深曲的，但卻又是脫口吟成、渾然無跡的。從這裡，我們不難領會到李白絕句的「自然」、「無意於工而無不工」的妙境。（馬茂元）

從軍行 李白

百戰沙場碎鐵衣，城南已合數重圍。
突營射殺呼延將，獨領殘兵千騎歸。

這首詩以短短四句，刻畫了一位無比英勇的將軍形象。

首句寫將軍過去的戎馬生涯。伴隨他出征的鐵甲都已碎了，留下了累累的刀瘢箭痕，以見他征戰時間之長和所經歷的戰鬥之嚴酷。這句雖是從鐵衣著筆，卻等於從總的方面對詩中的主人公作了最簡要的交代。有了這一句作墊，緊接著寫他面臨一場新的嚴酷考驗——「城南已合數重圍」。戰爭在塞外進行，城南是退路。但連城南也被敵人設下了重圍，全軍已陷入可能徹底覆沒的絕境。寫被圍雖只此一句，但卻如千鈞一髮，使人為之懸心吊膽。

「突營射殺呼延將，獨領殘兵千騎歸。」呼延，是匈奴四姓貴族之一，這裡指敵軍的一員悍將。詩中這位身經百戰的英雄，正是選中他作為目標，在突營闖陣的時候，首先將他射殺，使敵軍陷於慌亂，乘機殺開重圍，獨領殘兵，奪路而出。

詩所要表現的是一位勇武過人的英雄，而所寫的戰爭從全域上看，是一場敗仗。但雖敗卻並不令人喪氣，而是敗中見出了豪氣。「獨領殘兵千騎歸」，「獨」字幾乎有千斤之力，壓倒了敵方的千軍萬馬，給人以頂天立地之感。詩沒有對這位將軍進行肖像描寫，但透過緊張的戰鬥場景，把英雄的精神與氣概表現得異常鮮明而突出，給人留下難忘的印象。將這場驚心動魄的突圍戰和首句「百戰沙場碎鐵衣」相對照，讓人想到這不過是他「百戰沙場」中的一仗。這樣，就把剛才這一場突圍戰，以及英雄的整個戰鬥歷程，渲染得格外威武壯烈，完全傳奇化了。詩讓人不覺得出現在眼前的是一批殘兵敗將，而讓人感到這些血泊中拚殺出來的英雄凜然可敬。像這樣在一首小詩裡敢於去寫嚴酷的鬥爭，甚至敢於去寫敗仗，而又從敗仗中顯出豪氣，給人以鼓舞，如果不具備像盛唐詩人那種精神氣概是寫不出的。（余恕誠）

春思　李白

燕草如碧絲，秦桑低綠枝。
當君懷歸日，是妾斷腸時。
春風不相識，何事入羅幃？

李白有相當數量的詩作描摹思婦的心理，〈春思〉是其中著名的一首。在古典詩歌中，「春」字往往語帶雙關。它既指自然界的春天，又可以比喻青年男女之間的愛情。詩題〈春思〉之「春」，就包含著這樣兩層意思。開頭兩句「燕草如碧絲，秦桑低綠枝」，可以視作「興」。詩中的興句一般是就眼前所見，信手拈起，這兩句卻以相隔遙遠的燕、秦兩地的春天景物起興，頗為別致。「燕草如碧絲」，當是出於思婦的懸想；「秦桑低綠枝」，才是思婦所目睹。把目力達不到的遠景和眼前近景配置在一幅畫面上，並且都從思婦一邊寫出，從邏輯上說，似乎有點乖礙，但從「寫情」的角度來看，卻是可通的。試想：仲春時節，桑葉繁茂，獨處秦地的思婦觸景生情，終日盼望在燕地行役屯戍的丈夫早日歸來；她根據自己平素與丈夫的恩愛相處和對丈夫的深切了解，料想遠在燕地的丈夫此刻見到碧絲般的春草，也必然會萌生思歸的念頭。見春草而思歸，語出《楚辭・招隱士》：「王孫遊兮不歸，春草生兮萋萋！」首句化用《楚辭》語，渾成自然，不著痕跡。詩人巧妙地把握了思婦複雜的感情活動，用兩處春光，興兩地相思，把想像與回憶同眼前真景融合起來，據實構虛，造成詩的妙境。所以不僅起到了一般興句所能起的烘托感情氣氛的作用，而且還把思婦對於丈夫的真摯感情和他們夫妻之間心心相印的親密關係傳寫出來了，這是一般的興句所不易做到的。另外，這兩句還運用了諧聲雙關。「絲」諧「思」，「枝」諧「知」，這恰和下文思歸與「斷腸」相關合，增強了詩句的音樂美與含蓄美。

三、四兩句直承興句的理路而來，故仍從兩地著筆：「當君懷歸日，是妾斷腸時。」丈夫及春懷歸，足慰離人愁腸。按理說，詩中的女主人公應該感到欣喜才是，而下句竟以「斷腸」承之，這又似乎違背了一般人的心理，但如果聯繫上面的興句細細體會，就會發現，這樣寫對表現思婦的感情又進了一層。元代蕭士贇《分類補註李太白詩》曾加以評述道：「燕北地寒，草生遲。當秦桑低綠之時，燕草方生，如絲之碧也，秦桑低枝者，興思婦之斷腸也，言其夫方萌懷歸之心，猶燕草之方生。妾則思君之久，先已腸斷矣，猶秦桑之已低枝也。」這一評述，揭示了興句與所詠之詞之間的微妙的關係。詩中看似於理不合之處，正是感情最為濃密所在。

詩的最後兩句：「春風不相識，何事入羅幃？」詩人捕捉了思婦在春風吹入閨房，掀動羅帳的一刹那的心理活動，表現了她對行役屯戍未歸的丈夫的殷殷思念之情。這兩句讓多情的思婦對著無情的春風發話，又彷彿是無理的，但用來表現獨守春閨的特定環境中的思婦的情態，又令人感到真實可信。春風撩人，春思纏綿，申斥春風，正所以表達孤眠獨宿的少婦對丈夫的思情，與晉《子夜四時歌．春歌》「春風復多情，吹我羅裳開」，正有異曲同工之妙。以此作結，恰到好處。

無理而妙是古典詩歌中一個常見的藝術特徵。從李白的這首詩中不難看出，所謂無理而妙，就是指在看似違背常理、常情的描寫中，反而更深刻地表現了各種複雜的感情。（吳汝煜）

子夜吳歌 李白

秋歌

長安一片月，萬戶擣衣聲。秋風吹不盡，總是玉關情。
何日平胡虜，良人罷遠征？

冬歌

明朝驛使發，一夜絮征袍。素手抽針冷，那堪把剪刀。
裁縫寄遠道，幾日到臨洮？

題一作〈子夜四時歌〉，共四首，寫春夏秋冬四時。這裡所選是第三、四首。六朝樂府〈清商曲．吳聲歌曲〉即有〈子夜四時歌〉，為作者所承，因屬吳聲曲，故又稱〈子夜吳歌〉。此體向作四句，內容多寫女子思念情人的哀怨，作六句是詩人的創造，而用以寫思念征夫的情緒更具有時代之新意。

先說〈秋歌〉。籠統而言，它的手法是先景語後情語，而情景始終交融。「長安一片月」，是寫景同時又是緊扣題面寫出「秋月揚明輝」的季節特點。而見月懷人乃古典詩歌傳統的表現方法，加之秋來是趕製征衣的、故寫月亦有興義。此外，月明如晝，正好擣衣，而那「玉戶簾中卷不去，擣衣砧上拂還來」（張若虛〈春江花月夜〉）的月光，對思婦是何等一種挑撥呵！製衣的布帛須先置砧上，用杵擣平擣軟，是謂「擣衣」。這明朗的月夜，長安城就沉浸在一片此起彼落的砧杵聲中，而這種特殊的「秋聲」對於思婦又是何等一種挑撥呵！「一片」、「萬戶」，寫光寫聲，似對非對，措語天然而得詠嘆味。秋風，也是撩人愁緒的，「秋風入窗裡，羅帳起飄颺」（南北朝民歌〈子夜四時歌．秋歌〉），便是對思婦第三重挑撥。月朗風清，風送砧聲，聲聲都是懷念玉關征人的深情。著「總是」二字，情思益見深長。這裡，秋月秋聲與秋風織成渾成的境界，見境不見人，而人物儼在，「玉關情」自濃。無怪清王夫之說：「前四句是天壤間生成好句，被太白拾得。」（《唐詩評選》）此情之濃，不可遏止，遂有末二句直表思婦心聲：「何日平胡虜，良人罷遠征？」過分偏愛「含蓄」的評家責難道：「余竊謂刪去末二句作絕句，更覺渾含無盡。」（清田同之《西圃詩說》）其實未必然。「不知歌謠妙，聲勢出口心」（〈大子夜歌〉），慷慨天然，是民歌本色，原不必故作吞吐語。而從內容上看，正如清沈德潛指出，「本閨情語，而忽冀罷征」（《說詩晬語》），使詩歌思想內容大大深化，更具社會意義，表現出古代人民冀求過和平生活的善良願望。全詩手法如同電影，有畫面，有「畫外音」。月照長安萬戶。風送砧聲。化入玉門關外荒寒的月景。插曲：「何日平胡虜，良人罷遠征。」……這是多麼有意味的詩境呵！須知這儼然女聲合唱的「插曲」絕不多餘，它是畫面的有機組成部分，在畫外亦在畫中，它迴腸蕩氣，激動人心。因此可以說，〈秋歌〉正面寫到思情，而有不盡之情。

〈冬歌〉則全是另一種寫法。不寫景而寫人敘事，透過一位女子「一夜絮征袍」的情事以表現思念征夫的感情。事件被安排在一個有意味的時刻——傳送征衣的驛使即將出發的前夜，大大增強了此詩的情節性和戲劇味。一個「趕」字，不曾明寫，但從「明朝驛使發」的消息，讀者從詩中處處看到這個字，如睹那女子急切、緊張勞作的情景。關於如何「絮」、如何「裁」、如何「縫」等等具體過程，作者有所取捨，只寫拈針把剪的感覺，突出一個「冷」字。素手抽針已覺很冷，還要握那冰冷的剪刀。「冷」便切合「冬歌」，更重要的是有助於情節的生動性。天氣的嚴寒，使「敢將十指誇纖巧」（秦韜玉〈貧女〉）的女子不那麼得心應手了，而時不我待，偏偏驛使就要出發，人物焦急情態宛如畫出。「明朝驛使發」，分明有些埋怨的意思了。然而，「夫戍邊關妾在吳，西風吹妾妾憂夫」（王駕〈古意〉），她從自己的冷必然會想到「臨洮」（在今甘肅臨潭縣西南，此泛指邊地）那邊更冷，所以又巴不得驛使早發、快發。這種矛盾心理亦從無字處表出。讀者似乎又看見她一邊呵著手，一邊趕裁、趕絮、趕縫。「一夜絮征袍」，言簡而意足，看來大功告成，她應該大大鬆口氣了。可是，「才下眉頭，卻上心頭」，又情急起來，路是這樣遠，「寒到君邊衣到無」（王駕〈古意〉）呢？這回卻是恐怕驛使行遲，盼望驛車加緊了。「裁縫寄遠道，幾日到臨洮？」這迫不及待的一問，含多少深情呵。〈秋歌〉正面歸結到懷思良人之意，而〈冬歌〉卻純從側面落筆，透過形象刻畫與心理描寫結合，塑造出一個活生生的思婦形象，成功表達了詩歌主題。結構上一波未平，一波又起，起得突兀，結得意遠，情節生動感人。

如果說〈秋歌〉是以間接方式塑造了長安女子的群像，〈冬歌〉則透過個體形象以表現出社會一般，二歌典型性均強。其語言的明轉天然，形象的鮮明集中，音調的清越明亮，情感的委婉深厚，得力於民歌，彼此並無二致，真是「意愈淺愈深，詞愈近愈遠，篇不可句摘，句不可字求」（明胡應麟《詩藪‧內編》卷二）的佳作。（周嘯天）

長相思　李白

長相思，在長安。
絡緯秋啼金井闌，微霜淒淒簟①色寒。
孤燈不明思欲絕，卷帷望月空長嘆。
美人如花隔雲端。
上有青冥之高天，下有淥水之波瀾。
天長路遠魂飛苦，夢魂不到關山難。
長相思，摧心肝。

〔註〕①簟（音同墊），竹席。

唐玄宗開元十八年（七三〇），李白自安陸（治所在今湖北雲夢縣）取道南陽（治所在今河南南陽市），西入長安（今陝西西安市），干謁玉真公主不遇。當年秋天，被安置於公主別館。別館距長安百里，當時已是一所荒園。詩人遭此冷遇，曾作〈玉真公主別館苦雨贈衛尉張卿二首〉向駙馬張垍陳情。本篇情景與之相近，當為同期之作。

「長相思」本漢代詩中語（如〈古詩十九首〉：「客從遠方來，遺我一書札。上言長相思，下言久離別」），六朝詩人多以名篇（如陳後主、徐陵、江總等均有作），並以「長相思」發端，屬樂府〈雜曲歌辭〉。現存歌辭多寫思婦之怨。李白此詩即擬其格而別有寄寓。

詩大致可分兩段。一段從篇首至「美人如花隔雲端」，寫詩中人「在長安」的相思苦情。詩中描繪的是一個孤棲幽獨者的形象。他（或她）居處非不華貴——這從「金井闌」可以窺見，但內心卻感到寂寞和空虛。作者是透過環境氣氛層層渲染的手法，來表現這一人物的感情的。先寫所聞——階下紡織娘淒切地鳴叫。蟲鳴則歲時將晚，孤棲者的落寞之感可知。其次寫肌膚所感，正是「霜送曉寒侵被」（宋秦觀〈如夢令·遙夜沉沉如水〉）時候，他更不能成眠了。「微霜淒淒」當是透過逼人寒氣感覺到的。而「簟色寒」更暗示出其人已不眠而起。眼前是「羅帳燈昏」，益增愁思。一個「孤」字不僅寫燈，也是人物心理寫照，從而引起一番思念。「思欲絕」（猶言「想煞人」）可見其情之苦。於是進而寫捲帷所見，那是一輪可望而不可即的明月呵。詩人心中想起什麼呢？他發出了無可奈何的一聲長嘆。這就逼出詩中關鍵的一語：「美人如花隔雲端。」「長相思」的題意到此方才具體表明。這個為詩中人想念的如花美人似乎很近，近在眼前；卻到底很遠，遠隔雲端。與月兒一樣，可望而不可即。由此可知他何以要「空長嘆」了。值得注意的是，這句是詩中唯一的單句（獨立句），給讀者的印象也就特別突出，可見這一形象正是詩人要強調的。

以下直到篇末便是第二段，緊承「美人如花隔雲端」句，寫一場夢遊式的追求。這頗類戰國楚屈原〈離騷〉中那「求女」的一幕。在詩人浪漫的幻想中，詩中人夢魂飛揚，要去尋找他所思念的人兒。然而「天長路遠」，上有幽遠難極的高天，下有波瀾動蕩的淥水，還有重重關山，儘管追求不已，還是「兩處茫茫皆不見」（白居易〈長恨歌〉）。這裡，詩人的想像誠然奇妙飛動，而詩句的音情也配合極好。「青冥」與「高天」本是一回事，寫「波瀾」似亦不必兼用「淥水」，寫成「上有青冥之高天，下有淥水之波瀾」頗有犯複之嫌。然而，如徑作「上有高天，下有波瀾」（歌行中可雜用短句），卻大為減色，怎麼讀也不夠味。而原來帶「之」字、有重複的詩句卻顯得音調曼長好聽，且能形成詠嘆的語感，正《詩經大序》所謂「嗟嘆之不足，故永歌之」（「永歌」即拉長聲調歌唱），能傳達無限感慨。這種句式，為李白特別樂用，它如「蜀道之難難於上青天」（〈蜀道難〉）、「棄我去者昨日之日不可留；亂我心者今日之日多煩憂」（〈宣州謝朓樓餞別校書叔雲〉）、「君不見黃河之水天上來」（〈將進酒〉）等等。句中「之難」、「之日」、「之水」，從文意看不必有，而從音情上看斷不可無，而音情於詩是至關緊要的。再看下兩句，從語意看，詞序似應作：「天長路遠關山難（度），夢魂不到（所以）魂飛苦。」寫作「天長路遠魂飛苦，夢魂不到關山難」，不僅是為趁韻，且運用連珠格形式，透過綿延不斷之聲音以狀關山迢遞之愁情，可謂辭清意婉，十分動人。由於這個追求是沒有結果的，於是詩以沉重的一嘆作結：「長相思，摧心肝！」「長相思」三字回應篇首，而「摧心肝」則是「思欲絕」在情緒上進一步的發展。結句短促有力，給人以執著之感，詩情雖則悲慟，但絕無萎靡之態。

此詩形式勻稱，「美人如花隔雲端」這個獨立句把全詩分為篇幅均衡的兩部分。前面由兩個三言句發端，四個七言句拓展；後面由四個七言句敘寫，兩個三言句作結。全詩從「長相思」展開抒情，又於「長相思」一語收攏。在形式上頗具對稱整飭之美，韻律感極強，大有助於抒情。詩中反覆抒寫的似乎只是男女相思，把這種相思苦情表現得淋漓盡致；但是，「美人如花隔雲端」就不像實際生活的寫照，而顯有托興意味。何況古典詩歌又具有以「美人」喻所追求的理想人物的傳統，如《楚辭》「恐美人之遲暮」。而「長安」這個特定地點更暗示這裡是一種政治的託寓，表明此詩的意旨在抒寫詩人追求政治理想不能實現的苦悶。就此而言，此詩詩意又深含於形象之中，隱然不露，具備一種蘊藉的風度。所以清王夫之贊此詩道：「題中偏不欲顯，象外偏令有餘。一以為風度，一以為淋漓。烏乎，觀止矣。」（《唐詩評選》）（周嘯天）

襄陽歌

李白

落日欲沒峴山①西，倒著接䍦花下迷。
襄陽小兒齊拍手，攔街爭唱〈白銅鞮〉②。
旁人借問笑何事，笑殺山公醉似泥。
鸕鷀杓，鸚鵡杯③。百年三萬六千日，一日須傾三百杯。
遙看漢水鴨頭綠，恰似葡萄初醱醅④。
此江若變作春酒，壘麴便築糟丘臺。
千金駿馬換小妾⑤，醉坐雕鞍歌〈落梅〉。
車旁側掛一壺酒，鳳笙龍管行相催⑥。
咸陽市中嘆黃犬，何如月下傾金罍⑦？
君不見晉朝羊公一片石，龜頭⑧剝落生莓苔。

淚亦不能為之墮，心亦不能為之哀。
清風朗月不用一錢買，玉山自倒非人推⑨。
舒州杓，力士鐺，李白與爾同死生。
襄王雲雨今安在？江水東流猿夜聲。

〔註〕①峴（音同現）山：一名峴首山，在今湖北襄陽縣南。②白銅鞮（音同滴）：南朝童謠名，流行於襄陽一帶。③鸕鷀（音同盧慈）杓：形如長頸水鳥鸕鷀的長柄酒杓。鸚鵡杯：用一種形狀和顏色像鸚鵡嘴的螺殼製成的酒杯。④醱醅（音同迫胚）：重釀而未濾過的酒。⑤古樂府有〈愛妾換馬〉詩題。三國魏時曹彰也曾用愛妾換馬。這裡李白是強調馬的名貴。⑥催：勸酒。⑦罍（音同雷）：酒器。⑧龜頭：古時碑座石刻形狀像龜，名叫贔屭（音同必夕）。⑨玉山自倒：三國魏嵇康風儀俊美，人家說他醉後如玉山將倒。

唐玄宗開元十三年（七二五），李白從巴蜀東下。十五年，在湖北安陸和許圉師（高宗龍朔年間曾任左相）的孫女結婚。襄陽離安陸不遠，這首詩可能寫在這一時期。它是李白的醉歌，詩中用醉漢的心理和眼光看周圍世界，實際上是用更帶有詩意的眼光來看待一切，思索一切。

詩一開始用了晉朝山簡的典故。山簡鎮守襄陽時，喜歡去習家花園喝酒，常常大醉騎馬而回。當時的歌謠說他：「日莫倒載歸，酩酊無所知。復能乘駿馬，倒著白接羅。」接羅（音同離），一種白色帽子。李白在這裡是說自己像當年的山簡一樣，日暮歸來，爛醉如泥，被兒童攔住拍手唱歌，引起滿街的喧笑。

可是李白毫不在乎，說什麼人生百年，一共三萬六千日，每天都應該往肚裡倒上三百杯酒。此時，他酒意正濃，醉眼矇矓地朝四方看，遠遠看見襄陽城外碧綠的漢水，幻覺中就好像剛釀好的葡萄酒一樣。啊，這漢江若能變作春酒，那麼單是用來釀酒的酒麴，便能壘成一座糟丘臺了。詩人醉騎在駿馬雕鞍上，唱著〈梅花落〉的曲調，後面還跟著車子，車上掛著酒壺，載著樂隊，奏著勸酒的樂曲。他洋洋自得，忽然覺得自己的縱酒生活，連歷史上的王侯也莫能相比呢！秦丞相李斯不是被秦二世殺掉嗎，臨刑時對他兒子說：「吾欲與若（你）復牽黃犬，俱出上蔡（李斯的故鄉）東門，逐狡兔，豈可得乎！」還有晉朝的羊祜，鎮守襄陽時常遊峴山，曾對人說：「由來賢達勝士登此遠望，如我與卿者多矣，皆湮滅無聞，使人悲傷。」祜死後，襄陽人在峴山立碑紀念。見到碑的人往往流淚，名為「墮淚碑」。但這碑到了今天又有什麼意義呢？如今碑也已剝落，再無人為之墮淚了！一個生前即未得善終，一個身後雖有人為之立碑，但也難免逐漸湮沒，哪有「月下傾金罍」這般快樂而現實呢！那清風朗月可以不花一錢盡情享用，酒醉之後，像玉山一樣倒在風月中，該是何等瀟灑、適意！

詩的尾聲，詩人再次宣揚縱酒行樂，強調即使尊貴到能與巫山神女相接的楚襄王，亦早已化為子虛烏有，不及與伴自己喝酒的舒州杓、力士鐺（音同撐）同生共死更有樂趣。

這首詩為人們所愛讀。因為詩人表現的生活作風雖然很放誕，但並不頹廢，支配全詩的，是對他自己所過的浪漫生活的自我欣賞和陶醉。詩人用直率的筆調，給自己勾勒出一個天真爛漫的醉漢形象。詩裡生活場景的描寫非常生動而富有強烈戲劇色彩，達到了繪聲繪影的程度，反映了盛唐社會生活中生動活潑的一面。

這首詩一方面讓我們從李白的醉酒，從李白飛揚的神采和無拘無束的風度中，領受到一種精神舒展與解放的樂趣；另一方面，它透過圍繞李白所展開的那種活躍的生活場面，能啟發人想像生活還可能以另一種帶喜劇的色彩出現，從而能加深人們對生活的熱愛。全篇語言奔放，充分表現出富有個性的詩風。（余恕誠）

江上吟　李白

木蘭之枻沙棠①舟，玉簫金管坐兩頭。美酒尊中置千斛，載妓隨波任去留。
仙人有待乘黃鶴，海客無心隨白鷗。屈平詞賦懸日月，楚王臺榭空山丘。
興酣落筆搖五嶽，詩成笑傲淩滄洲。功名富貴若長在，漢水亦應西北流。

〔註〕①枻（音同溢）：即楫，船槳。沙棠：木名。據《山海經．西山經》說，沙棠出昆侖山上，人吃了它的果實「入水不溺」。

詩題一作「江上遊」，大約是李白三四十歲客遊江夏（治所在今湖北武漢市）時所作。這首詩在思想上和藝術上，都是很能代表李白特色的篇章之一。

明人唐汝詢講這首詩的主題是「此因世途迫隘而肆志以行樂也」（《唐詩解》卷十三）。雖然講得不夠全面、準確，但他指出詩人因有感於「世途迫隘」的現實而吟出這詩，則是很中肯的。讀著〈江上吟〉，很容易使人聯想到《楚辭》的〈遠遊〉：「悲時俗之迫阨兮，願輕舉而遠遊。」

這首詩以江上的遨遊起興，表現了詩人對庸俗、局促的現實的蔑棄，和對自由、美好的生活理想的追求。開頭四句，雖是江上之遊的即景，但並非如實的記敘，而是經過誇飾的、理想化的具體描寫，展現出華麗的色彩，有一種超世絕塵的氣氛。「木蘭之枻沙棠舟」，是珍貴而神奇的木料製成的；「玉簫金管坐兩頭」，樂器的精美可以想像吹奏的不同凡響；「美酒尊中置千斛」，足見酒量之富，酒興之豪；「載妓隨波任去留」，極寫遊樂的酣暢恣縱。總之，這江上之舟是足以盡詩酒之興，極聲色之娛的，是一個超越了紛濁的現實的、自由而美好的世界。

中間四句兩聯，兩兩對比。「仙人」一聯承上，對江上泛舟行樂，加以肯定讚揚；「屈平」一聯啟下，揭示出理想生活的歷史意義。「仙人有待乘黃鶴」，即使修成神仙，仍然還有所待，黃鶴不來，也上不了天；而我之泛舟江上，「海客無心隨白鷗」，乃已忘卻機巧之心，物我為一，不知何者為物，何者為我，豈不是比那眼巴巴望著黃鶴的神仙還要神仙嗎？到了這種境界，人世間的功名富貴，榮辱窮通，就更不在話下了。因此，俯仰宇宙，縱觀古今，便得出了與「滔滔者天下皆是也」（《論語．微子》）的庸夫俗子相反的認識：「屈平詞賦懸日月，楚王臺榭空山丘」！泛舟江漢之間，想到屈原與楚王，原是很自然的，而這一聯的警辟，乃在於把屈原（名平）和楚王作為兩種人生的典型，鮮明地對立起來。屈原盡忠愛國，反被放逐，終於自沉汨羅，他的辭賦，可與日月爭光，永垂不朽；楚王荒淫無道，窮奢極欲，卒招亡國之禍，當年奴役人民建造的宮觀臺榭，早已蕩然無存，只見滿目荒涼的山丘。這一聯形象地說明了文章者不朽之大業，而勢位終不可恃的這一層意思。

結尾四句，緊接「屈平」一聯盡情發揮。「興酣」二句承屈平辭賦說，同時也回應開頭的江上泛舟，極其豪壯，活畫出詩人自己興會飆舉，搖筆賦詩時藐視一切，傲岸不羈的神態。「搖五嶽」，是筆力的雄健無敵；「凌滄洲」是胸襟的高曠不群。最末「功名富貴若長在，漢水亦應西北流」，承楚王臺榭說，同時也把「笑傲」進一步具體化、形象化了。不正面說功名富貴不會長在，而是從反面說，假設一個根本不可能的事情，便加強了否定的力量，顯出不可抗拒的氣勢，並帶著尖銳的嘲弄的意味。

這首詩的思想內容，基本上是積極的。另一方面，詩人把縱情聲色，恣意享樂，作為理想的生活方式而歌頌，則是不可取的。金管玉簫，攜酒載妓，不也是功名富貴中人所迷戀的嗎？這正是李白思想的矛盾。這個矛盾，在他的許多詩中都有明白的表現，成為很有個性特點的局限性。

全詩十二句，形象鮮明，感情激揚，氣勢豪放，音調瀏亮。讀起來只覺得它是一片神行，一氣呵成。而從全詩的結構組織來看，它綿密工巧，獨具匠心。開頭是色彩絢麗的形象描寫，把讀者立即引入一個不尋常的境界。中間兩聯，屬對精整，而詩意則正反相生，擴大了詩的容量，詩筆跌宕多姿。結尾四句，極意強調誇張，感情更加激昂，酣暢恣肆，顯出不盡的力量。清王琦說：「似此章法，雖出自逸才，未必不少加慘淡經營，恐非斗酒百篇時所能構耳」（《李太白文集》卷七〈江上吟〉注）。這是經過細心體會後的符合創作實際的看法。（徐永年）

玉壺吟　李白

烈士擊玉壺，壯心惜暮年。三杯拂劍舞秋月，忽然高詠涕泗漣。

鳳凰初下紫泥詔①，謁帝稱觴登御筵。揄揚九重萬乘主，謔浪赤墀青瑣賢②。

朝天數換飛龍馬，敕賜珊瑚白玉鞭。世人不識東方朔，大隱金門是謫仙。

西施宜笑復宜顰，醜女效之徒累身。君王雖愛蛾眉好，無奈宮中妒殺人！

〔註〕① 鳳凰：這裡是指皇帝的詔書。據《十六國春秋》記載，後趙武帝石虎在戲馬觀上設置一隻能回轉的木鳳凰，口銜五色詔書，故後來稱詔書為鳳凰詔。紫泥：一種紫色的印泥，封詔書用。② 赤墀（音同池）：皇帝宮殿前的臺階塗成赤色，叫赤墀。青瑣：皇帝宮殿的門雕刻成連鎖文，塗以青色，叫青瑣。「赤墀青瑣賢」指臣僚。

清代劉熙載論李白的詩說：「太白詩雖若昇天乘雲，無所不之，然自不離本位，故放言實是法言。」（《藝概．詩概》）所謂「不離本位」，就是指有一定的法度可尋，而不是任其橫流，漫無邊際。〈玉壺吟〉就是這樣一首既有奔放的氣勢，又講究法度的好詩。這首詩大約寫於唐玄宗天寶三載（七四四）供奉翰林的後期，賜金還山的前夕。全詩充滿著鬱勃不平之氣。按氣韻脈絡而論，詩可分為三段。

第一段共四句，主要寫憤激的外在表現。開頭兩句居高臨下，入手擒題，刻畫了詩人的自我形象。他壯懷激烈，孤憤難平，像東晉王敦那樣，敲擊玉壺，誦吟三國曹操的名篇〈步出夏門行．龜雖壽〉：「老驥伏櫪，志在千里。烈士暮年，壯心不已。」「烈士」、「壯心」、「暮年」三個詞都從曹詩中來，說明李白渴望建功立業，這一點正與曹操相同。但他想到，曹操一生畢竟幹了一番轟轟烈烈的事業，而自己卻至今未展素志，不覺悲從中來，憤氣鬱結。三杯濁酒，已壓不住心中的悲慨，於是拔劍而起，先是對著秋月，揮劍而舞，忽又高聲吟詠，最後眼淚奪眶而出，涕泗漣漣。「忽然」兩字把詩人心頭不可自已的憤激之情寫得十分傳神。四句一氣傾瀉，至此已是盛極難繼。兵家有所謂「以正合，以奇勝」的說法。這一段四句正面書憤，可說是「以正合」；下面第二段八句別開一途，以流轉之勢寫往事回憶，可說是「以奇勝」。

「鳳凰初下紫泥詔，謁帝稱觴登御筵」兩句，如異峰突起，境界頓變。詩人一掃悲憤抑鬱之氣，而極寫當初奉詔進京、皇帝賜宴的隆遇。李白應詔入京，原以為可施展抱負，因此他傾心酬主，急於披肝瀝膽，輸寫忠才。「揄揚」兩句具體描寫了他在朝廷上的作為。前一句說的是「尊主」，是讚頌皇帝；後一句說的是「卑臣」，是嘲弄權貴。「朝天數換飛龍馬，敕賜珊瑚白玉鞭」，形象地寫出了他受皇帝寵信的不同尋常。「飛龍馬」是皇宮內六廄之一飛龍廄中的寶馬。唐制：學士初入，例借飛龍馬。但「數換飛龍馬」，又賜珊瑚「白玉鞭」，則是超出常例的。以上六句字字從得意處著筆。「鳳凰」兩句寫平步青雲，「揄揚」兩句寫宏圖初展，「朝天」兩句寫備受寵渥。得意之態，渲染得淋漓盡致。詩人騁足筆力，極寫昔日的騰踔飛揚，正是為了襯托時下的冷落可悲，故以下便作跌勢。

「世人不識東方朔，大隱金門是謫仙。」東方朔被漢武帝視作滑稽弄臣，內心很苦悶，曾作歌曰：「陸沉於俗，避世金馬門，宮殿中可以避世全身，何必深山之中，蒿廬之下。」（《史記．滑稽列傳》）後人有「小隱隱陵藪，大隱隱朝市」（晉王康琚《反招隱詩》）之語。李白引東方朔以自喻，又以謫仙自命，實是出於無奈。從無限得意，到大隱金門，這驟然突變，可以看出詩人內心是非常痛苦的。「世人不識」兩句，鬱鬱之氣，寄於言外，與開頭四句的悲憤情狀遙相接應。以上八句為第二段，透過正反相照，詩人暗示了在京橫遭毀詆、備受打擊的不幸。忠憤節氣，負而未伸，這也許就是詩人所以要擊壺舞劍、高詠涕漣的原因吧！

第三段四句寫詩人自己堅貞傲岸的品格。「西施」兩句是說自己執道若一，進退裕如，或笑或顰而處之皆宜，這種態度別人效之不得。辭氣之間，隱隱流露出傲岸自信的個性特徵。當然，詩人也很清楚他為什麼不能施展宏圖，因而對朝廷中那些妒賢害能之輩道：「君王雖愛蛾眉好，無奈宮中妒殺人！」這兩句化用〈離騷〉旨趣，托言美人見妒，暗寓士有懷瑾握瑜而不見容於朝的意思，蘊藉含蓄，寄慨遙深。

明代詩論家徐禎卿說：「氣本尚壯，亦忌銳逸。」（《談藝錄》）書憤之作如果一味逞雄使氣，像灌夫罵座一般，便會流於粗野褊急一路。李白這首詩豪氣縱橫而不失之粗野，悲憤難平而不流於褊急。開頭四句入手緊，起勢高，抒寫胸中憤激之狀而不作悲酸語，故壯浪恣縱，如高山瀑流，奔瀉而出，至第四句頓筆收住，如截奔馬，文氣陡然騰躍而起。第五句以「初」字迴旋兜轉，筆飽墨酣，以昂揚的格調極寫得意，方以為有風雲際會、魚水顧合之美，筆勢又急轉直下，用「大隱金門」等語暗寫遭讒之意。最後以蛾眉見妒作結，點明進讒之人，方恃寵貴盛，自己雖拂劍擊壺，慷慨悲歌，終莫奈之何。詩筆擒縱結合，亦放亦收，波瀾起伏，變化入神，文氣渾灝流轉，首尾呼應。明徐禎卿認為，一首好詩應該做到「氣如良駟，馳而不軼」（《談藝錄》）。李白這首詩是當之無愧的。（吳汝煜）

梁園吟 李白

我浮黃河去京闕，掛席欲進波連山。天長水闊厭遠涉，訪古始及平臺間。
平臺為客憂思多，對酒遂作梁園歌。卻憶蓬池阮公詠，因吟「淥水揚洪波」。
洪波浩蕩迷舊國，路遠西歸安可得！人生達命豈暇愁，且飲美酒登高樓。
平頭奴子搖大扇，五月不熱疑清秋。玉盤楊梅為君設，吳鹽如花皎白雪。
持鹽把酒但飲之，莫學夷齊事高潔。昔人豪貴信陵君，今人耕種信陵墳。
荒城虛照碧山月，古木盡入蒼梧雲。梁王宮闕今安在？枚馬先歸不相待。
舞影歌聲散淥池，空餘汴水東流海。沉吟此事淚滿衣，黃金買醉未能歸。
連呼五白行六博，分曹賭酒酣馳暉。
歌且謠，意方遠，東山高臥時起來，欲濟蒼生未應晚。

這首詩一名〈梁苑醉酒歌〉，寫於唐玄宗天寶三載（七四四）詩人游大梁（今河南開封一帶）和宋州（州治在今河南商丘）的時候。梁園，一名梁苑，漢代梁孝王所建；平臺，春秋時宋平公所建。這兩個遺跡，分別在唐時的大梁和宋州。李白是離長安後來到這一帶的。三年前，他得到唐玄宗的徵召，滿懷理想，奔向長安。結果不僅抱負落空，立腳也很艱難，終於被唐玄宗「賜金放還」（《新唐書》本傳）。由希望轉成失望，這在一個感情強烈的浪漫主義詩人心中所引起的波濤，是可以想見的。這首詩的成功之處，就是把這一轉折中產生的激越而複雜的感情，真切而又生動形象地抒發出來。我們好像被帶入唐天寶年代，親耳聆聽詩人的傾訴。

從開頭到「路遠」句為第一段，抒發作者離開長安後抑鬱悲苦的情懷。離開長安，意味著政治理想的挫折，不能不使李白感到極度的苦悶和茫然。然而這種低沉迷惘的情緒，詩人不是直接敘述出來，而是融情於景，巧妙地結合登程景物的描繪，自然地流露出來。「掛席欲進波連山」，滔滔巨浪如群峰綿亙起伏，多麼使人厭憎的艱難行程，然而這不也正是作者腳下坎坷不平的人生途程麼！「天長水闊厭遠涉」，萬里長河直伸向縹緲無際的天邊，多麼遙遠的前路，然而詩人的希望和追求不也正像這前路一樣遙遠和渺茫麼！在這裡，情即是景，景即是情，情景相生，傳達出來的情緒含蓄而又強烈，一股失意厭倦的情緒撲人，我們幾乎可以感覺到詩人沉重、疲憊的步履。這樣的筆墨，使本屬平鋪直敘的開頭，不僅不顯得平淡，而且造成一種濃郁的氣氛，籠罩全詩，奠定了基調，可謂起得有勢。

接著詩筆層折而下。詩人訪古以遣愁緒，而訪古徒增憂思；作歌以抒積鬱，心頭卻又浮現三國魏阮籍〈詠懷詩〉的哀吟：「徘徊蓬池上，還顧望大梁。淥水揚洪波，曠野莽茫茫。……羈旅無儔匹，俯仰懷哀傷。」今人古人，後先相望，遭遇何其相似！這更加觸動詩人的心事，不禁由阮詩的蓬池洪波又轉向浩蕩的黃河，由浩蕩的黃河又引向迷茫不可見的長安舊國。「路遠西歸安可得！」一聲慨嘆含著對理想破滅的無限惋惜，道出了憂思糾結的根源。短短六句詩，感情迴環往復，百結千纏，表現出深沉的憂懷，為下文作好了鋪墊。

從「人生」句到「分曹」句為第二段。由感情方面說，詩人更加激昂，苦悶之極轉而為狂放。由詩的徑路方面說，改從排解憂懷角度著筆，由低迴掩抑一變而為曠放豪縱，境界一新，是大開大闔的章法。詩人以「達命」者自居，對不合理的人生遭遇採取藐視態度，登高樓，飲美酒，遣愁放懷，高視一切。奴子搖扇，暑熱成秋，環境宜人；玉盤鮮梅，吳鹽似雪，飲饌精美。對此自可開懷，而不必像伯夷、叔齊那樣苦苦拘執於「高潔」。夷齊以薇代糧，不食周粟，持志高潔，士大夫們常引以為同調。這裡「莫學」兩字，正可看出詩人理想破滅後極度悲憤的心情，他痛苦地否定了以往的追求，這就為下文火山爆發一般的憤激之情拉開了序幕。

「昔人」以下進入了情感上劇烈的矛盾衝突中。李白痛苦的主觀根源來自對功業的執著追求，這裡的詩意便像洶湧的波濤一般激憤地向功業思想沖刷過去。詩人即目抒懷，就梁園史事落墨。看一看吧，豪貴一時的魏國公子無忌（信陵君），今日已經丘墓不保；一代名王梁孝王，宮室已成陳跡；昔日上賓枚乘、司馬相如也已早作古人，不見蹤影。一切都不耐時間的沖刷，煙消雲散，功業又何足繫戀！「荒城」二句極善造境，冷月荒城，高雲古木，構成一種淒清冷寂的色調，為遺跡荒涼做了很好的烘托。「舞影」二句以蓬池、汴水較為永恆的事物，同舞影歌聲人世易於消歇的事物對舉，將人世飄忽之意點染得十分濃足。如果說開始還只是開懷暢飲，那麼，隨著感情的激越，到這裡便已近於縱酒癲狂。呼五縱六，分曹賭酒，簡單幾筆便勾畫出酣飲豪博的形象。「酣馳暉」三字寫出一似在同時間賽跑，更使汲汲如不及的狂飲情態躍然紙上。

否定了人生積極的事物，自不免消極頹唐。但這顯然是有激而然。狂放由苦悶而生，否定由執著而來，狂放和否定都是變態，而非本志。因此，愈寫出狂放，愈顯出痛苦之深；愈表現否定，愈見出繫戀之摯。清人劉熙載說得好：「太白詩言俠，言仙，言女，言酒，特借用樂府形體耳。讀者或認作真身，豈非皮相。」（《藝概·

詩概》）正因為如此，詩人感情的旋律並沒有就此終結，而是繼續旋轉升騰，導出末段四句的高潮：總有一天會像高臥東山的謝安一樣，被請出山實現濟世的宏願。多麼強烈的期望，多麼堅定的信心！李白的詩常夾雜一些消極成分，但總體上並不使人消沉，就在於他心中永遠燃燒著一團火，始終沒有丟棄追求和信心。這是十分可貴的。

這首詩，善於形象地抒寫感情。詩人利用各種表情手段，從客觀景物到歷史遺事以至一些生活場景，把它如觸如見地勾畫出來，使人感到一股強烈的感情激流。我們好像親眼看到一個正直靈魂的苦悶掙扎，衝擊抗爭，從而感受到社會對他的無情摧殘和壓抑。

清人潘德輿說：「長篇波瀾貴層疊，尤貴陡變；貴陡變，尤貴自在。」（《養一齋詩話》卷二）這首長篇歌行體詩可說是一個典範。它隨著詩人感情的自然奔瀉，詩境不停地轉換，一似夭矯的遊龍飛騰雲霧之中，不可捉摸。從抑鬱憂思變而為縱酒狂放，從縱酒狂放又轉而為充滿信心的期望。波瀾起伏，陡轉奇兀，愈激愈高，好像登泰山，透過十八盤，躍出南天門，踏上最高峰頭，高唱入雲。（孫靜）

橫江詞六首（其一）　李白

人道橫江好，儂道橫江惡。
猛風吹倒天門山①，白浪高於瓦官閣。

〔註〕①此句一作「一風三日吹倒山」。

李白早期創作的詩歌就煥發著積極浪漫主義的光彩，語言明朗真率。他這種藝術特色的形成得力於學習漢魏樂府民歌。這首詩，無論在語言運用和藝術構思上都深受南朝樂府吳聲歌曲的影響。

「人道橫江好，儂道橫江惡。」開首兩句，語言自然流暢，樸實無華，充滿地方色彩。「儂」為吳人自稱。「人道」、「儂道」，純用口語，生活氣息濃烈。一抑一揚，感情真率，語言對稱，富有民間文學本色。橫江，即橫江浦，在今安徽和縣東南，位於長江西北岸，與東南岸的采石磯相對，形勢險要。從橫江浦觀看長江江面，有時風平浪靜，景色宜人，所謂「人道橫江好」；然而，有時則風急浪高，「橫江欲渡風波惡」，「如此風波不可行」（〈橫江詞六首〉其二、其五），驚險可怖，所以「儂道橫江惡」，引出下面兩句奇語。

「猛風吹倒天門山」，「吹倒山」，這是民歌慣用的誇張手法。天門山由東、西兩梁山組成。西梁山位於和縣以南，東梁山又名博望山，位於當塗縣西南，兩山石狀巉岩，東西相向，橫夾大江，「對峙如門」（清《江南通志》），形勢十分險要。「猛風吹倒」，詩人描摹大風吹得兇猛：狂飆怒吼，呼嘯而過，彷彿要颳倒天門山。

緊接一句，順水推舟，形容猛風掀起洪濤巨浪的雄奇情景：「白浪高於瓦官閣。」猛烈的暴風掀起洪濤巨浪，激起雪白的浪花，從高處遠遠望去，「白浪如山那可渡」、「濤似連山噴雪來」（〈橫江詞六首〉其三、其四）。沿著天門山長江江面，排山倒海般奔騰而去，洪流浪峰，一浪高一浪，彷彿高過南京城外江邊上的瓦官閣。詩中以「瓦官閣」收束結句，是畫龍點睛的傳神之筆。瓦官閣即瓦棺寺，又名昇元閣，「前瞰江面，後據崇岡……乃梁朝故物，高二百四十尺」（宋《方輿勝覽》）。它在詩中好比一座航標，指示方向、位置、高度，詩人在想像中站在高處，從天門山這一角度縱目遙望，彷彿隱約可見。巨浪滔滔，一瀉千里，向著瓦官閣鋪天蓋地奔去，那洶湧雄奇的白浪高高騰起，似乎比瓦官閣還要高，真是蔚為壯觀。詩人描繪大風大浪的誇張手法，妙在似與不似之間。「猛風吹倒天門山」，顯然是大膽誇張，然而，從摹狀山勢的險峻與風力的猛烈情景看，可以說是寫得活靈活現，令人感到可信而不覺得虛妄離奇。「白浪高於瓦官閣」，粗看彷彿不似，但從近大遠小的透視規律上看，站在高處遠望，白浪好像高過遠處的瓦官閣了。這樣的誇張，合乎情理而不顯得生硬造作。

詩人以浪漫主義的彩筆，馳騁豐富奇偉的想像，創造出雄偉壯闊的境界，讀來使人精神振奮，胸襟開闊。語言也像民歌般自然流暢，明白如話。（何國治）

橫江詞六首（其五） 李白

橫江館前津吏迎，向余東指海雲生，
「郎今欲渡緣何事？如此風波不可行。」

中國的舊詩中，間有相互問答之詞，如《詩經．鄭風．女日雞鳴》：「女日：雞鳴。士日：昧旦。」又如，漢樂府民歌〈孔雀東南飛〉中蘭芝與使君的對白。但數量少得很，一般都是作者一人獨白。尤其在一首絕句中，限於字數，要包括雙方的問答，的確是不簡單的。

李白這一首詩，不但有主客雙方的對白，而且除了人、地以外，還輔以說話時的手勢，奕奕如生，有聲有色。第一句「橫江館前津吏迎」，寫出李白與津吏（管渡口的小吏）在橫江浦（位於今安徽和縣東南）的驛館前相逢。一個「迎」字點出津吏的社會地位與李白懸殊。第二句「向余東指海雲生」形象寫得極其活躍，幾乎使人在紙上看到這一年老善良的津吏拉著少年李白的袖子，一手指向遙遠的天空，在警告李白說：雲生海上，暴風雨即將來臨。津吏為什麼這樣說呢？當然為了李白先提出要渡江，否則絕不會有對方尚未開口，來意未明之前，就先湊上去的。第三句中的「郎今欲渡」四字，就證實了津吏未舉手東指以前，李白就先已提出了「欲渡」，這一手法就將李白所說的話，包括在津吏的話中，不必再加明寫，而自然知道是對白，因此筆墨上就非常凝練，非常精約。

第三句以下純是津吏的話。「郎今欲渡緣何事?」句中稱李白為郎(郎在唐代除了女性稱其夫婿以外,一般也用來稱呼少年),可見那時李白年齡還不大,而津吏則已是老人。津吏問李白緣何事而渡江,言外之意,有可省即省之意,反映出李白當時急於渡江的那種神情。這個問題還沒有等李白答覆,接下來就從上句的「海雲生」,下出了結論,說:「如此風波不可行」。「如此風波」四字好像風波已成為事實,其實海雲初生,哪有江風江浪立即接天而來之理?這裡,這樣說法,一則可見津吏對於觀察天象積有經驗,頗具自信,二則顯示老人的善良心情,如老長輩一般地用命令式來肯定他的「不可行」。

全詩雖則有如上所說那些特點,可是在表現形式上,卻又那麼地爽朗明快,簡直是一氣呵成。(沈熙乾)

金陵城西樓月下吟

李白

金陵夜寂涼風發，獨上高樓望吳越。白雲映水搖空城，白露垂珠滴秋月。月下沉吟久不歸，古來相接眼中稀。解道「澄江淨如練」，令人長憶謝玄暉。

金陵城西樓即「孫楚樓」，因西晉詩人孫楚曾來此登高吟詠而得名。樓在金陵城西北覆舟山上（見南朝顧野王《輿地志》），蜿蜒的城垣，浩渺的長江，皆陳其足下，為觀景的勝地。這首詩，李白寫自己夜登城西樓所見所感。

「金陵夜寂涼風發，獨上高樓望吳越。」詩人是在靜寂的夜間，獨自一人登上城西樓的。「涼風發」，暗示季節是秋天，與下文「秋月」相呼應。「吳越」，泛指江、浙一帶；遠望吳越，點出登樓的目的。從「夜寂」、「獨上」、「望吳越」等詞語中，隱隱地透露出詩人登樓時孤寂、抑鬱、悵惘的心情。詩人正是懷著這種心情來寫「望」中之景的。

「白雲映水搖空城，白露垂珠滴秋月。」上句寫俯視，下句寫仰觀。俯視白雲和城垣的影子倒映在江面上，微波湧動，恍若白雲、城垣在輕輕搖蕩；仰觀遙空垂落的露珠，在月光映照下，像珍珠般晶瑩，彷彿是從月亮中滴出。十四個字，把秋月下臨江古城特殊的夜景，描繪得多麼逼真傳神！兩個「白」字，在色彩上分外渲染出月光之皎潔，雲天之渺茫，露珠之晶瑩，江水之明淨。「空」字，在氣氛上又令人感到古城之夜特別靜寂。「搖」、「滴」兩個動詞用得尤其神奇。城是不會「搖」的，但「涼風發」，水搖，影搖，給你的幻覺，城也搖蕩起來。月亮是不會「滴」露珠的，但「獨上高樓」，凝神仰望秋月皎潔如洗，好像露珠是從月亮上滴下似的。「滴」與「搖」，使整個靜止的畫面飛動起來，使本屬平常的雲、水、城、露、月諸多景物，一齊情態畢露，異趣橫生，令人浮想聯翩，為之神往。這樣的描寫，不僅反映出浪漫主義詩人想像的奇特，也充分顯示出他對大自然敏銳的感覺和細緻的觀察力，故能捕捉住客觀景物的主要特徵，「著一字而境界全出」（王國維《人間詞話》）。

「月下沉吟久不歸，古來相接眼中稀。」詩人佇立月下，沉思默想，久久不歸。他苦苦思索什麼？原來他是在慨嘆人世混濁，知音難遇。「相接」，精神相通、心心相印的意思。一個「稀」字，吐露了詩人一生懷才不遇、憤世嫉俗的苦悶心情。「古來」、「眼中」，又是詩人無可奈何的自我安慰。意思是說，不僅是我眼前知音稀少，自古以來有才華、有抱負的人當時也都是如此。知音者「眼中」既然「稀」，詩人很自然地懷念起他所敬慕的歷史人物。這裡「眼中」二字對最後一聯，在結構上又起了「金針暗度」的作用，暗示底下將要寫什麼。

「解道『澄江淨如練』，令人長憶謝玄暉。」謝玄暉，即謝朓，南齊著名詩人，曾任過地方官和京官，後被誣陷，下獄死。李白一生對謝朓十分敬慕，這是因為謝朓的詩風清新秀逸，他的孤直、傲岸的性格和不幸遭遇同李白相似，用李白的話說，就叫做「今古一相接」（〈謝公亭〉）。謝朓在被排擠出京離開金陵時，曾寫有〈晚登三山還望京邑〉的著名詩篇，描寫金陵壯美的景色和抒發去國懷鄉之愁。「澄江淨如練」就是此詩中的一句，他把清澈的江水比喻成潔白的絲綢。李白夜登城西樓和謝朓當年晚登三山，境遇同樣不幸，心情同樣苦悶（李白寫此詩是在他遭權奸讒毀被排擠離開長安之後），就很自然地會聯想到當年謝朓筆下的江景，想到謝朓寫此詩的心情，於是發出會心的讚嘆：「解道『澄江淨如練』，令人長憶謝玄暉。」意思是說，謝朓能吟出「澄江淨如練」這樣的好詩，令我深深地懷念他。這兩句，話中有「話」，其潛臺詞是，我與謝朓精神「相接」，他的詩我能理解；今日我寫此詩，與謝朓當年心情相同，有誰能「解道」、能「長憶」呢？可見李白「長憶」謝朓，乃是感慨自己身處暗世，缺少知音，孤寂難耐。這正是此詩的命意，在結處含蓄地點出，與開頭的「獨上」相呼應，令人倍感「月下沉吟」的詩人是多麼的寂寞和憂愁。

這首詩，詩人筆觸所及，廣闊而悠遠，天上，地下，眼前，往古，飄然而來，忽然而去，有天馬行空不可羈勒之勢。表面看來，似乎信筆揮灑，未加經營；仔細玩味，則脈絡分明，一線貫通。這根「線」，便是「愁情」二字。詩人時而寫自己行跡或直抒胸臆（如一、三聯），時而描繪客觀景物或讚美古人（如二、四聯），使這條感情線索時顯時隱、一起一伏，像波浪推湧，節奏鮮明，又逐步趨向深化，由此可見詩人構思之精。這首詩中，詞語的選用，韻律的變換，在色彩上，在聲調上，在韻味上，都協調一致，給人以一種蒼茫、悲涼、沉鬱的感覺。這就格外突出了詩中的抒情主線，使得全詩渾然一體，愈見精美。（何慶善）

白雲歌送劉十六歸山　李白

楚山秦山①皆白雲，白雲處處長隨君。

長隨君，君入楚山裡，雲亦隨君渡湘水。

湘水上，女蘿衣，白雲堪臥君早歸。

〔註〕①楚山：這裡指今湖南地區，湖南古屬楚疆。秦山：這裡指唐都長安，古屬秦地。

這首詩是唐玄宗天寶初年，李白在長安送劉十六歸隱湖南時所作。詩八句四十二字，因為其中不少詞語的重沓詠歌，便覺得聲韻流轉，情懷搖漾，含意深厚，意境超遠，應當說是歌行中的上品。

這首詩的引人處首先在於一股真情撲人。詩人送劉十六歸隱是飽含著自己的感情的，甚至不妨說，是借劉十六的酒杯澆自己的塊壘。

天寶初年，李白懷著濟世之志，奉詔來到長安，然而長安「珠玉買歌笑，糟糠養賢才」（〈古風〉其十五）的政治現實，把他的期望擊得粉碎，因此，不得不使他考慮到將來的去向和歸宿。這時他送友人歸山，不再是對待一般隱逸的感情，而是滲透著同腐敗政治決裂的濃烈情緒，因而感情噴薄而出。

這首詩選用的表情途徑，極為別致。詩命題為「白雲歌」，詩中緊緊抓住白雲這一形象，展開情懷的抒發。

白雲向來是和隱者聯繫在一起的。南朝時，陶弘景隱於句曲山，齊高帝蕭道成有詔問他「山中何所有」，他作詩答說：「山中何所有？嶺上多白雲。只可自怡悅，不堪持贈君。」從此白雲便與隱者結下不解之緣了。白雲自由不羈，高舉脫俗，潔白無瑕，是隱者品格的最好象徵。李白這首詩直接從白雲入手，不須費詞，一下子便把人帶入清逸高潔的境界。

為了充分利用白雲的形象和作用，這首送別詩不再從別的方面申敘離情，只擇取劉十六自秦歸隱於楚的行程落筆。從首句「楚山秦山皆白雲」起，這朵白雲便與他形影不離，隨他渡湘水，隨他入楚山裡，直到末句「白雲堪臥君早歸」祝願他高臥白雲為止，可以說全詩從白雲始，以白雲終。我們似乎只看到一朵白雲的飄浮，而隱者的高潔，隱逸行動的高尚，盡在不言之中。明胡應麟說「詩貴清空」，又說「詩主風神」（《詩藪．外編》卷二）。這首詩不直寫隱者，也不詠物式地實描白雲，而只把它當做隱逸的象徵。因此，是隱者，亦是白雲；是白雲，亦是隱者，真正達到清空高妙，風神瀟灑的境界。明方弘靜說：「〈白雲歌〉無詠物句，自是天仙語，他人稍有擬象，即屬凡調。」（《千一錄》卷十二）是體會到了這一妙處的。

這首歌行運筆極為自然，而自然中又包含匠心。首句稱地，不直言秦、楚，而稱「楚山」、「秦山」，不僅與歸山相應，氣氛諧調，增強隱逸色調；而且古人以為雲觸山石而生，自然地引出了白雲。擇字之妙，一筆雙關。當詩筆觸及湘水時，隨事生情，點染上「女蘿衣」一句。戰國楚屈原《九歌．山鬼》云：「若有人兮山之阿，被薜荔兮帶女蘿。」「女蘿衣」即代指山鬼。山鬼愛慕有善行好姿的人，「被石蘭兮帶杜衡，折芳馨兮遺所思」。漢代王逸《楚辭章句》註云：「所思，謂清潔之士若屈原者也。」這裡借用這一故實，意謂湘水對潔身修德之人將以盛情相待，進一步渲染了隱逸地的可愛和歸者之當歸。而隱以屈原喻歸者，又自在言外。末句一個「堪」字包含多少感慨！白雲堪臥，也就是市朝不可居。有了這個「堪」字，「君早歸」三字雖極平實，也含有無限堅定的意味了。詩意表現得含蓄深厚，平淡中有鋒芒。

本詩採用了歌體形式來表達傾瀉奔放的感情是十分適宜的。句式上又多用頂真格，即下一句之首重複上一句之尾的詞語，具有民歌複沓歌詠的風味，增加了音節的流美和情意的纏綿，使內容和藝術形式達到和諧的統一。（孫靜）

秋浦歌十七首（其十四）　李白

爐火照天地，紅星亂紫煙。
赧郎明月夜，歌曲動寒川。

秋浦，在今安徽省貴池縣西，是唐代銀和銅的產地之一。大約唐玄宗天寶十二載（七五三），李白漫遊到此，寫了組詩〈秋浦歌〉。本篇是其中第十四首。這是一首正面描寫和歌頌冶煉工人的詩歌，在浩如煙海的古典詩歌中較為罕見，因而極為可貴。

「爐火照天地，紅星亂紫煙」，詩一開頭，便呈現出一幅色調明亮、氣氛熱烈的冶煉場景：爐火熊熊燃燒，紅星四濺，紫煙蒸騰，廣袤的天地被紅彤彤的爐火照得通明。詩人用了「照」、「亂」兩個看似平常的字眼，但一經煉入詩句，便使冶煉的場面卓然生輝。透過這生動景象，不難感受到詩人那種新奇、興奮、驚嘆之情。

接著兩句「赧郎明月夜，歌曲動寒川」，轉入對冶煉工人形象的描繪。詩人以粗獷的線條，略加勾勒，冶煉工人雄偉健壯的形象便躍然紙上。「赧郎」二字用詞新穎，頗耐尋味。「赧」，原指因害羞而臉紅；這裡是指爐火映紅人臉。從「赧郎」二字，可以聯想到他們健美強壯的體魄和勤勞、樸實、熱情、豪爽、樂觀的性格。結句「歌曲動寒川」，關合了上句對人物形象的塑造。冶煉工人一邊勞動，一邊歌唱，那嘹亮的歌聲使寒冷的河水都蕩漾起來了。他們唱的什麼歌？詩人未加明點，讀者可以作出各式各樣的補充和聯想。歌聲果真把寒川激盪了麼？當然不會，這是詩人的獨特感受，是誇張之筆，卻極為傳神。如果說，「赧郎」句只是描繪了明月、爐火交映下冶煉工人的面部肖像，那麼，這一句則揭示出他們的內心世界，他們豐富的情感和優美的情操，字裡行間飽含著詩人的讚美歌頌之情。

這是一幅瑰瑋壯觀的秋夜冶煉圖。在詩人神奇的畫筆下，光、熱、聲、色交織輝映，明與暗、冷與熱、動與靜烘托映襯，鮮明、生動地表現了火熱的勞動場景，酣暢淋漓地塑造了古代冶煉工人的形象，確是古代詩歌寶庫中放射異彩的珍品。（張秉戍）

秋浦歌十七首（其十五） 李白

白髮三千丈，緣愁似箇長。
不知明鏡裡，何處得秋霜！

這是一首抒憤詩。詩人以奔放的激情，浪漫主義的藝術手法，塑造了「自我」的形象，宣洩了積蘊極深的怨憤和抑鬱，發揮了強烈感人的藝術力量。

「白髮三千丈，緣愁似箇長。」劈空而來，似大潮奔湧，似火山爆發，駭人心目。單看「白髮三千丈」一句，真叫人無法理解，白髮怎麼能有「三千丈」呢？讀到下句「緣愁似箇長」，豁然明白，原來「三千丈」的白髮是因愁而生，因愁而長！愁生白髮，人所共曉，而長達三千丈，該有多少深重的愁思？十個字的千鈞重量落在一個「愁」字上。以此寫愁，匪夷所思！奇想出奇句，不能不使人驚嘆詩人的氣魄和筆力。

古典詩歌裡寫愁的取譬很多。宋人羅大經《鶴林玉露》說：「詩家有以山喻愁者，杜少陵云：『憂端如山來（按：當作「齊終南」），澒洞不可掇』……有以水喻愁者，李頎云：『請量東海水，看取淺深愁。』」李白獨闢蹊徑，以「白髮三千丈」之長喻愁之深之重，「尤為新奇，兼興中有比，意味更長」（同上）。人們不但不會因「三千丈」的無理而見怪詩人，相反會由衷讚賞這出乎常情而又入於人心的奇句，而且感到詩人的長嘆疾呼實堪同情。

人看到自己頭上生了白髮以及白髮的長短，是因為照鏡而知。首二句暗藏照鏡，三、四句就明白寫出「不知明鏡裡，何處得秋霜」。秋霜色白，以代指白髮，似重複又非重複，它並具憂傷憔悴的感情色彩，不是白髮的「白」字所能兼帶。上句的「不知」，不是真不知，不是因「不知」而發出「何處」之問。這兩句不是問語，而是憤激語，痛切語。詩眼就在下句的一個「得」字上。如此濃愁，從何而「得」？「得」字直貫到詩人半生中所受到的排擠壓抑；所志不遂，因此而愁生白髮，鬢染秋霜，親歷親感，何由不知！李白有「奮其智能，願為輔弼」的雄心，有使「寰區大定，海縣清一」的理想（均見〈代壽山答孟少府移文書〉），儘管屢遭挫折，未能實現，但他的志向始終不泯。寫這首詩時，他已經五十多歲了，壯志未酬，人已衰老，怎能不倍加痛苦！所以攬鏡自照，怵目驚心，發生「白髮三千丈」的孤吟，使天下後世識其悲憤，並以此奇想奇句流傳千古，可謂善作不平鳴者了。（張秉戍、陳長明）

當塗趙炎少府粉圖山水歌

李白

峨眉高出西極天，羅浮直與南溟連。名公繹思揮彩筆，驅山走海置眼前。
滿堂空翠如可掃，赤城霞氣蒼梧煙。洞庭瀟湘意渺綿，三江七澤情洄沿。
驚濤洶湧向何處，孤舟一去迷歸年。征帆不動亦不旋，飄如隨風落天邊。
心搖目斷興難盡，幾時可到三山巔①？西峰崢嶸噴流泉，橫石蹙水波潺湲。
東崖合沓蔽輕霧，深林雜樹空芊綿。此中冥昧失晝夜，隱几寂聽無鳴蟬。
長松之下列羽客②，對坐不語南昌仙。南昌仙人趙夫子，妙年歷落③青雲士。
訟庭無事羅眾賓，杳然如在丹青裡。五色粉圖安足珍？真仙可以全吾身。
若待功成拂衣去，武陵桃花笑殺人。

〔註〕①《史記．封禪書》記載：戰國時代齊威王、齊宣王和燕昭王，皆曾「使人入海求蓬萊、方丈、瀛洲。此三神山者，其傳在勃海中，去人不遠。」②羽客，指道士，亦可指仙人。③歷落，超凡脫俗。

李白題畫詩不多，此篇彌足珍貴。詩透過對一幅山水壁畫的傳神描敘，再現了畫工創造的奇跡，再現了觀畫者複雜的情感活動。他完全沉入畫的藝術境界中去，感受深切，並透過一枝驚風雨、泣鬼神的詩筆予以抒發，震盪讀者心靈。

從「峨眉高出西極天」到「三江七澤情洄沿」是詩的第一段，從整體著眼，概略地描述出一幅雄偉壯觀、森羅萬象的巨型山水圖，讚嘆畫家妙奪天工的本領。什麼是名公「繹思」呢？繹，是蠶抽絲。這裡的「繹思」或可相當於今日的所謂「藝術聯想」。「搜盡奇峰打草稿」（石濤《苦瓜和尚畫語錄》），藝術地再現生活，這就需要「繹思」的本領，揮動如椽巨筆，於是達到「驅山走海置眼前」的效果。這一段，對形象思維是一個絕妙的說明。峨眉山的奇高，羅浮山的靈秀，赤城山的霞氣，蒼梧（九嶷）山的雲煙，南溟的浩瀚，瀟湘洞庭的渺綿，三江七澤的迂迴……幾乎把天下山水之精華薈萃於一壁，這是何等壯觀，何等有氣魄！當然，這絕不是一個山水的大雜燴，而是經過匠心經營的山水再造。這似乎也是李白自己山水詩創作的寫照和經驗之談。

這裡詩人用的是「廣角鏡頭」，展示了全幅山水的大的印象。然後，開始搖鏡頭，調整焦距，隨著讀者的眼光朝畫面推進，聚於一點：「驚濤洶湧向何處，孤舟一去迷歸年。征帆不動亦不旋，飄如隨風落天邊。」這一葉「孤舟」，在整個畫面中真是渺小了，但它畢竟是人事啊，因此引起詩人無微不至的關心：在這洶湧的波濤中，你想往哪兒去呢？你何時才回來呢？這是無法回答的問題。「征帆」兩句寫畫船極妙。畫中之船本來是「不動亦不旋」的，但詩人感到它的不動不旋，並非因為它是畫船，而是因為它放任自由、聽風浪擺布的緣故，是能動而不動的。宋蘇軾〈李思訓畫長江絕島圖〉寫畫船是「孤山久與船低昂」，從不動見動，令人稱妙；李白此處寫畫船則從不動見能動，別是一種妙處。以下緊接一問：這樣信船放流，可幾時能達到那遙遠的目的地——海上「三山」呢？那孤舟中坐的彷彿成了詩人自己，航行的意圖也就是「五嶽尋仙不辭遠」（李白〈廬山謠寄盧侍御虛舟〉）的意圖。「心搖目斷興難盡」，寫出詩人對畫的神往和激動。這時，畫與真，物與我完全融合為一了。

鏡頭再次推遠，讀者的眼界又開闊起來：「西峰崢嶸噴流泉，橫石蹙水波潺湲。東崖合沓蔽輕霧，深林雜樹空芊綿。」這是對山水圖景具體的描述，展示出畫面的一些主要的細部，從「西峰」到「東崖」，景致多姿善變。西邊，是參天奇峰夾雜著飛瀑流泉，山下石塊隆起，綠水縈迴，泛著漣漪，景色清峻；東邊則山崖重疊，雲樹蒼茫，氣勢磅礴，由於崖嶂遮蔽天日，顯得比較幽深。「此中冥昧失晝夜，隱几寂聽無鳴蟬。」一蟬不鳴，更顯出空山的寂寥。但詩人感到，「無鳴蟬」並不因為這只是一幅畫的原因；「隱几（憑著几案）寂聽」，多麼出神地寫出山水如真，引人遐想的情狀。這一神來之筆，寫無聲疑有聲，與前「孤舟不動」二句異曲同工。以上是第二段，對畫面作具體描述。

以下由景寫到人，再寫到作者的觀感作結，是詩的末段。「長松之下列羽客，對坐不語南昌仙。」這裡簡直令人連寫畫寫實都不辨了。大約畫中的松樹下默坐著幾個仙人，詩人說，那怕是西漢時成仙的南昌尉梅福吧。然而緊接筆鋒一掉，直指畫主趙炎為「南昌仙人」：「南昌仙人趙夫子，妙年歷落青雲士。訟庭無事羅眾賓，杳然如在丹青裡。」趙炎為當塗少府（縣尉的別稱，管理一縣的軍事、治安），說他「訟庭無事」，謂其在任政清刑簡，有諛美主人之意，但這不關宏旨。值得注意的倒是，趙炎與畫中人合二而一了。清沈德潛批點道：「真景如畫。」（《唐詩別裁集》）這其實又是「畫景如真」所產生的效果。全詩到此止，一直給人似畫非畫、似真非真的感覺。最後，詩人從幻境中清醒過來，重新站到畫外，產生出複雜的思想感情：「五色粉圖安足珍，真仙可以全吾身。若待功成拂衣去，武陵桃花笑殺人。」他感到遺憾，這畢竟是畫啊，在現實中要有這樣的去處就好了。有沒有呢？詩人認為有。於是，他想名山尋仙去。而且要趁早，如果等到像魯仲連、張子房那樣功成身退（天知道要等到什麼時候），再就桃源歸隱，是太晚了，不免會受到「武陵桃花」的奚落。這幾句話對於李白，實在反常，因為他一向推崇魯仲連一類人物，以功成身退為最高理想。這種自我否定，實在是憤疾之詞。詩作於長安放還之後，安史之亂以前，帶有那一特定時期的思想情緒。這樣從畫境聯繫到現實，固然賦予詩歌更深一層的思想內容，同時，這種思想感受的產生，卻又正顯示了這幅山水畫巨大的感染力量，並以優美藝術境界映照出現實的汙濁，從而引起人們對理想的追求。

這首題畫詩與作者的山水詩一樣，表現大自然美的宏偉壯闊一面；從動的角度、從遠近不同角度寫來，視野開闊，氣勢磅礴；同時賦山水以詩人個性。其藝術手法對後來詩歌有較大影響。蘇軾的〈李思訓畫長江絕島圖〉等詩，就可以看作是繼承此詩某些手法而有所發展的。（周嘯天）

永王東巡歌十一首（其二）　李白

三川北虜亂如麻，四海南奔似永嘉。
但用東山謝安石，為君談笑靜胡沙。

唐玄宗天寶十四載（七五五），安祿山在范陽（治所在今河北涿州市）起兵造反，第二年攻陷潼關（在今陝西潼關縣東北）。京師震恐，唐玄宗倉皇出逃四川，途中命其第十六子永王李璘經營長江流域。十二月下旬，永王引水師順江東下，途經九江時，三請李白出廬山，詩人應召，參加了李幕府。隨軍途中，寫下〈永王東巡歌〉十一首，這是第二首。

「三川北虜亂如麻」，三川即黃河、洛河、伊河，這裡指三水流經的河南郡（包括河南黃河兩岸一帶）。北虜指安祿山叛軍。「亂如麻」喻叛軍既多且亂。叛軍到處燒殺搶掠，造成廣大三川地區人煙斷絕，千里蕭條。「四海南奔似永嘉」，歷史的驚人相似，使詩人回想起晉懷帝永嘉五年（三一一）時，前漢劉聰的相國劉曜，攻陷晉都洛陽，把人民推入水深火熱之中。在詩人眼裡，同為胡人，同起於北方，同樣造成了天下大亂。這就從歷史高度揭示了這場災難的規模和性質，表明了鮮明的愛憎。

「但用東山謝安石，為君談笑靜胡沙」，是本篇最精彩之筆。史載，前秦苻堅進攻東晉，領兵百萬，聲勢浩大。謝安（字安石）被孝武帝任為征討大都督，卻弈棋自若，破苻堅大軍於淝水，創造了歷史上以少勝多的著名戰例。詩人自比「東山再起」的謝安，抒寫自己出匡廬以佐王師之情。可以看出李白此時雄心勃勃，自負很高。前著「但用」，後書「為君」，筆勢飛動，風度瀟灑，一種豪邁的氣概、樂觀的情緒和必勝的信念躍然紙上。以「胡沙」喻叛軍，形象而深刻。叛軍之來，有如妖魔，飛沙走石，席捲大地，遮天蔽日。既寫出它不可一世的囂張氣焰和暗無天日的殘暴行徑，又寫出徒有聲勢的虛弱本質和為時不長的必然趨勢。「靜」字，凝練、概括，使人想見胡沙平息後的清平世界，朗朗乾坤；為君「靜胡沙」又在「談笑」之間，更見其成竹在胸，勝券在手，指揮若定，易如反掌之氣概，讀之心胸開拓，精神為之一振。

此詩的一個特色是用典精審，比擬切當。古人認為成功的用典應有三條：「易見事」，「易識事」，「易誦讀」。（宋魏慶之《詩人玉屑．用事》）詩人連用二典，皆煉意傳神，明白曉達，情境俱現，相映增輝，不愧為用典之上乘。全詩藝術構思，欲抑故揚，跌宕有致。詩人於前二句極寫叛軍之多且凶，國災民難之甚且危，目的卻在襯托後二句作者的宏圖大略。局勢寫得越嚴重，就愈見其高昂的愛國熱情和「南風一掃胡塵淨」（李白〈永王東巡歌十一首〉其十二）的雄心；氣氛寫得越緊張，就愈見其從容鎮定地「挽狂瀾於既倒」的氣魄。這種反襯性的蓄勢之筆，增強了詩的力量。（傅經順）

永王東巡歌十一首（其十一） 李白

試借君王玉馬鞭，指揮戎虜坐瓊筵。
南風一掃胡塵靜，西入長安到日邊。

李白到永王幕府以後，躊躇滿志，以為可以一舒抱負，「奮其智能，願為輔弼」，成為像謝安那樣叱咤風雲的人物。這首詩就透露出李白的這種心情。

詩人一開始就運用浪漫的想像，象徵的手法，塑造了蓋世英雄式的自我形象。「試借君王玉馬鞭」，豪邁俊逸，可謂出語驚人，比起直向永王要求軍權，又來得有詩味多了。這裡超凡的豪邁，不僅表現在敢於毛遂自薦、當仁不讓的舉措上，也不僅表現在「平交諸侯」，「不屈己，不干人」（〈代壽山答孟少府移文書〉）的落落風儀上，還表現在「試借」二字上。詩人並不稀罕權力（「玉馬鞭」）本身，不過借用一回，冀申鉛刀一割之用。

有軍權才能指揮戰爭，原是極普通的道理。一到詩人筆下，就被賦予理想的光輝，一切都化為奇妙。「指揮戎虜坐瓊筵」，就指揮戰爭的從容自信而言，詩意與「為君談笑靜胡沙」略同，但境界更奇。比較起來，連「運籌帷幄之中，決勝於千里之外」都變得平常了。能自如指揮三軍已不失為高明統帥，而這裡卻能高坐瓊筵之上，於觥籌交錯之間「指揮戎虜」，贏得一場戰爭，那簡直是不可思議的奇跡。寫戰爭沒有一絲「火藥味」，還匪夷所思地用上「瓊」、「玉」字樣，這就把戰爭浪漫化或詩化了。這又正是李白個性的自然流露。

那時不是「三川北虜亂如麻，四海南奔似永嘉」（〈永王東巡歌十一首〉其二），局面幾乎不可收拾麼？但有了這樣的英才，一切都將變得輕而易舉。「南風一掃胡塵靜」，幾乎轉瞬之間，就「使寰區大定，海縣清一」（同上〈代〉文）。以南風掃塵來比喻戰爭，不僅形象化，而且有所取義。蓋古人認為南風是滋養萬物之風，「南風」句也就含有復興邦家之意。而永王軍當時在南方，用「南風」設譬也貼切。

當完成如此偉大的統一事業之後，又該怎樣呢？出將入相？否，那遠非李白的志向。詩人一向崇拜的人物是魯仲連，他的最高理想是功成身退。這一點詩人屢次提到，同期詩作〈在水軍宴贈幕府諸侍御〉中的「所冀旄頭滅，功成追魯連」，就是此意。

這裡，詩人再一次表達了這一理想，而且以此推及永王。「西入長安到日邊」（「日」是皇帝的象徵；而言長安在日邊），這不但意味著「談笑凱歌還」，還隱含功成弗居之意。詩人萬沒想到，永王廣攬人物、招募壯士是別有用心。在他那過於浪漫的心目中，永王也被理想化了。

李白第二次從政雖然以悲慘的失敗告終，但他燃燒著愛國熱情的詩篇卻並不因此減色。在唐絕句中，像〈永王東巡歌〉這樣飽含政治熱情，把干預現實和追求理想結合起來，運用浪漫主義手法創作的作品不可多得。此詩形象飛動，詞氣誇張，寫得興會淋漓，千載以下讀之，仍凜凜有生氣。（周嘯天）

李白〈峨眉山月歌〉——明刊本《唐詩畫譜》

峨眉山月歌　李白

峨眉山月半輪秋，影入平羌江水流。
夜發清溪向三峽，思君①不見下渝州。

〔註〕①一說「君」即指峨眉山月。清沈德潛《唐詩別裁集》：「月在清溪、三峽之間，半輪亦不復見矣。『君』字即指月。」一說「君」指同住峨眉山的友人，則詩中山月兼為友情之象徵。

這首詩是年輕的李白初離蜀地時的作品，意境明朗，語言淺近，音韻流暢。

詩從「峨眉山月」寫起，點出了遠遊的時令是在秋天。「秋」字因入韻關係倒置句末。秋高氣爽，月色特明（晉代民間歌謠〈四時詠〉：「秋月揚明輝」）。以「秋」字又形容月色之美，信手拈來，自然入妙。月只「半輪」，使人聯想到青山吐月的優美意境。在峨眉山的東北有平羌江，即今青衣江，源出於四川蘆山縣，流至樂山縣入岷江。次句「影」指月影，「入」和「流」兩個動詞構成連動式，意言月影映入江水，又隨江水流去。生活經驗告訴我們，定位觀水中月影，任憑江水怎樣流，月影卻是不動的。「月亮走，我也走」，只有觀者順流而下，才會看到「影入江水流」的妙景。所以此句不僅寫出了月映清江的美景，同時暗點秋夜行船之事。意境可謂空靈入妙。

次句境中有人，第三句中人已露面：他正連夜從清溪驛出發進入岷江，向三峽駛去。「仗劍去國，辭親遠遊」（〈上安州裴長史書〉）的青年，乍離鄉土，對故國故人不免戀戀不捨。江行見月，如見故人。然明月畢竟不是故人，於是只能「仰頭看明月，寄情千里光」（南北朝民歌〈子夜四時歌·秋歌〉）了。末句「思君不見下渝州」依依惜別的無限情思，可謂語短情長。

峨眉山——平羌江——清溪——渝州——三峽，詩境就這樣漸次為讀者展開了一幅千里蜀江行旅圖。除「峨眉山月」而外，詩中幾乎沒有更具體的景物描寫；除「思君」二字，也沒有更多的抒情。然而「峨眉山月」這一集中的藝術形象貫串整個詩境，成為詩情的觸媒。由它引發的意蘊相當豐富：山月與人萬里相隨，夜夜可見，使「思君不見」的感慨愈加深沉。明月可親而不可近，可望而不可接，更是思友之情的象徵。凡詠月處，皆抒發江行思友之情，令人陶醉。

本來，短小的絕句在表現時空變化上頗受限制，因此一般寫法是不同時超越時空，而此詩所表現的時間與空間跨度真到了馳騁自由的境地。二十八字中地名凡五見，共十二字，這在萬首唐人絕句中是僅見的。它「四句入地名者五，然古今目為絕唱，殊不厭重」（明王世懋《藝圃擷餘》），其原因在於：詩境中無處不滲透著詩人江行體驗和思友之情，無處不貫串著山月這一具有象徵意義的藝術形象，這就把廣闊的空間和較長的時間統一起來。其次，地名的處理也富於變化。「峨眉山月」、「平羌江水」是地名附加於景物，是虛用；「發清溪」、「向三峽」、「下渝州」則是實用，而在句中位置亦有不同。讀起來也就覺不著痕跡，妙入化工。（周嘯天）

清溪行　李白

清溪清我心，水色異諸水。借問新安江，見底何如此？
人行明鏡中，鳥度屏風裡。向晚猩猩啼，空悲遠遊子。

這是一首情景交融的抒情詩，是唐玄宗天寶十二載（七五三）秋後李白遊池州（治所在今安徽貴池）時所作。池州是皖南風景勝地，而風景名勝又大多集中在清溪和秋浦沿岸。清溪源出石臺縣，像一條玉帶，蜿蜒曲折，流經貴池城，與秋浦河匯合，出池口瀉入長江。李白遊清溪寫下了好多有關清溪的詩篇。這首〈清溪行〉著意描寫清溪水色的清澈，寄託詩人喜清厭濁的情懷。

「清溪清我心」，詩人一開始就描寫了自己的直接感受。李白一生遊覽過多少名山秀川，獨有清溪的水色給他以清心的感受，這就是清溪水色的特異之處。

接著，詩人又以襯托手法突出地表現清溪水色的清澈。新安江源出徽州，流入浙江，向以水清著稱。南朝梁沈約就曾寫過一首題為〈新安江水至清淺深見底貽京邑遊好〉的詩：「洞徹隨清淺，皎鏡無冬春。千仞寫喬樹，百丈見游鱗。」新安江水無疑是清澈的，然而，和清溪相比又將如何呢？「借問新安江，見底何如此？」新安江哪能比得上清溪這樣清澈見底呢！這樣，就以新安江水色之清襯托出清溪的更清。

然後，又運用比喻的手法來正面描寫清溪的清澈。詩人以「明鏡」比喻清溪，把兩岸的群山比作「屏風」。

你看，人在岸上行走，鳥在山中穿度，倒影在清溪之中，就如：「人行明鏡中，鳥度屏風裡。」這樣一幅美麗的倒影，使人如身入其境。宋胡仔《苕溪漁隱叢話》云：「《復齋漫錄》云：山谷言：『船如天上坐，人似鏡中行。』又云：『船如天上坐，魚似鏡中懸。』沈雲卿（按：沈佺期）詩也。……予以雲卿之詩，原於王逸少（按：王羲之）〈鏡湖〉詩所謂『山陰路上行，如坐鏡中遊』之句。然李太白〈入青溪山〉亦云：『人行明鏡中，鳥度屏風裡。』雖有所襲，然語益工也。」

最後，詩人又創造了一個情調淒涼的清寂境界。詩人離開混濁的帝京，來到這水清如鏡的清溪畔，固然感到「清心」，可是這對於我們這位胸懷濟世之才的詩人，終不免有一種心靈上的孤寂。所以入晚時猩猩的一聲聲啼叫，在詩人聽來，彷彿是在為自己遠遊他鄉而悲切，流露出詩人內心一種落寞悒鬱的情緒。（鄭國銓）

臨路歌　李白

大鵬飛兮振八裔①，中天摧兮力不濟。
餘風激兮萬世，遊扶桑兮掛石②袂。
後人得之傳此，仲尼亡兮誰為出涕？

〔註〕①「裔」為邊遠之地，八裔即指四面八方。②石：清王琦輯注《李太白文集》云：當作「左」。

這首詩題中的「路」字，可能有誤。根據詩的內容，聯繫唐代李華在〈故翰林學士李君墓誌并序〉中說：「年六十有二不偶，賦臨終歌而卒。」則「臨路歌」的「路」字當與「終」字因形近而致誤，「臨路歌」即「臨終歌」。

「大鵬飛兮振八裔，中天摧兮力不濟。」打開《李太白全集》，開卷第一篇就是〈大鵬賦〉。這篇賦的初稿，寫於青年時代。可能受了莊子〈逍遙遊〉中所描繪的大鵬形象的啟發，李白在賦中以大鵬自比，抒發他要使「斗轉而天動，山搖而海傾」的遠大抱負。後來李白在長安，政治上雖遭到挫折，被唐玄宗「賜金還山」，但並沒有因此志氣消沉，大鵬的形象，仍然一直激勵著他努力奮飛。他在〈上李邕〉詩中說：「大鵬一日同風起，搏搖直上九萬里。假令風歇時下來，猶能簸卻滄溟水。」也是以大鵬自比的。大鵬在李白的眼裡是一個帶著浪漫色彩的、非凡的英雄形象。李白常把它看作自己精神的化身。他有時甚至覺得自己就真像一隻大鵬正在奮飛，或正準備奮飛。但現在，他覺得自己這樣一隻大鵬已經飛到不能再飛的時候了，他便要為大鵬唱一支悲壯的〈臨路歌〉。

歌的頭兩句是說：大鵬展翅遠舉啊，振動了四面八方；飛到半空啊，翅膀摧折，無力翱翔。兩句詩概括了李白的生平。「大鵬飛兮振八裔」，可能隱含有李白受詔入京一類事情在裡面。「中天摧兮」則指他在長安受到挫折，等於飛到半空傷了翅膀。結合詩人的實際遭遇去理解，這兩句就顯得既有形象和氣魄，又不空泛。它給人的感覺，有點像秦末項羽〈垓下歌〉開頭的「力拔山兮氣蓋世，時不利兮騅不逝」。那無限蒼涼而又感慨激昂的意味，著實震撼人心。

「餘風激兮萬世，遊扶桑兮掛石袂。」「激」是激盪、激勵，意謂大鵬雖然中天摧折，但其遺風仍然可以激盪千秋萬世。這實質是指理想雖然幻滅了，但自信他的品格和精神，仍然會給世世代代的人們以巨大的影響。扶桑，是神話傳說中的大樹，生在太陽昇起的地方。古代把太陽作為君主的象徵，這裡「遊扶桑」即指到了皇帝身邊。「掛石袂」的「石」當是「左」字之誤。漢嚴忌〈哀時命〉中有「左袪（袖）掛於榑桑（扶桑）」的話，李白此句在造語上可能受嚴忌的啟發。不過，普通的人不可能遊到扶桑，也不可能讓衣袖給樹高千丈的扶桑掛住。而大鵬又只應是左翅，而不是「左袂」。掛住的究竟是誰呢？在李白的意識中，大鵬和自己有時原是不分的，正因為如此，才有這樣的奇句。

「後人得之傳此，仲尼亡兮誰為出涕？」前一句說後人得到大鵬半空夭折的消息，以此相傳。後一句用孔子泣麟的典故。傳說麒麟是一種象徵祥瑞的異獸。哀公十四年，魯國獵獲一隻麒麟，孔子認為麒麟出非其時而被獵獲，非常難受。但如今孔子已經死了，誰肯像他當年痛哭麒麟那樣為大鵬的夭折而流淚呢？這兩句一方面深信後人對此將無限惋惜，一方面慨嘆當今之世沒有知音，含意和杜甫〈夢李白〉總結李白一生時說的「千秋萬歲名，寂寞身後事」非常相近。

〈臨路歌〉發之於聲是李白的長歌當哭；形之於文，可以看作李白自撰的墓誌銘。李白一生，既有遠大的理想，而又非常執著於理想，為實現自己的理想追求了一生。這首〈臨路歌〉讓我們看到，他在對自己一生回顧與總結的時候，流露的是對人生無比眷念和未能才盡其用的深沉惋惜。讀完此詩，掩卷而思，恍惚間會覺得詩人好像真化成了一隻大鵬在九天奮飛，那渺小的樹杈，終究是掛不住它的，它將在永恆的天幕上翱翔，為後人所瞻仰。（余恕誠）

贈孟浩然

李白

吾愛孟夫子，風流天下聞。紅顏棄軒冕，白首臥松雲。

醉月頻中聖，迷花不事君。高山安可仰，徒此揖清芬。

本詩大致寫在李白寓居湖北安陸時期（七二七～七三六），此時他常往來於襄漢一帶，與比他長十二歲的孟浩然結下了深厚友誼。詩的風格自然飄逸，描繪了孟浩然風流儒雅的形象，同時也抒發了李白與他思想感情上的共鳴。

李白的律詩，不屑為格律所拘束，而是追求古體的自然流走之勢，直抒胸臆，透出一股飄逸之氣。前人稱：「太白五律，猶為古詩之遺，情深而詞顯，又出乎自然，要其旨趣所歸，開鬱宣滯，特於風騷為近焉。」（《李詩緯》）本詩就有這樣的特色。首先看其章法結構。首聯即點題，開門見山，抒發了對孟浩然的欽敬愛慕之情。一個「愛」字是貫串全詩的抒情線索。「風流」指浩然瀟灑清遠的風度人品和超然不凡的文學才華。這一聯提綱挈領，總攝全詩。到底如何風流，就要看中間二聯的筆墨了。

中二聯好似一幅高人隱逸圖，勾勒出一個高臥林泉、風流自賞的詩人形象。「紅顏」對「白首」，概括了從少壯到晚歲的生涯。一邊是達官貴人的車馬冠服，一邊是高人隱士的松風白雲，浩然寧棄仕途而取隱遁。透過這一棄一取的對比，突出了他的高風亮節。「白首」句著一「臥」字，活畫出人物風神散朗、寄情山水的高致。頷聯是從縱的方面寫浩然的生平，頸聯則是在橫的方面寫他的隱居生活。在皓月當空的清宵，他把酒臨風，往往至於沉醉，有時則於繁花叢中，留連忘返。頷聯採取由反而正的寫法，即由棄而取；頸聯則自正及反，由隱居寫到不事君：縱橫正反，筆姿靈活。

中二聯是在形象描寫中蘊含敬愛之情，尾聯則又回到了直接抒情，感情進一步昇華。浩然不慕榮利、自甘淡泊的品格已寫得如此充分，在此基礎上將抒情加深加濃，推向高潮，就十分自然，如水到渠成。仰望高山的形象使敬慕之情具體化了，但這座山太巍峨了，因而有「安可仰」之嘆，只能在此向他純潔芳馨的品格拜揖。這樣寫比一般地寫仰望又翻進了一層，是更高意義上的崇仰，詩就在這樣的贊語中結束。

其次詩在語言上也有自然古樸的特色。首聯看似平常，但格調高古，蕭散簡遠。它以一種舒展的唱嘆語調來表達詩人的敬慕之情，自有一種風神飄逸之致，疏朗古樸之風。尾聯也具有同樣風調。中二聯不斤斤於對偶聲律，對偶自然流走，全無板滯之病。如由「紅顏」寫至「白首」，像流水淌瀉，其中運用「互體」，耐人尋味：「棄軒冕」、「臥松雲」是一個事情的兩個方面。這樣寫，在自然流走之中又增加了搖曳錯落之美。詩中用典，融化自然，不見斧鑿痕跡。如「中聖」用曹魏時徐邈的故事，他喜歡喝酒，將清酒叫作聖人，濁酒叫作賢人，「中聖」就是喝醉酒之意，與「事君」構成巧妙的對偶。「高山」一句用了《詩經．小雅．車舝》中「高山仰止，景行行止」的典故，後來司馬遷又在《孔子世家》中用來讚美孔子。這裡既是用典，又是形象描寫，即使不知其出處，也仍能欣賞其形象與詩情之美。而整個詩的結構採用抒情——描寫——抒情的方式。開頭提出「吾愛」之意，自然地過渡到描寫，揭出「可愛」之處，最後歸結到「敬愛」。依感情的自然流淌結撰成篇，所以像行雲流水般舒卷自如，表現出詩人率真自然的感情。（黃寶華）

江夏贈韋南陵冰

李白

胡驕馬驚沙塵起，胡雛飲馬天津水。君為張掖近酒泉，我竄三巴九千里。
天地再新法令寬，夜郎遷客帶霜寒。西憶故人不可見，東風吹夢到長安。
寧期此地忽相遇，驚喜茫如墮煙霧。玉簫金管喧四筵，苦心不得申長句。
昨日繡衣傾綠樽，病如桃李竟何言。昔騎天子大宛馬，今乘款段①諸侯門。
賴遇南平豁方寸，復兼夫子持清論。有似山開萬里雲，四望青天解人悶。
人悶還心悶，苦辛長苦辛。愁來飲酒二千石，寒灰重暖生陽春。
山公醉後能騎馬，別是風流賢主人。頭陀雲月多僧氣，山水何曾稱人意。
不然鳴笳按鼓戲滄流，呼取江南女兒歌棹謳。
我且為君槌碎黃鶴樓，君亦為吾倒卻鸚鵡洲。
赤壁爭雄如夢裡，且須歌舞寬離憂。

〔註〕①款段，指駑馬、劣馬。與上句大宛馬相對。

唐肅宗乾元二年（七五九），李白在長流夜郎（治所在今貴州正安西北）途中遇赦放還，在江夏（治所在今湖北武漢市武昌）逗留的日子裡，遇見了長安故人、當時任南陵（今屬安徽）縣令的韋冰。在唐肅宗和永王李璘的奪權內訌中，李白成了犧牲品，蒙受奇冤大屈。如今剛遇大赦，又驟逢故人，使他驚喜異常，滿腔悲憤，不禁迸發，便寫成了這首沉痛激烈的政治抒情詩。

詩一開始，便是一段倒敘。這是驟遇後對已往的追憶。安史亂起，你遠赴張掖，我避地三巴，地北天南，無緣相見。而當叛亂初平，肅宗返京，我卻鋃鐺入獄，披霜帶露，長流夜郎，自覺將凄涼了卻殘生。想起長安舊交，此時必當隨駕返朝，東風得意，而自己大約只能在夢中會見他們了。誰料想，我有幸遇赦，竟然又遇見無望相會的長安故人。這實在令人喜出望外，驚訝不已，簡直不可思議，茫然如墮煙霧。李白是遇赦的罪人，韋冰顯係被貶的官員，在那相逢的宴會上，人眾嘈雜，彼此的遭遇怎能說得了、道得清啊！從開頭到「苦心」句為一段，在概括追敘驟遇的驚喜之中，詩人寄託著自己和韋冰兩人的不幸遭遇和不平情緒；在抒寫迷惑不解的思緒之中，蘊含著對肅宗和朝廷的皮裡陽秋的譏刺。這恍如夢魂相見的驚喜描述，其實是大夢初醒的痛心自白。愛國的壯志，濟世的雄圖，竟成為天真的迷夢，真實的悲劇。

詩人由衷感激故人的解慰。昨天的宴會上，衣繡的貴達為自己斟酒，禮遇殊重。但是，他們只是愛慕我的才名，並不真正理解我，而我「病如桃李」，更有什麼可講的呢？當然，「桃李不言，下自成蹊」，世人終會理解我的，我的今昔榮辱，就得到故人的了解。前些時聽到了南平太守李之遙一番坦率的真心話，使人豁開胸襟；今日在這裡又得聞你的清正的言論，真好像深山撥開雲霧，使人看到晴朗的天空，驅散了心頭的苦悶。從「昨日」句到「四望」句這一段，詩人口氣雖然比較平緩，然而卻使人強烈感受到他內心無從排遣的鬱結，有似大雷雨來臨之前的沉悶。

最後一段，筆勢奔放恣肆，強烈的悲憤，直瀉而出，彷彿心頭壓抑的山洪，暴發了出來，猛烈衝擊這現實的一切。人悶，心悶，苦痛，辛酸，接連不斷，永遠如此。我只有借酒澆愁，痛飲它二千石。漢代韓安國身陷囹圄，自信死灰可以復燃，我為什麼不能呢？晉朝山簡鎮守襄陽時，常喝得酩酊大醉，「復能乘駿馬，倒著白接䍠」（《世說新語·任誕》），別是一番賢主人的風流倜儻之舉。而李白喝的是苦悶之酒，孤獨一人，自然沒有那份閒適之情了，所以酒醉也不能遣悶。還是去遨遊山水吧，但又覺得山山水水都像江夏附近著名古剎頭陀寺一樣，充斥那苦行的僧人氣，毫無樂趣，不稱人意。那麼，哪裡是出路，何處可解悶呢？倒不如乘船飄遊，招喚樂妓，鳴笳按鼓，歌舞取樂。把那曾經嚮往、追求的一切都鏟除掉，不留痕跡；把那紛爭逞雄的政治現實看作一場夢幻，不足介懷；就讓歌舞來寬解離愁吧！詩人排斥了自己以往自適的愛好，並非自暴自棄，而是極度苦悶的暴發，激烈悲憤的反抗。這最後十四句，情調愈轉愈激烈。矛頭針對黑暗的政治，冷酷的現實。

「我且為君槌碎黃鶴樓，君亦為吾倒卻鸚鵡洲」，是本篇感情最激烈的詩句，也是歷來傳誦的名句。「黃鶴樓」因神仙騎鶴上天而聞名，「鸚鵡洲」因東漢末年作過〈鸚鵡賦〉的禰衡被黃祖殺於此洲而得名。一個令人嚮往神仙，一個觸發不遇的感慨，雖然是傳說和歷史，卻寄託了韋冰和李白的情懷遭際。遊仙不是志士的理想，而是失志的歸宿；不遇本非明時的現象，卻是自古而然的常情。李白以知己的情懷，對彼此的遭際表示極大的激憤，因而要「槌碎黃鶴樓」，「倒卻鸚鵡洲」，不再懷有夢想，不再自尋苦悶。然而黃鶴樓槌不碎，鸚鵡洲倒不了，詩人極大的憤怒中包含著無可奈何的悲傷。

這詩抒寫的是真情實感，然而構思浪漫奇特。詩人抓住在江夏意外遇見韋冰的機緣，敏銳覺察這一意外相遇的喜劇中隱含著悲劇內容，浪漫地誇張地把它構思和表現為如夢覺醒。它從遇赦驟逢的驚喜如夢，寫到在冷酷境遇中覺醒，而以覺醒後的悲憤作結；從而使詩人及韋冰的遭遇具有典型意義，真實地反映出造成悲劇的時代特點。詩人是怨屈悲憤的，又是痛心絕望的，他不堪回首而又悲慨激昂，因而感情起伏轉換，熱烈充沛，使人清楚地看到他那至老未衰的「不干人、不屈己」的性格，「大濟蒼生」、「四海清一」的抱負。這是詩人暮年作品，較之前期作品，思想更成熟，藝術更老練，而風格依舊，傲岸不羈，風流倜儻，個性突出，筆調豪放，有著強烈的感情色彩。（倪其心）

贈錢徵君少陽 李白

白玉一杯酒，綠楊三月時。春風餘幾日，兩鬢各成絲。
秉燭唯須飲，投竿也未遲。如逢渭水獵，猶可帝王師。

此詩大致是作者晚年的作品。徵君，指曾被朝廷徵聘而不肯受職的隱士。錢少陽其時年已八十餘，李白在另一首詩〈贈潘侍御論錢少陽〉中說他是「眉如松雪齊四皓」，對他很推重。這首贈詩，讚揚錢少陽年老而仍懷出仕建功的抱負，同時也反映了詩人晚年壯心不已的氣概。

「白玉一杯酒，綠楊三月時。」詩一上來就寫「酒」，然後再交代時間，起勢突兀。兩句詩，畫出主人公在風光明媚、景色秀麗的暮春季節獨自飲酒的圖景，設置了一個恬淡閒靜的隱居氛圍，緊扣住錢的徵君身分。「三月」，暮春，點明季節，為頷聯寫感慨作伏筆。

「春風餘幾日，兩鬢各成絲。」此聯上承第二句。前句詞意雙關，既說春光將盡，餘日無多，又暗示錢已風燭殘年。這樣，後面的嗟老感慨就一點不使人感到意外。第四句的「各成絲」，和杜甫〈贈衛八處士〉「少壯能幾時？鬢髮各已蒼」的「各已蒼」詞意相似，是說錢和自己的鬢髮都已斑白。一個「各」字，不動聲色地把兩者聯繫起來。自此而下，詩意既是寫人之志，又是述己之懷，渾然而不可分了。三、四兩句抒發了由暮春和暮年觸發的無限感慨，而感慨之餘又怎麼辦呢？於是引出下面五、六兩句：「秉燭唯須飲，投竿也未遲。」

第五句近承頷聯，遠接首句，詩意由〈古詩十九首〉「晝短苦夜長，何不秉燭遊」演化而來，帶有更多的無可奈何、不得已飲酒避世的味道。這是欲揚先抑的寫法，為後面寫錢的抱負作鋪墊。第六句和第五句相對，句意也相似，都是寫典型的隱居生活，渲染及時尋求閒適之樂。更重要的是後句寫水邊釣魚，牽引出詩末有關呂尚（姜太公）的典故，為詩歌最後出現高潮蓄勢。這說明作者寫詩是很重視呼應轉折之法的。

尾聯「如逢渭水獵，猶可帝王師」。如果錢少陽也像呂尚一樣，在垂釣的水邊碰到思賢若渴的明君，也還能成為帝王之師，輔助國政，建立功勳。此處的「如」字和「猶」字很重要，說明收竿而起，從政立功還不是事實，而是一種設想願望，是虛寫，不是實指。唯其虛寫，才合錢的徵君身分，又表現出頌錢的詩旨。而在這背後，則隱藏著詩人暮年的雄心壯志。全詩款款寫來，以暮春暮年蓄勢，至此題旨全出，收得雄奇跌宕，令人回味不盡。

這首五律，不拘格律，頷聯不對，首聯卻對仗。李白是不願讓自己豪放不羈的情思為嚴密的格律所束縛。正如清代趙翼所說：「蓋才氣豪邁，全以神運，自不屑束縛於格律對偶，與雕繪者爭長。然有對偶處，仍自工麗，且工麗中別有一種英爽之氣，溢出行墨之外。」（《甌北詩話》卷一）此詩任情而寫，自然流暢，毫無滯澀之感；同時又含蓄蘊藉，餘意深長，沒有淺露平直的弊病，可以說在思致綿邈、音情頓挫之中透出豪放雄奇的氣勢，兼有古詩和律詩兩方面的長處，是一首別具風格的好詩。（吳小林）

贈汪倫

李白

李白乘舟將欲行，忽聞岸上踏歌聲。
桃花潭水深千尺，不及汪倫送我情！

唐玄宗天寶十四載（七五五），李白從秋浦（今安徽貴池）前往涇縣（今屬安徽）遊桃花潭，當地人汪倫常釀美酒款待他。臨走時，汪倫又來送行，李白作了這首詩留別。

詩的前半是敘事：先寫要離去者，繼寫送行者，展示一幅離別的畫面。起句「乘舟」表明是循水道；「將欲行」表明是在輕舟待發之時。這句使我們彷彿見到李白在正要離岸的小船上向人們告別的情景。送行者是誰呢？次句卻不像首句那樣直敘，而用了曲筆，只說聽見歌聲。一群村人踏地為節拍，邊走邊唱前來送行了。這似出乎李白的意料，所以說「忽聞」而不用「遙聞」。這句詩雖說得比較含蓄，只聞其聲，不見其人，但人已呼之欲出。

詩的後半是抒情。第三句遙接起句，進一步說明放船地點在桃花潭。「深千尺」既描繪了潭的特點，又為結句預伏一筆。

桃花潭水是那樣的深湛，更觸動了離人的情懷，難忘汪倫的深情厚誼，水深情深自然地聯繫起來。結句迸出「不及汪倫送我情」，以比物手法形象性地表達了真摯純潔的深情。潭水已「深千尺」，那麼汪倫送李白的情誼更有多深呢？耐人尋味。清沈德潛很欣賞這一句，他說：「若說汪倫之情比於潭水千尺，便是凡語。妙境只在一轉換間。」（《唐詩別裁集》）顯然，妙就妙在「不及」二字，好就好在不用比喻而採用比物手法，變無形的情誼為生動的形象，空靈而有餘味，自然而又情真。

這首小詩，深為後人讚賞，「桃花潭水」就成為後人抒寫別情的常用語。由於這首詩，使桃花潭一帶留下許多優美的傳說和供旅遊訪問的遺跡，如東岸題有「踏歌古岸」門額的踏歌岸閣，西岸彩虹罔石壁下的釣隱臺等等。（宛敏灝、宛新彬）

沙丘城下寄杜甫　李白

我來竟何事？高臥沙丘城。城邊有古樹，日夕連秋聲。
魯酒不可醉，齊歌空復情。思君若汶水，浩蕩寄南征。

李白與杜甫的交誼是文學史上珍貴的一頁。現存的李白詩歌中，公認的直接為杜甫而寫的只有兩首，一是〈魯郡東石門送杜二甫〉，另一首就是這首詩。

沙丘城，位於山東汶水之畔，是李白在魯中的寄寓之地。這首詩可能是唐玄宗天寶四載（七四五）秋，李白在魯郡送別杜甫、南遊江東之前，回到沙丘寓所寫。從天寶三載春夏之交，到天寶四載秋，兩人雖然也有過短暫的分別，但相處的日子還是不少的。現在，詩人送別了杜甫，從那種充滿著友情與歡樂的生活中，獨自一人回到沙丘，自然倍感孤寂，倍覺友誼的可貴。此詩就是抒發了這種情境之下的無法排遣的「思君」之情。不過，值得注意的是，詩人一開始用很多的筆墨寫「我」——「我」的生活，「我」的周圍環境，以及「我」的心情。詩的前六句沒有一個「思」字，也沒有一個「君」字，讀來大有山迴路轉、莫知所至的感覺。直到詩的結尾才豁然開朗，說出「思君」二字。當我們明白了這個主旨之後，再回過頭去細味前六句，便又覺得無一句不是寫「思君」之情，而且是一聯強似一聯，以致最後不能不直抒其情。可以說前六句之煙雲，都成了後二句之烘托。這樣的構思，既能從各個角度，用各種感受，為詩的主旨蓄勢，同時也賦予那些日常生活的情事以濃郁的詩味。

詩劈頭就說：「我來竟何事？」這是詩人自問，其中頗有幾分難言的惱恨和自責的意味。這自然會引起讀者的關注，並造成懸念。「高臥沙丘城」，高臥，實際上就是指自己閒居乏味的生活。這句話一方面描寫了眼下的生活，一方面也回應了提出上述問題的原因。詩人不來沙丘「高臥」又會怎樣呢？聯繫詩題（「寄杜甫」），聯繫來沙丘之前和杜甫相處的那些日子，答案就不言而喻了。這淩空而來的開頭，正是把詩人那種友愛歡快的生活消失之後的複雜、苦悶的感情，以一種突發的方式迸發出來了。

一、二句偏於主觀情緒的抒發，三、四句則轉向客觀景物的描繪。「城邊有古樹，日夕連秋聲」。眼前的沙丘城對於詩人來說，像是別無所見，別無所聞，只有城邊的老樹，在秋風中日夜發出瑟瑟之聲。「夜深風竹敲秋韻，萬葉千聲皆是恨」（宋歐陽修〈木蘭花〉）。這蕭瑟的秋風，淒寂的氣氛，更令人思念友人，追憶往事，更叫人愁思難解。怎麼辦呢？「別離有相思，瑤瑟與金樽」（李白〈別韋少府〉）。然而，此時此地，此情此景，非比尋常，酒也不能消愁，歌也無法忘憂。魯、齊，是指當時詩人所在的山東。「不可醉」，即沒有那個興趣去痛飲酣醉。「空復情」，因為自己無意欣賞，歌聲也只能徒有其情。這麼翻寫一筆，就大大地加重了抒情的分量，同時也就逼出下文。

汶水，發源於山東萊蕪，西南流向。杜甫在魯郡告別李白欲去長安，長安也正位於魯地的西南。所以詩人說：我的思君之情猶如這一川浩蕩的汶水，日夜不息地緊隨著你悠悠南行。詩人寄情於流水，照應詩題，點明了主旨，那流水不息、相思不絕的意境，更造成了語盡情長的韻味。這種綿綿不絕的思情，和那種「天邊看淥水，海上見青山。興罷各分袂，何須醉別顏」（李白〈廣陵贈別〉）的開闊灑脫的胸襟，顯示了詩人感情和格調的豐富多彩。

在古代詩歌的發展中，古體先於律體。但是，我們也會看到當律體盛行的時候，對於古詩的寫作也不無影響。例如李白的這首五古，全詩八句，中間四句雖非工整的對仗，但其中部分詞語的對仗以及整個的格式，卻可以見到律詩的痕跡。這種散中有對、古中有律的章法和句式，更能抒發詩人純真而深沉的感情，也使得全詩具有一種自然而凝重的風格。（趙其鈞）

聞王昌齡左遷龍標，遙有此寄　李白

楊花落盡子規啼，聞道龍標過五溪①。
我寄愁心與明月，隨風直到夜郎西。

〔註〕①五溪：雄溪、樠溪、西溪、潕溪、辰溪之總稱，均在今湖南省西部。

《新唐書．文藝傳》載王昌齡左遷（古人尚右，故稱貶官為左遷）龍標（今湖南省黔陽縣）尉，是因為「不護細行」，也就是說，他的得罪貶官，並不是由於什麼重大問題，而只是由於生活小節不夠檢點。在〈芙蓉樓送辛漸二首〉其一中，王昌齡也對他的好友說：「洛陽親友如相問，一片冰心在玉壺。」即沿用南朝宋鮑照〈代白頭吟〉中「清如玉壺冰」的比喻，來表明自己的純潔無辜。李白在聽到他的不幸遭遇以後，寫了這一首充滿同情和關切的詩篇，從遠道寄給他。

首句寫景兼點時令，而於景物獨取漂泊無定的楊花，啼叫著「不如歸去」的子規，即含有飄零之感、離別之恨在內，切合當時情事，也就融情入景。因此句已於景中見情，所以次句便直敘其事。「聞道」，表示驚惜。「過五溪」，見遷謫之荒遠，道路之艱難。不著悲痛之語，而悲痛之意自見。

後兩句抒情。人隔兩地，難以相從，而月照中天，千里可共，所以要將自己的愁心寄與明月，隨風飄到龍標。這裡的夜郎，並不是指位於今貴州省桐梓縣的古夜郎國，而是指位於今湖南省沅陵縣的夜郎縣。沅陵正在黔陽的南方而略偏西。有人由於將夜郎的位置弄錯了，所以定此詩為李白流放夜郎時所作，那是不對的。

這兩句詩所表現的意境，已見於此前的一些名作中。如南朝宋謝莊〈月賦〉：「美人邁兮音塵缺，隔千里兮共明月。臨風嘆兮將焉歇，川路長兮不可越。」三國魏曹植〈雜詩〉：「願為南流景，馳光見我君。」張若虛〈春江花月夜〉：「此時相望不相聞，願逐月華流照君。」都與之相近。而細加分析，則兩句之中，又有三層意思：一是說自己心中充滿了愁思，無可告訴，無人理解，只有將這種愁心託之於明月；二是說唯有明月分照兩地，自己和朋友都能看見她；三是說，因此，也只有依靠她才能將愁心寄與，別無他法。

透過詩人豐富的想像，本來無知無情的明月，竟變成了一個了解自己，富於同情的知心人，她能夠而且願意接受自己的要求，將自己對朋友的懷念和同情帶到遼遠的夜郎之西，交給那不幸的遷謫者。她，是多麼地多情啊！

這種將自己的感情賦予客觀事物，使之同樣具有感情，也就是使之人格化，乃是形象思維所形成的巨大的特點之一和優點之一。當詩人需要表現強烈或深厚的情感時，常常用這樣一種手段來獲得預期的效果。（沈祖棻）

憶舊遊寄譙郡元參軍

李白

憶昔洛陽董糟丘，為余天津橋南造酒樓。
黃金白璧買歌笑，一醉累月輕王侯。海內賢豪青雲客，就中與君心莫逆。
迴山轉海不作難，傾情倒意無所惜。我向淮南攀桂枝，君留洛北愁夢思。
不忍別，還相隨。相隨迢迢訪仙城，三十六曲水迴縈。
一溪初入千花明，萬壑度盡松風聲。銀鞍金絡到平地，漢東太守來相迎。
紫陽之真人，邀我吹玉笙。餐霞樓上動仙樂，嘈然宛似鸞鳳鳴。
袖長管催欲輕舉，漢東太守醉起舞。手持錦袍覆我身，我醉橫眠枕其股。
當筵意氣淩九霄，星離雨散不終朝，分飛楚關山水遙。
余既還山尋故巢，君亦歸家渡渭橋。
君家嚴君勇貔虎，作尹并州遏戎虜。五月相呼渡太行，摧輪不道羊腸苦。

行來北京歲月深，感君貴義輕黃金。瓊杯綺食青玉案，使我醉飽無歸心。
時時出向城西曲，晉祠流水如碧玉。浮舟弄水簫鼓鳴，微波龍鱗莎草綠。
興來攜妓恣經過，其若楊花似雪何！紅妝欲醉宜斜日，百尺清潭寫翠娥。
翠娥嬋娟初月輝，美人更唱舞羅衣。清風吹歌入空去，歌曲自繞行雲飛。
此時行樂難再遇，西遊因獻〈長楊賦〉①。北闕青雲不可期，東山白首還歸去。
渭橋南頭一遇君，酇臺之北又離群。問余別恨知多少，落花春暮爭紛紛。
言亦不可盡，情亦不可極。呼兒長跪緘此辭，寄君千里遙相憶。

〔註〕①〈長楊賦〉為西漢揚雄的名著，對漢成帝多所諷諫。

這首「憶舊遊」的詩是作者寫寄給好友元演的，演時為亳州（即譙郡，州治在今安徽亳州市）參軍。詩曾收入唐殷璠《河嶽英靈集》，其中又提到長安失意之事，故當作於唐玄宗天寶三載至十二載間（七四四～七五三）。詩中歷敘與元演四番聚散的經過，於入京前遊蹤最為詳明，是了解作者生平及思想的重要作品。乍看來，此詩不過寫作者青年時代裘馬輕狂的生活，至涉及縱酒狎妓、與道士交遊等內容，似乎並無多少積極的思想意義。其實不然。須知它是寫於作者「曳裾王門不稱情」（〈行路難三首〉其二），政治遭遇失意，對於社會現實與世態人情均有深入的體驗之後。因此，「憶舊遊」便不僅有懷舊而且有非今的意味。詩人筆下那恣意行樂的生活，是作為「使我不得開心顏」（〈夢遊天姥吟留別〉）的汙濁官場生活的對立面來寫的；其筆下那脫略形跡的人物，又是作為上層社會虛偽與勢利的對立面來寫的，自有言外之意在。

詩篇的組織，以與元演的離合為經緯，共分四段。前三段依次給讀者展現出許多美好的情事。

第一段從「憶昔洛陽董糟丘」到「君留洛北愁夢思」，追憶詩人在洛陽時的放誕生活及與元演的第一番聚散。這裡最引人注目的是詩人鮮明的自我形象。從洛陽一酒家（「董糟丘」）說起，這個引子就是李白個性特徵的表現。「為余天津橋（在洛陽西南之洛水上）南造酒樓」，是一個何等主觀的誇張！在自稱「酒中仙」的詩人面前，簡直就沒有一個配稱能飲酒的人。少年李白生活豪縱，充滿進取精神，飲酒是追求一種精神上的解放：「黃金白璧買歌笑，一醉累月輕王侯。」「一醉」而至於「累月」，又是一個令人驚訝、令人叫絕的誇張，在這樣的人面前真正是「萬戶侯何足道哉」！至於他的交遊，盡是「海內賢豪青雲客」，而其中最稱「莫逆之交的又是誰呢？以下自然帶出元參軍。隨即只用簡短兩句形容其交誼：彼此「傾情倒意」到可以為對方犧牲一切（「無所惜」）的地步，以至「迴山轉海」也算不得什麼（「不作難」）了。既敘得峻潔，又深蘊真情篤意。剛開這樣一個頭，以下就說分手了，那時李白旋赴淮南（「攀桂枝」指隱居訪道事，語出漢淮南小山〈招隱士〉），而元「留洛北」。不過這開頭已給讀者留下深刻的印象。

一、二段之間有兩個過渡句。「不忍別」承上「君留洛北愁夢思」，寫二人分手的依依不捨；「還相隨」又引起下文第二番相會。有此二句上下銜接極為自然。

第二段從「相隨迢迢訪仙城」到「君亦歸家渡渭橋」，追憶偕元演同遊漢東郡即隨州（州治在今湖北隨州市），與漢東太守及道士胡紫陽遊樂情事。先寫二人訪仙城山，泛舟賞景，後換馬陸行來到漢東。「相隨」六句寫風光，寫行程，簡潔入妙，路「迢迢」、「水迴縈」、「初入」、「度盡」，使人應接不暇。然後，與遠道出迎的漢東太守見面了。漢東太守的形象在此段中最生動可愛，他沒有半點專城而居的官架子。他與紫陽真人固然是老朋友，對李白也是傾蓋如故。這幾位忘形之交在隨州苦竹院——「餐霞樓」飲酒作樂，道士與詩人一同伴奏，漢東太守則起舞弄影。沒有尊卑，毫無拘束，本來就灑脫的詩人舉措更隨便了，不但喝得爛醉，甚而忘形到「我醉橫眠枕其股」了。然而太守對此則不以為忤，還脫下錦袍給他蓋上。這一幕「解衣衣我」的場面寫來感人肺腑。此段環境氛圍描寫亦妙，與道院相稱。「餐霞」的樓名，如「鳳鳴」的仙樂，都造成一種飄飄然非人世間的感覺。歡會如此高興（「當筵意氣凌九霄」），而分手又顯得多麼容易啊（「星離雨散不終朝」）。詩人與元演又作勞燕分飛，「余既還山尋故巢，君亦歸家渡渭橋」，真是天下沒有不散的筵席。

至此，詩情出現一個跳躍，直接進入第三段（從「君家嚴君勇貔虎」到「歌曲自繞行雲飛」），追憶詩人在并州受元演及其父親熱情款待的情況。從「五月相呼」句看，詩人是應元演的盛意邀請，離開安陸，同經太行山到太原府（并州）去的。三國曹操〈苦寒行〉詩云：「北上太行山，艱哉何巍巍！羊腸阪詰屈，車輪為之摧。」然而詩人興致很高，時令也很好，所以「摧輪不道羊腸苦」。這一段寫人，以元參軍為主。先從其「嚴君」（父親）寫起，不僅引進一個陪襯人物，同時也在於顯示元演將家子的身份。李白在元演那裡真是愜意極了：「行來北京（太原）歲月深，感君貴義輕黃金。瓊杯綺食青玉案，使我醉飽無歸心。」他們還時常遊覽城西的名勝古跡晉祠。晉水從這兒發源，風光極美。浮舟弄水，擊鼓吹簫，真是快樂。以下六句專寫欣賞女伎的歌舞，「其若楊花似雪何」一句大有「行樂須及春」之慨。玩樂直到傍晚，他們還不想歸去。「斜日」的紅光與歌女們的紅妝醉顏相亂，特別迷人；美人的倩影倒映清清的潭水中，風光綺麗。這時新月初上，美人的面容像月色般皎潔，她們輪番歌唱、起舞，歌聲悠揚，隨風遠去，追逐行雲……這裡，「黃金白璧買歌笑」已化為生動鮮明的圖景，可謂盡態極妍了。

第四段從「此時行樂難再遇」到篇末。「此時」一句收束前文，然後寫到長安失意時與元又一度相逢。與前三段都不同，這裡沒有情事的追憶，只用「渭橋南頭一遇君，酇臺（在譙郡）之北又離群」一筆帶過，是說關中一面，元即赴譙郡，似乎是握手已違。大約那時詩人身不自由，心亦不自在吧！關於詩人在長安的境遇，也只有含蓄的兩句話：「北闕青雲不可期，東山白首還歸去。」然而它包含多少人事感慨啊。一向曠達的詩人，竟也發出了「問余別恨知多少」的感喟，而暮春落花景象更增添了這種別恨。這種心境是「言亦不可盡，情亦不可極」，詩人只有透過懷舊（「遙相憶」）的方式來排遣了。當其「呼兒長跪緘此辭」擬以寄遠時，心頭該是怎樣一種滋味！

此詩提到「北闕青雲不可期」，顯然是含著牢騷的。但它在寫法上與〈行路難〉、〈答王十二寒夜獨酌有懷〉、〈贈從弟南平太守之遙〉等直抒旨意、嬉笑怒罵的長篇不同。它對現實的憤懣幾乎沒有正面的敘寫，而對往日舊夢重溫卻寫得恣肆快暢、筆酣墨飽。透過對故人往事的理想化、浪漫化，突出了現實的缺恨。因此它既有李白歌行通常所有的縱橫奔放的優點，又兼有深沉含蓄的特點。這是此詩藝術上的優長之一。

關於此詩的結構，清人所編《唐宋詩醇》說得好：「此篇最有紀律可循。歷數舊遊，純用序事之法。以離合為經緯，以轉折為節奏。結構極嚴而神氣自暢。至於奇情勝致，使覽者應接不暇，又其才之獨擅者耳。」這是說，此詩與李白七古通常那種「縱逸」的、無法而法的作風不同，而是按實有的經歷如實寫出，娓娓道來，層次分明，結構嚴謹，寫法卻又極富變化，頗多淋漓興會之筆。通篇以七言句為主，間出三、五、九字句，且偶爾出現奇數句（如「當筵意氣」以下三句成一意群），於整飭中見參差，終能「神氣自暢」。這是此詩藝術上另一個優長。（周嘯天）

寄東魯①二稚子

李白

吳地桑葉綠，吳蠶已三眠②。我家寄東魯，誰種龜陰③田？
春事已不及，江行復茫然。南風吹歸心，飛墮酒樓前。
樓東一株桃，枝葉拂青煙。此樹我所種，別來向三年。
桃今與樓齊，我行尚未旋。嬌女字平陽，折花倚桃邊。
折花不見我，淚下如流泉。小兒名伯禽，與姊亦齊肩。
雙行桃樹下，撫背復誰憐？念此失次第，肝腸日憂煎。
裂素④寫遠意，因之汶陽川。

〔註〕①東魯：李白大約在唐玄宗開元二十四年（七三六）從湖北安陸移家到東魯兗州任城，即今山東濟寧市。②三眠：是說春蠶將老。蠶在蛻皮時臥而不食稱眠，一般四眠就老熟結繭。③龜陰：即指龜山以北地區，是李白家庭所在。龜山在山東新泰縣西南。④素：指絹素，古代作書畫用的白絹。

唐玄宗天寶三載（七四四），李白因在朝中受權貴排擠，懷著抑鬱不平之氣離開長安，開始了生平第二次漫遊時期，歷時十一年。這一時期，他以梁園（今河南開封）、東魯為中心，廣泛地遊覽了大江南北的許多地方。這首詩，就是他在遊覽金陵（今南京）期間寫的，可能是作於天寶七載。

這是一首情深意切的寄懷詩，詩人以生動真切的筆觸，抒發了思念兒女的骨肉深情。詩以景發端，在我們面前展示了「吳地桑葉綠，吳蠶已三眠」的江南春色，把自己所在的「吳地」（這裡指南京）桑葉一片碧綠，春蠶快要結繭的情景，描繪得清新如畫。接著，即景生情，想到東魯家中春天的農事，感到自己浪跡江湖，茫無定止，那龜山北面的田園由誰來耕種呢？思念及此，不禁心憂如煎，焦慮萬分。詩人對離別了將近三年的遠在山東的家庭，田地，酒樓，桃樹，兒女，等等一切，無不一往情深，尤其是對自己的兒女更傾注了最深摯的感情。「雙行桃樹下，撫背復誰憐？」他想像了自己一雙小兒女在桃樹下玩耍的情景，他們失去了母親（李白的第一個妻子許氏此時已經去世），現在有誰來撫摩其背，愛憐他們呢？想到這裡，又不由得心煩意亂，肝腸憂煎。怎麼辦呢？那就取出一塊潔白的絹素，寫上自己無盡的懷念，寄給遠在汶陽川（今山東泰安西南一帶）的家人吧！詩篇洋溢著一個慈父對兒女所特有的撫愛、思念之情。

這首詩一個最引人注目的藝術特色，就是充滿了奇警華贍的想像。

「南風吹歸心，飛墮酒樓前」，詩人的心一下子飛到了千里之外的虛幻境界，想像出一連串生動的景象，猶如運用電影鏡頭，在我們眼前依次展現出一組優美、生動的畫面：山東任城的酒樓；酒樓東邊一棵枝葉蔥蘢的桃樹；女兒平陽在桃樹下折花；折花時忽然想念起父親，淚如泉湧；小兒子伯禽，和姐姐平陽一起在桃樹下玩耍。

詩人把所要表現的事物的形象和神態都想像得細緻入微，栩栩如生。「折花倚桃邊」，小女嬌嬈嫺雅的神態維妙維肖；「淚下如流泉」，女兒思父傷感的情狀活現眼前；「與姊亦齊肩」，竟連小兒子的身長也未忽略；「雙行桃樹下，撫背復誰憐？」一片思念之情，自然流瀉。其中最妙的是「折花不見我」一句，詩人不僅想像到兒女的體態、容貌、動作、神情，甚至連女兒的心理都一一想到，一一摹寫，可見想像之細密，思念之深切。

緊接下來，詩人又從幻境回到了現實。於是，在藝術畫面上我們又重新看到詩人自己的形象，看到他「肝腸日憂煎」的模樣和「裂素寫遠意」的動作。誠摯而急切的懷鄉土之心、思兒女之情躍然紙上，淒楚動人。

毋庸置疑，詩人情景並茂的奇麗想像，是這首詩神韻飛動、感人至深的重要原因。過去有人說：「想像必須是熱的。」（Joseph Addison，艾迪生《旁觀者》）意思大概是說，藝術想像必須含有熾熱的感情。我們重溫這一連串生動逼真、情韻盎然的想像，就不難體會到其中充溢著怎樣熾熱的感情了。如果說，「真正的創造就是藝術想像的活動」（黑格爾語），那麼，李白這首充滿奇妙想像的作品，是無愧於真正的藝術創造的。（賈文昭）

廬山謠寄盧侍御虛舟

李白

我本楚狂人，鳳歌笑孔丘。手持綠玉杖，朝別黃鶴樓。
五嶽尋仙不辭遠，一生好入名山遊。
廬山秀出南斗傍，屏風九疊雲錦張，影落明湖青黛光。
金闕前開二峰長，銀河倒掛三石梁。香爐瀑布遙相望，迴崖沓嶂凌蒼蒼。
翠影紅霞映朝日，鳥飛不到吳天長。
登高壯觀天地間，大江茫茫去不還。黃雲萬里動風色，白波九道流雪山。
好為廬山謠，興因廬山發。閒窺石鏡清我心，謝公行處蒼苔沒。
早服還丹無世情，琴心三疊道初成。遙見仙人綵雲裡，手把芙蓉朝玉京。
先期汗漫九垓上，願接盧敖遊太清。

李白流放夜郎途中遇赦後，於唐肅宗上元元年（七六〇）從江夏（今湖北武漢）往潯陽（今江西九江）遊廬山時作了這首詩。盧虛舟，字幼真，范陽（今北京大興縣）人，肅宗時任殿中侍御史，相傳「操持有清廉之譽」（見清王琦注引李華《三賢論》），曾與李白同遊廬山。

「我本楚狂人，鳳歌笑孔丘。」起句即用典，開宗明義表達胸襟：我本來就像楚狂接輿，高唱鳳歌嘲笑孔丘。孔子曾去楚國，遊說楚王。接輿在他車旁唱道：「鳳兮鳳兮，何德之衰？往者不可諫，來者猶可追！已而！已而！今之從政者殆而！」（《論語．微子》）嘲笑孔子迷於做官。李白以楚狂自比，表示了對政治前途的失望，暗示出要像楚狂那樣遊諸名山去過隱居生活。「鳳歌」一典，用語精警，內容深刻，飽含身世之感。接著詩人寫他離開武昌到廬山：「手持綠玉杖，朝別黃鶴樓。五嶽尋仙不辭遠，一生好入名山遊。」詩人以充滿神話傳說的色彩表述他的行程：拿著仙人所用的嵌有綠玉的手杖，於晨曦中離開黃鶴樓。為什麼到廬山來呢？是因為「好入名山遊」。後兩句詩，既可說是李白一生遊蹤的形象寫照，同時也透露出詩人尋仙訪道的隱逸之心。

以上是第一段，可謂序曲。然後轉入第二段，詩人以濃墨重彩，正面描繪廬山和長江的雄奇風光。先寫山景鳥瞰：「廬山秀出南斗傍，屏風九疊雲錦張，影落明湖青黛光。」古人認為天上星宿指配地上州域，廬山一帶正是南斗的分野。屏風九疊，指廬山五老峰東北的九疊雲屏。三句意謂：廬山秀麗挺拔，高聳入雲；樹木青翠，山花爛熳，九疊雲屏像錦繡雲霞般展開；湖光山影，相互映照，烘托得分外明媚綺麗。以上是粗繪，寫出廬山的雄奇瑰麗；下面，則是細描：「金闕前開二峰長，銀河倒掛三石梁。香爐瀑布遙相望，迴崖沓嶂凌蒼蒼。」金闕、三石梁、香爐、瀑布，都是廬山絕景。這四句是從仰視的角度來描寫：金闕岩前矗立著兩座高峰，三石梁瀑布有如銀河倒掛，飛瀉而下，和香爐峰瀑布遙遙相對，那裡峻崖環繞，峰巒重疊，上凌蒼天。接著，筆姿忽又宕起，總攝全景：「翠影紅霞映朝日，鳥飛不到吳天長。」旭日初昇，滿天紅霞與蒼翠山色相輝映；山勢峻高，連鳥也飛不到；站在峰頂東望吳天，真是寥廓無際。詩人用筆錯綜變化，迂迴別致，層層寫來，把山的瑰瑋和秀麗，寫得淋漓盡致，引人入勝。

然後，詩人登高遠眺，以如椽大筆，彩繪長江雄偉氣勢：「登高壯觀天地間，大江茫茫去不還。黃雲萬里動風色，白波九道流雪山。」九道，古謂長江流至潯陽分為九條支流。雪山，形容白波洶湧，堆疊如山。這幾句意謂：登臨廬山高峰，放眼縱觀，只見長江浩浩蕩蕩，直瀉東海，一去不返；萬里黃雲飄浮，天色瞬息變幻；茫茫九派，白波洶湧奔流，浪高如雪山。詩人豪情滿懷，筆墨酣暢，將長江景色寫得境界高遠，氣象萬千。何等雄偉，何等壯美！大自然之美激發了大詩人的無限詩情：「好為廬山謠，興因廬山發。閒窺石鏡清我心，謝公行處蒼苔沒。」石鏡，傳說在廬山東面有一圓石懸岩，明淨能照人形。謝公，南朝宋謝靈運，嘗入彭蠡湖口，登廬山，有「攀崖照石鏡」詩句（〈入彭蠡湖口〉）。李白經過永王事件的挫折後，重登廬山，不禁感慨萬千。這四句意思是：愛作廬山歌謠，詩興因廬山而激發。從容自得地照照石鏡，心情為之清爽；謝靈運走過的地方，如今已為青苔所覆蓋。人生無常，盛事難再。李白不禁油然產生尋仙訪道思想，希望超脫現實，以求解決內心的矛盾。

「早服還丹無世情，琴心三疊道初成。」還丹，道家所謂服後能「白日昇天」的仙丹。琴心三疊，指道家修煉的功夫很深，達到心和神悅的境界。這兩句表明詩人想像著自己有一天能早服仙丹，修煉昇仙，以擺脫世俗之情，到那虛幻的神仙世界：「遙見仙人綵雲裡，手把芙蓉朝玉京。」玉京，道教謂元始天尊居處。詩人彷彿遠遠望見神仙在綵雲裡，手拿著蓮花飛向玉京。詩人多麼嚮往這樣自由自在的世界：「先期汗漫九垓上，願接盧敖遊太清。」《淮南子．道應訓》載，盧敖遊北海，遇見一怪仙，想同他做朋友而同遊，怪仙笑道：「吾與汗漫期於九垓之外，吾不可以久駐。」遂入雲中。汗漫，意謂不可知，這裡比喻神。九垓，九天。太清，最高的天空。李白在這詩裡反用其意，以怪仙自比；盧敖借指盧虛舟，邀盧共作神仙之遊。兩句意謂：我李白已預先和不可知之神在九天之外約會，並願接待盧敖共遊仙境。詩人浮想聯翩，彷彿隨仙人飄飄然凌空而去。全詩戛然而止，餘韻悠然。

此詩思想內容比較複雜，既有對儒家孔子的嘲弄，也有對道家的崇信；一面希望擺脫世情，追求神仙生活，一面又留戀現實，熱愛人間風物。詩的感情豪邁開朗，磅礡著一種震撼山岳的氣概。想像豐富，境界開闊，給人以雄奇的美感享受。詩的韻律隨詩情變化而顯得跌宕多姿。開頭一段抒懷述志，用尤侯韻，自由舒展，音調平穩徐緩。第二段描寫廬山風景，轉唐陽韻，音韻較前提高，昂揚而圓潤。寫長江壯景則又換刪山韻，音響慷慨高亢。隨後，調子陡然降低，變為入聲月沒韻，表達歸隱求仙的閒情逸致，聲音柔弱急促，和前面的高昂調子恰好構成鮮明的對比，極富抑揚頓挫之妙。最後一段表現美麗的神仙世界，轉換庚清韻，音調又升高，悠長而舒暢，餘音嫋嫋，令人神往。前人對這首詩的藝術性評價頗高：「太白天仙之詞，語多率然而成者，故樂府歌辭咸善。……〈廬山謠〉等作，長篇短韻，驅駕氣勢，殆與南山秋色爭高可也。」（見明高棅《唐詩品彙》七言古詩敘目第三卷《正宗》）（何國治）

秋日魯郡堯祠亭上宴別杜補闕范侍御　李白

我覺秋興逸，誰云秋興悲？山將落日去，水與晴空宜。
魯酒白玉壺，送行駐金羈。歇鞍憩古木，解帶掛橫枝。
歌鼓川上亭，曲度神飆吹。雲歸碧海夕，雁沒青天時。
相失各萬里，茫然空爾思。

這是一首送別詩。宴送的杜補闕、范侍御均為李白友人。

詩一開頭緊扣題中「秋日」，抒發時令感受。自戰國楚宋玉在〈九辯〉中以「悲哉，秋之為氣也」句開篇，後來的文人墨客都是一片悲秋之聲，李白卻偏說「我覺秋興逸」，格調高昂，不同凡響。「我覺」、「誰云」都帶有強烈的主觀抒情色彩，富有李白的藝術個性；兩句對照鮮明，反襯出詩人的豪情逸致。一、二句定下基調，別宴的帷幕便徐徐拉開。

三、四兩句寫別宴的具體時間和場景：傍晚，綿延的群山帶走了落日；堯祠亭上下，清澈的水流同萬里晴空相映成趣。詩人抓住群山、落日、水流、晴空等景物，賦予自己的想像，用「將」、「與」二字把它們連成一體，既使這些自然景色獲得了個性和活力，為首句的「秋興逸」作注腳，又進一步烘托了詩人歡樂的心情。接著，正面描寫別宴：席上已擺好玉壺美酒，主賓們已止步下馬，有的正在安置馬匹休息，有的解下衣帶掛在橫生的樹枝上，大家開懷暢飲，並且歌唱的歌唱，奏曲的奏曲，歡快的樂曲聲疾風似地飄蕩在堯祠亭的四周，響徹雲霄。詩人的感情同各種富有特徵的物件、動作和音響效果等交融在一起，氣氛一句比一句濃烈，感情一層比一層推進，表現出詩人和友人們異乎尋常的樂觀、曠達，一掃一般送別詩那種常見的哀婉、悲切之情，而顯得熱烈、奔放。

宴席到這時，顯然已是高潮。時近黃昏，白雲飄向碧海，大雁從晴空飛逝。這兩句既同「山將落日去，水與晴空宜」相照應，又隱隱襯托出詩人和友人們臨別之際相依相戀的深厚情誼。宴席從高潮自然過渡到尾聲。最後，全詩以「相失各萬里，茫然空爾思」作結，酒酣席散，各奔一方，留下的是無盡的離情別緒。

李白這首詩，既是送別，又是抒情。把主觀的情感融注到被描寫的各種對象之中，語言自然而誇張，層次分明而有節奏，增強了全詩的感染力量。尤其可貴的是，詩的格調高昂、明快、豪放，讀來令人神思飛越，心胸開闊。（趙孝思）

夢遊天姥吟留別

李白

海客談瀛洲，煙濤微茫信難求。越人語天姥，雲霓明滅或可睹。
天姥連天向天橫，勢拔五嶽掩赤城。天臺四萬八千丈，對此欲倒東南傾。
我欲因之夢吳越，一夜飛度鏡湖月。湖月照我影，送我至剡溪。
謝公宿處今尚在，淥水蕩漾清猿啼。
腳著謝公屐①，身登青雲梯。半壁見海日，空中聞天雞。
千巖萬轉路不定，迷花倚石忽已瞑。熊咆龍吟殷②巖泉，慄深林兮驚層巔。
雲青青兮欲雨，水澹澹兮生煙。
列缺霹靂，丘巒崩摧。洞天石扉，訇然中開。青冥浩蕩不見底，日月照耀金銀臺。
霓為衣兮風為馬，雲之君兮紛紛而來下。虎鼓瑟兮鸞迴車，仙之人兮列如麻。
忽魂悸以魄動，怳驚起而長嗟。惟覺時之枕席，失向來之煙霞。

世間行樂亦如此，古來萬事東流水。
別君去兮何時還，且放白鹿青崖間，須行即騎訪名山。
安能摧眉折腰事權貴，使我不得開心顏！

〔註〕①謝公屐（音同基）：指南朝宋謝靈運特製的登山木屐。據《南史．謝靈運傳》：「尋山陟嶺，必造幽峻，巖嶂數十重，莫不備盡登躡。常著木屐，上山則去其前齒，下山則去其後齒。」②殷（音同引），震動之意。

這是一首記夢詩，也是一首遊仙詩。意境雄偉，變化惝怳莫測，繽紛多彩的藝術形象，新奇的表現手法，向來為人傳誦，被視為李白的代表作之一。

這首詩的題目一作〈別東魯諸公〉，作於出翰林之後。唐玄宗天寶三載（七四四），李白被唐玄宗賜金放還，這是李白政治上的一次大失敗。離長安後，曾與杜甫、高適遊梁、宋、齊、魯，又在東魯家中居住過一個時期。這時東魯的家已頗具規模，盡可在家中怡情養性，以度時光。可是李白沒有這麼做，他有一個不安定的靈魂，他有更高更遠的追求，於是離別東魯家園，又一次踏上漫遊的旅途。這首詩就是他告別東魯諸公時所作。雖然出翰林已有年月了，而政治上遭受挫折的憤怨仍然鬱結於懷，所以在詩的最後發出那樣激越的呼聲。

李白一生倘佯山水之間，熱愛山水，達到夢寐以求的境地。此詩所描寫的夢遊，也許並非完全虛託，但無論是否虛託，夢遊就更適於超脫現實，更便於發揮他的想像和誇張的才能了。

「海客談瀛洲，煙濤微茫信難求。越人語天姥，雲霓明滅或可睹。」詩一開始先說古代傳說中的海外仙境——瀛洲，虛無縹緲，不可尋求；而現實中的天姥山在浮雲彩霓中時隱時現，真是勝似仙境。以虛襯實，突出了天姥勝景，暗蘊著詩人對天姥山的嚮往，寫得富有神奇色彩，引人入勝。

天姥山臨近剡（音同善）溪，傳說登山的人聽到過仙人天姥的歌唱，因此得名。天姥山與天臺山相對，峰巒峭峙，仰望如在天表，冥茫如墮仙境，容易引起遊者想入非非的幻覺。浙東山水是李白青年時代就嚮往的地方，初出川時曾說「此行不為鱸魚鱠，自愛名山入剡中」（〈秋下荊門〉），入翰林前曾不止一次往遊。他對這裡的山水不但非常熱愛，也是非常熟悉的。

天姥山號稱奇絕，是越東靈秀之地。但比之其他崇山峻嶺，如五大名山——五嶽，在人們心目中的地位，仍有小巫見大巫之別。可是李白卻在詩中誇說它「勢拔五嶽掩赤城」，比五嶽還更挺拔，有名的天臺山則傾斜著如拜倒在天姥的足下一樣。這天姥山，被寫得聳立天外，直插雲霄，巍巍然非同凡比。這座夢中的天姥山，應該說是李白平生所經歷的奇山峻嶺的幻影，它是現實中的天姥山在李白筆下誇大了的影子。

接著展現出的是一幅一幅瑰麗變幻的奇景：天姥山隱於雲霓明滅之中，引起了詩人探求的想望。詩人進入了夢幻之中，彷彿在月夜清光的照射下，他飛度過明鏡一樣的鏡湖。明月把他的影子映照在鏡湖之上，又送他降落在謝靈運當年曾經歇宿過的地方。他穿上謝靈運當年特製的木屐，登上謝公當年曾經攀登過的石徑——青雲梯。只見：「半壁見海日，空中聞天雞。千巖萬轉路不定，迷花倚石忽已暝。熊咆龍吟殷巖泉，慄深林兮驚層巔。雲青青兮欲雨，水澹澹兮生煙。」繼飛度而寫山中所見，石徑盤旋，深山中光線幽暗，看到海日昇空，天雞高唱，這本是一片曙色；卻又於山花迷人、倚石暫憩之中，忽覺暮色降臨，且暮之變何其倏忽。暮色中熊咆龍吟，震響於山谷之間，深林為之戰慄，層巔為之驚動。不止有生命的熊與龍以咆、吟表示情感，就連層巔、深林也能戰慄、驚動，煙、水、青雲都滿含陰鬱，與詩人的情感協成一體，形成統一的氛圍。前面是浪漫主義地描寫天姥山，既高且奇；這裡又是浪漫主義地抒情，既深且遠。這奇異的境界，已經使人夠驚駭的了，但詩人並未到此止步，而詩境卻由奇異而轉入荒唐，全詩也更進入高潮。在令人驚悚不已的幽深暮色之中，霎時間「丘巒崩摧」，一個神仙世界「訇然中開」，「青冥浩蕩不見底，日月照耀金銀臺。霓為衣兮風為馬，雲之君兮紛紛而來下」。洞天福地，於此出現。「雲之君」披彩虹為衣，驅長風為馬，虎為之鼓瑟，鸞為之駕車，皆受命於詩人之筆，奔赴仙山的盛會來了。這是多麼盛大而熱烈的場面。「仙之人兮列如麻」！群仙好像列隊迎接詩人的到來。金臺、銀臺與日月交相輝映，景色壯麗，異彩繽紛，何等地驚心眩目，光耀奪人！仙山的盛會正是人世間生活的反映。這裡除了有他長期漫遊經歷過的萬壑千山的印象、古代傳說、屈原詩歌的啟發與影響，也有長安三年宮廷生活的跡印。這一切透過浪漫主義的非凡想像凝聚在一起，才有這般輝煌燦爛、氣象萬千的描繪。

值得注意的是，這首詩寫夢遊奇境，不同於一般遊仙詩，它感慨深沉，抗議激烈，並非真正依託於虛幻之中，而是在神仙世界虛無縹緲的描述中，依然著眼於現實。神遊天上仙境，而心覺「世間行樂亦如此」。仙境倏忽消失，夢境旋亦破滅，詩人終於在驚悸中返回現實。夢境破滅後，人，不是隨心所欲地輕飄飄地在夢幻中翱翔了，而是沉甸甸地躺在枕席之上。「古來萬事東流水」，其中包含著詩人對人生的幾多失意和深沉的感慨。此時此刻詩人感到最能撫慰心靈的是「且放白鹿青崖間，須行即騎訪名山」。徜徉山水的樂趣，才是最快意的，也就是在〈春夜宴從弟桃花園序〉中所說：「古人秉燭夜遊，良有以也。」本來詩意到此似乎已盡，可是最後卻憤憤然加添了兩句：「安能摧眉折腰事權貴，使我不得開心顏！」一吐長安三年的鬱悶之氣。天外飛來之筆，點亮了全詩的主題：對於名山仙境的嚮往，是出之於對權貴的抗爭，它唱出古代社會中多少懷才不遇的人的心聲。在等級森嚴的社會中，多少人屈身權貴，多少人埋沒無聞！唐朝比之其他朝代是比較開明的，較為重視人才，但也只是比較而言。人才在當時仍然擺脫不了「臣妾氣態間」（李賀〈贈陳商〉）的屈辱地位。「折腰」一詞出之於東晉的陶淵明，他曾說：「吾不能為五斗米折腰，拳拳事鄉里小人邪！」（《晉書．陶潛傳》）由於不願忍辱而賦「歸去來」。李白雖然受帝王優寵，也不過是個詞臣，在宮廷中所受到的屈辱，大約可以從這兩句詩中得到一些消息。君主把自己稱「天子」，君臨天下，把自己升高到至高無上的地位，卻抹殺了一切人的尊嚴。李白在這裡所表示的決絕態度，是向統治者所投過去的一瞥蔑視。在古代社會，敢於這樣想、敢於這樣說的人並不多。李白說了，也做了，這是他異乎常人的偉大之處。

這首詩的內容豐富、曲折、奇譎、多變，它的形象輝煌流麗，繽紛多彩，構成了全詩的浪漫主義華贍情調。它的主觀意圖本來在於宣揚「古來萬事東流水」這樣頗有消極意味的思想，可是它的格調卻是昂揚振奮的，瀟灑出塵的，有一種不卑不屈的氣概流貫其間，並無消沉之感。（喬象鍾）

金陵酒肆留別　李白

風吹柳花滿店香，吳姬壓酒勸客嘗①，
金陵子弟來相送，欲行不行各盡觴。
請君試問東流水，別意與之誰短長？

〔註〕①一作「喚客嘗」。

楊花飄絮的時節，江南水村山郭的一家小酒店裡，即將離開金陵的詩人，滿懷別緒，獨坐小酌。駘蕩的春風，捲起了垂垂欲下的楊花，輕飛亂舞，撲滿店中；當壚的姑娘，捧出新壓榨出來的美酒，勸客品嘗。這裡，柳絮濛濛，酒香郁郁，撲鼻而來，也不知是酒香，還是柳花香。這麼一幅令人陶醉的春光春色的畫面，該用多少筆墨來表現！只「風吹柳花滿店香」七字，就將風光的駘蕩，柳絮的精神，以及酒客沉醉東風的情調，生動自然地浮現在紙面之上；而且又極灑脫超逸，不費半分氣力，脫口而出，純任直觀。於此，不能不佩服李白的才華。

「風吹柳花滿店香」時，店中簡直就是柳花的世界。柳花本來無所謂香，這裡何以用一個「香」字呢？一則「心清聞妙香」（杜甫〈大雲寺贊公房四首〉其三），任何草木都有它微妙的香味；二則這個「香」字代表了春之氣息，同時又暗暗勾出下文的酒香。這裡的「店」，初看不知何店，憑仗下句始明瞭是指酒店。實在也唯有酒店中的柳花才會香，不然即使是最雅致的古玩書肆，在情景的協調上，恐怕也還當不起「風吹柳花滿店香」這七個字。所以這個「香」字初看似覺突兀，細味卻又感到是那麼的妥帖。

首句是闃無一人的境界，第二句「吳姬壓酒勸客嘗」，當壚紅粉遇到了酒客，場面上就出現人了。等到「金陵子弟」這批少年一湧而至時，酒店中就更熱鬧了。別離之際，本來未必有心飲酒，而吳姬一勸，何等有情，加上「金陵子弟」的前來，更覺情長，誰能捨此而去呢？可是偏偏要去，「來相送」三字一折，直是在上面熱鬧場面上潑了一盆冷水，點出了從來熱鬧繁華就是冷寂寥落的前奏。李白要離開金陵了。但是，如此熱辣辣的訣捨，總不能跨開大步就走吧？於是又轉為「欲行不行各盡觴」。欲行的詩人固陶然欲醉，而不行的相送者也各盡觴。情意如此之長，於是落出了「請君試問東流水，別意與之誰短長」的結句，以含蓄的筆法，悠然無盡地結束了這一首抒情的短歌。

清沈德潛說此詩「語不必深，寫情已足」（《唐詩別裁集》）。因為詩人留別的不是一兩個知己，而是一群青年朋友，所以詩中把惜別之情寫得飽滿酣暢，悠揚跌宕，唱嘆而不哀傷，表現了詩人青壯年時代風采華茂、風流瀟灑的情懷。（沈熙乾）

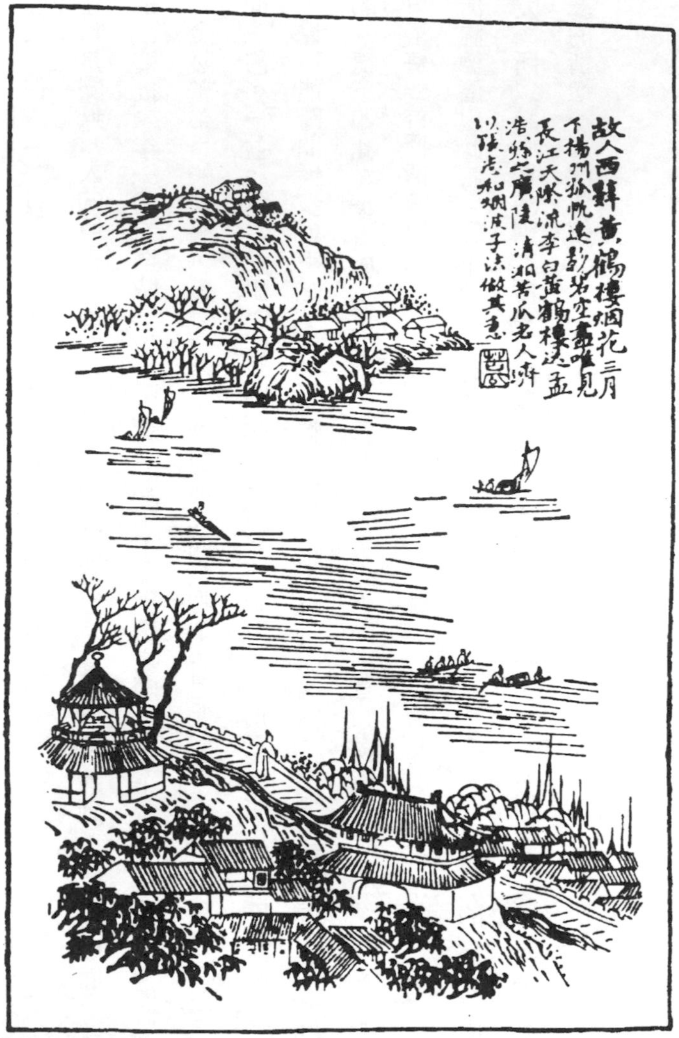
故人西辭黃鶴樓烟花三月
下揚州孤帆遠影碧空盡唯見
長江天際流李白黃鶴樓送孟
浩然之廣陵 清湘苦瓜老人濟
以張志和烟波子法做其意

李白〈黃鶴樓送孟浩然之廣陵〉——清刻本《名家畫稿》

黃鶴樓送孟浩然之廣陵　李白

故人西辭黃鶴樓，煙花三月下揚州。
孤帆遠影碧空盡，唯見長江天際流。

這首送別詩有它自己特殊的情味。它不同於王勃〈送杜少府之任蜀川〉那種少年剛腸的離別，也不同於王維〈送元二使安西〉那種深情體貼的離別。這首詩，可以說是表現一種充滿詩意的離別。其所以如此，是因為這是兩位風流瀟灑的詩人的離別。還因為這次離別跟一個繁華的時代、繁華的季節、繁華的地區相聯繫，在愉快的分手中還帶著詩人李白的嚮往，這就使得這次離別有著無比的詩意。

李白與孟浩然的交往，是在他剛出四川不久，正當年輕快意的時候，他眼裡的世界，還幾乎像黃金一般美好。比李白大十多歲的孟浩然，這時已經詩名滿天下。他給李白的印象是陶醉在山水之間，自由而愉快，所以李白在〈贈孟浩然〉詩中說：「吾愛孟夫子，風流天下聞。紅顏棄軒冕，白首臥松雲。」再說這次離別正是開元盛世，太平而又繁榮，季節是煙花三月、春意最濃的時候，從黃鶴樓到揚州，這一路都是繁花似錦。而揚州呢？更是當時整個東南地區最繁華的都會。李白是那樣一個浪漫、愛好遊覽的人，所以這次離別完全是在很濃郁的暢想曲和抒情詩的氣氛裡進行的。李白心裡沒有什麼憂傷和不愉快，相反地認為孟浩然這趟旅行快樂得很，他嚮往揚州，又嚮往孟浩然，所以一邊送別，一邊心也就跟著飛翔，胸中有無窮的詩意隨著江水蕩漾。

「故人西辭黃鶴樓」，這一句不光是為了點題，更因為黃鶴樓乃天下名勝，可能是兩位詩人經常留連聚會之所。因此一提到黃鶴樓，就帶出種種與此處有關的富於詩意的生活內容。而黃鶴樓本身呢？又是傳說仙人飛上天空去的地方，這和李白心目中這次孟浩然愉快地去揚州，又構成一種聯想，增加了那種愉快的、暢想曲的氣氛。

「煙花三月下揚州」，在「三月」上加「煙花」二字，把送別環境中那種詩的氣氛塗抹得尤為濃郁。煙花者，煙霧迷濛，繁花似錦也；給人的感覺絕不是一片地、一朵花，而是看不盡、看不透的大片陽春煙景。三月，固然是煙花之時，而開元時代繁華的長江下游，又何嘗不是煙花之地呢？「煙花三月」，不僅再現了那暮春時節、繁華之地的迷人景色，而且也透露了時代氣氛。此句意境優美，文字綺麗，清人孫洙（蘅塘退士）譽為「千古麗句」（《唐詩三百首》）。

「孤帆遠影碧空盡，唯見長江天際流。」詩的後兩句看起來似乎是寫景，但在寫景中包含著一個充滿詩意的細節。李白一直把朋友送上船，船已經揚帆而去，而他還在江邊目送遠去的風帆。李白的目光望著帆影，一直看到帆影逐漸模糊，消失在碧空的盡頭，可見目送時間之長。帆影已經消逝了，然而李白還在翹首凝望，這才注意到一江春水，浩浩蕩蕩地流向遠遠的水天交接之處。「唯見長江天際流」，是眼前景象，可是誰又能說是單純寫景呢？李白對朋友的一片深情，李白的嚮往，不正體現在這富有詩意的神馳目注之中嗎？詩人的心潮起伏，不正像浩浩東去的一江春水嗎？

總之，這一場極富詩意的、兩位風流瀟灑的詩人的離別，對李白來說，又是帶著一片嚮往之情的離別，被詩人用絢爛的陽春三月的景色，用放舟長江的寬闊畫面，用目送孤帆遠影的細節，極為傳神地表現出來了。（余恕誠）

渡荊門送別

李白

渡遠荊門外，來從楚國遊。山隨平野盡，江入大荒流。
月下飛天鏡，雲生結海樓。仍憐故鄉水，萬里送行舟。

這首詩是李白出蜀時所作。荊門，即荊門山，位於今湖北宜都縣西北，長江南岸，與北岸虎牙山隔江對峙，形勢險要，自古即有楚蜀咽喉之稱。

李白這次出蜀，由水路乘船遠行，經巴渝，出三峽，直向荊門山之外駛去，目的是到湖北、湖南一帶楚國故地遊覽。「渡遠荊門外，來從楚國遊」，指的就是這一壯遊。這時候的青年詩人，興致勃勃，坐在船上沿途縱情觀賞巫山兩岸高聳雲霄的峻嶺。一路看來，眼前景色逐漸變化，船過荊門一帶，已是平原曠野，視域頓然開闊，別是一番景色：

「山隨平野盡，江入大荒流。」

前句形象地描繪了船出三峽、渡過荊門山後長江兩岸的特有景色：山逐漸消失了，眼前是一望無際的低平的原野。它好比用電影鏡頭攝下的一組活動畫面，給人以流動感與空間感，將靜止的山嶺摹狀出活動的趨向來。

「江入大荒流」，寫出江水奔騰直瀉的氣勢，從荊門往遠處望去，彷彿流入荒漠遼遠的原野，顯得天空寥廓，境界高遠。後句著一「入」字，力透紙背，用語貼切。景中蘊藏著詩人喜悅開朗的心情和青春的蓬勃朝氣。

寫完山勢與流水，詩人又以移步換景手法，從不同角度描繪長江的近景與遠景：

「月下飛天鏡，雲生結海樓。」

長江流過荊門以下，河道迂曲，流速減緩。晚上，江面平靜時，俯視月亮在水中的倒影，好像天上飛來一面明鏡似的；日間，仰望天空，雲彩興起，變幻無窮，結成了海市蜃樓般的奇景。這正是從荊門一帶廣闊平原的高空中和平靜的江面上所觀賞到的奇妙美景。如在崇山峻嶺的三峽中，自非亭午夜分，不見曦月，夏水襄陵，江面水流湍急洶湧，那就很難有機會看到「月下飛天鏡」的水中影像；在隱天蔽日的三峽空間，也無從望見「雲生結海樓」的奇景。這一聯以水中月明如圓鏡反襯江水的平靜，以天上雲彩構成海市蜃樓襯托江岸的遼闊，天空的高遠，藝術效果十分強烈。頷頸兩聯，把生活在蜀中的人，初次出峽，見到廣大平原時的新鮮感受極其真切地寫了出來。李白在欣賞荊門一帶風光的時候，面對那流經故鄉的滔滔江水，不禁起了思鄉之情：

「仍憐故鄉水，萬里送行舟。」

詩人從「五歲誦六甲」（〈上安州裴長史書〉）起，直至二十五歲遠渡荊門，一向在四川生活，讀書於戴天山上，遊覽峨眉，隱居青城，對蜀中的山山水水懷有深摯的感情。江水流過的蜀地也就是曾經養育過他的故鄉，初次離別，他怎能不無限留戀，依依難捨呢？但詩人不說自己思念故鄉，而說故鄉之水戀戀不捨地一路送我遠行，懷著深情厚誼，萬里送行舟，從對面寫來，越發顯出自己思鄉深情。詩以濃重的懷念惜別之情結尾，言有盡而情無窮。詩題中的「送別」應是告別故鄉而不是送別朋友，詩中並無送別朋友的離情別緒。清沈德潛認為「詩中無送別意，題中二字可刪」（《唐詩別裁集》），這並不是沒有道理的。

這首詩意境高遠，風格雄健，形象奇偉，想像瑰麗。「山隨平野盡，江入大荒流」，寫得逼真如畫，有如一幅長江出峽渡荊門長軸山水圖，成為膾炙人口的佳句。如果說優秀的山水畫「咫尺應須論萬里」（杜甫〈戲題王宰畫山水圖歌〉），那麼，這首形象壯美瑰瑋的五律也可以說能以小見大，以一當十，容量豐富，包涵長江中游數萬里山勢與水流的景色，具有高度集中的藝術概括力。（何國治）

南陵別兒童入京　李白

白酒新熟山中歸，黃雞啄黍秋正肥。呼童烹雞酌白酒，兒女嬉笑牽人衣。
高歌取醉欲自慰，起舞落日爭光輝。遊說萬乘苦不早，著鞭跨馬涉遠道。
會稽愚婦輕買臣，余亦辭家西入秦。仰天大笑出門去，我輩豈是蓬蒿人①！

〔註〕①蓬、蒿指野草，「蓬蒿人」指居於鄉野之人。

李白素有遠大的抱負，他立志要「申管晏之談，謀帝王之術，奮其智能，願為輔弼，使寰區大定，海縣清一」（〈代壽山答孟少府移文書〉）。但在很長時間裡都沒有得到實現的機會。唐玄宗天寶元年（七四二），李白已四十二歲，得到唐玄宗召他入京的詔書，異常興奮。他滿以為實現自己政治理想的時機到了，立刻回到南陵（今屬安徽）家中，與兒女告別，並寫下了這首激情洋溢的七言古詩。

詩一開始就描繪出一派豐收的景象：「白酒新熟山中歸，黃雞啄黍秋正肥。」這不僅點明了歸家的時間是秋熟季節，而且，白酒新熟，黃雞啄黍，顯示一種歡快的氣氛，襯托出詩人興高采烈的情緒，為下面的描寫作了鋪墊。

接著，詩人攝取了幾個似乎是特寫的鏡頭，進一步渲染歡愉之情。李白素愛飲酒，這時更是酒興勃然，一進家門就「呼童烹雞酌白酒」，神情飛揚，頗有歡慶奉詔之意。顯然，詩人的情緒感染了家人，「兒女嬉笑牽人衣」，此情此態真切動人。飲酒似還不足以表現興奮之情，繼而又「高歌取醉欲自慰，起舞落日爭光輝」，一邊痛飲，一邊高歌，表達快慰之情。酒酣興濃，起身舞劍，劍光閃閃與落日爭輝。這樣，透過兒女嬉笑，開懷痛飲，高歌起舞幾個典型場景，把詩人喜悅的心情表現得活靈活現。在此基礎上，又進一步描寫自己的內心世界。

「遊說萬乘苦不早，著鞭跨馬涉遠道」。這裡詩人用了跌宕的表現手法，用「苦不早」反襯詩人的歡樂心情，同時，在喜悅之時，又有「苦不早」之感，正是詩人曲折複雜的心情的真實反映。正因為恨不在更早的時候見到皇帝，表達自己的政治主張，所以跨馬揚鞭巴不得一下跑完遙遠的路程。「苦不早」和「著鞭跨馬」表現出詩人的滿懷希望和急切之情。

「會稽愚婦輕買臣，余亦辭家西入秦」。詩從「苦不早」又很自然地聯想到晚年得志的朱買臣。據《漢書．朱買臣傳》記載：朱買臣，會稽人，早年家貧，以賣柴為生，常常擔柴走路時還唸書。他的妻子嫌他貧賤，離開了他。後來朱買臣得到漢武帝的賞識，做了會稽太守。詩中的「會稽愚婦」，就是指朱買臣的妻子。李白把那些目光短淺輕視自己的世俗小人比作「會稽愚婦」，而自比朱買臣，以為像朱買臣一樣，西去長安就可青雲直上了。真是得意之態溢於言表！

詩情經過一層層推演，至此，感情的波瀾湧向高潮。「仰天大笑出門去，我輩豈是蓬蒿人」。「仰天大笑」，多麼得意的神態；「豈是蓬蒿人」，何等自負的心理，詩人躊躇滿志的形象表現得淋漓盡致。

這首詩因為描述了李白生活中的一件大事，對了解李白的生活經歷和思想感情具有特殊的意義。而在藝術表現上也有其特色。詩善於在敘事中抒情。詩人描寫從歸家到離家，有頭有尾，全篇用的是直陳其事的賦體，而又兼採比興，既有正面的描寫，而又間之以烘托。詩人匠心獨運，不是一條大道直通到底，而是由表及裡，有曲折，有起伏，一層層把感情推向頂點。猶如波瀾起伏，一波未平，又生一波，使感情醞蓄得更為強烈，最後噴發而出。全詩跌宕多姿，把感情表現得真摯而又鮮明。（鄭國銓）

金鄉送韋八之西京 李白

客從長安來，還歸長安去。狂風吹我心，西掛咸陽樹。
此情不可道，此別何時遇？望望不見君，連山起煙霧。

這首詩寫於唐玄宗天寶八載（七四九）。這年春天，李白從兗州出發，東遊齊魯，在金鄉（今屬山東）遇友人韋八回長安，寫了這首送別詩。

從詩的首兩句來看，韋八似是暫來金鄉做客的，所以說「客從長安來，還歸長安去」。這兩句詩像說家常話一樣自然、樸素，好似隨手拈來，毫不費力。三、四兩句，憑空起勢，想像奇特，形象鮮明，可謂神來莫測之筆，而且帶有浪漫主義的藝術想像。詩人因送友人歸京，故思及長安。他把思念長安的心情表現得神奇、別致、新穎、奇特，寫出了送別時的心潮起伏。「狂風吹我心」，不一定是送別時真有大風伴行，而主要是狀寫送別時心情激動，如狂飆吹心。至於「西掛咸陽樹」，把我們常說的「掛心」，用虛擬的方法，形象地表現出來了。「咸陽」實指長安，因上兩句連用兩個「長安」，故此處用「咸陽」代之，避免了詞語的重複使用過多。

這兩句詩雖因送別聯類而及，但也表達出詩人的心已經追逐友人而去，很自然地流露出依依惜別的心情。「此情不可道」二句，話少情多，離別時的千種風情，萬般思緒，僅用「不可道」三字帶過，猶如「滿懷心腹事，盡在不言中」。最後兩句，寫詩人佇立凝望，目送友人歸去的情景。當友人愈去愈遠，最後連影子也消失時，詩人看到的只是連山的煙霧，在這煙霧迷濛中，寄寓著詩人與友人別後的悵惘之情。「望」字重疊，顯出佇望之久和依戀之深。

這首詩語言平易、通俗，沒有一點斧鑿痕跡。其中「狂風吹我心」二句，是膾炙人口的名句，在整首詩中，如奇峰壁立，因而使此詩「平中有奇」（清劉熙載《藝概．詩概》）。正是這種「想落天外」（清沈德潛《唐詩別裁集》）的藝術構思，顯示出詩人傑出的藝術才能。（劉文忠）

魯郡東石門送杜二甫　李白

醉別復幾日，登臨遍池臺。何時石門路，重有金樽開？
秋波落泗水①，海色明徂徠②。飛蓬各自遠，且盡手中杯！

〔註〕①泗水：古河名，在今山東省西南部，源出山東泗水縣蒙山南麓，四源並發，故名。②徂徠（音同殂來）：山名，在今山東省泰安市東南。

李白於唐玄宗天寶三載（七四四）被詔許還鄉，驅出朝廷後，在洛陽與杜甫相識，兩人一見如故，來往密切。天寶四載，李杜重逢，同遊齊魯。深秋，杜甫西去長安，李白再游江東，兩人在魯郡東石門分手，臨行時李白寫了這首送別詩。題中的「二」，是杜甫的排行。

「醉別復幾日」，沒有幾天便要離別了，那就痛快地一醉而別吧！兩位大詩人在即將分手的日子裡捨不得離開。「醉眠秋共被，攜手日同行」（杜甫〈與李十二白同尋范十隱居〉），魯郡一帶的名勝古跡，亭臺樓閣幾乎都登臨遊覽遍了，「登臨遍池臺」說的就是這個意思。李白多麼盼望這次分別後還能再次重會，同遊痛飲：「何時石門路，重有金樽開？」石門，山名，在山東曲阜東北，是一座風景秀麗的山巒。山有寺院，泉水潺潺，李杜經常在這幽雅隱逸的勝地遊覽。這兩句詩也就是杜甫所說的「何時一樽酒，重與細論文」（〈春日憶李白〉）的意思。「重有金樽開」這一「重」字，熱烈地表達了李白希望重逢歡敘的迫切心情；又說明他們生活中有共同的樂趣，富有濃烈的生活氣息，讀來令人感到親切。

李杜同嗜酒，同愛遊山玩水。他們是在秋高氣爽、風景迷人的情景中分別的：「秋波落泗水，海色明徂徠。」這裡形容詞「明」用如動詞，賦予靜態的自然色彩以運動感。不說徂徠山色本身如何青綠，而說蒼綠色彩主動有意地映照徂徠山，和宋王安石的詩句「兩山排闥送青來」（〈書湖陰先生壁〉）所採用的擬人化手法相似。這就把山色寫活，顯得生氣勃勃而富有氣勢。「明」字是這句詩的「詩眼」，寫得傳神而生動。在這山清水秀、風景如畫的背景中，兩個知心朋友正難捨難分，依依惜別：「飛蓬各自遠，且盡手中杯！」好友離別，彷彿轉蓬隨風飛舞，各自飄零遠逝，令人難過。語言不易表達情懷，言有盡而意無窮，那麼，就傾盡手中杯，以酒抒懷，來一個醉別吧！感情是多麼豪邁而爽朗。結句乾脆有力，李白對杜甫的深厚友情，不言而喻而又傾吐無遺。

這首送別詩以「醉別」開始，乾杯結束，首尾呼應，一氣呵成，充滿豪放不羈和樂觀開朗的感情，給人以鼓舞和希望而毫無纏綿哀傷的情調。詩中的山水形象，雋美秀麗，明媚動人，自然美與人情美——真摯的友情，互相襯托；純潔無邪、胸懷坦蕩的友誼和清澄的泗水秋波、明淨的徂徠山色交相輝映，景中寓情，情隨景現，給人以深刻的美感享受。這首詩以情動人，以美感人，充滿詩情畫意，是膾炙人口的佳作。（何國治）

灞陵行送別　李白

送君灞陵亭，灞水流浩浩。
上有無花之古樹，下有傷心之春草。
我向秦人問路岐，云是王粲南登之古道。
古道連綿走西京，紫闕落日浮雲生。
正當今夕斷腸處，驪歌愁絕不忍聽。

長安東南三十里處，原有一條灞水，漢文帝葬於此，遂稱灞陵。唐代，人們出長安東門相送親友，常常在這裡分手。因此，灞上、灞陵、灞水等，在唐詩裡經常是和離別聯繫在一起的。這些詞本身就帶有離別的色彩。「送君灞陵亭，灞水流浩浩。」「灞陵」、「灞水」重複出現，烘托出濃郁的離別氣氛。寫灞水水勢「流浩浩」，固然是實寫，但詩人那種惜別的感情，不也如浩浩的灞水嗎？這是賦，而又略帶比興。

「上有無花之古樹，下有傷心之春草。」這兩句一筆宕開，大大開拓了詩的意境，不僅展現了灞陵道邊的古樹春草，而且在寫景中透露了朋友臨別時不忍分手，上下顧盼、矚目四周的情態。春草萋萋，自不必說會增加離別的惆悵意緒，令人傷心不已；而古樹枯而無花，對於春天似無反映，那種歷經滄桑、歸於默然的樣子，不是比多情的芳草能引起更深沉的人生感慨嗎？這樣，前面四句，由於點到灞陵、古樹，在傷離、送別的環境描寫中，已經潛伏著懷古的情緒了。於是五、六句的出現就顯得自然。

「我向秦人問路岐，云是王粲南登之古道。」王粲，建安時代著名詩人。漢獻帝初平三年（一九二），董卓的部將李傕、郭汜等在長安作亂，他避難荊州，作了著名的〈七哀詩〉，其中有「西京亂無象，豺虎方遘患。……南登灞陵岸，回首望長安」的詩句。這裡說朋友南行之途，乃是當年王粲避亂時走過的古道，不僅暗示了朋友此行的不得意，而且隱括了王粲〈七哀詩〉中「回首望長安」的詩意。不用說，友人在離開灞陵、長別帝都時，也會像王粲那樣，依依不捨地翹首回望。

「古道連綿走西京，紫闕落日浮雲生。」這是回望所見。漫長的古道，世世代代負載過多少前往長安的人，好像古道自身就飛動著直奔西京。然而今日的西京，巍巍紫闕之上，日欲落而浮雲生，景象黯淡。這當然也帶有寫實的成分，灞上離長安三十里，回望長安，暮靄籠罩著宮闕的景象是常見的。但在古詩中，落日和浮雲聯繫在一起時，往往有指喻「讒邪害公正」的寓意。這裡便是用落日浮雲來象徵朝廷中邪佞蔽主，讒毀忠良，透露朋友離京有著令人不愉快的政治原因。

由此看來，行者和送行者除了一般的離情別緒之外，還有著對於政局的憂慮。理解了這種心情，對詩的結尾兩句的內涵，也就有了較深切的體會。「正當今夕斷腸處，驪歌愁絕不忍聽。」驪歌，指逸詩〈驪駒〉，是一首離別時唱的歌，因此驪歌也就泛指離歌。驪歌之所以愁絕，正因為今夕所感受的，並非單純的離別，而是由此觸發的更深廣的愁思。

詩是送別詩，真正明點離別的只收尾兩句，但讀起來卻覺得圍繞著送別，詩人抒發的感情綿長而深厚。從這首詩的語言節奏和音調，能感受出詩人欲別而不忍別的綿綿情思和內心深處相應的感情旋律。詩以兩個較短的五言句開頭，但「灞水流浩浩」的後面三字，卻把聲音拖長了，彷彿臨歧欲別時感情如流水般地不可控制。隨著這種「流浩浩」的情感和語勢，以下都是七言長句。三句、四句和六句用了三個「之」字，一方面造成語氣的貫注，一方面又在句中把語勢稍稍煞住，不顯得過分流走，則又與詩人送之而又欲留之的那種感情相彷彿。詩的一、二句之間，有「灞陵」和「灞水」相遞連；三、四句「上有無花之古樹，下有傷心之春草」，由於排比和用字的重疊，既相遞連，又顯得迴蕩。五、六句和七、八句，更是頂針直遞而下，這就造成斷而復續、迴環往復的音情語氣，從而體現了別離時內心深處的感情波瀾。圍繞離別，詩人筆下還展開了廣闊的空間和時間：古老的西京，綿綿的古道，紫闕落日的浮雲，懷憂去國、曾在灞陵道上留下足跡的前代詩人王粲……由於思緒綿綿，向著歷史和現實多方面擴展，因而給人以世事浩茫的感受。

李白的詩，妙在不著紙。像這首詩無論寫友情，寫朝局，與其說是用文字寫出來的，不如說更多地是在語言之外暗示的。詩的風格是飄逸的，但飄逸並不等於縹緲空泛，也不等於清空。其思想內容和藝術形象卻又都是豐滿的。詩中展現的西京古道、暮靄紫闕、浩浩灞水，以及那無花古樹、傷心春草，構成了一幅令人心神激盪而幾乎目不暇接的景象，這和清空縹緲便迥然不同。像這樣隨手寫去，自然流逸，但又有渾厚的氣象，充實的內容，是別人所難以企及的。（余恕誠）

送裴十八圖南歸嵩山二首　李白

何處可為別，長安青綺門①。胡姬招素手，延客醉金樽。
臨當上馬時，我獨與君言。風吹芳蘭折，日沒鳥雀喧。
舉手指飛鴻②，此情難具論。同歸無早晚，潁水有清源。

君思潁水綠，忽復歸嵩岑。歸時莫洗耳③，為我洗其心。
洗心得真情，洗耳徒買名。謝公終一起，相與濟蒼生。

〔註〕①《水經注．渭水》：「青城門，或曰青綺門，亦曰青門。門外舊出好瓜，昔廣陵人邵平（按：亦名召平）為秦東陵侯，秦破，為布衣，種瓜此門，瓜美，故世謂之東陵瓜。是以阮籍〈詠懷詩〉云：『昔聞東陵瓜，近在青門外，連畛距阡陌，子母相鉤帶。』」②《晉書．列傳第六十四》載郭瑀故事：張天賜遣使者孟公明持節，備禮徵召隱居的郭瑀，公明至山，郭瑀指著翔鴻說：「此鳥也，安可籠哉！」③《高士傳》載，許由「遁耕於中岳潁水之陽，箕山之下」，堯欲「召為九州長，由不欲聞之，洗耳於潁水濱。」其友巢父牽牛至河邊飲水，見許由洗耳，許由說：「堯欲召我為九州長，惡聞其聲，是故洗耳。」巢父卻說，你若處高岸深谷，誰能見到你？你只是「求其名譽」，並嫌此水會髒了牛的口。

唐玄宗天寶二年（七四三），李白在翰林。唐玄宗無意重用他，更加上楊貴妃、高力士、張垍等屢進讒言，於是，他初到長安懷抱的希望終於破滅，打算離開長安。本詩正作於此時。

詩的開頭，點明送別的地點。「長安青綺門」，是東去的行人辭別京城的起點，自然會使人想起種瓜的召平；再往前走，便是折柳分袂的灞橋。這個地方原本就蘊蓄著歷史的感慨，加上酒店裡胡姬殷勤招呼，舉杯在手，更覺得思緒萬千，別情無極。在朋友臨當上馬，相別即在頃刻之際，詩人含蓄地傾訴了他的肺腑之言：「風吹芳蘭折，日沒鳥雀喧。」這看起來似是寫眼前易見之景，但實是暗喻心中難顯之情。芳蘭摧折，賢能之士偏偏遭遇不幸；鳥雀喧囂，奸佞之臣得志猖狂；風吹、日沒，則是政治黑暗，國勢漸衰的寫照。在知友臨別之際，道出這麼兩句，彼此都很了然，然而卻包含著多麼深廣的憂憤呵！現實既是如此，詩人又怎樣考慮他們彼此的出處行藏呢？「舉手指飛鴻，此情難具論。」手指飛鴻，並不一定是送別時實有之景，也是暗喻心中欲言之志。「鴻飛冥冥，弋人何慕焉」（漢揚雄《法言．問明》）。像鴻鳥一樣高飛，離開長安，固然是對政治汙濁的深惡痛絕，同時也還有出於實際的全身遠禍的考慮。「同歸無早晚，潁水有清源」，表明兩人對現實的認識很清醒，歸趨也正相同。「潁水有清源」，既是地理的，堪為歸隱之地；又是歷史的，更符歸隱之情，許由的流風未歇，也正似潁水的清源不竭。這也就暗含著對裴十八歸隱的讚賞和慰藉。

這個詩題下的兩首詩，雖可相對獨立，若就思想內容而言，前一首有待後一首才更高，後一首則須有前一首才完足。如果詩意僅止於同歸潁水，追蹤許由，那還只是一般詩人的手筆，而到了第二首把詩意翻進一層，才是李白所獨到的境界。

第二首起二句便好：「君思潁水綠，忽復歸嵩岑。」「您想念著碧綠清澄的潁水」，這一句把歸隱的願望寫得多麼形象。這裡在詩人筆下，抽象的思想、意念化成了具體的、美好的、能夠感觸的形象。「忽復歸嵩岑」，

「忽復」兩字現出人的個性和情態，何等灑落，何等爽快，敝屣功名富貴自在不言之中了。「歸時莫洗耳，為我洗其心。洗心得真情，洗耳徒買名。」許由洗耳的典故，用得靈活入妙。詩人在這裡把許由這位上古的高士，臨時拉來指桑罵槐，這是因為唐代以隱居為手段達到向上爬的目的者，大有其人。李白很鄙視這種假隱士，所以他說不洗心而徒事洗耳，則是矯情作偽，欺世盜名。詩人認為不論是進是退，或隱或顯，唯真正有經世濟民的抱負和才幹的人，才是超越流俗的大賢。李白平生最仰慕的古人之一——謝安，正是這種典型。「謝公終一起，相與濟蒼生」。結末是詩人與友人臨別贈言，相互勸勉、慰藉之詞，洋溢著積極向上的精神。

清王夫之在《唐詩評選》中說這首詩：「只寫送別事，托體高，著筆平。」所謂「托體高」，即以立意為勝；「著筆平」，即無句可摘。這種寫法，質樸自然，不事藻飾，直抒胸臆，實為漢魏風骨的繼承。它不在於一字一句的奇警，而在於全篇的渾成，即全篇作為一個整體，鑄成一個完整的藝術形象，使讀者想像和體會到其人的胸襟氣度、思想感情。由於詩的概括力很強，把豐富的思想感情緊縮在具體的形象之中，所以讀來醰然有味。這種藝術造境，絕不是那些鋪錦列繡、雕繪滿眼之作所能比擬的。（徐永年）

送楊山人歸嵩山　李白

我有萬古宅，嵩陽玉女峰。長留一片月，掛在東溪松。

爾去掇仙草，菖蒲花紫茸①。歲晚或相訪，青天騎白龍②。

〔註〕①紫茸：指紫色的菖蒲花。茸，形容花嬌嫩美好。此二句亦作「君行到此峰，餐霞駐衰容」。②騎白龍：飛昇成仙的意思。

這首詩寫作於玄宗天寶初年。楊山人大約是李白早年「訪道」嵩山時結識的朋友。李白〈駕去溫泉後贈楊山人〉一詩云：「王公大人借顏色，金璋紫綬來相趨。當時結交何紛紛，片言道合唯有君。待吾盡節報明主，然後相攜臥白雲。」在朱紫盈門的境遇裡，與之言行契合的只有這位楊山人，可見兩人情誼之深。如今這位道合者就要離去，詩人撫今憶昔，感慨倍增。

全詩分三個層次。前四句為第一層，寫嵩山的景色，抒發了詩人對嵩山以及對昔日遁跡山林、尋仙訪道生活的眷念之情。

首聯寫峰巒，起句豪邁。一個「我」字頗有「萬物皆備於我」的氣概。「萬古宅」似即指嵩陽縣境內的玉女峰。李白當年訪道嵩山，未必就棲身於此。這裡選用「玉女」的峰名，是為了與上句的「萬古宅」相對應。「玉女」為天上的仙女，「萬古宅」就暗含仙人居所的意思，使神異的氣氛更加濃厚，也更加令人嚮往。

三、四句展示的境界更加美麗神奇。月不可留，而要「長留」，並且使它處在最恰當、最美好的位置上。

晶瑩的月亮懸掛在蒼翠挺拔的松樹之上，下面是長流不斷的溪水。它不只生動地顯現了嵩山秀麗的景色，而且寄託著隱居者高潔的情懷。

五、六句為第二層，寫楊山人歸山後的活動。詩人想像楊山人歸去後將採摘仙草，而嵩山玉女峰一帶就散布著開滿紫花的菖蒲。這種菖蒲「一寸九節，服之可以長生」（晉葛洪《神仙傳》），正可滿足他求仙的欲望。這聯上句寫人，下句寫山。人之於山，猶魚之於水，顯然有「得其所哉」的寓意。「爾」字又和前面的「我」字呼應，渲染出濃郁的別離氣氛。

末二句為第三層，詩人向好友表示「歲晚或相訪」，要和他一起去過求仙訪道、嘯傲山林的生活。結句把這種思想情緒化為具體的形象：彷彿在湛藍的天空中，一條白龍向前蜿蜒游動，龍身上騎坐著風度瀟灑的詩人，他那仙風道骨與「青天」、「白龍」相表裡，構成了美麗和諧的意境。

這是一首送別詩，但從頭至尾不寫離愁別恨。寫景的部分清幽高遠，寫楊山人歸山後的生活，恬靜安適。結尾騎龍相訪的神奇畫面，又顯得豪放飄逸。通篇緊扣詩題，透過色彩鮮明的畫面，把送別之意、惜別之情表達出來。借用前人的話說，就是用景語代替情語。它所寫的「景」，既為外在的景物，也為內在的感情，是「情與景偕，思與境共」的統一體。例如描繪嵩山秀麗的景色，抒發了詩人對它的愛慕之情，就寓有懷念楊山人和嚮往棲隱生活的思想感情在內。三者疊合在一起，惜別的情意，就顯得十分濃烈。惜別而不感傷，一往情深，而又表現得超奇曠達，這樣的送別詩是非常罕見的。它構思新奇，如鏡花水月，亦真亦幻，不受通常的時空觀念的束縛，不為常人的思想感情所左右，更不因襲模仿，落入前人的窠臼，表現了詩作者驚人的創造力。

李白寫詩還常常運用誇張的藝術手腕使描繪的對象理想化、神奇化，以引起讀者想像與思慕的情趣。例如，「宅」為常見事物，並無新奇之處，可是在前面加上「萬古」二字，就變得神奇、空靈而耐人尋味了。又如，一輪明月掛在溪邊的松樹上，景物固然迷人，但若僅僅如此，詩味並不很多；詩人別出心裁，在前面冠以「長留」二字，突出意志的力量，這樣人和物都發生了「超凡入聖」的變化，塗上一層神奇瑰麗的色彩，從而引人遐想，逗人情思。唐人張碧曾用「天與俱高，青且無際」（宋計有功《唐詩紀事》）評價李白的詩，形象地表現了李白詩歌神奇超邁而又質樸自然的特色，確乎是知音者的評判。（朱世英）

送友人

李白

青山橫北郭，白水繞東城。此地一為別，孤蓬①萬里征。

浮雲遊子意，落日故人情。揮手自茲去，蕭蕭班馬鳴。

〔註〕①孤蓬：飛蓬，枯後根易折，隨風飛旋，詩裡借喻遠行的朋友。

這是一首充滿詩情畫意的送別詩，詩人與友人策馬辭行，情意綿綿，動人肺腑。

首聯「青山橫北郭，白水繞東城」，點出告別的地點。詩人已經送友人來到了城外，然而兩人仍然並肩緩轡，不願分離。只見遠處，青翠的山巒橫亙在外城的北面，波光粼粼的流水繞城東潺潺而過。這兩句，「青山」對「白水」，「北郭」對「東城」，首聯即寫成工麗的對偶句，確是別開生面；而且「青」、「白」相間，色彩明麗。「橫」字勾勒青山的靜姿，「繞」字描畫白水的動態。詩筆揮灑自如，描摹出一幅寥廓秀麗的圖景。

中間兩聯切題，寫離別的深情。頷聯「此地一為別，孤蓬萬里征」。此地一別，離人就要像蓬草那樣隨風飛轉，到萬里之外去了。此二句表達了對朋友漂泊生涯的深切關懷。落筆如行雲流水，舒暢自然，不拘泥於對仗，別具一格。頸聯「浮雲遊子意，落日故人情」，卻又寫得十分工整，「浮雲」對「落日」，「遊子意」對「故人情」。同時，詩人又巧妙地用「浮雲」、「落日」作比，來表明心意。天空中一抹白雲，隨風飄浮，象徵著友人行蹤不定，任意東西；遠處一輪紅彤彤的夕陽徐徐而下，似乎不忍遽然離開大地，隱喻詩人對朋友依依惜別的心情。在這山明水秀、紅日西照的背景下送別，特別令人留戀而感到難捨難分。這裡既有景，又有情，情景交融，扣人心弦。

尾聯兩句，情意更切。「揮手自茲去，蕭蕭班馬鳴。」送君千里，終須一別。「揮手」，是寫分離時的動作，那麼內心的感覺如何呢？詩人沒有直說，只寫了「蕭蕭班馬鳴」的動人場景。這一句出自《詩經·車攻》「蕭蕭馬鳴」。班馬，離群的馬。詩人和友人馬上揮手告別，頻頻致意。那兩匹馬彷彿懂得主人心情，也不願脫離同伴，臨別時禁不住蕭蕭長鳴，似有無限深情。馬猶如此，人何以堪！李白化用古典詩句，著一「班」字，便翻出新意，烘托出繾綣情誼，可謂鬼斧神工。

這首送別詩寫得新穎別致，不落俗套。詩中青翠的山嶺，清澈的流水，火紅的落日，潔白的浮雲，相互映襯，色彩璀璨。班馬長鳴，形象新鮮活潑。自然美與人情美交織在一起，寫得有聲有色，氣韻生動。詩的節奏明快，感情真摯熱誠而又豁達樂觀，毫無纏綿悱惻的哀傷情調。這正是評家深為讚賞的李白送別詩的特色。（何國治）

送友人入蜀

李白

見說蠶叢路①，崎嶇不易行。山從人面起，雲傍馬頭生。

芳樹籠秦棧，春流繞蜀城②。升沉應已定，不必問君平。

〔註〕①蠶叢路：蠶叢，是傳說中蜀國的開國君王。蠶叢路，代稱入蜀的道路。②春流：泛指春天水漲，江水奔流。一說指流經成都的都江堰內江。蜀城：指成都。一說泛指蜀中城市。

這是一首以描繪蜀道山川的奇美著稱的抒情詩。唐玄宗天寶二年（七四三）李白在長安送友人入蜀時所作。全詩從送別和入蜀這兩方面落筆描述。首聯寫入蜀的道路，先從蜀道之難開始：

「見說蠶叢路，崎嶇不易行。」

臨別之際，李白親切地叮囑友人：聽說蜀道崎嶇險阻，路上處處是層巒疊嶂，不易通行。語調平緩自然，恍若兩個好友在娓娓而談，感情顯得誠摯而懇切。它和〈蜀道難〉以飽含強烈激情的感嘆句「噫吁嚱，危乎高哉！蜀道之難難於上青天」開始，寫法迥然不同，這裡只是平靜地敘述，而且還是「見說」，顯得很委婉，渾然無跡。首聯入題，提出送別意。頷聯就「崎嶇不易行」的蜀道作進一步的具體描畫：

「山從人面起，雲傍馬頭生。」

蜀道在崇山峻嶺上迂迴盤繞，人在棧道上走，山崖峭壁宛如迎面而來，從人的臉側重疊而起，雲氣依傍著馬頭而升起翻騰，像是騰雲駕霧一般。「起」、「生」兩個動詞用得極好，生動地表現了棧道的狹窄、險峻、高危，想像詭異，境界奇美，寫得氣韻飛動。

蜀道一方面顯得崢嶸險阻，另一方面也有優美動人的地方，瑰麗的風光就在秦棧上：

「芳樹籠秦棧，春流繞蜀城。」

此聯中的「籠」字是評家所稱道的「詩眼」，寫得生動、傳神，含意豐滿，表現了多方面的內容。它包含的第一層意思是：山岩峭壁上突出的林木，枝葉婆娑，籠罩著棧道。這正是從遠處觀看到的景色。秦棧便是由秦（今陝西省）入蜀的棧道，在山岩間鑿石架木建成，路面狹隘，道旁不會長滿樹木。「籠」字準確地描畫了棧道林蔭是由山上樹木朝下覆蓋而成的特色。第二層的意思是：與前面的「芳樹」相呼應，形象地表達了春林長得繁盛芳茂的景象。最後，「籠秦棧」與對句的「繞蜀城」，字凝語煉，恰好構成嚴密工整的對偶句。前者寫山上蜀道景致，後者寫山下春江環繞成都而奔流的美景。遠景與近景上下配合，相互映襯，風光旖旎，有如一幅瑰瑋的蜀道山水畫。詩人以濃彩描繪蜀道勝景，這對入蜀的友人來說，無疑是一種撫慰與鼓舞。尾聯忽又翻出題旨：

「升沉應已定，不必問君平。」

李白了解他的朋友是懷著追求功名富貴的目的入蜀，因而臨別贈言，便意味深長地告誡：個人的官爵地位，進退升沉都早有定局，何必再去詢問善卜的君平呢！西漢嚴遵，字君平，隱居不仕，曾在成都賣卜為生。李白借用君平的典故，婉轉地啟發他的朋友不要沉迷於功名利祿之中，可謂循循善誘，凝聚著深摯的情誼，而其中又不乏自身的身世感慨。這一聯寫得含蓄蘊藉，語短情長。

這首詩，風格清新俊逸，曾被前人推崇為「五律正宗」（《唐宋詩醇》卷七）。詩的中間兩聯對仗非常精工嚴整，而且，頷聯語意奇險，極言蜀道之難，頸聯忽描寫纖麗，又道風景可樂，筆力開闔頓挫，變化萬千。最後，以議論作結，突現主旨，更富有韻味。清人趙翼曾指出李白所寫的五律，「蓋才氣豪邁，全以神運，自不屑束縛於格律對偶，與雕繪者爭長。然有對偶處，仍自工麗；且工麗中別有一種英爽之氣，溢出行墨之外」（《甌北詩話》卷二）。這一評語很精確，正好道出了這首五律在對偶上的特點。（何國治）

宣州謝脁樓餞別校書叔雲　李白

棄我去者昨日之日不可留，
亂我心者今日之日多煩憂。
長風萬里送秋雁，對此可以酣高樓。
蓬萊文章建安骨，中間小謝又清發。
俱懷逸興壯思飛，欲上青天攬明月。
抽刀斷水水更流，舉杯銷愁愁更愁。
人生在世不稱意，明朝散髮弄扁舟。

這是玄宗天寶末年李白在宣城期間餞別祕書省校書郎李雲之作。謝脁樓，係南齊著名詩人謝脁任宣城太守時所創建，又稱北樓、謝公樓。詩題一作〈陪侍御叔華登樓歌〉。

發端既不寫樓，更不敘別，而是陡起壁立，直抒鬱結。「昨日之日」與「今日之日」，是指許許多多個棄

李白〈宣州謝朓樓餞別校書叔雲〉——明刊本《唐詩畫譜》

我而去的「昨日」和接踵而至的「今日」。也就是說，每一天都深感日月不居，時光難駐，心煩意亂，憂憤鬱悒。這裡既蘊含了「功業莫從就，歲光屢奔迫」（〈淮南臥病書懷寄蜀中趙徵君蕤〉）的精神苦悶，也熔鑄著詩人對汙濁的政治現實的感受。他的「煩憂」既不自「今日」始，他所「煩憂」者也非止一端。不妨說，這是對他長期以來政治遭遇和政治感受的一個藝術概括。憂憤之深廣、強烈，正反映出天寶以來朝政的愈趨腐敗和李白個人遭遇的愈趨困窘。理想與現實的尖銳矛盾所引起的強烈精神苦悶，在這裡找到了適合的表現形式。破空而來的發端，重疊複沓的語言（既說「棄我去」，又說「不可留」；既言「亂我心」，又稱「多煩憂」），以及一氣鼓蕩、長達十一字的句式，都極生動形象地顯示出詩人鬱結之深、憂憤之烈、心緒之亂，以及一觸即發、發則不可抑止的感情狀態。

三、四兩句突作轉折：面對著寥廓明淨的秋空，遙望萬里長風吹送鴻雁的壯美景色，不由得激起酣飲高樓的豪情逸興。這兩句在讀者面前展現出一幅壯闊明朗的萬里秋空畫圖，也展示出詩人豪邁闊大的胸襟。從極端苦悶忽然轉到朗爽壯闊的境界，彷彿變化無端，不可思議。但這正是李白之所以為李白。正因為他素懷遠大的理想抱負，又長期為黑暗汙濁的環境所壓抑，所以時刻都嚮往著廣大的可以自由馳騁的空間。目接「長風萬里送秋雁」之境，不覺精神為之一爽，煩憂為之一掃，感到一種心、境契合的舒暢，「酣飲高樓」的豪情逸興也就油然而生了。

下兩句承高樓餞別寫縱酒高談的內容。東漢時學者稱東觀（政府的藏書機構）為道家蓬萊山，這裡用「蓬萊文章」借指漢代文章。建安骨，指剛健遒勁的「建安風骨」，其文章風格剛健，下句則提及「小謝」（即謝朓）詩清新秀發的風格。李白非常推崇謝朓，在謝朓樓談到謝朓正是「本地風光」。這兩句自然地關合了題目中的謝朓樓。

七、八兩句就「酣高樓」進一步渲染雙方的意興，說彼此都懷有豪情逸興、雄心壯志，酒酣興發，更是飄然欲飛，想登上青天攬取明月。前面方寫晴晝秋空，這裡卻說到「明月」，可見後者當非實景。「欲上」云云，也說明這是詩人酒酣興發時的豪語。豪放與天真，在這裡得到了和諧的統一。這正是李白的性格。上天攬月，固然是一時興到之語，未必有所寓托，但這飛動健舉的形象卻讓我們分明感覺到詩人對高潔理想境界的嚮往追求。這兩句筆酣墨飽，淋漓盡致，把面對「長風萬里送秋雁」的境界所激起的昂揚情緒推向最高潮，彷彿現實中一切黑暗汙濁都已一掃而光，心頭的一切煩憂都已丟到了九霄雲外。

然而詩人的精神儘管可以在幻想中遨遊馳騁，詩人的身體卻始終被羈束在汙濁的現實之中。現實中並不存在「長風萬里送秋雁」這種可以自由飛翔的天地，他所看到的只是「夷羊滿中野，菉葹盈高門」（〈古風〉其五十一）這種可憎的局面。因此，當他從幻想中回到現實裡，就更強烈地感到了理想與現實的矛盾不可調和，更加重了內心的煩憂苦悶。「抽刀斷水水更流，舉杯銷愁愁更愁」，這一落千丈的又一大轉折，正是在這種情況下必然出現的。「抽刀斷水水更流」的比喻是奇特而富於獨創性的，同時又是自然貼切而富於生活氣息的。謝朓樓前，就是終年長流的宛溪水，不盡的流水與無窮的煩憂之間本就極易產生聯想，因而很自然地由排遣煩憂的強烈願望中引發出「抽刀斷水」的意念。由於比喻和眼前景的聯繫密切，從而使它多少具有「興」的意味，讀來便感到自然天成。儘管內心的苦悶無法排遣，但「抽刀斷水」這個細節卻生動地顯示出詩人力圖擺脫精神苦悶的要求，這就和沉溺於苦悶而不能自拔者有明顯區別。

「人生在世不稱意，明朝散髮弄扁舟。」李白的進步理想與黑暗現實的矛盾，在當時歷史條件下，是無法解決的，因此，他總是陷於「不稱意」的苦悶中，而且只能找到「散髮弄扁舟」這樣一條擺脫苦悶的出路。這結論當然不免有些消極，甚至包含著逃避現實的成分。但歷史與他所代表的社會階層都規定了他不可能找到更好的出路。

李白的可貴之處在於，儘管他精神上經受著苦悶的重壓，但並沒有因此放棄對進步理想的追求。詩中仍然貫注豪邁慷慨的情懷。「長風」二句，「俱懷」二句，更像是在悲愴的樂曲中奏出高昂樂觀的音調，在黑暗的雲層中露出燦爛明麗的霞光。「抽刀」二句，也在抒寫強烈苦悶的同時表現出倔強的性格。因此，整首詩給人的感覺不是陰鬱絕望，而是憂憤苦悶中顯現出豪邁雄放的氣概。這說明詩人既不屈服於環境的壓抑，也不屈服於內心的重壓。

思想感情的瞬息萬變，波瀾迭起，和藝術結構的騰挪跌宕，跳躍發展，在這首詩裡被完美地統一起來了。詩一開頭就平地突起波瀾，揭示出鬱積已久的強烈精神苦悶；緊接著卻完全撇開「煩憂」，放眼萬里秋空，從「酣高樓」的豪興到「攬明月」的壯舉，扶搖直上九霄，然後卻又迅即從九霄跌入苦悶的深淵。直起直落，大開大合，沒有任何承轉過渡的痕跡。這種起落無端、斷續無跡的結構，最適宜於表現詩人因理想與現實的尖銳矛盾而產生的急遽變化的感情。

自然與豪放和諧結合的語言風格，在這首詩裡也表現得相當突出。必須有李白那樣闊大的胸襟抱負、豪放坦率的性格，又有高度駕馭語言的能力，才能達到豪放與自然和諧統一的境界。這首詩開頭兩句，簡直像散文的語言，但其間卻流注著豪放健舉的氣勢。「長風」二句，境界壯闊，氣概豪放，語言則高華明朗，彷彿脫口而出。這種自然豪放的語言風格，也是這首詩雖極寫煩憂苦悶，卻並不陰鬱低沉的一個原因。（劉學鍇）

山中問答 李白

問余何意棲碧山，笑而不答心自閒。
桃花流水窅然①去，別有天地非人間。

〔註〕①窅（音同杳）然：遠去貌。

這是一首詩意淡遠的七言絕句。

詩的前兩句「問余何意棲碧山，笑而不答心自閒」，前句起得突兀，後句接得迷離。這首詩的詩題一作〈山中答俗人〉，那麼「問」的主語即所謂「俗人」；「余」，詩人自指；「何意」，一作「何事」。「碧山」即指山色的青翠蒼綠。詩以提問的形式領起，突出題旨，喚起讀者的注意，當人們正要傾聽答案時，詩人筆鋒卻故意一晃，「笑而不答」。「笑」字值得玩味，它不僅表現出詩人喜悅而矜持的神態，造成了輕鬆愉快的氣氛；而且這「笑而不答」，還帶有幾分神祕的色彩，造成懸念，以誘發人們思索的興味。「心自閒」三個字，既是山居心境的寫照，更表明這「何意棲碧山」的問題，對於詩人來說，既不覺得新鮮，也不感到困惑，只不過是「悠然心會，妙處難與君說」（宋張孝祥〈念奴嬌．過洞庭〉）罷了。第二句接得迷離，妙在不答，使詩增添了變幻曲折，自有搖曳生姿、引人入勝的魅力。

後兩句「桃花流水窅然去，別有天地非人間」，是寫「碧山」之景，其實也就是「何意棲碧山」的答案。

這種「不答」而答、似斷實連的結構，加深了詩的韻味。詩雖寫花隨溪水，窅然遠逝的景色，卻無一點「流水落花春去也」（南唐李煜〈浪淘沙令〉其二）的衰颯情調，而是把它當作令人神往的美來渲染、來讚嘆。何以見得？因為上面寫的「笑而不答」的神態，以及末句的議論都流露出這種感情。「山花如繡頰」（李白〈夜下征虜亭〉）固然是美的，桃花隨流水也是美的，它們都是依照自然的法則，在榮盛和消逝之中顯示出不同的美，這不同的美卻具有共同之點——即「天然」二字。這種美學觀點反映了詩人酷愛自由、天真開朗的性格。「碧山」之中這種不汲汲於榮、不寂寂於逝，充滿著天然、寧靜之美的「天地」，實非「人間」所能比！那麼「人間」究竟怎樣呢？這一回詩人真的不說了。然而只要稍稍了解一下當時黑暗的現實和李白的不幸遭遇，詩人「棲碧山」、愛「碧山」便不難理解了。可見，這「別有天地非人間」，隱含了詩人心中多少傷和恨！所以，要說這首詩是抒寫李白超脫現實的閒適心情，恐怕未必貼切。詩中用一「閒」字，就是要暗示出「碧山」之「美」，並以此與「人間」形成鮮明的對比。因而詩在風格上確有一種「寓莊於諧」的味道，不過這並非「超脫」。憤世嫉俗與樂觀浪漫往往就是這麼奇妙地統一在他的作品之中。

全詩雖只四句，但是有問，有答，有敘述，有描繪，有議論，其間轉接輕靈，活潑流利。用筆有虛有實，實處形象可感，虛處一觸即止，虛實對比，蘊意幽邃。明代李東陽曾說：「詩貴意，意貴遠不貴近，貴淡不貴濃；濃而近者易識，淡而遠者難知。……李太白『桃花流水窅然去，別有天地非人間』……皆淡而愈濃，近而愈遠，可與知者道，難與俗人言。」（《麓堂詩話》）這段話對於我們讀這首詩倒是頗有啟發的。詩押平聲韻，採用不拘格律的古絕形式，顯得質樸自然，悠然舒緩，更有助於傳達出詩的情韻。（趙其鈞）

答王十二寒夜獨酌有懷 李白

昨夜吳中雪，子猷佳興發。
萬里浮雲卷碧山，青天中道流孤月。孤月滄浪河漢清，北斗錯落長庚明。
懷余對酒夜霜白，玉床金井冰崢嶸。人生飄忽百年內，且須酣暢萬古情。
君不能狸膏金距①學鬥雞，坐令鼻息吹虹霓。
君不能學哥舒②，橫行青海夜帶刀，西屠石堡取紫袍。
吟詩作賦北窗裡，萬言不值一杯水。世人聞此皆掉頭，有如東風射馬耳。
魚目亦笑我，謂與明月③同。驊騮拳跼不能食，蹇驢得志鳴春風。
〈折楊〉、〈皇華〉合流俗，晉君聽琴枉〈清角〉④。
〈巴人〉誰肯和〈陽春〉，楚地猶來賤奇璞⑤。
黃金散盡交不成，白首為儒身被輕。一談一笑失顏色，蒼蠅貝錦⑥喧謗聲。
曾參豈是殺人者？讒言三及慈母驚。

與君論心握君手，榮辱於余亦何有？孔聖猶聞傷鳳麟，董龍⑦更是何雞狗！
一生傲岸苦不諧，恩疏媒勞志多乖。嚴陵⑧高揖漢天子，何必長劍拄頤事玉階。
達亦不足貴，窮亦不足悲。韓信羞將絳灌比⑨，禰衡恥逐屠沽兒⑩。
君不見李北海，英風豪氣今何在！君不見裴尚書，土墳三尺蒿棘居！
少年早欲五湖去，見此彌將鐘鼎疏。

〔註〕①狸膏：狐狸油。狸善捕食雞，以狸膏塗雞頭，能使對方的雞聞而膽怯。金距：距為雞爪，雞爪上裝以金屬芒刺，使之鋒利。②哥舒翰，唐代有西鄙人歌曰：「北斗七星高，哥舒夜帶刀。至今窺牧馬，不敢過臨洮。」《新唐書．哥舒翰傳》：「天寶八載，詔翰以朔方、河東群牧兵十萬攻吐蕃石堡城。……十一載，加開府儀同三司。」③明月，此指珍珠。④清角：相傳為黃帝所制曲調，其聲悲壯，只能演奏給有才德的人聽。《韓非子．十過》載，春秋時晉平公德薄，卻強迫師曠為他演奏，結果風雨大作，裂幃破幕，平公受驚得病，晉國大旱三年。此詩中〈清角〉及〈陽春白雪〉皆指高雅的曲調，〈折楊〉、〈皇華〉及〈下里巴人〉皆為通俗的曲調。⑤和氏璧典故。據《韓非子．和氏》載，楚人和氏得玉璞楚山中，先後獻之厲王、武王，皆以為「石也」，並刖其雙足。和曰：「悲夫寶玉而題之以石，貞士而名之以誑，此吾所以悲也。」文王乃使玉人理其璞而得寶焉，遂命曰：「和氏之璧。」⑥蒼蠅喻小人，《詩經．小雅．青蠅》：「營營青蠅，止於樊。豈弟君子，無信讒言。」貝錦喻讒言，《詩經．小雅．巷伯》：「萋兮斐兮，成是貝錦。彼譖人者，亦已大甚！」⑦董龍：前秦主苻生的寵臣董榮，小字龍，姦詐兇狠。《資治通鑑．卷第一百》載，秦司空王墮性剛峻，……或謂墮曰：「董君貴幸無比，公宜小降意接之。」墮曰：「董龍是何雞狗，而令國士與之言乎！」⑧嚴光字子陵，《後漢書．逸民列傳》云：「少有高名，與光武同遊學。及光武即位，乃變名姓，隱身不見。……除為諫議大夫，不屈，乃耕於富春山，後人名其釣處為嚴陵瀨焉。」⑨指絳侯周勃、潁陰侯灌嬰。《史記．淮陰侯列傳》：「信知漢王畏惡其能，常稱病不朝從。信由此日夜怨望，居常鞅鞅，羞與絳、灌等列。」⑩禰衡字正平，《後漢書．文苑列傳》載，禰衡少有才辯，而尚氣剛傲，好矯時慢物。……是時許都新建，賢士大夫四方來集。或問衡曰：「盍從陳長文、司馬伯達乎？」對曰：「吾焉能從屠沽兒耶！」

李白的朋友王十二寫了一首題為〈寒夜獨酌有懷〉的詩贈給李白，李白便寫了這首答詩，酣暢淋漓地抒發情懷。

詩的前八句敘事，設想王十二懷念自己的情景。詩人沒有正面點明，而是巧妙地借用了東晉王子猷（王徽之）訪戴安道的典故來暗示。王十二與王子猷同姓，前者是寒夜懷友，後者是雪夜懷友，情境相似。戴安道與王子猷都是當時的名士，用這個典故，也有表明詩人自己與王十二品格高潔的意思。

為了襯托王十二對朋友的美好感情，詩人把王十二懷友時的環境也描繪得很美。本來萬里天空布滿了浮雲，等到王十二懷友的「佳興」一發，那碧山似的浮雲就突然收捲起來，孤月懸空，銀河清澄，北斗參差，長庚（即太白金星）明亮，清明的夜色給人以夜涼如水之感。在皎皎月光下，滿地夜霜，一片晶瑩明淨，井邊的欄杆成了「玉床」，井成了「金井」，連四周的冰也嶙峋奇突，氣象不凡。這是詩人憑藉豐富的想像創造出來的美好境界，佳境佳興，景真情真，好像王十二就出現在面前，詩人怎能不傾心吐膽，暢敘情懷呢？

「人生飄忽百年內，且須酣暢萬古情」是過渡句，它既承上文的「懷余對酒」，又啟下文的抒懷。下面詩分三個層次，洋洋灑灑地抒寫詩人的萬古情懷。

第一層，「君不能狸膏金距學鬥雞」至「楚地猶來賤奇璞」，感慨賢愚顛倒、是非混淆的現實。一開始，詩人寫佞幸小人得勢，連用兩個「君不能……」，感情噴薄而出，鄙夷之情難以遏止。寫鬥雞徒，用「狸膏金距」四字，寫出他們為了投皇帝所好，挖空心思，出奇爭勝的醜惡行徑。「坐令鼻息吹虹霓」，用漫畫式的筆法，描繪得寵雞童驕橫愚蠢的醜態。李白也反對那種以武力屠殺來邀功的人，「橫行青海夜帶刀，西屠石堡取紫袍」，僅僅兩句，一個凶悍的武人形象就躍然紙上。

接著寫志士才人受壓的情景。以學識濟天下，這是詩人所嚮往的。可是他們的才能往往不能為世所用，「世人聞此皆掉頭，有如東風射馬耳」，形象地描繪出才志之士不被理解、不被重視的處境。

詩人對這種社會現實十分憤慨。他用了兩個通俗的典故做比喻。一個是魚目混珠。用「笑」字把「魚目」擬人化了，「魚目」把才高志雄的詩人比作明月珠，然後又進行嘲笑，小人得志的蠢態，被刻畫得淋漓盡致。二是以驊騮和蹇驢比喻賢人與庸才。這也是很常見的。賈誼〈弔屈原賦〉云：「騰駕罷牛，驂蹇驢兮；驥垂兩耳，服鹽車兮。」李白在這裡卻進一步用「拳跼」二字寫出了良馬壓抑難伸的情狀，用「鳴春風」寫出了跛腳驢子的得意神態，兩相對照，效果分外鮮明。尋常俗典，一經詩人手筆，便能煥發出奇馨異彩。

最後寫造成這種現實生活中賢愚顛倒的原因，是統治集團無德無識。寫他們目不明，用了和氏璧的典故。寫他們耳不聰，用了聽樂的典故。〈陽春白雪〉之曲、〈清角〉之調，他們不僅聽不懂，而且像德薄的晉平公一樣，不配聽。

第二層，「黃金散盡交不成」至「讒言三及慈母驚」，寫自己受讒遭謗的境遇。

李白很想透過廣泛交遊，來施展自己的才能和抱負。可是「黃金散盡交不成」，嘗盡了世態的炎涼，還時時受到蒼蠅一類小人花言巧語的誹謗。讒言之可畏，就像曾母三次聽到「曾參殺人」的謠言，也信以為真那樣。

第三層，「與君論心握君手」以下，寫詩人所持的態度和今後的打算。

「與君論心握君手」，詩人以對老朋友談心的方式披露了自己的胸懷。面對現實，他決定置榮辱於度外，而羞與小人為伍。這時詩人的感情也由前面的揶揄嘲諷，轉為憤激不平，詩意起伏跳宕，奇突轉折。「孔聖猶聞傷鳳麟」，像孔子這樣的聖人，尚不能遭逢盛世實現他的理想，何況我呢？「董龍更是何雞狗」，如董龍之輩的李林甫、楊國忠這些寵臣又算什麼東西！詩人的心情抑鬱難平，因而發出了「一生傲岸苦不諧，恩疏媒勞志多乖」的聲聲慨嘆。接著，詩人又以嚴陵、韓信、禰衡這些才志之士作比，表現出傲岸不屈、不為苟合的高潔人格和豁達大度的胸懷。詩人任憑感情自由奔瀉，如長江大河，有一種浪濤奔湧的自然美。可以說，詩人是嬉笑怒罵皆成文章，英風豪氣溢於筆端。

最後寫今後的打算：浪跡江湖，遠離汙穢的朝廷。連用兩個「君不見……」的句式，與前面的「君不能……」、「與君論心……」相呼應，使暢敘衷腸的氣氛更濃。這裡提到的與李白同時代的李北海（李邕）和裴尚書（裴敦復），被當朝宰相殺害了，李白把他們的遭遇作為賢愚顛倒、是非混淆的例證提出來，憤慨地表示：「見此彌將鐘鼎疏」。詩人這種襟懷磊落、放言無忌的精神，給詩歌披上了一層奪目的光彩。

不錯，李白早就有泛舟五湖的打算，但他的歸隱有一個前提，就是須待「事君之道成，榮親之義畢」（〈代壽山答孟少府移文書〉）。現在，既然還沒能做出一番轟轟烈烈的事業來「事君榮親」，當然也就不會真的去歸隱。所謂「泛五湖」、「疏鐘鼎」，只不過是他發洩牢騷和不滿的憤激之詞。

宋人陳鬱說：「蓋寫形不難，寫心唯難。」（《藏一話腴》）這首詩，卻正是把詩人自己的內心世界作為表現對象。詩以議論式的獨白為主，這種議論，不是抽象化、概念化的說教，而是「帶情韻以行」（清沈德潛《說詩晬語》），重在揭示內心世界，刻畫詩人的自我形象，具有鮮明的個性特點。即使是抒發受讒遭謗、大志難伸的憤懣之情，也是激情如火，豪氣如虹，表現了詩人糞土王侯、浮雲富貴，不與統治者同流合汙的精神。同時，又由於詩人對生活觀察的深刻和特有的敏感，使這首詩反映了安史之亂大動蕩前夕，李唐王朝政治上賢愚顛倒、遠賢親佞的黑暗現實。全詩具有強烈的感情色彩，激情噴湧，一氣呵成，具有一種排山倒海的氣勢，讀之使人心潮難平。（張燕瑾）

東魯門泛舟二首（其二）　李白

日落沙明天倒開，波搖石動水縈迴。
輕舟泛月尋溪轉，疑是山陰雪後來。

這是作者寓居東魯時的作品。那時，他常與魯中名士孔巢父等往還，飲酒酣歌，時人稱他們為「竹溪六逸」。此詩就記錄著詩人當年的一段生活。

東魯是唐時的兗州（今山東曲阜），「東魯門」在府城東。詩中寫的是月下泛舟的情景。

「日落沙明天倒開」，第一句寫景就奇妙。常言「天開」往往與日出相關，把天開與日落聯在一起，則聞所未聞。但它確乎寫出一種實感：「日落」時迴光返照的現象，使水中沙洲與天空的倒影分外眼明，給人以「天開」之感。這光景透過水中倒影來寫，更是奇中有奇。此句從寫景中已間接展示「泛舟」之事，又是很好的發端。

「波搖石動水縈迴」。按常理應該波搖石不動。而「波搖石動」，同樣來自弄水的實感。這是因為人們觀察事物時，往往會產生各種錯覺。波浪的輕搖，水流的縈迴，都可能造成「石動」的感覺。至於石的倒影更是搖蕩不寧的。這樣透過主觀感受來寫，一下子就抓住使人感到妙不可言的景象特徵，與前句有共同的妙處。

夜裡水上的景色，因「素月分輝，明河共影」（宋張孝祥〈念奴嬌．過洞庭〉）而特別美妙。月光映射水面，鋪上一層粼粼的銀光，船兒好像泛著月光而行。這使舟中人陶然心醉，忘懷一切，幾乎沒有目的地沿溪尋路，信流而行。「輕舟泛月尋溪轉」，這不僅是寫景記事，也刻畫了人物精神狀態。一個「輕」字，很好地表現了那種飄飄然的感覺。

到此三句均寫景敘事，末句才歸結到抒情。這裡，詩人並未把感情和盤托出，卻信手拈來一個著名故事。事出《世說新語·任誕》，說的是東晉王徽之（字子猷）居山陰（今浙江紹興）時，在一個明朗的雪夜，忽然思念住在剡地的好友戴逵（字安道），便連夜乘舟造訪，隔了一宿纔到達。王到後，卻不入見，反而掉過船頭回去了。別人問他何以如此，他答道：「吾本乘興而行，興盡而返，何必見戴？」

「乘興而行」，正是李白泛舟時的心情。宋蘇軾〈赤壁賦〉寫月下泛舟有一段精彩的抒寫：「浩浩乎如馮虛御風，而不知其所止；飄飄乎如遺世獨立，羽化而登仙。」正好用來說明李白泛月時那物我兩忘的情態。那時，他原未必有王子猷那走朋訪友的打算，用訪戴故事未必確切；然而，他那忘乎其形的豪興，卻與雪夜訪戴的王子猷頗為神似，而那月夜與雪夜的境界也很近似。無怪乎詩人不禁糊塗起來，我是李太白呢，是王子猷呢，一時自己也不甚了然了。一個「疑」字運用得極為傳神。

這裡的用典之妙，在於自如，在於信手拈來，因而用之，借其一端，發揮出無盡的詩意。典故的活用，原是李白七絕的特長之一。此詩在藝術上的成功與此是分不開的，不特因為寫景入妙。（周嘯天）

下終南山過斛斯山人宿置酒

李白

暮從碧山下，山月隨人歸。卻顧所來徑，蒼蒼橫翠微。
相攜及田家，童稚開荊扉。綠竹入幽徑，青蘿拂行衣。
歡言得所憩，美酒聊共揮。長歌吟松風，曲盡河星稀。
我醉君復樂，陶然共忘機。

中國的田園詩以東晉陶潛為開山祖，他的詩，對後代影響很大。李白這首田園詩，似也有陶詩那種描寫瑣事人情，平淡爽直的風格。

李白作此詩時，正在長安供奉翰林。從詩的內容看，詩人是在月夜到長安南面的終南山去造訪一位姓斛斯的隱士。首句「暮從碧山下」，「暮」字挑起了第二句的「山月」和第四句的「蒼蒼」，「下」字挑起了第二句的「隨人歸」和第三句的「卻顧」，「碧」字又逗出第四句的「翠微」。平平常常五個字，卻無一字虛設。「山月隨人歸」，把月寫得如此脈脈有情。月尚如此，人而不如月乎？第三句「卻顧所來徑」，寫出詩人對終南山的眷戀之情。這裡雖未正面寫山林暮景，卻是情中有景。不正是旖旎山色，使詩人迷戀不已嗎？第四句又是正面描寫。「翠微」指青翠掩映的山林幽深處。「蒼蒼」兩字起加倍渲染的作用。「橫」有籠罩意。此句描繪出暮色蒼蒼中的山林美景。這四句，用筆簡練而神色俱佳。

詩人漫步山徑，大概遇到了斛斯山人，於是「相攜及田家」。「相攜」，顯出情誼的密切。「童稚開荊扉」，連孩子們也開柴門來迎客了。進門後，「綠竹入幽徑，青蘿拂行衣」，寫出了田家庭園的恬靜，流露出詩人的稱羨之情。「歡言得所憩，美酒聊共揮」，「得所憩」不僅是讚美山人的庭園居室，顯然也為遇知己而高興，因而歡言笑談，美酒共揮。一個「揮」字寫出了李白暢懷豪飲的神情。酒醉情濃，放聲長歌，直唱到天河群星疏落，籟寂更深。「長歌吟松風，曲盡河星稀」句中青松與青天，仍處處綰帶上文的一片蒼翠。至於河星既稀，月色自淡，這就不在話下了。最後，從美酒共揮，轉到「我醉君復樂，陶然共忘機」，寫出酒後的風味，陶陶然把人世的機巧之心，一掃而空，顯得淡泊而恬遠。

這首詩以田家、飲酒為題材，很顯然是受陶潛詩的影響，然而兩者詩風又有不同之處。陶潛的寫景，雖未曾無情，卻顯得平淡恬靜，如「曖曖遠人村，依依墟里煙」（〈歸園田居五首〉其一），「道狹草木長，夕露沾我衣」（同上其三），「採菊東籬下，悠然見南山」（〈飲酒二十首〉其五），「微雨從東來，好風與之俱」（〈讀山海經十三首〉其一）之類，既不染色，而口氣又那麼溫緩舒徐。而李白就著意渲染，「卻顧所來徑，蒼蒼橫翠微」，「綠竹入幽徑，青蘿拂行衣。歡言得所憩，美酒聊共揮」，不僅色彩鮮明，而且神情飛揚，口氣中也帶有清俊之味。在李白的一些飲酒詩中，豪情狂氣噴薄湧洩，溢於紙上，而此詩似已大為掩抑收斂了。「長歌吟松風，曲盡河星稀。我醉君復樂，陶然共忘機。」可是一比起陶詩，意味還是有差別的。陶潛的「或有數斗酒，閑飲自歡然」（〈答龐參軍〉），「過門更相呼，有酒斟酌之」（〈移居二首〉其二），「何以稱我情，濁酒且自陶」（〈己酉歲九月九日〉），「一觴雖獨進，杯盡壺自傾」（〈飲酒二十首〉其七）之類，稱心而出，信口而道，淡淡然無可無不可的那種意味，就使人覺得李白揮酒長歌仍有一股英氣，與陶潛異趣。因而，從李白此詩既可以看到陶詩的影響，又可以看到兩位詩人風格的不同。（沈熙乾）

把酒問月

李白

青天有月來幾時？我今停杯一問之。人攀明月不可得，月行卻與人相隨。
皎如飛鏡臨丹闕，綠煙滅盡清輝發。但見宵從海上來，寧知曉向雲間沒？
白兔擣藥秋復春，嫦娥孤棲與誰鄰？今人不見古時月，今月曾經照古人。
古人今人若流水，共看明月皆如此。唯願當歌對酒時，月光長照金樽裡。

〈把酒問月〉這詩題就是作者絕妙的自我造像，那飄逸浪漫的風神唯謫仙人方能有之。題下原註：「故人賈淳令予問之。」彼不自問而令予問之，一種風流自賞之意溢於言表。

悠悠萬世，明月的存在對於人間是一個魅人的宇宙之謎。「青天有月來幾時」的劈頭一問，對那無限時空裡的奇跡，大有神往與迷惑交馳之感。問句先出，繼而具體寫其人神往的情態。這情態從把酒「停杯」的動作見出。它使人感到那突如其來的一問分明帶有幾分醉意，從而倍有詩味。二句語序倒裝，以一問攝起全篇，極富氣勢感。開篇從手持杯酒仰天問月寫起，以下大抵兩句換境換意，盡情詠月抒懷。

明月高高掛在天上，會使人生出「人攀明月不可得」的感慨；然而當你無意於追攀時，它許會萬里相隨，依依不捨。兩句一冷一熱，亦遠亦近，若離若即，道是無情卻有情。寫出明月於人既可親又神祕的奇妙感，人格化手法的運用維妙維肖。回文式句法頗具唱嘆之致。緊接二句對月色作描繪：皎皎月輪如明鏡飛昇，下照宮闕，雲翳（「綠煙」）散盡，清光煥發。以「飛鏡」作譬，以「丹闕」陪襯俱好，而「綠煙滅盡」四字尤有點染之功。試想，一輪圓月初為雲遮，然後揭開紗罩般露出嬌面，該是何等光彩照人！月色之美被形容得如可攬接。不意下文又以一問將月的形象推遠：「但見宵從海上來，寧知曉向雲間沒？」月出東海而消逝於西天，蹤跡實難測知，偏能月月循環不已。「但見」、「寧知」的呼應足傳詩人的驚奇，他從而浮想聯翩，究及那難以稽考的有關月亮的神話傳說：月中白兔年復一年不辭辛勞地擣藥，為的什麼？碧海青天夜夜獨處的嫦娥，該是多麼寂寞？語中對神物、仙女深懷同情，其間流露出詩人自己孤苦的情懷。這面對宇宙的遐想又引起一番人生哲理探求，從而感慨係之。今月古月實為一個，而今人古人則不斷更迭。說「今人不見古時月」，亦意味「古人不見今時月」；說「今月曾經照古人」，亦意味「古月依然照今人」。故二句造語備極重複、錯綜、迴環之美，且有互文之妙。古人今人何止恆河沙數，只如逝水，然而他們見到的明月則亙古如斯。後二句在前二句基礎上進一步把明月長在而人生短暫之意渲染得淋漓盡致。前二句分說，後二句總括，詩情哲理並茂，讀來意味深長，迴腸蕩氣。

最後二句則結穴到及時行樂的主意上來。三國曹操詩云：「對酒當歌，人生幾何？」（〈短歌行〉）此處略用其字面，流露出同一種人生感喟。末句「月光長照金樽裡」，形象鮮明獨特。從無常求「常」，意味雋永。至此，詩情海闊天空地馳騁一番後，又回到詩人手持的酒杯上來，完成了一個美的巡禮，使讀者從這一形象迴旋中獲得極深的詩意感受。

全詩從酒寫到月，從月歸到酒；從空間感受寫到時間感受。其中將人與月反反覆覆加以對照，又穿插以景物描繪與神話傳說，塑造了一個崇高、永恆、美好而又神祕的月的形象，於中也顯露著一個孤高出塵的詩人自我。雖然意緒多端，隨興揮灑，但潛氣內轉，脈絡貫通，極迴環錯綜之致、渾成自然之妙；加之四句轉韻，平仄互換，抑揚頓挫，更覺一氣呵成，有宮商之聲，可謂音情理趣俱好，故「於古今為創調」（清王夫之《唐詩評選》）。

（周嘯天）

陪侍郎叔遊洞庭醉後三首（其三）

李白

剗卻君山好，平鋪湘水流。
巴陵無限酒，醉殺洞庭秋。

〈陪侍郎叔遊洞庭醉後三首〉是李白的一組紀遊詩。它由三首五言絕句組成，三首均可獨立成章。這是其中第三首，更是具有獨特構思的抒情絕唱。

此詩作於唐肅宗乾元二年（七五九）秋。是年春，李白在流放夜郎途中，行至巫山，幸遇大赦放還。九死一生，喜出望外，立即「朝辭白帝彩雲間，千里江陵一日還」（〈早發白帝城〉），趕忙返至江夏。李白獲得自由以後，為什麼迫不及待地返至江夏呢？「天地再新法令寬，夜郎遷客帶霜寒」（〈江夏贈韋南陵冰〉），原來他又對朝廷產生了幻想，希望朝廷還能用他。但是他在江夏活動了一個時期，毫無結果，幻想又落空了，只好離開江夏，出遊湘中。在岳州遇到族叔李曄，時由刑部侍郎貶官嶺南。他們此次同遊洞庭，其心情是可以想見的。李白才華橫溢，素有遠大抱負，而朝政昏暗，使他一生蹭蹬不遇，因而早就發出過「大道如青天，我獨不得出」（〈行路難三首〉其二）的感嘆，而今到了晚年，九死一生之餘，又遭幻想破滅，竟至無路可走，數十年憤懣，便一齊湧上心頭。因此當兩人碧波泛舟，開懷暢飲之際，舉眼望去，兀立在洞庭湖中的君山，擋住湘水不能一瀉千里直奔長江大海，就好像他人生道路上的坎坷障礙，破壞了他的遠大前程。於是，發出了「剗卻君山好，平鋪湘水流」

的奇想。他要剷去君山，表面上是為了讓浩浩蕩蕩的湘水毫無阻攔地向前奔流，實際上這是抒發他心中的憤懣不平之氣。他多麼希望剷除世間的不平，讓自己和一切懷才抱藝之士有一條平坦的大道可走啊！然而，這畢竟是浪漫主義的奇思幻想。君山是剷不平的，世路仍然是崎嶇難行。「何以解憂，唯有杜康」，還是盡情地喝酒吧！詩人醉了，從醉眼裡看洞庭湖中的碧波，好像洞庭湖水都變成了酒，而那君山上的紅葉不就是洞庭之秋的緋紅的醉顏嗎？於是又發出了浪漫主義的奇想：「巴陵無限酒，醉殺洞庭秋。」這兩句詩，既是自然景色的絕妙寫照，又是詩人思想感情的曲折的流露，流露出他也希望像洞庭湖的秋天一樣，用洞庭湖水似的無窮盡的酒來盡情一醉，藉以沖去積壓在心頭的愁悶。這首詩，前後兩種奇想，表面上似乎各自獨立，實際上卻有著內在聯繫，聯繫它們的紐帶就是詩人壯志未酬的千古愁、萬古憤。酒和詩都是詩人藉以抒憤懣、豁胸襟的手段。只有處在這種心情下的李白，才能產生這樣奇特的想像；也只有這樣奇特的想像，才能充分表達此時此際李白的心情。

李白在江夏時期寫過一首〈江夏贈韋南陵冰〉，內容也是醉後抒憤懣之作。中有句云：「人悶還心悶，苦辛長苦辛。愁來飲酒二千石，寒灰重暖生陽春。」「我且為君槌碎黃鶴樓，君亦為吾倒卻鸚鵡洲。」此詩的「剷卻君山好」，用意與彼正同。假若我們一定要追問「槌碎黃鶴樓」、「倒卻鸚鵡洲」和「剷卻君山」的動機與目的是什麼，那麼，即使起李白於地下，恐怕他自己也說不出究竟，可能只會這樣回答：「我自抒我心中不平之氣耳！」（安旗）

陪族叔刑部侍郎曄及中書賈舍人至遊洞庭五首（其二）　李白

南湖秋水夜無煙，耐可乘流直上天？
且就洞庭賒月色，將船買酒白雲邊。

唐肅宗乾元二年（七五九）秋，刑部侍郎李曄貶官嶺南，行經岳州（今湖南岳陽），與詩人李白相遇。時賈至亦謫居岳州。三人相約同遊洞庭湖，李白寫下一組五首的七絕記其事。這是其中第二首。它內涵豐富，妙機四溢，有悠悠不盡的情韻。

首句寫景，兼點季節與泛舟洞庭事。洞庭在岳州西南，故可稱「南湖」。唐人喜詠洞庭，佳句累累，美不勝收。「南湖秋水夜無煙」一句，看來沒有具體精細的描繪，卻是天然去雕飾的淡語，惹人聯想。夜來湖上，煙之有無，其誰能察？能見「無煙」，則湖上光明可知，未嘗寫月，而已得「月色」，極妙。清秋佳節，月照南湖，境界澄澈如畫，讀者如閉目可接，足使人心曠神怡。這種具有形象暗示作用的詩語，淡而有味，其中佳處，又為具體模寫所難到。

在被月色淨化了的境界裡，最易使人忘懷塵世一切瑣屑的得失之情而浮想聯翩。湖光月色此刻便激起「謫仙」李白羽化遺世之想，所以次句道：安得（「耐可」）乘流而直上青天！傳說天河通海，故有此想。詩人天真的異想，又間接告訴讀者月景的迷人。

詩人並沒有就此上天，後兩句寫泛舟湖上賞月飲酒之樂。「且就」二字意味深長，似乎表明，雖未上天，卻並非青天不可上，也並非自己不願上，而是洞庭月色太美，不如暫且留下來。其措意亦妙。宋蘇東坡〈水調歌頭〉「我欲乘風歸去，唯恐瓊樓玉宇，高處不勝寒。起舞弄清影，何似在人間」數句，意境與之近似。

湖面清風，湖上明月，自然美景，人所共適，故李白曾說「清風朗月不用一錢買」（〈襄陽歌〉）。說「不用一錢買」，是三句「賒」字最恰當的注腳，還不能盡此字之妙。此字之用似甚無理，「月色」豈能「賒」？又豈用「賒」？然而著此一字，就將自然人格化。八百里洞庭儼然一位富有的主人，擁有湖光、山景、月色、清風等等無價之寶（只言「賒月色」，卻不妨舉一反三），而又十分慷慨好客，不吝借與。著一「賒」字，人與自然有了娓娓對話，十分親切。這種別出心裁的擬人化手法，是高人一籌的。作者〈送韓侍御之廣德〉也有「暫就東山賒月色，酣歌一夜送泉明」之句，亦用「賒月色」詞語，可以互參。「賒」字有長、遠之義，亦可通講。

面對風清月白的良宵不可無酒，自然引出末句。明明在湖上，卻說「將船買酒白雲邊」，亦無理而可玩味。原來洞庭湖面遼闊，水天相接，遙看湖畔酒家自在白雲生處。說「買酒白雲邊」，足見湖面之壯闊。同時又與「直上天」的異想呼應，人間酒家被詩人的想像移到天上。這即景之句又充滿奇情異趣，豐富了全詩的情韻。

總的說來，此詩之妙不在景物具體描繪的工緻，而在於即景發興，藝術想像奇特，鑄詞造語獨到，能啟人逸思。通篇有味而不可句摘，恰如明謝榛所說：「以興為主，漫然成篇，此詩之入化也」（《四溟詩話》）。（周嘯天）

登太白峰

李白

西上太白峰，夕陽窮登攀。太白①與我語，為我開天關②。

願乘泠風去，直出浮雲間。舉手可近月，前行若無山。

一別武功③去，何時復見還？

〔註〕①太白：這裡指太白星，即金星。②天關：星名。《宋史．天文志》：「東方：角宿二星為天關，其間天門也，其內天庭也。故黃道經其中，七曜之所行也。」詩裡指想像中的天界門戶。③武功：這裡指武功山。太白山「南連武功山」（見《水經注．渭水》）。

李白於唐玄宗天寶元年（七四二）應詔入京時，可謂躊躇滿志。可是，由於朝廷昏庸，權貴排斥，他的政治抱負根本無法實現，這使他感到惆悵與苦悶。這種心情就反映在〈登太白峰〉一詩上。

「西上太白峰，夕陽窮登攀。」詩的開頭兩句，就從側面烘托出太白山的雄峻高聳。你看，李白從西攀登太白山，直到夕陽殘照，才登上峰頂。太白峰，在今陝西武功縣南九十里，是秦嶺著名秀峰，高矗入雲，終年積雪。俗語說：「武功太白，去天三百。」山勢如此高峻，李白卻要攀登到頂峰。一「窮」字，表現出詩人不畏艱險、奮發向上的精神。起句「西上太白峰」正是開門見山的手法，為下面寫星寫月作了準備。登高壯觀，詩人浮想聯翩，彷彿聽到「太白與我語，為我開天關」。太白星對他傾訴衷情，告訴他，願意為他打開通向天界的門戶。詩人和星星之間的友誼是多麼親切動人，富有人情味啊！李白一向熱愛皎潔的明月和閃亮的星星，常常把它們人格化：「青天有月來幾時？我今停杯一問之。」（〈把酒問月〉）「舉杯邀明月，對影成三人。」（〈月下獨酌四首〉其二）詩人好像在向明月這個知心朋友問候，共敘歡情。而在這首詩裡，太白星則主動問好，同他攀談，並願為之「開天關」。詩人想像新穎活潑，富有情趣。在這裡，李白並沒有直接刻畫太白峰的高峻雄偉，只是寫他和太白星側耳傾談，悄語密話的情景，就生動鮮明地表現出太白山高聳入雲的雄姿。這是一種化實為虛，以虛寫實的手法。李白另有一些詩也描繪了太白山的高峻，但卻是用實寫的手法，如〈古風五十九首〉其五中：「太白何蒼蒼，星辰上森列。去天三百里，邈爾與世絕。」〈蜀道難〉中，也正面形容太白山的險峻雄奇：「西當太白有鳥道，可以橫絕峨眉巔。」雖然是同一個描寫對象，李白卻根據詩歌內容的不同要求而採用豐富多彩的表現方式，使人時時有新穎之感。

詩人登上太白峰，通向上天的門戶又已打開，於是幻想神遊天界：乘著習習和風，飄然高舉，自由飛昇，穿過濃密雲層，直上太空，向月奔去。「願乘泠風去，直出浮雲間」，形象是多麼自由輕快，有如天馬行空，任意馳騁，境界異常開闊。詩人飄飄然有出世之思。「願乘泠風去」，化用《莊子．逍遙遊》「夫列子御風而行，泠然善也」語意。但這裡用得靈活自然，並不顯出斧鑿痕跡。「舉手可近月，前行若無山。」這兩句的意境和「俱懷逸興壯思飛，欲上青天攬明月」（〈宣州謝朓樓餞別校書叔雲〉）有些相似。詩人滿懷豪情逸志，飛越層巒疊嶂，舉起雙手，向著明月靠近飛昇，幻想超離人間，擺脫塵世俗氣，追求個性的自由發展，到那光明理想的世界中去。以上四句，意境高遠，想像奇特，形象瑰瑋，藝術構思新穎，充滿積極浪漫主義精神，是全詩高潮所在。然而，李白真的就甘心情願拋開人世，脫離現實，一去不復返嗎？看來還不是的：「一別武功去，何時復見還？」正當李白幻想乘泠風，飛離太白峰，神遊月境時，回頭望見武功山，心裡卻惦念著：一旦離別而去，什麼時候才能返回來呢？一種留戀人間，渴望有所作為的思想感情不禁油然而生，深深地縈繞在心頭。在長安，李白雖然「出入翰林中」，然而，「醜正同列，害能成謗，格言不入，帝用疏之」（李陽冰〈草堂集序〉）。詩人並不被重用，因而鬱鬱不得意。登太白峰而幻想神遊，遠離人世，正是這種苦悶心情的形象反映。「何時復見還？」細緻地表達了他那種欲去還留，既出世又入世的微妙複雜的心理狀態，言有盡而意無窮，蘊藉含蓄，耐人尋味。

晚唐詩人皮日休說過：「言出天地外，思出鬼神表，讀之則神馳八極，測之則心懷四溟，磊磊落落，直非世間語者，有李太白。」（〈劉棗強碑文〉）這首詩就帶有這種浪漫主義的創作特色。全詩借助豐富的想像，忽而馳騁天際，忽而回首人間，結構跳躍多變，突然而起，忽然而收，大起大落，雄奇跌宕，生動曲折地反映了詩人對黑暗現實的不滿和對光明世界的憧憬。（何國治）

登金陵鳳凰臺　李白

鳳凰臺上鳳凰遊，鳳去臺空江自流。吳宮花草埋幽徑，晉代衣冠成古丘。
三山半落青天外，一水中分白鷺洲①。總為浮雲能蔽日，長安不見使人愁。

〔註〕①此句一作「二水中分白鷺洲」。

李白很少寫律詩，而〈登金陵鳳凰臺〉卻是唐代的律詩中膾炙人口的傑作。此詩是作者流放夜郎遇赦返回後所作，一說是作者天寶年間，被排擠離開長安（今陝西西安），南遊金陵（今江蘇南京）時所作。

開頭兩句寫鳳凰臺的傳說，十四字中連用了三個「鳳」字，卻不嫌重複，音節流轉明快，極其優美。「鳳凰臺」在金陵鳳凰山上，相傳南朝劉宋永嘉年間有鳳凰集於此山，乃築臺，山和臺也由此得名。在古代，鳳凰是一種祥瑞。當年鳳凰來遊象徵著王朝的興盛；如今鳳去臺空，六朝的繁華也一去不復返了，只有長江的水仍然不停地流著，大自然才是永恆的存在！

三、四句就「鳳去臺空」這一層意思進一步發揮。三國時的吳和後來的東晉都建都於金陵。詩人感慨萬分地說，吳國昔日繁華的宮廷已經荒蕪，東晉的一代風流人物也早已進入墳墓。那一時的烜赫，又在歷史上留下了什麼有價值的東西呢？

詩人沒有讓自己的感情沉浸在對歷史的憑弔之中，他把目光又投向大自然，投向那不盡的江水：「三山半落青天外，一水中分白鷺洲。」「三山」在金陵西南長江邊上，三峰並列，南北相連。宋陸游〈入蜀記〉云：「三山，自石頭及鳳凰臺望之，杳杳有無中耳。及過其下，則距金陵才五十餘里。」陸游所說的「杳杳有無中」正好註釋「半落青天外」。李白把三山半隱半現、若隱若現的景象寫得恰到好處。「白鷺洲」，在金陵西長江中，把長江分割成兩道，所以說「一水中分白鷺洲」。這兩句詩氣象壯麗，對仗工整，是難得的佳句。

李白畢竟是關心現實的，他想看得更遠些，從六朝的帝都金陵看到唐的都城長安。但是，「總為浮雲能蔽日，長安不見使人愁」。這兩句詩寄寓著深意。長安是朝廷的所在，日是帝王的象徵。漢陸賈《新語．慎微篇》曰：「邪臣之蔽賢，猶浮雲之障日月也。」李白這兩句詩暗示皇帝被奸邪包圍，而自己報國無門，心情是十分沉痛的。「不見長安」暗點詩題的「登」字，觸境生愁，意寓言外，饒有餘味。相傳李白很欣賞崔顥〈黃鶴樓〉詩，欲擬之較勝負，乃作〈登金陵鳳凰臺〉詩。宋胡仔《苕溪漁隱叢話》、宋計有功《唐詩紀事》都有類似的記載，或許可信。此詩與崔詩工力悉敵，正如元方回《瀛奎律髓》所說：「格律氣勢，未易甲乙。」在用韻上，二詩都是意到其間，天然成韻。語言也流暢自然，不事雕飾，瀟灑清麗。作為登臨弔古之作，李詩更有自己的特點，它寫出了自己獨特的感受，把歷史的典故，眼前的景物和詩人自己的感受，交織在一起，抒發了憂國傷時的懷抱，意旨尤為深遠。（袁行霈）

望廬山瀑布水二首（其二）　李白

日照香爐生紫煙，遙看瀑布掛前川。
飛流直下三千尺，疑是銀河落九天。

香爐，指廬山香爐峰，「在廬山西北，其峰尖圓，煙雲聚散，如博山香爐之狀」（宋樂史《太平寰宇記》卷一百十一）。可是，到了詩人李白的筆下，便成了另一番景象：一座頂天立地的香爐，冉冉地升起了團團白煙，縹緲於青山藍天之間，在紅日的照射下化成一片紫色的雲霞。這不僅把香爐峰渲染得更美，而且富有浪漫主義色彩，為不尋常的瀑布創造了不尋常的背景。接著詩人才把視線移向山壁上的瀑布。「遙看瀑布掛前川」，前四字是點題；「掛前川」，這是「望」的第一眼形象，瀑布像是一條巨大的白練高掛於山川之間。「掛」字很妙，它化動為靜，維妙維肖地表現出傾瀉的瀑布在「遙看」中的形象。誰能將這巨物「掛」起來呢？「壯哉造化功」（〈望廬山瀑布水二首〉其一）！所以這「掛」字也包含著詩人對大自然的神奇偉力的讚頌。

第三句又極寫瀑布的動態。「飛流直下三千尺」，一筆揮灑，字字鏗鏘有力。「飛」字，把瀑布噴湧而出的景象描繪得極為生動；「直下」，既寫出山之高峻陡峭，又可以見出水流之急，那高空直落，勢不可擋之狀如在眼前。然而，詩人猶嫌未足，接著又寫上一句「疑是銀河落九天」，真是想落天外，驚人魂魄。「疑是」值得細味，詩人明明說得恍恍惚惚，而讀者也明知不是，但是又都覺得只有這樣寫，才更為生動、逼真，其奧妙就在於詩人前面的描寫中已經孕育了這一形象。你看！巍巍香爐峰藏在雲煙霧靄之中，遙望瀑布就如從雲端飛流直下，臨空而落，這就自然地聯想到像是一條銀河從天而降。可見，「疑是銀河落九天」這一比喻，雖是奇特，但在詩中並不是憑空而來，而是在形象的刻畫中自然地生發出來的。它誇張而又自然，新奇而又真切，從而振起全篇，使得整個形象變得更為豐富多彩，雄奇瑰麗，既給人留下了深刻的印象，又給人以想像的餘地，顯示出李白那種「萬里一瀉，末勢猶壯」（曾鞏〈代人祭李白文〉）的風格。

宋人魏慶之說：「七言詩第五字要響。……所謂響者，致力處也。」（《詩人玉屑》）這個看法在這首詩裡似乎特別有說服力。比如一個「生」字，不僅把香爐峰寫「活」了，也隱隱地把山間的煙雲冉冉上升、裊裊浮游的景象表現出來了。「掛」字前面已經提到了。那個「落」字也很精彩，它活畫出高空突兀、巨流傾瀉的磅礴氣勢。很難設想換掉這三個字，這首詩將會變成什麼樣子。

中唐詩人徐凝也寫了一首〈廬山瀑布〉。詩云：「虛空落泉千仞直，雷奔入江不暫息。千古長如白練飛，一條界破青山色。」場景雖也不小，但還是給人局促之感，原因大概是它轉來轉去都是瀑布、瀑布，顯得很實，很板，雖是小詩，卻頗有點大賦的氣味。比起李白那種入乎其內，出乎其外，有形有神，奔放空靈，相去實在甚遠。無怪宋蘇軾說：「帝遣銀河一派垂，古來唯有謫仙詞。飛流濺沫知多少，不與徐凝洗惡詩。」（〈戲徐凝瀑布詩〉）話雖不無過激之處，然其基本傾向還是正確的，表現了蘇軾不僅是一位著名的詩人，也是一位頗有見地的鑑賞家。（趙其鈞）

與夏十二登岳陽樓 李白

樓觀岳陽盡，川迴洞庭開。雁引愁心去，山銜好月來。
雲間連下榻，天上接行杯。醉後涼風起，吹人舞袖迴。

唐肅宗乾元二年（七五九），李白流放途中遇赦，回舟江陵（今湖北荊州市），南遊岳陽（今屬湖南），秋季作這首詩。夏十二，李白朋友，排行十二。岳陽樓坐落在今湖南岳陽市西北高丘上，「西面洞庭，左顧君山」（宋祝穆《方輿勝覽》），與黃鶴樓、滕王閣同為南方三大名樓，於唐玄宗開元四年（七一六）擴建，樓高三層，建築精美。歷代遷客騷人，登臨遊覽，莫不抒懷寫志。李白登樓賦詩，留下了這首膾炙人口的篇章，使岳陽樓更添一層迷人的色彩。

詩人首先描寫岳陽樓四周的宏麗景色：「樓觀岳陽盡，川迴洞庭開。」岳陽，這裡是指天岳山之南一帶。天岳山又名巴陵山，在岳陽縣西南。登上岳陽樓，遠望天岳山南面一帶，無邊景色盡收眼底。江水流向茫茫遠方，洞庭湖面浩蕩開闊，汪洋無際。這是從樓的高處俯瞰周圍的遠景。站得高，望得遠，「岳陽盡」、「川迴」、「洞庭開」，這一「盡」、一「迴」、一「開」的渺遠遼闊的景色，形象地表明詩人立足點之高。這是一種旁敲側擊的襯托手法，不正面寫樓高而樓高已自見。

李白這時候正遇赦，心情輕快，眼前景物也顯得有情有意，和詩人分享著歡樂和喜悅：「雁引愁心去，山銜好月來。」詩人筆下的自然萬物好像被賦予生命，你看，雁兒高飛，帶走了詩人憂愁苦悶之心；月出山口，彷彿是君山銜來了團圓美好之月。「雁引愁心去」，《文苑英華》作「雁別秋江去」。後者只是寫雁兒冷漠地離別秋江飛去，缺乏感情色彩，遠不如前者用擬人化手法寫雁兒懂得人情，帶走愁心，並與下句君山有意「銜好月來」互相對仗、映襯，從而使形象顯得生動活潑，情趣盎然。「山銜好月來」一句，想像新穎，有獨創性，著一「銜」字而境界全出，寫得詭譎縱逸，詼諧風趣。

詩人興致勃勃，幻想聯翩，恍如置身仙境：「雲間連下榻，天上接行杯。」在岳陽樓上住宿、飲酒，彷彿在天上雲間一般。這裡又用襯托手法寫樓高，誇張地形容其高聳入雲的狀態。這似乎是醉眼朦朧中的幻景。誠然，詩人是有些醉意了：「醉後涼風起，吹人舞袖迴。」樓高風急，高處不勝寒。醉後涼風四起，著筆仍在寫樓高。涼風習習吹人，衣袖翩翩飄舞，儀表何等瀟灑自如，情調何等舒展流暢，態度又何其超脫豁達，豪情逸志，溢於言表。收筆寫得氣韻生動，蘊藏著濃厚的生活情趣。

整首詩運用陪襯、烘托和誇張的手法，沒有一句正面直接描寫樓高，句句從俯視縱觀岳陽樓周圍景物的渺遠、開闊、高聳等情狀落筆，卻無處不顯出樓高，不露斧鑿痕跡，可謂自然渾成，巧奪天工。（何國治）

秋登宣城謝脁北樓　李白

江城①如畫裡，山晚②望晴空。兩水夾明鏡，雙橋落彩虹。
人煙寒橘柚，秋色老梧桐。誰念北樓上，臨風懷謝公。

〔註〕①江城：泛指水邊的城。「江」並不是實說長江。唐時江南地區的口語，無論大水小水都稱之為「江」。②一作「山曉」。

謝脁北樓是南齊詩人謝脁任宣城太守時所建，又名謝公樓，唐時改名疊嶂樓，是宣城的登覽勝地。宣城處於山環水抱之中，陵陽山岡巒盤屈，三峰挺秀；句溪和宛溪的溪水，縈迴映帶著整個城郊，真是「鳥去鳥來山色裡，人歌人哭水聲中」（杜牧〈題宣州開元寺水閣，閣下宛溪，夾溪居人〉）。這詩作於唐玄宗天寶十三載（七五四），這年中秋節後，李白從金陵再度來到宣城。

一個晴朗的秋天的傍晚，詩人獨自登上了謝公樓。嵐光山影，是如此地明淨！憑高俯瞰，這「江城」簡直是在畫圖中似的。開頭兩句，詩人把他登覽時所見景色概括地寫了出來，總攝全篇，一下子就把讀者深深吸引住，一同進入詩的意境中去了。宋嚴羽《滄浪詩話》云：「太白發句，謂之開門見山。」指的就是這種表現手法。中間四句是具體的描寫。這四句詩裡所塑造的藝術形象，都是從上面的一個「望」字生發出來的。從結構的關係來說，上兩句寫「江城如畫」，下兩句寫「山晚晴空」；四句是一個完整的統一體，而又是有層次的。

「兩水」指句溪和宛溪。宛溪源出嶧山，在宣城的東北與句溪相會，繞城合流，所以說「夾」。因為是秋天，溪水更加澄清，它平靜地流著，波面上泛出晶瑩的光。用「明鏡」來形容，是最恰當不過的。「雙橋」指橫跨溪水的上、下兩橋。上橋叫做鳳凰橋，在城的東南泰和門外；下橋叫做濟川橋，在城東陽德門外，都是隋文帝開皇年間（五八一～六〇〇）的建築。這兩條長長的大橋架在溪上，倒影水中，從高樓上遠遠望去，縹青的溪水，鮮紅的夕陽，在明滅照射之中，橋影幻映出無限奇異的璀璨色彩。這哪裡是橋呢？簡直是天上兩道彩虹，而這「彩虹」的影子落入「明鏡」之中去了。讀了這兩句，我們會自然而然地聯想到詩人另一名作〈望廬山瀑布水〉中的「飛流直下三千尺，疑是銀河落九天」。兩者同樣是用比擬的手法來塑造形象，同樣用一個「落」字把地下和天上聯繫起來；然而同中有異，異曲同工：一個是以銀河比擬瀑布的飛流，一個是用彩虹寫夕陽明滅的波光中雙橋的倒影；一個著重在描繪其奔騰直下的氣勢，一個著重在顯示其瑰麗變幻的色彩，兩者所給予人們的美感也不一樣，而詩人想像的豐富奇妙，筆致的活潑空靈，則同樣使人驚嘆。

秋天的傍晚，原野是靜寂的，山岡一帶的叢林裡冒出人家一縷縷的炊煙，橘柚的深碧，梧桐的微黃，呈現出一片蒼寒景色，使人感到是秋光漸老的時候了。我們不難想像，當時詩人的心情是完全沉浸在他的視野裡，他的觀察是深刻的，細緻的；而他的描寫又是毫不黏滯的。他站得高，望得遠，抓住了一剎那間的感受，用極端凝練的形象語言，在隨意點染中勾勒出一個深秋的輪廓，深深地透漏出季節和環境的氣氛。他不僅寫出秋景，而且寫出了秋意。如果我們細心領會一下，就會發現他在高度概括之中，用筆是絲絲入扣的。

這結尾兩句，從表面看來很簡單，只不過和開頭兩句一呼一應，點明登覽的地點是在「北樓上」；這北樓是謝朓所建的，從登臨到懷古，似乎是照例的公式，因而李白就不免順便說一句懷念古人的話罷了。這裡值得注意是「誰念」兩個字。「懷謝公」的「懷」，是李白自指；「誰念」的「念」，是指別人。兩句的意思，是慨嘆自己「臨風懷謝公」的心情沒有誰能夠理解。這就不是一般的懷古了。

李白在長安為權貴所排擠、棄官而去之後，政治上一直處於失意之中，過著飄蕩四方的流浪生活。客中的抑鬱和感傷，特別當搖落秋風的時節，他那寂寞的心情，是可以想像的。宣城是他舊遊之地，現在他又重來這裡。一到宣城，他就會懷念謝朓，這不僅因為謝朓在宣城遺留下像疊嶂樓這樣的名勝古跡，更重要的是因為謝朓對宣城有著和自己相同的情感。當李白獨自在謝朓樓上臨風眺望的時候，面對著謝朓所吟賞的山川，緬懷他平素所仰慕的這位前代詩人，雖然古今世隔，然而他們的精神卻是遙遙相接的。這種渺茫的心情，反映了他政治上苦悶徬徨的孤獨之感；正因為政治上受到壓抑，找不到出路，所以只得寄情山水，尚友古人。他當時複雜的情懷，又有誰能夠理解呢？（馬茂元）

望天門山

李白

天門中斷楚江開，碧水東流至此迴。
兩岸青山相對出，孤帆一片日邊來。

天門山，就是安徽當塗縣的東梁山（古代又稱博望山）與和縣的西梁山的合稱。兩山夾江對峙，像一座天設的門戶，形勢非常險要，「天門」即由此得名。詩題中的「望」字，說明詩中所描繪的是遠望所見天門山壯美景色。歷來的許多註本由於沒有弄清「望」的立腳點，所以往往把詩意理解錯了。

天門山夾江對峙，所以寫天門山離不開長江。詩的前幅即從「江」與「山」的關係著筆。第一句「天門中斷楚江開」，著重寫出浩蕩東流的楚江（長江流經舊楚地的一段）衝破天門奔騰而去的壯闊氣勢。它給人以豐富的聯想：天門兩山本來是一個整體，阻擋著洶湧的江流。由於楚江怒濤的衝擊，才撞開了「天門」，使它中斷而成為東西兩山。這和作者在〈西嶽雲臺歌送丹丘子〉中所描繪的情景頗為相似：「巨靈（河神）咆哮擘兩山（指河西的華山與河東的首陽山），洪波噴箭射東海。」不過前者隱後者顯而已。在作者筆下，楚江彷彿成了有巨大生命力的事物，顯示出沖決一切阻礙的神奇力量，而天門山也似乎默默地為它讓出了一條通道。

第二句「碧水東流至此迴」，又反過來著重寫夾江對峙的天門山對洶湧奔騰的楚江的約束力和反作用。由於兩山夾峙，浩闊的長江流經兩山間的狹窄通道時，激起迴旋，形成波濤洶湧的奇觀。如果說上一句是借山勢寫出水的洶湧，那麼這一句則是借水勢襯出山的奇險。有的本子「至此迴」作「直北迴」或「至北迴」，解者以為指東流的長江在這一帶迴轉向北。這也許稱得上對長江流向的精細說明，但不是詩，更不能顯現天門奇險的氣勢。試比較〈西嶽雲臺歌送丹丘子〉：「西嶽崢嶸何壯哉！黃河如絲天際來。黃河萬里觸山動，盤渦轂轉秦地雷。」「盤渦轂轉」也就是「碧水東流至此迴」，同樣是描繪萬里江河受到崢嶸奇險的山峰阻遏時出現的情景。絕句尚簡省含蓄，所以不像七古那樣寫得淋漓盡致。

「兩岸青山相對出，孤帆一片日邊來。」這兩句是一個不可分割的整體。上句寫望中所見天門兩山的雄姿，下句則點醒「望」的立腳點和表現詩人的淋漓興會。詩人並不是站在岸上的某一個地方遙望天門山，他「望」的立腳點便是從「日邊來」的「一片孤帆」。讀這首詩的人大都讚賞「兩岸青山相對出」的「出」字，因為它使本來靜止不動的山帶上了動態美，但卻很少去考慮詩人何以有「相對出」的感受。如果是站在岸上某個固定的立腳點「望天門山」，那大概只會產生「兩岸青山相對立」的靜態感。反之，舟行江上，順流而下，望著遠處的天門兩山撲進眼簾，顯現出愈來愈清晰的身姿時，「兩岸青山相對出」的感受就非常突出了。「出」字不但逼真地表現了在舟行過程中「望天門山」時天門山特有的姿態，而且寓含了舟中人的新鮮喜悅之感。夾江對峙的天門山，似乎正迎面向自己走來，表示它對江上來客的歡迎。

青山既然對遠客如此有情，則遠客自當更加興會淋漓。「孤帆一片日邊來」，正傳神地描繪出孤帆乘風破浪，越來越靠近天門山的情景，和詩人欣睹名山勝景、目接神馳的情狀。它似乎包含著這樣的潛臺詞：雄偉險要的天門山呵，我這乘一片孤帆的遠方來客，今天終於看見了你。

由於末句在敘事中飽含詩人的激情，這首詩便在描繪出天門山雄偉景色的同時突出了詩人的自我形象。如果要正題，詩題應該叫「舟行望天門山」。（劉學鍇）

客中作①　李白

蘭陵美酒鬱金②香，玉碗盛來琥珀光③。
但使主人能醉客，不知何處是他鄉。

〔註〕①題一作〈客中行〉。②蘭陵：今山東棗莊市。鬱金：一種香草。古人用以浸酒，浸後酒帶金黃色。③琥珀：一種樹脂化石，呈黃色或赤褐色，色澤晶瑩。

抒寫離別之悲、他鄉作客之愁，是古代詩歌創作中一個很普遍的主題。然而這首詩雖題為「客中作」，抒寫的卻是作者的另一種感受。

「蘭陵美酒鬱金香，玉碗盛來琥珀光。」蘭陵，點出作客之地，但把它和美酒聯繫起來，便一掃令人沮喪的外鄉異地淒楚情緒，而帶有一種使人迷戀的感情色彩了。著名的蘭陵美酒，是用鬱金加工浸制，帶著醇濃的香味，又是盛在晶瑩潤澤的玉碗裡，看去猶如琥珀般的光豔。詩人面對美酒，愉悅興奮之情自可想見了。

「但使主人能醉客，不知何處是他鄉。」這兩句詩，可以說既在人意中，又出人意外。說在人意中，因為它符合前面描寫和感情發展的自然趨向；說出人意外，是因為「客中作」這樣一個似乎是暗示要寫客愁的題目，在李白筆下，完全是另一種表現。這樣詩就顯得特別耐人尋味。詩人並非沒有意識到是在他鄉，當然也並非絲毫不想念故鄉。但是，這些都在蘭陵美酒面前被沖淡了。一種留連忘返的情緒，甚至樂於在客中、樂於在朋友面前盡情歡醉的情緒完全支配了他。由身在客中，發展到樂而不覺其為他鄉，正是這首詩不同於一般羈旅之作的地方。

李白天寶初年長安之行以後，移家東魯。這首詩作於東魯的蘭陵（治今山東棗莊市嶧城鎮），而以蘭陵為「客中」，顯然應為開元年間亦即入京前的作品。這時社會呈現著財阜物美的繁榮景象，人們的精神狀態一般也比較昂揚振奮，而李白更是重友情，嗜美酒，愛遊歷，山川風物，在他的心目中是無處不美的。這首詩充分表現了李白豪放不羈的個性，並從一個側面反映出盛唐時期的時代氣氛。（余恕誠）

夜下征虜亭　李白

船下廣陵去，月明征虜亭。
山花如繡頰，江火似流螢。

據《景定建康志》記載，征虜亭在石頭塢，建於東晉，《丹陽記》曰：「太元中，征虜將軍謝安止此亭，因以為名」，是金陵（今江蘇南京）的一大名勝。此亭居山臨江，風景佳麗。李白於唐肅宗上元二年（七六一）暮春由此登舟，往遊廣陵（今江蘇揚州），即興寫下此詩。

詩的語言如話，意境如畫。詩人坐在小舟上回首仰望征虜亭，只見那高高的古亭在月光映照下，格外輪廓分明。

「繡頰」，亦稱「繡面」，或「花面」。唐人風俗，少女妝飾面頰。白居易有詩〈東南行一百韻寄通州元九侍御……〉云：「繡面誰家婢，鴉頭幾歲奴。」劉禹錫亦有詩〈寄贈小樊〉云：「花面丫頭十三四，春來綽約向人時。」李白是以「繡頰」代稱少女，以之形容山花。那征虜亭畔的叢叢山花，在朦朧的月色下，綽約多姿，好像一群天真爛漫的少女，佇立江頭，為詩人依依送別。

那江上的漁火和江中倒映的萬家燈火，星星點點，閃閃爍爍，迷迷茫茫，像無數螢火蟲飛來飛去。

岸上山花綽約多情，江上火點迷離奇幻；古亭靜立於上，小舟輕搖於下，皓月臨空，波光灩灩，構成了一幅令人心醉的春江花月夜景圖。詩人熱愛山河的美好感情和出遊的喜悅，都從畫面中顯現出來。

這首小詩寫景簡潔明快，近乎速寫。李白善於從動的狀態中捕捉形象，聚精積萃，抓住客觀景物在特定環境下所顯示出的特有神態，以極簡練的線條，迅速地勾勒出來，雖寥寥數筆，而逼真傳神。如詩中的船、亭、山花、江火，都以月為背景，突出諸多景物在月光籠罩下所特有的朦朧美，喚起人的美感。（何慶善）

早發白帝城① 李白

朝辭白帝彩雲間，千里江陵一日還。
兩岸猿聲啼不住②，輕舟已過萬重山。

〔註〕①白帝城：古城名，在今重慶市奉節東白帝山上。東漢初公孫述築城，其自號白帝，故以為名。②「啼不住」一作「啼不盡」。

唐肅宗乾元二年（七五九）春天，李白因永王案，流放夜郎（治今貴州正安西北），取道四川赴貶地。行至白帝城，忽聞赦書，驚喜交加，旋即放舟東下江陵（治今湖北荊州市），故詩題一作「下江陵」。此詩抒寫了當時喜悅暢快的心情。

首句「彩雲間」三字，描寫白帝城地勢之高，為全篇寫下水船走得快這一動態蓄勢。不寫白帝城之極高，則無法體現出長江上下游之間斜度差距之大。白帝城地勢高入雲霄，於是下面幾句中寫舟行之速、行期之短、耳（猿聲）目（萬重山）之不暇迎送，才一一有著落。「彩雲間」也是寫早晨景色，顯示出從晦冥轉為光明的大好氣象，而詩人便在這曙光初燦的時刻，懷著興奮的心情匆匆告別白帝城。

第二句的「千里」和「一日」，以空間之遠與時間之暫作懸殊對比，自是一望而知；其妙處卻在那個「還」字上——「還」，歸來也。它不僅表現出詩人「一日」而行「千里」的痛快，也隱隱透露出遇赦的喜悅。江陵本非李白的家鄉，而「還」字卻親切得儼如回鄉一樣。一個「還」字，暗處傳神，值得細細玩味。

第三句的境界更為神妙。古時長江三峽，「常有高猿長嘯」（《水經注》）。然而又何以「啼不住」了呢？我們不妨可以聯想乘了飛快的汽車於盛夏的長晝行駛在林陰路上，耳聽兩旁樹間鳴蟬的經驗。夫蟬非一，樹非一，鳴聲亦非一，而因車行之速，卻使蟬聲樹影在耳目之間成為「渾然一片」。這大抵就是李白在出峽時為猿聲山影所感受的情景。身在這如脫弦之箭、順流直下的船上，詩人是何等暢快而又興奮啊！清人桂馥讀詩至此，不禁讚嘆道：「妙在第三句，能使通首精神飛越。」（《札樸》）

瞬息之間，輕舟已過「萬重山」。為了形容船快，詩人除了用猿聲山影來烘托，還給船的本身添上了一個「輕」字。直說船快，那自然是笨伯；而這個「輕」字，卻別有一番意蘊。三峽水急灘險，詩人溯流而上時，不僅覺得船重，而且心情更為滯重，「三朝上黃牛，三暮行太遲。三朝又三暮，不覺鬢成絲」（李白〈上三峽〉）。如今順流而下，行船輕如無物，其快速可想而知。而「危乎高哉」的「萬重山」一過，輕舟進入坦途，詩人歷盡艱險重履康莊的快感，亦自不言而喻了。這最後兩句，既是寫景，又是比興，既是個人心情的表達，又是人生經驗的總結，因物興感，精妙無倫。

全詩給人一種鋒稜挺拔、空靈飛動之感。然而只賞其氣勢之豪爽，筆姿之駿利，尚不能得其圜中。全詩洋溢的是詩人經過艱難歲月之後突然迸發的一種激情，故雄峻迅疾中，又有豪情歡悅。快船快意，使人神遠。後人贊此篇謂：「驚風雨而泣鬼神矣」（明楊慎《升庵詩話》）。千百年來一直為人視若珍品。為了表達暢快的心情，詩人還特意用上平「刪」韻的「間」、「還」、「山」作韻腳，讀來是那樣悠揚、輕快，令人百誦不厭。（吳小如）

秋下荊門

李白

霜落荊門江樹空，布帆無恙掛秋風。
此行不為鱸魚鱠，自愛名山入剡中。

「荊門」，山名，在今湖北宜都縣西北的長江南岸，隔江與虎牙山對峙，戰國時為楚國的西方門戶。乘船東下過荊門，就意味著告別了巴山蜀水。這首詩寫於詩人第一次出蜀遠遊時。對錦繡前程的憧憬，對新奇而美好的世界的幻想，使他戰勝了對峨眉山月的依戀，去熱烈地追求理想中的未來。詩中洋溢著積極而浪漫的熱情。

第一句是寫景，同時點出題中的「秋」和「荊門」。荊門山原是林木森森，綠葉滿山，而今秋來霜下，木葉零落，眼前一空。由於山空，江面也顯得更為開闊。這個「空」字非常形象地描繪出山明水淨、天地清肅的景象，寥廓高朗，而無蕭瑟衰颯之感。

第二句「布帆無恙掛秋風」，承上句「江」字，並暗點題中「下」字。東晉大畫家顧愷之為荊州刺史殷仲堪幕府的參軍，曾告假乘舟東下，仲堪特地把布帆借給他，途中遇大風，愷之寫信給殷說：「行人安穩，布帆無恙。」這裡借用了「布帆無恙」這一典故，不僅說明詩人旅途平安，更有一帆風順、天助人願的意味。這種秋風萬里送行舟的景象，生動地寫出了詩人無比樂觀欣慰的心情。

「張翰江東去，正值秋風時」（李白〈送張舍人之江東〉）。詩的第三句，就是由第二句中的「秋風」連及而來的。

據說西晉時吳人張翰在洛陽做官，見秋風起而想到故鄉的菰菜、蓴羹、鱸魚膾，說：「人生貴得適志，何能羈宦數千里，以要名爵乎！遂命駕而歸」（《晉書．張翰列傳》）。李白「此行」正值秋天，船又是向著長江下游駛行，這便使他聯想到張翰的故事。不過他聲明「此行不為鱸魚鱠」，此行目的與張翰不同，自己是遠離家鄉。這樣反跌一筆，不但使詩變得起伏跌宕，而且急呼下文——「自愛名山入剡中」。剡（音同善）中，今浙江嵊縣，境內多名山佳水。句中「自」字，與上一句中「不為」相呼應，兩句緊相連貫，增強了感情色彩。

古人曾說過：「詩人之言，不足為實也。」那意思大概就是說詩具有凝練、概括、誇張、含蓄等特色，詩中語言的含意，往往不能就字面講「實」、講死，所以說詩者也應該「不以辭害意」。這首詩的三、四兩句，如果只理解為詩人在表白「此行」的目的，不是為了吳地的美味佳肴，而是要去欣賞剡中的名山，那就未免太表面了，太「實」了。李白「入剡中」，是若干年以後的事。那麼它的含意到底是什麼呢？要解答這個問題，還得回到詩的第三句。從張翰所說的話來看，張翰是把「名爵」與「鱸魚」對立起來，棄其前者，而就其後者。那麼李白呢？他對後者的態度明朗——「此行不為鱸魚鱠」。對前者呢？詩人沒有明說。可是，「秋下荊門」以後的所言、所行，就把這個問題說得很清楚了。第一，「此行」並沒有「入剡中」，而是周遊在江漢一帶，尋找機會，以求仕進；第二，他還明白地聲稱：「大丈夫必有四方之志，乃仗劍去國，辭親遠遊」（〈上安州裴長史書〉）。他還希求「奮其智能，願為輔弼，使寰區大定，海縣清一」（〈代壽山答孟少府移文書〉）。這種建功立業的宏願，積極用世的精神，不正是和張翰的態度恰恰相反嗎？可見詩人此時對「名爵」和「鱸魚」均一反張翰之意，只不過在詩中說一半留一半罷了。當然，這也是「適志」，是「適」其辭親遠遊、建功立業之「志」。詩的第四句又該怎樣理解呢？飽覽剡中的名山佳水，誠然也是詩人所嚮往的，早在他出蜀之前這種興趣就已經表露出來了，不過聯繫上一句來看，就不能僅僅局限於此了。我們知道自視不凡的李白，是不想透過當時一般文人所走的科舉道路，去獲取功名的，而是要選擇另一條富有浪漫色彩的途徑，那便是遊歷，任俠，隱居名山，求仙學道，結交名流，樹立聲譽，以期一舉而至卿相。所以這裡的「自愛名山入剡中」，無非是在標榜自己那種高人雅士的格調，無非是那種不同凡俗的生活情趣的一種藝術概括。這種樂觀浪漫、豪爽開朗、昂揚奮發的精神，生動地表現了詩人的個性，以及盛唐時代的精神風貌。

這首詩在藝術表現上也頗有特色。全詩雖四句，但寫景、敘事、議論各具形象，集中地抒發了年青詩人「仗劍去國」的熱情，筆勢變幻靈活，而又自然渾成。四句詩中連用了兩個典故，或暗用而不露痕跡，或反用而有新意，讀來無凝滯堆砌之感，達到了推陳出新、語如己出、活潑自然的境界。（趙其鈞）

宿五松山下荀媼家 李白

我宿五松下，寂寥無所歡。田家秋作苦，鄰女夜舂寒。

跪進雕胡飯，月光明素盤。令人慚漂母，三謝不能餐。

五松山，在今安徽銅陵市南。山下住著一位姓荀的農民老媽媽。一天晚上李白借宿在她家，受到主人誠摯的款待。這首詩就是寫當時的心情。

開頭兩句「我宿五松下，寂寥無所歡」，寫出自己寂寞的情懷。這偏僻的山村裡沒有什麼可以引起他歡樂的事情，他所接觸的都是農民的艱辛和困苦。這就是三、四句所寫的：「田家秋作苦，鄰女夜舂寒。」秋作，是秋天的勞作。「田家秋作苦」的「苦」字，不僅指勞動的辛苦，還指心中的悲苦。秋收季節，本來應該是歡樂的，可是在繁重賦稅壓迫下的農民竟沒有一點歡笑。農民白天收割，晚上舂（音同充）米，鄰家婦女舂米的聲音，從牆外傳來，一聲一聲，顯得多麼淒涼啊！這個「寒」字，十分耐人尋味。它既是形容舂米聲音的淒涼，也是推想鄰女身上的寒冷。

五、六句寫到主人荀媼：「跪進雕胡飯，月光明素盤。」古人席地而坐，屈膝坐在腳跟上，上半身挺直，叫跪坐。因為李白吃飯時是跪坐在那裡，所以荀媼將飯端來時也跪下身子呈進給他。「雕胡」，就是「菰」，俗稱茭白，生在水中，秋天結實，叫菰米，可以做飯，古人當做美餐。姓荀的老媽媽特地做了雕胡飯，是對詩人的熱情款待。「月光明素盤」，是對荀媼手中盛飯的盤子突出地加以描寫。盤子是白的，菰米也是白的，在月光的照射下，這盤菰米飯就像一盤珍珠一樣地耀目。在那樣艱苦的山村裡，老人端出這盤雕胡飯，詩人深深地感動了，最後兩句說：「令人慚漂母，三謝不能餐。」「漂母」，用《史記．淮陰侯列傳》的典故：韓信年輕時很窮困，在淮陰城下釣魚，一個正在漂洗絲絮的老媽媽見他飢餓，便拿飯給他吃，後來韓信被封為楚王，送給漂母千金表示感謝。這詩裡的漂母指荀媼，荀媼這樣誠懇地款待李白，使他很過意不去，又無法報答她，更感到受之有愧。李白再三地推辭致謝，實在不忍心享用她的這一頓美餐。

李白的性格本來是很高傲的，他不肯「摧眉折腰事權貴」（〈夢遊天姥吟留別〉），常常「一醉累月輕王侯」（〈憶舊遊寄譙郡元參軍〉），在王公大人面前是那樣地桀驁不馴。可是，對一個普通的山村老媽媽卻是如此謙恭，如此誠摯，充分顯示了李白的可貴品質。

李白的詩以豪邁飄逸著稱，但這首詩卻沒有一點縱放，風格極為樸素自然。詩人用平鋪直敘的寫法，像在敘述他夜宿山村的過程，談他的親切感受，語言清淡，不露雕琢痕跡而頗有情韻，是李白詩中別具一格之作。

（袁行霈）

越中覽古　李白

越王句踐破吳歸，義士還鄉盡錦衣。
宮女如花滿春殿，只今唯有鷓鴣飛。

這是一首懷古之作，亦即詩人遊覽越中（唐越州，治所在今浙江紹興），有感於其地在古代歷史上所發生過的著名事件而寫下的。在春秋時代，吳越兩國爭霸南方，成為世仇。越王句踐於公元前四九四年，被吳王夫差打敗，回到國內，臥薪嘗膽，誓報此仇。公元前四七三年，他果然把吳國滅了。詩寫的就是這件事。

詩歌不是歷史小說，絕句又不同於長篇古詩，所以詩人只能選取這一歷史事件中他感受得最深的某一部分來寫。他選取的不是這場鬥爭的漫長過程中的某一片斷，而是在吳敗越勝，越王班師回國以後的兩個鏡頭。首句點明題意，說明所懷古跡的具體內容。二、三兩句分寫戰士還家、句踐還宮的情況。消滅了敵人，雪了恥，戰士都凱旋了；由於戰事已經結束，大家都受到了賞賜，所以不穿鐵甲，而穿錦衣。只「盡錦衣」三字，就將越王及其戰士得意歸來，充滿了勝利者的喜悅和驕傲的神情烘托了出來。越王回國以後，躊躇滿志，不但耀武揚威，而且荒淫逸樂起來。於是，花朵兒一般的美人，擁簇著他，侍候著他。「春殿」的「春」字，應上「如花」，並描摹美好的時光和景象，不一定是指春天。只寫這一點，就把越王將過去的臥薪嘗膽的往事丟得乾乾淨淨表達得非常充分了。都城中到處是錦衣戰士，宮殿上站滿了如花宮女。這是多麼繁盛、美好、熱鬧、歡樂，然而結句突然一轉，將上面所寫的一切一筆勾銷。過去曾經存在過的勝利、威武、富貴、榮華，現在還有什麼呢？人們所能看到的，只是幾只鷓鴣在王城故址上飛來飛去罷了。這一句寫人事的變化，盛衰的無常，以慨嘆出之。過去的統治者莫不希望他們的富貴榮華是子孫萬世之業，而詩篇卻如實地指出了這種希望的破滅，這就是它的積極意義。

詩篇將昔時的繁盛和今日的淒涼，透過具體的景物，作了鮮明的對比，使讀者感受特別深切。一般地說，直接描寫某種環境，是比較難於突出的，而透過對比，則獲致的效果往往能夠大大地加強。所以，透過熱鬧的場面來描寫淒涼，就更覺淒涼之可嘆。如此詩前面所寫過去的繁華與後面所寫現在的冷落，對照極為強烈，前面寫得愈著力，後面轉得也就愈有力。為了充分地表達主題思想，詩人對這篇詩的結構也作出了不同於一般七絕的安排。一般的七絕，轉折點都安排在第三句裡，而它的前三句卻一氣直下，直到第四句才突然轉到反面，就顯得格外有力量，有神采。這種寫法，不是筆力雄健的詩人，是難以揮灑自如的。

李白另有一首懷古詩〈蘇臺覽古〉可資比較：「舊苑荒臺楊柳新，菱歌清唱不勝春。只今唯有西江月，曾照吳王宮裡人。」蘇臺即姑蘇臺，是春秋時代吳王夫差遊樂的地方，故址在今江蘇省蘇州市。此詩一上來就寫吳苑的殘破，蘇臺的荒涼，而人事的變化，興廢的無常，自在其中。後面緊接以楊柳在春天又發新芽，柳色青青，年年如舊，歲歲常新，以「新」與「舊」，不變的景物與變化的人事，作鮮明的對照，更加深了憑弔古跡的感慨。一句之中，以兩種不同的事物來對比，寫出古今盛衰之感，用意遣詞，精練而又自然。次句接寫當前景色。青青新柳之外，還有一些女子在唱著菱歌，無限的春光之中，迴蕩著歌聲的旋律。楊柳又換新葉，船娘閒唱菱歌，舊苑荒臺，依然彌漫著無邊春色，而昔日的帝王宮殿，美女笙歌，卻一切都已化為烏有。所以後兩句便點出，只有懸掛在從西方流來的大江上的那輪明月，是亙古不變的；只有她，才照見過吳宮的繁華，看見過像夫差、西施這樣的當時人物，可以作歷史的見證人罷了。

此兩詩都是覽古之作，主題相同，題材近似，但越中一首，著重在明寫昔日之繁華，以四分之三的篇幅竭力渲染，而以結句寫今日之荒涼抹殺之，轉出主意。蘇臺一首則著重寫今日之荒涼，以暗示昔日之繁華，以今古常新的自然景物來襯托變幻無常的人事，見出今昔盛衰之感，所以其表現手段又各自不同。從這裡也可以看出詩人變化多端的藝術技巧。（沈祖棻）

經下邳圯橋懷張子房①

李白

子房未虎嘯，破產不為家。滄海得壯士，椎秦博浪沙。
報韓雖不成，天地皆振動。潛匿游下邳，豈曰非智勇？
我來圯橋上，懷古欽英風。唯見碧流水，曾無黃石公。
嘆息此人去，蕭條徐泗②空。

〔註〕①邳，音同陪。圯，音同移。②徐州與泗州。

這是李白經過下邳（在今江蘇睢寧）圯橋時寫的一首懷古之作。詩飽含欽慕之情，頌揚張良的智勇豪俠，其中又暗寓著詩人的身世感慨。張良，字子房，是輔佐劉邦打天下的重要謀臣。詩起句「虎嘯」二字，即指張良跟隨漢高祖以後，其叱咤風雲的業績。但詩卻用「未」字一筆撇開，只從張良發跡前寫起。張良的祖父和父親曾相繼為韓國宰相，秦滅韓後，立志報仇，「弟死不葬，悉以家財求客刺秦王」（《史記·留侯世家》）。「破產不為家」五字，點出了張良素來就是一個豪俠仗義、不同尋常的人物。後兩句寫其椎擊秦始皇的壯舉。據《史記》記載，張良後來「東見滄海君，得力士，為鐵椎重百二十斤。秦皇帝東遊，良與客狙擊秦皇帝博浪沙中」。詩人把這一小節熔鑄成十個字：「滄海得壯士，椎秦博浪沙。」以上四句直敘之後，第五句一折，「報韓雖不成」，惋惜力士椎擊秦始皇時誤中副車。秦皇帝為之寒慄，趕緊「大索天下」，而張良的英雄膽略，遂使「天地皆振動」。七、八兩句「潛匿游下邳，豈曰非智勇」，寫張良「更姓名，亡匿下邳」，而把圯橋進履，受黃石公書一段略去不寫，只用一個「智」字暗點，暗度到三句以後的「曾無黃石公」。「豈曰非智勇?」不以陳述句法正敘，而改用反問之筆，使文氣跌宕，不致平衍。後人評此詩，說它句句有飛騰之勢，說得未免抽象，其實所謂「飛騰之勢」，就是第五句的「雖」字一折和第八句的「豈」字一宕所構成。

以上八句夾敘夾議，全都針對張良，李白本人還沒有插身其中。九、十兩句「我來圯橋上，懷古欽英風」，這才透過長存的圯橋古跡，把今人、古人結合起來了。詩人為何「懷古欽英風」呢?其著眼點還是在現實：「唯見碧流水，曾無黃石公。」此兩句，句法有似五律中的流水對。上句切合圯橋，橋下流水，清澈碧綠，一如張良當時。歲月無常，回黃轉綠，大有孔子在川上曰「逝者如斯夫，不舍晝夜」之慨。下句應該說是不見張子房了，可是偏偏越過張子房，而說不見張子房之師黃石公。詩人的用意是：當代未嘗沒有如張良一般具有英風的人，只是沒有像黃石公那樣的人，加以識拔，傳以太公兵法，造就「為王者師」的人才罷了。表面上是「嘆息此人去，蕭條徐泗空」，再也沒有這樣的人了；實際上，這裡是以曲筆自抒抱負。《孟子·盡心下》云：「由孔子而來至於今，百有餘歲，去聖人之世，若此其未遠也，近聖人之居，若此其甚也，然而無有乎爾，則亦無有乎爾。」表面上孟子是喟嘆世無孔子，實質上是隱隱地以孔子的繼承人自負。李白在這裡用筆正和孟子有異曲同工之處：誰說「蕭條徐泗空」，繼張良而起，當今之世，捨我其誰哉!詩人〈扶風豪士歌〉的結尾說：「張良未逐赤松去，橋邊黃石知我心。」可以看作此詩末兩句的注腳。

一首懷古之作，寫得如此虎虎有勢而又韻味深長，這是極可欣賞的。(沈熙乾)

望鸚鵡洲悲禰衡

李白

魏帝營八極，蟻觀一禰衡。黃祖斗筲①人，殺之受惡名。
吳江賦〈鸚鵡〉，落筆超群英。鏘鏘振金玉，句句欲飛鳴。
鷙鶚啄孤鳳，千春傷我情。五嶽起方寸，隱然詎可平？
才高竟何施，寡識②冒天刑。至今芳洲上，蘭蕙不忍生。

〔註〕①斗筲（音同梢），形容器量狹小。②寡識，自謙才識淺薄。

這是一首懷古之作。唐肅宗乾元二年（七五九）冬或上元元年（七六〇）春，李白在江夏（治今湖北武漢市）寫了長詩〈經亂離後天恩流夜郎憶舊遊書懷贈江夏韋太守良宰〉，詩中云：「一忝青雲客，三登黃鶴樓。顧慚禰處士，虛對鸚鵡洲。」可見李白對漢代禰衡是很敬仰的。這首〈望鸚鵡洲悲禰衡〉，可能是同時所寫。

鸚鵡洲在湖北武漢漢陽的西南，是長江中的一個小洲，和禰衡有密切關係。據《後漢書．禰衡傳》記載：禰衡少有才辯，而尚氣剛傲，好矯時慢物。孔融深愛其才，在曹操面前稱讚他。曹操因被其辱，把他送與劉表。劉表又不能容，轉送與江夏太守黃祖。黃祖的長子黃射在洲上大會賓客，有人獻鸚鵡，他就叫禰衡寫賦以娛嘉賓。禰衡攬筆而作，文不加點，辭采甚麗。鸚鵡洲由此而得名。後來，黃祖終因禰衡言不遜順，把他殺了。李白一生道路坎坷，雖有超人才華而不容於世。這時，他從流放夜郎途中遇赦回來，望鸚鵡洲而觸景生情，思念起古人禰衡來了。

詩的前四句，首先從刻畫禰衡落筆，寫他的性格和悲慘的遭遇。曹操經營天下，顯赫一時，而禰衡卻視之為蟻類，這就突出地表現了禰衡傲岸的性格。黃祖是才短識淺之徒，他殺了禰衡，正說明他心胸狹隘不能容物，因而得到了惡名。

接著四句，舉出禰衡的名作〈鸚鵡賦〉，極贊他的傑出才華。這樣一個才華「超群英」的人，命運卻如此之悲慘，多麼令人痛惜啊！於是引出下面四句。詩人對禰衡的遭遇憤然不平，他把黃祖之流比作凶猛的惡鳥，而把禰衡比作孤淒的鳳凰。禰衡被殘殺使詩人哀傷不已，心中如五嶽突起，不能得平。

繼憤激之情而來的是無限的哀婉。最後四句，詩人為禰衡的才華不得施展而惋惜，為他的寡識冒刑而哀傷。結句把蘭蕙人格化，賦予人的感情，似乎蘭蕙也為禰衡痛不欲生了。

這首詩，前八句懷古，後八句抒慨，表達了對禰衡的敬仰和哀惜，透出詩人心底怨憤難平之情。近人高步瀛評此詩：「此以正平（禰衡）自況，故極致悼惜，而沉痛語以駿快出之，自是太白本色。」（《唐宋詩舉要》）這話是不無道理的。

詩中刻畫人物十分精練，抓住人物特徵，寥寥幾筆，以少勝多，突出了禰衡孤傲的性格和超人的才華。這兩點是禰衡的不同凡響之處，也正是李白所引為同調的。詩中運用比喻、擬人等手法，表現出強烈的感情色彩。他把黃祖之流比作「鷙鶚」（音同至厄），對凶殘的權勢者表示強烈的憎恨；把禰衡譬為「孤鳳」，愛慕、憐惜之情溢於言表。由於恰當地運用了這些手法，全詩形象鮮明，感情深沉而含蓄。（鄭國銓）

謝公亭 李白

謝公離別處，風景每生愁。客散青天月，山空碧水流。
池花春映日，窗竹夜鳴秋。今古一相接，長歌懷舊遊。

謝公亭位居宣城（今屬安徽）城北，謝朓任宣城太守時，曾在這裡送別詩人范雲。

「謝公離別處，風景每生愁。」謝朓、范雲當年離別之處猶在，如今每睹此處景物則不免生愁。「愁」字內涵很廣，思古人而恨不見，度今日而覺孤獨，乃至由謝朓的才華、交遊、遭遇，想到自己的受讒遭妒，都可能蘊含其中。

「客散青天月，山空碧水流。」兩句緊承上聯「離別」、「生愁」，寫謝公亭的風景。由於「離別」，當年詩人歡聚的場面不見了，此地顯得天曠山空，謝公亭上唯見一輪孤月，空山寂靜，碧水長流。這兩句寫的是眼前令人「生愁」的寂寞。李白把他那種懷斯人而不見的悵惘情緒塗抹在景物上，就使得這種寂寞而美好的環境，似乎仍在期待著久已離去的前代詩人，從而能夠引起人們對於當年客散之前景況的遐想。這不僅是懷古，同時包含李白自己的生活感受。李白的詩，也經常為自己生活中故交雲散、盛會難再而深致惋惜，這表現了李白對於人間友情的珍視，並且也很容易引起讀者的共鳴。

「客散」兩句似乎已經括盡古今了，但意猶未足，接著兩句「池花春映日，窗竹夜鳴秋」，不再用孤月、空山之類景物來寫「生愁」，而是描繪謝公亭春秋兩季佳節良宵的景物。池花映著春日自開自落，窗外修竹在靜謐的秋夜中窣窣地發出清響，則風景雖佳，人事依然不免寂寞。兩句看上去似乎只是描寫今日的風光，而由於上聯已交代了「客散」、「山空」，讀者卻不難從這秀麗的景色中，感受到詩人言外的寂寞，以及他面對謝公亭風光追思遐想，欲與古人神遊的情態。

「今古一相接，長歌懷舊遊。」詩人在緬懷遐想中，似是依稀想見了古人的風貌。這裡所謂「一相接」，是由於心往神馳而與古人在精神上的契合，是寫在精神上對於謝公舊遊的追蹤。這是一首緬懷謝朓的詩，但讀者卻從中感受到李白的精神性格。他的懷念，表現了他美好的精神追求，高超的志趣情懷。

李白的五律，具有律而近古的特點。這，一方面體現在往往不受聲律的約束，在體制上近古；而更主要地則是他的五律絕無初唐的浮豔氣息，深情超邁而又自然秀麗。像這首〈謝公亭〉，從對仗聲律上看，與唐代一般律詩並無多大區別，但從精神和情致上看，說它在唐律中帶點古意卻是不錯的。李白有意要矯正初唐律詩講究辭藻、著意刻畫的弊病，這首〈謝公亭〉就是信筆寫去而不著力的。「客散青天月，山空碧水流」，渾括地寫出了謝公沒後亭邊的景象，並沒有細緻的描繪，但青天、明月、空山、碧水所構成的開闊而又帶有寂寞意味的境界，卻顯得高遠。至於詩的後四句，清王夫之說得更為精闢：「五、六不似懷古，乃以懷古。『今古一相接』五字，盡古今人道不得。神理、意致、手腕，三絕也。」（《唐詩評選》）蓋謂「池花春映日，窗竹夜鳴秋」二句，寫得悠遠飄逸，看似描繪風光，而懷古的情思已寓於其中。「今古一相接」五字，一筆排除了古今在時間上的障礙，雄健無比。尤其是「一相接」三字，言外有謝公亡後，別無他人，亦即「古來相接眼中稀」（〈金陵城西樓月下吟〉）之意。這樣就使得李白的懷念謝公，與一般人偶爾發一點思古之幽情區別開了，格外顯得超遠。像這種風神氣概，就逼近古詩，而和一般初唐律詩面貌迥異。（余恕誠）

夜泊牛渚懷古

李白

牛渚西江夜，青天無片雲。登舟望秋月，空憶謝將軍。
余亦能高詠，斯人不可聞。明朝掛帆席，楓葉落紛紛。

牛渚，是安徽當塗西北緊靠長江的一座山，北端突入江中，即著名的采石磯。詩題下有原註說：「此地即謝尚聞袁宏詠史處。」據《晉書·文苑傳》記載：袁宏少時孤貧，以運租為業。鎮西將軍謝尚鎮守牛渚，秋夜乘月泛江，聽到袁宏在運租船上諷詠他自己的詠史詩，非常讚賞，於是邀宏過船談論，直到天明。袁宏得到謝尚的讚譽，從此聲名大著。題中所謂「懷古」，就是指這件事。

從南京以西到江西境內的一段長江，古代稱西江。首句開門見山，點明「牛渚夜泊」。次句寫牛渚夜景，大處落墨，展現出一片碧海青天、萬里無雲的境界。寥廓空明的天宇，和蒼茫浩渺的西江，在夜色中融為一體，越顯出境界的空闊渺遠，而詩人置身其間時那種悠然神遠的感受也就自然融合在裡面了。

三、四句由牛渚「望月」過渡到「懷古」。謝尚牛渚乘月泛江遇見袁宏月下朗吟這一富於詩意的故事，和詩人眼前所在之地（牛渚西江）、所接之景（青天朗月）的巧合，固然是使詩人由「望月」而「懷古」的主要憑藉，但之所以如此，還由於這種空闊渺遠的境界本身就很容易觸發對於古今的聯想。空間的無垠和時間的永恆之間，在人們的意念活動中往往可以相互引發和轉化，陳子昂登幽州臺，面對北國蒼莽遼闊的大地而湧起「前不見古人，後不見來者」（〈登幽州臺歌〉）之感，便是顯例。而今古長存的明月，更常常成為由今溯古的橋梁，「月下沉吟久不歸，古來相接眼中稀」（〈金陵城西月下吟〉），正可說明這一點。因此，「望」、「憶」之間，雖有很大跳躍，讀來卻感到非常自然合理。「望」字當中就含有詩人由今及古的聯想和沒有明言的意念活動。「空憶」的「空」字，暗逗下文。

如果所謂「懷古」，只是對幾百年前發生在此地的「謝尚聞袁宏詠史」情事的泛泛追憶，詩意便不免平庸而落套。詩人別有會心，從這樁歷史陳跡中發現了一種令人嚮往追慕的美好關係——貴賤的懸隔，絲毫沒有妨礙心靈的相通；對文學的愛好和對才能的尊重，可以打破身份地位的壁障。而這，正是詩人在當時現實中求之而不可得的。詩人的思緒，由眼前的牛渚秋夜景色聯想到往古，又由往古回到現實，情不自禁地發出「余亦能高詠，斯人不可聞」的感慨。儘管自己也像當年的袁宏那樣，富於文學才華，而像謝尚那樣的人物卻不可復遇了。「不可聞」回應「空憶」，寓含著世無知音的深沉感喟。

「明朝掛帆席，楓葉落紛紛。」末聯宕開寫景，想像明朝掛帆離去的情景。在颯颯秋風中，片帆高掛，客舟即將離開江渚；楓葉紛紛飄落，像是無言地送著寂寞離去的行舟。秋色秋聲，進一步烘托出因不遇知音而引起的寂寞淒清情懷。

詩意明朗而單純，並沒有什麼深刻複雜的內容，但卻具有一種令人神遠的韻味。清代主神韻的王士禛甚至把這首詩和孟浩然的〈晚泊潯陽望廬山〉作為「不著一字，盡得風流」的典型，認為「詩至此，色相俱空，正如羚羊掛角，無跡可求，畫家所謂逸品是也」（《分甘餘話》）。這說法不免有些玄虛。其實，神韻的形成，離不開具體的文字語言和特定的表現手法，並非無跡可求。像這首詩，寫景的疏朗有致，不主刻畫，跡近寫意；寫情的含蓄不露，不道破說盡；用語的自然清新，虛涵概括，力避雕琢；以及寓情於景，以景結情的手法等等，都有助於造成一種悠然不盡的神韻。

李白的五律，不以錘鍊凝重見長，而以自然明麗為主要特色。本篇「無一句屬對，而調則無一字不律」（《李太白文集》清王琦注引趙光評），行雲流水，純任天然。這本身就構成一種蕭散自然、風流自賞的意趣，適合表現抒情主人公那種飄逸不群的性格。詩的富於情韻，與這一點也不無關係。（劉學鍇）

月下獨酌四首（其二）　李白

花間一壺酒，獨酌無相親。
舉杯邀明月，對影成三人。
月既不解飲，影徒隨我身。
暫伴月將影，行樂須及春。
我歌月徘徊，我舞影零亂。
醒時同交歡，醉後各分散。
永結無情遊，相期邈雲漢。

佛教中有所謂「立一義」，隨即「破一義」，「破」後又「立」，「立」後又「破」，最後得到究竟辨析方法。用現代話來說，就是先講一番道理，經駁斥後又建立新的理論，再駁再建，最後得到正確的結論。關於這樣的論證，一般總有雙方，相互「破」、「立」。可是李白這首詩，就只一個人，以獨白的形式，自立自破，自破自立，詩情波瀾起伏而又純乎天籟，所以一直為後人傳誦。

詩人上場時，背景是花間，道具是一壺酒，登場角色只是他自己一個人，動作是獨酌，加上「無相親」三個字，場面單調得很。於是詩人忽發奇想，把天邊的明月，和月光下自己的影子，拉了過來，連自己在內，化成了三個人，舉杯共酌，冷清清的場面，就熱鬧起來了。這是「立」。

可是，儘管詩人那樣盛情，「舉杯邀明月」，明月畢竟是「不解飲」的。至於那影子呢？雖則如晉陶潛〈形影神其二．影答形〉所謂「與子相遇來，未嘗異悲悅。憩蔭若暫乖，止日終不別」，但畢竟影子也不會喝酒；那麼又該怎麼辦呢？姑且暫將明月和身影作伴，在這春暖花開之時（「春」逆挽上文「花」字），及時行樂吧！「顧影獨盡，忽焉復醉。」（陶潛〈飲酒〉詩序中語）這四句又把月和影之情，說得虛無不可測，推翻了前案，這是「破」。

其時詩人已經漸入醉鄉了，酒興一發，既歌且舞。歌時月兒徘徊，依依不去，好像在傾聽佳音；舞時自己的身影，在月光之下，也轉動凌亂，似與自己共舞。醒時相互歡欣，直到酩酊大醉，躺在床上時，月光與身影，才無可奈何地分別。「我歌月徘徊，我舞影零亂。醒時同交歡，醉後各分散」，這四句又把月光和身影，寫得對自己一往情深。這又是「立」。

最後二句，詩人真誠地和「月」、「影」相約：「永結無情遊，相期邈雲漢。」然而「月」和「影」畢竟還是無情之物，把無情之物，結為交遊，主要還是在於自己的有情，「永結無情遊」句中的「無情」是破，「永結」和「遊」是立，又破又立，構成了最後的結論。

題目是「月下獨酌」，詩人運用豐富的想像，表現出一種由獨而不獨，由不獨而獨，再由獨而不獨的複雜情感。表面看來，詩人真能自得其樂，可是背面卻有無限的淒涼。詩人曾有一首〈春日醉起言志〉的詩：「處世若大夢，胡為勞其生？所以終日醉，頹然臥前楹。覺來盼庭前，一鳥花間鳴。借問此何時，春風語流鶯。感之欲嘆息，對酒還自傾。浩歌待明月，曲盡已忘情。」試看其中「一鳥」、「自傾」、「待明月」等字眼，可見詩人是怎樣的孤獨了。孤獨到了邀月與影那還不算，甚至於以後的歲月，也休想找到共飲之人，所以只能與月光身影永遠結遊，並且相約在那邈遠的上天仙境再見。結尾兩句，點盡了詩人的踽踽涼涼之感。（沈熙乾）

山中與幽人對酌

李白

兩人對酌山花開，一杯一杯復一杯。
我醉欲眠卿且去，明朝有意抱琴來。

李白飲酒詩特多興會淋漓之作。此詩開篇就寫當筵情景。「山中」，對李白來說，是「別有天地非人間」（〈山中問答〉）的；盛開的「山花」更增添了環境的幽美，而且眼前不是「獨酌無相親」，而是「兩人對酌」，對酌者又是意氣相投的「幽人」（隱居的高士）。此情此境，事事稱心如意，於是乎「一杯一杯復一杯」地開懷暢飲了。次句接連重複三次「一杯」，不但極寫飲酒之多，而且極寫快意之至。讀者彷彿看到那痛飲狂歌的情景，聽到「將進酒，杯莫停」（〈將進酒〉）那樣興高采烈的勸酒的聲音。由於貪杯，詩人許是酩酊大醉了，玉山將崩，於是打發朋友先走。「我醉欲眠卿且去」，話很直率，卻活畫出飲者酒酣耳熱的情態，也表現出對酌的雙方是「忘形到爾汝」（杜甫〈醉時歌〉）的知交。儘管頹然醉倒，詩人還餘興未盡，還不忘招呼朋友「明朝有意抱琴來」呢。此詩表現了一種超凡脫俗的狂士與「幽人」間的感情，詩中那種隨心所欲、恣情縱飲的神情，揮之即去、招則須來的聲口，不拘禮節、自由隨便的態度，在讀者面前展現出一個高度個性化的藝術形象。

詩的藝術表現也有獨特之處。盛唐絕句已經律化，且多含蓄不露、迴環婉曲之作，與古詩歌行全然不同。而此詩卻不就聲律，又詞氣飛揚，一開始就有一往無前、不可羈勒之勢，純是歌行作風。唯其如此，才將那種極快意之情表達得酣暢淋漓。這與通常的絕句不同，但它又不違乎絕句的法則，即雖豪放卻非一味發露，仍有波瀾，有曲折，或者說直中有曲意。詩前二句極寫痛飲之際，三句忽然一轉說到醉。從兩人對酌到請卿自便，是詩情的一頓宕；在遣「卿且去」之際，末句又婉訂後約，相邀改日再飲，又是一頓宕。如此便造成擒縱之致，所以能於寫真率的舉止談吐中，將一種深情曲曲表達出來，自然有味。此詩直在全寫眼前景、口頭語，曲在內含的情意和心思，既有信口而出、率然天真的妙處，又不一瀉無餘，故能令人玩味，令人神遠。

此詩的語言特點，在口語化的同時不失其為經過提煉的文學語言，雋永有味。如「我醉欲眠卿且去」二句明白如話，卻是化用一個故實。《宋書·隱逸傳》：「（陶）潛不解音聲，而畜素琴一張，無弦，每有酒適，輒撫弄以寄其意。貴賤造之者，有酒輒設。潛若先醉，便語客：『我醉欲眠，卿可去。』其真率如此。」此詩第三句幾乎用陶潛的原話，正表現出一種真率脫略的風度。而四句的「抱琴來」，也顯然不是著意於聲樂的享受，而重在「撫弄以寄其意」，以盡其興，這從其出典可以會出。（周嘯天）

與史郎中欽聽黃鶴樓上吹笛

李白

一為遷客去長沙，西望長安不見家。
黃鶴樓中吹玉笛，江城五月落梅花。

這是李白唐肅宗乾元元年（七五八）流放夜郎經過武昌時遊黃鶴樓所作。本詩寫遊黃鶴樓聽笛，抒發了詩人的遷謫之感和去國之情。西漢的賈誼，因指責時政，受到權臣的讒毀，貶官長沙。而李白也因永王李璘事件受到牽連，被加之以「附逆」的罪名流放夜郎。所以詩人引賈誼為同調。「一為遷客去長沙」，就是用賈誼的不幸來比喻自身的遭遇，流露了無辜受害的憤懣，也含有自我辯白之意。但政治上的打擊，並沒使詩人忘懷國事。在流放途中，他不禁「西望長安」，這裡有對往事的回憶，有對國運的關切和對朝廷的眷戀。然而，長安萬里迢迢，對遷謫之人是多麼遙遠，多麼隔膜啊！望而不見，不免感到惆悵。聽到黃鶴樓上吹奏〈梅花落〉的笛聲，感到格外淒涼，彷彿五月的江城落滿了梅花。

詩人巧借笛聲來渲染愁情。清王琦註引宋郭茂倩《樂府詩集》此調題解云：「〈梅花落〉本笛中曲也。」江城五月，正當初夏，當然是沒有梅花的，但由於〈梅花落〉笛曲吹得非常動聽，便彷彿看到了梅花滿天飄落的景象。梅花是寒冬開放的，景象雖美，卻不免給人以凜然生寒的感覺，這正是詩人冷落心情的寫照。同時使人聯想到戰國時鄒衍下獄、六月飛霜的歷史傳說。由樂聲聯想到音樂形象的表現手法，就是詩論家所說的「通感」。詩人由笛聲想到梅花，由聽覺訴諸視覺，通感交織，描繪出與冷落的心境相吻合的蒼涼景色，從而有力地烘托了去國懷鄉的悲愁情緒。所以明李攀龍評此詩「無限羈情笛裡吹來」（《唐詩選》卷七），是很有見解的。清沈德潛說：「七言絕句以語近情遙、含吐不露為貴，只眼前景，口頭語，而有弦外音，使人神遠，太白有焉。」（《唐詩別裁集》卷二十）這首七言絕句，正是以「語近情遙、含吐不露」見長，使人從「吹玉笛」、「落梅花」這些眼前景、口頭語，聽到了詩人的弦外之音。

此外，這詩還好在其獨特的藝術結構。詩寫聽笛之感，卻並沒按聞笛生情的順序去寫，而是先有情而後聞笛。前半捕捉了「西望」的典型動作加以描寫，傳神地表達了懷念帝都之情和「望」而「不見」的愁苦。後半才點出聞笛，從笛聲化出「江城五月落梅花」的蒼涼景象，借景抒情，使前後情景相生，妙合無垠。（閻昭典）

獨坐敬亭山

李白

眾鳥高飛盡，孤雲獨去閒。

相看兩不厭，只有敬亭山。

敬亭山在宣州（治所在今安徽宣州市），宣州是六朝以來江南名郡，大詩人如謝靈運、謝朓等曾在這裡做過太守。李白一生凡七遊宣城（今安徽宣州市），這首五絕作於唐玄宗天寶十二載（七五三）秋遊宣州時，距他被迫於天寶三載離開長安已有整整十年時間了。長期漂泊生活，使李白飽嘗了人間辛酸滋味，看透了世態炎涼，從而加深了對現實的不滿，增添了孤寂之感。此詩寫獨坐敬亭山時的情趣，正是詩人帶著懷才不遇而產生的孤獨與寂寞的感情，到大自然懷抱中尋求安慰的生活寫照。

前二句「眾鳥高飛盡，孤雲獨去閒」，看似寫眼前之景，其實，把孤獨之感寫盡了：天上幾隻鳥兒高飛遠去，直至無影無蹤；寥廓的長空還有一片白雲，卻也不願停留，慢慢地越飄越遠，似乎世間萬物都在厭棄詩人。「盡」、「閒」兩個字，把讀者引入一個「靜」的境界：彷彿是在一群山鳥的喧鬧聲消除之後格外感到清靜；在翻滾的厚雲消失之後感到特別地清幽平靜。因此，這兩句是寫「動」見「靜」，以「動」襯「靜」。這種「靜」，正烘托出詩人心靈的孤獨和寂寞。這種生動形象的寫法，能給讀者以聯想，並且暗示了詩人在敬亭山遊覽觀望之久，勾畫出他「獨坐」出神的形象，為下聯「相看兩不厭」作了鋪墊。

詩的下半運用擬人手法寫詩人對敬亭山的喜愛。鳥飛雲去之後，靜悄悄地只剩下詩人和敬亭山了。詩人凝視著秀麗的敬亭山，而敬亭山似乎也一動不動地看著詩人。這使詩人很動情——世界上大概只有它還願和我作伴吧？「相看兩不厭」表達了詩人與敬亭山之間的深厚感情。「相」、「兩」二字同義重複，把詩人與敬亭山緊緊地聯在一起，表現出強烈的感情。結句中「只有」兩字也是經過錘鍊的，更突出詩人對敬亭山的喜愛。「人生得一知己足矣」，鳥飛雲去又何足掛齒！這兩句詩所創造的意境仍然是「靜」的，表面看來，是寫了詩人與敬亭山相對而視，脈脈含情。實際上，詩人愈是寫山的「有情」，愈是表現出人的「無情」；而他那橫遭冷遇，寂寞淒涼的處境，也就在這靜謐的場面中透露出來了。

「靜」是全詩的血脈。這首平淡恬靜的詩之所以如此動人，就在於詩人的思想感情與自然景物的高度融合而創造出來的「寂靜」的境界，無怪乎清人沈德潛在《唐詩別裁集》中要誇這首詩是「傳『獨坐』之神」了。（宛敏灝、宛新彬）

訪戴天山道士不遇　李白

犬吠水聲中，桃花帶露濃①。樹深時見鹿，溪午不聞鐘。
野竹分青靄，飛泉掛碧峰。無人知所去，愁倚兩三松。

〔註〕①一作「帶雨濃」。

戴天山，又名大康山或大匡山，在今四川省江油市。李白早年曾在山中大明寺讀書，這首詩大約是這一時期的作品。

全詩八句，前六句寫往「訪」，重在寫景，景色優美；末兩句寫「不遇」，重在抒情，情致婉轉。

詩的開頭兩句展現出一派桃源景象。首句寫所聞，泉水淙淙，犬吠隱隱；次句寫所見，桃花帶露，濃豔耀目。詩人正是緣溪而行，穿林進山的。這是入山的第一程。宜人景色，使人留連忘返，且讓人聯想到道士居住此中，如處世外桃源，超塵拔俗。第二句中「帶露濃」三字，除了為桃花增色外，還點出了入山的時間是在早晨，與下一聯中的「溪午」相映照。

頷聯「樹深時見鹿，溪午不聞鐘」，是詩人進山的第二程。詩人在林間小道上行進，常常見到出沒的麋鹿；林深路長，來到溪邊時，已是正午，是道院該打鐘的時候了，卻聽不到鐘聲。這兩句極寫山中之幽靜，暗示道士已經外出。鹿性喜靜，常在林木深處活動。既然「時見鹿」，可見其幽靜。正午時分，鐘聲杳然，唯有溪聲清晰可聞，這就更顯出周圍的寧靜。環境清幽，原是方外本色，與首聯所寫的桃源景象正好銜接。這兩句景語又含蓄地敘事：以「時見鹿」反襯不見人；以「不聞鐘」暗示道院無人。

頸聯「野竹分青靄，飛泉掛碧峰」，是詩人進山的第三程。從上一聯「不聞鐘」，可以想見詩人距離道院尚有一段距離。這一聯寫來到道院前所見的情景——道士不在，唯見融入青蒼山色的綠竹與掛上碧峰的飛瀑而已。詩人用筆巧妙而又細膩：「野竹」句用一個「分」字，描畫野竹青靄兩種近似的色調匯成一片綠色；「飛泉」句用一個「掛」字，顯示白色飛泉與青碧山峰相映成趣。顯然，由於道士不在，詩人百無聊賴，才遊目四顧，細細品味起眼前的景色來。所以，這兩句寫景，既可以看出道院這一片淨土的淡泊與高潔，又可以體味到詩人造訪不遇、爽然若失的情懷。

結尾兩句「無人知所去，愁倚兩三松」，詩人透過問訊的方式，從側面寫出「不遇」的事實，又以倚松再三的動作寄寫「不遇」的惆悵，用筆略帶迂迴，感情亦隨勢流轉，久久不絕。

前人評論這首詩時說：「全不添入情事，只拈死『不遇』二字作，愈死愈活。」（清王夫之《唐詩評選》）「無一字說道士，無一句說不遇，卻句句是不遇，句句是訪道士不遇。」（明賀貽孫《詩筏》）道出了此詩妙處。（陳志明）

憶東山二首（其一） 李白

不向東山久，薔薇幾度花。
白雲還自散，明月落誰家？

東山是東晉著名政治家謝安曾經隱居之處。據宋人施宿《會稽志》載：東山位於浙江上虞市西南，山旁有薔薇洞，相傳是謝安遊宴的地方；山上有謝安所建的白雲、明月二堂。了解這個，就會覺得詩裡那薔薇、那白雲、那明月，都不是信筆寫出，而是切合東山之景，語帶雙關。李白的詩就有這樣的好處，即使在下筆時要受東山這樣一個特定地點的限制，要寫出東山的特點和風物，但成詩以後，仍顯得極其自然和隨意，毫無拘束之態。

李白嚮往東山，是由於仰慕謝安。這位在淝水之戰中吟嘯自若，似乎漫不經心就擊敗苻堅百萬之眾於八公山下的傳奇式人物，在出仕前就是長期隱居東山。當匡扶晉室，建立殊勛，受到昏君和佞臣算計時，他又一再辭退，打算歸老東山。所以，在李白看來，東山之隱，標誌一種品格。它既表示對於權勢祿位無所眷戀，但又不妨在社稷蒼生需要的時候，出而為世所用。李白嚮往的東山之隱，和謝安式的從政是相結合的。在陶醉自然、吟詠嘯歌之際，並不忘情於政治，而當身居朝廷的時候，又長懷東山之念，保持自己淡泊的襟懷。李白一生以謝安自期、自比。「北闕青雲不可期，東山白首還歸去」（〈憶舊遊贈譙郡元參軍〉）；「謝公終一起，相與濟蒼生」

（〈送裴十八圖南歸嵩山二首〉其二）；「但用東山謝安石，為君談笑靜胡沙」（〈永王東巡歌十一首〉其二），都是在不同的處境和心情下，從不同的角度想到謝安和東山。李白寫這首詩的時候，大約正在長安。唐玄宗親自下詔召他進京，看來是夠禮賢下士的了，但實際上並沒有給他像謝安那樣大展雄才的機會。相反，由於詩人的正直和傲慢，卻招惹了權貴的忌恨。李陽冰在〈草堂集序〉中說：「醜正同列，害能成謗，格言不入，帝用疏之。公（李白）乃浪跡縱酒以自昏穢，詠歌之際，屢稱東山。」這就是李白這首詩的背景。從「不向東山久，薔薇幾度花」可以看出，詩人在默算著離開「東山」（實際上指進京以前的隱居之地）的時日。流光如逝，歲月老人。他有像謝安與東山那樣的離別，卻未成就像謝安那樣的功業。因此，在詩人的沉吟中，已經包含著光陰虛度、壯懷莫展的感慨了。當初，詩人告辭東山時，又何嘗捨得丟開那種環境和生活呢，只不過為了實現匡國濟世之志才暫時應詔而去。但如今在帝城久久淹留卻毫無所成，又怎能對得起東山的風物呢？所以「白雲還自散，明月落誰家」兩句中所包含的感情，一方面是嚮往，一方面又有一種內疚，覺得未免辜負了那兒的白雲明月。

這首詩應該看作是李白的「歸去來兮辭」。他嚮往著東山，又覺得有負於東山。他無疑地是要歸去了，但他的歸去卻又不同於陶淵明。陶淵明是決心做隱士，是去而不返的。李白卻沒有這種「決心」。「東山」是和謝安這樣一位政治家的名字結合在一起的。嚮往東山，既有隱的一面，又有打算待時而起的一面。「東山高臥時起來，欲濟蒼生未應晚。」（李白〈梁園吟〉）他的東山之隱，原來還保留著這樣一種情愫。詩中李白隱以謝安這樣一個人物自比，又用白雲、明月來襯托自己的形象：那東山的白雲和明月是何等淡泊，何等明潔；而李白的情懷，便和這一切融合在一起了。（余恕誠）

擬古十二首（其九）　李白

生者為過客，死者為歸人①。天地一逆旅，同悲萬古塵。

月兔空擣藥，扶桑已成薪。白骨寂無言，青松豈知春。

前後更嘆息，浮榮何足珍？

〔註〕①歸人：《列子・天瑞篇》：「古者謂死人為歸人。夫言死人為歸人，則生人為行人矣。」

李白曾一度熱衷於追求功名，希望「身沒期不朽，榮名在麟閣」（〈擬古十二首〉其七）。然而經過「賜金放還」、流放夜郎等一系列的挫折，深感榮華富貴的虛幻，有時不免流露出一種人生易逝的感傷情緒：「生者為過客，死者為歸人。天地一逆旅，同悲萬古塵。」活著的人像匆匆來去的過路行人，死去的人彷彿是投向歸宿之地、一去不返的歸客。天地猶如一所迎送過客的旅舍；人生苦短，古往今來有多少人為此同聲悲嘆！那麼，天上仙界和地下冥府又如何呢？

「月兔空擣藥，扶桑已成薪。白骨寂無言，青松豈知春。」古代神話傳說，后羿從西王母處得到不死之藥，他的妻子嫦娥把藥偷吃了，就飛入月宮；月宮裡只有白兔為她擣藥，嫦娥雖獲長生，但過著寂寞孤獨的生活，又有什麼歡樂可言呢？扶桑，相傳是東海上的參天神樹，太陽就從那裡昇起，如今也變成枯槁的柴薪。埋在地下的白骨陰森淒寂，無聲無息，再也不能體會生前的毀譽榮辱了。蒼翠的松樹自生自榮，無知無覺，又豈能感受陽春的溫暖？所謂「草不謝榮於春風，木不怨落於秋天」，這不過是「萬物興歇皆自然」（李白〈日出入行〉）罷了。詩人縱觀上下，浮想聯翩，感到宇宙間的一切都在倏忽變化，並沒有什麼永恆的榮華富貴。「前後更嘆息，浮榮何足珍？」結尾以警策之言收束了全篇。悠悠人世莫不如此，一時榮華實在不足珍惜！〈古詩十九首〉的某些篇章在感嘆人生短促之後，往往流露出一種及時行樂，縱情享受的頹廢情緒。李白在這首詩裡雖也同樣嘆息人生短暫，卻沒有宣揚消極頹喪的思想，反而深刻地揭示出社會浮榮的虛幻。這是詩人對自己坎坷一生的總結，是有豐富內容的。

這首〈擬古〉詩的想像力特別新穎、詭譎，有如天馬行空，縱意馳騁，在藝術表現上好比鬼斧神工，匠心獨具。如月兔擣不死藥本來令人神往，可是在「月兔空擣藥」句中，詩人卻著一「空」字，一反神話原有的動人內容，這就給人以新鮮奇異的感受。又如扶桑是高二千丈，大二千餘圍的神樹，詩人卻想像為「扶桑已成薪」，一掃傳統的瑰瑋形象，可謂異軍突起，出奇制勝。再如，陽光明媚的春天，青翠蒼綠的樹木，這本來是春季生機勃勃的景象，在詩人的想像裡竟是「青松豈知春」。這種藝術構思超凡拔俗，出人意料，給人以特別深刻的印象，富有創新的魅力。（何國治）

翰林讀書言懷呈集賢諸學士　李白

晨趨紫禁中，夕待金門詔。觀書散遺帙，探古窮至妙。
片言苟會心，掩卷忽而笑。青蠅易相點，〈白雪〉難同調。
本是疏散人，屢貽褊促誚①。雲天屬清朗，林壑憶遊眺。
或時清風來，閒倚欄下嘯。嚴光桐廬溪，謝客臨海嶠。
功成謝人間，從此一投釣。

〔註〕①褊（音同貶）促：心胸狹窄。誚（音同俏），責罵。

唐玄宗天寶元年至三年（七四二～七四四），李白在長安為翰林學士。當時在皇城裡設有兩個學士院。一是集賢殿書院，主要職務是侍讀，也承擔一點起草內閣文書的任務；另一是翰林學士院，專職為皇帝撰寫重要文件。兩院成員都稱學士，而翰林學士接近皇帝，人數很少，所以地位高於集賢學士。李白是唐玄宗詔命徵召進宮專任翰林學士的，越發光寵，有過不少關於他深受玄宗器重的傳聞。其實皇帝只把他看做文才特出的文人，常叫他進宮寫詩以供歌唱娛樂。他因理想落空，頭腦逐漸清醒起來。同時，幸遇的榮寵，給他招來了非議，甚至誹謗，更使他的心情很不舒暢。這首詩便是他在翰林院讀書遣悶，有感而作，寫給集賢院學士們的。詩中說明處境，回答非議，表白心跡，陳述志趣，以一種瀟灑倜儻的名士風度，抒發所志未申的情懷。

首二句破題，點出處境。說自己每天到皇城裡的翰林院，從早到晚等候詔命下達任務，頗像東方朔那樣「稍得親近」皇帝了。「金門」指漢代皇宮的金馬門，是漢代宮中博士先生們會聚待詔的地方。《漢書．東方朔傳》記載，東方朔「待詔金馬門，稍得親近」。李白暗以漢武帝待之以弄臣的東方朔自況，微妙地點出自己榮寵的處境，實質滑稽可悲，不足羨慕。

接著，詩人就寫自己在翰林院讀書遣悶。宮中祕藏是難得閱覽的，於中探究古人著述的至言妙理，如果有所體會，即使只是片言隻語，也不禁合攏書卷，高興得笑起來。詩人表面上寫讀書的閒情逸致，實際上暗示這快意的讀書恰是失意的寄託，反襯出他在翰林院供職時無聊煩悶的心情。

於是，詩人想起了那些非議和誹謗。漢東方朔曾引用《詩經》「營營青蠅」的篇什以諫皇帝「遠巧佞，退讒言」（《史記．滑稽列傳》），他也以青蠅比喻那些勢利的庸俗小人，而以〈陽春白雪〉比喻自己的志向情操。李白覺得自己本是豁達大度、脫略形跡的人，而那些小人們卻一再攻擊他心胸狹隘，性情偏激。顯然，詩人十分厭惡蒼蠅的嗡嗡，但也因為無可奈何而覺得無需同他們計較，以蔑視的心情而求得超脫吧。跟上四句所寫快事中蘊含不快相反，這四句是抒寫在煩惱中自得清高，前後相反相成，都見出詩人的名士風度和志士情懷。

但是，實際上詩人的心情是煩悶的，失意的。因而他即景寄興，抒發往日隱遊山林的思憶和嚮往。詩人彷佛在讀書時偶然望見屋外天空一片晴朗，又感到一陣愉快，隨之想起了山林的自由生活。有時清風也吹進這令人煩悶的翰林院，他不由地走到廊下，靠著欄杆，悠閒地吟嘆長嘯。這四句也是寫翰林院的閒逸無聊生活，但進了一層，提出了仕不如隱的想法，明顯地表露出拂意欲歸的意向。

最後四句明確地申述志趣和歸宿。說自己像東漢嚴子陵那樣不慕富貴，又如南朝謝靈運（一名「客」，故稱謝客）那樣性愛山水。入世出仕只是為了追求政治理想，一旦理想實現，大功告成，就將辭別世俗，歸隱山林了。顯然，詩人正面抒寫心志，同時也進一步回答了非議和誹謗，從而歸結到主題「言懷」。

這首詩多排偶句，卻流暢自然，在表現手法和藝術風格上，明顯汲取了漢代〈古詩〉那種「結體散文，直而不野，婉轉附物，怊悵述情」（南朝梁劉勰《文心雕龍．明詩》）的長處，而有獨創，富個性。全詩以名士的風度，與朋友談心的方式，借翰林生活中的快事和煩惱，抒洩處境榮寵而理想落空的愁悶，表露「窮則獨善其身，達則兼善天下。」（孟子．盡心上）的本志。它娓娓而談，言辭清爽，結構屬賦，立意於興，婉而直，淺而深，綿裡藏針，時露鋒芒，在唐人言懷詩中別有情趣。（倪其心）

聽蜀僧濬彈琴　李白

蜀僧抱綠綺，西下峨眉峰。為我一揮手，如聽萬壑松。
客心洗流水，餘響入霜鐘。不覺碧山暮，秋雲暗幾重。

這首五律寫的是聽琴，聽蜀地一位法名叫濬的和尚彈琴。

開頭兩句：「蜀僧抱綠綺，西下峨眉峰。」說明這位琴師是從四川峨眉山下來的。李白是在四川長大的，四川奇麗的山水培育了他的壯闊胸懷，激發了他的藝術想像。峨眉山月不止一次地出現在他的詩裡。他對故鄉一直很懷戀，對於來自故鄉的琴師當然也格外感到親切。所以詩一開頭就說明彈琴的人是自己的同鄉。「綠綺」本是琴名，漢代司馬相如有一張琴，名叫綠綺，這裡用來泛指名貴的琴。「蜀僧抱綠綺，西下峨眉峰」，簡短的十個字，把這位音樂家寫得很有氣派，表達了詩人對他的傾慕。

三、四句正面描寫蜀僧彈琴。「揮手」是彈琴的動作。三國魏嵇康〈琴賦〉說：「伯牙揮手，鍾期聽聲。」「揮手」二字就是出自這裡。「為我一揮手，如聽萬壑松」，這兩句用大自然宏偉的音響比喻琴聲，使人感到這琴聲一定是極其鏗鏘有力的。

「客心洗流水」，這一句就字面講，是說聽了蜀僧的琴聲，自己的心好像被流水洗過一般地暢快、愉悅。但它還有更深的含義，其中包涵著一個古老的典故。《列子．湯問》：「伯牙善鼓琴，鍾子期善聽。伯牙鼓琴，志在登高山，鍾子期曰：『善哉，峨峨兮若泰山！』志在流水，鍾子期曰：『善哉，洋洋兮若江河！』伯牙所念，鍾子期必得之。」這就是「高山流水」的典故。借它，李白表現蜀僧和自己透過音樂的媒介所建立的知己之感。「客心洗流水」五個字，很含蓄，又很自然，雖然用典，卻毫不艱澀，顯示了李白卓越的語言技巧。

下面一句「餘響入霜鐘」也是用了典的。「霜鐘」出於《山海經·中山經》：「豐山……有九鐘焉，是知霜鳴。」郭璞註：「霜降則鐘鳴，故言知也。」「霜鐘」二字點明時令，與下面「秋雲暗幾重」照應。「餘響入霜鐘」，意思是說，音樂終止以後，餘音久久不絕，和薄暮時分寺廟的鐘聲融合在一起。《列子·湯問》裡有「餘音繞樑欐，三日不絕」的話。宋代蘇東坡在〈前赤壁賦〉裡用「餘音嫋嫋，不絕如縷」，形容洞簫的餘音。這都是樂曲終止以後，入迷的聽者沉浸在藝術享受之中所產生的想像。「餘響入霜鐘」也是如此。清脆、流暢的琴聲漸遠漸弱，和薄暮的鐘聲共鳴著，這才發覺天色已經晚了：「不覺碧山暮，秋雲暗幾重。」詩人聽完蜀僧彈琴，舉目四望，不知從什麼時候開始，青山已罩上一層暮色，灰暗的秋雲重重疊疊，布滿天空。時間過得真快啊！

唐詩裡有不少描寫音樂的佳作。白居易的〈琵琶行〉用「大珠小珠落玉盤」來形容忽高忽低、忽清忽濁的琵琶聲，把琵琶所特有的繁密多變的音響效果表現了出來。唐代另一位詩人李頎有一首〈聽安萬善吹觱篥歌〉，用不同季節的不同景物，形容音樂曲調的變化，把聽覺的感受訴諸視覺的形象，取得很好的藝術效果。李白這首詩描寫音樂的獨到之處是，除了「萬壑松」之外，沒有別的比喻形容琴聲，而是著重表現聽琴時的感受，表現彈者、聽者之間感情的交流。其實，「如聽萬壑松」這一句也不是純客觀的描寫，詩人從琴聲聯想到萬壑松聲，聯想到深山大谷，是結合自己的主觀感受來寫的。

律詩講究平仄、對仗，格律比較嚴。而李白的這首五律卻寫得極其清新、明快，似乎一點也不費力。其實，無論立意、構思、起結、承轉，或是對仗、用典，都經過一番巧妙的安排，只是不著痕跡罷了。這種「清水出芙蓉，天然去雕飾」（〈經亂離後天恩流夜郎憶舊遊書懷贈江夏韋太守良宰〉）的自然的藝術美，比一切雕飾更能打動人的心靈。（袁行霈）

勞勞亭　李白

天下傷心處，勞勞送客亭。
春風知別苦，不遣柳條青。

勞勞亭，三國吳時建，故址在今南京市區南，是古時送別之所。李白寫這首絕句時，春風初到，柳條未青，應當是早春時節。不過，詩人要寫的並非這座古亭的春光，只是因地起意，借景抒情，以亭為題來表達人間的離別之苦。

詩的前兩句「天下傷心處，勞勞送客亭」，以極其洗練的筆墨，高度概括的手法，破題而入，直點題旨。就句意而言，這兩句就是戰國楚屈原〈九歌・少司命〉所說的「悲莫悲兮生別離」和南朝梁江淹〈別賦〉所說的「黯然銷魂者，唯別而已矣」。但詩人既以亭為題，就超越一步，透過一層，不說天下傷心事是離別，只說天下傷心處是離亭。這樣直中見曲，越過了離別之事來寫離別之地，越過了送別之人來寫送客之亭，立言就更高妙，運思就更超脫，而讀者自會因地及事，由亭及人。

不過，這首詩的得力之處，還不是上面這兩句，而是它的後兩句。在上兩句詩裡，詩人為了有力地展示主題，極言離別之苦，已經把詩意推到了高峰，似乎再沒有什麼話好講，沒有進一步盤旋的餘地了。如果後兩句只就上兩句平鋪直敘地加以引申，全詩將纖弱無力，索然寡味。而詩人才思所至，就亭外柳條未青之景，陡然轉過筆鋒，以「春風知別苦，不遣柳條青」這樣兩句，別翻新意，振起全篇。

這一出人意表的神來之筆，出自詩人的豐富聯想。南朝梁劉勰《文心雕龍·物色篇》說：「詩人感物，聯類不窮。」詩思往往是與聯想俱來的。詩人在構思時要善於由甲及乙，由乙及丙。聯類越廣，轉折和層次越多，詩就越有深度，也越耐人尋味。古時有折柳送別的習俗，所以一些詩人寫離別時常想到楊柳，在楊柳上做文章。例如王之渙〈送別〉：「楊柳東風樹，青青夾御河；近來攀折苦，應為別離多。」就是從楊柳生意，構思也很深曲；但就詩人的聯想而言，只不過把送別與楊柳這兩件本來有聯繫的事物聯在了一起，而在詩中雖然說到楊柳是「東風樹」，卻沒有把送別一事與東風相聯。李白的這兩句詩卻不僅因送別想到折柳，更因楊柳想到柳眼拖青要靠春風吹拂，從而把離別與春風這兩件本來毫不相干的事物聯在一起了。如果說王詩的聯想還是直接的，那麼，李詩的聯想則是間接的，其聯想之翼就飛得更遠了。

應當說，古詩中，從送別寫到折柳，再從楊柳寫到春風的詩，並非絕無僅有。楊巨源〈和練秀才楊柳〉：「水邊楊柳麴塵絲，立馬煩君折一枝；唯有春風最相惜，殷勤更向手中吹。」寫得也具見巧思，但與李白的這兩句詩相比，顯得巧而不奇。李白是把聯想與奇想結合為一的。詩人因送別時柳條未青、無枝可折而生奇想，想到這是春風故意不吹到柳條，故意不讓它發青，而春風之所以不讓柳條發青，是因為深知離別之苦，不忍看到人間折柳送別的場面。從詩人的構思說，這是聯想兼奇想；而如果從藝術手法來說，這是託物言情，移情於景，把本來無知無情的春風寫得有知有情，使它與相別之人同具惜別、傷別之心，從而化物為我，使它成了詩人的感情化身。清李鍈在《詩法易簡錄》中讚美這兩句詩「奇警絕倫」，指出「其妙全在『知』字、『不遣』字」，正是一語中的的評論。

與李白的這首詩異曲同工、相映成趣的有李商隱的〈離亭賦得折楊柳二首〉詩的第一首：「暫憑樽酒送無憀，莫損愁眉與細腰。人世死前唯有別，春風爭擬惜長條。」對照之下，兩詩都以離亭為題，都是從離別想到楊柳，從楊柳想到春風，也都把春風寫得深知離別之苦，對人間的離別滿懷同情。但兩詩的出發點相同，而結論卻完全相反：李白設想春風因不願見到折柳送別的場面，而不讓柳條發青；李商隱卻設想春風為了讓人們在臨別之時從折柳相贈中表達一片情意，得到一點慰藉，而不惜柳條被人攀折。這說明，同一題材，可以有各種不同的構思，不同的寫法。詩人的想像是可以自由飛翔的，而想像的天地又是無限廣闊的。（陳邦炎）

春夜洛城聞笛

李白

誰家玉笛暗飛聲，散入春風滿洛城。
此夜曲中聞折柳，何人不起故園情！

洛城就是今河南洛陽，在唐代是一個很繁華的都市，稱為東都。一個春風駘蕩的夜晚，萬家燈火漸漸熄滅，白日的喧囂早已平靜下來。忽然傳來嘹亮的笛聲，淒清婉轉的曲調隨著春風飛呀，飛呀，飛遍了整個洛城。這時有一個遠離家鄉的詩人還沒入睡，他倚窗獨立，眼望著白玉盤似的明月，耳聽著遠處的笛聲，陷入了沉思。笛子吹奏的是一支〈折楊柳〉曲，它屬於漢樂府古曲，抒寫離別行旅之苦。古代離別的時候，往往從路邊折柳枝相送；楊柳依依，正好藉以表達戀戀不捨的心情。在這樣一個春天的晚上，聽著這樣一支飽含離愁別緒的曲子，誰能不起思鄉之情呢？於是，詩人情不自禁地吟了這首七絕。

這首詩全篇扣緊一個「聞」字，抒寫自己聞笛的感受。這笛聲不知是從誰家飛出來的，那未曾露面的吹笛人只管自吹自聽，並不準備讓別人知道他，卻不期然而然地打動了許許多多的聽眾，這就是「誰家玉笛暗飛聲」的「暗」字所包含的意味。「散入春風滿洛城」，是藝術的誇張。在詩人的想像中，這優美的笛聲飛遍了洛城，彷彿全城的人都聽到了。詩人的誇張並不是沒有生活的依據，笛聲本來是高亢的，又當更深人靜之時，再加上春風助力，說它飛遍洛城是並不至於過分的。

笛聲飛來，乍聽時不知道是什麼曲子，細細聽了一會兒，才知道是一支〈折楊柳〉。所以寫到第三句才說「此夜曲中聞折柳」。這一句的修辭很講究，不說聽了一支折柳曲，而說在樂曲中聽到了折柳。這「折柳」二字既指曲名，又不僅指曲名。折柳代表一種習俗，一個場景，一種情緒，折柳幾乎就是離別的同義語。它能喚起一連串具體的回憶，使人們蘊藏在心底的鄉情重新激盪起來。「何人不起故園情」，好像是說別人，說大家，但第一個起了故園之情的不正是李白自己嗎？

熱愛故鄉是一種崇高的感情，它同愛國主義是相通的。自己從小生於斯、長於斯的故鄉，她的形象尤其難以忘懷。李白這首詩寫的是聞笛，但它的意義不限於描寫音樂，還表達了對故鄉的思念，這才是它感人的地方。

（袁行霈）

長門怨二首　李白

天迴北斗掛西樓，金屋無人螢火流。
月光欲到長門殿，別作深宮一段愁。

桂殿長愁不記春，黃金四屋起秋塵。
夜懸明鏡青天上，獨照長門宮裡人。

〈長門怨〉是一個古樂府詩題。據《樂府解題》記述：「〈長門怨〉者，為陳皇后作也。后退居長門宮，愁悶悲思。……相如為作〈長門賦〉。……後人因其賦而為〈長門怨〉也。」陳皇后，小名阿嬌，是漢武帝皇后。武帝小時曾說：「若得阿嬌作婦，當作金屋貯之。」李白的這兩首詩是借這一舊題來泛寫宮人的愁怨。兩首詩表達的是同一主題，分別來看，落想布局，各不相同，合起來看，又有珠聯璧合之妙。

第一首，通篇寫景，不見人物。而景中之情，浮現紙上；畫外之人，呼之欲出。詩的前兩句「天迴北斗掛西樓，金屋無人螢火流」，點出時間是午夜，季節是涼秋，地點則是一座空曠寂寥的冷宮。唐人用〈長門怨〉題寫宮怨的詩很多，意境往往有相似之處。沈佺期的〈長門怨〉有「玉階聞墜葉，羅幌見飛螢」句，張修之的〈長門怨〉有「玉階草露積，金屋網塵生」句，都是以類似的景物來渲染環境氣氛，但比不上李白這兩句詩的感染力之強。兩句中，上句著一「掛」字，下句著一「流」字，給人以異常淒涼之感。

詩的後兩句「月光欲到長門殿，別作深宮一段愁」，點出題意，巧妙地透過月光引出愁思。沈佺期、張修之的〈長門怨〉也寫到月光和長門宮殿。沈詩云「月皎風泠泠，長門次掖庭」，張詩云「長門落景盡，洞房秋月明」，寫得都比較平實板直，也不如李白的這兩句詩之超妙深曲。本是宮人見月生愁，或是月光照到愁人，但這兩句詩卻不讓人物出場，把愁說成是月光所「作」，運筆空靈，設想奇特。前一句妙在「欲到」兩字，似乎月光自由運行天上，有意到此作愁；如果說「照到」或「已到」，就成了尋常語言，變得索然無味了。後一句妙在「別作」兩字，其中含意，耐人尋思。它的言外之意是：深宮之中，愁深似海，月光照處，遍地皆愁，到長門殿，只是「別作」一段愁而已。也可以理解為：宮中本是一個不平等的世界，樂者自樂，苦者自苦，正如裴交泰的一首〈長門怨〉所說，「一種蛾眉明月夜，南宮歌管北宮愁」，月光先到皇帝所在的南宮，照見歡樂，再到宮人居住的長門，「別作」愁苦。

從整首詩看，呈現在讀者面前的是一幅以斗柄橫斜為遠景、以空屋流螢為近景的月夜深宮圖。境界是這樣陰森冷寂，讀者不必看到居住其中的人，而其人處境之苦、愁思之深已經可想而知了。

第二首詩，著重言情。通篇是以我觀物，緣情寫景，使景物都染上極其濃厚的感情色彩。上首到結尾處才寫到「愁」，這首一開頭就揭出「愁」字，說明下面所寫的一切都是愁人眼中所見、心中所感。

詩的首句「桂殿長愁不記春」，不僅揭出「愁」字，而且這個愁是「長愁」，也就是說，詩中人並非因當前秋夜的淒涼景色才引起愁思，乃是長年都在愁怨之中，即令春臨大地，萬象更新，也絲毫不能減輕這種愁怨；而由於愁怨難遣，她是感受不到春天的，甚至在她的記憶中已經沒有春天了。詩的第二句「黃金四屋起秋塵」，與前首第二句遙相綰合。因為「金屋無人」，所以「黃金四屋」生塵；因是「螢火流」的季節，所以是「起秋塵」。下面三、四兩句「夜懸明鏡青天上，獨照長門宮裡人」，又與前首三、四兩句遙相呼應。前首寫月光欲到長門，是將到未到；這裡則寫明月高懸中天，已經照到長門，並讓讀者最後在月光下看到了「長門宮裡人」。

這位「長門宮裡人」對季節、對環境、對月光的感受，都是與眾不同的。春季年年來臨，而說「不記春」，似乎春天久已不到人間；屋中的塵土是不屬於任何季節的，而說「起秋塵」，給了塵土以蕭瑟的季節感；明月高懸天上，是普照眾生的，而說「獨照」，彷彿「月之有意相苦」（明唐汝詢《唐詩解》）。這些都是清賀裳在《皺水軒詞筌》中所說的「無理而妙」，以見傷心人別有懷抱。整首詩採用的是深一層的寫法。

這兩首詩的後兩句與王昌齡〈西宮秋怨〉末句「空懸明月待君王」一樣，都出自司馬相如〈長門賦〉「懸明月以自照兮，徂清夜於洞房」。但王詩中的主角是在愁怨中希冀得到君王的寵幸，命意是不可取的。李詩則活用〈長門賦〉語，另成境界，雖然以〈長門怨〉為題，卻並不拘泥於陳皇后的故實。詩中展現的，是在人間地獄的深宮中過著孤寂淒涼生活的廣大宮人的悲慘景況，揭開的是冷酷的封建制度的一角。（陳邦炎）

哭晁卿衡　李白

日本晁卿辭帝都，征帆一片繞蓬壺。
明月不歸沉碧海，白雲愁色滿蒼梧。

晁衡，又作朝衡，日本人，原名阿倍仲麻呂。唐玄宗開元五年（七一七），隨日本第九次遣唐使團來中國求學，學成後留在唐朝廷內做官，歷任左補闕、左散騎常侍、鎮南都護等職。與當時著名詩人李白、王維等友誼深厚，曾有詩篇唱和。天寶十二載（七五三），晁衡以唐朝使者身份，隨同日本第十一次遣唐使團返回日本，途中遇大風，傳說被溺死。其實，此次海上遇難，晁衡未被溺死，他隨風飄至海南，輾轉回到長安，繼續仕唐，於代宗大曆五年（七七〇）卒於長安。李白這首詩就是在聽說晁衡遇難時寫下的。

詩的標題「哭」字，表現了詩人失去好友的悲痛和兩人超越國籍的真摯感情，使詩歌籠罩著一層哀婉的氣氛。

「日本晁卿辭帝都」，帝都即唐京都長安，詩用賦的手法，一開頭就直接點明人和事。詩人回憶起不久前歡送晁衡返國時的盛況：唐玄宗親自題詩相送，好友們也紛紛贈詩，表達美好的祝願和殷切的希望。晁衡也寫詩答贈，抒發了惜別之情。

「征帆一片繞蓬壺」，緊承上句。作者的思緒由近及遠，憑藉想像，揣度著晁衡在大海中航行的種種情景。

「征帆一片」寫得真切傳神。船行駛在遼闊無際的大海上，隨著風浪上下顛簸，時隱時現，遠遠望去，恰如一片樹葉漂浮在水面。「繞蓬壺」三字放在「征帆一片」之後更是微妙。「蓬壺」即傳說中的蓬萊、方壺，這裡泛指海外三神山，以扣合晁衡歸途中島嶼眾多的特點，與「繞」字相應。同時，「征帆一片」，漂泊遠航，亦隱含了晁衡的即將遇難。

「明月不歸沉碧海，白雲愁色滿蒼梧」。這兩句，詩人運用比興的手法，對晁衡作了高度評價，表達了自己的無限懷念之情。前一句暗指晁衡遇難，明月象徵著晁衡品德的高潔，而晁衡的溺海身亡，就如同皓潔的明月沉淪於湛藍的大海之中，含意深邃，藝術境界清麗幽婉，同上聯中對征帆遠航環境的描寫結合起來，既顯得自然而貼切，又令人無限惋惜和哀愁。末句以景寫情，寄興深微。蒼梧，指鬱洲山，據《一統志》，鬱洲山在淮安府海州朐山東北海中。晁衡的不幸遭遇，不僅使詩人悲痛萬分，連天宇也好似愁容滿面。層層白色的愁雲籠罩著海上的蒼梧山，沉痛地哀悼晁衡的仙去。詩人這裡以擬人化的手法，透過寫白雲的愁來表達自己的愁，使詩句更加迂曲含蓄，這就把悲劇的氣氛渲染得更加濃厚，令人回味無窮。

詩忌淺而顯。李白在這首詩中，把友人逝去、自己極度悲痛的感情用優美的比喻和豐富的聯想，表達得含蓄、豐富而又不落俗套，體現了非凡的藝術才能。

李白的詩歌素有清新自然、浪漫飄逸的特色，在這首短詩中，我們也能體味到他所特有的風格。雖是悼詩，卻是寄哀情於景物，借景物以抒哀情，顯得自然而又瀟灑。

李白與晁衡的友誼，不僅是盛唐文壇的佳話，也是兩國人民友好交往歷史的美好一頁。（常振國）

哭宣城善釀紀叟① 李白

紀叟黃泉裡，還應釀老春。
夜臺無李白②，沽酒與何人？

〔註〕①題一作〈題戴老酒店〉，詩云：「戴老黃泉下，還應釀大春。夜臺無李白，沽酒與何人？」②此句原作「夜臺無曉日」，今改從〈題戴老酒店〉句。

這首五絕是李白在宣城（今安徽宣州市），為悼念一位善於釀酒的老師傅紀叟而寫的。事本尋常，詩也只寥寥數語，但因為它以樸拙的語言，表達了真摯動人的感情，一直為後人所愛讀。

紀叟離開人世間，引起詩人深深的惋惜和懷念。詩人痴情地想像這位釀酒老人死後的生活。既然生前他能為我李白釀出老春名酒，那麼如今在黃泉之下，還會施展他的拿手絕招，繼續釀造香醇的美酒吧！這看去是詩人一種荒誕可笑的假想，然而卻說得那麼認真、悲切，使讀者在感情上容易接受，覺得這一奇想是合乎人情的。

接著，詩人又沿著這條思路想得更深一層：紀叟縱然在黃泉裡仍操舊業，但生死殊途，叫我李白如何能喝得到他的酒呢？想到這裡，詩人更為悲切，為了表達這種強烈的傷感之情，採用設問句式，故作痴語問道：「老師傅！你已經去到漫漫長夜般的幽冥世界中去了，而我李白還活在人世上，你釀了老春好酒，又將賣給誰呢？」照這兩句詩的含意，似乎紀叟原是專為李白釀酒而活著，並且他釀的酒也只有李白賞識。這種想法顯然更是不合乎情理的痴呆想法，但更能表明詩人平時與紀叟感情的深厚，彼此是難得的知音，如今死生分離，是多麼悲痛啊！

沽酒與釀酒是李白與紀叟生前最平常的接觸，然而，這看似平常的小事，卻是最令人難忘，最易引起傷感。詩人善於抓住這一點，並賦予浪漫主義的色彩加以渲染，感情真摯自然，十分感人。（宛敏灝、宛新彬）

劉昚虛

【作者小傳】字全乙，洪州新吳（今江西奉新）人。唐玄宗開元進士，官校書郎。約卒於天寶間。少時即善作文。詩大多為五言，喜描繪自然景物。與王昌齡、孟浩然等人交遊。《全唐詩》存其詩一卷。（《唐詩紀事》卷二五、《唐才子傳》卷二）

〔註〕昚，「慎」的古字。

闕題

劉昚虛

道由白雲盡，春與青溪長。時有落花至，遠隨流水香。

閒門向山路，深柳讀書堂。幽映每白日，清輝照衣裳。

這首詩原來應是有個題目的，後來不知怎樣失落了。唐殷璠《河嶽英靈集》在輯錄這首詩的時候就沒有題目，後人只好給它安上「闕題」二字。

這首詩句句寫景，畫意詩情，佳句盈篇，可推為劉昚虛的代表作。詩描寫深山中一座別墅及其幽美環境。一開頭就寫進入深山的情景。「道由白雲盡」，是說通向別墅的路是從白雲盡處開始的，可見這裡地勢相當高峻。這樣開頭，便已藏過前面爬山一大段文字，省掉了許多拖沓。同時，它暗示詩人已是走在通向別墅的路上，離別墅並不太遠了。

「春與青溪長」，伴隨山路有一道曲折的溪水，其時正當春暖花開，山路悠長，溪水也悠長，而一路的春色又與溪水同其悠長。為什麼春色也會「悠長」呢？因為沿著青溪一路走，一路上都看到繁花盛草，真是無盡春色源源而來。青溪行不盡，春色也就看不盡，似乎春色也是悠長的了。

三、四兩句緊接上文，細寫青溪和春色，透露了詩人自己的喜悅之情。

「時有落花至，遠隨流水香」這二句，要特別注意「至」字和「隨」字。它們賦予落花以人的動作，又暗示詩人也正在行動之中，從中可以體味出詩人遙想青溪上游一片繁花似錦的神情。此時，水面上漂浮著花瓣，流水也散發出香氣。芬芳的落花隨著流水遠遠而來，又隨著流水遠遠而去，詩人完全被青溪春色吸引住了。他悠然自適，絲毫沒有「流水落花春去也」的感傷情調。他沿著青溪遠遠地走了一段路，還是不時地看到落花飄灑在青溪中，於是不期而然地感覺到流水也是香的了。

總括上面四句：開頭是用粗略的筆墨寫出山路和溪流，往下就用細筆來特寫青溪，彷彿是把鏡頭裡的景物從遠處拉到眼前，讓我們也看得清清楚楚，甚至還可以聞到花香水香。

一路行走，一路觀賞，別墅終於出現在眼前。抬頭一看，「閒門向山路」。這裡是沒有多少人來打擾的，所以門也成了「閒門」。主人分明愛好觀山，所以門又向山路而設。

進門一看，院子裡種了許多柳樹，長條飄拂，主人的讀書堂就深藏在柳影之中。原來這位主人是在山中專心致志研究學問的。

寫到這裡，詩人從登山到進門的一路經歷，都曲曲折折地描述下來了。但他不過把幾件景物攝進鏡頭，並沒有敘述經過，僅僅給你以幾種不同的變化著的形象。

結末兩句，詩人仍然只就別墅的光景來描寫。「幽映每白日，清輝照衣裳。」這裡的「每」作「雖然」講。因為山深林密，所以雖然在白天裡，也有一片清幽的光亮散落在衣裳上面。那環境的安謐，氣候的舒適，真是專志讀書的最好地方了。詩到這裡，戛然而止，給讀者留下了思索餘地，更增加了詩的韻味。

全詩都用景語織成，沒有一句直接抒情，然而情韻盈然，意境幽美。近代王國維說過：「一切景語，皆情語也。」（《人間詞話》）詩人巧妙地運用景語，不但寫出風景，給風景抹上感情色彩，而且又藏有人物，人物的行動、神態、感情、心理活動乃至身份、地位等等，給讀者帶來了直覺的美感和形象之外的趣味。因而這首詩餘韻縈繞，有一種異乎尋常的藝術魅力。（劉逸生）

生殘夜」、「春入舊年」，都表示時序的交替，而且是那樣匆匆不可待，這怎不叫身在「客路」的詩人頓生思鄉之情呢？這兩句鍊字鍊句也極見功夫。作者從鍊意著眼，把「日」與「春」作為新生的美好事物的象徵，提到主語的位置而加以強調，並且用「生」字和「入」字使之擬人化，賦予它們以人的意志和情思。妙在作者無意說理，卻在描寫景物、節令之中，蘊含著一種自然的理趣。海日生於殘夜，將驅盡黑暗；江春，那江上景物所表現的「春意」，闖入舊年，將趕走嚴冬。不僅寫景逼真，敘事確切，而且表現出具有普遍意義的生活真理，給人以樂觀、積極、向上的鼓舞力量。

海日東升，春意萌動，詩人放舟於綠水之上，繼續向青山之外的客路駛去。這時候，一群北歸的大雁正掠過晴空。雁兒正要經過洛陽的啊！詩人想起了「雁足傳書」的故事，還是託雁捎個信吧：雁兒啊，煩勞你們飛過洛陽的時候，替我問候一下家裡人。這兩句緊承三聯而來，遙應首聯，全篇籠罩著一層淡淡的鄉思愁緒。

這首五律雖然以第三聯馳譽當時，傳誦後世，但並不是只有兩個佳句而已；從整體看，也是相當和諧，相當優美的。（霍松林）

崔顥

【作者小傳】（?～七五四）汴州（今河南開封）人。唐玄宗開元進士，有文無行。好蒱博，嗜酒。娶妻唯擇美者，俄又棄之，凡四五娶。官司勛員外郎。早期詩多寫閨情，流於浮豔。後歷邊塞，詩風變為雄渾奔放。有《崔顥詩集》。（新、舊《唐書》本傳、《唐才子傳》卷一）

黃鶴樓　崔顥

昔人已乘黃鶴去，此地空餘黃鶴樓。黃鶴一去不復返，白雲千載空悠悠。

晴川歷歷漢陽樹，芳草萋萋鸚鵡洲。日暮鄉關何處是？煙波江上使人愁。

元人辛文房《唐才子傳》記李白登黃鶴樓本欲賦詩，因見崔顥此作，為之斂手，說：「眼前有景道不得，崔顥題詩在上頭。」傳說或出於後人附會，未必真有其事。然李白確曾兩次作詩擬此詩格調。其〈鸚鵡洲〉詩前四句說：「鸚鵡來過吳江水，江上洲傳鸚鵡名。鸚鵡西飛隴山去，芳洲之樹何青青。」與崔詩如出一轍。又有〈登金陵鳳凰臺〉詩亦是明顯地摹學此詩。為此，說詩者眾口交譽，如宋代嚴羽《滄浪詩話》謂：「唐人七言律詩，當以崔顥〈黃鶴樓〉為第一。」這一來，崔顥的〈黃鶴樓〉的名氣就更大了。

黃鶴樓因其所在之武昌黃鶴山（又名蛇山）而得名。傳說古代仙人子安乘黃鶴過此（見《南齊書·州郡志》）；又云費禕（字文偉）登仙駕鶴於此（見宋樂史《太平寰宇記》卷一百一十二）。詩即從樓的命名之由來著想，借傳說落筆，然後生發開去。仙人跨鶴，本屬虛無，現以無作有，說它「一去不復返」，就有歲月不再、古人不可見之憾；仙去樓空，唯餘天際白雲，悠悠千載，正能表現世事茫茫之慨。詩人這幾筆寫出了那個時代登黃鶴樓的人們常有的感受，氣概蒼莽，感情真摯。

前人有「文以氣為主」之說，此詩前四句看似隨口說出，一氣旋轉，順勢而下，絕無半點滯礙。「黃鶴」二字再三出現，卻因其氣勢奔騰直下，使讀者「手揮五弦，目送飛鴻」，急忙讀下去，無暇覺察到它的重複出現，而這是律詩格律上之大忌，詩人好像忘記了是在寫「若前有浮聲，則後須切響」（南朝沈約〈宋書·謝靈運傳論〉）、字字皆有定聲的七律。試看：首聯的五、六字同出「黃鶴」；第三句幾乎全用仄聲；第四句又用「空悠悠」這樣的三平調煞尾；亦不顧什麼對仗，用的全是古體詩的句法。這是因為七律在當時尚未定型嗎？不是的，規範的七律早就有了，崔顥自己也曾寫過。是詩人有意在寫拗律嗎？也未必。他跟後來杜甫的律詩有意自創別調的情況也不同。看來還是知之而不顧，如《紅樓夢》第四十八回中林黛玉教人作詩時所說的，「若是果有了奇句，連平仄虛實不對都使得的」。在這裡，崔顥是依據詩以立意為要和「不以詞害意」的原則去實踐的，所以才寫出這樣七律中罕見的高唱入雲的詩句。清沈德潛評此詩，以為「意得象先，神行語外，縱筆寫去，遂擅千古之奇」（《唐詩別裁集》卷十三），也就是這個意思。

此詩前半首用散調變格，後半首就整飭歸正，實寫樓中所見所感，寫從樓上眺望漢陽城、鸚鵡洲的芳草綠樹並由此而引起的鄉愁，這是先放後收。倘只放不收，一味不拘常規，不回到格律上來，那麼，它就不是一首七律，而成為七古了。此詩前後似成兩截，其實文勢是從頭一直貫注到底的，中間只不過是換了一口氣罷了。

這種似斷實續的連接，從律詩的起、承、轉、合來看，也最有章法。元楊載《詩法家數》論律詩第二聯要緊承首聯時說：「此聯要接破題（首聯），要如驪龍之珠，抱而不脫。」此詩前四句正是如此，敘仙人乘鶴傳說，頷聯與破題相接相抱，渾然一體。楊載又論頸聯之「轉」說：「與前聯之意相應相避，要變化，如疾雷破山，觀者驚愕。」疾雷之喻，意在說明章法上至五、六句應有突變，出人意外。此詩轉折處，格調上由變歸正，境界上與前聯截然異趣，恰好符合律法的這個要求。敘昔人黃鶴，杳然已去，給人以渺不可知的感覺；忽一變而為晴川草樹，歷歷在目，萋萋滿洲的眼前景象，這一對比，不但能烘染出登樓遠眺者的愁緒，也使文勢因此而有起伏波瀾。《楚辭．招隱士》曰：「王孫遊兮不歸，春草生兮萋萋。」詩中「芳草萋萋」之語，亦借此而逗出結尾鄉關何處、歸思難禁的意思。末聯以寫煙波江上日暮懷歸之情作結，使詩意重歸於開頭那種渺茫不可見的境界，這樣能回應前面，如豹尾之能繞頷的「合」，也是很符合律詩法度的。

正由於此詩藝術上出神入化，取得極大成功，因此人們推崇為題黃鶴樓的絕唱。

但近人俞陛雲《詩境淺說》、高步瀛《唐宋詩舉要》，皆以為崔顥〈黃鶴樓〉詩格調出自沈佺期〈龍池篇〉。沈詩云：「龍池躍龍龍已飛，龍德先天天不違。池開天漢分黃道，龍向天門入紫微。邸第樓臺多氣色，君王鳧雁有光輝。為報寰中百川水，來朝此地莫東歸。」可備一說。（蔡義江）

長干曲四首（其一、其二） 崔顥

君家何處住？妾住在橫塘。停舟①暫借問，或恐是同鄉。

家臨九江水，來去九江側。同是長干人，生小②不相識。

〔註〕①一作「停船」。②一作「自小」。

這兩首抒情詩抓住了人生片斷中富有戲劇性的一刹那，用白描的手法，寥寥幾筆，就使人物、場景躍然紙上，栩栩如生。它不以任何色彩映襯，似墨筆畫；它不用任何妝飾烘托，是幅素描；它不憑任何布景借力，猶如一曲男女聲對唱；它截頭去尾，突出主幹，又很像獨幕劇。題材是那樣地平凡，而表現手法卻是那樣地不平凡。

先看第一首的剪裁：一個住在橫塘的姑娘，在泛舟時聽到鄰船一個男子的話音，於是天真無邪地問一下：你是不是和我同鄉？——就是這樣一點兒簡單的情節，只用「妾住在橫塘」五字，就借女主角之口點明了說話者的性別與居處。又用「停舟」二字，表明是水上的偶然遇合，用一個「君」字指出對方是男性。那些題前的敘事，用這種一石兩卵的手法，就全部省略了。詩一開頭就單刀直入，讓女主角出口問人，現身紙上，而讀者也聞其聲如見其人，絕沒有茫無頭緒之感。從文學描寫的技巧看，「聲態並作」，達到了「應有盡有，應無盡無」，既凝練集中而又玲瓏剔透的藝術高度。

不僅如此，在寥寥二十字中，詩人僅用口吻傳神，就把女主角的音容笑貌，寫得活靈活現。他不像杜牧那樣寫明「娉娉裊裊十三餘」（〈贈別二首〉其一），也不像李商隱那樣點出「十五泣春風，背面鞦韆下」（〈無題二首〉其二）。他只採用了問話之後，不待對方答覆，就急於自報「妾住在橫塘」。這樣的處理，自然地把女主角的年齡從嬌憨天真的語氣中反襯出來了。詩中，男主角並未開口，而這位小姑娘之所以有「或恐是同鄉」的想法，不正是因為聽到了對方帶有鄉音的片言隻語嗎？這裡詩人又省略了「因聞聲而相問」的關節。這是文字之外的描寫，所謂「不寫之寫」。

這首詩還表現了女主角境遇與內心的孤寂。單從她聞鄉音而急於「停舟」相問，就可見她離鄉背井，水宿風行，孤零無伴，沒有一個可與共語之人。因此，他鄉聽得故鄉音，且將他鄉當故鄉，就這樣地喜出望外。詩人不僅在紙上重現了女主角外露的聲音笑貌，而且深深開掘了她的個性和內心。

詩的語言樸素自然，有如民歌。民歌中本有男女對唱的傳統，在宋郭茂倩《樂府詩集》中就稱為「相和歌辭」。所以第一首女聲起唱之後，就是男主角的答唱了。「家臨九江水」答覆了「君家何處住」的問題；「來去九江側」說明自己也是風行水宿之人，不然就不會有這次的萍水相逢。這裡初步點醒了兩人的共同點。「同是長干人」落實了姑娘「或恐是同鄉」的想法，原來老家都是建康（今江蘇南京）長干里。一個「同」字把雙方的共同點又加深了一層。這三句是男主角直線條的口吻。現在只剩最後一句了：只有五個字，該如何著墨？如用「今日得相識」之類的幸運之辭作結束，未免失之平直。詩人終於轉過筆來把原意一翻：與其說今日之幸而相識，倒不如追惜往日之未曾相識。「生小不相識」五字，表面惋惜當日之未能青梅竹馬、兩小無猜，實質更突出了今日之相逢恨晚。越是對過去無窮惋惜，越是顯出此時此地萍水相逢的可珍可貴。這一筆的翻騰有何等撼人的藝術感染力！

〈長干曲〉是南朝樂府中「雜曲古辭」的舊題。崔顥這兩首詩繼承了前代民歌的遺風，但既不是豔麗而柔媚，又非浪漫而熱烈，卻以素樸真率見長，寫得乾淨健康。詩中女主角的抒懷只到「或恐是同鄉」為止，男主角的表情也只以「生小不相識」為限，蘊藉無邪，確是抒情詩中的上乘。（沈熙乾）

行經華陰

崔顥

岧嶢太華俯咸京，天外三峰削不成。武帝祠前雲欲散，仙人掌上雨初晴。河山北枕秦關險，驛樹西連漢畤平。借問路傍名利客，何如此處學長生？

詩題〈行經華陰〉，既是「行經」，必有所往；所往之地，就是求名求利的集中地「咸京」（今陝西西安）。《舊唐書．地理志》：「京師，秦之咸陽，漢之長安也。」所以此詩把唐都長安稱為咸京。詩中提到的「太華」、「三峰」、「武帝祠」、「仙人掌」、「秦關」、「漢畤」都是唐代京都附近的名勝與景物。當時京師的北面是雍縣，秦文公曾在這裡作鄜畤。畤（音同制），謂「神靈所止之地」，即後世神壇之類。到漢高祖作北畤止，這裡共有五畤，詩中的「漢畤」即指京師北面的這一古跡。而京師的東南面，就是崔顥行經的華陰縣。縣南有五嶽之一的西嶽華山，又稱太華，山勢高峻。神話傳說這裡是群仙之天，曾由巨靈手劈，所以有仙掌之形。華山各峰都如刀削，最峭的一峰，號稱「仙人掌」。漢武帝觀仙人掌時，立巨靈祠以供祭祀，即為「武帝祠」。詩中稱「天外三峰」的，是指著名的芙蓉、玉女、明星三峰（一說蓮花、玉女、松檜三峰）。華陰縣北就是黃河，隔岸為風陵渡，這一邊是秦代的潼關（一說是華陰縣東靈寶縣的函谷關）。華陰縣不但河山壯險，而且是由河南一帶西赴咸京的要道，行客絡繹不絕。

詩的前六句全為寫景。寫法則由總而分，由此及彼，有條不紊。起句氣勢不凡：以神仙岩穴的華山壓倒王侯富貴的京師。在這裡，一個「俯」字顯出崇山壓頂之勢；「岧嶢」（音同迢遙）兩字加倍寫華山的高峻，使「俯」

字更具有一種神力。然後，詩人從總貌轉入局部描寫，以三峰作為典型，落實「岧嶢」。「削不成」三字含有人間刀斧俱無用，鬼斧神工非巨靈不可的意思，在似乎純然寫景中暗含神工勝於人力，出世高於追名逐利的旨意。

詩人路過華陰時，正值雨過天青。未到華陰，先已遙見三峰如洗。到得華陰後，平望武帝祠前無限煙雲，聚而將散；仰視仙人掌上一片青蔥，隱而已顯，都是新晴新沐的醒目氣象。首聯寫遠景，頷聯二句可說是攝近景。遠近相間，但覺景色沁脾，自然美妙，令人移情，幾乎忘卻它的對仗之工，而且更無暇覺察「武帝祠」和「仙人掌」已為結處「學長生」的發問作了奠基。

頸聯則浮想聯翩，寫了想像中的幻景。這是眼中所無而意中所有的一種景色，是詩人在直觀的基礎上加以馳騁想像的一幅寫意畫。在華山下，同時看到黃河與秦關是不可能的，但詩人「胸中有丘壑」，筆下可以溢出此等雄渾的畫面；在華山下望到咸京西面的五時，也是不可能的，而詩人「寂然凝慮，思接千載，悄焉動容，視通萬里」（南朝梁劉勰《文心雕龍》），完全可以感受到此種蕩蕩大道，西接遙天。古人論詩有「眼前景」與「意中景」之分，前者著眼客觀景物的擷取，後者則偏執詩人胸襟的外溢。這首詩就是從描繪眼前景色中自然滑出五、六兩句詩人的意中之景。而「一切景語，皆情語也」（王國維《人間詞話》），詩人胸中之情亦由此可窺探。上句中一個「枕」字把黃河、華山都人格化了，有「顧視清高氣深穩」（杜甫〈韋諷錄事宅觀曹將軍畫馬圖〉）之概；一個「險」字又有意無意地透露出名利之途的風波。下句一個「連」字，使漢五時上接頷聯中的「武帝祠」和「仙人掌」，靈跡仙蹤，聯鎖成片，更墊厚了結處的「長生」；「平」字與上文「岧嶢」、「天外」相對照，驛路的平通五時固然更襯出華山的高峻，同時也暗示長生之道比名利之途來得坦蕩。一「險」一「平」，為人們提出了何去何從的問號。這兩句中「枕」字、「連」字，前人稱為詩眼，其實，兩句中的「險」字、「平」字以及起句的「俯」字都是前呼後擁，此響彼應。

崔顥二次入都，都在天寶中，此詩勸「學長生」，可能是受當時崇奉道教、供養方士之社會風氣的影響。詩人此次行經華陰，事實上與路上行客一樣，也未嘗不是去求名逐利，但是一見西嶽的崇高形象和飄逸出塵的仙跡靈蹤，也未免移性動情，感嘆自己何苦奔波於坎坷仕途。但詩人不用直說，反向旁人勸喻，顯得隱約曲折。結尾兩句是從上六句自然落出的，因而顯得瀟灑自如，風流蘊藉。

崔顥現存詩中大都格律嚴整，然而此詩卻打破了律詩起、承、轉、合的傳統格式，別具神韻。前六句雖有層次先後，卻全為寫景，到第七句突然一轉，第八句立即以發問的句法收住，「此處」二字，綰合前文，導出「何如學長生」的詩旨。從全篇來看，詩人熔神靈古跡與山河勝景於一爐，詩境雄渾壯闊而富意蘊。清人方東樹評此詩曰：「三、四句寫景有興象，故妙。」（《昭昧詹言》）這是頗為精當的。（沈熙乾）

孫逖

【作者小傳】（六九六～七六一）潞州涉縣（今屬山西）人，少居鞏縣（今屬河南）。唐玄宗開元中官中書舍人、典制誥，判刑部侍郎。終太子少詹事。原有集，已散佚。《全唐詩》存其詩一卷。（新、舊《唐書》本傳、《唐才子傳》卷二）

宿雲門寺閣

孫逖

香閣東山下，煙花象外幽。懸燈千嶂夕，卷幔五湖秋。畫壁餘鴻雁，紗窗宿斗牛。更疑天路近，夢與白雲遊。

雲門寺在今浙江紹興境內的雲門山（又名東山）上，晉安帝時建，梁代處士何胤、唐代名僧智永等都在寺裡棲隱過。從杜甫詩「若耶溪，雲門寺，吾獨胡為在泥滓？青鞋布襪從此始」（〈奉先劉少府新畫山水障歌〉）來看，此寺是當時一個有名的隱居之地。

一、二句以寫意的筆法，勾勒出雲門寺的一幅遠景。首句點出雲門寺的所在，次句寫出寺的環境氛圍。「香閣」二字，切合佛寺常年供香的特點。寺閣坐落在東山下，那兒地勢高，雲霧繚繞。時近傍晚，山花籠上了一層蒼茫的暮色，似在煙靄之中。「象外」，是物象之外的意思。用「象外」去形容「幽」，是說其幽無比，超塵拔俗。一座幽靜的佛寺便在邈遠天際淡淡化出。兩句於寫景之中兼寓敘事：雲門寺尚在遠方，詩人此時還在投宿途中。三、四句所寫，是到達宿處後憑窗遠眺的景象。這兩句對偶工穩，內蘊深厚，堪稱是篇中的警策。「懸燈」、「捲幔」正是入夜時初到宿處的情狀：點燃宿處油燈，捲起久垂的帷簾，觀賞起窗外的夜色。詩人借懸燈寫出夜色中壁立的千嶂，借捲幔寫出想像中所見浩渺的五湖（太湖的別名）。山與水對比，縱與橫映襯，意境極為優美。其實，在茫茫夜色中，任你捲起窗簾或借助於所懸之燈，是看不到千嶂奇景和五湖秋色的，這純屬想像之辭。詩人不為夜幕和斗室所限，而能逸興遄飛，放筆天地，寫出如此壯美的詩句，顯示了詩人寬闊的胸懷。而且，這兩句詩並非泛泛的寫景抒情之筆。詩人以「懸燈」、「捲幔」表示投宿，又以「秋」與「夕」點出節令與時間，並以「千嶂」、「五湖」的高遠氣象表明所宿處的雲門山寺的勢派。

五、六兩句，緊承「懸燈」和「捲幔」，寫臥床環顧時所見。看來，這時詩人已經睡下，但一時還未成眠，便遊目室內與窗外：牆上，因為年深日久，壁畫的大部分已經剝落，只見到尚剩下的大雁；天空，閃爍的群星像是鑲嵌在窗戶上那樣臨近。畫壁黯淡，足見佛寺之古老，正與詩人此時睡意昏昏的狀態相接近；群星在窗口閃爍，像是引誘著詩人進入夢鄉。兩句分別寫出雲門寺「古」與「高」的特色。

最後兩句寫入夢後的情景。終於，詩人墜入了沉沉的夢鄉：「更疑」句直承「紗窗」句，因有斗牛臨窗的情景，才引出雲門寺地勢高峻，猶如與天相近的聯想，因而在夜間竟做起駕著白雲凌空遨遊的夢來。「疑」字用疑似的口氣將似有若無的境界說出，朦朧恍惚，真有夢境之感。

全詩八句，緊扣詩題，絲絲入扣，密合無間。詩人以時間為線索，依次敘述赴寺、入閣、睡下、入夢，寫足「宿」字。又以空間為序，先從遠處寫全景，再從閣內寫外景，最後寫閣內所見；由遠而近，由外而內，環環相銜，首尾圓合，寫盡雲門寺的「高」與「古」。藝術結構高超，處處都見匠心。（陳志明）

崔國輔

【作者小傳】吳郡（今江蘇蘇州）人。唐玄宗開元進士，官集賢直學士、禮部員外郎。天寶間貶晉陵司馬。其詩大抵篇幅短小，多寫個人日常生活，或擬南朝文人樂府。原有集，已散佚。《全唐詩》存其詩一卷。（《唐詩紀事》卷一五、《唐才子傳》卷二）

怨詞二首（其二）　崔國輔

妾有羅衣裳，秦王①在時作。
為舞春風多，秋來不堪著。

〔註〕①《樂府古題要解》卷下有〈秦王卷衣曲〉，言咸陽春景及宮闕之美，秦王卷衣以贈所歡也。

此詩寫的是宮怨，通篇作一個宮女睹舊物而生哀怨的語氣，很像戲劇的獨白。它能使人想像到比詩句本身更多的情景：女主人公大約剛剛翻檢過衣箱，發現一件敝舊的羅衣，牽惹起對往事的回憶，不禁黯然神傷，開始了詩中所寫的感嘆。宮廷的宮女因歌舞博得君王一晌歡心，常獲賜衣物。第一句中的「羅衣裳」，既暗示了主人公宮女的身份，又寓有她青春歲月的一段經歷。第二句說衣裳是「秦王在時」所作，這意味著「秦王」已故，又可見衣物非新。唐詩中常以「漢宮」泛指宮廷，這裡的「秦王」也是泛指帝王。後兩句緊承前兩句之意作感慨。第三句說羅衣曾伴隨過宮女青春時光，幾多歌舞；第四句語意陡然一轉，說眼前秋涼，羅衣再不能穿，久被冷落。兩句對比鮮明，構成唱嘆語調。「不堪」二字，語意沉痛。表面看來是嘆「衣不如新」，但對於宮中舞女，一件春衣又算得了什麼呢？不向來是「汗沾粉汙不再著，曳土踏泥無惜心」（白居易〈繚綾〉）麼？可見這裡有許多潛臺詞的。劉禹錫的〈秋扇詞〉，可以作為這兩句詩的最好注腳：「莫道恩情無重來，人間榮謝遞相催。當時初入君懷袖，豈念寒爐有死灰！」可見〈怨詞〉中對羅衣的悼惜，句句是宮女的自傷。「春」、「秋」不止指季候，又分明暗示年華的變換。「為舞春風多」包含著宮女對青春歲月的回憶；「秋來不堪著」，則暗示其後來的淒涼。「為」字下得十分巧妙，意謂正因為有昨日寵召的頻繁，久而生厭，才有今朝的冷遇。初看這二者並無因果關係，細味其中卻含有「以色事他人，能得幾時好」（李白〈妾薄命〉）之意，「為」字便寫出宮女如此遭遇的必然性。

此詩句句惜衣，而旨在惜人，運用的是比興手法。衣和人之間是「隱喻」關係。這是此詩的藝術特點。羅衣與人，本是不相同的兩種事物，〈怨詞〉的作者卻抓住羅衣「秋來不堪著」，與宮女見棄這種好景不長、朝不保夕的遭遇的類似之處，構成確切的比喻。以物喻人，揭示了古代宮女喪失了做人權利這一極不合理的現象，這就觸及到問題的本質。

唐人作宮怨詩，固然以直接反映宮女的不幸這一社會現實為多。但有時詩人也借寫宮怨以寄託諷刺，或感嘆個人身世。清劉大櫆說此詩是「刺先朝舊臣見棄」（《歷朝詩約選》）。按崔國輔係開元進士，官至禮部員外郎，天寶間被貶，劉說可備一說。（周嘯天）

采蓮曲　崔國輔

玉溆花爭發，金塘水亂流。
相逢畏相失，並著木蘭舟①。

〔註〕①《述異記》：「木蘭川在潯陽江中，多木蘭樹；昔吳王闔閭植木蘭於此，用構宮殿也。七里洲中，有魯班刻木蘭為舟，舟至今在洲中；詩家云木蘭舟，出於此。」

〈采蓮曲〉，樂府舊題，為〈江南弄〉七曲之一。內容多描寫江南一帶水國風光，採蓮女娃的生活情態，以及她們對純潔愛情的追求等。崔國輔的這首〈采蓮曲〉就是一首清麗而富有情趣的篇什。

「玉溆花爭發，金塘水亂流。」溆（音同敘），指水塘邊。「玉」、「金」二字用得很有講究。用「玉」形容塘邊，就比用「綠」顯得明秀、準確、傳神，它能使人想見草茂、氣清、露珠欲滴、風光明媚的景象；玉溆配以鮮花，為主人公的活動設計了明麗動人的環境。金塘的「金」，和前面的「玉」相映增色，讀者可以因此想見陽光燦燦，塘波粼粼，桃腮彩裙，碧荷蘭舟，相映生輝的情景。繪畫學上，很講究「補襯」之色，以「金」色補襯其他顏色，則使和諧的色調更加光彩明豔。金塘的「金」字，正有如此妙用。在這一聯中，「爭」、「亂」二字，也運用得活而有力。「玉溆花爭發」，這句是說，玉光閃閃的水塘之濱，絢麗芬芳的鮮花競相開放。一個「爭」字，把百花吐芳鬥豔的繁茂之態寫活了。「金塘水亂流」，塘水本不流動，即使是通河之塘，水也只能朝著一個方向流；但由於有了幾多採蓮輕舟，此往彼返，那塘上的水波便相向迴旋起來；一個「亂」字，寫盡了青年男女們輕舟競採、繁忙不息的情景。詩人不寫人的活動，人的活動自見，只從水波蛇行迴旋的亂流中，便可想見人物的活動情態。

這些江南水鄉的青年男女們天真活潑，對美好的愛情有著大膽熾熱的追求：「相逢畏相失，並著木蘭舟。」情侶們水上相逢，喜出望外，又很擔心水波再把他們分開，於是兩隻船兒緊緊相靠，並駕齊驅。「畏相失」，活現出青年男女兩相愛悅的心理狀態。

詩人很善於捕捉富有詩情畫意的景物，寫得神態逼真，生活氣息濃郁，風味淳樸，是一首活潑清新的抒情小詩，反映了盛唐社會生活的一個側面。（傅經順）

小長干曲 崔國輔

月暗送湖風，相尋路不通。
菱歌唱不徹，知在此塘中。

小長干，屬長干里，遺址在今南京市南，靠近長江邊。晉左思〈吳都賦〉「長干延屬」註：「建業南五里有山崗，其間平地，吏民雜居，東長干中有大長干、小長干，皆相連。」長干曲，樂府雜曲歌辭名，內容多寫長干里一帶江邊女子的生活和情趣。崔國輔的〈小長干曲〉內容也如此。

這首詩風格清新，語言曉暢，於平淡自然中見含蓄委婉，很耐人尋味。

這是一首情歌。但作者沒有從相見、歡聚、別離等處落筆，而是緊扣江南水鄉的特點，抓住特定時間、地點、條件，自然而風趣地表現一位青年男子對一位採菱姑娘的愛慕和追求。

「月暗送湖風」，詩一開頭，即點明時間是夜晚，地點是湖濱。月暗，不是沒有月光，而是月色暗淡；湖風用「送」，帶有舒展、愛撫的感情色彩，切合小夥子此時的感受。因為他很興奮、很歡快，湖風吹到他的身上就顯得特別輕柔，好像大自然特意為他送來的一般。這一句五字，勾出了一幅月色朦朧、湖風輕拂的藝術畫面，造成了一種優美而頗具神祕色彩的環境氣氛。

在這富有詩情畫意的水鄉湖濱，一位年輕人，踏著月色，沐著涼風，急忙忙、興沖沖地走著。但是夜色暗淡，道路難辨，走著走著，突然路被隔斷了。「相尋路不通」，側面點出了菱湖之濱的特點：荷塘滿布，溝渠縱橫，到處有水網相隔。顯然，這個小夥子事先並未約會，只因情思驅使，突然想會見自己的戀人。一個「尋」字，傳出了其中消息，使整個畫面活了起來。

正在焦急躊躇之際，優美動聽的菱歌吸引了小夥子的注意，他側耳諦聽，仔細辨別是誰的歌聲。不徹，本為不盡之意，這裡用來形容菱歌的時斷時續，經久不息，同時也描摹出歌聲的清脆、響亮。姑娘們用歌聲表達對生活的熱愛和對幸福的憧憬，讀者能從這歌聲中想像出那採菱姑娘天真活潑、嬌憨可愛的神情。

聽著聽著，小夥子又眉開眼笑了，知道自己的意中人，就在那不遠的荷塘中。「知」字十分傳神，不僅表現了小夥子心情由焦急到喜悅的變化，而且點明小夥子對姑娘了解得非常透，甚至連她的一舉一動、一顰一笑都非常熟悉。讀者正可從其知之深推測其愛之切。

短短的一首抒情詩，能寫出詩中主人公的形象和思想活動，並有起伏、有波瀾，給人以層出不窮之感。若非巧思妙筆，匠心獨運，恐怕難以達到這樣的境界。（劉永年）

王翰

【作者小傳】即王澣。字子羽，并州晉陽（今山西太原）人。唐睿宗景雲進士，官仙州別駕。任俠使酒，恃才不羈。以行為狂放，貶道州司馬，旋卒。原有集，已散佚。《全唐詩》存其詩一卷。（新、舊《唐書》本傳、《唐才子傳》卷二）

涼州詞二首（其一）　王翰

葡萄美酒夜光杯，欲飲琵琶馬上催。
醉臥沙場君莫笑，古來征戰幾人回。

邊地荒寒艱苦的環境，緊張動蕩的征戍生活，使得邊塞將士很難得到一次歡聚的酒宴。有幸遇到那麼一次，那激昂興奮的情緒，那開懷痛飲、一醉方休的場面，是不難想像的。這首詩正是這種生活和感情的寫照。詩中的酒，是西域盛產的葡萄美酒；杯，相傳是周穆王時代，西胡以白玉精製成的酒杯，有如「光明夜照」，故稱「夜光杯」；樂器則是胡人用的琵琶；還有「沙場」、「征戰」等等詞語。這一切都表現出一種濃郁的邊地色彩和軍營生活的風味。

詩人以飽蘸激情的筆觸，用鏗鏘激越的音調，奇麗耀眼的詞語，寫下這開篇的第一句——「葡萄美酒夜光杯」，猶如突然間拉開帷幕，在人們的眼前展現出五光十色、琳琅滿目、酒香四溢的盛大筵席。這景象使人驚喜，使人興奮，為全詩的抒情創造了氣氛，定下了基調。第二句開頭的「欲飲」二字，渲染出這美酒佳肴盛宴的不凡的誘人魅力，表現出將士們那種豪爽開朗的性格。正在大家「欲飲」未得之時，樂隊奏起了琵琶，酒宴開始了，那急促歡快的旋律，像是在催促將士們舉杯痛飲，使已經熱烈的氣氛頓時沸騰起來。這句詩改變了七字句習用的音節，採取上二下五的句法，更增強了它的感染力。這裡的「催」字，有人說是催出發，和下文似乎難以貫通；有人解釋為催儘管催，飲還是照飲，也不切合將士們豪放俊爽的精神狀態。「馬上」二字，往往又使人聯想到「出發」，其實在西域胡人中，琵琶本來就是騎在馬上彈奏的。「琵琶馬上催」，是著意渲染一種歡快宴飲的場面。

詩的三、四句是寫筵席上的暢飲和勸酒。過去曾有人認為這兩句「作曠達語，倍覺悲痛」。還有人說：「故作豪飲之詞，然悲感已極」。話雖不同，但都離不開一個「悲」字。後來更有用低沉、悲涼、感傷、反戰等詞語來概括這首詩的思想感情的，依據也是三、四兩句，特別是末句。「古來征戰幾人回」，顯然是一種誇張的說法。清代施補華說這兩句詩：「作悲傷語讀便淺，作諧謔語讀便妙，在學人領悟。」（《峴傭說詩》）這話對我們頗有啟發。為什麼「作悲傷語讀便淺」呢？因為它不是在宣揚戰爭的可怕，也不是表現對戎馬生涯的厭惡，更不是對生命不保的哀嘆。讓我們再回過頭去看看那歡宴的場面吧：耳聽著陣陣歡快、激越的琵琶聲，將士們真是興致飛揚，你斟我酌，一陣痛飲之後，便醉意微微了。也許有人想放杯了吧，這時座中便有人高叫：怕什麼，醉就醉吧，就是醉臥沙場，也請諸位莫笑，「古來征戰幾人回」，我們不是早將生死置之度外了嗎？可見這三、四兩句正是席間的勸酒之詞，而並不是什麼悲傷之情，它雖有幾分「諧謔」，卻也為盡情酣醉尋得了最具有環境和性格特徵的「理由」。「醉臥沙場」，表現出來的不僅是豪放、開朗、興奮的感情，而且還有著視死如歸的勇氣，這和豪華的筵席所顯示的熱烈氣氛是一致的。這是一個歡樂的盛宴，那場面和意境絕不是一兩個人在那兒淺斟低酌，借酒澆愁。它那明快的語言、跳動跌宕的節奏所反映出來的情緒是奔放的，狂熱的，它給人的是一種激動和嚮往的藝術魅力。這正是盛唐邊塞詩的特色。千百年來，這首詩一直為人們所傳誦。（趙其鈞）

張旭

【作者小傳】字伯高，吳郡（今江蘇蘇州）人。曾為常熟尉、金吾長史，世稱「張長史」。工書，精通楷法，草書最為知名，相傳往往大醉後呼喊狂走，然後落筆，或以頭濡墨而書，時稱「張顛」。能詩，長於七絕。其寫景詩句，以境界幽深、構思精巧見長。《全唐詩》存其詩六首。（《新唐書》本傳）

山中留客① 張旭

山光物態弄春暉②，莫為輕陰便擬歸。
縱使晴明無雨色，入雲深處亦沾衣。

〔註〕①詩題一作〈山行留客〉。②一作「春輝」。

這首詩題為〈山中留客〉，它的重點當然是留客。但是，因為這不是家中留客，而是「山中留客」，留的目的無疑是欣賞山中景色，所以又不能不寫到春山的美景，不過寫多了又會沖淡「留客」的主題。詩人怎麼解決這個問題呢？他正面描寫山景只用了一句詩：「山光物態弄春暉」。因為只有一句，所以詩人就不去描繪一泉一石，一花一木，而是從整體入手，著力表現春山的整個面貌，從萬象更新的氣象中，渲染出滿目生機、引人入勝的意境。嚴冬過盡，春風給蕭瑟的山林換上新裝，萬物沐浴在和煦的陽光中，生氣勃勃，光彩煥發，爭奇鬥妍。這一「弄」字，便賦予萬物以和諧的、活躍的情態和意趣。「山光物態弄春暉」，寫得極為概括，但並不抽象，山光物態任你想像。你想的是那青翠欲滴的新枝綠葉嗎？是迎風招展的山花送來陣陣的芬芳嗎？是花葉叢中百鳥的歡唱嗎？是奔流不息的淙淙溪水嗎？……它們全部囊括在這一句詩裡了。這是一個極富啟發性和鼓動性的詩句。詩人把它放在詩的開頭也是頗具匠心的。因為只有把這一句寫得很濃，而且先聲奪人，形成一種壓倒的優勢，「留」才有意義，客人所擔心的問題才顯得無足輕重。所以這開頭的一句在表現上、在結構上都是值得細味的。由於第一句蘊含豐富，很有分量，第二句「莫為輕陰便擬歸」，雖然是否定了客人的想法，但卻顯得順流而下，毫不費力。是的，面對著這美不勝收的景致，怎能因為天邊一片陰雲就打算回去呢？

光勸說客人「莫為輕陰便擬歸」還不夠，還必須使客人真正安下心來，遊興濃起來才行。怎樣才能達到這一步呢？說今日無雨，可天有不測風雲，何況「輕陰」已見，這種包票恐怕不一定保險，未必能解決客人心中的疑慮。詩人琢磨著客人的心理，他不是不想欣賞這春山美景，只是擔心天雨淋濕了衣服。既然如此，詩人就來一個以退為進。你是怕天雨濕衣嗎，天晴又怎樣呢？「縱使晴明無雨色，入雲深處亦沾衣。」這兩句使我們想起王維的〈闕題二首〉其一：「山路元無雨，空翠濕人衣。」「沾衣」雖是難免，可那空山幽谷，雲煙縹緲，水氣濛濛，露濃花葉……卻也是另一番極富詩意的境界啊！然而，這可不是遠在一旁所能見到的。它必須登高山，探幽谷，身臨其境，才能領略。而且，細咀那「入雲深處」四字，還會激起人們無窮的想像和追求，因為「入之愈『深』，其所見也就愈多，但是，此「非有志者不能至也」。可見詩的三、四兩句，就不只是消極地解除客人的疑慮，而是巧妙地以委婉的方式，用那令人神往的意境，積極地去誘導、去點燃客人心中要欣賞春山美景的火種。

客人想走，主人挽留，這是生活中常見的現象。不過要在四句短詩中把這一矛盾解決得完滿、生動、有趣，倒也不是一件容易的事。詩人沒有迴避客人提出的問題，也不是用一般的客套話去挽留，而是針對客人的心理，用山中的美景和詩人自己的感受，一步一步地引導客人開闊視野，馳騁想像，改變他的想法，從而使客人留下來。事雖尋常，詩亦短小，卻寫得有景、有情、有理，而且三者水乳交融，渾然一體。其中虛實相間，跌宕自如，委婉蘊含，顯示出絕句的那種詞顯意深、語近情遙、耐人尋味的魅力。（趙其鈞）

戎昱

【作者小傳】荊南（今湖北江陵）人。少試進士不第。唐代宗大曆初衛伯玉鎮荊南，辟為從事。後漫遊湘、桂間。德宗建中末為辰州刺史，遷虔州刺史，德宗貞元中卒。詩多吟詠客中山水景色，少數作品也表現了憂念時事的心情。原有集，已散佚，宋人輯有《戎昱詩集》。（《唐詩紀事》卷二八、《唐才子傳》卷三）

移家別湖上亭　戎昱

好是春風湖上亭，柳條藤蔓繫離情。
黃鶯久住渾相識，欲別頻啼四五聲。

這首詩當作於搬家時，抒寫對故居一草一木依戀難捨的深厚感情。全詩是說，春風駘蕩，景色宜人，我來辭別往日最喜愛的湖上亭。微風中，亭邊柳條、藤蔓輕盈招展，彷彿是伸出無數多情的手臂牽扯我的衣襟，不讓我離去。這情景真叫人愁牽恨惹，不勝留戀。住了這麼久了，亭邊柳樹枝頭的黃鶯，也跟我是老相識了。在這即將分離的時刻，別情依依，鳴聲悠悠，動人心弦，使人久久難於平靜……

戎昱〈移家別湖上亭〉——明刊本《唐詩畫譜》

詩人採用擬人化的表現手法，創造了這一童話般的意境。詩中的一切，無不具有生命，帶有情感。這是因為戎昱對湖上亭的一草一木是如此深情，以至在他眼裡不只是自己不忍與柳條、藤蔓、黃鶯作別，柳條、藤蔓、黃鶯也像他一樣無限痴情，難捨難分。他視花鳥為摯友，達到了物我交融、彼此兩忘的地步，故能憂樂與共，靈犀相通，發而為詩，才能出語如此天真，詩趣這般盎然。

這首詩的用字，非常講究情味。用「繫」字抒寫不忍離去之情，正好切合柳條、藤蔓修長的特點，又符合春日和風拂拂的情景，不啻是天造地設。這種擬人化的寫法為後人廣泛採用。宋人周邦彥〈六醜．薔薇謝後作〉「長條故惹行客，似牽衣待話，別情無極」，元王實甫《西廂記》「柳絲長，玉驄難繫」、「柳絲長，咫尺情牽惹」等以柳條寫離情，都是與這句詩的寫法一脈相承的。「啼」字既指黃鶯的啼叫，也容易使人聯想到辭別時離人傷心的啼哭。一個「啼」字，兼言情景兩面，而且體物傳神，似有無窮筆力，正是斲輪老手的高妙之處。

（陳志明）

詠史 戎昱

漢家青史上，計拙是和親。社稷依明主，安危托婦人。
豈能將玉貌，便擬靜胡塵。地下千年骨，誰為輔佐臣。

中唐詩人戎昱這首〈詠史〉，題又作〈和蕃〉，最早見於晚唐范攄的筆記小說《雲溪友議》「和戎諷」條。據說，唐憲宗召集大臣廷議邊塞政策，大臣們多持和親之論。於是唐憲宗背誦了戎昱這首〈詠史〉，並說：「此人若在，便與朗州刺史。」還笑著說：「魏絳（春秋時晉國大夫，力主和戎）之功，何其懦也！」大臣們領會聖意，就不再提和親了。這則軼聞美談，足以說明這首詩的流傳，主要由於它的議論尖銳，諷刺辛辣。

這是一首借古諷今的政治諷刺詩。唐代從安史亂後，朝政紊亂，國力削弱，藩鎮割據，邊患十分嚴重，而朝廷一味求和，使邊境各族人民備罹禍害。所以詩人對朝廷執行屈辱的和親政策，視為國恥，痛心疾首。這首諷喻詩，寫得激憤痛切，直截了當，一針見血。

在中唐，詠漢諷唐這類以古諷今手法已屬習見，點明「漢家」，等於直斥唐朝。所以首聯是開門見山，直截說和親乃是有唐歷史上最為拙劣的政策。次聯便單刀直入，明確指出國家的治理要靠英明的皇帝，而執行和親政策，實際上是把國家的安危托付給婦女。三聯更鞭辟入裡，透澈揭露和親的實質就是妄圖拿女色乞取國家的安全。詩人憤激地用一個「豈」字，把和親的荒謬和可恥暴露無遺。然而是誰制訂執行這種政策？這種人難道算得輔佐皇帝的忠臣嗎?末聯即以這樣斬釘截鐵的嚴峻責問結束。詩人以歷史的名義提出責問，使詩意更為嚴峻深廣，更加發人思索。此詩無情揭露和親政策，憤激指責朝廷執政，而主旨卻在諷喻皇帝作出英明決策和任用賢臣。從這個角度看，這首詩雖然尖銳辛辣，仍不免稍用曲筆，為皇帝留點面子。

對於歷史上和親政策的是非得失要作具體分析，詩人極力反對的是以屈辱的和親條件以圖苟安於一時。由於「社稷依明主，安危托婦人」一聯，擊中了時政的要害，遂成為時人傳誦的名句。(倪其心)

桂州臘夜　戎昱

坐到三更盡，歸仍萬里賒①。雪聲偏傍竹，寒夢不離家。
曉角分殘漏，孤燈落碎花。二年隨驃騎，辛苦向天涯。

〔註〕①賒，形容遙遠。

戎昱在唐代宗廣德至大曆年間（七六三～七七九），先後在荊南衛伯玉、湖南崔瓘幕下任職，大曆後期宦遊到桂州（州治今廣西桂林），任桂管防禦觀察使李昌巙的幕賓。此詩是他到了桂州第二年的歲暮寫的，抒發臘夜懷鄉思歸之情。

開頭兩句寫除夕守歲，直坐到三更已盡。這是在離鄉萬里，思歸無計的處境中獨坐到半夜的。一個「盡」字，一個「賒」字，對照寫出了鄉思的綿長，故鄉的遙遠。一個「仍」字，又透露出不得已而滯留他鄉的淒涼心境。

三、四兩句寫三更以後詩人淒然入睡，可是睡不安穩，進入了一種時夢時醒的矇矓境地。前句說醒，後句說睡。「雪聲偏傍竹」，雪飄落在竹林上，借著風傳進一陣陣颯颯的聲響，在不能成眠的人聽來，就特別感到孤寂淒清。這把南方寒夜的環境氣氛渲染得很足。那個「偏」字，更細緻地刻畫出愁人對這種聲響所特有的心靈感受，似有怨惱而又無可奈何。「寒夢不離家」，在斷斷續續的夢中，總是夢到家裡的情景。在「夢」之前冠一「寒」字，不僅說明是寒夜做的夢，而且反映了詩人心理上的「寒」，就使「夢」帶上了悄愴的感情色彩。

五、六句敘時斷時續的夢大醒以後再不能入睡時的情形。「曉角分殘漏」，寫所聞。古代用滴漏計時，夜間憑漏刻傳更，殘漏指夜將殘盡時的更鼓聲。天亮後號角一響，更鼓聲歇，表明長夜過去，清晨來臨。「分」，是以聽覺上的不同，反映時間上的劃分，透露了詩人夢斷以後聞角聲以前，一直眼睜睜地躺在床上耳聞更聲，其悽苦之情可知。「孤燈落碎花」寫所見，青燈照壁，詩人長時間地望著那盞孤零零的昏暗油燈掉落著斷碎的燈花。「孤」字既表現了詩人環境的冷清，也反映了他主觀感受上的寂寞。此聯透過一聞一見，把作者的鄉思表現得含而不露，情在詞外。

「二年隨驃騎，辛苦向天涯。」最後一聯和首聯相呼應，點出離家萬里，歲暮不歸的原因，收結全詩。驃騎，是驃騎將軍的簡稱，漢代名將霍去病曾官至驃騎將軍，此處借指戎昱的主帥桂管防禦觀察使李昌巙。這首詩寫了除夕之夜由坐至睡、由睡至夢、由夢至醒的過程，對詩中所表現的鄉愁並沒有說破，可是不點自明。特別是中間兩聯，以渲染環境氣氛，來襯托詩人的心境，藝術效果很強。那雪落竹林的淒清音響，回歸故里的斷續寒夢，清曉號角的悲涼聲音，以及昏黃孤燈的斷碎餘燼，都暗示出主人公長夜難眠、悲涼落寞、為思鄉情懷所困的情景，表現了此詩含蓄雋永、深情綿邈的藝術風格。（吳小林）

早梅　戎昱

一樹寒梅白玉條，迥臨村路傍溪橋。
不知近水花先發，疑是經冬雪未銷①。

〔註〕①後二句一作「應緣近水花先發，疑是經春雪未銷」。

自古詩人以梅花入詩者不乏佳篇，有人詠梅的風姿，有人頌梅的神韻；這首詠梅詩，則側重寫一個「早」字。

首句既形容了寒梅的潔白如玉，又照應了「寒」字。寫出了早梅淩寒獨開的丰姿。第二句寫這一樹梅花遠離人來車往的村路，臨近溪水橋邊。一個「迥」字，一個「傍」字，寫出了「一樹寒梅」獨開的環境。這一句承上啟下，是全詩發展必要的過渡，「溪橋」二字引出下句。第三句，說一樹寒梅早發的原因是由於「近水」；第四句回應首句，是詩人把寒梅疑做是經冬而未銷的白雪。一個「不知」加上一個「疑是」，寫出詩人遠望似雪非雪的迷離恍惚之境。最後定睛望去，才發現原來這是一樹近水先發的寒梅，詩人的疑惑排除了，早梅之「早」也點出了。

梅與雪常常在詩人筆下結成不解之緣，如許渾〈聞薛先輩陪大夫看早梅因寄〉詩云：「素豔雪凝樹」。這是形容梅花似雪，而戎昱的詩句則是疑梅為雪，著意點是不同的。對寒梅花發，形色的似玉如雪，不少詩人也

戎昱〈早梅〉——明刊本《唐詩畫譜》

都產生過類似的疑真的錯覺。宋代王安石有〈梅花〉詩云：「遙知不是雪，為有暗香來。」也是先疑為雪，只因暗香襲來，才知是梅而非雪，和本篇意境可謂異曲同工。而戎昱此詩，從似玉非雪、近水先發的梅花著筆，寫出了早梅的形神，同時也寫出了詩人探索尋覓的認識過程。並且透過表面，寫出了詩人與寒梅在精神上的契合。讀者透過轉折交錯、首尾照應的筆法，自可領略到詩中悠然的韻味和不盡的意蘊。（左成文）

高適

【作者小傳】（約七〇〇～七六五）字達夫，渤海蓨（今河北景縣）人。早年仕途失意。後客遊河西，為哥舒翰書記，後擢諫議大夫，負氣敢言。歷任淮南、西川節度使，終左散騎常侍。封渤海縣侯。年五十始為詩，即工，邊塞詩和岑參齊名，並稱「高岑」，風格也大略相近。有《高常侍集》。（新、舊《唐書》本傳、《唐才子傳》卷二）

燕歌行

高適

開元二十六年，客有從御史大夫張公出塞而還者，作〈燕歌行〉以示適，感征戍之事，因而和焉。

漢家煙塵在東北，漢將辭家破殘賊。男兒本自重橫行，天子非常賜顏色。
摐金伐鼓下榆關，旌旆逶迤碣石間。校尉羽書飛瀚海，單于獵火照狼山。
山川蕭條極邊土，胡騎憑陵雜風雨。戰士軍前半死生，美人帳下猶歌舞！
大漠窮秋塞草腓①，孤城落日鬭兵稀。身當恩遇恆②輕敵，力盡關山未解圍。

鐵衣遠戍辛勤久，玉筯③應啼別離後。少婦城南欲斷腸，征人薊北空回首。
邊庭飄飖那可度，絕域蒼茫更何有④！殺氣三時作陣雲，寒聲一夜傳刁斗。
相看白刃血紛紛，死節從來豈顧勳？君不見沙場征戰苦，至今猶憶李將軍！

〔註〕①腓（音同肥），衰敗枯萎。②「恆」一作「常」。③「筯」同「箸」。④「蒼茫」一作「蒼黃」。「更何有」一作「無所有」。

〈燕歌行〉不僅是高適的「第一大篇」（近人趙熙評語），而且是整個唐代邊塞詩中的傑作，千古傳誦，良非偶然。

唐玄宗開元十五年（七二七），高適曾北上薊門。二十年，信安王李禕征討奚、契丹，他又北去幽燕，希望到信安王幕府效力，未能如願：「豈無安邊書，諸將已承恩。惆悵孫吳事，歸來獨閉門」（〈薊中作〉）。可見他對東北邊塞軍事，下過一番研究工夫。開元二十一年後，幽州節度使張守珪經略邊事，初有戰功。但二十四年，張守珪使平盧討擊使安祿山討奚、契丹，「祿山恃勇輕進，為虜所敗」（《資治通鑑》卷二百十四）。二十六年，幽州將趙堪、白真陀羅假張守珪之命，逼迫平盧軍使烏知義出兵攻奚，先勝後敗。「守珪隱其敗狀，而妄奏克獲之功」（《舊唐書．張守珪傳》）。高適對開元二十四年以後的兩次戰敗，感慨很深，因寫此篇。

詩的主旨是譴責在皇帝鼓勵下的將領驕傲輕敵，荒淫失職，造成戰爭失敗，使廣大兵士受到極大的痛苦和犧牲。詩人寫的是邊塞戰爭，但重點不在於民族矛盾，而是同情廣大兵士，諷刺和憤恨不恤兵士的將軍。

全詩以非常濃縮的筆墨，寫了一個戰役的全過程：第一段八句寫出師，第二段八句寫戰敗，第三段八句寫被圍，第四段四句寫死鬥的結局。各段之間，脈理綿密。

詩的發端兩句便指明了戰爭的方位和性質，見得是指陳時事，有感而發。「男兒本自重橫行，天子非常賜顏色」，貌似揄揚漢將去國時的威武榮耀，實則已隱含譏諷，預伏下文。樊噲在呂后面前說：「臣願得十萬眾，橫行匈奴中」，季布便斥責他當面欺君該斬。（見《史記·季布傳》）所以，這「橫行」的由來，就意味著恃勇輕敵。明唐汝詢說：「言煙塵在東北，原非犯我內地，漢將所破特餘寇耳。蓋此輩本重橫行，天子乃厚加禮貌，能不生邊釁乎？」（《唐詩解》卷十六）這樣理解是正確的。緊接著描寫行軍：「摐（音同窗）金伐鼓下榆關，旌旆（音同佩）逶迤碣（音同竭）石間。」透過這金鼓震天、大搖大擺前進的場面，可以揣知將軍臨戰前不可一世的驕態，也為下文反襯。戰端一啟，「校尉羽書飛瀚海」。一個「飛」字警告了軍情危急：「單于獵火照狼山」，猶如「看名王宵獵，騎火一川明，笳鼓悲鳴，遣人驚」（宋張孝祥〈六州歌頭〉）。不意「殘賊」乃有如此威勢。從辭家去國到榆關、碣石，更到瀚海、狼山，八句詩概括了出征的歷程，逐步推進，氣氛也從寬緩漸入緊張。

第二段寫戰鬥危急而失利。落筆便是「山川蕭條極邊土」，展現開闊而無險可憑的地帶，帶出一片肅殺的氣氛。「胡騎」迅急剽悍，像狂風暴雨，捲地而來。漢軍奮力迎敵，殺得昏天黑地，不辨死生。然而，就在此時此刻，那些將軍們卻遠離陣地尋歡作樂：「美人帳下猶歌舞！」這樣嚴酷的事實對比，有力地揭露了漢軍中將軍和兵士的矛盾，暗示了必敗的原因。所以緊接著就寫力竭兵稀，重圍難解，孤城落日，衰草連天，有著鮮明的邊塞特點的陰慘景色，烘托出殘兵敗卒心境的淒涼。「身當恩遇恆輕敵，力盡關山未解圍」，回應上文，漢將「橫行」的豪氣業已灰飛煙滅，他的罪責也確定無疑了。

第三段寫士兵的痛苦，實是對漢將更深的譴責。應該看到，這裡並不是游離戰爭進程的泛寫，而是處在被圍困的險境中的士兵心情的寫照。「鐵衣遠戍辛勤久」以下三聯，一句征夫，一句征夫懸念中的思婦，錯綜相對，離別之苦，逐步加深。城南少婦，日夜悲愁，但是「邊庭飄颻那可度」？薊北征人，徒然回首，畢竟「絕域蒼茫更何有」！相去萬里，永無見期，「人生到此，天道寧論」（江淹〈恨賦〉）！更那堪白天所見，只是「殺氣三時作陣雲」；晚上所聞，唯有「寒聲一夜傳刁斗」，如此危急的絕境，真是死在眉睫之間，不由人不想到把他們推到這絕境的究竟是誰。這是深化主題的不可缺少的一段。

最後四句總束全篇，淋漓悲壯，感慨無窮。「相看白刃血紛紛，死節從來豈顧勳」，最後士兵們與敵人短兵相接，浴血奮戰，那種視死如歸的精神，豈是為了取得個人的功勳！他們是何等質樸、善良，何等勇敢，然而又是何等可悲呵！詩人的感情包含著悲憫和禮讚，而「豈顧勳」則是有力地譏刺了輕開邊釁，冒進貪功的漢將。最末二句，詩人深為感慨道：「君不見沙場征戰苦，至今猶憶李將軍！」八九百年前威鎮北邊的飛將軍李廣，處處愛護士卒，使士卒「咸樂為之死」（《史記．李將軍列傳》）。這與那些驕橫的將軍形成多麼鮮明的對比。詩人提出李將軍，意義尤為深廣。從漢到唐，悠悠千載，邊塞戰爭何計其數，驅士兵如雞犬的將帥數不勝數，備歷艱苦而埋尸異域的士兵，更何止千千萬萬！可是，千百年來只有一個李廣，怎不教人苦苦地追念他呢？杜甫讚美高適、岑參的詩：「意愜關飛動，篇終接混茫。」（〈寄彭州高三十五使君適、虢州岑二十七長史參三十韻〉）此詩以李廣終篇，意境更為雄渾而深遠。

全詩氣勢暢達，筆力矯健，經過慘淡經營而至於渾化無跡。氣氛悲壯淋漓，主意深刻含蓄。「山川蕭條極邊土，胡騎憑陵雜風雨」，「大漠窮秋塞草腓，孤城落日鬭兵稀」，詩人著意暗示和渲染悲劇的場面，以淒涼的慘狀，揭露好大喜功的將軍們的罪責。尤可注意的是，詩人在激烈的戰爭進程中，描寫了士兵們複雜變化的內心活動，悽惻動人，深化了主題。全詩處處隱伏著詩人有力的諷刺。從大段落看，出師時的鋪張揚厲與戰敗後的困苦淒涼是鮮明的對比。從貫串全篇的描寫來看，士兵的效命死節與漢將的怙寵貪功，士兵辛苦久戰、室家分離與漢將臨戰失職，縱情聲色，都是鮮明的對比。而結尾提出李廣，則又是古今對比。全篇「戰士軍前半死生，美人帳下猶歌舞」，「二句最為沉至」（高步瀛《唐宋詩舉要》引吳汝綸評語），這種對比，矛頭所指十分明顯，因而大大加強了諷刺的力量。

〈燕歌行〉是唐人七言歌行中運用律句很典型的一篇。全詩用韻依次為入聲「職」部、平聲「刪」部、上聲「麌」部、平聲「微」部、上聲「有」部、平聲「文」部，恰好是平仄相間，抑揚有節。除結尾兩句外，押平韻的句子，對偶句自不待言，非對偶句也符合律句的平仄，如「摐金伐鼓下榆關，旌旆逶迤碣石間」；押仄韻的句子，對偶的上下句平仄相對也是很嚴整的，如「殺氣三時作陣雲，寒聲一夜傳刁斗。」這樣的音調之美，正是「金戈鐵馬之聲，有玉磬鳴球之節」（《唐風定》卷九邢昉評語）。（徐永年）

人日寄杜二拾遺① 高適

人日題詩寄草堂，遙憐故人思故鄉。柳條弄色不忍見，梅花滿枝空斷腸！
身在南蕃②無所預，心懷百憂復千慮。今年人日空相憶，明年人日知何處？
一臥東山三十春，豈知書劍老風塵。龍鍾還忝二千石，愧爾東西南北人！

〔註〕①人日：農曆正月初七。杜二：杜甫。②「南蕃」一作「遠藩」。

這是高適晚年詩作中最動人的一篇。杜甫接到這首詩時，竟至「淚灑行間，讀終篇末」（〈追酬故高蜀州人日見寄并序〉）。

這首懷友思鄉的詩之所以感人，主要是它飽含著特定的歷史內容，把個人遭際與國家命運緊密連結起來了。高適和杜甫早在開元末年就成了意氣相投的朋友，又同樣落魄不偶。安史亂起，高適在玄宗、肅宗面前參預重要謀略，被賞識，境遇比杜甫好得多，曾任淮南節度使，平定永王的叛亂。由於「負氣敢言」，遭到內臣李輔國等的讒毀，被解除兵權，留守東京。唐肅宗乾元二年（七五九），出為彭州刺史。同年年底，杜甫流離轉徙，到達成都，高適立即從彭州寄詩問訊，饋贈糧食。肅宗上元元年（七六〇），高適改任蜀州（治所在今四川崇州市）刺史，杜甫從成都趕去看望。這時，高適年將六十，杜甫也將五十，他鄉遇故知，短暫的聚會，更加深了別後的相思。到了上元二年人日這天，高適寫了這詩，寄到成都草堂。

全詩每四句一段，共分三段。每段換韻，開頭是平聲陽韻，中間是仄聲御韻，末段是平聲真韻。

「人日題詩寄草堂」，起句便單刀直入點題。「遙憐故人思故鄉」，「遙憐」的「憐」，正是表示二人感情的字眼，通篇都圍繞這「憐」字生發展開。「思故鄉」，既是從自己說，也是從杜甫說，滿目瘡痍的中原，同是他們的故鄉。緊接著「柳條弄色不忍見，梅花滿枝空斷腸」，便是這思鄉情緒的具體形容。春天到時，柳葉萌芽，梅花盛開，應該是令人愉悅的；但在漂泊異地的遊子心中，總是容易撩動鄉愁，而使人「不忍見」，一見就「斷腸」，感情不能自已了。

中間四句是詩意的拓展和深化，有不平，有憂鬱，又有如大海行舟、隨波飄轉、不能自主的渺茫與悵惘，感情是複雜的。換用仄聲韻，正與內容十分協調。

「身在南蕃無所預，心懷百憂復千慮。」「預」是參預朝政之意。當時國家多難，干戈未息，以高適的文才武略，本應參預朝廷大政，建樹功業，可是偏偏遠離京國，身在南蕃。儘管如此，詩人的愛國熱忱卻未衰減，面對動蕩不已的時局，自然是「心懷百憂復千慮」了。當時，不僅安史叛軍在中原還很猖獗，即就蜀中局勢而言，也並不平靜，此詩寫後的兩三個月，便發生了梓州刺史段子璋的叛亂。這「百憂千慮」，也正是時局艱難的反映。杜甫〈追酬故高蜀州人日見寄〉：「嘆我悽悽求友篇，感君鬱鬱匡時略。」是很深刻地領會到高適這種複雜情思的。

「今年人日空相憶，明年人日知何處」，這意思正承百憂千慮而來，身當亂世，作客他鄉，今年此時，已是相思不見，明年又在何處，哪能預料呢？此憂之深，慮之遠，更說明國步艱難，有志莫申。深沉的感喟中，隱藏了內心多少的哀痛！

瞻望未來，深感渺茫，回顧往昔，又何嘗事皆前定呢？這就自然地逗出了末段。「一臥東山三十春，豈知書劍老風塵。」詩人早年曾隱身「漁樵」（〈封丘作〉），生活雖困頓，卻也閒散自適，哪會知道今天竟辜負了隨身的書劍，老於宦途風塵之中呢？「龍鍾還忝二千石，愧爾東西南北人！」這是說自己老邁疲癃之身，辱居刺史之位，國家多事而無所作為，內心有愧於到處漂泊流離的友人。這「愧」的內涵是豐富的，它蘊含著自己匡時無計的孤憤，和對友人處境深摯的關切。這種「愧」，更見得兩人交誼之厚，相知之深。

這首詩，沒有華麗奪目的詞藻，也沒有刻意雕琢的警句，有的只是渾樸自然的語言，發自肺腑的真情流貫全篇。那抑揚變換的音調，很好地傳達了起伏跌宕的感情。像這種「直舉胸情，非傍詩史」（南朝沈約〈宋書・謝靈運傳論〉）的佳作，可算是漢魏風骨的嗣響。（徐永年）

封丘作　高適

我本漁樵孟諸野，一生自是悠悠者。乍可狂歌草澤中，寧堪作吏風塵下？只言小邑無所為，公門百事皆有期。拜迎長官心欲碎，鞭撻黎庶令人悲。悲來①向家問妻子，舉家盡笑今如此。生事應須南畝田，世情盡付東流水。夢想舊山安在哉，為銜君命日遲回②。乃知梅福徒為爾，轉憶陶潛歸去來。

〔註〕①一作「歸來」。②一作「且遲回」。

高適早年閒散困頓，直到唐玄宗天寶八載（七四九），將近五十歲時，才因宋州刺史張九皋的推薦，中「有道科」。中第後，卻只得了個封丘縣尉的小官，大失所望。這首詩就作於封丘任上。這是詩人發自肺腑的自白，揭示了他理想與現實的矛盾和出仕之後又強烈希望歸隱的衷曲。

開頭四句高亢激越，這是壓抑已久的感情的迸發。縣尉只不過是「從九品」的卑微之職，主管的無非是捕盜賊、察姦宄一類差使。對一個抱負不凡的才志之士來說，怎甘墮落風塵，做個卑微的小吏呢！他不由懷念起當年在孟諸（古澤藪名，故址在今河南商丘縣東北，這裡泛指梁宋一帶）「混跡漁樵」、自由自在的生活。「乍可」、「寧堪」相對，突出表現了詩人醒悟追悔和憤激不平的心情。不需要煩瑣的描繪，一個憂憤滿懷的詩人形象便突兀地站立在讀者面前了。

「只言」以下四句，緊接「寧堪作吏風塵下」，加以申述發揮，感情轉向深沉，音調亦隨之低平。詩人素懷鴻鵠之志：「舉頭望君門，屈指取公卿。」（〈別韋參軍〉）到封丘作縣尉，乃是不得已而俯身降志。當初只以為邑小官閒，哪知道一進公門，便是自投羅網，種種令人厭煩的公事，都有規定的章程和期限，約束人不得自由。更受不了的還有「拜迎長官」、「鞭撻黎庶」時的難堪，這對高適是莫大的屈辱，安得不「心欲碎」、「令人悲」呢？這兩句詩可見詩人潔身自愛的操守，也反映了當時政治的腐朽黑暗，對仗工整，情感激烈。

一腔悲憤實在難以自抑，那就回家向親人訴說訴說吧。不料妻室兒女竟都不當一回事，反而責怪自己有什麼值得大驚小怪的。自己嚴肅認真的態度倒反成了笑料，這豈不是更可悲嗎？家人的「笑」，正反襯出詩人的迂闊真率，不諳世事。既然如此，只好棄此微官，遂我初服：「生事應須南畝田，世情盡付東流水。」還是拋棄世情，歸隱躬耕去吧！

然而，眼前還是思歸而不得歸：夢魂縈繞的舊山不可得見；受命為官，一時又還交卸不了。沒有聖明的君主在位，一個小小的縣尉又能有什麼作為呢？漢代的南昌尉梅福，竭誠效忠，屢次上書，結果還是徒勞，左思右念，倒又想起欣然而賦〈歸去來兮辭〉的陶潛了。

唐人殷璠在《河嶽英靈集》裡評高適的詩：「多胸臆語，兼有氣骨」。也就是詩的情意真摯，並且氣勢充沛，造語挺拔。此詩很能體現這個特點。全詩運用質樸自然、毫無矯飾的語言，扣緊出仕後理想與現實的矛盾，稱心而言，一氣貫注，肝膽照人，正是這詩感動讀者的力量所在。全詩四段，不堪作吏是全篇的主意。開頭四句，從高處落筆，自敘本來面目，說明不堪作吏的原由，憤慨之情溢於言表。第二段從客觀現實申述不堪作吏的實情，與第一段形成強烈的對照，感情轉為沉痛壓抑。第三段拓展第二段的內容，表明擺脫這種不堪，提出棄官歸隱的願望。第四段就第三段的意思急轉急收，因一時不能擺脫作吏的客觀礙難，也就更加嚮往歸隱，與第一段遙遙照應。結構嚴整而又有波瀾起伏，感情奔瀉而又有迴旋跌宕之姿。

在句法上，全篇每段四句的一、二句為散行，三、四句是對偶。如此交互為用，經緯成文，既流動，又凝重；四段連結，造成反復迴環的旋律。對偶的一聯中，不僅字面對仗工整，而且都是一句一意或一句一事，沒有意思重複的合掌，顯得整飭精練；更因虛詞的承接照應，詩意連貫而下，語勢生動自然，成為很好的流水對，讀來便覺氣勢流轉，絕無板滯之病。全詩每段一韻，依次為：仄聲馬韻、平聲支韻、仄聲紙韻、平聲灰韻。這樣平仄相間，抑揚鮮明，隨著詩的感情變化，音韻也起落有勢，增加了聲調的美感。（徐永年）

別韋參軍　高適

二十解書劍，西遊長安城。舉頭望君門，屈指取公卿。
國風沖融邁三五，朝廷禮樂彌寰宇。白璧皆言賜近臣，布衣不得干明主。
歸來洛陽無負郭①，東過梁宋非吾土。兔苑為農歲不登，雁池垂釣心長苦。
世人遇我同眾人，唯君於我最相親。且喜百年見交態，未嘗一日辭家貧。
彈棋擊筑白日晚，縱酒高歌楊柳春。歡娛未盡分散去，使我惆悵驚心神。
丈夫不作兒女別，臨岐涕淚沾衣巾。

〔註〕①負郭：指近郊的良田沃土。《史記．蘇秦列傳》說：「且使我有雒（洛）陽負郭田二頃，吾豈能佩六國相印乎？」詩中洛陽代指詩人的故鄉（河北景縣）。

高適二十歲入京，時唐玄宗開元十一年（七二三），正是開元盛世。這一時期的特點是：表面上社會安定，經濟繁榮，實際上皇帝已開始倦於政事，統治集團日見腐化。詩人憑「書劍」本領入仕已不可能，不得不離京自謀出路，客遊梁宋。後因宋州刺史張九皋薦舉詩人就試於「有道科」，這詩便是詩人離梁宋而就試於京師時寫的。韋參軍是宋州刺史下屬官員，與詩人交往很深。

詩的前八句，寫詩人闖蕩京師、客遊梁宋、落拓失意的真實經歷。那時他年紀輕輕，自負文才武略，以為取得卿相是指日可待的事。三言兩語，寫出了詩人聰明、天真、自負的性格特徵。但現實遭遇又是怎樣呢？他理想中的君主，沉醉在「太平盛世」的安樂窩裡。「國風沖融邁三五，朝廷禮樂彌寰宇」，說國家風教鼎盛，超過了三皇五帝，朝廷禮樂遍及四海之內。這兩句，貌似頌揚，實含諷意；下兩句「白璧皆言賜近臣，布衣不得干明主」，就是似褒實貶的注腳。干謁「明主」不成，只好離開京師。但到什麼地方去呢？回家吧，「歸來洛陽無負郭」，家中根本沒有多少產業。故詩人不得不帶全家到河南商丘一帶謀生，「兔苑為農歲不登，雁池垂釣心長苦」。漢代梁孝王曾在商丘一帶築兔苑，開雁池，作為歌舞遊冶之所。詩中借古跡代地名，是說自己在這裡種田捕魚，生計艱難。不說「捕魚」而說「垂釣」，暗用姜太公「渭水垂釣」故事，說明自己苦悶地等待著朝廷的任用。

後十句是寫與韋參軍的離別，生動地描寫了他們之間的深摯友誼和難捨之情。「世人遇我同眾人，唯君於我最相親」，這兩句，看似尋常，其中暗含了作者的辛酸遭遇和對韋參軍的感激之情。「且喜百年見交態，未嘗一日辭家貧」，說他們的友誼經過長期考驗，韋參軍經常接濟自己，從未以「家貧」為辭藉口推卻過。「彈棋擊筑白日晚，縱酒高歌楊柳春。」「白日晚」見其日夕相處；「楊柳春」見其既遊且歌。這樣的友情，怎麼能捨得分開呢？「歡娛未盡分散去，使我惆悵驚心神。」「驚心神」三字，寫出了與朋友相別時的痛楚之狀。但為事業、前程計，又不得不別，因而勸慰朋友：「丈夫不作兒女別，臨岐涕淚沾衣巾。」

這首詩寫得肝膽刻露，字字情真。一般寫詩要求語忌直出，脈忌外露。但這絕不是否定率直的抒情。「忌直」是為了「深化」感情，率直是為了將實情寫得更「真」，二者似迥異而實相通。高適此作直吐深情，寫苦不見頹靡之態，惜別仍發豪放之情，快人快語，肝膽相照，表現出主人公鮮明的個性特徵，因而能以情動人，具有很大的感染力。此詩基本上採取了長篇獨白的方式，「多胸臆語，兼有氣骨」（唐殷璠《河嶽英靈集》）。詩中又多用偶句和對比，講究音韻，讀來音情頓挫，雄渾奔放，具有流美婉轉的韻致。（傅經順）

賦得還山吟送沈四山人　高適

還山吟，天高日暮寒山深，送君還山識君心。
人生老大須恣意，看君解作一生事。
山間偃仰無不至，石泉淙淙若風雨，桂花松子常滿地。
賣藥囊中應有錢，還山服藥又長年。白雲①勸盡杯中物，明月相隨何處眠？
眠時憶問醒時事，夢魂可以相周旋。

〔註〕① 白雲：用南朝齊梁人陶弘景故事。陶弘景隱於句曲山，齊高帝蕭道成有詔問他：「山中何所有？」他作詩答道：「山中何所有？嶺上多白雲。只可自怡悅，不堪持贈君。」另據宋人施宿《會稽志》載，東山之巔有謝安所建的白雲、明月二堂。可與下句「明月」參看。

唐天寶時名士沈千運，吳興（今屬江蘇）人，排行第四，時稱「沈四山人」、「沈四逸人」。天寶年間，屢試不中，曾干謁名公（見《唐才子傳》卷二），歷盡沉浮，飽嘗炎涼，看破人生和仕途，約五十歲左右隱居濮上（今河南濮陽南濮水邊），躬耕田園。他明白說道：「棲隱非別事，所願離風塵。……何者為形骸？誰是智與仁？寂寞了閒事，而後知天真。」（〈山中作〉）在「終南捷徑」通達的唐代，他倒是一位知世獨行的真隱士。

約於唐玄宗天寶六載（七四七）秋，高適遊歷淇水時，曾到濮上訪問沈千運，結為知交，有〈贈別沈四逸人〉敘其事（見劉開揚《高適詩集編年箋注》）。這首送沈還山的贈別詩，以知交的情誼，豪宕的胸襟，灑脫的風度，真實描繪沈千運自食其力、清貧孤苦的深山隱居生活，親切讚美他的清高情懷和隱逸志趣。詩的興象高華，聲韻悠揚，更增添了它的藝術美感。

詩以時令即景起興，蘊含深沉複雜的感慨。秋日黃昏，天高地遠，沈千運返還氣候已寒的深山，走向清苦的隱逸的歸宿。知友分別，不免情傷，而詩人卻坦誠地表示對沈的志趣充分理解和尊重。所以接著用含蓄巧妙、多種多樣的手法予以比較描述。

在古代，仕途通達者往往也到老大致仕退隱，那是一種富貴榮祿後稱心自在的享樂生活。沈千運仕途窮塞而老大歸隱，則別是一番意趣了。詩人讚賞他是懂得了人生一世的情事，能夠把俗士視為畏途的深山隱居生活，怡適自如，習以為常。漢代淮南小山〈招隱士〉曾把深山隱居描寫得相當可怕：「桂樹叢生兮山之幽，偃蹇連蜷兮枝相繚。山氣巃嵸兮石嵯峨，溪谷嶄巖兮水曾波。猿狖群嘯兮虎豹嗥，攀援桂枝兮聊淹留。」以為那是不可久留的。而沈千運在這樣的環境裡生活遊息，無所不到，顯得十分自在。山石流泉淙淙作響，恰同風吹雨降一般，是大自然悅耳的清音；桂花繽紛，松子滿地，是山裡尋常景象，顯出大自然令人心醉的生氣。這正是世俗之士不能理解的情趣和境界，而為「遯世無悶」（《周易・大過》）的隱士所樂於久留的歸宿。

深山隱居，確實清貧而孤獨。然而詩人風趣地一轉，將沈比美於漢代真隱士韓康（事見《後漢書・逸民列傳》），調侃地說，在山裡採藥，既可賣錢，不愁窮困，又能服食滋補，延年益壽。言外之意，深山隱逸卻也自有得益。而且在遠避塵囂的深山，又可自懷怡悅，以白雲為友，相邀共飲；有明月作伴，到處可眠。可謂盡得隱逸風流之致，何有孤獨之感呢？

最後，詩人出奇地用身、魂在夢中交談的想像，形容沈的隱逸已臻化境。這裡用了一個典故。《世說新語・品藻》載，東晉名士殷浩和桓溫齊名，而桓溫「常有競心」，曾要與殷浩比較彼此的高下，殷浩說：「我與我周旋久，寧作我。」表示毫無競心，因而傳為美談。顯然，較之名士的「我與我周旋」，沈獨居深山，隔絕人事，於世無名，才是真正的毫無競心。他只在睡夢中跟自己的靈魂反覆交談自己覺醒時的行為。詩人用這樣浪漫的想像，暗寓比托，以結束全詩，正是含蓄地表明，沈的隱逸是志行一致的，遠非那些言行不一的名士可比。

綜上可見，由於詩旨在讚美沈的清貧高尚、可敬可貴的隱逸道路，因此對送別事只一筆帶過，主要著力於描寫沈的志趣、環境、生計、日常生活情景，同時在描寫中寓以古今世俗、真假隱士的種種比較，從而完整、突出地表現出沈的真隱士的形象。詩的情調浪漫灑脫，富有生活氣息。加之採用與內容相適宜的七言古體形式，不受拘束，表達自如，轉韻自由，語言明快流暢，聲調悠揚和諧。它取事用比，多以暗喻融化於描寫隱居生活的美妙情景之中，天衣無縫，使比興形象鮮明，而又意蘊豐腴，神韻雋妙，呈現著一種飽滿協調的美感。大概由於這樣的藝術特點，因而這詩尤為「神韻派」所推崇。（倪其心）

營州歌

高適

營州少年厭①原野，狐裘蒙茸獵城下。
虜酒千鐘不醉人，胡兒十歲能騎馬。

〔註〕①厭：同「饜」，飽。這裡作飽經、習慣於之意。

唐代東北邊塞營州（治所在今遼寧朝陽），原野叢林，水草豐盛，各族雜居，牧獵為生，習尚崇武，風俗獷放。高適這首絕句有似風情速寫，富有邊塞生活情趣。

從中原的文化觀念看，穿著毛茸茸的狐皮袍子在城鎮附近的原野上打獵，似乎簡直是粗野的兒戲；而在營州，這些卻是日常生活，反映了地方風尚。生活在這裡的漢、胡各族少年，自幼熏陶於牧獵騎射之風，養就了好酒豪飲的習慣，練成了馭馬馳騁的本領。即使是邊塞城鎮的少年，也浸沉於這樣的習尚，培育了這樣的性情，不禁要在城鎮附近就獷放地打起獵來。詩人正是抓住了這似屬兒戲的城下打獵活動的特殊現象，看到了邊塞少年神往原野的天真可愛的心靈，粗獷豪放的性情，勇敢崇武的精神，感到新鮮，令人興奮，十分欣賞。詩中少年形象生動鮮明。「狐裘蒙茸」，見其可愛之態；「千鐘不醉」，見其豪放之性；「十歲騎馬」，見其勇悍之狀。這一切又都展示了典型的邊塞生活。

構思上即興寄情，直抒胸臆；表現上白描直抒，筆墨粗放，是這首絕句的藝術特點。詩人彷彿一下子就被那城下少年打獵活動吸引住，好像出口成章地讚揚他們生龍活虎的行為和性格，一氣呵成，不假思索。它的細節描寫如實而有誇張，少年性格典型而有特點。詩人善於抓住生活現象的本質和特徵，並能準確而簡練地表現出來，洋溢著生活氣息和濃郁的邊塞情調。在唐人邊塞詩中，這樣熱情讚美各族人民生活習尚的作品，實在不多，因而這首絕句顯得可貴。（倪其心）

別董大二首（其二） 高適

千里①黃雲白日曛，北風吹雁雪紛紛。
莫愁前路無知己，天下誰人不識君？

〔註〕①一作「十里」。

在唐人贈別詩篇中，那些淒清纏綿、低迴留連的作品，固然感人至深，但另外一種慷慨悲歌、出自肺腑的詩作，卻又以它的真誠情誼，堅強信念，為灞橋柳色與渭城風雨塗上了另一種豪放健美的色彩。高適的〈別董大〉便是後一種風格的佳篇。

關於董大，各家注解，都認為可能是唐玄宗時代著名的琴客，是一位「高才脫略名與利」（李頎〈聽董大彈胡笳聲兼寄語弄房給事〉）的音樂聖手。高適在寫此詩時，應在不得意的浪遊時期。他的〈別董大〉之二說：「六翮飄颻私自憐，一離京洛十餘年。丈夫貧賤應未足，今日相逢無酒錢。」可見他當時也還處於「無酒錢」的「貧賤」境遇之中。這首早期不得意時的贈別之作，不免「借他人酒杯，澆自己塊壘」。但詩人於慰藉中寄希望，因而給人一種滿懷信心和力量的感覺。

前兩句，直寫目前景物，純用白描。以其內心之真，寫別離心緒，故能深摯；以胸襟之闊，敘眼前景色，故能悲壯。曛（音同熏），指夕陽西沉時的昏暗景色。

落日黃雲，大野蒼茫，唯北方冬日有此景象。此情此景，若稍加雕琢，即不免斫傷氣勢。高於此自是作手。以日暮黃昏，且又大雪紛飛，於北風狂吹中，唯見遙空斷雁，出沒寒雲，使人難禁日暮天寒、遊子何之之感。以才人而淪落至此，幾使人無淚可下，亦唯如此，故知己不能為之甘心。頭兩句以敘景而見內心之鬱積，雖不涉人事，已使人如置身風雪之中，似聞山巔水涯有壯士長嘯。此處如不用盡氣力，則不能見下文轉折之妙，也不能見下文言辭之婉轉，用心之良苦，友情之深摯，別意之淒酸。後兩句於慰藉之中充滿信心和力量。因為是知音，說話才樸質而豪爽。又因其淪落，才以希望為慰藉。

這首詩之所以卓絕，是因為高適「多胸臆語，兼有氣骨」（唐殷璠《河嶽英靈集》）、「以氣質自高」（《舊唐書・高適傳》），因而能為志士增色，為遊子拭淚！如果不是詩人內心的鬱積噴薄而出，如何能把臨別贈語說得如此體貼入微，如此堅定不移？又如何能以此樸素無華之語言，鑄造出這等冰清玉潔、醇厚動人的詩情！（孫藝秋）

塞上聽吹笛①

高適

雪淨胡天牧馬還，月明羌笛戍樓間。
借問梅花何處落，風吹一夜滿關山。

〔註〕①一作〈和王七玉門關聽吹笛〉：「胡人吹笛戍樓間，樓上蕭條海月閒。借問落梅凡幾曲，從風一夜滿關山。」

清汪中《述學．內篇》說詩文裡數目字有「實數」和「虛數」之分，今世學者進而談到詩中顏色字亦有「實色」與「虛色」之分。現在我們還可看到詩中寫景亦有「虛景」與「實景」之分，如高適這首詩就表現得十分突出。

前二句寫的是實景：胡天北地，冰雪消融，是牧馬的時節了。傍晚戰士趕著馬群歸來，天空灑下明月的清輝……開篇就造成一種邊塞詩中不多見的和平寧謐的氣氛。這與「雪淨」、「牧馬」等字面大有關係。那大地解凍的春的消息，牧馬晚歸的開廓的情景使人聯想到漢賈誼〈過秦論〉中一段文字：「蒙恬北築長城而守藩籬，卻匈奴七百餘里，胡人不敢南下而牧馬」。則「牧馬還」三字似還含另一重意味，這就是胡馬北還，邊烽暫息，於是「雪淨」也有了幾分象徵危解的意味。這個開端為全詩定下了一個開朗壯闊的基調。

在如此蒼茫而又清澄的夜境裡，不知哪座戍樓吹起了羌笛，那是熟悉的〈梅花落〉曲調啊。「梅花何處落」是將「梅花落」三字拆用，嵌入「何處」二字，意謂：何處吹奏〈梅花落〉？詩的三、四句與「誰家玉笛暗飛聲，散入春風滿洛城」（李白〈春夜洛城聞笛〉）意近，是說風傳笛曲，一夜之間聲滿關山，其境界很動人。李益〈夜上西城聽梁州曲二首〉其一：「此時秋月滿關山，何處關山無此曲。」更是本篇末二句的注腳，手法有曲直的不同，可資比較。

三、四句之妙不僅如此。將「梅花落」拆用，又構成一種虛景，彷彿風吹的不是笛聲而是落梅的花片，它們四處飄散，一夜之中和色和香灑滿關山。這固然是寫聲成象，但它是由曲名拆用形成的假象，以設問出之，虛之又虛。而這虛景又恰與雪淨月明的實景配搭和諧，虛實交錯，構成美妙闊遠的意境，這境界是任何高明的畫手也難以畫出的。同時，它仍包含通感，即由聽曲而「心想形狀」的成分。戰士由聽曲而想到故鄉的梅花（胡地沒有梅花），而想到梅花之落。句中也就含有思鄉的情調。不過，這種思鄉情緒並不低沉，這不但是為首句定下的樂觀開朗的基調所決定的，同時也有關乎盛唐氣象。詩人時在哥舒翰幕府，同時所作〈登隴〉云：「淺才登一命，孤劍通萬里。豈不思故鄉，從來感知己。」正是由於懷著盛唐人通常有的那種豪情，筆下的詩方能感而不傷。（周嘯天）

除夜作

高適

旅館寒燈獨不眠，客心何事轉悽然？
故鄉今夜思千里，霜鬢明朝又一年。

除夕之夜，傳統的習慣是一家歡聚，「達旦不眠，謂之守歲」（晉周處《風土記》）。詩題〈除夜作〉，本應喚起人們對這個傳統佳節的很多歡樂的記憶和想像的，然而這首詩中的除夜卻是另一種情景。

詩的開頭就是「旅館」二字，看似平平，卻不可忽視，全詩的感情就是由此而生發開來的。這是一個除夕之夜，詩人眼看著外面家家戶戶燈火通明，歡聚一堂，而自己卻遠離家人，身居客舍。兩相對照，不覺觸景生情，連眼前那盞同樣有著光和熱的燈，竟也變得「寒」氣襲人了。「寒燈」二字，渲染了旅館的清冷和詩人內心的淒寂。寒燈隻影自然難於入眠，更何況是除夕之夜！而「獨不眠」自然又會想到一家團聚，其樂融融的守歲的景象，那更是叫人難耐。所以這一句看上去是寫眼前景、眼前事，但是卻處處從反面扣緊詩題，描繪出一個孤寂清冷的意境。第二句「客心何事轉悽然」，這是一個轉承的句子，用提問的形式將思想感情更明朗化，從而逼出下文。「客」是自指，因身在客中，故稱「客」。究竟是什麼使得詩人「轉悽然」呢？當然還是「除夜」。晚上那一片濃厚的除夕氣氛，把自己包圍在寒燈隻影的客舍之中，那孤寂悽然之感便油然而生了。

讀完一、二句後，似乎感到詩人要傾吐他此刻的心緒了，可是，卻又撇開自己，從對面寫來：「故鄉今夜思千里」。「故鄉」，是借指故鄉的親人；「千里」，借指千里之外的自己。那意思是說，故鄉的親人在這個除夕之夜定是想念著千里之外的我，想著我今夜不知落在何處，想著我一個人如何度過今夕……其實，這也正是「千里思故鄉」的一種表現。「霜鬢明朝又一年」，「今夜」是除夕，所以明朝又是一年了，由舊的一年又將「思」到新的一年，這漫漫無邊的思念之苦，又要在霜鬢增添新的白髮。清沈德潛說：「作故鄉親友思千里外人，愈有意味」。（《唐詩別裁集》）之所以「愈有意味」，就是詩人巧妙地運用「對寫法」，把深摯的情思抒發得更為婉曲含蘊。這在古典詩歌中也是一種常見的表現手法，如杜甫的〈月夜〉：「今夜鄜州月，閨中只獨看。」詩中寫的是妻子思念丈夫，其實恰恰是詩人自己感情的折光。

明胡應麟認為絕句「對結者須意盡。如王之渙『欲窮千里目，更上一層樓』、高達夫『故鄉今夜思千里，霜鬢明朝又一年』。添著一語不得乃可。」（《詩藪・內編》卷六）所謂「意盡」，大概是指詩意的完整；所謂「添著一語不得」，也就是指語言的精練。「故鄉今夜思千里，霜鬢明朝又一年」，正是把雙方思之久、思之深、思之苦，集中地透過除夕之夜抒寫出來了，完滿地表現了詩的主題思想。因此，就它的高度概括和精練含蓄的特色而言，是可以說收到了「意盡」和「添著一語不得」的效果。（趙其鈞）

〈聽張立本女吟〉——明刊本《唐詩畫譜》

聽張立本女吟　無名氏

危冠廣袖①楚宮妝，獨步閒庭逐夜涼。
自把玉釵②敲砌竹，清歌一曲月如霜。

〔註〕①一作「高袖」。②一作「玉簪」。

此詩一說為張立本女作，而且伴有一個荒誕的故事。傳說唐代有個草場官張立本，其女忽為後園高姓古墳中的狐妖所魅，自稱高侍郎，吟成此詩（《全唐詩》卷八六七〈高侍郎詩〉案）。這種附會雖然頗煞風景，卻也令人想到：或許正是因為這詩情韻天然，似有神助，才使當時的好事者編出這樣的無稽之談吧？

詩的內容似無深義，卻創造了一種清雅空靈的意境。暗藍色的天幕上一輪秋月高懸，涼爽的閒庭中幽篁依階低吟。清泠的吟詩聲和著玉釵敲竹的節拍飄蕩在寂靜的夜空，冰冷如霜的月光勾勒出一個峨冠廣袖的少女徘徊的身影。意境是情與景的融合。在這首詩裡，景色全由人物情態寫出，而人物意趣又借極簡練的幾筆景物點綴得到深化。由情見景，情景相生，是形成此詩佳境的顯著特點。「危冠廣袖楚宮妝」是一種高冠寬袖窄腰的南方貴族女裝，這身典雅的裝束令人清楚地想見少女亭亭玉立的風姿；從「獨步」可見庭院的空寂幽靜和她清高脫俗的雅趣，而「閒庭」又反襯出少女漫步吟哦的悠然神情。「逐夜涼」則借其納涼的閒逸烘染了秋爽宜人的夜色。夜靜，啟開了少女的慧心；秋涼，催發了少女的詩思。她情不自禁地從髮髻上拔下玉釵，敲著階沿下的修竹，打著拍子，朗聲吟唱起來。以釵擊節大約是唐宋人歌吟的習慣，宋晏幾道〈浣溪紗〉詞有「欲歌先倚黛眉長，曲終敲損燕釵梁」句，寫的是一位歌女在「遏雲聲裡送雕觴」的情景，也頗嫵媚，但稍嫌激烈；高侍郎此詩中的少女，孤芳自賞，不求知音，信手擊竹，對月自吟，那種心聲和天籟的自然合拍似更覺曼妙動聽。

詩題為「聽張立本女吟」，故「清歌一曲」實是吟詩一首。古詩本來能吟能唱，此處直題「清歌」二字，可見少女的長吟聽來必如清朗的歌聲般圓轉悅耳。前三句不寫月色，直到一曲吟罷，方點出「月如霜」三字，不但為開擴詩的意境添上了最精彩的一筆，也渲染了少女吟詩的音樂效果。詩人以滿目如霜的月色來烘托四周的沉寂，使「霜」字與「夜涼」相應，並由此透露出少女吟罷之後心境的清冷和吟聲給聽者帶來的莫名的惆悵，從而在結尾形成「此時無聲勝有聲」的境界，留下了無窮的韻味。

抒情的畫意美和畫面的抒情美融為一體，是盛唐許多名篇的共同特點。這首詩寫女子而洗盡脂粉香豔氣息，更覺神清音婉，興會深長，超塵拔俗，天然淡雅，在盛唐詩中也是不可多得的佳作。（葛曉音）

儲光羲

【作者小傳】（約七〇七～約七六二）郡望兗州（今屬山東），潤州延陵（今江蘇丹陽）人。唐玄宗開元進士，官監察御史。曾在安祿山陷長安時受職，後被貶，死於嶺南。其詩多寫田園生活的閒適情調。有《儲光羲詩集》。（《唐詩紀事》卷二二、《唐才子傳》卷一）

釣魚灣　儲光羲

垂釣綠灣春，春深杏花亂。潭清疑水淺，荷動知魚散。
日暮待情人，維舟綠楊岸。

這首詩寫一個青年小夥子，以「垂釣」作掩護，在風光宜人的釣魚灣，焦急地等待著情人的到來。

一、二句寫暮春季節釣魚灣的動人景色。點綴在綠蔭中的幾樹紅杏，花滿枝頭，不勝繁麗。這時，暮色漸濃，那小夥子駕著一葉扁舟，來到了釣魚灣。他把船纜輕輕地繫在楊樹樁上以後，就開始「垂釣」了。但是，「醉翁之意不在酒」，不管他怎樣擺弄釣竿，故作鎮靜，還是掩飾不了內心的忐忑不安。杏花的紛紛繁繁，正好襯托了他此刻急切的神情。

「潭清疑水淺，荷動知魚散。」三、四句進一步寫小夥子的內心活動。這一聯富有民歌風味的詩句，包孕著耐人尋思的雙關情意：表面上是說他在垂釣時，俯首碧潭，水清見底，因而懷疑水淺會沒有魚來上鉤；驀然見到荷葉搖晃，才得知水中的魚受驚游散了。實際上是暗喻小夥子這次約會成敗難卜，「疑水淺」無魚，是擔心路程多阻，姑娘興許來不成了。一見「荷動」，又誤以為姑娘輕划小船踐約來了，眼前不覺一亮；誰知細看之下，卻原來是水底魚散，心頭又不免一沉，失望悵惘之情不覺在潛滋暗長。這裡，刻畫小夥子在愛情的期待中那種既充滿憧憬歡樂，又略帶擔心疑懼的十分微妙的心理變化，真可謂絲絲入扣，維妙維肖。

讀者也許要問：前四句明明寫垂釣情景，而卻偏說是寫愛情，是不是附會？否。因為詩的最後兩句點明：「日暮待情人，維舟綠楊岸。」詩人為什麼不把這兩句點明愛情的詩，開門見山地放到篇首呢？這就是詩的結構藝術之妙，如果把最後兩句放到篇首，讀來氣脈盡露，一覽無餘，再沒有委婉的情致。而且這樣一來，那一聯雙關句，勢必成為結尾，使語意驟然中斷，漫無著落，不能收住全詩。現在這樣結尾，從全詩意脈結構來看，卻極盡山迴路轉、雲譎霧詭、變化騰挪之妙。它使前面的「垂釣」，一下子變成含情的活動，也使「疑」、「知」等心理描寫，和愛情聯繫起來，從而具備了雙關的特色。

詩就在裊裊的餘情、濃郁的春光中結束了。你看，在夕陽的反照下，綠柳依依，扁舟輕蕩，那小夥子時而低頭整理著釣絲，時而深情凝望著遠處閃閃的波光——他心上的情人。「日暮待情人，維舟綠楊岸。」這簡直是一幅永恆的圖畫，一個最具美感的鏡頭，將深深印在你的腦海中。（徐竹心）

江南曲四首（其三）　儲光羲

日暮長江裡，相邀歸渡頭。
落花如有意，來去逐輕舟。

〈江南曲〉為樂府舊題。宋郭茂倩《樂府詩集》把它和〈采蓮曲〉、〈采菱曲〉等編入〈清商曲辭〉。唐代詩人學習樂府民歌，採用這些樂府舊題，創作了不少明麗、清新的詩歌。儲光羲的〈江南曲〉，就屬於這一類。

頭兩句「日暮長江裡，相邀歸渡頭」，點明時間地點和情由。「渡頭」就是渡口，這裡的「歸渡頭」也就是划船回家的意思。「相邀」二字，渲染出熱情歡悅的氣氛。這是個江風習習、夕陽西下的時刻，那江面上該是「一道殘陽鋪水中，半江瑟瑟半江紅」（白居易〈暮江吟〉）。一隻隻晚歸的小船飄蕩在這迷人的景色之中，船上的青年男女相呼相喚，那江面上的槳聲、水聲、呼喚聲、嬉笑聲……此起彼伏，交織成一首歡快的晚歸曲。

後兩句「落花如有意，來去逐輕舟」，創造了一個很美的意境。在那些「既覓同心侶，復採同心蓮」、「春歌弄明月，歸櫂落花前」（徐洪〈採蓮曲〉）的尋求伴侶的青年男女之間，表現出各種微妙的、欲藏欲露、難以捉摸的感情，矜持和羞怯的心理又不允許袒露自己的心事，這兩句詩就是要表現這種複雜的心理和美好的願望。詩人抓住了「歸櫂落花前」這個富有特色的景物，賦予景物以恰當的感情，從而創造出另一番意境。「落花」隨著流水，所以儘管槳兒向後划，落花來去飄動，但還是緊隨著船兒朝前流。詩人只加了「如有意」三個字，便使這「來去逐輕舟」的自然現象，感情化了，詩化了。然而，這畢竟是主觀的感受和想像，所以那個「如」字，看似平常，卻頗有講究。「如」者，似也，像也。它既表現了那種揣測不定、留有餘地的心理，也反映了那藏在心中的期望和追求。下語平易，而用意精深，恰如其分地表現出這首詩所要表現的感情分寸和心理狀態。「藝術的天才就是分寸感」，這話倒是頗有深意的。

最後，說一下這首詩的第四句，有的本子作「來去逐船流」，如果不是從考證的觀點出發去判斷正誤，而是從詩意的角度來看，應該說「來去逐輕舟」更好些。因為，第一，「逐」字在這裡就含有「流」的意思，不必再用「流」字；第二，因為上句說了「如有意」，所以，那雖是滿載一天採收果實的船，此刻亦成為「輕舟」，這樣感情的色彩就更鮮明了。「輕舟」快行，「落花」追逐，這種緊相隨、不分離的情景，也正是構成「如有意」這個聯想的基礎。所以，後一句也可以說是補充前一句的，兩句宜於一氣讀下。（趙其鈞）

張謂

【作者小傳】（？～約七七八）字正言，河內（今河南沁陽）人。唐玄宗天寶進士。入封常清安西幕。唐肅宗乾元中以尚書郎使夏口，曾與李白於江城南湖宴飲。代宗大曆時官至禮部侍郎，後出為潭州刺史。《全唐詩》存其詩一卷。（《唐詩紀事》卷二五、《唐才子傳》卷四）

同王徵君湘中有懷

張謂

八月洞庭秋，瀟湘水北流。還家萬里夢，為客五更愁。
不用開書帙，偏宜上酒樓。故人京洛滿，何日復同遊？

張謂的詩，不事刻意經營，常常淺白得有如說話，然而感情真摯，自然蘊藉。如這首詩，就具有一種淡妝的美。

開篇一聯即扣緊題意。「八月洞庭秋」，對景興起，著重在點明時間；「瀟湘水北流」，抒寫眼前所見的空間景物，表面上沒有驚人之語，卻包孕了豐富的感情內涵：秋天本是令人善感多懷的季候，何況是家鄉在北方的詩人面對洞庭之秋？湘江北去本是客觀的自然現象，但多感的詩人怎麼會不聯想到自己還不如江水，久久地滯留南方？因此，這兩句是寫景，也是抒情，引發了下面的懷人念遠之意。頷聯直抒胸臆，不事雕琢，然而卻時間與空間交感，對仗工整而自然。「萬里夢」，點空間，魂飛萬里，極言鄉關京國之遙遠，此為虛寫；「五更愁」，點時間，竟夕縈愁，極言客居他鄉時憶念之殷深，此為實寫。頸聯宕開一筆，以正反夾寫的句式進一步抒發自己的愁情：翻開愛讀的書籍已然無法自慰，登酒樓而醉飲或者可以忘憂？這些含意詩人並沒有明白道出，但卻使人於言外感知。同時，詩人連用了「不用」、「偏宜」這種具有否定與肯定意義的虛字斡旋其間，不僅使人情意態表達得更為深婉有致，而且使篇章開合動宕，令句法靈妙流動。登樓把酒，應該有友朋相對才是，然而現在卻是詩人把酒獨酌，即使是「上酒樓」，也無法解脫天涯寂寞之感，也無法了結一個「愁」字。於是，結聯就逼出「有懷」的正意，把自己的愁情寫足寫透。在章法上，「京洛滿」和「水北流」相照，「同遊」與「為客」相應，首尾環合，結體綿密。從全詩來看，沒有穠麗的辭藻和過多的渲染，信筆寫來，皆成妙諦，流水行雲，悠然雋永。

淡妝之美是詩美的一種，平易中見深遠，樸素中見高華。它雖然不一定是詩美中的極致，但卻是並不容易達到的美的境界，所以宋梅堯臣說：「作詩無古今，唯造平淡難。」（〈讀邵不疑學士詩卷〉）掃除膩粉呈風骨，褪卻紅衣學淡妝，清雅中有風骨，素淡中出情韻。張謂這首詩，就是這方面的成功之作。（李元洛）

題長安壁主人　張謂

世人結交須黃金，黃金不多交不深。
縱令然諾暫相許，終是悠悠行路心。

這首詩，詩人用精警的語言，揭露了中唐以後世風日下的情形。世俗社會「友誼寶塔」完全建築在黃金的基地上，沒有黃金這塊奠基石，馬上就會垮臺。黃金成為衡量世人結交的砝碼：這邊黃金不多，那邊交情跟著不深。兩者恰好構成正比例。詩的開頭兩句就是揭露出金錢對人情世態的「汙染」。

詩題中的長安壁主人，是典型的市儈人物。作為大唐帝國京都的長安，是中外交通的樞紐和對外貿易中心，「絲綢之路」的集散地。中唐以來，工商業，尤其是商業特別興盛。在繁榮熱鬧的長安東西兩市場裡，麇集著形形色色的商品和各種奇珍異寶。黃金作為商品流通的手段，在這花花世界裡神通廣大。而長安又是全國政治中心，隨著朝政的腐敗，趨炎附勢，鑽營逐利的現象更為突出。在當時出現長安壁主人這類人物並不奇怪。

詩的後兩句：「縱令然諾暫相許，終是悠悠行路心。」形象地勾畫出長安壁主人虛情假意的笑臉和冷漠無情的心。別看他口頭上暫時相許（「然諾」），只不過是表面上的敷衍應酬，根本談不上什麼友誼，他的心，像路人般冷淡。「悠悠」兩字，形容「行路心」，看似平淡，實很傳神，刻畫世情，入木三分。

文學是社會的一面鏡子。這首詩，反映了中唐社會世態人情的一個側面。（何國治）

萬楚

【作者小傳】曾居盱眙（今屬江蘇）。唐玄宗開元進士。與李頎有交。《全唐詩》存其詩八首。（《唐詩紀事》卷二〇）

五日觀妓①　萬楚

西施謾道浣春紗，碧玉今時鬥麗華。眉黛奪將萱草色，紅裙妒殺石榴花。
新歌一曲令人豔，醉舞雙眸斂鬢斜。誰道五絲能續命，卻令②今日死君家。

〔註〕①妓：歌舞女藝人。這裡指樂伎。②一作「卻知」。

唐詩中，固多深刻反映社會現實的不朽篇章，然也不乏寫上層士大夫宴飲、贈妓之作。這類作品，一般思想性不高，在藝術上卻偶爾有可取之處。萬楚的〈五日觀妓〉，可以說就是這樣的一篇詩作。

從詩題可知，這首詩是寫農曆五月五日端午節觀看樂伎表演的。端午節的風俗習慣有龍舟競渡，吃粽子，飲蒲酒，彩絲纏臂，艾蒿插門等，也有在這一天呼朋喚友，宴飲取樂的。

詩首先寫樂伎的美妙動人。「西施謾道浣春紗，碧玉今時鬥麗華」，一落筆便別有風情。「謾道」是「空說」或「莫說」的意思。在越溪邊浣紗的西施，是古來公認的美女。詩人剛剛提到西施，又用「謾道」二字將她撇過一邊。這樣，既觸發起了以美人比美人的聯想，又順勢轉到了眼前這位美女的身上。但仍不直說而故作迂曲。「碧玉」是汝南王寵愛的美妾，出身微賤，南朝民歌〈碧玉歌〉中有「碧玉小家女，不敢攀貴德」之句。這裡用以借指地位低下的樂伎。古代名叫「麗華」的美人有兩個，一個是東漢光武帝劉秀的皇后陰麗華，另一個是南朝陳後主的妃子張麗華。「碧玉」句是說，如今眼前這位美女「碧玉」，正可以與麗華爭豔比美。詩人讓西施、碧玉、麗華三個美女一路上迤邐行來，借傳統形象比擬所要描寫的對象，省卻了許多筆墨，卻使描寫對象輕易地步入了美人的行列之中。

「眉黛奪將萱草色，紅裙妒殺石榴花」，兩句採用了一種十分獨特的誇張而兼擬人的表現方法：看那美人的眉毛綠瑩瑩的，那是從萱草奪來的顏色；裙子紅豔豔的，石榴花見了也不免要妒殺。上句用了表示動作的「奪將」，下句用了表示情感的「妒殺」，從而分別賦予眉黛、萱草、紅裙、榴花以生命，極盡對眉黛、紅裙渲染之能事。萱草和石榴都是詩人眼前景物。況端午時節，萱草正綠，榴花正紅，又都切合所寫時令。隨手拈來，為美人寫照，既見巧思，又極自然。

寫罷形貌之後，又接寫歌舞：「新歌一曲令人豔，醉舞雙眸斂鬢斜。」聽了她唱的一曲新歌，就越發豔羨她的美色。再看她的舞姿：攏一攏傾斜了的鬢髮，兩眼秋水盈盈，真有勾魂攝魄的力量。「斂」，收束，這裡指攏髮的動作。

以上四句對樂伎的描繪，從對形貌的靜態描繪開始，進而在動態中加以刻畫，寫她的歌舞。一靜一動，由形及神，展示了樂伎的色藝俱佳。末一句點出「雙眸」，更使形象光彩照人。

「誰道五絲能續命，卻知今日死君家。」「五絲」，即「五色絲」，又叫「五色縷」、「長命縷」、「續命縷」。端午時人們以彩色絲線纏在手臂上，用以辟兵、辟鬼，延年益壽。「君家」，設宴的主人家。詩人深情激動地說：誰說臂上纏上五色絲線就能長命呢？眼看我今天就要死在您家裡了！「死君家」與「彩絲線」密切關合，奇巧而自然，充分見出詩人動情之深。

此詩寫得景真情真，特別「眉黛」二句表現手法獨特，富有藝術個性，成為膾炙人口的佳句。（陳志明）

暢諸

【作者小傳】汝州（今河南臨汝）人。唐玄宗開元初登進士第，九年（七二一）中拔萃科。後官至許昌尉。有詩名，其《登鸛雀樓》詩傳誦人口。《全唐詩》存其詩一首。《全唐詩外編》補詩一首。（《元和姓纂》卷九、《唐詩紀事》卷二七、《登科記考》卷七）

登鸛雀樓① 暢諸

城樓多峻極②，列酌恣登攀③。迴臨飛鳥上，高謝世塵間④。

天勢圍平野，河流入斷山。今年菊花事⑤，併是送君還。

〔註〕①題一作〈登觀鵲樓〉，此從《全唐詩》。②峻極：極高。晉葛洪《抱朴子·知止》：「嵩岱不托地，則不能竦峻極，概雲霄。」③列酌：指宴集飲酒。酌，酒杯。《楚辭·招魂》：「華酌既陳，有瓊漿些。」④「迴臨」兩句：一作「迴林飛鳥上，高榭代人間。」⑤菊花事：古時重陽日有賞菊、飲菊花酒等風俗。梁宗懍《荊楚歲時記》：「九月九日宴會，未知起於何代。……今北人亦重此節，佩茱萸，食餌，飲菊花酒，云令人長壽。」唐孟浩然〈過故人莊〉詩：「待到重陽日，還來就菊花。」這裡泛指重陽節登高、飲酒、賞菊諸事。

此詩《文苑英華》卷七一〇所收李翰〈河中鸛雀樓集序〉中已提及，宋司馬光《續詩話》、沈括《夢溪筆談》僅錄中間二聯，主名俱作暢諸；至明洪楩《唐詩紀事》始誤為暢當；《全唐詩》沿襲之，遂長期誤傳。

鸛雀樓早已不存。故址在蒲州（今山西永濟縣西）西面，黃河中的一個小島上。樓高三層，前瞻中條山，下瞰黃河水，為唐代登覽勝地。許多詩人都曾登臨賦詩。暢諸這首詩抒寫詩人重陽日登鸛雀樓送別友人的情懷，在宋代就曾獲得很高評價，與王之渙同題名作並舉。

詩的起筆兩句寫登高飲酒以見豪情。詩人極口讚美城樓的高峻，正顯示出登攀的豪氣。重陽宴集，列酒暢飲，此情此景，何其歡暢！隨後，乘著酒興，詩人偕友人恣情攀登這極高的鸛雀樓。其意氣之風發，逸興之遄飛，淋漓酣暢地襯托出詩人氣沖雲天的壯志豪情。

三、四兩句寫樓高以寄胸懷。詩人站在鸛雀樓上，望遠空飛鳥彷彿低在樓下，覺得自己高瞻遠矚，眼界超出了人世塵俗。從藝術表現看，這裡把視覺反差運用到景物描寫中，以遠處物體似低小的感覺來反襯近處物體的高大，饒有意趣。從思想境界看，則詩人自有一種清高、俊逸的情懷，志氣凌雲，而飄飄欲仙，大有高蹈出世之想。

五、六兩句寫四圍景象以抒激情。中條山脈西接華山。從鸛雀樓四望，天然形勢似乎本來要以連綿山巒圍住平原田野，但奔騰咆哮的黃河卻使山脈中開，流入斷山，浩蕩奔去。這概括的描寫，勾勒出山河的形勢和氣勢，同時也顯示出詩人開闊的胸襟和奔放的激情，目光遠大，志向無羈。這兩句與前兩句一氣相貫，既以顯出樓高望遠，更以見出詩人志高氣逸的情懷。

結末兩句寫重陽「菊花事」以明別意。重陽日，古代有登高、飲酒、賞菊、佩茱萸諸俗。詩人以「菊花事」概括此番重陽佳節的情事，簡括而富詩意。其間寓含以菊的高潔自勵自況的意味，見出詩人迥異世俗的情志。詩人特舉「今年」二字，實為突出其有別於往年的特別意蘊。又鄭重強調「併是」，點明此番登臨意全在於送別友人歸去，殷殷惜別之情，盡在不言之中。

宋人沈括稱讚這詩的中間四句和王之渙詩都「能狀其景」（《夢溪筆談》）。但景以情見，物由志顯，能狀壯闊山河，正因詩人胸懷高尚。這詩和王詩都是情景交融的好詩。暢諸與王之渙都是盛唐詩人，但由於遭遇、處境的不同，因而兩詩的意境也有所不同。暢諸在唐玄宗開元初進士擢第，九年（七二一）中拔萃科，後官至許昌尉，長期仕途淹滯，有志不騁。但他志不苟俗，有一股沖決樊籬的激情，因而在送別之時登臨賦詩，抒懷勵志，矚目高遠，激情迸發。從當時歷史條件看，應當說，這詩的思想內容是進步的。而這種勵進的精神，在今天也是可取的。（倪其心、胡同）

常建

【作者小傳】唐玄宗開元進士，與王昌齡同榜。曾任盱眙尉。仕途失意，後隱居於鄂州武昌（今屬湖北）。其詩多為五言，常以山林、寺觀為題材。也有部分邊塞詩。有《常建集》。（《唐詩紀事》卷三一、《唐才子傳》卷二）

宿王昌齡隱居

常建

清溪深不測，隱處唯孤雲。松際露微月，清光猶為君。
茅亭宿花影，藥院滋苔紋。余亦謝時去，西山鸞鶴群。

這是一首山水隱逸詩，在盛唐已傳為名篇；到清代，更受「神韻派」的推崇，同〈題破山寺後禪院〉並為常建代表作品。

常建和王昌齡是開元十五年（七二七）同科進士及第的宦友和好友，但在出仕後的經歷和歸宿卻不大相同。常建「淪於一尉」，只做過盱眙縣尉，此後便辭官歸隱於武昌樊山，即西山。王昌齡雖然仕途坎坷，卻並未退隱。題曰「宿王昌齡隱居」，一是指王昌齡出仕前隱居之處，二是說當時王昌齡不在此地。

王昌齡及第時大約已有三十七歲。此前，他曾隱居石門山。山在今安徽含山縣境內，即本詩所說「清溪」所在。常建任職的盱眙，即今江蘇盱眙，與石門山分處淮河南北。常建辭官西返武昌樊山，大概渡淮繞道不遠，就近到石門山一遊，並在王昌齡隱居處住了一夜。

首聯寫王昌齡隱居所在。「深不測」一作「深不極」，並非指水的深度，而是說清溪水流入石門山深處，見不到頭。王昌齡隱居處便在清溪水流入的石門山上，望去只看見一片白雲。齊梁隱士、「山中宰相」陶弘景對齊高帝說：「山中何所有？嶺上多白雲。只可自怡悅，不堪持贈君。」因而山中白雲便沿為隱者居處的標誌，清高風度的象徵。但陶弘景是著名闊隱士，白雲多；王昌齡卻貧窮，雲也孤，而更見出清高。清人徐增說：「唯見孤雲，是昌齡不在，並覺其孤也。」這樣理解，也具情趣。

中間兩聯即寫夜宿王昌齡隱居處所見所感。王昌齡住處清貧幽雅，一座孤零零的茅屋，即所謂「茅亭」。屋前有松樹，屋邊種花，院裡蒔藥，見出他的為人和情趣，獨居而情不孤，遁世而愛生活。常建夜宿此地，舉頭望見松樹梢頭，明月升起，清光照來，格外有情，而無心可猜。想來明月不知今夜主人不在，換了客人，依然多情來伴，故云「猶為君」，「君」指王昌齡。這既暗示王昌齡不在，更表現隱逸生活的清高情趣。夜宿茅屋是孤獨的，而抬眼看見窗外屋邊有花影映來，也別具情意。到院裡散步，看見王昌齡蒔養的藥草長得很好。因為久無人來，路面長出青苔，所以茂盛的藥草卻滋養了青苔。這又暗示主人不在已久，更在描寫隱逸情趣的同時，流露出一種惋惜和期待的情味，表現得含蓄微妙。

末聯便寫自己的歸志。「鸞鶴群」用南朝梁江淹〈從冠軍建平王登廬山香爐峰〉「此山具鸞鶴，往來盡仙靈」語，表示將與鸞鶴仙靈為侶，隱逸終生。這裡用了一個「亦」字，很妙。實際上這時王昌齡已登仕路，不再隱居。這「亦」字是虛晃，故意也是善意地說要學王昌齡隱逸，步王昌齡同道，藉以婉轉地點出諷勸王昌齡堅持初衷而歸隱的意思。其實，這也就是本詩的主題思想。題曰「宿王昌齡隱居」，旨在招王昌齡歸隱。

這首詩的藝術特點確同〈題破山寺後禪院〉，「其旨遠，其興僻，佳句輒來，唯論意表」（唐殷璠《河嶽英靈集》）。詩人善於在平易地寫景中蘊含著深長的比興寄喻，形象明朗，詩旨含蓄，而意向顯豁，發人聯想。就此詩而論，詩人巧妙地抓住王昌齡從前隱居的舊地，深情地讚嘆隱者王昌齡的清高品格和隱逸生活的高尚情趣，誠摯地表示諷勸和期望仕者王昌齡歸來的意向。因而在構思和表現上，「唯論意表」的特點更為突出，終篇都讚此勸彼，意在言外，而一片深情又都借景物表達，使王昌齡隱居處的無情景物都充滿對王昌齡的深情，願王昌齡歸來。但手法又只是平實描敘，不擬人化。所以，其動人在寫情，其悅人在傳神，藝術風格確實近王、孟一派。（倪其心）

題破山寺後禪院　常建

清晨入古寺，初日照高林。竹徑通幽處，禪房花木深。

山光悅鳥性，潭影空人心。萬籟此俱寂，但餘鐘磬音。

破山在今江蘇常熟，寺指興福寺，是南齊時郴州刺史倪德光施捨宅園改建的，到唐代已屬古寺。詩中抒寫清晨遊寺後禪院的觀感，筆調古樸，描寫省淨，興象深微，意境渾融，藝術上相當完整，是盛唐山水詩中獨具一格的名篇。

這首詩題詠的是佛寺禪院，抒發的是寄情山水的隱逸胸懷。詩人在清晨登破山，入興福寺，旭日初升，光照山上樹林。佛家稱僧徒聚集的處所為「叢林」，所以「高林」兼有稱頌禪院之意，在光照山林的景象中顯露著禮讚佛宇之情。然後，詩人穿過寺中竹叢小路，走到幽深的後院，發現唱經禮佛的禪房就在後院花叢樹林深處。這樣幽靜美妙的環境，使詩人驚嘆，陶醉，忘情地欣賞起來。他舉目望見寺後的青山煥發著日照的光彩，看見鳥兒自由自在地飛鳴歡唱；走到清清的水潭旁，只見天地和自己的身影在水中湛然空明，心中的塵世雜念頓時滌除。佛門即空門。佛家說，出家人禪定之後，「雖復飲食，而以禪悅為味」（《維摩詰所說經·方便品》），精神上極為純淨怡悅。此刻此景此情，詩人彷彿領悟到了空門禪悅的奧妙，擺脫塵世一切煩惱，像鳥兒那樣自由自在，無憂無慮。似是大自然和人世間的所有其他聲響都寂滅了，只有鐘磬之音，這悠揚而洪亮的佛音引導人們進入純淨怡悅的境界。顯然，詩人欣賞這禪院幽美絕世的居處，領略這空門忘情塵俗的意境，寄託自己遁世無悶的情懷。

這是一首律詩，但筆調有似古體，語言樸素，格律變通。它首聯用流水對，而次聯不對仗，是出於構思造意的需要。這首詩從唐代起就備受讚賞，主要由於它構思造意的優美，很有興味。詩以題詠禪院而抒發隱逸情趣，從晨遊山寺起而以讚美超脫作結，樸實地寫景抒情，而意在言外。這種委婉含蓄的構思，恰如唐代殷璠評常建詩歌藝術特點所說：「建詩似初發通莊，卻尋野徑，百里之外，方歸大道。所以其旨遠，其興僻，佳句輒來，唯論意表。」（《河嶽英靈集》）精闢地指出常建詩的特點在於構思巧妙，善於引導讀者在平易中入其勝境，然後體會詩的旨趣，而不以描摹和辭藻驚人。因此，詩中佳句，往往好像突然出現在讀者面前，令人驚嘆。而其佳句，也如詩的構思一樣，工於造意，妙在言外。宋代歐陽修十分喜愛「竹徑」兩句，說「欲效其語作一聯，久不可得，乃知造意者為難工也」。後來他在青州一處山齋宿息，親身體驗到「竹徑」兩句所寫的意境情趣，更想寫出那樣的詩句，卻仍然「莫獲一言」（見〈題青州山齋〉）。歐陽修的體會，生動說明了「竹徑」兩句的好處，不在描摹景物精美，令人如臨其境，而在於能夠喚起身經其境者的親切回味，故云難在造意。同樣，被殷璠譽為「警策」的「山光」兩句，不僅造語警拔，寓意更為深長，旨在發人深思。正由於詩人著力於構思和造意，因此造語不求形似，而多含比興，重在達意，引人入勝，耐人尋味。

盛唐山水詩大多歌詠隱逸情趣，都有一種優閒適意的情調，但各有獨特風格和成就。常建這首詩是在優遊中寫會悟，具有盛唐山水詩的共通情調，但風格閒雅清警，藝術上與王維的高妙、孟浩然的平淡都不類同，確屬獨具一格。（倪其心）

三日尋李九莊　常建

雨歇楊林東渡頭，永和三日盪輕舟。
故人家在桃花岸，直到門前溪水流。

詩的題材很平常，內容也極單純：三月三日這一天，乘船去尋訪一位家住溪邊的朋友李某（「九」是友人的排行）。

頭一句寫這次行程的出發點——楊林東渡頭的景物。顧名思義，可以想見這個小小的渡口生長著一片綠柳。出發時瀟瀟春雨已經停歇，柳林經過春雨的洗滌，益發顯得青翠滿眼，生意盎然。這清新明麗的景色，為這次輕鬆愉快的遊訪提供了一個適宜的環境氣氛；雨後必然水漲，也為下句「盪輕舟」準備了條件。

第二句寫舟行溪中的愉快感受和詩意聯想。因為是三月三日乘舟尋訪友人，這個日子本身，以及美好的節令、美麗的景色都很容易使詩人聯想起歷史上著名的東晉永和九年山陰蘭亭之會。詩人特意標舉「永和三日」，讀者即可以從這裡引發出豐富的聯想，在腦海中描繪出一幅「天朗氣清，惠風和暢」，「茂林脩竹，清流激湍」的清麗畫圖，和「群賢畢至，少長咸集」，「遊目騁懷，極視聽之娛」（晉王羲之〈蘭亭集序〉）的歡樂場面。

三、四兩句轉寫此行的目的地——李九莊的環境景色。故人的家就住在這條溪流岸邊，莊旁河岸，有一片桃林。三月初頭，正是桃花盛開的季節，讓人自然聯想起夾岸桃花的武陵源。實際上，作者在這裡正是暗用桃

常建〈三日尋李九莊〉——明刊本《唐詩畫譜》

花源的典故，把李九莊比作現實的桃源仙境，不過用得非常自然巧妙，令人渾然不覺罷了。詩以直敘作結，見出興會淋漓之情。

以上所說的，是把三、四兩句理解為詩人到達李九莊後即目所見的情景。這境界、情調已經夠優美了。但細味題目中的「尋」字，卻感到詩人在構思上還打了一個小小的埋伏。三、四兩句，實際上並非到達後即目所見，而是舟行途中對目的地的遙想，是根據故人對他的居處所作的詩意介紹而生出的想像。詩人並沒有到過李九莊，只是聽朋友說過：從楊林渡頭出發，有一條清溪直通我家門前，不須費力尋找，只要看到一片繁花似錦的桃林，就是我家的標誌了。這，正是「故人家在桃花岸，直到門前溪水流」這種詩意遙想的由來。不妨說，這首詩的詩意就集中體現在由友人的提示而去尋訪所生出的美麗遐想上。這種遐想，使得這首本來容易寫得比較平直的詩增添了曲折的情致和雋永的情味，變得更耐人涵泳咀嚼了。（劉學鍇）

塞下曲四首（其二）　常建

玉帛朝回望帝鄉，烏孫歸去不稱王。
天涯靜處無征戰，兵氣銷為日月光。

邊塞詩大都以詞情慷慨，景物恢奇，充滿報國的忠貞或低迴的鄉思為特點。常建的這首〈塞下曲〉卻獨闢蹊徑，彈出了不同尋常的異響。

這首詩既未炫耀武力，也不嗟嘆時運，而是立足於民族和睦的高度，謳歌了化干戈為玉帛的和平友好的主題。中央朝廷與西域諸族的關係，歷史上陰晴不定，時有弛張。作者卻拈出了美好的一頁加以熱情的讚頌，讓明媚的春風吹散彌漫一時的滾滾狼煙，賦予邊塞詩一種全新的意境。

詩的頭兩句，是對西漢朝廷與烏孫民族友好交往的生動概括。「玉帛」，指朝覲時攜帶的禮品。《左傳．哀公七年》有「禹合諸侯於塗山，執玉帛者萬國」之謂。執玉帛上朝，是一種賓服和歸順的表示。「望」字用得筆重情深，烏孫使臣朝罷西歸，而頻頻回望帝京長安，眷戀不忍離去，說明恩重義浹，相結很深。「不稱王」點明烏孫歸順，邊境安定。烏孫是活動在伊犁河谷一帶的游牧民族，為西域諸國中的大邦。據《漢書》記載，武帝以來朝廷待烏孫甚厚，雙方聘問不絕。武帝為了撫定西域，遏制匈奴，曾兩次以宗女下嫁，訂立和親之盟。太初間（前一〇四～前一〇一），武帝立楚王劉戊的孫女劉解憂為公主，下嫁烏孫，生了四男二女，兒孫們相繼立為國君，長女也嫁為龜茲王后。從此，烏孫與漢朝長期保持著和平友好的關係，成為千古佳話。常建首先以詩筆來謳歌這段歷史，雖只寥寥數語，卻能以少總多，用筆之妙，識見之精，實屬難能可貴。

一、二句平述史實，為全詩鋪墊。三、四句順勢騰騫，波湧雲飛，形成高潮。「天涯」上承「歸去」，烏孫朝罷西歸，馬足車輪，邈焉萬里，這遼闊無垠的空間，便隱隱從此二字中見出。「靜」字下得尤為有力。玉門關外的茫茫大漠，曾經是積骸成陣的兵爭要衝，如今卻享有和平寧靜的生活。這是把今日的和平與昔時的戰亂作明暗交織的兩面關鎖的寫法，於無字處皆有深意，是詩中之眼。詩的結句雄健入神，情緒尤為昂揚。詩人用彩筆繪出一幅輝煌畫卷：戰爭的陰霾消散淨盡，日月的光華照徹寰宇。這種理想境界，體現了各族人民熱愛和平、反對戰爭的崇高理想，是高響入雲的和平頌歌。

「兵氣」，猶言戰象，用語字新意煉；不但扣定「銷」字，直貫句末，且與「靜處」挽合，將上文繳足。環環相扣，愈唱愈高，真有拿雲的氣概。清沈德潛稱許為「句亦吐光」（《唐詩別裁集》），可謂當之無愧。

常建的詩作，大多成於開元、天寶年間。他在這首詩裡如此稱頌和親政策與弭兵理想，當是有感於唐玄宗晚年開邊黷武的亂政而發的，可說是一劑針砭時弊的對症之方。（周篤文）

劉長卿〈逢雪宿芙蓉山主人〉——明刊本《唐詩畫譜》

劉長卿

【作者小傳】（?～約七八九）字文房，河間（今屬河北）人。唐玄宗天寶進士，曾任長洲縣尉，因事下獄，兩遭貶謫，量移睦州司馬，官終隨州刺史。詩多寫政治失意之感，也有反映離亂之作，善於描繪自然景物，風格簡淡。長於五言，稱為「五言長城」。有《劉隨州詩集》。（《唐詩紀事》卷二六、《唐才子傳》卷二）

逢雪宿芙蓉山主人　劉長卿

日暮蒼山遠，天寒白屋①貧。

柴門聞犬吠，風雪夜歸人。

〔註〕①白屋，即茅屋，指貧窮人家的房子。

這首詩用極其凝練的詩筆，描畫出一幅以旅客暮夜投宿、山家風雪人歸為素材的寒山夜宿圖。詩是按時間順序寫下來的。首句寫旅客薄暮在山路上行進時所感，次句寫到達投宿人家時所見，後兩句寫入夜後在投宿人家所聞。每句詩都構成一個獨立的畫面，而又彼此連屬。詩中有畫，畫外見情。

詩的開端，以「日暮蒼山遠」五個字勾畫出一個暮色蒼茫、山路漫長的畫面。詩句中並沒有明寫人物，直抒情思，但使讀者感到其人呼之欲出，其情浮現紙上。這裡，點活畫面、托出詩境的是一個「遠」字。它給人以暗示，引人去想像。從這一個字，讀者自會想見有人在暮色來臨的山路上行進，並推知他的孤寂勞頓的旅況和急於投宿的心情。接下來，詩的次句使讀者的視線跟隨這位行人，沿著這條山路投向借宿人家。「天寒白屋貧」是對這戶人家的寫照；而一個「貧」字，應當是從遙遙望見茅屋到叩門入室後形成的印象。上句在「蒼山遠」前先寫「日暮」，這句則在「白屋貧」前先寫「天寒」，都是增多詩句層次、加重詩句分量的寫法。漫長的山路，本來已經使人感到行程遙遠，又眼看日暮，就更覺得遙遠；簡陋的茅屋，本來已經使人感到境況貧窮，再時逢寒冬，就更顯出貧窮。而聯繫上下句看，這一句裡的「天寒」兩字，還有其承上啟下作用。承上，是進一步渲染日暮路遙的行色；啟下，是作為夜來風雪的伏筆。

這前兩句詩，合起來只用了十個字，已經把山行和投宿的情景寫得神完氣足了。後兩句詩「柴門聞犬吠，風雪夜歸人」，寫的是借宿山家以後的事。在用字上，「柴門」上承「白屋」，「風雪」遙承「天寒」，而「夜」則與「日暮」銜接。這樣，從整首詩來說，雖然下半首另外開闢了一個詩境，卻又與上半首緊緊相扣，不使讀者感到上下脫節。但這裡，在承接中又有跳越。看來，「聞犬吠」既在夜間，山行勞累的旅人多半已經就寢；而從暮色蒼茫到黑夜來臨，從寒氣侵人到風雪交作，從進入茅屋到安頓就寢，中間有一段時間，也應當有一些可以描寫的事物，可是詩筆跳過了這段時間，略去了一些情節，既使詩篇顯得格外精練，也使承接顯得更加緊湊。詩人在取捨之間是費了一番斟酌的。如果不下這番剪裁的功夫，也許下半首詩應當進一步描寫借宿人家境況的蕭條，寫山居的荒涼和環境的靜寂，或寫夜間風雪的來臨，再不然，也可以寫自己的孤寂旅況和投宿後靜夜所思。但詩人撇開這些不去寫，出人意外地展現了一個在萬籟俱寂中忽見喧鬧的犬吠人歸的場面。這就在尺幅中顯示變化，給人以平地上突現奇峰之感。

就寫作角度而言，前半首詩是從所見之景著墨，後半首詩則是從所聞之聲下筆的。因為，既然夜已來臨，人已就寢，就不可能再寫所見，只可能寫所聞了。「柴門」句寫的應是黑夜中、臥榻上聽到的院內動靜；「風雪」句應也不是眼見，而是耳聞，是因聽到各種聲音而知道風雪中有人歸來。這裡，只寫「聞犬吠」，可能因為這是最先打破靜夜之聲，也是最先入耳之聲，而實際聽到的當然不只是犬吠聲，應當還有風雪聲、叩門聲、柴門啟閉聲、家人問答聲，等等。這些聲音交織成一片，儘管借宿之人不在院內，未曾目睹，但從這一片嘈雜的聲音足以構想出一幅風雪人歸的畫面。

詩寫到這裡，含意不伸，戛然而止，沒有多費筆墨去說明傾聽這些聲音，構想這幅畫面的借宿之人的感想，但從中透露的山居荒寒之感，由此觸發的旅人靜夜之情，都不言自見，可想而知了。（陳邦炎）

聽彈琴　劉長卿

泠泠七弦上，靜聽松風寒。
古調雖自愛，今人多不彈。

詩題一作〈彈琴〉，此據《劉隨州集》。從詩中「靜聽」二字細味，題目以有「聽」字為妥。琴，亦稱「七弦琴」，俗稱「古琴」，是古代傳統樂器，由七條弦組成。所以首句以「七弦」作琴的代稱，意象也更具體。「泠泠」形容琴聲的清越，逗起「松風寒」三字。「松風寒」以風入松林暗示琴聲的淒清，極為形象，引導讀者進入音樂的境界。「靜聽」二字描摹出聽琴者入神的情態，可見琴聲的超妙。高雅平和的琴聲，常能喚起聽者水流石上、風來松下的幽清肅穆之感。而琴曲中又有〈風入松〉的調名，一語雙關，用意甚妙。

如果說前兩句是描寫音樂的境界，後兩句則是議論性抒情，牽涉到當時音樂變革的背景。漢魏六朝南方清樂尚用琴瑟。而到唐代，音樂發生變革，「燕樂」成為一代新聲，樂器則以西域傳入的琵琶為主。「琵琶起舞換新聲」（王昌齡〈從軍行七首〉其二）的同時，公眾的欣賞趣味也變了。受人歡迎的是能表達世俗歡快心聲的新樂。穆如松風的琴聲雖美，如今畢竟成了「古調」，又有幾人能懷著高雅情致來欣賞呢？言下便流露出曲高和寡的孤獨感。詩僧齊己有〈贈琴客〉詩云：「曾攜五老峰前過，幾向雙松石上彈。此境此身誰更愛，掀天羯鼓滿長安。」可與此對讀。「雖」字轉折，從對琴聲的讚美進入對時尚的感慨。「今人多不彈」的「多」字，更反襯出琴客知音者的稀少。有人以此二句謂今人好趨時尚，不彈古調，意在表現作者的不合時宜，是很對的。劉長卿清才冠世，一生兩遭遷斥，有一肚皮不合時宜和一種與流俗落落寡合的情調。他的集中有〈幽琴〉（〈雜詠八首上禮部李侍郎〉之二）詩曰：「月色滿軒白，琴聲宜夜闌。颼颼青絲上，靜聽松風寒。古調雖自愛，今人多不彈。向君投此曲，所貴知音難。」其中三句與這首聽琴絕句相同。「所貴知音難」也正是詩的題旨之所在。「賦詩必此詩，定非知詩人」（蘇軾〈書鄢陵王主簿所畫折枝二首〉其一），詩詠聽琴，只不過借此寄託一種孤芳自賞的情操罷了。（周嘯天）

送靈澈上人

劉長卿

蒼蒼竹林寺，杳杳鐘聲晚。
荷笠帶夕陽，青山獨歸遠。

靈澈上人是中唐時期一位著名詩僧，俗姓湯，字源澄，會稽（今浙江紹興）人，出家的本寺就在會稽雲門山雲門寺。竹林寺在潤州（今江蘇鎮江），是靈澈此次遊方歇宿的寺院。這首小詩寫詩人在傍晚送靈澈返竹林寺時的心情。它即景抒情，構思精緻，語言精練，素樸秀美，所以為中唐山水詩的名篇。

前二句想望蒼蒼山林中的靈澈歸宿處，遠遠傳來寺院報時的鐘響，點明時已黃昏，彷彿催促靈澈歸山。後二句即寫靈澈辭別歸去情景。靈澈戴著斗笠，披帶夕陽餘暉，獨自向青山走去，越走越遠。「青山」即應首句「蒼蒼竹林寺」，點出寺在山林。「獨歸遠」顯出詩人佇立目送，依依不捨，結出別意。全詩表達了詩人對靈澈的深摯的情誼，也表現出靈澈歸山的清寂的風度。送別往往黯然情傷，但這首送別詩卻有一種閒淡的意境。

劉長卿和靈澈相遇又離別於潤州，大約在唐代宗大曆四、五年間（七六九～七七〇）。劉長卿自從肅宗上元二年（七六一）從貶謫南巴（今廣東茂名南）歸來，一直失意待官，心情鬱悶。靈澈此時詩名未著，雲遊江南，心情也不大得意，在潤州逗留後，將返回浙江。一個宦途失意客，一個方外歸山僧，在出世入世的問題上，可以殊途同歸，同有不遇的體驗，共懷淡泊的胸襟。這首小詩表現的就是這樣一種境界。

精美如畫，是這首詩的明顯特點。但這幀畫不僅以畫面上的山水、人物動人，而且以畫外的詩人自我形象，令人回味不盡。那寺院傳來的聲聲暮鐘，觸動詩人的思緒；這青山獨歸的靈澈背影，勾惹詩人的歸意。耳聞而目送，心思而神往，正是隱藏在畫外的詩人形象。他深情，但不為離別感傷，是由於同懷淡泊；他沉思，也不為僧儒殊途，是由於趨歸意同。這就是說，這首送別詩的主旨在於寄託並表露出詩人不遇而閒適、失意而淡泊的情懷，因而構成一種閒淡的意境。十八世紀法國狄德羅（Denis Diderot）評畫時說過：「凡是富於表情的作品可以同時富於景色，只要它具有盡可能具有的表情，它也就會有足夠的景色。」（〈繪畫論〉）此詩如畫，其成功的原因亦如繪畫，景色的優美正由於抒情的精湛。（倪其心）

穆陵關北逢人歸漁陽 劉長卿

逢君穆陵路，匹馬向桑乾。楚國蒼山古，幽州白日寒。
城池百戰後，耆舊幾家殘。處處蓬蒿遍，歸人掩淚看。

穆陵關在今湖北麻城北面，漁陽郡治在今天津市薊縣。唐代宗大曆五、六年間（七七〇～七七一），劉長卿曾任轉運使判官、淮西鄂岳轉運留後等職，活動於湖南、湖北。詩當作於此時。

當時，安史之亂雖已平定，但朝政腐敗，國力衰弱，藩鎮割據，軍閥囂張，人民慘遭重重盤剝，特別是安史叛軍盤踞多年的北方各地，更是滿目瘡痍，一片凋敝景象。劉長卿對此十分了解，深為憂慮。因此當他在穆陵關北，陌路遇到一位急切北返漁陽的行客，不禁悲慨萬分地把滿腹憂慮告訴了這位歸鄉客，忠厚坦誠，語極沉鬱。

首聯寫相逢地點和行客去向。「桑乾」即桑乾河，今永定河，源出山西，流經河北，此指行客家在漁陽。關隘相逢，彼此都是過客，初不相識。詩人見歸鄉客單身匹馬北去，便料想他流落江南已久，急切盼望早日回家和親人團聚。然而等待著他的又將是什麼呢？次聯借山水時令，含蓄深沉地勾勒南北形勢，暗示他此行前景，為國家憂傷，替行客擔心。「楚國」即指穆陵關所在地區，並以概指江南。「幽州」即漁陽，也以概指北方。「蒼山古」是即目，「白日寒」是遙想，兩兩相對，寄慨深長。其具體含意，歷來理解不一。或說「蒼山古」謂青山依舊，而人事全非，則江南形勢也不堪設想；或說「蒼山古」謂江南總算青山依舊，形勢還好，有勸他留下不歸的意味。二說皆可通。「幽州白日寒」，不僅說北方氣候寒冷，更暗示北方人民的悲慘處境。這二句，詩人運用比興手法，含蘊豐富，令人意會不盡。接著，詩人又用賦筆作直接描寫。經過長期戰亂，城郭池隍破壞，土著大族凋殘，到處是廢墟，長滿荒草，使回鄉的人悲傷流淚，不忍目睹。顯然，三、四聯的描述，充實了次聯的興寄，以預誡北歸行客，更令人深思。

這是一篇痛心的寬慰語，懇切的開導話，寄託著詩人憂國憂民的無限感慨。手法以賦為主而兼用比興，語言樸實而飽含感情。尤其是第二聯「楚國蒼山古，幽州白日寒」，不唯形象鮮明，語言精練，概括性強，而且承上啟下，擴大境界，加深詩意，是全篇的關鍵和警策。它令人不語而悲，不寒而慄，印象深刻，感慨萬端。也許正由於此，它才成為千古流傳的名句。（倪其心）

餘干旅舍　劉長卿

搖落暮天迥，青楓霜葉稀。孤城向水閉，獨鳥背人飛。
渡口月初上，鄰家漁未歸。鄉心正欲絕，何處擣寒衣？

本詩是劉長卿寄寓在餘干（今屬江西）旅舍時，寫下的風調淒清的思鄉之作。

劉長卿喜歡用「搖落」這個詞入詩，它使人自然聯想起《楚辭．九辯》中的名句「悲哉，秋之為氣也，蕭瑟兮，草木搖落而變衰」，而在眼前浮現出一幅西風落葉圖。

這首詩開頭寫詩人獨自在旅舍門外佇立凝望，由於草木搖落，整個世界顯得清曠疏朗起來。淡淡的暮色，鋪展得那樣悠遠，一直漫到了天的盡頭。原先那一片茂密的青楓，也早過了「霜葉紅於二月花」（杜牧〈山行〉）的佳境，眼前連霜葉都變得稀稀落落，眼看就要凋盡了。這一番秋景描寫，既暗示了時光節令的流逝推移，又烘托了詩人情懷的淒清冷寂，隱隱透露出一種鬱鬱的離情鄉思。

望著望著，暮色漸深，餘干城門也關閉起來了，這冷落的氛圍給詩人帶來孤苦的感受：秋空寥廓，草木蕭瑟，白水嗚咽，城門緊閉，連城也顯得孤孤單單的。獨鳥背人遠去，那況味是難堪的。「獨鳥背人飛」，似乎也暗喻詩人的孤苦背時，含蘊著宦途坎坷的深沉感慨。

隨著時間推移，夜幕降臨，一規新月正在那水邊的渡口冉冉上升。往日此時，鄰家的漁船早已傍岸，可今晚，渡口卻是這樣寂靜，連漁船的影子都沒有，漁家怎麼還不歸來呢？詩人的體察是細微的，由渡口的新月，念及鄰家的漁船未歸，從漁家未歸，當然又會觸動自己的離思：家人此刻也當在登樓望遠，「天際識歸舟」（謝朓〈之宣城郡出新林浦向板橋〉）吧？

詩寫到這裡，鄉情旅思已經寫足。尾聯翻出新境，把詩情又推進一層。詩人憑眺已久，鄉情愁思正不斷侵襲著他的心靈，不知從哪裡又傳來一陣擣衣的砧聲。是誰家少婦正在閨中為遠方的親人趕製寒衣？在闃寂的夜空中，那砧聲顯得分外清亮，一聲聲簡直把詩人的心都快擣碎了。這一畫外音的巧妙運用，更加真切感人地抒寫出詩人滿懷的悲愁痛苦。家中親人此時又在做什麼呢？興念及此，能不迴腸蕩氣，五臟欲摧？詩雖然結束了，那淒清的鄉思，那纏綿的苦情，卻還像無處不在的月光，拂之不去，剪之不斷，久久縈繞，困擾著詩人不平靜的心，真可說是言有盡而意無窮。

這首五言律詩，在時間上由看得見「楓葉稀」的日暮時分，寫到夜色漸濃，城門關閉，進而寫到明月初上，直到夜闌人靜，坐聽閨中思婦擣寒衣的砧聲，時間上有遞進。這表明詩人在小城旅舍獨自觀察之久，透露出他鄉遊子極端孤獨、寂寞的情懷和思鄉情緒逐漸加濃，直到「鄉心正欲絕」的過程。而詩筆靈秀宛轉，把這種內在的層次，寫得不著痕跡，非細心體味不能得。一首小詩既有渾成自然之美，又做到意蘊深沉，這是十分難得的。（徐竹心）

餞別王十一南遊

劉長卿

望君煙水闊，揮手淚霑巾。飛鳥沒何處，青山空向人。
長江一帆遠，落日五湖春①。誰見汀洲上，相思愁白蘋。

〔註〕①「落日」以下三句：出自梁代柳惲的〈江南曲〉。其詩為：「汀洲採白蘋，日落江南春。洞庭有歸客，瀟湘逢故人。故人何不返，春華復應晚。不道新知樂，只言行路遠。」汀洲：水中或水邊平地。

這首送別詩，著意寫與友人離別時的心情。詩人借助眼前景物，透過遙望和凝思，來表達離愁別緒。手法新穎，不落俗套。

詩題雖是「餞別」，但詩中看不到餞別的場面，甚至一句離別的話語也沒有提及。詩一開始，他的朋友王十一（此人名字、爵里不詳）已經登舟遠去，小船行駛在浩渺的長江之中。詩人遠望著煙水空茫的江面，頻頻揮手，表達自己依依之情。此時，江岸上只留下詩人自己。友人此刻又如何，讀者已無從知道，但從詩人送別的舉動，卻可想像到江心小舟友人惜別的情景。筆墨集中凝練，構思巧妙。詩人以「望」、「揮手」、「淚霑巾」這一系列動作，濃墨渲染了自己送別友人時的心情。他沒有直抒心中所想，而是借送別處長江兩岸的壯闊景物入詩，用一個「望」字，把眼前物和心中情融為一體，讓江中煙水、岸邊青山、天上飛鳥都來烘托自己的惆悵心情。

第三句是實寫又是虛擬，詩中「飛鳥」隱喻友人的南遊，寫出了友人的遠行難以預料，傾注了自己的關切和憂慮。「沒」字，暗扣「望」。「何處」則點明凝神遠眺的詩人，目光久久地追隨著遠去的友人，愁思綿綿，不絕如縷。真誠的友情不同於一般的客套，它不在當面應酬，而在別後思念。詩人對朋友的一片真情，正集聚在這別後的獨自久久凝望上。這使人聯想到《三國演義》第三十六回描寫劉備與徐庶分別時的情景。

然而，目力所及總是有限的。朋友遠去了，再也望不到了。別後更誰相伴？只見一帶青山如黛，依依向人。一個「空」字，不只點出了被送的人是遠了，同時烘托出詩人此時空虛寂寞的心境。迴曲跌宕之中，見出詩人借景抒情的功力。

五、六兩句，從字面上看，似乎只是交代了朋友遠行的起止：友人的一葉風帆沿江南去，漸漸遠行，抵達五湖（當指太湖）畔後休止。然而，詩句所包含的意境卻不止於此。友人的行舟消逝在長江盡頭，肉眼是看不到了，但是詩人的心卻追隨友人遠去一直伴送他到達目的地。你看，在詩人的想像中，他的朋友不正在夕陽燦照的太湖畔觀賞明媚的春色嗎！

詩的最後，又從恍惚的神思中折回到送別的現場來。詩人站在汀洲之上，對著秋水蘋花出神，久久不忍歸去，心中充滿著無限愁思。情景交融，首尾相應，離思深情，悠然不盡。（李琳）

重送裴郎中貶吉州

劉長卿

猿啼客散暮江頭，人自傷心水自流。
同作逐臣君更遠，青山萬里一孤舟。

詩題「重送」，是因為這以前詩人已寫過一首同題的五言律詩。劉、裴曾一起被召回長安又同遭貶謫，同病相憐，發為歌吟，感情真摯動人。

首句描寫氛圍。「猿啼」寫聲音，「客散」寫情狀，「暮」字點明時間，「江頭」交代地點。七個字，沒有一筆架空，將送別的環境，點染得「黯然銷魂」。猿啼常與悲悽之情相關。《水經注》載漁者歌曰：「巴東三峽巫峽長，猿鳴三聲淚沾裳！」何況如今聽到猿聲的，又是處於逆境中的遷客，縱然不浪浪淚下，也難免要愴然動懷了。「客散暮江頭」，也不是純客觀的景物描寫。日落西山，暮靄沉沉，旅人揚帆，送者星散，此時尚留在江頭，即將分手的詩人與裴郎中又怎能不更動情呢？

第二句「人自傷心水自流」，切合規定情景中的地點「江頭」，這就越發顯出上下兩句有水乳交融之妙。此時日暮客散，友人遠去，自己還留在江頭，更感到一種難堪的孤獨，只好獨自傷心了，而無情的流水卻只管載著離人不停地流去。兩個「自」字，使各不相干的「傷心」與「水流」聯繫到了一起，以無情水流反襯人之「傷心」，以自流之水極寫無可奈何的傷心之情。

三、四句從「傷心」兩字一氣貫下，比前兩句更推進一步。第三句在「遠」字前綴一「更」字，自己被逐已經不幸，而裴郎中被貶謫的地方更遠，著重寫出對方的不幸，從而使同病相憐之情，依依惜別之意，表現得更為豐富、深刻。末句「青山萬里一孤舟」與第二句的「水自流」相照應，而「青山萬里」又緊承上句「更遠」而來，既寫盡了裴郎中旅途的孤寂，伴送他遠去的只有萬里青山，又表達了詩人戀戀不捨的深情。隨著孤帆遠影在望中消失，詩人的心何嘗沒有隨著眼前青山的延伸，與被送者一道漸行漸遠呢！

從通篇來看，基本上採用了直陳其事的賦體，緊緊扣住江邊送別的特定情景來寫，使寫景與抒情自然而巧妙地結合在一起。情摯意深，別有韻味。前人論劉長卿「詩體雖不新奇，甚能煉飾」（唐高仲武《中興間氣集》）。此詩寫得如此清新自然，正見他的「煉飾」功夫。（陳志明）

酬李穆見寄　劉長卿

孤舟相訪至天涯，萬轉雲山路更賒。
欲掃柴門迎遠客，青苔黃葉滿貧家。

李穆是劉長卿的女婿，頗有清才。《全唐詩》載其〈寄妻父劉長卿〉，全詩是：「處處雲山無盡時，桐廬南望轉參差。舟人莫道新安近，欲上潺湲行自遲。」它就是劉長卿這首和詩的原唱。

劉長卿當時在新安郡（治所在今安徽歙縣）。「孤舟相訪至天涯」則指李穆的新安之行。「孤舟」江行，帶有一種淒楚意味；「至天涯」形容行程之遠和途次之艱辛。不說「自天涯」而說「至天涯」，是作者站在行者角度，體貼他愛婿的心情，企盼與愉悅的情緒都在不言之中了。

李穆當時從桐江到新安江逆水行舟。這一帶山環水繞，江流曲折，且因新安江上下游地勢高低相差很大，多險灘，上水最難行。次句說「萬轉雲山」，每一轉折，都會使人產生快到目的地的猜想。而打聽的結果，前面的路程總是出乎意料的遠。「路更賒」，賒，即「遠」，這三字是富於旅途生活實際感受的妙語。

劉長卿在前兩句之中巧妙地隱括了李穆原唱的詩意，毫不著跡，運用入化。後兩句則進而寫主人盼客至的急切心情。這裡仍未明言企盼、愉悅之意，而讀者從詩句的含咀中自能意會。年長的岳父吩咐打掃柴門迎接遠方的來客，顯得多麼親切，更使人感到他們翁婿間融洽的感情。「欲掃柴門」句使人聯想到杜甫〈客至〉的名句「花徑不曾緣客掃，蓬門今始為君開」，也表達了同樣欣喜之情。末句以景結情，更見精彩，其含意極為豐富。「青苔黃葉滿貧家」，既表明貧居無人登門，頗有寂寞之感，從而為客至而喜，同時又相當於「盤飧市遠無兼味，樽酒家貧只舊醅」（杜甫〈客至〉）的自謙。稱「貧」之中流露出好客之情，十分真摯動人。

將杜甫七律〈客至〉與此詩比較一番是很有趣的。律詩篇幅倍於絕句，四聯的起承轉合比較定型化，宜於景語、情語參半的寫法。杜詩就一半寫景，一半抒情，把客至前的寂寞，客至的喜悅，主人的致歉與款待一一寫出，意盡篇中。絕句體裁有天然限制，不能取同樣手法，多融情入景。劉詩在客將至而未至時終篇，三、四句法倒裝（按理是「青苔黃葉滿貧家」，才「欲掃柴門迎遠客」），使末句以景結情，便饒有餘味，可謂長於用短了。（周嘯天）

長沙過賈誼宅　劉長卿

三年謫宦此棲遲，萬古唯留楚客悲。秋草獨尋人去後，寒林空見日斜時。

漢文有道恩猶薄，湘水無情弔豈知？寂寂江山搖落處，憐君何事到天涯！

這是一篇堪稱唐詩精品的七律。詩的內容，與作者的遷謫生涯有關。劉長卿「剛而犯上，兩遭遷謫」（唐高仲武《中興間氣集》）。第一次遷謫在唐肅宗至德三年（七五八）春天，由蘇州長洲縣尉被貶為潘州南巴（今廣東茂名南）縣尉；第二次在唐代宗大曆八年（七七三）至十二年間的一個深秋，因被誣陷，由淮西鄂岳轉運留後被貶為睦州（浙江建德）司馬。從這首詩所描寫的深秋景象來看，詩當作於第二次遷謫來到長沙的時候，那時正是秋冬之交，與詩中節令恰相符合。

在一個深秋的傍晚，詩人隻身來到長沙賈誼的故居。賈誼，是漢文帝時著名的政論家，因被權貴中傷，出為長沙王太傅三年；後雖被召回京城，但不得大用，抑鬱而死。類似的遭遇，使劉長卿傷今懷古，感慨萬千，而吟哦出這首律詩。「三年謫宦此棲遲，萬古唯留楚客悲。」「三年謫宦」，只落得「萬古」留悲，上下句意鉤連相生，呼應緊湊，給人以抑鬱沉重的悲涼之感。「此」字，點出了「賈誼宅」。「棲遲」，像鳥兒那樣地斂翅歇息，飛不起來。這種生活本就是驚惶不安的，用以暗喻賈誼的侘傺失意，是恰切的。「楚客」，流落在楚地的客子，標舉賈誼的身分。一個「悲」字，直貫篇末，奠定了全詩淒愴憂憤的基調，不僅切合賈誼的一生，也暗寓了劉長卿自己遷謫的悲苦命運。

「秋草獨尋人去後，寒林空見日斜時。」頷聯是圍繞題中的「過」字展開描寫的。「秋草」，「寒林」，「人去」，「日斜」，渲染出故宅一片蕭條冷落的景色。而在這樣的氛圍中，詩人還要去「獨尋」，一種景仰向慕、寂寞興嘆的心情，油然而生。寒林日斜，不僅是眼前所見，也是賈誼當時的實際處境，也正是李唐王朝危殆形勢的寫照。益以「空見」二字，更進一層地抒寫出哲人其萎、回天乏術、無可奈何的痛苦和悵惘。這兩句詩還化用了賈誼〈鵩鳥賦〉的句子。賈誼在長沙時，看到古人以為不祥的鵩鳥，深感自己的不幸，因而在賦中發出了「庚子日斜，鵩集余舍」、「野鳥入室，主人將去」的感喟。劉長卿借用其字面，創造了「人去後」、「日斜時」的倍覺黯然的氣氛。

「漢文有道恩猶薄，湘水無情弔豈知？」頸聯從賈誼的見疏，隱隱聯繫到自己。出句要注意一個「有道」，一個「猶」字。號稱「有道」的漢文帝，對賈誼尚且這樣薄恩，那麼，當時昏聵無能的唐代宗，對劉長卿當然更談不上什麼恩遇了；劉長卿的一貶再貶，沉淪坎坷，也就是必然的了。這就是所謂「言外之意」。詩人將暗諷的筆觸曲折地指向當今皇上，手法是相當高妙的。接著，筆鋒一轉，寫出了這一聯的對句「湘水無情弔豈知」。這也是頗得含蓄之妙的。湘水無情，流去了多少年光。楚國的屈原哪能知道上百年後，賈誼會來到湘水之濱弔念自己（賈誼寫有〈弔屈原賦〉）；西漢的賈誼更想不到近千年後的劉長卿又會迎著蕭瑟的秋風來憑弔自己的遺址。後來者的心曲，恨不起古人於地下來傾聽，當世更有誰能理解呢！詩人由衷地在尋求知音，那種抑鬱無訴、徒呼負負的心境，刻畫得如此動情，如此真切。

「寂寂江山搖落處，憐君何事到天涯！」讀此尾聯的出句，好像劉長卿就站在我們面前。他在宅前徘徊，暮色更濃了，江山更趨寂靜。一陣秋風掠過，黃葉紛紛飄落，在枯草上亂舞。這幅荒村日暮圖，不正是劉長卿活動的典型環境？它象徵著當時國家的衰敗局勢，與第四句的「日斜時」映襯照應，加重了詩篇的時代氣息和感情色彩。「君」，既指代賈誼，也指代劉長卿自己；「憐君」，不僅是憐人，更是憐己。「何事到天涯」，可見二人原本不應該放逐到天涯。這裡的弦外音是：我和您都是無罪的呵，為什麼要受到這樣嚴厲的懲罰！這是對強加在他們身上的不合理現實的強烈控訴。讀著這故為設問的結尾，彷彿看到了詩人抑制不住的淚水，聽到了詩人一聲聲傷心哀婉的嘆喟。

這首懷古詩表面上詠的是古人古事，實際上還是著眼於今人今事，字裡行間處處有詩人的自我在，但這些又寫得不那麼露，而是很講究含蓄蘊藉的。詩人善於把自己的身世際遇、悲愁感興，巧妙地結合到詩歌的形象中去，於曲折處微露諷世之意，給人以警醒的感覺。（徐竹心）

登餘干古縣城

劉長卿

孤城上與白雲齊，萬古荒涼楚水西。官舍已空秋草沒①，女牆猶在夜烏啼。
平沙渺渺迷人遠②，落日亭亭向客低。飛鳥不知陵谷變，朝來暮去弋陽溪。

〔註〕①一作「秋草綠」。②一作「來人遠」。

唐代饒州餘干縣，即今江西餘干。「古縣城」是指唐以前建置的餘干縣城。先秦時，其地名作餘汗，因境內餘水、汗水得名，為越國西界城邑，在安仁江（即今江西境內信江）西北，安仁江上游屬楚國，故詩中云「楚水西」。漢代置餘汗縣，隋代正名為餘干縣。唐代遷移縣治，這個舊縣城逐漸荒落。劉長卿這詩是登臨舊縣城弔古傷今之作，在唐代即傳為名篇。這荒落的古城也隨之出了名，後有稱之「白雲城」的，也有修建「白雲亭」的，都是附會劉詩而起。

劉長卿在唐肅宗上元二年（七六一）從嶺南潘州南巴貶所北歸時途經餘干所作。詩人被貶謫，是由於為官正直不阿而遭誣陷，因此他深感當時的政治腐敗和官場汙濁。現在他經歷的這一地區，又剛剛經過軍閥戰亂，觸處都見戰爭創傷，顯出國家衰弱、人民困苦的情狀，使詩人更加為唐朝國運深憂。這首即景抒情的詩篇，就包蘊著這種感慨深沉的嘆喟，寂寥悲涼，深沉迷茫，情在景中，興在象外，意緒不盡，令人沉思。

這是一座小小的山城，居高臨水，就像塞上的孤城，恍惚還像先秦時那樣，矗立於越國的西邊。它太高了，彷彿跟空中白雲一樣高；也太荒涼了，似乎億萬斯年就沒人來過。城裡空空的，以前的官署早已掩沒在秋天茂密的荒草裡，唯有城上的女牆還在，但已看不見將士們巡邏的身影，只在夜間聽見烏鴉在城頭啼叫。站在城頭眺望，平曠的沙地無邊無際，令人迷茫；孤零零的夕陽，對著詩人這個遠方來客冉冉低落下去，天地顯得格外沉寂。在這荒寂的世界中，詩人想起了《詩經．小雅．十月之交》的詩句：「高岸為谷，深谷為陵。哀今之人，胡憯莫懲。」古城滄桑，不就是「陵谷變」嗎？詩人深深感慨於歷史的變遷。然而無知的烏兒不懂得這一切，依然飛到這裡覓食，朝來暮去。

這首詩，即景抒情而又不拘泥歷史事實，為了突出主旨，詩人作了大膽的虛構和想像。這城廢棄在唐初，詩人把它前移至先秦；廢棄的原因是縣治遷移，詩人含蓄地形容為政治腐敗導致古城衰亡。出於這樣的構思，次聯寫城內荒蕪，醒目點出官舍、女牆猶在，暗示古城並非毀於戰爭。三聯寫四野荒涼，農田化為平沙。末聯歸結到人跡湮滅，借〈十月之交〉的典故，點出古城荒棄是因為政治腐敗，導致人民離鄉背井，四出逃亡。舊說〈十月之交〉是「大夫刺幽王」之作，詩中激烈指責周幽王荒淫昏庸，誤國害民，「下民之孽，匪降自天，噂沓背憎，職競由人」，造成陵谷災變，以致「民莫不逸」。結合前三聯的描述，可見這裡用的正是這層意思。

這是一首山水詩，更是一首政治抒情詩。它所描繪的山水是歷史的，而不是自然的。荒涼古城，無可賞心悅目，並非欣賞對象，而只是詩人思想的例證，感情的寄託，引人沉思感傷，緬懷歷史，鑑照現實。所以這詩不但在處理題材中有虛構和想像，而且在詩的結構上也突出表現詩人情懷和自我形象。詩人滿懷憂國憂民的心情，引導人們登臨這高險荒涼的古城、空城、荒城，指點人們注意那些足以引為鑑戒的歷史遺跡，激發人們感情上共鳴，促使人們思想上深省。清方東樹評此詩曰：「言外句句有登城人在，句句有詩人在，所以稱為作者。」（《昭昧詹言》）中肯地指出了這詩的藝術特點。（倪其心）

送嚴士元① 劉長卿

春風倚棹闔閭城，水國春寒陰復晴。細雨濕衣看不見，閒花落地聽無聲。

日斜江上孤帆影，草綠湖南萬里情。君去②若逢相識問，青袍今已誤儒生。

〔註〕① 詩題一作《別嚴士元》。《文苑英華》卷二七〇作〈送嚴員外〉，《中興間氣集》卷下作〈送郎士元〉，《唐詩紀事》卷廿六作〈送嚴士元〉，《全唐詩》卷二〇七李嘉祐名下亦收此詩，題亦作〈送嚴員外〉，因此定為送行之作。② 「君去」一作「東道」。此據《文苑英華》。

這首詩，運用一連串「景語」來敘述事件的進程和人物的行動，即寫景是為了敘事抒情，其目的不在描山畫水。然而，畢竟又是描寫了風景，所以畫面是生動的，辭藻是美麗的，詩意也顯得十分濃厚。

嚴士元是吳（今江蘇蘇州）人，曾官員外郎。寫這首詩的年代和寫詩的背景，現無可稽查。從詩的內容看，兩人是在蘇州偶然重遇，而一晤之後，嚴士元又要到湖南去，所以劉長卿寫詩贈別。

闔閭城就是今江蘇的蘇州城。從「倚棹」（把船槳擱起來）二字，可以知道這兩位朋友是在城外江邊偶然相遇，稍作停留。時值春初，南方水鄉還未脫去寒意，天氣乍陰乍晴，變幻不定。我們尋味開頭兩句，已經知道兩位朋友正在岸上攜手徘徊，在談笑中也提到江南一帶的天氣了。

三、四兩句是有名的寫景句子。有人說詩人觀察入微，下筆精細。話是說得很對。可是我們從另一個角度去看，卻似乎看見兩人正在席地談天。因為他們同時都接觸到這些客觀的景物：笑談之際，飄來了一陣毛毛細雨，雨細得連看也看不見，衣服卻分明覺得微微濕潤。樹上，偶爾飄下幾朵殘花，輕輕漾漾，落到地上連一點聲音都沒有。這不只是單純描寫風景，我們還彷彿看見景色之中複印著人物的動作，可以領略到人物在欣賞景色時的愜意表情。

「日斜江上孤帆影」這句也應該同樣理解。一方面，它寫出了落日去帆的景色；另一方面，又暗暗帶出了兩人盤桓到薄暮時分而又戀戀不捨的情景。最後，嚴士元還是起身告辭了，詩人親自送到岸邊，眼看著解纜起帆，船兒在夕陽之下漸漸遠去。七個字同樣構成景物、事態和情感的交錯複疊。

以下，「草綠湖南萬里情」，補充點出嚴士元所去之地。景物不在眼前了，是在詩人想像之中，但也摻雜著遊子遠行和朋友惜別的特殊感情。

友人的遠去，自然地激起了詩人心底的無限愁緒；因而他的臨別贈言，聽起來是那樣令人心酸：你這回去湖南，如果有相識的人問起我的消息，你就這樣回答他吧——「青袍今已誤儒生」。這是一句牢騷話。唐代太宗貞觀四年（六三〇）規定，八品九品官員的官服是青色的。肅宗上元元年（六七四）又規定，八品官員服深青，九品官員服淺青。劉長卿當時大概是八九品的官員，穿的是青色袍服。他認為自己當這一員小官，是很失意的，簡直是耽誤自己的前程了。

詩中的「景語」，既有「春寒陰復晴」的水國氣候特徵，又有「細雨濕衣」、「閒花落地」的眼前景象，還有「草綠湖南」的意中之景。幾個層次中，情、景、事同時在讀者眼前出現，寄託了與友人相遇而又別離的複雜情思。詩人的這種手法，是很值得借鑑的。（劉逸生）

李冶

【作者小傳】（?～七八四）一作裕，字季蘭，以字行。早年居峽中，後為女道士。與陸羽、劉長卿、皎然等交往。曾被召入宮中。後因上詩叛將朱泚，為唐德宗所撲殺。詩多贈人遣懷之作，《全唐詩》存其詩十八首。後人曾輯錄她與薛濤的詩為《薛濤李冶詩集》二卷。（《唐才子傳》卷二）

寄校書七兄　李冶

無事烏程縣，蹉跎歲月餘。不知芸閣吏，寂寞竟何如？
遠水浮仙棹，寒星伴使車。因過大雷岸，莫忘幾行書。

李冶字季蘭，烏程（今浙江吳興）人，是唐時頗負詩名的女冠（女道士），唐高仲武《中興間氣集》稱「自鮑昭（即鮑照）以下，罕有其倫」。這首詩是寫寄給一位作校書郎（官名，職務是校勘整理宮中典籍）的「七兄」的，從其內容可知此人其時當在自烏程赴任所、沿江而上的途中。在五言律體中，此詩算是寫得很別致的。

律詩起句尤難，「或對景興起，或比起，或引事起，或就題起。要突兀高遠，如狂風捲浪，勢欲滔天」（元楊載《詩法家數．律詩要法》）。但作者卻只從眼前心境說起，淡到幾乎漫不經意：「無事烏程縣，蹉跎歲月餘。」

既非興比，又非引事，甚至未點題，更談不上「突兀高遠」，發唱驚挺了。但「無事」加之「蹉跎」，自能寫出百無聊賴的心境；「歲月餘」三字除寫時令（歲晚），還兼帶些遲暮之感。兩句直逼出「寂寞」二字，對開啟後文相思之意，也算得是很好的導入。

頷聯點出「寂寞」，卻又不是在說自家了。「芸閣」係政府藏書館，「芸閣吏」即校書郎。「不知芸閣吏，寂寞竟何如？」不道自家寂寞清苦，反從七兄方面作想，為他的寂寞而擔憂，是何等體貼，何等多情呢。其實，自己的寂寞是不言而喻的。所以這裡寫法又是推己及人，情味雋永。對於前一聯，承接自然，同時仍是漫不經意，連對仗都不講求，可謂不事雕琢，「不求深遠」。詩寫至此，很像一篇五古的開頭，其徐緩的節奏，固然有助於渲染寂寞無聊的氣氛，以傳相思深情；但對律詩來說，畢竟篇幅及半，進一步發展詩情的餘地不多。詩人將如何措手呢？

頸聯一出，上述擔心似乎是完全不必要的。唐高仲武贊云：「如『遠水浮仙棹，寒星伴使車』，蓋五言之佳境也。」（《中興間氣集》）這兩句想像七兄行程。上句寫水程，水「遠」舟「浮」，亦即「孤帆遠影碧空盡」（李白〈黃鶴樓送孟浩然之廣陵〉），當是作者回憶或想像中目送七兄征帆的情景。漢代曾以「蓬萊」（神山，傳說仙府祕籍多藏於此）譬「芸閣」，故此稱七兄所乘舟為「仙棹」。這樣寫來，景中又含一層嚮往之情。下句寫陸程，寫「星」曰「寒」，則兼有披星戴月、旅途苦辛等意；「使車」為「寒星」相伴，更形其寂寞，惹人思念。旅途風光以「寒星」、「遠水」概之，寫景簡淡而意象高遠。由於前四句皆情語，不免有空疏之感，此聯則入景，恰好補救。其對仗天然工緻，既能與前文協調，又能以格律相約制，使全篇給人散而不散的感覺。故二句之妙，又不只境佳而已。

從烏程出發，沿江溯行，須經過雷池（在今安徽望江縣）。雷池，一稱「大雷」。南朝宋文帝元嘉十六年

（四三九）秋，詩人鮑照受臨川王徵召，由建業赴江州途經此地，寫下了著名的〈登大雷岸與妹書〉。照妹鮑令暉是女詩人，兄妹有共同的文學愛好，所以他特將旅途所經所見山川風物精心描繪給她，兼有告慰遠思之意。

此詩結尾幾乎是信手拈來這個典故，而使詩意大大豐富。「因過大雷岸，莫忘幾行書。」由於這樣的「提示」，便使讀者從蹉跎歲餘、遠水仙棹、寒星使車的吟詠聯想到那名篇〈登大雷岸與妹書〉中關於歲暮旅途的描寫：「渡泝無邊，險徑遊歷，棧石星飯，結荷水宿，旅客貧辛，波路壯闊，始以今日食時，僅及大雷。塗登千里，日踰十晨。嚴霜慘節，悲風斷肌。去親為客，如何如何！」從而，更能具體深切地體會到「不知芸閣吏，寂寞竟何如」的淡語中，原來包含深厚的骨肉關切之情。女詩人以鮑令暉自況，借大雷岸作書事，寄兄妹相思之情，用典既精切又自然。「莫忘寄書」的告語，形出己之不能忘情；盼寄書言「幾行」，意重而言輕。凡此種種，都使這個結尾既富於含蘊，又保持開篇就有的不刻意求深，「於有意無意得之」的風韻。

這首詩作法不同於五律通常之例。它自不經意寫來，初似散緩，中幅以後，忽入佳境，有愁思之意，而無危苦之詞；至曲終奏雅，韻味無窮，正是「不求深邃，自足雅音」（清沈德潛《唐詩別裁集》），堪稱律詩中別具風格的妙品。（周嘯天）

【每日讀詩詞】
唐詩鑑賞辭典
第一卷：雲想衣裳花想容

作　　者　程千帆等
裝幀設計　黃子欽
業務發行　王綬晨、邱紹溢、劉文雅
編輯協力　汪佳穎
副總編輯　王辰元
總 編 輯　趙啟麟
發 行 人　蘇拾平

出　　版　啟動文化
Email：onbooks@andbooks.com.tw

發　　行　大雁出版基地
新北市新店區北新路三段207-3號5樓
電話：(02)8913-1005 傳真：(02)8913-1056
Email：andbooks@andbooks.com.tw
劃撥帳號：19983379
戶名：大雁文化事業股份有限公司

初版三刷　2024 年 02 月
定　　價　800 元
I S B N　978-986-493-096-8

國家圖書館出版品預行編目（CIP）資料

每日讀詩詞：唐詩鑑賞辭典．第一卷，雲想衣裳花想容 / 程千帆等著．-- 初版．-- 臺北市：啟動文化出版：大雁文化發行，2018.11
面；　公分
ISBN 978-986-493-096-8（平裝）

831.4　　107017400

圖書許可發行核准字號：文化部部版臺陸字第 107080 號
出版說明：本書係由簡體版圖書《唐詩鑑賞辭典》以正體字在臺灣重製發行，以饗台灣讀者。